U0654794

40 集 电 视 连 续 剧 剧 本

根

庄深 著

上海文艺出版社

图书在版编目（CIP）数据

根：电视剧剧本 / 庄深著．— 上海：上海文艺出版社，2021

ISBN 978-7-5321-7905-3

Ⅰ．①根… Ⅱ．①庄… Ⅲ．①电视文学剧本—中国—当代 Ⅳ．① I235.2

中国版本图书馆 CIP 数据核字（2021）第 171422 号

责任编辑　徐如麒
特约编辑　长　岛
装帧设计　长　岛

根
庄 深　著
上海世纪出版集团
上海文艺出版社 出版
200020 上海绍兴路 74 号
上海文艺出版社发行中心发行
200020 上海绍兴路 50 号 www.ewen.co
苏州市越洋印刷有限公司印刷
开本 787×1092　1/16　印张 49　插页 2　字数 752，000
2021 年 10 月第 1 版　2021 年 10 月第 1 次印刷
ISBN 978-7-5321-7905-3 / I·6403　定价：158.00 元

告读者　如发现本书有质量问题请与印刷厂质量科联系
T：0512-68180638

失的青春，和那始终压在心头的无解焦虑和委屈。

那是1907年一个初秋的清晨，也是《根》剧第一集的开场秀。

故事开场就是一道待解的难题。

庄大奶奶的香火之战，一旦开卷便马不停蹄，如同地火冲出地壳，风风火火，迫不及待。她进山拜佛、烧香求签，找名望释谜，广散征婚消息，四处寻觅合适女子，直至踏破铁鞋，美人竟在灯火阑珊处。飘飘然、悠悠然的庄大奶奶，倾其所有大包大揽，数月新婚之禧，年内妾身有喜，十集之内解决弄璋悬弧的重要大事。

如此这般的开局，凸显的故事线索，营造的节奏气氛，实际是编剧放出来的一条有意误导观众的红鲱鱼。当你以为大女主的设置，由此会导入妻妾成群宫廷斗的漩涡模块之中的时候，当你以为庄大奶奶竖起以延续香火为大的旗帜，以后会进入母子对手戏或婆媳儿三人戏结构的时候，剧情已经倒骗主司入彀，主角的行动已经拐了个暗场辟了个蹊径。

庄大奶奶误打误撞地来到刘家村，遇见命中注定的锡儿姑娘。杏花开满山野，野花插在青发，卸去男装的锡儿长发披肩，活脱脱一个小美人。庄大奶奶上下仔细打量不明其理的锡儿，心里盘算着的事早已不单纯是这场婚姻，激动的心情藏着更远的谋划，可能带来其他的可能。

求亲这场桥段，庄大奶奶那些虚虚实实的表白，有着丰富的潜台词，给人们留下了许多赏析空间。庄大奶奶先请求刘家帮忙，让锡儿的哥哥帮助巡山去外地开板栗店，让锡儿母亲帮助养蚕，把酒坊管理的活交给锡儿的父亲刘生。然后话锋一转，提出锡儿的亲事。粗看，庄大奶奶是声东击西，避实就虚，先收买人心，绕个大圈子才说到重点；细思，庄大奶奶是运筹帷幄，决胜千里。求亲重要，但更重要的是迅速考量刘家人的品行和现状。既帮刘家脱贫，又利用刘家人力资源扩大庄家的经济，真心实意，不虚打亲情牌，这才是庄大奶奶贯穿全剧的高明之处。

说实话，这场进入全剧核心叙事的巧妙之拐，回味起来，真的让人情不自禁地翘起大拇指。

庄世伯：“纳个妾，花这么多钱，你怎么不心痛？！”

大奶奶：“你怎么看不透？南山需要雇人巡山，近些年来，被人家偷砍了

庄深，1956年6月生，江苏省常州市人，现任常州市武进创业建设工程监理咨询有限公司董事长兼总经理。工业与民用建筑专业（大专），中国政法大学法律在职研究生学历。中国首批国家注册监理工程师，常州土木学会副理事长兼秘书长。中国农工民主党党员，原武进区政协委员，武进人民检察院特约检察员。

序：乡音乡风，家国情怀之根

姚扣根

温柔贤惠的庄大奶奶嫁入庄家后二十年未生育，这事对一个倍受丈夫宠爱的江南女性来说，无疑是一场严酷、难熬的灾难。而对于一个酒香飘溢、稻香遍野的殷实家庭而言，白墙黛瓦的宅门里没有孩子们奶声稚气的嬉笑，似乎总有那么一丝冷寂和遗憾。庄家男人世伯的各种努力都变成了对命运的默认，不再愿意讨论此事，甚至也不希望妻子为此事再去折腾。

已过四十的庄大奶奶，则从未向看不见的命运低头，但也禁不住一次次失望的打击。平日里，庄大奶奶谈吐优雅，落落大方，见不得一丝的粗糙，表面上白毛浮绿水，曲项向天歌，但心底下却早已红掌乱拨，失去了章法，再也经不起皱了一池秋水的微风了。

“去，还是不去？”大奶奶大声问，杏眼怒睁。

“丢不起人呢！”庄世伯嘟囔了一句。

“哇！”大奶奶委屈地大哭，“庄世伯，你憋了二十年，终于爆出口，怪我不争气呀！”大奶奶说完背转身，双手捧脸痛哭。

骨子里不肯丢一点脸面，不甘心被命运打趴下的她，主动要为自己的丈夫找个健康的女人生个自家的骨肉。这既需要有一定的气度胸怀，又需要有推己及人的高情商。“你憋了二十年，终于爆出口，怪我不争气呀！”要强要脸的庄大奶奶无法承受老实丈夫的冷暴力，失声痛哭，宣泄的是自己消不少大树；板栗园年产时高时低，打打板栗费工又费时，贴几个钱让你未来的小舅子去外地开板栗店。板栗不花钱，他们也亏不了本，养家自然没有困难，日后，也不会伸手跟你要钱；养蚕本来人手就少，养蚕户又散落在各村各户，弄个跑跑腿、做做伴的多好？至于酒厂，刘锡的爹爹经过商，跑过江湖，把酒厂生意交给他，财务我一把抓着，他就是想造反也造不成，用好了，还能帮庄家赚钱。”

从这段戏的对话举例可以看出，庄大奶奶为丈夫求亲娶亲的真实动机是建立在精细谋划的基础上。同时这样的人物对话，没有书面化网络化，也没有心灵鸡汤的金句，真实朴素，是人与人之间能见品行脾气的性格语言。从这一段台词中，人们可以明白无误地感受到庄大奶奶的暗暗得意，拉拉扯扯说的是经济，透露的低调炫耀却是为丈夫找到了一个称心如意的美妾。

这种台词较好地表现了塑造人物的功力。

庄家迎亲喜宴上，宾客汇聚，各色人物出场，故事情节徐徐展开。在此开启了庄大奶奶新的人生计划，生发了多条情节线。首先，庄大奶奶为解决酒厂进城的厂房问题，二度进了袁通的家，带出了袁家一大家族的各式人物；然后，为研发桑葚酒，跑了李半仙的家，又带着一串串的故事；再者，亲家公刘生为蚕丝的收购走近了唐家，由此展开了一个宏大叙事架构。五个家族三代人，如同滚雪球一样，从溧水一地小村落逐渐抽丝织网般地通往小镇、小城，从民间传统生计进入工商业多个领域，并与现代都市有了直接联系，整部家国大戏才真正开始上演。

剧情起点的1907年，江南风景并非水绿花红。据记载，3月初东南数省灾情严重，连续出现抢米风潮。9月日轮“大福丸”号于镇江沉没，死三百余人。此后，辛亥革命世道大变，天灾人祸，兵荒马乱，像庄家那样的小户人家种桑养蚕、收谷酿酒，运输销售，哪一步能是顺水顺风的呢！

《根》剧的背景设置是在风起云涌英雄辈出的大变革时代，讲述的人物故事，都有着异彩纷呈的独特经历。有一等儒雅才子、共产党员庄坤林，为抗日救国，甘愿舍家抛业，捐躯沙场，弘扬红色爱国主题的正能量；有在淞沪抗战、南京大屠杀、皖南事变等历史大事件中的小人物，感受时代艰难，体验命运悲欢，再现时代的厚重历史感；有以庄大奶奶为代表的江南女子种地养蚕，共享隽永清淡的田园牧歌，背负家国民族的时代之难。

鲜活的人物形象，真实的历史事件，无不感动着读者：

庄家收养的义子黄大树，与袁家小姐梅儿和兰儿演绎了一出现代版的姐妹易嫁。

李邱巴诱惑弹棉花的哑巴女，分分合合终成眷属。

黄秋生从土匪窟里偷来的玉石，一石可以掏出十对翡翠手镯，一夜平地暴富，又要炫富又怕露富。

庄坤林偷买武器，组织护村队，捣毁日军情报站，伏击日军骑兵，在粮食收购上与日伪军斗智斗勇。

庄大奶奶为了防止日军抢粮，带领自家村民用自家的白酒，火烧了自家的粮库。

这块土地上发生的传奇故事，极具变数，峰回路转、跌宕起伏，有儿女情长的牵挂，有家国情怀的融合，更有平凡人的不平凡。《根》剧以多线多枝，走村串户地展开了一幅幅俗中见雅，情真意切的乡村传奇画卷，既是一幅乱世之人情世态图，又是一幅世外桃源的乡村田园画。

《根》剧在叙事安排上，无论是对于家长里短，一地鸡毛的碎片琐事，还是对于战火纷飞、抗日救国的家国大事，都是以庄家故事为中心，辐射至周围的黄、刘、袁、唐四家，形成了以庄家为中心的五族发家史。剧情设置上，没有对时代物质浮华的功利追求；也没有洒狗血、搞黑厚、煽虚情，尔虞吾诈，阴谋内卷；更没有跳出时代的历史，刻意拨高人物的成长。而是真实再现了江南近五十年历史的波澜壮阔，风起云涌，展示了红色革命精神的真实价值。

《根》剧在情节布局上，也有意地做了曲折多变的安排。比如对与庄大奶奶相关情节的安排上，既按部就班，又不落俗套。庄大奶奶表面上吴语款款，优雅得体，但在面对大事时都能处变不惊。虽有湍流汹涌，基本都能处理得波澜不惊。像坤林取名风波，庄大奶奶给孩子取名庄坤林，虽然遭到来自锡儿、族长等人的责难，但她坚持初衷，巧妙周旋，化解了亲友间的矛盾。而面对坤林的婚姻大事，剧本在处理庄大奶奶的传统保守思想观念与接受过现代思想教育的儿子之间的矛盾时，没有按照过去文学作品中革命者与家庭决裂的套路，来设置故事情节，而是使这场包办婚姻取得了圆满的结果，甚至后面的情节也没有增加俗套的婚外情。当坤林走上革命道路时，庄大奶奶和老伴世伯虽然不能明白儿子的高节大义，但他们并没有坚持对庄坤林的掌控，而是帮着儿子筹集钱财、接待新四军战士，默默地支持他的事业。

至于在翡翠玉器分配不均引起的嫉妒，未婚哑女的怀孕勾起的愤怒等情节的安排上，剧本也都是处理得干净利落。每一笔人情事理，都被放在明明亮亮的桌面上，按牌理出牌，不肯多一分一厘的非分之想，使故事的发展合情合理。

《根》剧在戏剧冲突的设定上，虽然作了充分的准备，为人物的成长设置了不同形式的冲突模式，但给人印象更为强烈的却是其强调人物行事平中出奇的自然叙事。剧的人与事并没有受宏大叙事题材的限制，也不严格遵循文体规则的束缚。如果说有反复出现的精神主基调，那就是庄大奶奶那种风轻云淡地处理人间烟火，对家人亲友的关爱与尊重，对自己成时低调败时自尊的精神坚守。这种在江南稻耕文化中传承积淀下来的文化自觉，已经成为特色鲜明的精神基因流淌在这些人物的血液中，也正是这些基调明亮的温良恭俭让，形成了《根》剧追求的文化精神。

《根》剧还成功地借用高大挺拔的银杏树，完成“根”的文化隐喻。当年庄大奶奶为庄家的儿子取名时，做过一梦，梦中有老者问：“庄家村村口的银杏树和庄家村后山的歪脖子树，你选哪棵树？”庄大奶奶毫不犹豫地选择了银杏树。剧中的银杏树既是正义善良的庄氏家族的象征，也是中华民族坚持抗日永不言弃的精神再现。它是人类生存史上最古老的活化石，枝丫上挂满金黄的银杏叶，树干下是深入泥土中无数交叉相接的根。这正是中华民族家国相连、守土抗争的精神特征，是红色文化的精神之根。

剧终，银杏树被砍了。已经高寿八十岁的庄大奶奶无法平静地接受这个毁灭性的打击，歇斯底里地向众人发作：

大奶奶心急如焚，使劲撑着竹竿，脚下也来劲了，竹竿头触着石板，通通地响。

大奶奶一步一移，渐渐地看清楚了，高大的银杏树不见了，地上留下一大片散落的银杏叶，在风中飘滚着。

三个巨大的树干根，裸露在外。

大奶奶："银杏树砍了？庄家村变得头重脚轻了呀。"

"哪个杀千刀的啊，砍了银杏树！"大奶奶愤怒地叫着，拼命地将竹竿，敲打着地面，发出"通、通"的声音。

一个民间普通的生命轨迹，化成天地间的明亮流光。以人物为主导，情感饱满，倾向鲜明，居价值取向之正位的影视剧，不好写。但是，该剧以自然的人物，简洁的叙事、密密的细节，将乡风民情的传说奇闻，带着浓郁诱人的泥土气息，与变动的历史和精神文化紧紧地交织在一起，形成了有征服力的吸引。

庄深先生的长篇电视连续剧《根》的剧本，有幸拜读，感觉甚好。掩卷难忘，江南溧水地区那三棵历经千年的古银杏树，雄姿勃发；黄金色树叶下，庄大奶奶摇曳走过，那是多么阿娜多姿的身影。没有故事的家乡是一片精神的荒原。一路乡音、一袭乡风是我们家国情怀的扎根基础。幸运的是我们总有那一些深爱着生养自己土地的叙事者。记得老作家柯灵谈及所著《十里洋场》时说，自己在沪六十年，对这块土地有太多的了解和太深的感情。上海百多年，凝聚了一个民族的辉煌转折，发生的变化巨大而惊人，要写的东西实在太多。但他笔下的上海的故事，却是自己亲身所见所闻，其中的滋味，别人难以体会。

庄先生也说过类似的话，也是这样以《根》剧向故土与先辈敬礼的。期待庄先生的剧本早日搬上荧屏银幕，与广大观众共享。

2021年8月8日

（作者系上海戏剧学院教授、博士生导师）

目　录

contents

序 ……………………………………………………………………姚扣根　001

第一集 ……………………………………………………………………001
第二集 ……………………………………………………………………022
第三集 ……………………………………………………………………038
第四集 ……………………………………………………………………057
第五集 ……………………………………………………………………076
第六集 ……………………………………………………………………101
第七集 ……………………………………………………………………124
第八集 ……………………………………………………………………142
第九集 ……………………………………………………………………162
第十集 ……………………………………………………………………179

第十一集 …………………………………………………………………197
第十二集 …………………………………………………………………211
第十三集 …………………………………………………………………226
第十四集 …………………………………………………………………243
第十五集 …………………………………………………………………257
第十六集 …………………………………………………………………273

第十七集 …………………………………………………………………………291
第十八集 …………………………………………………………………………311
第十九集 …………………………………………………………………………325
第二十集 …………………………………………………………………………343

第二十一集…………………………………………………………………………363
第二十二集…………………………………………………………………………388
第二十三集…………………………………………………………………………413
第二十四集…………………………………………………………………………433
第二十五集…………………………………………………………………………454
第二十六集…………………………………………………………………………472
第二十七集…………………………………………………………………………490
第二十八集…………………………………………………………………………506
第二十九集…………………………………………………………………………523
第三十集 …………………………………………………………………………543

第三十一集…………………………………………………………………………560
第三十二集…………………………………………………………………………577
第三十三集…………………………………………………………………………597
第三十四集…………………………………………………………………………611
第三十五集…………………………………………………………………………636
第三十六集…………………………………………………………………………656
第三十七集…………………………………………………………………………672
第三十八集…………………………………………………………………………693
第三十九集…………………………………………………………………………712
第四十集 …………………………………………………………………………733

内容梗概

第一集

公元 1907 年，江苏省溧水县庄家村。庄家是大户人家，庄世伯和柳月（庄大奶奶）结婚二十年未有生育，大奶奶愧疚庄家无子嗣，执意要去茅山烧香拜佛，讨个生子的秘方。马车夫黄大树是庄家的义子，自幼学武，其父黄秋生靠赶马帮为生，途经甘肃遇土匪打劫，为保护黄大树而被迫入土匪伙。黄大树突患疾病，命垂一线，庄大奶奶领郎中李半仙及时医治。黄母丁大娟为报救命之恩，将黄大树过继给庄家当义子。

庄大奶奶茅山求得签词，返家途中遇牛屎山土匪刘金打劫。庄大奶奶请袁枚后代袁通拆解签词。签词告诉庄大奶奶要到一个叫杏花村的地方为丈夫庄世伯纳妾生子。庄大奶奶心有不甘。

庄大奶奶派庄家后生四处寻访杏花村无果，踏春途中遇狼，被一猎人（锡儿，女扮男装）救下，误打误撞来到杏花盛开的刘家村。庄大奶奶下了盘好棋，说服了锡儿的父母刘生和陶玉如，定下了亲事。

第二集

庄世伯埋怨庄大奶奶纳妾花了大价钱，庄大奶奶将全盘考量说与庄世伯听后，庄世伯佩服庄大奶奶的精明。刘生一家来庄家打探，对庄家的现状和庄世伯表示满意，稍后，庄家迎娶刘锡。袁通在喜宴结束时，诱导庄家大奶奶购买袁宅对面的一座老宅，意图浑水摸鱼捞上一笔中介钱。锡儿嫁入庄家后有了喜，庄大奶奶成功地将房价压低并购买了老宅。庄家商议日后的发展，庄世伯坚持以土地和粮食为根本，庄大奶奶认为要大力发展养蚕和酒坊生意。庄大奶奶从李半仙处了解了桑葚酒的功能，并试配研制了桑葚酒。刘生外出寻访昔日朋友，无意中探知了在常州做蚕茧生意的姓钱的女人。

第三集

庄大奶奶用八角井的水秘制桑葚酒。刘生用计从姓钱的女人嘴里套出了蚕茧销售的渠道。刘生不辞辛苦去苏州寻访到了唐少松，唐少松被刘生的诚恳打动，答应来年工厂将收购庄家蚕茧。庄大奶奶召集庄家村妇女养蚕，遭到庄家村妇女和庄世伯的反对。庄大奶奶费劲心思和口舌，统一了众人养蚕的决心。刘生提议淘汰以前装酒的陶罐，庄大奶奶请袁通设计了桑葚酒的酒标，并将桑葚酒取名为神仙酒。刘生在刘银的帮助下，订制了玻璃酒瓶。袁通三妾面临生产。刘生思念失踪的两个儿子(刘金、刘铁)，与另两个儿子刘银、刘铜回忆以前发生的令人揪心的事情。庄家县城大宅装修完毕，搬入新居指日可待。

第四集

刘生父子三人回忆出逃安徽保界老家时的情景，忧心赵家会赶到溧水寻仇，担心刘金和刘铁被赵家抓获而遇害。庄大奶奶抓住袁通为儿子办百日宴的机会，推出了庄家生产的神仙酒并大获成功。庄大奶奶拟为黄大树提亲，刘锡得知庄大奶奶在县城为自己购买了新宅大为感动。刘铜与刘生商量在常州推销神仙酒。刘锡搬入县城庄宅，与袁通三妾小桃红关系融洽，并认识了袁家“四朵金花”梅、兰、竹、菊。庄大奶奶瞒着黄大树，给干儿子建新屋。刘生随船去上海贩卖秋茧大获成功。在踏秋过程中，梅儿与黄大树有了朦胧的爱意。刘锡羡慕小桃红在县城医院生产。刘锡为了确保生个儿子，故意诓小桃红明天来家中给她看珍藏的宝贝。

第五集

袁大奶奶训斥梅儿、兰儿骑马。锡儿用家中珍藏的老山檀香与小桃红结拜金兰。李半仙托庄大奶奶做媒，庄大奶奶耐心开导邱萍，使邱萍对李半仙产生了好感。庄大奶奶发现了黄大树喜欢梅儿的端倪，锡儿告诉庄大奶奶与小桃红结拜金兰，并对邱医生为小桃红接产非常羡慕。赵县长的公子追求梅儿，送梅儿金玫瑰，并怂恿梅儿一起去美国读书。袁大奶奶在梅儿面前大赞赵林，梅儿不以为然，流露出对黄大树产生的爱慕，梅儿将初吻给了黄大树。庄大奶奶替袁通的儿子取名，并意外得知赵家与袁家正在商议定亲之事。为保护黄大树，庄大奶奶以建房的名义把黄大树带回了庄家村。庄大奶奶去县城医院拜访了邱医生，黄大树得知有人在追求梅儿心烦意乱，独自骑马去了木果河边，意外发现梅儿与一后生正相拥接吻。黄大树怒火中烧，策马赶往河对岸。

第六集

丁大娟担心黄大树出事，和陶玉如一起在古石桥守候黄大树。黄大树不听母亲劝阻，被母亲打了一巴掌。黄大树当着庄大奶奶的面流下了委屈的眼泪。梅儿欲与黄大树解释，黄大树决然离去。庄家村的蚕茧卖出了好价钱，大奶奶让黄大树敲锣通知养蚕户来庄家大院分钱。庄大奶奶担心夏季蚕茧的生长，拉上黄大树挨家挨户检查养蚕情况。庄大奶奶梦见庄周托梦，并对银杏树产生了深刻的感悟。邱萍怀孕，李半仙与邱萍为腹中子取名争论不休，庄大奶奶替腹中子取名为李邱巴。

庄大奶奶替黄大树建新屋，让丁大娟甚为感动。袁家传来马蹄声和哭声，众人随庄大奶奶门外一探究竟。

第七集

梅儿随赵林去美国读书，黄大树怅然若失。兰儿暗恋黄大树，借故将梅儿赠与黄大树的礼物递交黄大树，以便于接近黄大树。

唐少松建议刘生将酒送至上海出售。刘生在常州为刘银娶姜家女不惜付出大代价。丈母娘不是省油的灯。过年庄家添丁，庄世伯喜极而泣。庄大奶奶瞒着锡儿去庄家宗庙替儿子入名。黄大树和兰儿走近。刘生在常州替刘银、刘铜买地建房，庄大奶奶在财力上予以支持。丁大娟和黄大树思念黄秋生。庄大奶奶给众人讲御带糕的故事。

第八集

庄大奶奶未与锡儿商议替儿子取名庄坤林，与锡儿产生不爽。锡儿执意要给儿子取名庄坤鹏，在刘生与陶玉如的暗示下锡儿作出了妥协。黄大树带兰儿骑马，得知梅儿纸条的内容和红豆触景伤感。兰儿和黄大树产生了情愫。刘银与黄婉如约会，刘铜见机与黄婉如闺蜜江文竹搭讪。送到上海的蚕茧出了次品，造成严重后果，庄大奶奶忧心忡忡，让刘生速赴上海处理，并在庄家村养蚕户中开始了调查。

第九集

刘生赶到上海，庄家的蚕茧确实出了大问题。工厂老板严令唐少松杜绝与庄家的生意，刘生经营面临危机。在唐少松的斡旋下，平息了蚕茧质量的风波，并将损失降到最低。庄世伯埋怨庄大奶奶，不该将李家村的养蚕户拉进来。大嘴拉上香儿娘，从庄家村的养蚕户查起，一直查到李家村的养蚕户，并怀疑李婶将坏茧以次充好，引发了庄家村养蚕户和李家村养蚕户的情绪对立。

邱萍在庄大奶奶的帮助下顺利产子。

庄大奶奶承担了此次卖茧的损失，并发誓饶不了以次充好的人家。大嘴提醒庄大奶奶，坏茧可能是看粮仓的老李头所为，引起了庄大奶奶的警觉。

第十集

庄坤林、袁旺松顺利成长。兰儿高中毕业，面临去外地读大学和结婚嫁人的选择。兰儿以给父母讲马车夫的故事为由，向父母表达了喜欢黄大树的意愿。兰儿父母同意婚姻自主，但需庄家出面提亲。

庄家承担了黄大树娶兰儿的聘金，并答应了袁家的其他要求。庄家与袁家就婚礼举办的地点产生了争执，袁家考虑的是赵县长参加婚礼时的安全，庄家考虑的是众多乡亲们来去的方便。最终双方达成了统一。

婚宴结束的晚上，丁大娟思念黄秋生喜极而泣。夜深人静，门外传来敲门声，丁大娟惊恐不安。

第十一集

在黄大树新婚之夜，黄秋生回家，丁大娟惊喜不已。丁大娟将十八年来的生活说与黄秋生听，黄秋生将在甘肃武威入土匪伙的经历说与丁大娟听。黄秋生趁官军突袭匪巢劫得土匪头目金不换的财宝，潜逃回溧水。土匪头目金不换从悬崖摔下后并未丧生，骑着大白马跑回老家隐藏并娶妻。在金不换大喜之日，打散的土匪上门索要山寨财宝，搅了金不换的喜事。黄秋生回来的消息传遍了十里八乡，大奶奶和众人上门探望。

第十二集

兰儿回娘家，黄秋生送兰儿一块极品和田籽料。丁大娟和黄秋生将剩余财宝进行了隐藏。袁通担心玉石的安全，拟将玉石送苏州制成玉镯。大树和兰儿婚后，庄大奶奶在县城庄宅给大树和兰儿安排了住处。在得知山寨财宝被黄秋生所劫后，众土匪发誓一定要找黄秋生报仇。在金不换的指点下，土匪们上山挖掘剩余的财宝。

第十三集

挖掘财宝的土匪被另一群打散的土匪包围，两股土匪瓜分了财宝，各奔东西。土匪头目小三子安排其他土匪去江南打探黄秋生的下落。袁通携家人来到苏州与老友赵画家见面，并将和田玉制成镯子。赵画家送袁通一幅古画。唐少妇的女儿婷婷和小桃红的儿子旺松定下娃娃亲。袁家二奶奶、袁家三奶奶对袁通没能带她们去苏州颇有意见。袁家去苏州制玉镯之事被庄家知晓，让兰儿和黄大树非常尴尬。

第十四集

黄大树在庄家二奶奶面前为玉石之事撒了谎，心里万分愧疚。与兰儿一起回庄家村向黄秋生商讨解释的方法。黄秋生担心玉石之事消息外传，被土匪寻访到自己的下落。为了不让庄家大奶奶见怪，黄秋生独自去南山用假石冒充玉石送给庄家大奶奶，被庄家大奶奶拒绝。李半仙和秋萍生子，秋萍将祖传长命锁挂在儿子李邱巴的脖子上。黄大树在锡儿面前说出了玉石的实情。刘生在常州遇到了大喜事。

第十五集

刘生告诉庄大奶奶，在常州遇到的大喜事。庄大奶奶认为黄秋生肚子里隐藏着秘密。黄秋生教黄大树练枪。红枪会在安徽和溧水兴起。赵县长和赵夫人得知袁家玉石之事，猜测是黄秋生所送，以请黄秋生吃饭为名，旁敲侧击威胁利诱，骗取了黄秋生一块石头。

第十六集

赵县长将骗来的石头珍藏家中。赵县长在安徽的远房亲戚寻仇到了溧水，并收受了远房亲戚赵扣扣的一根金条，赵扣扣担心庄家的势力强大，寻找赵县长当靠山。赵县长答应远房亲戚的请求，让汤全去庄家邀请庄大奶奶和刘生去状元楼赴宴，庄家为防万一进行了安排。庄大奶奶替刘生向赵扣扣赔礼道歉，并支付了赔偿金。赵扣扣将赔偿金全部送给了赵夫人。黄大树得知庄大奶奶向赵扣扣鞠躬赔礼，心有不甘，认为干娘丢了面子，率人在赵扣扣回家的必经之路为庄家争回了脸面。

第十七集

庄坤林和袁旺松高中毕业。袁旺松面临提亲，庄坤林羡慕袁旺松所定的娃娃亲。赵林在美国出轨苏北女孩，面临美国法律的追究，与梅儿分居被迫回国。庄坤林带着袁旺松回庄家村与儿时玩伴们相聚，李邱巴摘西瓜不付钱，被黄大树的儿子黄德胜数落。庄家得知袁旺松即将完婚，给庄坤林提亲。庄坤林和袁旺松先后成家。

第十八集

庄坤林婚后接管了庄家的生意，熟悉了庄家的业务。汤正益面临生产，此时县城医院倒闭，邱医生回了日本，花匠看守着医院。庄坤林与刘银送货去上海，在火车上得知震旦大学招生，庄坤林瞒着舅舅刘银悄悄报考了震旦大学。汤正益产下一子，得知庄坤林报考了震旦大学，汤正益忧心忡忡。庄家人统一了思想，做通了汤正益的工作。袁旺松欲垄断县城米业，引起庄家的不满。赵林从美国回到了溧水。刘锡为孙子取名庄维根。

第十九集

庄坤林给李邱巴出谋，希望李邱巴尽快找到心仪的女孩。李邱巴喜欢汤正益的妹妹，把喜欢的念头压在心里。李邱巴讨好弹棉郎父女，骗取了父女俩人的信任。

第二十集

李邱巴设计诱奸了哑巴女。李家夫妇极力反对李邱巴与哑巴女在一起。弹棉郎得知哑巴女儿怀孕，持刀上李家讨说法。李家赔款平息了危机。李半仙忍痛开打胎药方，李邱巴动了恻隐之心，给哑巴女配了保胎的药丸，并将祖传的长命锁扔给哑巴女。弹棉郎用赔偿的钱在县城开了间弹棉坊。庄坤林与同宿舍兆明亮、李三保、高桥三位同学聚餐，庄坤林买单。哑巴女产女，弹棉郎串通王三娘将孩子遗弃。庄坤林遇上海一·二八事变，与同学们一起参与救护中国军队伤兵。

第二十一集

庄坤林寒假回溧水，全家人都为庄坤林抢救中国军队伤兵的举动而骄傲。庄坤林和袁旺松发现废弃医院的端倪。庄大奶奶向庄坤林讲述捡到庄雪花的事情。袁旺松向庄坤林开口借钱建粮库。高桥辍学回日本上军校。庄坤林托李三保购买枪支。赵县长煞费苦心为赵林谋取官位，将珍藏的玉石献给李厅长。赵县长向赵林传授官场独门秘诀。

第二十二集

李厅长托马来西亚富商检验玉石真伪。马来西亚富商身缠官司有求于李厅长。富商花巨资购买下玉石，并将玉石抛弃于河中。李厅长出面为赵县长公子赵林谋取官位。庄坤林处于人生的十字路口。庄坤林准备成立庄家村护村队。共产党员兆明亮拜访庄坤林，兆明亮支持庄坤林成立护村队的举动。贾亮出山。庄坤林向庄大奶奶要巨资购买枪支，引起庄世伯的不满。黄大树的儿子黄德胜不辞而别，参加抗日义勇军。黄大树为庄坤林拟定护村队人员名单。李邱巴坚决要求参加护村队。金不换获知黄秋生的下落，谋划报复方案。

第二十三集

哑巴女心里难忘李邱巴，拒绝说媒劝嫁者。庄家和袁家的孩子们读书成长。庄慕兰心性高傲，在孩子中受孤立。庄维根被土匪绑票，庄家求助黄秋生。县城保安团长汤全与庄坤林套近乎。黄秋生破译土匪黑话信件。牛屎山土匪头子刘金发现被绑的庄维根是妹妹刘锡的亲孙子，责令土匪将庄维根送回庄家。兆明亮关注庄家护村队，引导庄坤林参加革命。庄坤林购买的枪支有了着落。

第二十四集

庄维根平安回家。李三保来信。刘生获知儿子刘金是牛屎山土匪大当家。庄坤林踏勘接货地点。袁旺松粮食生意红火。公平米行倔老头宁死不卖米行。庄坤林发现了哑巴女。庄坤林、贾亮、黄大树去木果河码头接货遇险，兆明亮率抗日义勇军战士护驾。黄大树在木果河畔与儿子黄德胜相见。庄世伯和庄大奶奶开始担忧庄坤林的安危。庄坤林欲向兆明亮提出入党申请。

第二十五集

新四军成立了溧高县，兆明亮任县长，庄坤林任新四军韩湖区区长。庄家护村队正式成立，黄大树当队长，贾亮当副队长。李邱巴落榜护村队员，李半仙带着李邱巴找到庄大奶奶讨要说法。庄大奶奶说服了黄大树，让李邱巴当了后勤组长。赵县长警惕庄家村成立的护村队，派汤全实地查访。汤全借机欲私卖枪支给庄坤林。庄坤林对废弃医院的花匠身份产生了怀疑。

第二十六集

赵县长倒卖枪支中饱私囊。袁家人去庄家村避暑。庄维根和袁依冰青梅竹马。袁旺松向中国军队供应军粮获利丰厚，归还庄家借款。卢沟桥事件爆发，庄坤林怒火中烧。李邱巴告诉父母当年没给哑巴女打胎药，李家有后。庄坤林和黄大树探访废弃医院。中秋节，赵县长与庄坤林就当前中国局势发生争论。

第二十七集

赵县长明确表示不当汉奸。中国军队抢运军粮。局势紧张，兆明亮向庄坤林布置当前工作。庄坤林选择刘家村作为游击队基地。袁旺松粮库的粮食供不应求。庄坤林告诫袁旺松未来不能卖粮给日本人。日军飞机轰炸县城。庄坤林率黄大树、贾亮、李邱巴捣毁了日军情报站。庄坤林公开自己的共产党员身份，号召父老乡亲们投入抗战。

第二十八集

庄大奶奶支持庄坤林投入抗战。赵林、汤全欢迎日军进入县城。日军帮助赵林掩埋死难的中国民众尸体。弹棉郎父女躲过大轰炸一劫。赵林担任了伪县长。日军计划开始控制粮食。日军悬赏提供情报人员遇害信息。日军摆下鸿门宴，庄大奶奶决然赴宴。日军高桥司令意图拉拢庄坤林。袁旺松求助庄大奶奶。

第二十九集

赵林获知是庄坤林消灭了日军的情报人员，故意不向日军举报。日军送钱送枪给红枪会，让红枪会看守地盘。红枪会偷袭新四军，新四军损失惨重。黄德胜和大高个负伤。新四军出动部队剿灭了红枪会，占据了洪蓝镇。庄大奶奶悉心照料负伤的新四军战士。红枪会首领刘铁被黄德胜打死，庄大奶奶唏嘘不已，叮嘱黄大树不让刘生知道儿子刘铁死亡的消息。黄大树获知庄坤林孤身前往天生桥见袁旺松，策马前往天生桥，去保护庄坤林。

第三十集

庄坤林独自来到胭脂河畔，随小女孩梅子去家中避雨。庄坤林从梅子父母嘴里得知胭脂河畔常有日本兵前来观光探奇。袁旺松恳请庄坤林日后抗战胜利了，为他证清白。黄德胜伤愈归队，送庄慕兰木头手枪。日军谋划偷袭洪蓝镇新四军。黄德胜在部队布防问题上与李德生产生重大分歧。汤全带领日军走小路偷袭新四军，梅子发现日军偷袭新四军，被日军开枪射杀。枪声惊动了新四军，新四军按预案成功突围，日军付出了沉痛的代价。庄坤林决心替死难的梅子报仇。

第三十一集

李邱巴巧设木钉板，庄坤林在天生桥伏击了前来观光的日军骑兵。李邱巴自告奋勇去县城给汤全送警告信。弹棉郎父女掩护李邱巴逃跑。日军通缉庄坤林。弹棉郎父女逃离溧水县城。汤全在日军司令高桥面前告赵林的罪状。

第三十二集

庄大奶奶安排刘生转移庄坤林的一双儿女。庄坤林布置游击队加强警戒。保安团更旗易帜，汤全小人得志。汤全率兵丁去庄家滋事，兵丁调戏庄雪花。陶玉如开枪打伤兵丁。汤全被日军痛揍一顿。赵林未经旺松同意，将粮食全部卖给日军。

第三十三集

汤全的保安团被日军缴枪，袁通劝赵林尽快回美国。赵林假意安慰汤全。庄坤林率领游击队阻挠何老爷，老三胖将粮食卖给袁旺松。袁唐平和庄雪花擦出了爱情的火花。

第三十四集

黄德胜所在的部队向安徽转移，黄德胜闹情绪。黄德胜发现清弋江浮桥存在的隐患，担心部队的安危。李德生拉上黄德胜去营部向刘沸腾营长报告。新四军处境危险，四面楚歌。黄德胜惦念庄慕兰，为庄慕兰买了精致的木梳。浮桥被洪水冲垮，新四军寒冬涉水过江。新四军被国民党军包围，发生激烈战斗。黄德胜突出国军包围圈，与刘沸腾的残部会合。黄德胜集中五挺机枪打了国民党师部。黄德胜抓获汉奸部队的三名俘虏。新四军成功突围，进入了溧水地区。

第三十五集

三名俘虏商量逃跑计划。俘虏们假意坚决要参加新四军抗日，被李德生收编。庄坤林对游击队员封锁皖南事变的消息，安排黄大树回去探望兰儿。李邱巴意外收获巴豆。黄大树深夜回家途中路遇不明马队。兆明亮深夜前往刘家村。坤林忍痛割爱动员韩湖游击队员全部加入新四军正规部队。庄坤林上牛屎山匪巢，动员土匪刘金参加抗日。

第三十六集

春节，赵林率汤全慰问日军。汤全建议日军春节期间突袭庄家村抓捕庄坤林。刘沸腾收缴韩湖游击队的先进武器，让庄小春和庄小夏感到了委屈。李德生不信任三位投诚的俘虏，用冷兵器替换了三位俘虏使用的先进步枪，引起三名俘虏的反叛之心。二排长发现三位投诚士兵的端倪，向李德生连长反映。黄德胜出主意,将三名俘虏分开。刘金找汤全报仇未果，重回牛屎山匪巢。庄坤林谋划火烧旺松粮库，切断县城日军向驻守南京的日军提供军粮。

第三十七集

俘虏反叛，杀害了庄小夏，用砍刀砍杀了熟睡中的一个班的新四军战士，制造了骇人听闻的血案。叛军计划偷袭正在开会的新四军连部，庄小春拼死报警。新四军围捕叛军未果。叛军向溧水方向逃窜，黄大树发现叛军，心生疑惑，向庄坤林报告。庄坤林和贾亮意识到事情蹊跷，设计消灭了三名叛军。刘金率孙猴子下山助庄坤林成功烧毁旺松的粮库。留在粮库内的马车让日本人知道了是庄坤林韩胡游击队所为。为防日本人抢粮，庄大奶奶忍痛火烧庄家粮库。

第三十八集

袁唐平和庄雪花感情升温难舍难分。袁依冰思念庄维根。土匪头目金不换召集手下土匪骨干前往江南寻仇。庄雪花知道了自己的身世。袁唐平瞒着母亲婷婷,大年初一去庄家村约会庄雪花。袁唐平回家走在山道上,发现了庄坤林的马队回庄家村。庄坤林回家被日军奸细发现，奸细急回县城向日军报告。日军率兵夜袭庄家村，庄坤林、贾亮、黄大树、刘金壮烈牺牲。金不换率土匪来到庄家村偶遇日军骑兵，双方交战，金不换一众土匪为国殉难。李邱巴突出了日军的包围。日军砍下庄坤林的头颅，挂旗杆示众。孙猴子冒着生命危险取下庄坤林头颅送回庄家。

第三十九集

黄秋生终老。庄世伯和锡儿同日去世，庄大奶奶伤心不已。刘家与庄家关系疏远。抗战胜利，日军去南京投降。庄慕兰和庄维根向南京国民政府举报赵林和汤全，国民政府抓获二人。庄大奶奶领着庄家亲友去法庭作证。老赵县长为救赵林费尽心思，找到李三保。梅儿从美国赶回中国，让赵林逃脱了中国法律的制裁。

第四十集

新中国成立，黄德胜转业回归溧水担任区长。黄德胜娶庄慕兰为妻，受到组织处分。庄家被定为地主，按政策财产予以没收。庄维根无钱读书，回庄家村给江旅长写信。李邱巴在收缴庄家财产时，发现了自家祖传的银饰平安锁。庄大奶奶瞒着庄维根，将自家分到的一架水车和老牛变卖成钱，以供庄维根读书费用。村支书杨小光认为是庄维根所卖，将庄维根抓捕入狱。李邱巴看望病重的庄大奶奶，得知了女儿就是庄雪花。袁唐平和庄雪花两情相悦，为营救袁唐平，李邱巴和黄德胜联手证明了袁唐平的清白，换取了庄雪花对自己的原谅。杨小光擅自砍伐了银杏树，大奶奶捍树而死。庄维根被父亲的老战友刘沸腾释放，重获自由。庄维根和袁依冰携手面对新的生活，去了他乡。

第一集

【0. 画面】

秦淮河、石臼湖、长江。（水乡风韵）

山丘沟壑，起伏相连。（镜头定格在茅山。）

桑林，稻田，果园，江南村庄。

隐隐传来一片稚童朗声："离离原上草，一岁一枯荣。野火烧不尽，春风吹又生。远芳侵古道，晴翠接荒城。又送王孙去，萋萋满别情。"

画外音：溧水，这个以水命名的江南小城，是南京的南大门。这里土地肥沃，物产丰富。北有秦淮河，南有石臼湖，经秦淮河可直达长江。水乡风韵，高丘连绵，好一派田园风光。

随着画外音，镜头循着读书声定格在私塾课堂内。（众孩童正在朗读）

键盘声：光绪三十三年，公元 1907 年。

画外音：故事发生在这片土地上，传统的道德理念，深重的家恨国难，复杂的人伦罪恶，映着时代的光芒。踏着先辈的足迹，盘根错节，延续着种族的血脉，根节相连，绵绵不绝，无穷无尽……

【1. 庄家大宅　初秋　清晨】

天未亮。一声清脆的公鸡啼叫声。稍许，公鸡的啼叫此起彼伏。

柳月（庄大奶奶）从卧室内轻轻地走出来，缓缓地合上房门，步入厅堂，熟练地从桌子抽屉里拿出火柴，点燃煤油灯。

庄大奶奶端着油灯，走入厨房，将油灯放在灶台高处。她转身揭开大水缸木盖子，依缸而放。（镜头出现漂浮的刨花片）左手端洗脸盆，右手用葫芦瓢，从水缸里舀了几瓢水倒入盆内。

庄大奶奶将葫芦瓢扔入缸内，将水缸盖合上，坐到桌旁缓缓地沾水梳头。

庄大奶奶走到灶前，弯腰拿起备好的草结，点燃后塞入灶膛。红红的炉火燃烧，映亮大奶奶的脸庞。大奶奶往灶膛内塞入几根干树枝，一股乱麻般的黑烟，炉火熊熊燃烧。

大奶奶起身走向窗户，沉思片刻，把窗户推开。一股浓雾湿湿地迎面扑来。窗外依稀可见群山轮廓，庭院景色。

大奶奶轻轻地合上窗户，转身叹了口气："今天正需要一个好日子！"

大奶奶露出欣喜的笑容。

【2. 客厅　初秋　清晨】

大奶奶捧着一大碗热气腾腾的阳春面，兴奋地步入客厅，见庄世伯坐在太师椅上，一愣（惊讶）。

"咦，西边出绿太阳了？"

庄世伯愁云满面，心事重重，内心叹气，摇了摇头。

"你不乐意？"庄大奶奶将面条放桌上，含笑推了下庄世伯。

庄世伯眉头紧皱，欲言又止。

"怎么？害怕上茅山？"大奶奶收敛笑容，语气焦急。

庄世伯叹气，端起茶杯欲喝。大奶奶夺过茶杯，"砰"地敲在桌上，水从杯中溢出。

"去，还是不去？"大奶奶大声问，杏眼怒睁。

"丢不起人呢。"庄世伯嘟囔了一句。

"哇，"大奶奶委屈地大哭，"庄世伯，你憋了二十年，终于爆出口，怪我不争气呀！"大奶奶说完背转身，双手捧脸痛哭。

庄世伯猛地站起，扳过大奶奶身子，"你误会了！生娃跟种地一样，土地再肥，种子不好，怎么出苗？"

"怎么？"大奶奶泪水满面，目光疑惑地盯着庄世伯的眼睛。

庄世伯："大奶奶，你年轻，身板又好，不能生育，责任在我。二十年过去了，庄家那么多长辈劝我纳妾，传宗接代，续燃香火，我同意了吗？上了茅山回来后仍不能生娃，惹众人背后嘲笑，尴尬不说，更伤了你的心啊，好话坏话都听不出。"

大奶奶："世伯，不孝有三无后为大，你是庄家的独子，五十岁的人了，到现在连个香火都没有，我柳月心不甘啊。"

庄世伯："这么些年，你去寻医拜神，方圆百里的郎中，有些名气有点来头的都去寻访过，有点传说有点历史的庙宇，磕过上千个头，烧过几十光洋的香，有用吗？"

大奶奶："石湫的那对公婆，女的年纪比我大多了，去茅山占了个卦，寻了个生子的药方，回来后没几个月，女的居然怀上了，最近刚生，添了个男丁哩。明摆着问题不在你身上。"

庄世伯："就拿东庐山那座观音庙来说，年久失修，破落不堪，烟火断绝，你让我请来工匠花了那么多银子，为菩萨重塑金身，观音庙香火旺了，我也去拜了无数次，观音菩萨也没显灵，问题就出在我身上。"

大奶奶："我不管，世伯，上茅山吧。"

庄世伯："大奶奶，你都四旬年龄，'亲家母'也断断续续时有时无。土话讲得细，要想有香火，离不开男人的精、女人的血，你再怎么样求签问卦，我不抱希望。"

大奶奶："世伯，我是吃了铁秤砣，非去不可。兴许真的有缘，遇到得道高人指点，事情还说不定哩。"

庄世伯："今天真去？"

"真去。"大奶奶的语气斩钉截铁。

"马车备了？"

"昨天就备好了。我千叮咛万嘱咐黄大树，隔夜喂好枣红马，别让马儿干活，一个来回路程大几十里哪。"

庄世伯用手替大奶奶抹了抹脸上的泪水，"也是怪了，石湫的那对公婆，男的六十五，女的五十三，上了趟茅山，还真有了。"庄世伯不解地摇头。

"茅山真的灵光，那婆娘刚生了个男丁。世伯，我的'亲家母'比那婆娘的'亲家母'来得准啊。"大奶奶羞涩地说。

庄世伯笑了，端起面碗，狼吞虎咽。

“看你个鬼样子，吃了二十年，还是吃不厌。”大奶奶笑着说。

庄世伯一仰脖子，把汤喝光，抹了抹嘴巴，憨笑着。

“我到大门口看看，黄大树把马车套好了没有。”

【3. 庄家大宅门口　清晨】

庄世伯搬开门闩，打开大门。

“干爹，几时上路？”黄大树问。

“不急，待太阳出山，赶得上趟。”庄世伯边说，边捋了捋缰绳。

“带刀干嘛？”庄世伯拍着挂在马车一侧的大刀问。

“山高路远，提防些小毛贼。”黄大树蹲了个马步，扭了扭腰，笑着回。

庄世伯哈哈大笑，“江南地区哪来什么匪患？你是以前跟你爹跑马帮被土匪吓怕了吧？”

黄大树忽地站起，一把拔出大刀，“呼呼”地耍了几招。

“干爹，那时候我小，换了现在，非得和那帮土匪拼一下。”

【4. 甘肃　长武县　密林中　冬日】

黄秋生和黄大树父子俩赶着马队，穿行在森林中。

“爹爹，还有多远到长武县哪？”黄大树问。

“出了这林子，沿大道走半晌功夫就到了。”黄秋生爱怜地望了望黄大树，忽然停住了脚步，侧耳倾听。

从四周突然冒出一群土匪，手持刀枪剑戟。

一头儿乐得哈哈大笑，嚷：“此山是我开，此树是我栽。若想从此过，留下买命钱。”

众土匪一哄而上，杀气腾腾。

黄大树“唰”地出刀，怒目相对。

“哟，这个小兔崽子，断奶没几日，跟爷爷们杠上了？练过家子？”头儿横着问黄秋生。

“犬子少不更事，未满十六岁，确实练过家子，刚学了些花拳绣腿。”黄秋生下马对众土匪拱拳。

“道子上的事儿看来你也知晓，一起上山？”头儿横着说。

“各位爷们，跑马帮只为了糊口。今儿遇上众位好汉，我愿随好汉们一起上山。日后大碗喝酒，大秤分金银，只求好汉们放犬子回家。”黄秋生拱拳弯腰作揖。

“痛快！依了你，上山！”头儿大吼一声，一挥手众匪一哄而上，押着马队就走。

“爹！”黄大树大喊。

“回去！黄家就你这条根。告诉你娘，别挂念爹爹。”黄秋生猛地回。

黄大树忽地翻身上马，消失在密林深处。

【5. 庄家大宅门口　清晨　日出】

庄大奶奶步出宅门，转身锁上宅门，坐上马车。

“啪！”黄大树扬起赶马鞭。

马车一路奔茅山而去。

【6. 茅山　秋日】

色彩斑斓的山林，鸟声，蛙鸣声，流水声。

上山石阶旁，大奶奶心旷神怡。

“大树，你在这歇歇脚，我和你干爹上山。”

【7. 茅山　山门口】

渔鼓声声，香雾缭绕。大奶奶和庄世伯肃然起敬，步入山门。

小童子引领，大奶奶和庄世伯敬香拜佛，十分虔诚。

在小童子引领下，大奶奶和庄世伯进入一间厅堂。厅堂内佛堂高设，正面墙上挂着茅山道教开山师祖陶弘景、葛洪画像，侧墙悬挂雌雄双剑。一老道正双手合十，顶礼膜拜。老道头戴黄冠，身穿法衣，脚蹬云履，手执拂尘，一派仙人样。

道士礼毕，缓缓转身，落座藤椅。道士轻轻地说：“两位施主，可是前来求签？”

“正是。”大奶奶恭敬地回。

道士不语，眼睛瞄着案上摆放的一口铜缸。

“哐当……”大奶奶投入缸内一个光洋。

道士依旧不语，眼睛瞄着铜缸。

“哐当，哐当，”大奶奶又投入缸内两个光洋。

道士还是不语，眼睛瞄着铜缸。

大奶奶将手伸入包内，被庄世伯迅捷按住。“够了！这些钱足够了！”

“施主莫非求观音签？”道士开口了。大奶奶连连点头。

道士拿起签筒递给大奶奶，大奶奶顺手抽出一支，编号为40，翻开一看，竟是上上签。

“好签！上上签三个月来无人抽到。”道士说，欲将签放回签筒。

“慢！”庄世伯叫了声。

道士微微一笑，说：“观音灵签有三十签，六十签，此签为一百签，施主抽得四十签，不正对应着施主的年龄？缘分啊！”

“啊？”大奶奶和庄世伯大惊失色。

道士接过签筒，唰唰地晃动，“砰”地将签筒重重地与案板相击。九十九支竹签蹿出签筒，拂尘凌空一扫，竹签齐刷刷地落在案板上。

庄世伯和大奶奶上前一看，庄世伯惊诧不已，大奶奶惊得双手捂住张大的嘴巴。所有签面朝上，无一支上上签。

庄世伯：“啊，啊，怎么没有一支上上签？”

道士轻轻挥动拂尘：“施主要否查询签词？”

“要！要！”大奶奶嚷道。

道士用拂尘指了指铜缸。

大奶奶哗啦一把投入铜缸数个光洋。

道士提笔在纸上写下几行字，稍后，将纸叠起，装入纸袋，封口。

“此袋需三日后拆开，天机不可泄。心诚则灵，种下善因，必有善果。”

大奶奶唯唯诺诺地接过纸袋，小心放入包内。

【8. 山路　落日余晖】

庄世伯和大奶奶坐在马车上，两人心情失落，互不搭理。黄大树小心地赶着马车。

突然，枣红马“咴儿”的一声嘶鸣。黄大树急勒马缰，枣红马腾空跃起。一群黑衣汉子，凶神恶煞地从路边闪出。

“大白日的，想干什么？”黄大树跳下马车，厉声喝问。

“呵呵，几位莫怕，我们只图钱财，不要人命。”一黑衣人说。

“就你们几个鬼东西，还想抢我们钱财？莫说没有，就是有，凭你们几个，休想取走！”黄大树毫无惧色地说。

一高大孔武的黑衣人上前一步，说：“看来这位后生，是想和我们过过招？”

另一黑衣人，突然拉下头上的面罩，面容活脱脱一个孙猴子。

“哈哈哈，”黄大树大笑，“就你个小毛贼还要过招？”

小毛贼“蹭”地凌空跃起，双臂舒展，如猛虎扑食，扑向黄大树。

黄大树迅捷后退两步，小毛贼连出短拳，直冲黄大树腹部，黄大树顺势扣住小毛贼手腕，一个大背包将小毛贼摔出老远。

大高个猛地扯下头罩，一把脱下黑衣，身板厚实，两条青龙缠绕手臂，胸脯下一遛黑毛，冲黄大树“呼，呼”两拳，右拳直捣黄大树眉心，左勾拳直奔黄大树下巴。

黄大树顺势倒地，兔子蹬腿正中大高个腹部，紧接着弹跳而起，扎了个马步。

大高个一个旋风腿，直扫黄大树脑门。黄大树原地不动，身体一转，左手挡住飞腿，右手一把捏住大高个命根。

“哎哟！”大高个痛苦地求饶。

“大树，得饶人处且饶人。”大奶奶在马车上开口了。

“你们是哪个庙的？”黄大树怒问。

“牛屎山的，专门负责这条道。一年弄个两三次，回庙就可以交差了。”孙猴子回道。

黄大树一步跳上马车，“啪！”的一声鞭响，枣红马撒腿就跑。

大高个拱手在后面喊道：“敢问你们是哪个庄的？日后有事只管来找我们。”

黄大树扭头回：“几个臭毛贼，还想‘后翻炮’哪？”

【9. 庄家大宅　客厅　秋】

“世伯，这心里捣鼓了三天，你拆吧？”大奶奶手上拿着信，不安地说。

“还是你拆吧。在茅山就一两个时辰，损失了几亩地哩。”庄世伯脸上流露着焦急和不安。

大奶奶望了眼庄世伯，小心地拆开信，轻声念道：

“命中有时终须有，命中无时莫强求。

借问酒家何处有，牧童遥指杏花村。”

“这到底是有，还是没有？道士也没讲明白。”大奶奶埋怨着，顺手将信递给世伯，世伯接过信扭转身细细地看了会。

“这酒家和杏花村有奥妙。”世伯似乎恍然大悟地说。

“从字面上看，酒家是指我们两个，杏花村在山西，莫不是要我们去山西杏花村喝汾酒？喝了汾酒回来才会有？”

“七搭八搭。杏花村离庄家村那么远，八竿子都打不到一起。”大奶奶突然一拍腿，“干脆，明天把袁通请到家里来吃饭，让他给把把方向？”大奶奶脸上兴奋至极。

“对呀！他是袁枚的后人，袁枚在溧水当过县太爷哩。”庄世伯兴奋了。

大奶奶：“世伯，袁通真是袁枚的后人？”

庄世伯：“这袁通，据说是袁枚的后代，反正说不清，也道不明。有人信，也有人不信。信者说，在袁通家里看到过一幅袁枚的自画像，高悬客厅正中央的墙上。不信者讲，那是袁通花一个光洋从别人手中买下来的。”

大奶奶：“其实，信与不信都不重要，关键是袁通姓袁，姓氏上说得过去。再说，袁通本人才学八斗，精通诗词书画，也可佐证。更重要的是，袁通喜好美色、一妻三妾，而袁枚风流佳话，后世皆知。”

庄世伯：“听袁通本人讲，家里珍藏着袁家的家谱，上面有记载。袁通在县城办了个私塾学校，来的全是富贵人家子弟。富贵人家基本认为，袁通就是袁枚的后代。”

大奶奶：“世伯，像袁通这样的人物，庄家请他吃饭会给面子吗？”

庄世伯：“我和袁通认识，好在庄家酒坊酿造的酒，供着袁家开的‘状元楼’哩。”

大奶奶：“明天赶早，让黄大树赶着马车去接袁通，我去找个厨子，备些个好酒好菜。”

庄世伯："嗯。"

大奶奶："世伯，明天你亲自上一趟袁宅？也显示庄家的诚意。"

庄世伯思索了一番，“用不着。庄家是县城数得过来的大户，财力上厚过袁家。再说了，庄家的老祖宗是谁？全中国的老百姓都知道。”

大奶奶："这倒也是。"

【10. 袁家　清晨　日出】

黄大树坐在马车上，翘着二郎腿。

袁家客厅，墙上挂着袁枚像。

袁大奶奶："老爷子，庄家的马车夫在大门口等了半个时辰了。"

袁二奶奶："庄家不就是个土财主嘛？老爷子说请就去？"

袁三奶奶："就是，袁家书香世家，老爷子总得要摆点谱。"

小桃红（袁四奶奶）腆着肚子："庄家请老爷吃饭，人家客气，咱们也不能无礼呀？"

袁通悠悠地从太师椅上起身，沉思片刻。

“都别说了，庄家是县城数得过来的大户，为人也忠厚。老话说，富人与富人常走动越来越富。虽说袁家的老祖宗是袁枚，可人家庄家的老祖宗是庄周啊，这在庄家村宗庙的族谱上是有记载的。唉，拿袁枚比庄周，那是用向日葵比太阳，萤火虫比月亮啊。”

众人愕然。

袁二奶奶："袁老爷子，袁家的老祖宗著作等身，《小苍山房集》《随园诗话》《新奇谐》，我从小就爱读。"

袁通："二奶奶，庄周是先秦时期著名的思想家、哲学家、文学家。《逍遥游》《齐物论》《南华经》，随便哪一部著作，都把咱老祖宗袁枚压得死死的。"

袁大奶奶："也是，庄家酒坊的酒，供着袁家的‘状元楼’哩。"

袁通悠悠地捋了捋山羊胡须，信步向大门口走去。

众奶奶尾随，目注马车离去。

【11. 庄家大宅　客厅　日】

袁通扫了眼签词，捋着山羊胡须，慢慢地在客厅踱步。庄大奶奶和庄世伯不安地看着袁通。

袁通停下脚步，捋着山羊胡须悠悠地说 :“这个道士真是高人。”

“怎么讲？”大奶奶急切地问。

“前两句是讲，人生命运天注定，该是你的，早晚都会属于你。不该是你的，你付出的再多，也注定不是你的。”

“这么说……”，大奶奶焦急地开口，袁通冲大奶奶摆了摆手。

“玄机藏在后两句，借问酒家何处有，牧童遥指杏花村。这两句诗，是唐代大诗人杜牧所写。前面还有两句，‘清明时节雨纷纷，路上行人欲断魂。’这是告诉你，要清明前后，以踏青的名义，到一个叫‘杏花村’的地方去找。”

袁通捋着山羊胡须不无得意地说。

大奶奶突然一阵昏眩，庄世伯赶紧上前搀了下大奶奶。

【12. 庄家大宅　卧室　烛光　摇曳】

大奶奶侧身躺在床上，暗自流泪。

庄世伯从外面走入卧室，脱下秋衣。见大奶奶流泪，惊慌地上前安慰。

“大奶奶，想开些……”

大奶奶一骨碌坐起，猛地抱紧世伯的脖子，把世伯压在了身下。

【13. 庄家大宅　客厅　日　雪】

大奶奶和庄世伯围着火盆，炭火红红。

老李头走上庄家台阶，使劲地跺着脚，拍打着身上的雪花，随后走入客厅。

老李头 :“大奶奶，仓库里堆满了粮食，我一个人看管不过来吔。”

大奶奶笑着起身，“老李头啊，再待上一段日子，等县城米行的囤粮不多时，粮仓就会空了。过几日，酒坊也要送粮去，让大树顺带着给你家送几袋粮去。”

老李头 :“呃，谢大奶奶了。”说完，感恩告辞。

厨子兴冲冲地踏入客厅，“大奶奶，村西头的捕鱼郎又抓了几只王八，问我收不收哩？”

“收！”大奶奶呵呵地笑着，指着庄世伯说，“这些日子，黄鳝、甲鱼、老母鸡什么的，把世伯补得红光满面哩。”

“哎，那我这就去收。”厨子兴冲冲地出门。

【14. 庄家大院　客厅　冬日　雪】

庄世伯：“大奶奶，别折腾了，再折腾也没有声响。”

大奶奶：“世伯，你坐下来，我俩今儿个交交心。”

大奶奶：“世伯，二十年来，你娶了我可有后悔过？”

庄世伯：“讲哪儿去了。娶到你，是我这辈子的福气。”

大奶奶：“真的？”

庄世伯：“真的。”

“可我没本事给庄家添后啊。”大奶奶心酸地说。

“这么大的家产没个后，我死了，也没脸去见庄家的祖宗啊。”大奶奶哽咽了。

庄世伯眼圈红了，对着炭火烤了烤手，不断地搓揉着。

大奶奶：“我知道你对我好，也知道你的心结。这事，纸包不住火，今天摊开来讲讲。”

大奶奶起身，拢了下头发，说：“现在的大户人家，人丁兴旺，生了几个男丁，照样讨小。你能二十年不开口，我心里服你。”

大奶奶注视着庄世伯的眼睛，洞察着世伯内心的想法。

大奶奶：“黄大树虽说是干儿子，可不带血亲。今后娶妻生子，生多少，还是黄家的根。再说了，他爹爹黄秋生回来，认不认、舍不舍得把黄大树过继给庄家当干儿子？”

庄世伯：“黄秋生一走那么多年，咋没个音讯？”

大奶奶：“黄大树可是黄家的根哩。世伯，黄秋生三十岁那年得子，把大树视如命宝，期盼着能像大树一样，伟岸挺拔，根深叶茂。”

庄世伯：“当年，大树才多大，秋生就把大树送到安徽省朋友家习武，打得一手好拳，后来又拜了大刀王五的弟子，学得一手好刀法。我也有顾虑，哪天黄秋生回家，来庄家反悔。”

大奶奶："秋生走南闯北跑马帮，在道上阅人无数，应该识些理吧？"

庄世伯："黄大树十六岁那年，突患顽疾，命垂一线，要不是你救了大树，黄家早就断根脉了，大奶奶，你还记得吗？"

大奶奶："咋不记得。"

【15. 黄秋生老屋　十年前　冬日】

黄秋生家门口围着许多村人，众人唏嘘不已。丁大娟在屋内哭喊。

黄大树躺在床上，左右不得动弹，不时呻吟着喊痛。

丁大娟："求求大家了，想想法子救救大树儿吧，五六天不吃不喝又不能动，医院去不了，家中又无钱，他爹又不在家，叫我怎么办啊。"

丁大娟下跪，哭求众乡邻。

"五六天不吃不喝，没救了！"

"既不能抱，更不能抬，有什么办法呢？只能等死了。"

众乡邻窃窃私语，无奈地摇头。

突然，门外传来驴子的叫声。大奶奶从驴背上下来，身边跟一黑袍郎中。大奶奶搀起丁大娟，转头面对郎中。

大奶奶："半仙，愣着干嘛，还不去救人。"

李半仙晃悠着进入房间。

半仙上前，查看脸色，又搭了把脉，寻思片刻，无语。

大奶奶："有救吗？"

李半仙："此病不算病，但不看，恐怕活不过两日。"

丁大娟闻听，哇地大哭。

李半仙侧脸问丁大娟："七日前是不是一切正常？"

丁大娟："正是。"

李半仙："五日前是不是肚子不舒服？"

丁大娟："五日前能吃能喝，后来就肚子不行，喊疼。"

李半仙："三日前是不是一直没有拉过屎？"

丁大娟："你怎么知道？"

丁大娟眼里闪着光亮，觉得大树有希望了。

李半仙："一直到现在都没拉过屎？"

丁大娟："是的呀！"

丁大娟浑身抖动，几乎叫了起来。

李半仙又转身望着大奶奶，欲言又止。

大奶奶："有话只管讲，望着我有什么用。"

半仙冲着丁大娟伸出十个手指。

丁大娟（大惊）："十个光洋？"

一乡邻："这么贵？十个光洋，可以讨两个老婆，买两亩土地。"

李半仙闻听不语，无动于衷。

大奶奶："李半仙呀李半仙，你在外学医回乡不久，名声还没有打响，咋钻进钱眼儿里了？都是乡里乡亲，就不能便宜些？"

李半仙："庄大奶奶，收钱多少我自有道理，我这一帖药下去，管保救活一条人命哩。若是救不活这条人命，招牌砸了事小，庄户人家会饶了我吗？不像我在外面做游医，开了药方，收了钱，一拍屁股走人了事。"

大奶奶："救人一命，胜造七级浮屠，我也是功德一桩，钱记在大奶奶名下。"

李半仙一听，脸露喜色，不紧不慢地望了眼黄大树。

李半仙："这后生肝火旺盛，血气足，七日不排泄，肠子涨满污物。渐而变，一动弹，穿肠挂肚的疼。如不排污，毒气攻心，五脏六肺受到侵蚀，肠子烂穿，人命不保。"

众人听了，顿觉在理。

李半仙："只需泻药一帖，污物排出，压力减轻，三日即好。"

李半仙铺开纸笺，边念边挥笔开方。"桑葚子一勺，决明子半勺，水一斤，蜂蜜两勺，调和煮二十分钟，一日两次。"

丁大娟扑通一声跪在大奶奶面前，磕着头。

丁大娟："大奶奶，大树儿若能救活，我当着众乡邻的面许愿，一定将大树儿过继给大奶奶当儿子，以报大奶奶的救命之恩。"

【16. 庄家客厅　十年前　冬日】

庄世伯和大奶奶在院子里忙碌，丁大娟双手提着礼品，黄大树手上也提着礼品，母子俩欢天喜地迈进庄家大院。

丁大娟："大奶奶、世伯，妹妹带着大树登门谢恩来了。"

大奶奶："大娟，大奶奶举手之劳的事情，用不着轰轰烈烈地来谢恩哪，快，客厅坐。"

众人来到客厅，丁大娟母子将所带礼品放八仙桌上。

丁大娟激动地抓着大奶奶的手，"大奶奶哎，我们黄家感念庄家的仁慈，无以回报。我把大树儿带来了，世伯，大奶奶，庄家要不嫌弃我家大树儿，就收了大树当干儿子吧。"

大奶奶："大娟妹妹，哪会嫌弃哟，庄家大院人丁少，缺少人气，我和世伯膝下无子，有黄大树当干儿子，那是求之不得啊。"

庄世伯："大娟，秋生不在家，大树是黄家的根，你可得要想清楚些？"

丁大娟："世伯，你尽管放心，秋生在家他也是听我的，这救命之恩，连畜生都知道要报啊。"

庄世伯哈哈大笑，"好，好，庄家正缺个看家护院的练家子。"

丁大娟："大树，还不给你干爹干娘磕头？"

黄大树扑通跪下，"干爹、干娘，儿子给你们磕头了。"

黄大树恭恭敬敬地磕了三个响头。

大奶奶乐呵呵地上前将黄大树搀起。

大奶奶："世伯，大娟妹妹，待过几日择个好日，摆上喜酒，请乡亲们痛痛快快地来庄家，热闹热闹。"

【17. 庄家大院　客厅　冬日　雪】

大奶奶："来年开春，就按茅山高人的指点，我亲自去给你抬一个回来。你可乐意？"

"千万不要！千万不要！我这辈子伴着你过，蛮好。"世伯诚惶诚恐，连连摆手。

"为了庄家，你要也要，不要也得要，这事不依你！"大奶奶语气坚定。

大奶奶："就这么定了。"

大奶奶："世伯，我柳月心里知道，你不嫌弃我是个大脚婆。二十年来，我没给你生下一儿半女，我愧对庄家啊。"

庄世伯："大奶奶，说真心话，当时我认识你时，没注意到你这双大脚。

哎，大脚还挺好，爬山走路，利索得很。”

大奶奶："要不是我娘走得早，我早就裹上了脚。哎，没那个福气裹脚呀。”

庄世伯哈哈大笑，“大奶奶，若是纳妾，最好还是纳个小脚女人。”

大奶奶假装生气，“看，说真话了吧？还是嫌我这个大脚婆哪。”

庄世伯："大奶奶，二十年的老夫妻了，说句心里话，按传统礼数讲，女人裹脚好，三寸金莲嘛。可按日常生活讲，还是大脚婆好。”

大奶奶走了几步，忽地转身，直面庄世伯，语音颤抖："不过，话挑明了，你有良心，抬回来后，还把我当大奶奶看。你要没良心，我也不怪你，就当我苦命吧。”

庄世伯涨红了脸，起身拉住大奶奶的手，大声说："不要瞎想！只要我活一天，你永远是庄家的大奶奶。”

“我心里先记着你的话，这么说，你认了？”大奶奶转泣为笑地问。

庄世伯不敢开口，只是点了点头。（一阵莫名的欢喜，悄悄地涌上了心头。）

大奶奶："世伯啊，今儿和你一说透，我这心里也是奇怪了，平静多了。这人呀，来到这个世界上，一开始许多事情说不清，辨不明。就像一层窗户纸，捅穿了，什么事情想明白了，心就放下了。一辈子就那么几十年，生老病死，土里一埋，什么都带不走。”

庄世伯："想想也是，想当年我认识你时，庄家土地二三十亩，房子只有七八间，当时家里就两个雇工，我和他们一起喂着牲口，种着庄稼。也没想到这二十年来，你进了庄家，把庄家弄得这么红火。”

大奶奶："世伯，平心而说，自从我柳月嫁过门来，勤俭持家，舍不得吃，舍不得穿。每年秋收后，卖了粮食和牲口，我除了留够家用，多余的钱总是拿来收购土地，鼓动乡亲，种桑养蚕。没几年，土地扩展了，酒厂办起来了，雇工也多了，还盖起了三进三出的大宅子，在县城是数得上的大户人家了。”

庄世伯："大奶奶，你对庄家的功劳都刻在世伯心里了。也是我有福，那年去外地卖茶叶，去你家讨了碗水喝，你心好，还给我煮了一大碗阳春面，那时候我就知道了，这辈子离不开你了。”

大奶奶呵呵笑着，“算你有良心，还记得。哟，眼看着快到清明了，别误了寻找杏花村那个地方。”

【18. 庄家大宅　客厅　清明前夕　日】

黄大树领着春、夏、秋、冬四个本家伢子入客厅。

大奶奶一脸欣喜，从太师椅上起身。

大奶奶：“都来啦。去年，大奶奶去了趟茅山，算命的道士讲，要我找一个叫杏花村的地方。你们四个都是庄家的伢子，帮我去打听打听吧。”

春、夏、秋、冬四个伢子嘻嘻哈哈，你推我搡。

春伢子（嬉皮笑脸）：“大奶奶你放心，杏花村哪怕藏在天边，我们也给你找出来。”

夏、秋、冬三个伢子欢天喜地，拍着胸脯大声嚷着。

“就是。”

“这还不容易。”

……

大奶奶摸出四个光洋摆在桌子上。

大奶奶：“皇帝不差饿兵。桌上的钱你们一人一块，明天动身。春伢子往南京，夏伢子往茅山，秋伢子往安徽，冬伢子往常州，几个方向找找。”

春伢子：“我说嘛，大奶奶托人帮忙办事，从不亏待人。”

夏伢子：“大奶奶，这种又赚钱又能玩的小事，有多少我们都乐意。”

大奶奶呵呵笑着，“你们呀，别跟大奶奶贫嘴，拿了钱，尽心地帮大奶奶去找那个杏花村。”

四个伢子欢天喜地，一人拿起一块光洋，嬉闹着出了门。

【19. 庄家大宅　客厅　清明前夕　日】

黄大树跑入客厅。

黄大树：“干娘，春、夏、秋、冬四个伢子在大门口磨蹭，谁都不愿先进门哩。”

大奶奶：“噢？干娘去门口看看，真是的。”

大奶奶不解地出门，黄大树尾随。

“怎么啦？一个个哭丧着脸？”大奶奶笑着问。

冬伢子吞吞吐吐，欲言又止。

“冬伢子，你有消息呀？”大奶奶笑问。

“有是有。”冬伢子垂着头。

冬伢子 :“我一路问了不下二十多人，有人以为我要买酒，指点我过去一看，是卖杏花村酒的。有人笑话我，讲‘杏花村’这么有名你都不知道，骂我脑痴，让我滚到山西去找，还有人家放狗出来撵我。”

冬伢子诉着苦，就差哭了。

春伢子 :“大奶奶，我一路访到南京，连杏花村的影子都没摸着。”

夏伢子和秋伢子吞吞吐吐欲言又止。

大奶奶 :“尽心了就好。”

大奶奶摸了摸冬伢子的脑袋，“都回去吧，我就不信找不到这个‘杏花村’。”

大奶奶转身往客厅而去，大奶奶走入客厅，一脸惆怅。

庄世伯 :“找到杏花村啦？”

大奶奶 :“奇怪了，这杏花村躲在哪儿呢？”

【20. 庄家村　庄宅　春分季节　日】

黄大树扛着铁锹，领着一村民进入客厅，村民提着一把锄头。

黄大树 :“干爹，这就走？”

庄世伯从厨房出来，手中提了把铲子，“太阳正好，那么些祖坟，修一修要大半天哪。”

大奶奶衣着干净，正照着镜子，闻听，放下镜子，起身问 :“世伯，围坟的石头有的都垮了，多找几个帮手去修坟。”

庄世伯 :“人手够了，这点活，天不擦黑就回来了。”

黄大树 :“干娘，你去吗？顺便去南山踏踏青，外面的花草开得可好看了。”

大奶奶 :“你们先去，干娘待日头再升高些，去南山走走。”

庄世伯 :“大奶奶，我们先去南山。”

庄世伯和黄大树、村民，手持工具出了庄家大院。

大奶奶转身坐下，拿着镜子左端右详，用手梳理着乱发。

大奶奶转身出客厅，厨子正蹲在八角井边杀鱼，鱼儿活蹦乱跳。

厨子："大奶奶，准备几个人的晚饭？"

大奶奶："世伯几人去南山修坟，大奶奶心情好，去南山走走。今儿人多，晚饭多加点菜。"

厨子："哎。"

【21. 南山　太阳高照　万物生机勃勃】

大奶奶站在南山俯视庄家村。

花花草草，阳光下争春。山下，可见农夫犁耕。

大奶奶转身，忽见前方山脚，竟有杏花开放，大奶奶欣喜地向杏花树走去。

大奶奶围着杏花树啧啧称赞。

大奶奶抬头，前方山上还有杏花，惊喜不已，向前而行。

大奶奶伸手拉弯一根花枝，兴奋地用鼻子嗅着。

大奶奶松开花枝，花枝颤抖，杏花飘落。前方又出现杏花树，大奶奶跺跺脚，兴奋地继续向前。

大奶奶身子一抖，脸色大惊，一只灰狼出现在身后。大奶奶往前疾走，灰狼也往前疾走，大奶奶停下不走，灰狼也停下不走。

大奶奶浑身颤抖，弯腰捡起两块石头，与狼对峙。

树林里冲出两只大黑狗，朝狼狂吠。大奶奶面对灰狼，小心后退。

"呯！"一声枪响，山谷激荡。

灰狼一声嚎叫，跑得无影无踪。

树丛里钻出一后生，端着猎枪。

后生："危险啊！大姐，怎么一个人跑到深山里来啊？"

大奶奶："看看风景，踏踏青，迷路了。"

后生："天色不早了，你赶不回去了，上我家吧。"

大奶奶："前方是什么村？"

后生："刘家村。"

后生吹了声口哨，两只大黑狗跑到身边，尾巴直摇。

【22. 刘家村　山路　暮色时分】

大奶奶尾随着后生，向刘家村走去。

沿着山路拐个弯，大奶奶突然“哎呀”大叫了声。

后生：“大姐，怎么了？”

“原来不是杏花村，而是刘家村呀。”大奶奶恍然大悟。

一片杏花树围绕村庄，五颜六色的杏花灿灿地开放。

【23. 刘家村　农舍　春分季节　夜幕降临】

后生推开院落大门，

后生：“爹，娘，有客人来了。”

“锡儿，山疙瘩里，哪来的客人？”话音从屋内传出，一老妇从屋里出来，身穿青衣搭扣衫，脚穿蓝色单布鞋。

陶玉如：“噢，真的有贵客。刘生，有客来啦。”

大奶奶进院，环顾四周。

“大姐从哪里来？”刘生从屋内迎出，一脸笑容地问。

大奶奶：“从庄家村来，踏春迷路遇到狼，多亏你家儿子相救。”

“快，进屋坐。”刘生殷勤地招呼，众人进屋。

锡儿直接入里屋，锡儿娘端上茶水。

“庄家村可知有个柳月？”刘生笑问。

“有。您认识？”大奶奶笑着反问。

刘生：“不认识，只知庄家是大户人家。柳月贤惠，名声在外哪。”

大奶奶：“不敢当，不敢当啊，羞死人了。我就是庄家柳月啊。”

“嘿哟，幸会！幸会！”刘生赶忙起身，书生般拱了拱手。

“锡儿，快出来，原来是庄家大奶奶。”锡儿娘一脸惊喜。

锡儿从里屋出来，长发披肩，甜甜地叫了声：“大奶奶好。”

大奶奶：“哎呀，原来不是后生，是个大美女啊。”

大奶奶起身惊讶地说：“奇怪了，这些年也没听说山后有刘家村啊？”

刘生笑了，“大奶奶，十年前，我在外经商失败，回安徽保界老家途中，误打误撞来到这里。见老大一片山地，土壤肥沃，雨水充沛，非常适宜耕种。不像老家山多地少，求生困难。便接了家人，来此定居，后消息传出，老家陆续有人投奔，才形成今天的小村落啊。”

刘铜、刘银进屋，枪上挂着山鸡、野兔。

“铜儿，银儿，这是庄家村的柳月，庄家大奶奶。”刘生兴奋地说。

“大奶奶好。”刘铜、刘银给大奶奶作揖。

“大兄弟，能否去庄家村报个平安？”大奶奶笑问。

刘铜：“大奶奶只管放心在这儿住一晚，我和刘银骑上快马赶一趟，也就两个时辰。”

刘铜、刘银将猎物取下，背枪出门。

（马蹄声由近及远）

【24. 刘家村　夜　油灯闪烁】

众人围桌而坐。

大奶奶：“大妹子，你是我的救命恩人，姐姐一定要好好谢谢你哪。”

大奶奶撸下手上戴着的金镯子，“这个镯子，姐姐送给你。”

“不要！大奶奶，太贵重了。”刘锡推却，大奶奶执意给刘锡戴上。

大奶奶：“刘大叔，刘银、刘铜两位大兄弟，年青力壮，整天打猎耕田，可惜了。我庄家现在正需要这样的后生，能否让他俩过来帮我拉衬一把？”

刘生看了眼锡儿娘，又望了望大奶奶，笑了笑。

大奶奶：“庄家酒坊目前缺少有经商经验的人管理，刘大叔是否愿意过来帮我一把？”

刘生脸上一惊，对大奶奶笑了笑。

大奶奶：“两个大兄弟如果肯替我负责南山，等百来亩的板栗丰收了，不要卖了，可去县城和常州各开一个糖炒栗子店，庄家投钱。”

刘生坐立不安，扭头望了望锡儿娘。（锡儿娘一脸惊喜）

大奶奶：“蚕场春夏两季，我一个人忙不过来，锡儿娘如愿意过来帮忙，我给你红利，不会亏待你。”

锡儿娘：“愿意！愿意！大奶奶放心，我陶玉如从小和娘一起养过蚕，我养蚕有经验哩。”

刘生端起茶杯喝了口，手明显颤抖。

大奶奶：“庄家给你们夫妇盖三间大瓦房，另外给几个大兄弟各盖两间大瓦房，就盖在庄家村，离得近，好照应。”

刘生颤抖着手，将茶杯放桌上，水差些溢出。

大奶奶：“庄家偌大的财产，无香火传承，我命苦啊。”

大奶奶失声哭泣。

刘锡慌忙掏出手帕给大奶奶，“怎么，大奶奶婚后一直未育？”

大奶奶点点头，“闺女长得如此俊俏，要是我家庄世伯有福气，我宁可让位。”

“啊？”刘锡大惊，紧张地望了眼大奶奶，又转身望着爹娘。

刘锡：“庄大奶奶，我刘锡知书达理，怎么能入庄家当妾？”

刘生：“庄大奶奶，我家小女说得对，刘家虽然清贫，但衣食无忧，小女年龄虽大了些，但也不至于嫁庄家当妾？刘家不图庄家钱财，图的是个名分哪。”

大奶奶：“这个名分好办。妹妹若答应，我明媒正娶，大花轿抬着进庄家，你住正房，我住偏房。”

刘生：“锡儿娘，冲着庄大奶奶这句话，也冲着庄家的声名显赫，锡儿嫁入庄家也不亏。”

锡儿娘：“嗯，嗯。庄大奶奶有这个态度，当属不易。”

大奶奶：“彩礼钱自然不少，不能丢庄家的脸。”

刘锡局促不安，吃惊地望着爹娘。

刘锡：“爹爹，娘，庄大奶奶，我是个大脚婆呀。”

庄大奶奶：“哈哈哈，锡儿妹妹，你看姐姐这双脚，姐姐也是个大脚婆呀。”

刘生兴奋地站起，大声说：“锡儿，你大哥闯祸，耽搁了你的婚事，爹爹一直内疚。”

锡儿害羞地点点头，说：“女儿听爹娘安排。”

大奶奶兴奋地起身，对刘生夫妇说，“明天庄家会派人接我，我回去后，你们再考虑一下。如果可以，三天后你们到庄家来，我们择个好日，把这好事定了。”

刘生、陶玉如连连应诺。

大奶奶：“怎么没见老大、老四两个兄弟？”

刘生叹气：“今天不说他们了，以后结了亲，慢慢地你会知道。”

第二集

【1. 庄家大宅　客厅　春分季节　日】

庄世伯："纳个妾，花这么多钱，你怎么不心痛？"

大奶奶："你怎么看不透？南山是庄家的私山，需要雇人巡山，近些年来，被人家偷砍了不少大树。板栗园年产时高时低，打打板栗费工又费时，贴几个钱让你未来的小舅子去外地开板栗店，板栗不花钱，他们也亏不了本，养家自然没有困难，日后，也不会伸手跟你要钱。养蚕本来人手就少，养蚕户又散落在各村各户，弄个跑跑腿、做做伴的多好？至于酒厂，刘锡的爹爹经过商，跑过江湖，把酒厂生意交给他，财务我一把抓着，他就是想造反也造不成，用好了，还能帮庄家赚钱。"

大奶奶哈哈大笑。

大奶奶："至于给他们几个盖些瓦房，花费不大。我考虑把房子建在粮仓边上，还能给我们看粮仓，看粮仓的老李头跟我嘀咕了好几次了，总说人手不够。"

庄世伯点头，"就是难为你了。"

大奶奶："哦，忘了告诉你，那个锡儿长得如花似玉，只可惜又是一个大脚婆，这是你命中的定数。"

大奶奶说完哈哈大笑。

庄世伯："怎么又是个大脚婆？庄家长辈们知道了，又得背地里笑话我了。"

大奶奶："你看你，心口不一。还不是讨厌我这双大脚哪？"

庄世伯："现在世道也变了，好多人家的女儿都不裹脚了。"

大奶奶："锡儿进门后，你们住正屋，我住偏屋，离你们远一点，省得哪天心烦。"

大奶奶起身，走了几步，转身对庄世伯说："你要是有良心，不要忘记家里还有口老井。"

大奶奶爽朗地大笑，庄世伯尴尬地"嘿嘿"笑着。

【2. 三天后　庄家村村口　银杏树　宗庙　日】

风景如画。

大奶奶带着黄大树站在村口的古银杏树下，等待着刘生家人。

"来了！"黄大树指着南山说。

几匹快马出现在南山。刘生夫妇合骑着一匹马，刘铜、刘银各骑一匹快马。

大奶奶上前热情招呼。

【3. 庄家大宅　徽派建筑　门口石阶　客厅】

庄世伯一身新装，站在大门处迎接，众人入院。

（院景：石板地面、八角井、爬山虎、绿植、果树……）

刘生夫妇、刘铜、刘银满心欢喜。

【4. 庄家大院　客厅　日】

众人围桌而坐，热闹非凡。

大奶奶："刘大叔，五天后是黄道吉日，最宜婚嫁。"

大奶奶和刘生翻看黄历，刘生边看边点头。

【5. 庄家村　庄宅　良辰吉日　日】

刘生一行肩挑着、马驮着锡儿的嫁妆往庄家村走来。（唢呐声声）锡儿一身红衣骑在马上。

迎亲队伍中一人惊呼："哎哟，新娘子好漂亮哟。"

锡儿身穿红衣，下穿红裤，脚穿红布鞋，头发盘起，插着金钗，戴着大红花，红红的嘴唇如同红衣仙女一般。

大奶奶迎上前，刘生和陶玉如走向锡儿，将锡儿扶下马背。

大奶奶兴奋地一挥手，庄家迎亲队伍顿时欢呼声一片，乐队齐奏“十样景”乐曲，七八支唢呐声，擂鼓声及鞭炮的爆炸声轰天震地。

舞狮队、舞龙队（劲舞）。

【6. 庄家大宅　披红挂绿　夜】

庄世伯和锡儿挨桌敬酒，大奶奶乐呵呵不离左右。

【7. 庄家大门口　夜　婚宴散席】

庄世伯和大奶奶相送众人。

袁通：“庄大奶奶，我家四奶奶，快要生了。”

大奶奶：“恭喜！恭喜！添了贵子，别忘了到我们这儿报个喜。”

袁通：“我家对面，有一座无人居住的宅院，空了五年光景。最近，房主从广东回来，全权委托我找个人家贱卖了。庄家很快会喜添贵子，县城的条件，比乡下强，你们要早做盘算。”

大奶奶：“要的，等过些日子我来找你。”

袁通出门坐上马车。

散席的客人陆续出门，大奶奶搀扶着庄世伯门口相送。

大奶奶返身关上宅门，扶着庄世伯进入客厅。

庄世伯似醉非醉，呵呵傻笑。

大奶奶推了下庄世伯，朝洞房努嘴：“还愣着干嘛？新娘子等了很久了。”

庄世伯呵呵笑着，径直向洞房走去。

大奶奶望着洞房内的烛光，片刻，默默地走入厢房，面对观音像，双手合十。

【8. 庄家庭院　七夕节　月夜】

庭院中摆放着供桌，供桌上摆干果，桂圆、红枣、花生、瓜子、榛子，铜香炉格外显眼。

大奶奶持香面向供桌，嘴里轻声念叨。敬香。

锡儿尾随大奶奶，持香对月拜织女。敬香。

锡儿突然弯腰双手捂嘴，急步冲向花坛，呕吐起来。

大奶奶："妹妹，怎么了？"

锡儿喘着气，手拍胸部。

大奶奶（恍然惊喜）："世伯，大喜事，妹妹有了。"

庄世伯："什么有了？"

锡儿："忽然觉得恶心，吐也吐不出来。"

大奶奶："世伯，你还不明白？妹妹怀上了。"

锡儿（羞涩地）说："姐姐，'亲家母'已经十几天没有来了。"

大奶奶："世伯，还不来搭把手，把二奶奶搀进屋里休息。"

庄世伯呵呵笑着，搀着锡儿回屋。

大奶奶高兴地搓着手，在院里转悠。

大奶奶（喊）："世伯，你出来，我有话讲。"

庄世伯兴高采烈地从屋里出来，大奶奶上前揪着世伯的耳朵。

大奶奶（轻声）："不要太激动了。告诉你，从现在起，你要千万克制，一不小心，当心掉了。"

庄世伯："晓得，晓得。你不提醒，我也晓得。"

锡儿在里屋一脸的幸福，双手抚摸着肚子，嘴里轻声地念叨："菩萨保佑，生个儿子。"

一轮金黄色的月亮，在云中浮动。

【9. 庄家大宅　客厅　初秋　日】

大奶奶、庄世伯、锡儿围桌吃早餐。

锡儿伸出筷子夹菜，大奶奶伸出筷子压住锡儿的筷子。

锡儿（不解地）："姐姐，怎么了？"

大奶奶："妹妹，这菜是昨天的剩菜，你别吃。"

大奶奶："师傅，你过来。"

大奶奶放下筷子，对厨房喊，厨子匆匆进入客厅。

厨子："大奶奶，有啥吩咐？"

大奶奶（表情严肃）："二奶奶有喜了，从今往后，剩菜剩饭不许上桌。"

厨子："知道了，二奶奶，你想吃什么尽管跟我讲。"

锡儿（撒娇般地）："姐姐，妹妹没那么金贵。"

大奶奶："妹妹呀，你没那么金贵，可你肚子里怀着的孩子，那可金贵啰，那是庄家的根哩。"

大奶奶说完哈哈大笑，锡儿望一眼庄世伯，腼腆地笑了。

【10. 庄家大宅　初秋　日】

大奶奶从缸里舀了几瓢水倒入脸盆（镜头出现水缸里漂浮的刨花），大奶奶坐到桌前，用木梳沾着水，缓缓地梳着头发。

庄世伯兴冲冲进入厨房，伸手取下竹篮，又从墙角找了根木棍，笑着望一眼大奶奶，转身出门。

大奶奶："站住！世伯，你这是要去哪？难不成大清早出去要饭？"

庄世伯："大奶奶，锡儿想吃杏子，我去外面打一点给她吃。"

大奶奶（脸色陡变），吼："你怎么一点不知世事？二奶奶想吃什么你就给她吃什么？"

庄世伯（疑惑，提高嗓子)："大奶奶，锡儿想吃杏子，外面树上多得是，我去打一点给锡儿尝尝，又怎么了？"

锡儿闻声，从里屋出来，望着大奶奶，不悦。

锡儿："姐姐，妹妹想吃些杏子，你怎么不乐意？"

大奶奶起身，将木梳一丢，"世伯，你想害了二奶奶？"

庄世伯："大奶奶，我打点杏子给二奶奶吃，又怎么会害了二奶奶？"

锡儿（恼怒地）："姐姐，世伯去打杏子给妹妹尝尝，怎么了？"

大奶奶："妹妹，我出嫁时，我娘告诉我，女人家怀孕时，千万不能吃杏子，吃了会造成滑胎。"

大奶奶："杏子本身又带热性，现在天热，更易上火。"

庄世伯恍然大悟，尴尬地将棍子扔向墙角。

锡儿吐了吐舌头，吃惊地说，"真的？"

大奶奶："除了杏子，妹妹想吃什么瓜果，家里地里有的是，姐姐都会给你弄回来。"

锡儿："咦，姐姐一早穿戴整齐，莫不是要出门？"

庄世伯："大奶奶，打扮得这么周正，去哪儿？"

大奶奶（神秘地笑着）："是要出门，这事儿大着哩，妹妹，跟你有关。"

大奶奶乐呵呵地走出了庄家大院。

【11. 县城　袁宅　初秋　日】

马车停在袁宅门口。

大奶奶下马车，整整衣衫，望着袁宅对门的建筑（徽派），门口杂草丛生。

黄大树将礼盒递给大奶奶。

大奶奶敲着袁宅大门的铜环。

袁二奶奶："庄大奶奶，稀客啊，快请进。"

袁二奶奶（闪身）："袁老爷，庄家大奶奶来啦。"

袁通正在书房泼墨，闻声放下画笔，笑迎柳月。

袁通："庄大奶奶，今日为何事上门？"

大奶奶："你猜猜看。"

袁通："莫非为了房子的事情？"

大奶奶："哎呀，你不说，我都忘记这件事情了，不过这个事情不急。"

大奶奶："你再猜猜，猜出来算你狠。"

袁通（笑问）："莫非又要我破题了？"

大奶奶："我今早来县城逛逛，给我的酒厂找个地方。我想把乡下的酒厂搬到县城里。县城交通好，今后酒厂生意好了，外面来的客户方便点。"

袁通："庄家大奶奶，对门的宅子很不错，你其实买下来好，我们两家做邻居，今后庄家的儿孙，上学也方便。钥匙在我这儿，待会儿我让太太们陪你去看看？"

庄大奶奶："莫要，莫要，我刚刚下车时已看到了，门口草长得半尺高，墙灰掉的掉，垮的垮，屋顶上都长了草。这房子没有一百年，也有八九十年了。"

袁通（故作轻松）："对方只要二千块钱，便宜。"

大奶奶："啊？二千块钱？哪个神经病会去买？七八百块钱，我心里都打鼓哩。"

大奶奶：“怎么没见四奶奶？”

小桃红（四奶奶）：“庄大奶奶好。”

小桃红腆着肚子，手撑着腰从楼上下来，后面跟着袁通的四个女儿：梅、兰、竹、菊。

小桃红：“适才听你们讲房子的事，那卖主呀，要一千块钱哩。”

袁大奶奶闻听，悄悄地扯了下小桃红。袁通尴尬地笑了，望了眼小桃红。

袁通：“庄大奶奶，我呀记性不好了，卖家只要一千块。”

庄大奶奶：“你问问卖主，九百九十九块钱卖不卖？修房子的钱比卖房子的钱还要不止。”

梅、兰、竹、菊：“大奶奶好。”

袁通（捋山羊胡须）：“这是我的四朵金花，梅、兰、竹、菊。”

庄大奶奶：“花中四君子，惭愧了，今天走得急，身上没带钱。哪天来庄家，大奶奶补上。”

庄大奶奶：“四奶奶，看这肚子没几天了啊？”

袁通：“下个月要生了，九成是个男丁。”

庄大奶奶起身，打开礼盒。

庄大奶奶：“袁老爷，这根黄牛鞭，是我托人从常州老字号中药铺买来，让你补身子的。”

袁通（喜）：“大奶奶，隔天吧，让状元楼的厨师煲汤给我吃。”

袁大奶奶：“吃归吃，吃了要认准房门。”

众奶奶大笑。

庄大奶奶：“不早了，我要回庄家村了，一大摊事情要做。你把房契弄好，我把钱送来。”

袁通和众奶奶送至袁家门口。袁通转身不快地往客厅而去。袁大奶奶悄悄地拉了下小桃红，小桃红随袁大奶奶来到院子一角。

袁大奶奶（轻声温柔地）：“妹妹呀，就你多嘴，没见袁老爷子不开心吗？”

小桃红（一脸疑惑）：“姐姐，怎么了？”

袁大奶奶（无奈地叹了口气），“你们湖南人呀，一根肠子通到底。”

小桃红：“姐姐，怎么了？”

【12. 庄家大宅　客厅　初秋　日】

大奶奶、庄世伯、刘生、陶玉如围坐客厅，刘生正看房契。

大奶奶："锡儿爹，你上县城坐车去常州，顺便把钱送给袁家。"

刘生："哎，大奶奶，自从锡儿进了庄家，你是大事小事都考虑得周详。"

刘生将房契递还给大奶奶。

庄世伯："大奶奶，买房的事二奶奶知道吗？"

大奶奶："大家先别告诉锡儿，到时候给她一个惊喜。过些日子锡儿的肚子鼓起来了，房子也修缮好了。刘生和玉如领着锡儿住县城，你们也没隔阂，再请上个厨子和佣人，把锡儿安顿妥了，我心里就踏实了。"

陶玉如："大奶奶，锡儿进门，庄家花费了这么多钱，真不知锡儿哪来的福气。"

大奶奶（笑）："玉如啊，庄家虽有万贯家财，那都是给锡儿肚子里孩子留的呀。一家人不说两家话。"

刘生："我这次去大城市，找以前经商的旧友打听蚕的收购商，要是能找到厂商，把中间商甩了，庄家利润就大了。"

大奶奶："锡儿爹，找到了厂商，我又担心庄家的蚕茧量不大，厂商不在乎。要扩大养蚕的量吧，养蚕户的人家又不够，桑林也不够。"

陶玉如："这些天，我转了好多人家，有的人家蚕房都废弃了，养蚕挣不到钱，好多人家不想养了。"

大奶奶："锡儿爹，只要你能找到厂商，剩下的事情，大奶奶心里有谱。以前庄家村养蚕只养春夏两茬，往后试着把秋蚕也养起来，怕就怕桑叶采伐过度而残桑。"

陶玉如："大奶奶，一张蚕要一千斤桑叶，要是庄家村那儿十户养蚕人家都养蚕，桑叶肯定不够。"

大奶奶："是啊，庄家的桑田只有百余亩，如果把秋蚕养起来，桑树又不够，秋蚕不养吧，蚕茧的数量又不够，唉，怎么办才好啊？"

庄世伯："大奶奶，庄稼人以土地为根本，以粮食为根本，千百年来都是如此。庄家千亩良田，只要把粮食种好就行了。有了粮食饥荒年也饿不死人。依我看，养蚕和酿酒适可而止，别再捣鼓新的花头了。"

大奶奶："世伯，你这话不假，有了粮食是饿不死人。可光有粮食手上没钱花，日子过得也结巴呀。”

庄世伯："大奶奶，你要瞎捣鼓，我也不拦你，我也不会帮你。我只管种好庄稼，管好粮食。”

大奶奶："有你管着粮食，我也放心。丑话说在前头，若是桑林不够，你还得给我些土地种桑树。”

刘生："大奶奶，庄家的财源分几块，地里的庄稼，养蚕、酒坊和茶山。庄家酒坊酿的白酒，外面的世界不稀罕。要是能把酒的品种丰富些，说不准是个大的财源。”

庄世伯："地里打下来的粮食，除了造酒，只能在本县城廉价卖给米行，要是能把大米卖到外地去，又没有门路，算算运费也不值得，只能扩大酿酒的规模。”

刘生："酿酒不能再扩大规模，庄家的酒在本县马马虎虎还带得过去，拿到大城市去卖没人稀罕，除非能造出与人家不同的酒。”

大奶奶："锡儿爹，你的意思是庄家的酒要换换品种？”

刘生点点头。

黄大树进门。

黄大树："干娘，马车备了，现在就走？”

刘生欲提钱箱，黄大树一把拎起，出门。刘生尾随，众人送到门口。

【13. 庄家大宅　厨房　初秋　日】

大奶奶专注地望着墙上麻姑献寿年画发呆，庄世伯入内。

庄世伯："大奶奶，这画都十几年了，还没看够啊？”

大奶奶："世伯，以前我听说书的讲，麻姑婆给王母娘娘献的不是蟠桃，是灵芝酒。我琢磨呀，灵芝酒里有没有加入了蟠桃？庄家百来亩桑林，贡献最大的是桑叶，那些桑葚子都浪费了，可惜了。”

庄世伯："庄户人家哪稀罕桑葚子啊，吃多了牙酸，满嘴像涂了墨，村童都懒得去扯枝条，多吃了，恐怕拉肚子。”

大奶奶："也有庄户人家拿来泡茶泡酒喝。我琢磨，庄家的白酒里掺上桑葚汁就成了果酒，这就稀罕了。”

庄世伯："大奶奶，别操那份心思，把人家的肚子喝坏，还不把庄家的大门给拆了？再说了，你也没个理据。”

大奶奶（忽露喜色）：“有了，何不去讨教下李半仙？他可是这一带的名医啊。”

庄世伯：“半仙也好久没见了，到现在还是光棍一个，也没个女人家烧给他吃。”

大奶奶：“世伯，人家都说半仙对女人不感兴趣，我就纳闷了，哪个男人不喜欢女人啊？”

庄世伯：“半仙这个人哪，刮阵大风都能把他吹老远，兴许还真像人家说的那样，裤裆里的东西不行。”

大奶奶：“别这么背后说别人，就算是太监也讨老婆哪。”

庄世伯：“你也别说，半仙这个人爹娘死得早，打小被一游医相中，收为干儿子，跟着那游医倒也学了些本事，现在连邻县的人有个疑难杂症，也都慕名而来了。”

大奶奶：“世伯啊，半仙这个人有些积蓄啊，好多个寡妇都想嫁给他哪。我这就去找半仙讨个理由。”

大奶奶起身，乐呵呵地出了庄家大院。

【14. 常州　天宁寺　初秋　日】

刘生坐在人力车上

车夫（苏北话）：“大兄弟，去天宁寺烧香还是还愿？”

刘生：“儿子在天宁寺旁边开了家糖炒栗子店，我还没去过呢。”

车夫（苏北话）：“乖乖隆地咚，栗子店是你儿子开的？”

刘生：“嗯，表场码头边上还有一家，是我另一个儿子开的。”

车夫（猛地停住脚）：“不得了，原来你是大老板的爹爹啊。”

刘生：“哈哈哈，快走，哪来什么大老板啊。”

【15. 常州　天宁寺附近　初秋　日】

车夫（苏北话）：“到了，三个铜板。”

车夫（苏北话）：“又热又累，你看，栗子店门口排长队哪，多给一个铜板吧。”

刘生掏出三个铜板，放手上掂了掂，朝车夫边笑边摇头，将铜板递给车夫。

车夫得意地边擦汗边离去。

刘生信步往栗子店走去。

【16. 常州　刘铜店内　下午　初秋　日】

刘生走到店门口，见刘铜正弯腰筛沙子。

刘生："铜儿，爹爹来了。"

刘铜抬头见刘生，边将筛好的栗子倒入箩筐，边笑着说，"爹爹刚到吗？先进屋喝口水。"

刘铜和刘生进入店内，刘铜给刘生倒了杯水。

刘铜："爹爹，店里马上要打烊了，晚饭去银儿那里吃吧。"

刘生（喝了口水）："好的，爹爹正想去看看哩。"

刘生起身，走到店门口，店小二正埋头筛着最后一锅栗子，数人排队等候。刘生欣慰地笑了。

刘生："铜儿，生意还不错嘛，一天能出多少货？"

刘铜："爹爹，生意好的时候，一天能出三四百斤哪。"

【17. 李家村　李宅　院内　初秋　日落时分　日】

大奶奶推开李宅院门，入内。

李半仙："哎哟，哪阵风把大奶奶给刮来了？大奶奶哎，快进屋，我给您倒水喝。"

大奶奶满脸春风入屋。

大奶奶："半仙呀，好阵子不见你了，咋更瘦了？"

李半仙："大奶奶，半仙筋骨好，瘦了更精神。"

大奶奶（大笑）："你呀，缺个婆娘伺候你。半仙呀，要不大奶奶给你张罗一个？"

李半仙："大奶奶，半仙对女人不感兴趣，兴趣都放在医道上了。"

大奶奶："半仙哎，大奶奶劝你还是找个婆娘，有人伺候着，也省得外人嚼舌头啊。"

李半仙：“大奶奶，讽刺挖苦我李半仙的话儿，听得多了，耳朵里都长茧了。”

大奶奶落座，李半仙转身欲去倒水。

大奶奶：“半仙，别忙了，大奶奶不口渴。”

李半仙：“大奶奶，今儿个你怎么来了？”

大奶奶：“今儿前来，要讨教个问题。”

李半仙：“什么问题？大奶奶只管问。”

大奶奶：“桑葚子这个东西，人人爱吃，怎么吃不坏人？”

李半仙（得意地）：“大奶奶奇怪了，今天怎么问这个小儿科问题？”

半仙清了清嗓子，在大奶奶面前表现了起来。

李半仙：“在明朝，有一个大医药学家，名叫李时珍。他写了《本草纲目》这部医学巨著。哪个人要能背下这本书，必定是了不起的中医。”

半仙望着大奶奶，如同娃娃听说书般出神，更加得意了。

李半仙（语速快）：“在这本书中，对桑葚这样描述：水肿胀满：用桑心皮切细，加水二斗，煮汁一斗，放入桑葚，再煮取五程式，和糯米饭五程式酿酒饮服，此方名为‘桑葚酒’。”

大奶奶：“停！停！叫什么酒？”

李半仙：“桑葚酒。”

大奶奶（喜形于色）：“你讲的话文绉绉的，我听不懂。别跟大奶奶讲得太多，那里面的学问太深了。我只问你，桑葚酒人喝了有什么好处？”

李半仙（语速更快）：“好处太多了，滋阴补血、补肝益肾、生津止渴、乌发明目。”

大奶奶兴奋地站起，“半仙，我看你是全仙。在县城，不，在全省，一个巴掌伸出来，你都不是最后一根指头。”

李半仙：“嗯？你怎么问起桑葚子来了？”

大奶奶（笑）：“这不是锡儿有喜了吗？等到小孩子出生了，不要这个不好吃，那个不好吃，预先做点了解。”

大奶奶：“半仙，大奶奶告辞了。呃，世伯常念叨你哪。”

大奶奶兴冲冲地出门，颠颠地往外走。

半仙送出门外，手扶着门框，愣愣地没反应过来。

【18. 庄家大宅　初秋　夜幕初降　日】

大奶奶 :“大树，你辛苦些，挨家挨户去告诉养蚕户，让各养蚕户把树上剩余的桑葚子悉数采下来，送到庄家来。”

黄大树 :“现在桑葚子恐怕不多了，干娘要那个东西干嘛？”

大奶奶 :“有多少，摘多少，统统拿过来，我就不信，弄不出来桑葚酒。”

黄大树 :“哎。”

黄大树一路小跑出门。

【19. 常州　表场码头附近　店内　初秋　夜】

晚饭。刘生父子三人围桌而坐。

刘生 :“爹爹此番来常州，计划寻访些家乡在外经商的旧人。明年，庄家的蚕茧想卖个好价钱。只是无门路，认不得厂商收购的人。”

刘银 :“爹爹，明天你不妨清早去表场码头看看，那里天天船进船出，消息量大，或许会有收获。”

刘铜 :“哥，我们一起敬敬爹爹。”

刘生 :“表场码头？远不远？”

刘银 :“爹爹，表场码头离这不远，也就三五里地。”

刘生 :“那是个什么码头？”

刘银 :“爹，表场码头热闹着呢，天不透亮，南来北往的货船就停了一长溜，什么样的货物都有。”

刘铜 :“哥，我们一起敬敬爹爹。”

父子三人碰杯。

【20. 庄家大宅　初秋　中午　日】

黄大树挑着两大袋桑葚子进院。

黄大树 :“干娘，桑林里桑葚子都掉光了，只收了这么点。”

大奶奶 :“还不错，有个百把斤哩。”

黄大树 :“干娘，下午我再去其他庄看看，只要给钱，庄户们乐得上树去摘哪。”

大奶奶 :“时日不对头了，桑葚子都掉了。也好，有多少弄多少回来，桑葚干也行。你估摸着花点钱，全部收回来。”

黄大树："要桑葚干派什么用场？"

大奶奶："干娘要搞些配方，各种办法试试，看看哪个有用。"

【21. 庄家大院　初秋　夜晚　厢房内】

门窗紧闭，盆盆罐罐，大奶奶挑拣着桑葚子。

马灯雪亮，大奶奶用石杵捣着紫桑葚，用纱布挤汁入盆。

大奶奶将白酒用勺舀到一口小缸内，再半勺一次地加入桑葚汁，用筷子搅动，放入嘴里品尝。

大奶奶皱着眉，摇头。

【22. 常州　表场码头　黎明　初秋】

天透亮，刘生沿着常州古城墙往码头走去。路面坑洼不平，路边杂草丛生，早餐店升起了炉火。

高大的古城墙，拱形城墙门洞，一条石阶弯弯曲曲通向码头。

刘生沿石阶往码头走去。河边停着一长溜等待装卸的货船。

一大群搬运工，光膀子赤脚，肩扛背驮，劳动号子声此起彼伏。

几个把头大声吆喝，有的将计数的竹签挨个发放给负重的搬运工。一个年岁较大的把头，蹲在地上抽烟。

刘生："大兄弟，今天有没有客船去苏州？"

把头（常州话）："这里是货运码头。客运码头，在前面约一里路远。"

把头（常州话）："外乡人？第一次来常州？"

刘生："是，老家安徽，儿子在旁边开栗子店，过来看看。"

把头（常州话）："呃？那个新开的栗子店是你儿子的？"

刘生："正是。大兄弟改日路过，送斤把给你尝尝。"

把头（笑了）："客气啦。"

刘生："大兄弟一起去吃个早饭？我请客。"

把头（常州话）："客气了！不过是有点饿了。"

【23. 常州　表场码头附近　小吃店内　初秋　晨】

刘生和把头一起喝着豆腐汤，吃着大饼油条。

刘生："敢问大兄弟，你们春夏时码头可有运蚕茧的船？"

把头（常州话）："有啊，前几年春夏秋季节较多。这儿有个姓钱的胖女人，经常走货。"

刘生："那人住哪里？大兄弟能否引荐一下？"

把头（常州话）："这个女人从去年开始就没见走货。不过她就住在附近，好像住在青果巷那边，反正我不认识她。哦，那个女人天天要来码头这边的菜场买菜，从不落空。"

刘生："一般是上午买菜还是下午买菜？"

把头（常州话）："不一定。有时早，有时晚。你找她有事？"

刘生："老家亲戚养蚕，没有门道外销，随便问问。"

把头（常州话）："乡下人，要想做点生意不容易。哎来了，看起来像，你自己上去问问吧。我去码头还有事要做。"

把头说完扬长而去，刘生起身见远处一个女人摇晃着出现。

【24. 庄家大宅　初秋　庭院　太阳高照】

庄世伯："大奶奶，该吃午饭了。一连十几天，瞎折腾得没完了。"

厢房内无人应。

庄世伯（大嗓门）："大奶奶，都在等你吃饭呢。"

庄世伯手敲花窗。

大奶奶突然手舞足蹈地打开门，歌声飘出。

大奶奶（唱）："母鸡下鸡蛋呀，咕呱咕呱地叫呀……"

庄世伯（一愣）："配成了？"

大奶奶兴奋地直点头。

庄世伯（激动地喊）："二奶奶，大树，桑葚酒配成了！"

锡儿、黄大树、厨子、佣人纷纷涌入厢房。

庄世伯拿起勺子喝了一口，怔住了。黄大树和厨子也抢着品尝，稍许，众人欢呼。

大奶奶呵呵笑，"世伯，这桑葚酒的配方很简单，都在我的肚子里装着哪。”

大奶奶用红布紧紧地缠绕酒桶口。

黄大树："干娘，现在用红布缠绕桶口是不是早了些？"

大奶奶："这是配成功的第一桶酒，干娘得留着。后面配制的酒，用这个做榜样哪。"

大奶奶："大树，吃完饭，再烧些八角井的水，凉透了，干娘晚上再配些酒。"

黄大树："大奶奶，八角井在庄家大院内，井水取之不尽。酿桑葚酒用水，方便得很。"

锡儿："姐姐，八角井是哪年挖的？这井水比木果河的水清澈。"

大奶奶："妹妹，你不懂。木果河的水是山上雨水，八角井的水是岩石里渗出的水。"

锡儿："都是雨水，不都一样嘛。"

大奶奶："当年建宅子时，来了个乞丐，用竹竿在院子里画了个圈圈，让我在圈圈处掏个井，三丈深，说是锁住灵气，宅院才十全十美。那乞丐是个高人，说这茫茫山岭，有三条地下水道，一条通往石臼湖，一条通往秦淮河，另一条恰好从此地经过。其他两条通道，汇入石臼湖和秦淮河中，稀释后，灵气不足。唯有此水道，一旦掘井，锁住水道，蓄水不流，灵气聚集。"

锡儿："果当如此，姐姐尽管安心。八角井在咱家院子里，谁也搬不走啊。"

大奶奶："也是。还围着干嘛？吃饭去。"

众人欢笑而去。

突然，大奶奶一跺脚，脸色大惊，"哎呀，不好，坏大事了。"

第三集

【1. 庄家大宅　初秋　庭院　太阳高照】

庄世伯："大奶奶，坏什么大事了？"

黄大树："干娘，怎么了？"

大奶奶："坏大事了，我调试好的那桶桑葚酒，用的是八角井的水，庄家的酒坊在木果河边，酿酒用的水都是木果河的水，这咋办呢？"

庄世伯："咋办？把八角井的水运到庄家酒坊去，一惊一乍的。"

大奶奶："世伯，你说得轻巧，酿酒用的水又不是一丁点。再说了，那得要准备多少木桶装水啊？"

锡儿："姐姐，咱们庄家的仓库里堆着许多木桶哪，洗洗刷刷还能用呢。"

大奶奶："哎呀，你不说我都忘了，别看那些个木桶，散的散漏的漏，那都是栗木做的。该节约的地方不能含糊。世伯，你明天找几个箍桶匠弄一下。只不过运水的事，大树要担当起来了。"

黄大树："干娘放心，一天也就拉个几趟，一马车能拉六大桶水呢，马车跑慢些，一路上别洒泼就行。"

大奶奶："也只能这样了。大树啊，看来还得要添置一台平车，庄家的马车，我可舍不得天天用来装水呢。"

【2. 常州　马路旁　初秋　晨　日】

远远的，一个胖胖的中年女人拎着菜篮子从刘生身边晃过。

刘生不紧不慢地尾随胖女人，一直进入拥挤的马路菜场，与胖女人保持一定距离。

刘生在一菜摊上购买了两只咸鹅，拎在手上，快步绕过胖女人，而后折返，待胖女人离近，扯高嗓门问一卖菜老汉。

刘生："大兄弟，打听一下，这附近有没有姓钱的人家？"

老汉："这上哪里打听？姓钱的人家多着哪。"

刘生（大声地）："就是前些年贩卖蚕茧的钱大姐。"

胖女人（常州话）："这位大兄弟，莫非找我？我姓钱，前些年是贩运蚕茧。敢问你是？"

胖女人问着刘生，眼睛贪婪地盯着刘生手上提着的咸鹅看。

刘生："大姐姐，好不容易打听到你。前些年，多亏了你收购我们村的蚕茧，我们才存了活路。这两年，也没有人来村里收购了，所以，村上养蚕户推举我来常州打听你哪。"

胖女人（常州话）："我说那个赵二没良心，他把我甩了也三年了。"

刘生："对，对，赵二已经三年没有来收购蚕茧了。"

刘生将咸鹅塞入胖女人的菜篮里。

胖女人（一脸笑容，常州话）："找我对了，我的表哥唐少松，家住苏州凤凰弄，是中国最大绸厂的业务经理。你有多少货，尽管找我。"

刘生（欢快地）："哎，哎。"

胖女人（贪婪地，常州话）："丑话说在前头，价钱上要我说了算，随行就市嘛。"

刘生（恭维着）："好，好。"

胖女人（常州话）："我家住马路前面，一直走到青果巷头，河滩边上第十六个弄堂码头，往左拐，一问钱姐，全晓得。"

刘生："记住了，我明天中午过来谈谈，家里带了些野鸡、野兔，就是为了孝敬钱姐的。"

胖女人（普通话）："一言为定，明天中午我在家等你。"

刘生："一言为定。"

刘生转身步入马路对面，往栗子店方向走去。

刘生（自言自语）:“真是个贪婪的女人，你等到明年过年吧。”

【3. 苏州　凤凰街　初秋　晨　日】

刘生走走停停，东张西望，犹豫了一会，走向沿街店铺。

刘生 :“大姐姐，问个路，凤凰巷怎么走？”

店主（大姐姐，苏州话）:“凤凰巷？没听说过。苏州只有凤凰街，哪来的凤凰巷？你没搞错吧？”

刘生 :“没搞错，是凤凰巷。”

店主（苏州话）:“乡下人吧，人家给你吃苍蝇了。旁边那条街就是凤凰街。”

刘生（一跺脚）:“咳！常州那个胖女人，刁得很哪。”

【4. 苏州　凤凰街　初秋　烈日】

刘生坐在凤凰街马路边一口古井的石井沿上，右手捶腿。一片树叶落下，刘生捡起，无聊地撕扯着一片树叶。

突然，刘生站起，仔细盯着撕的只剩下经脉的树叶。

刘生恍然大悟，自言自语。

刘生 :“这一条条经脉就像是一条条胡同，只要每个弄堂头中、头尾问两家，每条小路两头加中间，问三家。胖女人约莫四十岁，唐少松的年龄应该在四十五岁左右，问人应该问四十五岁以上的。外地人和年纪轻的，问也白问。”

刘生兴奋地将树叶丢掉，走进了迷宫般的小胡同。

【5. 苏州　弄堂内　初秋　午后　烈日】

青砖铺就的甬道，砖缝里散布着被烈日炙烤发黄的青苔，巷子中间，树荫下，一老太正在剥毛豆。

刘生 :“请问大姐姐，唐少松先生住在哪里？”

老太（苏州话，边剥毛豆边看了看刘生）:“唐少松？哦，他不常回来，他家住在出巷子口右拐，第三家就是。”

刘生（一脸欣喜）:“谢谢大姐姐啦。”

老太（苏州话）:“勿客气。”

【6. 苏州　唐少松家门口　初秋　午后　烈日】

石库门房子，门开着，木门上嵌着铜钉。院内金桂，绿植，盆景。刘生轻叩木门。

白衣少女（苏州话）:“倷好，找啥人？”

刘生 :“请问，唐少松先生在家吗？”

白衣少女（北京话）:“不在家，你找他有事？”

刘生 :“我是专做蚕茧生意的，特从外地过来，拜访一下唐先生。”

白衣少女（北京话）:“他不常回来，可能月底左右会回家。”

刘生 :“您是？”

白衣少女（北京话）:“我是他女儿。”

刘生 :“噢，那我改日有空再来拜访唐先生。”

白衣少女（苏州话）:“弗碍个，再会。”

少女合上大门。

【7. 苏州　唐少松家对门　马路边　初秋　晨　日】

刘生焦虑地来回走动着，眼睛不安地注视着唐少松家。刘生坐在石阶上，又站起来，拍拍屁股。

邻居大叔（苏州话）:“外地人，我见你在这快十天了，遇上难事了？”

刘生（苦笑）:“我在等人。”

突然，刘生兴奋了，快步朝唐少松家走去。白衣少女挽着唐少松从院门出来。

白衣少女（苏州话）:“爸爸，就那个人。”

唐少松扶了扶眼镜，站立打量着刘生。

刘生 :“唐先生好。”

唐少松（北京话）:“您好。”

邻居大叔（苏州话，喊）:“唐少松，这个乡下人在这里等你好多天了。”

唐少松笑着朝邻居大叔扬了扬手。

唐少松（北京话）："请问，找我何事？"

刘生："我受庄家村几十家养蚕户的推举，特来求唐先生帮忙的。"

唐少松（苏州话）："苑儿，你先去奶奶家。爸爸和客人先聊会儿，很快的，啊。"

苑儿将唐少松拉到一旁，撒娇地轻声说，"爸爸，这个乡下人对你这么重要？"

唐少松："苑儿，有这样毅力的乡下人值得爸爸接待一下。"

苑儿显然失望，勉强笑着，点了点头，独自离开。

【8. 苏州　唐家院内　初秋　午后　日】

唐少松（北京话，以下同）："庄家村有多少桑田？"

刘生："有一百多亩。"

唐少松："运输方便吗？"

刘生："从木果河走，经秦淮河，可以入长江。"

唐少松："蚕茧质量怎样？"

刘生："蚕茧颜色为乳白色略黄，蚕丝表面柔和，有光泽。"

唐少松："这样的蚕茧是优质蚕茧。"

唐少松："一亩桑园产三千斤桑叶，可以养三万只蚕宝宝，结茧约一百二十斤左右，这样看来，你们的规模按春、夏两季，可以达到四百担左右，规模还行。"

唐少松起身，递给刘生一张名片。刘生毕恭毕敬地弯腰，双手接过名片。

唐少松："庄家村养蚕的规模还要扩大，最好把秋蚕也养起来。"

刘生："我们正考虑把秋蚕也养起来，唐先生，您放心，折扣少不了您的。"

唐少松："千万不要谈折扣，经商讲究诚信和公平，老板既然用我，我必须忠诚老板。只要质量好，运到上海来，工厂任何人都会收购的。"

刘生："唐先生，耽搁您的时间了，真的不好意思。我这就回去。"

刘生步出院门，"唐先生，我什么时候可以再来找您？"

唐少松："来年蚕茧收购时，可以来上海找我。"

刘生突然回身，朝唐少松鞠了一躬。

【9. 庄家大宅　初秋　暮色时分】

庄家人正围桌晚餐，传来敲门声。

锡儿：“姐姐，好像有人敲门啊。”

庄世伯（起身）：“哪个？”

刘生：“我，开门啊。”

庄世伯快步走向大门，“锡儿爹回来了。”

庄世伯和刘生入客厅。

锡儿（惊喜）：“爹爹，回来啦。”

刘生（一脸疲惫）：“回来了。”

大奶奶急忙迎上前，刘生坐下，庄世伯给刘生端了杯茶，刘生一气喝完，锡儿拧了毛巾递给刘生。

大奶奶：“怎么去了那么多天？我的心每天晃来荡去。”

刘生：“唉，还算顺利。苦点累点没什么，把事情办妥了，心里踏实。”

大奶奶：“快吃饭，边吃边讲。”

众人重又围座餐桌。

刘生：“在苏州找到了上海最大的丝绸厂的业务经理唐少松，丝绸厂正要扩展，需要大量的蚕茧货源。庄家村和上海，两头接上关系了。”

大奶奶：“锡儿爹，受苦啦。噢，我给你倒杯酒喝喝。”

大奶奶：“你看这酒的颜色，红里透紫，光看看这酒色就馋人。”

刘生接过酒杯，仰头喝了半杯，忽地愣在那儿，接着，一口气喝完剩余的半杯。

刘生：“桑葚酒，你配的？”

大奶奶：“我调配的，花了十来天功夫。”

刘生（兴奋）：“这个味道太好喝，清香得很，又甜，又酸，还有点辣。”

刘生：“咦？大奶奶，我喝过桑葚酒，怎么没有这种精气神？”

大奶奶（神秘地）：“这酒的奥秘，都在水里，至于酒的配方并不重要。”

刘生（疑惑地）：“怎么讲？”

大奶奶（眉飞色舞）：“以往，庄家的白酒，用的是木果河里的水。桑葚酒用的水，是八角井的水，两种水精气神不一样。”

刘生：“噢，怎么会不一样？都是山水。”

大奶奶："我琢磨，同样是山水，木果河的水，是山上流下来的雨水；八角井的水是从石缝里渗出来的水，碧清，有山里的灵气，不一样。"

大奶奶："我想，降低白酒的产量，造桑葚酒，先拿到状元楼试喝，把名气弄出来。蚕茧又有了上家，我把李家村那些婆娘们先鼓动起来养蚕，扩大养蚕的规模。"

刘生："恐怕李家村弄不起来，穷人家太多。"

大奶奶："钱我先垫，桑树苗我提供。养蚕之前，我先核定个价格，亏了归我，赚了按比例分，虽然担些风险，这个事应该能做成。"

大奶奶："养蚕技术上有我和玉如够了，酒坊的生产和蚕茧销售归你管，大树跑跑腿，人手够用。"

锡儿："爹爹，你是怎么找到那个上海人的？"

刘生（颇为得意地）："爹爹运到好，大奶奶哎，苏州真是个好地方，到处是宋代街坊风貌。小桥流水，粉墙黛瓦，名迹古园，随处可见。小路挨着小路，巷子套着巷子，不是常年住在那个地方的人，进去犹如进入迷宫，都不知道怎么出来。"

大奶奶："锡儿爹，跑了不少冤枉路吧？"

刘生："大奶奶，这冤枉路跑得值。民居里处处景色，处处惊喜。就是太阳晒得不行。"

大奶奶："锡儿爹，你还没有和玉如见面吧？吃完了赶紧回去，玉如天天挂念着你哪。"

【10. 庄家大宅　院子　初秋　日】

院子内，众妇女或站或坐或蹲，语声鼎沸。

大奶奶红衣黑长裙，从屋内步入院子，女人们惊呼。

大嘴："大奶奶，什么样的喜事，穿这么精神？"

大奶奶："姐妹们，大奶奶今天好不好看？"

"好看"，女人们纷纷喊道。

大奶奶："今天把姐妹们请来，有一件喜事要告诉你们，刘生辛苦了一阵子，找到了上海最大的丝绸厂，厂商答应明年的蚕茧全包了。"

女人们兴奋了，议论纷纷。大嘴与几个女儿嘀嘀咕咕一阵突然开口。

大嘴："大奶奶，姐妹们领了你的心意。但是，这蚕还是不能养。"

大奶奶一怔，"大嘴，这蚕为什么不能养？"

大嘴："风险太大了。家家户户都养蚕，势必要扩大桑地，扩大了桑地，又要挤占了庄稼地。养蚕养亏了，不赚钱事小，占了庄稼地，没粮食填肚子，是要饿死人的。"

众女人纷纷应和。

一女人："是啊，以前年年养蚕年年亏，蚕宝宝又难伺候，娇贵得很，一得病，死一大片。"

一女人："大奶奶，上海的厂商答应蚕茧全包，又没有个白纸黑字为据，那些上海人鬼精得很，不认账咋办？"

一女人："是啊。这就像瓷器店里抓老鼠，老鼠没抓到，打碎了一店的瓷器，得不偿失。"

一女人："大奶奶，你有什么法子能够保证我们这些姐妹养蚕旱涝保收？我胆子小，赚得起，赔不起。"

庄世伯闻声从屋内走出来，冲着大奶奶直嚷。

庄世伯："大奶奶，我让你别操养蚕这个心思，你偏要操。养蚕这个事，家家都有把小算盘，你这是自讨苦吃嘛。"

大嘴："世伯，我们这些姐妹也都拎得清，大奶奶是为大家着想。养不养蚕对庄家村影响不大，守住庄稼这一块，日子还是能过得下去的。"

大奶奶："姐妹们，别嚷嚷了，你们先在院子里等一下，我与世伯进屋说几句话。"

大奶奶说完，激动地一把拉着庄世伯入屋。

大奶奶（压低声音，吼）："世伯，我指望着关键时候你能撑我一把，干嘛跟我过不去？"

庄世伯："大奶奶，我是心疼你。庄家够吃够用，你用不着再操养蚕这份心思了。把庄稼种好，粮食丰收了又能卖钱又能酿酒，够了！你看你的那些姐妹们，一个个说起话来跟放炮似的，你招架得住？"

大奶奶："世伯，我认准的事情非做不可。庄家的粮库年年堆满仓，大不了用庄家的粮食做担保，把她们的心先安下来。世伯，你就不要给我堵心了。"

庄世伯："怎么个安心法？"

大奶奶："一亩桑园可以出百来斤蚕茧，一亩地可以收割六百斤稻子。凡是庄家村的养蚕户，谁家亏一担茧，庄家补贴两担谷子。你就帮我一把，好吗？"

庄世伯："哎，这个家，发达也是靠你，我能说什么呢？"

大奶奶转忧为喜，突然亲了庄世伯一口，转身呵呵呵地笑着出屋，院内众女人向大奶奶注目。

大奶奶："姐妹们，大奶奶刚与世伯商量了一下，你们大胆地养蚕，哪家亏一担茧，庄家赔两担谷子，大奶奶说话算数，你们可安心？"

众女人一片欢呼。

大奶奶："另外，明年蚕茧的收购价提高了，没有中间商剥削了。以往三元一担的蚕茧，来年可以指望抬到四元一担，多出的一元钱，大奶奶一分不要，全部给姐妹们。"

女人们雀跃了，欢腾着七嘴八舌，主题只有一个：大奶奶厚道。

大奶奶："不过，厂商要保量，凭庄家村养蚕的规模，产量不大，我想请姐妹帮个忙，把李家村、傅家村的养蚕人家鼓动起来。"

大嘴："怎么个帮法？大奶奶明讲。"

大奶奶："姐妹们多去串串门，让她们在空地上多栽桑树，多养蚕，树苗和蚕种由庄家供应。待蚕茧收购上来，我每担再补一个光洋，所有的蚕茧由庄家收购，卖给上海，这样好不好？"

众女人欢呼雀跃。

大奶奶："我和玉如负责与你们联系，养蚕时若遇到麻烦事，有不懂的地方，我和玉如帮你们想办法，这样可好？"

众女人："好。""好。"

【11. 庄家大宅　初秋　午后　日】

刘生："大奶奶，大奶奶。"

刘生边喊边进入庄宅。

大奶奶："锡儿爹，有新鲜点子了？"

刘生："来，来，玉如、锡儿，大家一起议论议论。"

众人聚拢，刘生将画稿放桌子上。

刘生："昨天喝了桑葚酒，回去后精神上了头，睡不着觉，我就琢磨起桑葚酒。我想，以往那些个老掉牙的陶瓶不能用了，要用洋气的玻璃瓶。我画了张桑葚酒的酒标，好不好看？"

大奶奶："这不是铁拐李手中的葫芦嘛？"

陶玉如："大奶奶，我昨晚睡到大半夜醒来，刘生还趴在桌子上捣鼓着呢。"

大奶奶："这是八仙过海图，锡儿爹，这玻璃酒瓶子只有大城市的作坊才烧得起来，你准备去哪里烧酒瓶子？"

刘生："大奶奶，我这画，画得不行，要找个有名气的人画这个图。无锡和常州有烧玻璃瓶子的作坊，常州作坊的市面没有无锡的大，这个酒瓶，要造得好看，才有人会买桑葚酒。"

大奶奶："八仙图请袁通来画，他的名气大。"

刘生："待袁通画好了，我去常州找个印刷作坊，听说常州的作坊比无锡强。争取尽快拿出桑葚酒，先送状元楼，看看食客们反响如何？"

大奶奶："那你赶紧准备，我马上找袁通。"

大奶奶说完起身欲走。

庄世伯："大奶奶，你得带上些光洋，袁通那个人，无利不起早。"

大奶奶："知道。庄家和袁家一来二去那么久了，那家人的秉性我心里清楚得很哪。"

【12. 袁宅　初秋　午后　太阳偏西】

庄大奶奶："袁老爷子，画这个图，非你莫属。"

庄大奶奶把图递给袁通，袁通看着画稿，捋胡须。

袁通："这个好画，你先和太太们聊会儿。"

袁通转身向画室走去。

袁大奶奶："个把月来，对面闹忙得很，工匠们从早忙到晚，房子应该修得差不多了。可否领我们去开开眼？"

庄大奶奶："好啊，我也正想去看哪。"

袁大奶奶挽着柳月的手臂，妇人们相拥去了庄宅。

庄大奶奶："咦，怎么没见小桃红？"

袁二奶奶："她呀，住进了医院。"

【13. 县城　庄宅　初秋　午后　太阳偏西】

黄大树翘着二郎腿悠闲地坐在马车上，见大奶奶和袁家人相拥而出，黄大树跳下马车。

黄大树："干娘，这么快就画好了？"

大奶奶："大树，哪有这么快，袁老爷子正在书房画呢。你随干娘一起去对门看看，宅子修得怎么样了？"

袁大奶奶："庄大奶奶，你这干儿子长得够精神利索的。"

黄大树腼腆地笑着。

庄大奶奶："我这干儿子啊，什么都好，就是没文化。"

袁大奶奶不以为然地，"庄大奶奶，赶个马车要什么文化？听说你这个干儿子还是个练家子？"

庄大奶奶呵呵笑着："那是，在咱县城，一对一的交手，我这干儿子也落不了下风啊。"

袁二奶奶："庄大奶奶，你家妹妹怀上了？"

庄大奶奶边掏钥匙边乐呵呵地回，"怀上了，已经有段日子了，这不，托你家袁老爷子的福，庄家把这宅子给买下来了。往后，锡儿搬进来住，还要姐妹们多照应着哪。"

大奶奶打开锁，推开门，众人相拥而入。只见整个宅院生机勃勃，美人靠，罗汉砖，青石板铺地，映入眼帘，爬山虎贴着墙面缠绕。

袁三奶奶："哟，真没想到，工匠们这么一弄，这老房子一下子变了模样了。"

袁二奶奶："哎呀，庄大奶奶真有眼力。起初，我们姐妹来看这老宅子，破落得很哪。如今比袁宅都气派。"

庄大奶奶呵呵笑着，众人在院内徜徉。

竹儿在袁家院内喊："娘，爹爹画好了。"

众人闻听，嘻嘻哈哈地往袁家走去。

【14. 袁宅客厅　初秋　午后　太阳偏西】

众人围着客厅的八仙桌，八仙桌上放着袁通刚画好的八仙图。

袁家四个女儿梅兰竹菊欢快地围着桌子观看，大奶奶抓出一把铜钱塞给袁家大女儿梅儿。

大奶奶 :“梅儿，上次大奶奶来，忘了带钱，这些零钱你们几个丫头分了当零花钱吧。”

梅儿喜形于色，“谢谢大奶奶。”

梅儿说完招呼着几个妹妹去了一旁。

袁通喜滋滋地捋着山羊胡须，“庄家大奶奶，你看看吧，满不满意？”

大奶奶喜笑颜开地，“这上面的神仙，看着都飞起来了。”

袁通 :“你看啊，铁拐李手持葫芦，蹬着祥云，蓝采和挎着花篮，紫薇薇的桑葚满满一篮，旁边还正有一粒桑葚落下。何仙姑脚踮荷花腾空飞跃，正追赶着蓝采和。葫芦上显眼的三个字‘神仙酒’。”

大奶奶 :“好，好，画得真好。咦，怎么还缺五个神仙？”

袁通呵呵笑，“庄家大奶奶，那五个神仙画上去多此一举了。”

大奶奶 :“哦，我是开了眼界了。这几个光洋，全当庄家一点谢意吧。”

大奶奶掏出三个光洋放到桌子上，将画卷起，握在手上。袁通把桌上的光洋拿起，笑嘻嘻地给每个太太一人一块。

大奶奶 :“袁老爷子，小桃红就要生了，袁家大喜啊。”

袁二奶奶 :“是啊，四奶奶去了医院，老爷子有了些空闲，昨晚见老爷子往楼上来，我把房门开着，老爷子看见了只当没看见，径直奔大奶奶房里了。”

袁二奶奶和三奶奶一起呵呵笑着，袁通捋了捋山羊胡子，也跟着笑了起来。

【15. 庄家村　庄宅　客厅　初秋　日】

大奶奶 :“世伯，锡儿爹，你们来看看，袁通画的八仙图。”大奶奶将手中的图摊开在桌子上。庄家人围桌而观。

刘生 :“画得好，把这个画作为酒标，往玻璃瓶子上一贴，好看得很哪。”

庄世伯 :“大奶奶，桑葚酒该给它取个名号。”

大奶奶："取什么名号？袁通在画上给题了号了。"

刘生："神仙酒？这个名字好，我看就叫神仙酒。"

大奶奶笑呵呵地点点头，转身去了里屋。

锡儿："世伯，我看还是叫'庄家桑葚酒'，这样可以把庄家的名号打出去。"

陶玉如："锡儿，别多嘴多舌，袁通在图上已经画了，这东西又改不了了。"

大奶奶手提一个沉甸甸的布袋从里屋出来。

大奶奶："锡儿爹，这里面有二十个光洋，你带着钱去找厂商。"

刘生接过布袋，"大奶奶，我计划去常州和无锡看看，有没有合适的厂商。"

大奶奶点点头，"玉如啊，今天去各家各户串门了吗？"

陶玉如："大奶奶，庄家村原先那些养蚕户，都去看了，这个不用担心。李家村和傅家村，我和大嘴去转了一圈，很多人家已经在收拾养蚕的屋子，把多年不用的大匾洗刷干净，正放在太阳底下晒着呢。"

大奶奶："就这么顺畅？"

陶玉如："李家村也有几家意见不和，女人们想养，男人们叽叽咕咕，说着埋汰的话。"

大奶奶："玉如啊，凡事都有个开头难，等蚕茧出来，卖了好价钱，那些个人家有了甜头，自然会畅心。"

庄世伯："大奶奶，第一批桑葚酒是不是用窖藏三年以上的白酒？让食客们喝个舒畅。"

大奶奶："我才舍不得呢。把酒窖里藏了一年的白酒拿来配'神仙酒'，至于酒坊，既不减人也不增人，把白酒的产量减少。世伯，你看呢？"

庄世伯："依着你。"

【16. 常州　刘银栗子店　秋　日】

店门口约六七人正在排队。刘银汗涔涔的，指挥两个雇工在铁锅边翻炒栗子。

刘银（抬头、惊喜）："爹爹，几时到的？"

刘生："刚到，你先张罗，顾客要紧。"

刘生和刘银打了个招呼，刘银起身，刘生摆了摆手，径直进入内室，见桌上放着茶水，便自顾自倒上一杯，喝了起来。

刘银（起身拍了拍手上的灰）：“没事，爹爹，是为庄家的事来常州的吗？”

刘生：“大奶奶弄出了桑葚酒，需要定制玻璃酒瓶，爹爹构思了酒标，大奶奶请袁通画了。”

刘生将酒标拿给刘银看。

刘银：“八仙图，好看。爹爹，是不是想找个印务坊印酒标？”

刘生：“正是。爹爹知道在正德年间，常州就有了铜活字。我想把酒标放在常州印，把玻璃瓶放到无锡烧制。”

刘银：“爹爹，青山桥旁边有一家印务坊，老字号了。”

刘生：“走，领爹爹去看看。”

【17. 常州　印务坊　秋　日】

常州印务坊金字大招牌前，刘生和刘银停下端详一番，入店。

掌柜的头戴西瓜帽，鼻架老花镜，正翻看着账本。

西瓜帽：“哎，哎，两位有事吗？”

刘生：“这个商标能印吗？”

西瓜帽：“八仙图？画得真好，一定出自名家之手。”

刘生：“这是我们家酒坊的商标，有能力印吗？”

西瓜帽：“有，当然能印。敢问要印多少张？”

刘生：“价格公道，可多可少。”

西瓜帽：“一千张起，每百张一个光洋。”

刘生：“什么？这么贵，能便宜些吗？”

西瓜帽：“我告诉你，全江苏省，只有常州和苏州能印。苏州价格更高。”

刘生：“能便宜些吗？”

西瓜帽摇摇头。

刘生无奈，看了眼刘银，扭头就走。

西瓜帽（突然嚷道）：“每二百张一个光洋，怎么样？”

刘生（连呼）：“太贵，太贵了，受不了。”

刘生和刘银脚不停步往前走，西瓜帽离开座椅往前赶了几步，无奈地看着走远的刘生摇着头。

刘生："看来在常州印酒标太贵，爹爹明天去无锡看看，把烧酒瓶子的事先定下来。"

刘银："爹爹何必舍近求远？就在青山桥附近，有个玻璃生产作坊，那儿的工匠，好几个是外来的大师傅，水平高得很哪。"

刘生："哦？那先去看看。"

【18. 常州　青山桥　玻璃作坊　秋　日】

刘生一进作坊门，一股热浪扑面而来，只见几台熔炉边上，各有一至二名技师，手持一条长长的空心铁管，一端从熔炉中蘸取玻璃液，放在嘴里吹气。一会儿功夫，一个花瓶吹制完毕。中间一台熔炉边的技师，用长铁管蘸了玻璃液放在手中吹时，不停地将吹动的玻璃液放入一个模具里，边吹边翻动。也是一会儿功夫，一个与模具一模一样的玻璃瓶吹制成功。

师傅："大兄弟，有事吗？"

刘生："有事啊，请问老板在吗？"

师傅离开炉子，向刘生走来。

师傅："我就是。"

刘生赶紧将八仙图拿出来。

刘生："按这葫芦订做一斤装的酒瓶可行？"

师傅（接过八仙图笑了）："这个容易，开个模具就行。"

刘生："把这八仙图刻在玻璃酒瓶上可行？"

师傅："当然可以，只需做个模具，铁的铜的都可以。"

师傅："现在玻璃上都能刻画，我家亲戚高子阳，名气大着哩。你要做几个？"

刘生："先做五千个吧。"

师傅："啊？"

师傅（一脸巴结）："快，到房间内谈谈。"

刘生："价格大概多少？"

师傅："开模费需五个光洋，一百个瓶子五个光洋。"

刘生："开模需几天？"

师傅："你这图案，并不复杂，都是些线条，两天即可。"

刘生："带玻璃刻花吗？"

师傅："带，这是肯定的。"

刘生（掏出五个光洋递给师傅）："后天送一个样品到天宁寺旁边的板栗店里来，满意了，当场签契约，如何？"

师傅（边写收条边笑着点头，）："放心！放心！后天中午两点前准时送到。"

【19. 常州　栗子店内　秋　夜晚】

烛光中，玻璃葫芦瓶隐现桌上，刘生父子三人围桌晚餐。

刘铜："爹爹，这个葫芦瓶好漂亮，这下连印酒标的钱都省下来了。"

刘生："世界就这么个样，只有想不到的事，没有做不成的事，就拿你们兄弟俩来讲，以前你们只会种地打猎，现在呢，栗子店开得好好的。"

刘生说完，怜爱地看着刘铜和刘银，津津有味地吃了口菜。

刘生（呷了口酒）："常州是个好地方，人杰地灵，比起溧水县城和安徽老家，那是天壤之别。你们也大了，看到你们这么勤奋生活，爹爹也放心。刘家现在这样的状况，也多亏了庄家的厚待。"

刘银和刘铜恭恭敬敬地听着。

刘生："老话讲，兄弟齐心其利断金。银儿作为兄长，要多关心铜儿，铜儿也要多理解银儿，家和万事兴。"

刘银："银儿听着哪。"

刘铜："爹爹放心吧。"

刘生："你们兄弟两人要在常州扎下根，娶妻生子，给刘家添后，爹和你娘看着你们有出息，比什么孝敬都好。"

银儿和铜儿不断地点头。

刘生："庄家大奶奶这次雄心很大，要把酒和蚕这两样发展起来，锡儿嫁入庄家几个月了，现在又有喜了，两家人成了一家人，爹爹要撑着大奶奶，对你们的关心要少了。"

刘生又喝了一口酒，眼圈微微发红。

刘银（孝顺地给爹爹夹上一口菜）：“爹，别多想了，吃点菜吧。”

刘生：“明天一早，爹爹回庄家村，大奶奶还等着我的消息呢。噢，板栗马上要熟了，你们两兄弟什么时候回去？”

刘银：“过个十天八天，我让刘铜回去组织人打板栗，顺便看看娘，刘铜的店我帮着照应。”

刘生：“唉，就是不知道金儿和铁儿的下落，那两个逆子，出去那么多年，也不知道是生是死，怎么就没一点音讯呢？”

【20. 安徽　保界　公元 1894 年　夏　日】

空地上，刘金和刘铁等青少年围聚一起。刘金光着膀子在抛耍着石锁。时不时空地上传来阵阵喝彩声。

刘金趁着兴致在空地上打起了拳。刘金的身上刻着两条龙的刺青。突然，一乡民急匆匆地跑来，“二龙，赵三棍领着几人在调戏你对象哪。”

刘金猛地一惊，收拳。

刘金：“刘铁，跟哥去干架！”

刘金率着刘铁急匆匆往村庄跑去。众人尾随着刘金去看热闹。

【21. 安徽　保界　公元 1894 年　夏　日】

刘家老宅不远处，一座泥巴茅草房，房门关闭。

一女子躲在窗边，吓得瑟瑟发抖。一老妇和老汉在门外怒斥赵三棍。

老汉：“三棍子，赵家在这一带是有头有脸的大人家，你喜欢我们家丫头，尽可托媒人来说。”

妇人：“三棍子，二龙和我家丫头有情有义，你这样折腾，让二龙知道了，他那脾气一上来，要和你干架的。”

赵三棍：“你以为我怕二龙？就他那几下子花拳绣腿？”

窗内传来女孩的嗓音：“我不喜欢你，我喜欢二龙。你别再缠我了，我这朵鲜花不会插你那牛屎堆的。”

赵三棍恨恨地对两个小混混说：“那边有个铁铲，去给我铲点牛粪来。”

两个小混混拿起屋边的铁铲走向不远处的牛屎堆，（一头牛正懒洋洋的趴在地上）抄起一大铲牛粪，走向赵三棍。

赵三棍端着铁铲，嬉皮笑脸地朝窗内喊，“你真把自己当成天鹅了？老子是看得起你，才想和你玩耍一把。今儿个我来往你这朵鲜花上，施点肥。”

赵三棍挥动着铁铲，正想把牛粪撒入窗内，不远处，二龙率刘铁跑到近前。

刘金：“你敢！”

两个小混混见状，气势汹汹地拦在刘金面前。

赵三棍：“二龙，都说你能打，老子今天倒要和你比试一下。”

赵三棍猛地将牛粪洒向刘金，紧接着抡起铁铲，向刘金挥去。两个小混混摆开架势，刘金躲闪不及，脸上沾了些牛粪，两个小混混乘势扑向刘金。刘金挥起右拳，将冲在最前的小混混打翻在地，紧接着飞起一脚将另一个小混混踢翻在地。赵三棍挥起铁铲“啪”地拍在刘金后背，刘金被拍翻在地，赵三棍抡起铁铲，猛地向刘金的脑袋砍去，刘金贴地翻滚，铁铲一下一下地砍在地上，刘铁捡起路边的一块石头，猛地砸向了赵三棍，赵三棍猝不及防，双手紧紧地抱着头，血从指缝间流下，刘金一个“鲤鱼打挺”，右手插入赵三棍裤裆，狠狠地捏了一把，只听赵三棍发出凄厉痛苦的喊声，猝然倒地。

两个小混混见状，拔腿便跑。

【22. 安徽　保界　公元 1894 年　夏　夜】

刘生老宅门口积聚了几十个打手，打手们抄着各种家伙。刘银、刘铜被堵在屋内，刘银手持擀面杖，刘铜手握菜刀，锡儿躲在屋内，陶玉如在家门口苦苦哀求。赵三棍的爹爹摇着蒲扇，对着周边众多刘家村人愤愤地说。

赵三棍爹：“各位父老乡亲，我们赵家从不干欺男霸女之事，今天的事虽然我家三棍儿有些过错，但二龙和刘铁两兄弟不至于下这么重的手，废了我家三棍的蛋。乡亲们，是这回事吗？”

围观的刘家村人，有人点起了头。

陶玉如：“赵当家的，事情发生了，二龙和刘铁也跑了，我给你下跪赔罪。”

陶玉如说完，跪在了赵当家的面前。

赵当家：“你个婆子，你的儿子真是有娘生没爹教，我和刘生打小就认识，刘生看起来文绉绉，咋就生出这样土匪种？”

刘银放下擀面杖，走出门口，将陶玉如一把拉起。

刘银："我哥干的事，凭什么要我娘给你下跪？”

赵当家："你爹娘是个老实人，没人逼她下跪。陶玉如，这事怎么办？”

陶玉如："赵当家，我们家理亏，等二龙爹回来，赔多少钱，刘家也认。”

赵当家："冤有头债有主，你们记着，二龙和刘铁只要让我赵家逮着，非废了他们的蛋蛋。”

一老者走上前，面对赵当家，“赵当家，这事搁谁家都过不去，二龙和刘铁跑了，我看这事，等刘生回家，再找个解决的法子，你看行吗？”

赵当家："这事，没完！各位父老乡亲都给听着，这事没解决，刘家的女儿不许出嫁！除非赵家和刘家成为亲家，哪家若是娶了刘家的女儿，别怪我赵家割了他裤裆下的玩意儿。”

突然，有家丁大喊："赵当家，那不是二龙兄弟俩吗？”

只见刘家不远处的小树林，刘金两兄弟蹲在树林边望着家里。

赵当家大喊："抓住他们，卸了他们裤裆里的东西。”

呼啦啦的人群往小树林方向包抄过去，喊声一片。

第四集

【1. 常州　栗子店内　夜晚　秋】

刘生 :“估计金儿和铁儿在一起，兄弟俩在一起，我又稍许安心些。”

刘银 :“爹爹，赵三棍家丁们追赶大哥和弟弟时，我和铜弟也追出去了，我看见大哥和弟弟慌不择路，他们分开往山里跑去的。”

刘铜 :“爹爹，我也看见的。”

刘生不语，陷入了沉思中。

刘银 :“爹爹，大哥跑得快，赵家人抓不住他，弟弟跑不赢，不知后来有没有被赵家人抓住？”

刘铜 :“爹爹，我一直怀疑赵家人逮住了刘金和刘铁，而且刘金和刘铁一定遇到了不测，要不打那天起一直到爹爹从外面回家，赵家人也没对咱刘家人找过麻烦。”

刘生 :“就是不清楚啊，赵家的势力大，宗亲多，咱刘家势单力薄，胳膊拧不过大腿啊。要不，爹爹那年也不会带着你们避难到溧水，你们还记得那晚的事吗？”

刘银 :“记得。”

刘铜 :“爹爹，记得，忘不了那晚。”

【2. 安徽　保界　刘家老宅　夏　暮霭时分】

刘家老宅的门开着，陶玉如和刘家人正围桌晚餐。

刘生突然进门，家人惊喜万分。只见陶玉如将饭碗忽地撂在桌上，疾步奔向屋门，急速地将门关上。

刘锡："爹爹，你终于回家啦？"

刘锡说完，迎着爹爹而去，抱住刘生哭了起来。

刘生见此情景大惊，"家里出事啦？这么慌张。"

陶玉如："刘生，家里出大事了！刘金和刘铁跟赵家的宝贝儿子干架了，刘金把赵三棍下面的蛋蛋给捏碎了。"

刘生："啊？赵三棍是赵家的独生子，他们家没对刘家干啥？"

陶玉如："赵家凶得很，来了一大帮子人，他们没逮住金儿和铁儿，撂下两句狠话哩。"

刘生："啥狠话？"

陶玉如："赵家扬言，除非把锡儿嫁给赵家当个活寡妇，或者下了金儿和铁儿的命根子。"

刘生："赵家还撂下哪些话？"

陶玉如："赵大当家说，这事要等你回来谈，我琢磨赵家是想等你回来直接把锡儿给赵家送过去。"

锡儿哭着，"爹，女儿才不要嫁给赵家呢。"

刘银和刘铜起身，刘银："爹爹，要不咱刘家人做些准备，把咱刘家根脉上的亲戚全都联系上，跟他们干呗。"

刘铜："爹，跟赵家拼。"

刘生沉默了片刻，"都别慌张，这事咱刘家理亏赵家，把刘家的亲戚们都联上也干不赢赵家。咱这保界山多地少，一方水土养不活一方人。爹爹这次回家途中误打误撞，途经苏南溧水，老大的一片地方，无人居住，爹爹顺手拔起一把草，那草根须上挂满了泥巴，圆鼓鼓的泥巴跟珍珠一样。"

陶玉如："刘生，你的意思是……"

刘生："是，人挪活，树挪死。你们都去准备一下，除了非带不可的东西带上。"

刘银："爹爹，啥时动身？"

刘生："天不亮动身，让赵家得知我回来的消息，那时就走不了了。"

陶玉如："刘生，我舍不得咱这个家。去外乡，去你说的那个地方，荒山野岭连个住的地方都没有啊。”

刘生：“玉如，甭担心。有银儿和铜儿，就有住的地方。那山沟沟里到处都是乱石块，山上长满了树，随便搬些石块垒个墙，砍些树木当屋梁，住的地方就有了。”

刘铜：“爹爹，要带的东西太多，马车装不下怎么办？”

刘生：“把家里的钱带上，其他的都可以扔。”

刘铜：“爹爹，猎枪要带吗？”

刘生：“带，把火药和散弹都带上。”

【3. 常州　栗子店内　秋　夜晚】

刘银：“爹爹，现在的刘家村也有规模了。”

刘铜：“爹爹，这十年来从咱老家陆陆续续也迁来了近三十户人家哪。”

刘生：“人往高处走，水往低处流。那些在外面讨生活失败的人，听说我们在溧水安了家，这些年来投奔的人家还真不少哪。”

刘银：“爹爹，咱老家来了那么些人家，赵家咋没动静呢？”

刘生：“赵家一定知道我们在溧水安家，溧水和保界隔那么远，再说了，他那儿子赵三棍又没死，从保界赶到溧水来寻仇，也不是件容易事。”

刘铜：“爹爹，现在咱们刘家还怕赵家？妹妹嫁给了庄家，凭庄家的财力和势力，赵家惹得起？”

刘生：“正是。爹爹就期盼着你们兄弟俩遇到合适的女儿家，与爹爹吱一声，爹爹好给你们上门提亲。”

刘银：“爹爹，你别急着回庄家，在常州多住两天。”

刘生：“爹爹明天一早去溧水，庄家大奶奶做事风风火火，一定盼着爹爹回去呢。”

【4. 庄家村　庄宅　客厅　秋　日】

大奶奶：“世伯，酒坊昨晚上忙了一夜，把窖藏一年的白酒从酒窖里搬了出来，准备了八个大铜盆、八个铜漏斗、八个铜勺。那些封酒瓶子的石蜡都备起了，就等着刘生回来啦。”

庄世伯：“一瓶桑葚酒合多少铜元？”

大奶奶："一百斤大米可以生产出八十至八十五斤上等的白酒，一个光洋可以买一百二十斤大米。一个光洋折合约一百三十个铜元，一瓶桑葚酒按一斤计算，加上各项成本，应该在五个铜元。"

黄大树："干娘，以前我听人就讲过，在上海一瓶酒要卖几个光洋，当时告诉你，你还不信，瞪着眼训我，吹牛皮也不看看地方。"

大奶奶（呵呵笑）："大树啊，干娘这些年也长进不少。做生意确实是胆大的撑死，胆小的饿死。"

庄世伯："老话不是说嘛，跟狼吃肉，跟狗吃屎。"

大奶奶："世伯啊，小桃红刚生了个男丁，还有七八天就要办满月酒了。凭袁通的名气，那些舞文弄墨的文友，四个奶奶的家人，县城里的达官贵人，应该都会去。到时张灯结彩，吹吹打打，肯定热闹非凡。"

庄世伯："庄家该送多少礼呢？"

大奶奶："去县城金铺打一个一两重的金锁，等刘生回来，送二十箱神仙酒过去，把名气先弄出来。"

丁大娟（大树娘）："大奶奶，这么多的酒，白送？"

大奶奶："大娟啊，这地方穷人太多，穷人不会花钱买酒喝，逢年过节时，都是喝的自家酿的土酒。但一些稍微有头有脸的人，却舍得花钱买酒喝，怕喝了土制酒被别人讥笑挖苦，宁可死要面子活受罪。"

众人纷纷应和。

大奶奶："趁着袁家办喜酒的机会，把庄家的神仙酒推出去。我琢磨，那些达官贵人，三房四妾的人家，一定会死要面子活受罪地打听这酒是哪家酒坊生产的。大树，到那天，找几辆牛车，把'神仙酒'拉到状元楼门前，保管卖得精光。"

黄大树："哎，干娘，卖多少钱一箱？"

大奶奶："一箱卖两个光洋。"

众人惊诧。

大奶奶："大娟，你那几分地用不着天天忙，索性你帮着玉如，一起照应庄家的养蚕。"

丁大娟："大奶奶放心，我不会丢大奶奶的脸。"

大奶奶："玉如啊，让各家各户提前备些漂白粉、硫磺和生石灰粉，养蚕前一个月，房子打扫干净，用这些东西和水拌着，墙里墙角喷喷洒洒，窗户平时开开，透透风。”

陶玉如 :“哎。”

大奶奶 :“大娟啊，大树也老大不小了，等下季蚕养起来，该给大树说个媒了。”

丁大娟 :“我跟大树说了不知道多少遍，可大树总是不给个准信。我知道大树的心思，是要等到他爹回来，才打算娶老婆。唉，他爹这么一走，也十年多了。怎么一点音讯都没有呢？”

大娟心里一酸，眼泪差点掉下来。大奶奶眼圈一红，叹了口气。

陶玉如 :“大树娘，别难受了，大树的爹爹迟早会回来的。我那两个儿子离家那么久了，天底下不幸的人和事都是一样的。”

锡儿 :“娘，不用担心。吉人自有吉相，该回来的，说不定明天就会回来的。”

刘生匆匆进屋，“哦，这屋子里真闹猛？”

锡儿 :“爹，回来啦。”

刘生喜形于色地从包里掏出一个玻璃瓶往桌上一摆。

大奶奶 :“锡儿爹，酒瓶子烧好啦？”

众人兴高采烈地将酒瓶子拿过来递过去，欣赏着。

大奶奶 :“这酒瓶子好看。”

刘生 :“这是样品，还有三五天有五千个酒瓶子送来呢。”

大奶奶高兴地揉了揉手，“好呀，桑葚汁已经榨好，酒瓶子一到，就等着调酒灌瓶了。”

【5. 庄家酒坊　秋　夜】

配酒房里，大奶奶在忙碌着，宽大的配酒台上摆放着灌酒用的物件。七八个师傅聚在门外等候。

大奶奶拎起一桶桑葚汁倒入装着白酒的大桶内，用擀面杖搅拌后，酒缸里紫里透红，红里透紫。大奶奶用勺子撇了些，痛快地一口喝下，满意地笑了。

大奶奶走向门口，将门打开，“师傅们，干活吧！”

七八个师傅喜笑颜开地进入工房。

【6. 袁宅客厅　秋　日】

袁通和众太太围聚一起，神仙酒堆放客厅一角。

袁通："庄家这份礼单够重的，你们看看。"

众奶奶传看，脸露喜色。

袁大奶奶："袁老爷子，光这把金锁，庄家就显得大气了，还白送二十箱酒哩。哎呀，一箱要两个光洋？"

袁二奶奶："姐姐，庄家的白酒土掉牙，还好意思一箱要两个光洋？袁家收了庄家的酒，这人情欠大了。儿子的满月酒，来的都是贵人，别出丑了。"

袁三奶奶："也是。二十箱酒值四十个光洋？庄家这脸也充大了。金锁，庄家大奶奶那天会带过来。袁老爷子，二奶奶说得对，还是备些别的好酒。"

袁通（捋了捋山羊胡须）："先把酒箱打开，看看再说。"

袁二奶奶和袁三奶奶连忙拆开酒箱。

袁二奶奶（惊喜地）："快来看，这么漂亮的玻璃葫芦瓶。"

袁三奶奶（兴奋地拿出一瓶酒）："哎呀，这酒色，多好看啊！"

袁通接过酒瓶侧身对着光亮。

袁通（转身）："咦，这不是我画的稿嘛？庄家还真酿造出了神仙酒。"

袁大奶奶拧开瓶盖，袁三奶奶拿来几个酒杯，众人纷纷品尝。

众奶奶："好喝。""太舒服了。"

袁通接过酒杯，一饮而尽。稍愣怔片刻，又倒满一杯，一饮而尽。

袁二奶奶拎起两瓶，往楼上而去，袁三奶奶见状，立马效仿。

袁通（呵呵笑，捋山羊胡须）："二奶奶，今晚上，上你房间挤挤了。"

袁二奶奶（楼上传来声音）："好啊，我都盼着好久了。"

【7. 客厅　烛光通明　夜】

大奶奶等人在客厅呵呵笑着，黄大树将一大包光洋和铜板"哗"地倒在桌面上。

刘生："大奶奶，今天赚了不少的钱。那些个酒商扯着我的衣服，叽叽呱呱地嚷着，要做神仙酒的代理商哩。"

大奶奶（喜形于色）："这个事情你担当着，定金收一半，下次拿货时，结清款再发货。"

刘生此时掏出个印章，递给大奶奶。

刘生："我已经与钱庄联系好了，今后进款和付款，只需要办个记票，把印签一盖就行了，省了带现金的风险。"

大奶奶（接过印章）："这个要花多少钱？"

刘生："这是用上等田黄石雕刻的，花了二十个光洋。"

大奶奶："啊？就这块石头，要二十光洋？"

刘生："这个比和田玉金贵不少。"

大奶奶："这么说是个宝贝哩，要收好了。"

庄世伯："大奶奶，没几天是重阳了，日子过得真快啊。"

大奶奶："明天，我来关照厨子，大娟和玉如，你们再找几个帮手，多蒸些重阳糕，周边人家挨家挨户地送些去。"

黄大树："干娘，今年还踏秋吗？"

大奶奶："咋个不去？庄家的人都要去。"

【8. 庄家村　重阳节前日　日】

庄家的厨房里，炉灶火力全开，几个厨子和丁大娟、陶玉如等人正在赶制重阳糕。两口大锅上叠了高高的竹蒸笼，热腾腾的蒸汽和米糕香香的气味，如同过年一般。

大奶奶率领庄世伯、黄大树、刘生及庄家春夏秋冬等本家人，出了大门。

太阳爬上了山坡，湛蓝的天空，片片白云悠悠地飘动，给大地留下忽明忽暗的斑斓景色。

大奶奶衣着一新，头发梳得整整齐齐，一脸精神，沿村口的石阶缓缓而下，只见村头三棵历经千年的古银杏树，雄姿勃发，浓密的树丛上，躲藏着无数圆圆的银杏果，成熟的果子时而扑棱棱地掉落在地，露出被果皮包裹着的银杏果。台阶的石缝里，路边的草丛中，闪现着开不败的野花，山下星罗棋布的民舍房前屋后，摊晒着收割下来的谷子，屋檐下挂满一长串一长串金色的玉米棒、红红的尖辣椒。池塘水面上，红菱浮在水面，颗粒饱满的莲蓬儿鼓鼓胀胀，撑裂了蓬壳。农户们随便种下的菊花，无需修枝剪叶，或墙边路旁，或竹篱边上，红的、黄的、紫的、白的，汇成了田园的风光，鸟鸣声不绝于耳。

大奶奶："大家看看，咱这庄家村，真是个世外桃源。"

一行人不知不觉，来到黄大树的家旁。

丁大娟："大奶奶，去我家寒舍坐坐，喝杯水吧。"

大奶奶："这屋子，还是秋生娶你时所建，这么多年了，也没大的变化，大树也到了成家的年龄，拆了重新翻建一下。"

"千万不要。"丁大娟连连摆手，"拆了以后，大树爹回来，不认得门了。"

黄大树听娘一说，扭过身，装着若无其事的样子，伤心地望着远方的山林。

大奶奶："哎，屋旁这不还有块空地？就在空地上，我要给干儿子砌三间楼房。"

大奶奶说完，领着众人继续往后山方向走去。上得后山，一行人登高远望，喜形于色。山下村落尽收眼底。

秋风透过密密麻麻的树林，吹得树枝条摇晃。

大奶奶指指山下的村落，"站在山上看周边的村庄，从房子上就可以看出，庄家村的人要比其他村的人生活富裕。"

丁大娟："大奶奶，以前的庄家村不也是这个样，吃了上顿愁下顿，穿了秋衫愁冬衣。自从庄家村人跟着你养蚕，手上才有了几个铜板。"

大奶奶："大娟啊，以前的苦日子想想都怕，要想找钱也没个门路，钱这个东西跟人一样啊。"

秋伢子："大奶奶，钱怎么跟人一样？"

大奶奶："秋伢子，这钱无影无踪，但到处都在，钱长着脚你看不见。眼睛亮的人，瞅准了机会一把抓住了，钱也有了；眼睛不亮，钱天天围着你转你也看不见。"

秋伢子疑惑不解地望着大奶奶。

丁大娟："秋伢子，你这脑瓜子真木，大奶奶这话你还听不明白。"

秋伢子："我好像听懂，又好像没有听懂。"

秋伢子尴尬地挠着头。

春伢子趁其不备上前敲了他一个栗子，"大奶奶瞅准了机会，领着大家种桑养蚕，这不就来钱了吗？”

儿个伢子哈哈大笑。

大奶奶颇为得意，“挣钱光有体力不行，要脑瓜子开窍才行啊。回去吧，山上风大。出来时间长了，我心里还落不下二奶奶呢。”

【9. 庄家村 庄宅 秋 日】

大奶奶和庄世伯刚入客厅，陶玉如欢天喜地地朝两人喊道：“大奶奶，世伯，大喜事。”

大奶奶：“刚出去半晌功夫，天上掉喜了？”

陶玉如：“你们出去没多会儿，锡儿的肚子已经动了好几下了。”

庄世伯：“是吗？”

锡儿一脸惊喜，从里屋出来，手轻抚肚子。陶玉如赶紧扶着锡儿坐下。

锡儿：“世伯，姐姐，今儿个宝宝在肚子里动弹了。”

大奶奶亲切地上前，“妹妹，从今儿起，不能老待在屋子里了，没事常在客厅走走。姐姐和世伯有个好消息瞒着你哪。”

锡儿：“什么好消息呀？”

刘生：“锡儿，这个好消息只有你不知道，大奶奶在县城袁家对面买了个宅子，专门给你住。”

锡儿：“姐姐，我喜欢住在庄家村，去县城住不习惯哩。”

大奶奶：“妹妹，姐姐早就给你考虑好了，县城的宅子翻修一新，姐姐给添置了许多家具。刘生和玉如陪着你住县城，大娟也上县城去住，大树的马车留在县城，姐姐专门找了个厨子，雇了保姆，你呀，就放心住吧。”

锡儿：“姐姐，你和世伯在庄家村多冷清啊。”

大奶奶：“妹妹，姐姐期盼着你们母子平安，住在县城去医院也方便，这可是个大事啊。”

锡儿：“姐姐，和你住在一起锡儿心里踏实，去了县城，连个聊聊心里话的人都没有。”

大奶奶：“我和世伯会常去县城，下个月就搬过去，住在那边也不孤寂，袁通家的四个太太，会常来串门，一定闹猛得很。”

锡儿起身撒娇地挽着大奶奶，“姐姐，妹妹该怎么谢你啊？”

刘生呵呵笑，“都是一家人，谢什么呀，给庄家添后，这是大奶奶最大的心愿啊。”

【10. 庄家村　木果河畔　小码头　秋　日】

河边停着船，船舱堆满栗子，一船工挑着一担栗子正往船舱里倒，另一船工正往船上搬神仙酒。

刘铜站在船头 :“爹爹，你几时去上海？”

刘生 :“大奶奶已经把秋蚕养起来了，秋蚕要五十六天才结茧，估摸着下个月就要送货去上海。”

刘铜 :“爹爹，神仙酒在这一带卖得蛮好。我想在常州开一家店，哥哥负责板栗店，由我负责卖神仙酒，我和哥哥各出一半本钱就可以了。”

刘生 :“大奶奶说过，只要不压价卖酒，销售商越多越好。”

刘铜 :“妹妹几时搬县城住？我和哥得送份贺礼哩。”

刘生 :“下个月吧，大奶奶又要添置家具，又要雇厨子保姆，乱七八糟一大摊事情要做呢。”

刘铜 :“爹爹，这些酒，在常州能够造点势了，就放在板栗店门口，免费让大家品尝，人言一多，名气自然外传。”

刘生 :“嗯哪，开船吧！爹爹趁着身子骨还硬，要多帮着大奶奶操些心哩。”

船工挥动竹篙撑船，另一船工摇撸，父子挥手告别。

刘生 :“铜儿，哪天再来打板栗？”

刘铜 :“船到常州卸了货，船直接回来拉板栗，我就不过来了。”

【11. 县城　庄宅　一个月后　秋　日】

庄宅大门贴上了大红喜字，一对气派的大红灯笼。

爆竹轰鸣，两辆马车停在门口。大奶奶下车后，欲扶锡儿，丁大娟、陶玉如早已上前，搀着锡儿进院。

袁家几个太太和四个女儿站在自家院门，见大奶奶，迎上前恭喜，众人随大奶奶入庄家大院。一行人入得宅院，看到整修一新的房子，园子里的花草树木，干干净净的地面和门窗，皆满脸惊喜。

刘锡左顾右盼，突然问："爹爹，我的书房在哪里？"

刘生领着锡儿，推开另一间房门，只见书桌、书柜一应俱全，木质座椅上铺着厚厚的坐垫。

刘锡："沙发？"

刘锡欲坐下，梅儿上前殷勤地搀着刘锡坐下。

刘锡："你是袁家的梅儿吧？"

梅儿："正是。二奶奶，几时生宝宝哩？"

锡儿："还有段日子哩。哎，你家四娘咋没见呀？"

小桃红从客厅入内，"二奶奶，我来看你啦。"

锡儿："哟，四奶奶长得真漂亮，你那个宝宝呢？"

锡儿起身，梅儿赶忙上前搀扶。

小桃红："庄家二奶奶，别起身了。我那个宝宝刚喂了奶，正睡着哪。"

锡儿缓缓起身，"梅儿呀，你那几个妹妹我还都没有见过。"

梅儿和小桃红伴着锡儿来到窗前，梅儿指着院子里玩耍的妹妹们对锡儿说，"二奶奶，那个是兰儿妹妹，那两边玩的，左边的是竹儿妹妹，右边的是菊儿妹妹。"

锡儿："四奶奶，袁家女儿初长成了，一个个水灵灵的。"

小桃红："庄家二奶奶，往后就叫我小桃红，四奶奶的称呼我听着别扭。"

锡儿："小桃红，我们去客厅和你家几个姐姐聊会儿。"

锡儿和小桃红、梅儿走入客厅，梅儿见袁大奶奶朝自己望了一眼，知趣地跑向院落。

佣人上茶，丁大娟拿着装有糖果的盆走向院子，往梅兰竹菊口袋里塞糖果。

袁大奶奶："庄家二奶奶，看这肚子，离生产还有段日子哩。"

大奶奶与袁家太太们围桌而坐，梅兰竹菊在院子里戏耍。

袁大奶奶："庄大奶奶，宅子弄到好，花了几多钱哪？"

袁二奶奶："姐姐，你看人家庄大奶奶，对二奶奶多好，咱家袁老爷子，舍不得钱翻修屋子，楼上有的地板踩着都'咯吱，咯吱'响哩。"

袁三奶奶："就是啦，竹儿菊儿住的房间，门窗有的都合不上了。"

袁大奶奶："你们呀，都别说袁老爷子了，四奶奶生了个男丁，袁家往后花钱的地方多了去了。”

小桃红：“姐姐，该花的钱还是要花。那门窗合不上，地板吱呀吱呀地响，找几个工匠修修也花不了几个钱。”

袁大奶奶：“袁老爷子不是舍不得花钱，是怕烦人，好啦，姐姐找个机会在袁老爷子面前嘀咕几声吧。”

庄大奶奶：“是呀，翻修屋子花钱不说，最烦人的就是伤精伤脑。袁家的钱都是留给你那宝贝儿子的，那是袁家的根。庄家虽然有些钱，那都得给锡儿肚子里的宝宝留着，那可是庄家的希望、庄家的根哩。哎，四奶奶，你那个宝宝取了个啥名字？”

小桃红：“大奶奶，还没取名哪。袁老爷子为这事伤透了脑筋呢。”

大奶奶呵呵笑，“哟，袁老爷子那么大学问，给自己儿子取个名还犯愁哪。”

客厅里欢声笑语。

【12. 庄家村　庄宅　秋　日】

刘生与包工头一起进入客厅。

大奶奶：“大师傅，房子看明白了吗？”

包工头：“大奶奶，看明白了，只要在图纸上多盖一层，地基挖深放大些就行了。”

大奶奶：“择个吉日，在那片空地上，给我干儿子建房。桌上那二十个光洋先拿着做开工费吧。”

包工头：“哎，谢大奶奶哩。我这就回去吱一声，明天让人先把场地平了，把杂草杂树除了。”

包工头喜滋滋地把钱装好，出门而去。

刘生：“大奶奶，秋茧净重有两百担，正在装船。如果评上优质，按五块钱每担，可以卖一千块光洋，比卖给中间商要多赚四百块钱哩。”

大奶奶：“今年地里的庄稼收成好，板栗也打了不少，茶园的收入可以维护庄家日常开支，神仙酒和蚕茧生意又做得顺风顺水，收入多了，开销也大了。这日子啊，还得稳着过。”

刘生：“玉如和大树娘俩留在县城照顾锡儿，你和世伯趁着秋收忙完后，可以安心一段日子了。”

大奶奶：“这阵子世伯忙秋收累得不行，大树老大不小了，把新房建起来，该给大树说个媒了。”

刘生点点头，“大奶奶，我随船去上海，在船舱里合合眼，明天就到上海了。”

大奶奶：“你跟船去？长江里风浪大，多危险啊？你还是坐车去。”

刘生：“大奶奶，第一次去上海卖茧，不放心啊。”

大奶奶：“到上海别苦了自己，该花钱的地方不要心痛。”

刘生：“嗯，我有分寸。”

【13. 上海　丝绸厂内　秋　日】

两辆老旧货车停在工厂内，搬运工往下卸货。

唐少松领着工厂的质检人员，打开检查，只见蚕茧茧色洁白，光泽正常，茧型匀称，显然是一批优质蚕茧，非常高兴。

刘生从大卡车上往下搬酒。

刘生：“唐先生，庄家大奶奶硬要我随船带上十箱‘神仙酒’，送给你尝尝，自家产的酒也不怕你笑话了。”

唐少松：“庄家大奶奶客气了。这样吧，你也不可能带回去了，我留一瓶尝尝，其他的酒，让这里的每一个人都拿一瓶，剩下的放老板办公室吧。”

唐少松领着刘生去了自己的办公室，给刘生倒了杯茶，招呼了几个同事去搬酒。稍许，工厂质监人员将内部检测报告交给了唐少松，唐少松看了一下，脸露笑容。

唐少松：“这批蚕茧定为优质，按五元每担收购，汇款最迟下个月的今天就会到账。”

唐少松拿过票据，递给刘生，刘生边签字边笑。

唐少松：“刘先生，吃了便饭再走吧？”

刘生：“谢谢唐先生，我得赶去常州的汽车。”

【14. 常州　板栗店门口　秋　黄昏】

一条大红横幅挂在店铺上方，上写“免费品尝神仙酒”，一张长桌上，摆着几个玻璃酒杯，许多人排队品尝。

刘生绕过嘈杂的人群，步入店内。刘铜正兴高采烈地往空酒杯里倒酒。

刘银：“爹爹，你怎么来了？”

刘生：“谁想出来的这个点子？闹猛得很哪。”

刘银：“爹爹，这个点子是刘铜想出来的，现在排队的人少了，刚刚人都拦不住。”

刘铜：“收摊了！收摊了啊！带来的酒都尝完了。”众人悻悻散开。只见胖女人闪闪烁烁地上前欲言又止，随后轻轻地开口。

胖女人：“大兄弟，还能给点我吗？”

胖女人说完，随身拿出一个小玻璃瓶子，望着刘铜。

刘铜：“没有啦。”

胖女人：“大兄弟，卖一点儿给我行吗？”

刘铜：“你去那儿签字，等下次酒送过来了优先给你罢了。”

胖女人吞吞吐吐，快快地返身欲走。

刘生见状，发现正是唐少松的表妹。

刘生：“银儿，店里还有酒吗？”

刘银：“爹爹，还藏着些呢。”

刘生指了指胖女人的背影，“快去拿一瓶送给那女人。”

刘银去墙角取了瓶神仙酒，“爹爹，您认识那女人？”

刘生：“别多问，快去撵她。”

刘银随即大步流星出店门。

刘铜进门。

刘铜：“咦，爹爹来啦，我咋没看见？”

刘生望着店门外，嘿嘿地笑了起来。

刘铜：“爹爹，笑什么呀？”

刘生：“你哥去追那个胖女人了。”

刘铜：“爹爹，那个胖女人是谁呀？刚才缠着我要酒哩。”

刘生：“她呀，是唐少松的表妹。”

刘铜：“唐少松是谁？”

刘生：“唐少松是上海最大绸厂的业务经理，爹爹能攀上上海绸厂，还多亏了那个胖女人哩，不过，那个胖女人也让爹爹吃了不少苦头，跑了不少冤枉路。”

刘铜：“爹爹，不知道妹妹什么时候生孩子，知道了日期，我们当舅子的，必须好好准备一下礼物。”

刘生：“快了，估计开春前后，你和你哥就要当舅舅了。”

此时，刘银进屋，忍不住笑着。

刘生：“银儿，笑什么？”

刘银边笑边说，“爹爹，我把酒送给那个胖女人，她激动得不知道说什么好。胖女人告诉我，昨天把咱家的酒带回去给她男人喝了，她男人已经和她分开睡好几年了，昨晚上，两人合床睡了。”

刘生：“真的？”

刘生父子三人哈哈大笑。

【15. 县城　庄宅　秋　日】

马车停在庄宅门口，黄大树手握马鞭，站在马车旁。

锡儿：“娘，别磨磨蹭蹭，外面秋色正美，女儿在家都憋坏了。”

陶玉如：“锡儿，别去木果河边观风景了，肚子都这般鼓了，处处得当心着呢。”

丁大娟：“也是，玉如啊，让大奶奶知道锡儿去踏秋，要责怪我们的。”

锡儿：“大娟姐姐，没事的啦，现在不出去走走，再过段日子，真的迈不开腿了。”

陶玉如和丁大娟上前扶锡儿出门。

梅儿看到锡儿正准备上车，走出门外喊道：“二奶奶，是不是去踏秋？”

锡儿：“正是，去木果河畔溜溜，透透气哪。”

梅儿欢奔过来，“二奶奶，带我去踏秋，如何？”

兰儿闻声，也从院内闪出，“二奶奶，我也要去。”

陶玉如：“一驾马车也坐不了几个人，疯丫头，都挤着不难受？”

锡儿：“娘，有梅、兰两位千金陪着，你就放心吧，娘别去了。”

锡儿："梅儿，兰儿，快上来，三个人坐宽敞着哪。"

梅儿和兰儿欢天喜地，"咯咯咯"地笑着，梅儿搀着锡儿坐上了马车，兰儿利索地绕过马车坐在了另一侧。

梅儿和兰儿今天穿得特别素色，姐妹俩穿得一样，兰兰的吊带连衣裙，白色的长筒丝袜，黑色的搭拌小布鞋，两个摆动的辫子梢，各扎着两只小巧、精致的红蝴蝶结。

黄大树精神抖擞，轻轻地挥动马鞭，枣红马缓缓起步，马车向前。县城仅有的一条主干道旁，商贩云集，卖花生瓜果的，卖糖人儿的，形形色色。

马车沿着大马路悠悠地走着，枣红马像是在表演，潇洒地踏着碎步。木果河就在前面，河的两侧道路，路面上铺着各朝各代留下的石板，或长、或方，无规则地伸向远方。

一路上，小船在河面漂荡，半人抱的柳树拖着浓密而又绵长的柳枝，在风中微微晃动。两岸民居几乎家家开着屋门，或见人浣衣洗菜，或见人懒洋洋地坐在椅子上，闭着眼睛，享受秋日的阳光。也有人拿着鱼叉，蹲在地上，眼睛不眨地注视着河面。对面一家，主人正在缓缓地拉动扳网，水花绽起，网里跳动着三两条小鱼。

锡儿："大树，把马车停下，我想下来走走。"

黄大树停好马车，梅儿和兰儿殷勤地一左一右扶着锡儿下车。

锡儿："没事的，放心，还没到需要扶的时候哪。"

两姐妹依旧笑着，搀扶着锡儿。

黄大树卸下马车架，让枣红马轻松一下。然后，捋了捋马缰，摆出一跃而上马背的架势。黄大树高大、英俊，浑身透着劲儿。

梅儿："大树哥，你会骑马吗？"

黄大树："当然，骑了十几年了"。

阳光照在梅儿的脸上，宛如照在沾着露水初绽的桃花上，把大树看傻了。

梅儿："大树哥，我从来没骑过马，能带着我骑一段路吗？"

黄大树："这，这……"

黄大树忽觉失态，木讷地低垂着头。

锡儿："大树，你就带梅儿骑一会儿马吧，难不成梅儿会把你吃了？"

黄大树一跃上马："上得来吗？"

梅儿点点头，双手撑着马背，爬了上来。

黄大树两腿一夹马肚，枣红马迈开四蹄，飞奔而去。

兰儿："二奶奶，什么事都让姐姐抢了先。"

只听得前方传来一声马的嘶鸣声，锡儿和兰儿只见枣红马跃起，梅儿紧紧地搂着黄大树的腰。

锡儿大喊："没事吧，大树？"

黄大树调转马头，缓缓地向马车跑来。梅儿赶紧松开双手。

黄大树："没事，二奶奶，蹿出来一只黑毛狗。"

回到马车旁，梅儿下得马背，黄大树重又套上马车，继续沿木果河游览。

一路上，黄大树无语，梅儿无语。兰儿一会儿看看姐姐，一会儿看看大树，似乎在琢磨什么。

锡儿笑着说："大树，回去吧。"

【16. 县城　庄宅　秋　中午　日】

锡儿踏秋刚回到庄宅，陶玉如笑眯眯地迎面走来。

陶玉如："你刚出去一会儿，小桃红就来找你，见你出游，扫兴得很哪。"

锡儿："是啊，小桃红整天待在家里看孩子，也闷啊。"

陶玉如见大树入得院子，喊道："大树，吃午饭了。"

黄大树："哎，把枣红马安顿妥了，喂了些马料。"

桌子上已摆上了丰盛的菜。丁大娟从厨房又端了盆蒸咸肉，放在大树的面前。

丁大娟："这是你最喜欢吃的蒸咸肉。"

丁大娟笑盈盈的脸上透着喜悦，眼睛里对大树充满了怜爱。

四人坐下，边吃边聊。黄大树埋头吃饭，时不时地挟上一块咸肉，一口一大半地咀嚼。

丁大娟："大树，想什么心事哩？脸儿涨得通红。"

锡儿："姐姐，大树今天带着梅儿骑了会儿马。"

黄大树（嘴里鼓鼓的）："二奶奶，没料想到蹿出一只大黑狗，惊了枣红马……"

丁大娟盯着黄大树的脸看了一会，黄大树埋头扒拉着米饭。

陶玉如："哎，小桃红走前对我讲，下午如果你没事，让你去她那儿喝茶。她说，她那个儿子长得胖嘟嘟的，可爱得很哪。"

保姆端上了洗脸水，锡儿拧了把毛巾，擦了擦脸，回书房。

锡儿（激动地）："娘，宝宝在肚子里踢我了。"

陶玉如赶忙从客厅进入书房，见女儿一脸惊喜，正用手轻柔地抚摸着鼓起的肚子。

陶玉如："快了，没多久，你们母子可以见面了。"

锡儿："娘，宝宝在提醒我，去看小桃红哪。"

陶玉如："那你还不快去？早去早回啊。"

陶玉如一脸幸福，用手摸了摸女儿的脸，说："去沾沾仙气，你呀，肯定生个男丁。"

陶玉如搀着锡儿，来到院中。

袁家大门正开着，锡儿撩了撩头发："娘，我自己走去。"

锡儿步入袁家院子，"四奶奶，我来了。"

小桃红："哎，我正想着你哪。"

小桃红轻盈地步出房门，两人见面甚是亲热，"快进来，宝宝正睡着呢。"

宝宝睡在摇篮车里，身上盖着橘黄色的毯子，柔柔的毯子里，一张可爱的胖乎乎的小脸。

锡儿："哟，小手肉肉的，好可爱啊。"

小桃红："还没取名字哪。袁老爷子说，这名字最难取，想了七八个名字，定不下来。"

小桃红脸上一脸骄傲，怜爱地望着躺在摇篮里的儿子，顺手轻轻地把毯子往上提了提。

小桃红："让小东西睡会儿，我们客厅去喝茶。昨天，二奶奶采了新鲜的菊花，正好泡茶。"

小桃红和锡儿走入客厅，小桃红熟练地取出紫铜壶，放入些枸杞、冰糖，往壶里放入三五片菊花。两人细细地品茶，边品边聊。

锡儿："四奶奶，怎么没见大奶奶她们？"

小桃红："大奶奶忙着状元楼的生意，二奶奶和三奶奶帮着袁老爷照料着私塾，都还忙着哪。"

锡儿："四朵金花呢？"

小桃红："转眼又跑出去了，这么大的宅子，关不住她们。"

锡儿："今天不是周日吗？私塾没放假？"

小桃红："学校和私塾不一样，私塾假日最忙，那些个妈妈们，恨不得把袁老爷和那帮先生们的学问抠出来，一股脑塞进自己孩子的脑袋里哪。"

锡儿和小桃红呵呵大笑。

锡儿："四奶奶，生孩子疼吗？"

小桃红："疼，像死过去那样，太恐怖了。"

小桃红一脸恐怖，绘声绘色地说："不过，邱医生有本事，是个台湾人，母亲是我们这儿邱家村的，母亲年纪大了，便回来开个医院，顺便照顾母亲。邱医生的男人是日本一个有名气的医生哩。"

锡儿："姐姐真羡慕妹妹。"

小桃红："哎，二奶奶，几个月的身子了？"

锡儿："五个月了。"

小桃红（一本正经）："二奶奶，你要生个儿子，我俩做姐妹，你要生个女儿，我俩做亲家。"

锡儿（着急地）："一定是做姐妹啦。"

两人聊得正欢，袁家佣人在客厅外喊："四奶奶，要不要下两碗馄饨给你们当点心？"

锡儿："不用，不用，肚子饱着呢。"

锡儿起身，"我该回去了，一会儿，娘要来唤我了。"

小桃红站起相送，到了门口，锡儿忽然掉头对小桃红说："明天你闲着的话，来我这儿，我有一件宝贝，你从来没见过。"

小桃红："二奶奶，什么宝贝呀？我这就跟你去看。"

锡儿："别，今儿你见不着那宝贝。这宝贝呀，我敢说你们袁家没有，整个溧水都找不见。"

刘锡说完，一脸的神秘，呵呵地笑着往自家走去。

第五集

【1. 袁宅　秋夜　晚】

袁家大奶奶回到家，把状元楼一天的营业款交给袁通，格外地兴奋。

袁大奶奶："袁老爷子，今天的营业额比昨天还多，厨子们都忙坏了，我也累得够呛。"

袁通笑着把钱接过来，照例锁入柜子。

袁通："明天可以把钱存入钱庄了，家里现金不宜放多。"

袁大奶奶："梅儿和兰儿不知睡了没有，我去看看。"

袁通："今晚，在你的房间挤挤了。"

袁大奶奶："那你赶快进屋准备一下吧。"

袁大奶奶轻轻地走向女儿的卧室，卧室传来嬉笑声，她放轻了脚步，悄悄地站在门外偷听。

兰儿："姐姐，今儿骑马什么感觉啊？"

梅儿："什么感觉？没感觉啊。"

兰儿："我看见你抱了黄大树。"

兰儿："你抱得紧紧的，我看得清清楚楚。"

梅儿："你别胡说，要不是大黑狗蹿出来，枣红马受了惊吓，谁会那样？"

兰儿："姐姐放心，我不会告诉娘，不过……"

梅儿："不过怎样？"

兰儿："你说实话，什么感觉？"

梅儿："不告诉你，没感觉。"

梅儿趁兰儿不备拧了一把兰儿的耳朵，姐妹俩笑打了起来。

袁大奶奶突然推门而入，语气温和却透着严厉。

袁大奶奶："你们今天骑马了？"

兰儿："没有，我没骑，是姐姐……"

袁大奶奶："骑马危险，知道吗？摔断了胳膊摔断了腿，今后嫁人，嫁不到好人家。快睡吧。"

袁大奶奶把房门关好，匆匆地向自己的房间走去。

【2. 县城庄宅　客厅　上午　秋　日】

锡儿对着梳妆台的镜子梳头，陶玉如将早饭端上桌子。黄大树娘儿俩在院子里忙碌，大树拿了把锄头，在院子里给植物松土。丁大娟清扫院子。

锡儿走向餐桌，胃口大开，吃得很香。

锡儿："娘，大奶奶放我这儿的檀香在哪儿？"

陶玉如："你怎么惦记起那些檀香来了？身子不舒服啊？"

锡儿："没有不舒服。只不过今天我想闻闻檀香的味。"

陶玉如："哪儿不舒服跟娘说，我们去看医生。"

锡儿："没有啦，女儿只不过想焚几支香，闻闻香味。再说，熏点香给屋里的空气杀菌消毒，驱瘟避邪嘛。"

陶玉如："锡儿，身子不舒服要跟娘讲，娘心里刚刚被你吓一跳，你知道吗？檀香是中药材，郎中说可以行心温中，开胃止痛。娘依着你，这就去给你拿。"

陶玉如转身去里屋，拿了三支香，递给锡儿。

陶玉如："这是老山檀香，极为珍贵，产自印度。搬家那天，大奶奶给我时说，这香是她当年去镇江金山寺拜佛求子，寺里的高僧卖给大奶奶的，是花了大价钱的，金贵得很。"

锡儿："别说了，娘，大奶奶讲的时候，女儿在旁边听着呢。"

陶玉如："娘真拿你没办法，娘去外屋张罗。"

陶玉如去了客厅。

锡儿在书房拿出铜香炉，放在观音菩萨瓷坐像前，静等着小桃红的到来。

院内传来小桃红和丁大娟的问候声，小桃红步入了院内。

小桃红："二奶奶，我来啦。"

锡儿步出书房，欢喜地将小桃红迎入书房。锡儿斟了一杯菊花茶，递给小桃红。

小桃红："二奶奶有什么宝贝东西，快拿给我看看，我都憋了一晚上了，趁着宝宝睡觉，让佣人照看着，赶紧溜过来的。"

锡儿将三支香神秘地放在身后，"小桃红，你猜猜我身后是什么宝贝？"

小桃红："二奶奶，别吊我的胃口了，快拿出来给我看一下。"

锡儿缓缓地将香从身后扬到半空中，"这就是我要给你看的东西"。

小桃红："哎哟，我还以为是什么宝贝东西，这不是香嘛。"

锡儿："知道这是什么香吗？"

小桃红："不就是拜菩萨的香嘛，家家户户都有。"

锡儿："告诉你，这可是印度老山檀香。这三支香啊，顶得上三根这么长这么粗的金柱子呢。"

锡儿用手比划着，把大奶奶讲过的故事，向小桃红说了起来。

锡儿："很久以前，在印度，有十几个伐木工去深山老林中寻找檀香树。找了几天，都没有找到。忽然，天降大雨，无处躲藏，那些人只好各自摘下芭蕉叶挡雨，有个伐木工只听得对面一阵响声，一眼望去，吓得大叫，原来是一条水桶粗的大蟒蛇，盘踞在檀香树上，大蟒蛇的嘴里，还伸着一只老虎的尾巴哩。吓得那些人四散逃窜，有个人眼尖，大叫了一声'檀香树'，那些准备逃命的伐木工，听到檀香树三个字，居然连命都不要了，纷纷聚拢一起。可谁也不敢靠前啊，又怕眼睛一眨，密林中又寻不到这棵檀香树。于是，纷纷开弓搭箭，远远地朝着大树射去，以留下标记。待大蟒蛇离开后，才大着胆采伐了这棵檀香树。这香啊，就是用这棵檀香树制成的。"

小桃红听得目瞪口呆，惊讶地用手捂着嘴。

小桃红："姐姐，真的呀？"

锡儿得意地将三支香拿在手上，点燃后冒出三炷烟，弯弯的烟云，丝丝地飘逸。

小桃红："香，真香。这香味我从未闻到过。"

锡儿捧着香，恭恭敬敬地对着观音菩萨拜了三拜，又把香交给小桃红。

锡儿："妹妹，许个心愿吧。"

小桃红恭恭敬敬地捧着香，对着观音菩萨拜了三拜，嘴里默念。锡儿面对观音菩萨，双手合十。

锡儿："观音菩萨在上，我，刘锡，今与小桃红结为姐妹，此心可鉴。"

锡儿："妹妹，你愿不愿意？"

小桃红不暇思索地脱口而出："愿意！愿意！"

锡儿起身，哈哈大笑起来。

小桃红起身，望着刘锡，忽然明白，娇羞地说："姐姐，你真坏！"

檀香徐徐地燃着，散发出高雅、沉静、清甜的香味，沁人心脾。

【3. 庄家村　庄宅　客厅　上午　秋　日】

庄世伯扒拉着算盘。

庄世伯："大奶奶，粮食比去年增加了一成，锡儿爹去上海也该回来了，蚕茧卖得怎么样，心里还没有底。"

大奶奶："我心里有本账，过几日把大树叫回来，房子的墙脚打好了，我这把老骨头天天跑去看，也吃不消了。"

这时门外传来半仙的嗓音。

李半仙："大奶奶，在家吗？"

李半仙边喊边神颠颠地走入客厅。

大奶奶："哟，半仙啊，今天怎么来看大奶奶啦？"

庄世伯："半仙，好久不见了，怎么又瘦啦？"

李半仙："大奶奶，世伯，实不相瞒，上回大奶奶跟我说，我长得瘦是因为没个女人一日三餐弄给我吃，我琢磨大奶奶的话好久了，哎，世伯啊，大奶奶说的话在理啊。"

庄世伯："这个自然。"

大奶奶："哟嗬，半仙哪，你这话里有话啊，别吞吞吐吐了，在大奶奶面前还卖什么关子啊。"

半仙嘻嘻笑着，"实不相瞒，大奶奶呀，前几日，邱家村有个寡妇叫邱萍，约摸三十来岁，来找我看病，不知咋地，我突然心慌意乱，只觉得心儿'嘎'地抽了一下，你说怪不怪？"

大奶奶呵呵笑，往前走了两步，盯着李半仙的脸看了一会儿。

大奶奶："邱家村的邱萍？世伯，我咋没听说过有这个人呢？"

庄世伯："那么多娃娃都长大了，就是遇上了也不一定都认得。"

李半仙嬉皮笑脸地说："大奶奶，您看……"

大奶奶："半仙啊，大奶奶还不明白你的意思？放心吧，就为这事来庄家的？"

李半仙："大奶奶，这事能撮合成吗？"

大奶奶："放心吧，大奶奶答应的事，就是上刀山也给你撮合成。"

李半仙："我在这先谢谢大奶奶啦。世伯，你们也忙，我先回去了，待会儿还有病人来找我询诊问药呢。"

李半仙说完，满心欢喜地走出客厅。

大奶奶将李半仙送出庄家后，返回客厅。

庄世伯："半仙看上的那个寡妇叫什么来着？"

大奶奶："邱家村的，叫邱萍。"

庄世伯："半仙也是奇怪，这些年上门说媒的不少，硬是不动心。现在突然动心了？"

大奶奶："我也纳闷，半仙巧舌如簧，能说会道，居然送上门的不要，偏偏突然回春，看上了寡妇？是怎样的女人能让不开春的半仙，动了男人的心思？这个邱萍不简单。"

庄世伯："半仙居然搞不定这个寡妇，求你给他做媒。那个邱萍你搞得定吗？"

大奶奶："待会儿我让大嘴替我跑个腿，去邱家村带个口信，让邱萍明天上午到庄家来一趟。世伯，我也好奇，这个邱萍咋会有这样的本事？"

【4. 庄家村　庄宅　客厅　上午　秋　日】

邱萍："大奶奶好。"

邱萍身穿绸缎旗袍，白色底子，印着红红的牡丹花图案，脚穿奶白色的凉皮鞋，头发盘成髻，声音温柔甜蜜，步入庄家客厅。

大奶奶："哦哟哟，前些日听人说起邱家村的邱萍，面如桃花腰似柳，是十里八乡最漂亮的女人，我不信，非得今天见见。这不，我都不敢跟你站在一起了。”

邱萍：“哎呀，大奶奶，羞死邱萍了，大奶奶才是个大美女呢，人都说大奶奶长得观音菩萨相。”

大奶奶：“快坐下，先喝些菊花茶。桌上瓜子糕点随便吃，让大奶奶好好看看大美女。”

大奶奶：“我说，邱萍啊，怎么没把孩子带来？”

邱萍：“哎，大奶奶，我是个寡妇，没有孩子。我那个男人啊，只给我留下两间屋子。”

大奶奶：“噢，走了几年啦？”

邱萍：“五年了。”

大奶奶：“靠什么生活啊？”

邱萍：“家里摆了三张麻将桌，收点台钱。”

大奶奶：“生意怎么样？”

邱萍：“生意还好，温饱有余。不过，打麻将的那些个人啊，除了女人赢，男人基本上都亏。”

大奶奶：“这又是为什么啊？”

邱萍：“心不在焉啊。”

大奶奶：“邱萍啊，人家都说‘女人三十喇叭花’。我看你是女人三十，依旧是一枝桃花。”

大奶奶：“不像大奶奶，年过四十，豆腐渣啦。”

邱萍：“大奶奶大人大福，看这宅子和家产，在县城里是数一数二啊。”

大奶奶：“大奶奶年轻时候，也是桃花一枝，那些个白脸小生，有事没事来搭话，大奶奶挺得住。直到遇见庄世伯，我看他忠厚老实，对我又追又捧，认准他今后不会变心，跟定了，才有今天啊。”

邱萍：“哎，邱萍命苦，二十岁跟了他，看上的是白脸小生样，谁知道，伴了五年……”

邱萍哽咽了，眼泪溢出眼眶，掏出手帕擦起了眼睛。

大奶奶：“这些年，没想到过嫁人？”

邱萍：“追我的，来说媒的，月月有。可我有说不出的苦啊。”

大奶奶：“有啥苦啊？讲给大奶奶听听。”

邱萍："我那个死鬼男人，看起来白白净净，一年到头洗不了几次澡。没两年，我这下面一遇房事，就发低热，肚子胀，腰酸背痛，睡不着觉，病没医好，哪里还敢再嫁？"

大奶奶："怎么不去看医生？"

邱萍："找了不少郎中，一个个色眯眯的。跟他们讲病状，他们就要看我下边。我，我怎么能给他们看？"

大奶奶："这倒也是。"

邱萍："前些日，都说李家庄半仙有名，找他看病，谁知道，也是个二百五。"

邱萍一脸的不屑，抬眼望着大奶奶。

大奶奶："怎么说？"

邱萍（愤愤地）："他给我把了脉，手刚搭上我的脉搏，就见他浑身一抖，把我吓了一大跳。问他，他竟然脱口而说是抖抖病。我哪辈子得过抖抖病了？分明这个半仙是个神经病！气得我拔腿就走。"

大奶奶："邱萍啊，听大奶奶讲一句，这半仙，八成是看上你了，心思不在看病上了。"

邱萍："他就是个色鬼。"

大奶奶（故意问）："半仙要看你下面？"

"噢，那倒没有。"邱萍急忙表白。

大奶奶："这就是你不对了。半仙没有提出要看你的下面，你就不能讲人家色鬼。"

邱萍不语。

大奶奶："半仙确有真本事，经常给大奶奶看病，大奶奶的干儿子大树，要没有半仙给他开的方子，早就死了。"

邱萍："这事我听说过，没想到确有其事。"

大奶奶："这些年来，半仙回绝了许多媒人，到现在还是童子身。替人看病这么多年，也积攒了不少的钱财，哪个女人家跟着他，一辈子不愁吃穿用了。"

大奶奶提高了声音，语气硬了些。

"邱萍啊，大奶奶平生头一次，给你做个媒，你看如何？"大奶奶单刀直入。

邱萍低头不语，稍时，抬头望着大奶奶说："半仙长得人不人，鬼不鬼的，跟太监没什么两样。半夜醒来，不把人吓死？"

大奶奶："死了的牛头马面你见过没有？"

邱萍："哎哟，提那个东西干嘛？把人吓死了。"

大奶奶："我听说，人家外国有人专门要这个东西，把骷髅头洗干净，挂在墙上当画一样欣赏哩。"

大奶奶："再说了，半仙长得不丑，就是人瘦了点，下巴上少了点肉，你知道为什么吗？"

邱萍："不知道，为什么？"

大奶奶："那是因为营养不良，没个女人一日三餐弄给他吃，脸上身上怎么长肉？"

邱萍："一日三餐不按时吃，哪会长肉？"

大奶奶："我给你出个主意，你看好不好？"

邱萍："大奶奶你说，邱萍听着呢。"

大奶奶："我们分几步走。第一步，大奶奶领着你一起去找半仙看病，看看半仙究竟有没有吃饭的真本事？"

邱萍点了点头。

大奶奶："第二步，依照半仙开出的处方，让他每天去你那儿煎汤煲药，服侍你，把毛病治好，你们之间也可以借此机会，熟悉熟悉。"

邱萍又点了点头。

大奶奶："第三步，摸清半仙的家底，如果半仙同意你嫁过去后当家做主，大奶奶来保媒，半仙用大红花轿把你抬回去，你看如何？"

邱萍"嗯"了一声，心里已经松动。

邱萍："大奶奶，这下面的毛病折磨了我七八年了，有时候真的感觉生不如死。如果真像大奶奶所讲，半仙能治好我的病，我找个下半辈子靠得住的男人，尽管半仙长得丑，或许不是坏事。我知道，自己也不是黄花大姑娘了，离残花败柳也越来越近了。"

大奶奶："知道了就好。就在这一起吃个中饭吧，吃完饭我领着你去见半仙。"

【5. 李家村　李宅　中午　秋　日】

大奶奶带着邱萍来到半仙家中，半仙见大奶奶带着邱萍而来，惊喜得不能自制，忙不迭地让座泡茶。

大奶奶一脸严肃地面对着半仙。

半仙："大奶奶，您怎么虎着脸？半仙心里害怕着呢。"

大奶奶："半仙哪，大奶奶不虎着脸，你能回过神来吗？我把邱萍带来了，你给搭把脉，说说邱萍哪儿不舒服，大奶奶旁边听着哪。"

邱萍没等半仙开口，自己把左臂伸了过去，露出羊脂白玉般温润的胳膊。

半仙掏出墨镜戴上。

大奶奶："半仙，这屋子本来就不太透亮，戴啥墨镜？"

邱萍忍不住'噗嗤'一声，笑了出来。

稍许，半仙松开搭脉的手指，发问了。

半仙："你是不是经常经量增多，下腹坠胀？"

邱萍点点头。

半仙："经常感觉到腰部酸痛，疲倦，精神不振？"

邱萍点点头。

半仙："是不是周身不适，晚上睡不好觉？"

邱萍又点点头。

半仙："八年前与你男人同房后是否常有低热？"

邱萍脸儿通红不语，抬眼望了望大奶奶。

半仙（认真地对大奶奶说）："此病已有七八年了，是女人病，不治很危险，恐命不保。"

大奶奶："啰里啰嗦，开处方啊。邱萍，半仙说的准不准？"

邱萍："大奶奶，半仙句句切中我的病征，果然名不虚传。"

邱萍抬头看着李半仙，眼睛里飘过一丝温存的目光。

李半仙拿起笔，边自言自语，边在纸上刷刷地写下方子：

"败酱草二把，紫草根二把。

水煎去渣加入红糖，调匀服用。"

写完，半仙交给邱萍。

邱萍一脸感激，"谢谢李郎中了。"

李半仙："此方子必须连服两个月，必然见效。"

邱萍起身，准备谢辞半仙。

李半仙突然手往下压了压，示意邱萍坐下。

李半仙："为保险起见，可两种方子轮换。"

李半仙说完，又自言自语地挥笔写下了另一方子：

"金银花一把，败酱草一把。

蒲公英一把，赤芍一把。

枳壳半把，木香半把。

水煎服，一日一剂，连服五剂。"

大奶奶脸露喜色："说你是个半仙，一点不假。救人救到底，送佛送到西天。邱萍不识药草，我看，你天天去邱萍家里，帮她煎药煲汤，你可有此善心？"

李半仙大喜，忙不迭地说："当然！当然！"

李半仙说完，大胆地摘下墨镜，盯着邱萍看着。

邱萍只见半仙，突然全身又是一抖，忍不住"咯咯咯"地笑出了声。

【6. 庄家大宅　晨　秋　日】

大奶奶照例早早起来，沾着香樟树刨花浸泡的水，细细地梳着头。

大奶奶换了身新衣服，对着镜子左看右看，"换了身新衣服，还真觉得年轻了几岁。"

大奶奶不由地笑出了声。

庄世伯："大奶奶，怎么梳梳头对着镜子就笑起来了？"

大奶奶："世伯啊，这二十年里，嫁入庄家，我把庄家的门面撑到今天这个程度，实在是不容易。"

庄世伯："庄家有今天，还不多亏了你。哎，大奶奶啊，这钱财啊，好像追着你一样。"

大奶奶："我小时候，听家门口开茶馆的老伯说过，在这个世界上，爱财、追财，是人的天性。天性，是任何人都无权剥夺的东西。那些胸怀鸿鹄之志者，追求的是天下；那是追求大财，那些大智若愚者，追求的是钱财；市井之人追求的是利，平民百姓追求的是温饱。世伯，我问你，我算不算大智若愚者呢？”

庄世伯：“哈哈哈，大奶奶，我看是。”

大奶奶：“世伯，我问你，梁山泊的宋江是个矮冬瓜，宋江智慧比不过军师吴用，武功比不过林冲武松，他怎么能当梁山泊的首领？”

庄世伯（挠挠头）：“这个……这个还真说不来。”

大奶奶：“宋江凭的是仁义两个字，老话不是讲，‘软绳捆硬柴’嘛。”

庄世伯：“说到底，做人做事还是要讲仁义道德。哎，大奶奶，今天怎么忽然想起说这个事了？”

大奶奶：“人老了，就会经常想起以前的事。哎呀，真的有几根白发了。”

大奶奶自言自语，用手拨拉着黑发，把白头发掩盖起来。

庄世伯：“锡儿爹昨天回来得晚，估计现在还没爬起来。等锡儿爹过来，我们一起去县城看看锡儿。你今天还打算去袁通家串门？”

大奶奶：“串门是少不了的。”

【7. 县城　庄宅　晨　秋　日】

太阳爬过了山坡，大奶奶一行来到了县城，离家门不远，就看到大树拿着大扫帚在门外扫地。

刘生：“这大树可真勤快啊。”

大奶奶却一脸疑惑，扯了下刘生，说：“锡儿爹，这大树扫地，扫把却沾不到地呀。”

刘生和庄世伯顺眼望去，只见大树东扫一下，西扫一下，两眼时不时地张望袁家。

大奶奶：“心不在焉啊。”

车到门前，大树才发现马车。

黄大树（回过神）：“干娘好。”

大奶奶：“哟，今天大树真神气。一身黑衣黑裤，脚穿黑胶鞋，看来心不在焉啊？”

大树憨厚地笑笑，提着扫把，随大奶奶一行进得院内，陶玉如笑吟吟地迎了上来。

陶玉如：“早晨就听到喜鹊叫，我想，今天大奶奶要来了，没想到，你们三个都来了。”

刘生走上前，问陶玉如：“锡儿这些天可好？”

锡儿从房里出来，回：“好着哪，爹，姐姐。世伯也来啦。”

庄世伯：“娃娃在肚子里怎么样？”

锡儿：“孩子在肚子里常踢着腿，想见他爹了。”

庄世伯：“这些日子，难为你了。”

大家说笑间来到客厅，佣人泡了茶水，给每人倒了一杯。

锡儿：“大奶奶，告诉你一个好消息。”

大奶奶：“什么好消息？快讲来，大家听听。”

锡儿：“前几日，小桃红叫我去看她家宝宝，小桃红讲，我要生个男丁，她和我做姐妹，我要生个女儿，她和我做亲家。我诳小桃红，说家里有个宝贝，让她隔日来看，小桃红见我拿出三支檀香，她还看不上眼哪。我把大蟒蛇的故事讲出来，小桃红惊得目瞪口呆，趁着拜观音菩萨时，我和小桃红结了金兰。姐姐，我才不要跟袁家结亲家哩！小桃红有本事，生了个男丁，锡儿肚子里的孩子，也一定是个男丁。”

大奶奶禁不住大笑，一时，客厅里欢声笑语，热闹非凡。

锡儿：“姐姐，听小桃红讲，县城有家医院，专门接生，女的是个台湾人，嫁了个日本男人，两人都是名牌大学的同学。这女医生，就是给小桃红接生的。”

大奶奶：“妹妹，放心吧，姐姐知道啦。袁家在这个医院生的儿子，咱们庄家也得要在这个医院生儿子。”

【8. 袁家大门附近　秋　日】

梅儿和赵林走下古石桥。

梅儿：“赵林，别送了，让人看见不好。”

赵林：“过一阵子，我就要去美国读大学了，往后只能给你写信了。”

梅儿（着急地）：“别，别给我写信。信落到我娘手上，会骂死我的。”

赵林默默无语，两人走了一段路，临近袁宅，赵林突然从包里掏出一个精致的纸盒，塞给梅儿。

梅儿：“赵林，里面装的什么？”

赵林："先别看，一件艺术品。"

梅儿："赵林，你到美国后，拍几张自由女神像和夏威夷海滩边的椰子树照片，寄给我看看，听你讲得活灵灵的，真想去看看。"

赵林："嗯，梅儿，你别在县城上高中了，我们一起去美国读书吧？你读书生活的费用，我们家来。"

梅儿："我才不要哩。我舍不得爹爹和娘。别送了，我家大门开着哩。"

【9. 袁家大门口　秋　日】

梅儿眼睛盯着庄家大门，见庄家大门关闭，迟疑片刻，失望地踏入家门，又转身停立，又望了望庄家大门，转身离去。

【10. 袁家秋日】

梅儿神秘地用书包将纸盒遮掩着，见娘在花园里拾掇，从娘身边蹑手蹑脚地溜过去。

袁大奶奶："梅儿，回家怎么不叫人啊？"

梅儿蹭蹭地上楼，边爬楼梯边叫了声"娘"，径直回自己房间，将门掩上。

袁大奶奶好奇，悄悄地尾随上楼。

梅儿进入房间，打开纸盒，只见一支金箔制成的玫瑰花，漂亮无比，静静地躺在礼盒内，好像花儿正为自己开着。

"玫瑰花！"梅儿惊喜地喊。

"金子做的玫瑰花，谁送的？"袁大奶奶从门外闪了进来，一脸灿烂。

"嗯，娘，别问好吗？"梅儿害羞，不肯告诉娘。

袁大奶奶取出玫瑰花，仔细地欣赏着，嘴里还不断发出"啧、啧"的赞叹。

袁大奶奶："太漂亮了！"

袁大奶奶："哟，这一片叶子上还刻着一行小字哩？娘细细地看看。"

袁大奶奶往窗户边走去，"送给心爱的梅儿，赵林。"

袁大奶奶："赵林？梅儿，赵林是赵县长的公子啊？长得一表人才。我听赵县长讲过，赵林准备去美国读大学，学什么经济。哎呀呀，梅儿你真是有眼力。赵林家有钱有势，你和赵林真的是郎才女貌，天造地设的一对。”

梅儿：“他长得丑死了，猪头脸，刀板脸，不，棺材板的脸。”

梅儿：“他没有大树哥好看。”

袁大奶奶：“好看有什么用？女儿，记住娘的话，爱情不能当面包。”

【11. 庄家大宅　上午　秋　日】

黄大树心神不宁地牵着马，轻轻地出了大门。

梅儿坐在二道门的木门槛上，托着下巴，呆呆地望着庄家的大门。见黄大树正牵着马儿出门，赶紧蹑手蹑脚地溜出家门。

大树牵马时，忘不了瞅瞅袁家。只见梅儿如猫行一般蹿出来，心里一阵激动。

梅儿：“大树哥，再带我骑回马。”

梅儿轻声轻语，语气急促，还不时紧张地往家里看。

黄大树大喜，“上来吧。”

黄大树伸出手，把梅儿轻松地举在马上，随即一跃而就，枣红马刷刷地跑开。一瞬间，跑得远远的。

黄大树任马儿自由地奔跑，不多会，马儿跑入了一片田野。弯弯曲曲的小路旁，杂草和野花并存。近旁的山坡上，依旧野花怒放，几棵野柿子树上，挂着许多小碗般大小的青青的柿子。

两人下得马来，互相注视着，黄大树不敢多盯着梅儿的脸看，心里面慌慌张张，如同做贼一般。

梅儿却是大方，指点着柿子树，对黄大树说：“大树哥，你看那柿子树，结了那么多的果子。”

“嗯”，大树应着。

“大树哥，阳光真好，暖洋洋的。”

“嗯，是好。”大树木木地应着。

只见梅儿俯身，随手摘下一朵兰色的山菊花。

“大树哥，这花儿好看吗？”

“嗯，好看。”

“扑哧”一声，梅儿看着黄大树紧张的神态，笑了出来。

“大树哥，是花好看？还是我好看？”梅儿近了一步，话语里带着挑逗。

“花好看，呵不，不，你比花好看。”大树惊慌，有些语无伦次。

两人在美丽的秋景里，如置身画中一般。你一言，我一语，谁都想牵牵对方的手，谁都没有那个勇气。

梅儿：“大树哥，回去吧，娘发现我不在家，会刨根挖底地问我的。”

黄大树：“上马吧，坐前面还是后面？”

梅儿：“坐后面吧，让别人看见，闲话少些。”

黄大树一跃，上了马背，伸出左手，欲拉梅儿一把。

梅儿灵活，双手在马背上一撑，麻利地骑了上去。

马儿依旧奔驰，大树忽然觉得脸上软软的，香香的，热乎乎的，被亲了一口，顿觉浑身麻酥。

梅儿凑近脸蛋，含情脉脉地对着黄大树耳边：“大树哥，我的初吻给了你。”

黄大树整个人犹如喝了瓶烈酒，体内热血沸腾，双腿用力一夹马肚，大喝了一声，“嘿——！”

枣红马撒开四蹄，箭般蹿了出去。

【12. 县城　庄家大宅　午饭时间　秋　日】

黄大树回到庄家大宅，刚刚进门。

丁大娟：“快来吃饭吧，娘找了你一会，跑哪儿去啦？”

黄大树：“去外面遛遛马。”

大树到了餐厅，见大奶奶边上有个空座，一屁股坐下。丁大娟从厨房盛了一大碗米饭，端给大树，大树脸儿通红，埋头吃起来。

大奶奶笑着，夹了一节香肠放入大树的碗里，又用勺子给大树舀了蒸鸡蛋。

大奶奶（调侃）：“慢点吃，别噎着。哎，大娟，大树今儿个脸怎么这么红？”

丁大娟着急，伸手想摸摸大树的额头。

黄大树：“娘，外面太阳烫着哩，晒的。”

大奶奶：“大树呀，你心里想着什么，干娘一清二楚。”

大奶奶转头对世伯和刘生说："你们吃完饭，休息一会，我现在去对面看看小桃红。"

【13. 袁家　中午　秋　日】

大奶奶独自一人来到对面袁通家。小桃红见庄家大奶奶到来，一脸春风地迎了上来。袁通见大奶奶到来，甚是高兴，站起来打着招呼。

袁通："庄家大奶奶，来得正好，快来帮我参谋参谋。"

庄大奶奶："哎哟，袁老夫子，你这么大的学问，什么事情轮到我来给你参谋啊？"

袁通："我呀，想了六七个名字，总觉得定不下来，你看，有袁旺、袁松、袁凯哥……究竟哪个名字好呢？"

庄大奶奶："我看取名为袁旺松。这姓袁，那是顺着姓氏，是香火；旺，旺财，旺运，一个太阳加个大王，天下第一；松，取自青松，高雅，高洁。"

"哎呀，这名字好。"小桃红缠着袁通撒起娇来。

袁通透过老花眼镜，看着庄家大奶奶，思索起来。

袁通："这确实是个好名字，袁旺松，这名字好记，朗朗上口，又有寓意，就这么定了吧。"

小桃红欢天喜地，抱着宝宝兜了两个圈，嘴里念叨着："旺松，旺松，快快长，长大当县长。"

逗得袁通和庄家大奶奶哈哈大笑。

庄大奶奶笑着，问："四奶奶，帮你接生的那个医院在哪儿？"

小桃红："就靠在木果河，古石桥不远处，拐个弯，有个四合院，上面有招牌写着哪。"

庄大奶奶："梅儿还没放学？"

小桃红："今儿赵县长的太太专门请我家大奶奶吃晚饭，赵家公子不久要去美国念大学，她们刚走没多会儿呢？"

庄大奶奶问袁通，"梅儿出落得像芙蓉花，越来越惹人喜欢了。哎，该给她说个人家了吧？"

袁通笑着捋捋山羊胡子，正准备回答，小桃红抢先说，"庄家大奶奶，县城的赵大公子想着我们家梅儿哪。前两天，专门给梅儿送了支金子打造的玫瑰花哪，漂亮得很。我去楼上拿来给您开开眼。”

小桃红转身去楼上，稍会手拿玫瑰花跑下楼。

小桃红：“庄家大奶奶，快看，叶片上还刻着送给我心爱的梅儿哩，肉麻死了。”

小桃红和袁通咯吱咯吱地笑了起来。

庄大奶奶：“那梅儿的事看来今天晚上是要定下来了？”

小桃红：“我们袁家没意见。”

庄大奶奶：“这可是天大的好事呢。两家未来结了亲，真是又有财势，又有权势。在咱们这个县城，你们袁家，又是这个。”

庄大奶奶显得十分兴奋和羡慕，冲着袁通竖起了大拇指。

庄大奶奶：“袁老爷子，你怎么没去赵家？”

袁通：“有梅儿娘去就够了，我待在家里，等她们的消息，这样也有个退路。”

【14. 县城　庄家大宅　下午　秋　日】

大奶奶心事重重，匆匆地进入客厅。

大奶奶：“大娟，玉如，我和世伯马上回庄家村，一大摊的事情，天天忙不完。锡儿爹别急着回庄家村，你们在一起聊聊，顺便陪锡儿几天。”

黄大树：“干娘，我把你和干爹送回庄家村，再回县城。我留在县城，二奶奶出行方便些呢。”

大奶奶：“大树，别跟干娘耍心眼，快去套马车，跟干娘立刻回庄家村。”

黄大树：“干娘，我怎么会跟干娘耍心眼？我这是为二奶奶出行方便考虑呢。”

大奶奶：“大树，别以为干娘不知道你的心思。”

锡儿：“姐姐，干嘛这么熊大树呢？”

黄大树（嘀咕着）：“就是啊，我这也是为二奶奶想着哪。”

黄大树沉默不语，走出屋子，不声不响地套好马车。

世伯：“大奶奶，今天怎么了？”

丁大娟：“大奶奶，大树莫不是有啥心事？”

大奶奶朝着袁家努了努嘴，“袁家大奶奶带着梅儿正在赵县长家吃晚饭哩。”

锡儿：“啊？姐姐，大树真有那心思？”

丁大娟：“大奶奶，真的？”

大奶奶：“甭管真的假的，那赵家惹得起？”

【15. 庄家村　庄家大宅　卧室　秋　夜】

大奶奶躺在床上。

庄世伯：“大奶奶，就这点芝麻绿豆大的事，心里放不下呀？”

大奶奶：“唉，世伯啊，你还看不出来？大树真的喜欢上袁家的梅儿了。”

庄世伯：“那好啊，改日带上些钱财，你去替大树说个媒。”

大奶奶：“大树糊涂，你也糊涂。袁家去了赵家，饭都吃了。那袁通对这门亲事满意着呢，袁通是个大学问人，家财丰厚，喜欢门当户对。大树又不会舞文弄墨，袁通这一关就过不了。袁大奶奶是开状元楼的，眼界高，是个开门相逢笑，过后不思量的女人，眼睛里只有钱财才会发亮。当然，这些事都不重要，想想办法还是能跨过去，关键偏偏遇上的是赵家公子，就算梅儿回头跟了大树，赵林想不开，抹个脖子，得个神经病，庄家是吃不了兜着走。”

庄世伯：“也是，赵县长平时装得温良恭俭让的，见人总带着笑，心机重着哩。”

大奶奶：“这些当官的，人前一套，人后一套。惹恼了这些人，使个坏招，让你三更死，你绝活不到五更。大树这个牛犊子，居然不知天高地厚，赵县长发起火来，跺跺脚，能把庄家村踩到泥巴里去。”

庄世伯：“明白了，你把大树带回庄家村，是让大树回回神，免得大树受到伤害。”

大奶奶：“睡吧，明天又要忙了。”

庄世伯吹灭了油灯。

【16. 庄家大宅　客厅　晨　秋　日】

庄家一堆人围坐在餐厅吃早餐。

大奶奶 :“大树啊，前些日子干娘已经叫了包工队，正在给你砌楼房哪。”

黄大树 :“干娘，我娘可知道？”

大奶奶 :“你娘我也瞒着哪，干娘让你回来，帮衬一下，干娘腿脚没前些年利索了，不可能天天盯着包工队。你今儿个起，每天去盯着，别让人家偷工减料。自家的事情，也要上点心了。”

黄大树 :“哎，干娘，二奶奶那边外出不便，我每天抽空去看个一趟，可好？”

大奶奶 :“你呀，别操这个心思，把楼房盖起来，干娘再给你说个姑娘，早点把终身大事给办了。哪天，你爹爹回来了，看到有了孙子，还不知道有多高兴哩。”

黄大树 :“干娘，你帮我在县城找个空地，简简单单地盖些房子，老屋正好给我爹我娘住。”

大奶奶 :“你想得美，把这屋子建好了，大奶奶立马去给你说个姑娘。”

黄大树 :“我爹不回来，我就不讨老婆。”

“咳”，大奶奶叹了口气，对世伯说，“世伯啊，真是难为了大树了，大奶奶没用啊。”

庄世伯 :“大树，听你干娘的话，怎么学会惹你干娘生气啦？”

黄大树低着头，抓起一个馒头，咬了一大口。

黄大树 :“干娘，大树依你就是了。”

大奶奶走过来，看了看大树，心疼地摸了摸大树的头。

大奶奶 :“干娘真的没用，你那事，干娘搞不定啊。”

大树喝了口稀粥，抬头望了望大奶奶，“干娘，你咋哭了？”

大奶奶 :“干娘没哭。抓紧吃，吃完了，上你老屋去，待在那儿看紧些，有什么事干娘会让人来找你。”

黄大树 :“哎，大树听干娘安排。”

【17. 刘家村　工地　上午　秋　日】

工地上热火朝天，十几个工人在包工头的组织下，砌墙拌灰，房子唰唰地拔地而起，屋面正在盖瓦。

黄大树配合包工头，拉着绳子，丈量着前院和后院的长度。

庄家村和李家村的不少后生在工地边围观，议论纷纷。刘生从远处向工地走来。

刘生："大树啊，大奶奶忽然要去县城，你赶紧去把马车备了。"

黄大树大喜，拍了拍身上的脏衣服，冲刘生回话。

黄大树："我去河里洗个澡，换身衣服再去。"

刘生："去县城洗什么澡？真是的。"

黄大树欢快地往池塘边跑去，脱下衣服，"扑通"一声跳入河塘，水牛般洗了起来。

【18. 庄家大宅　门口　上午　秋　日】

大奶奶穿着体面地来到门前，上下打量着黄大树。

大树低着头，装着在整理马车，心里却是慌张。

大奶奶："大树，上个县城，怎么穿得跟过年似的？"

黄大树依旧穿着一身黑衣、黑裤，头上戴了黑色礼帽，脚穿黑色胶鞋，看上去不仅精神，更显得潇洒。

大奶奶："进屋搬两箱神仙酒带上，干娘要去趟县城医院。"

黄大树："哎。"

大树欢快地进屋，轻松地搬了两箱酒放在马车上。

大奶奶："走。"

黄大树把马鞭轻轻扬起，枣红马熟门熟路，直奔县城而去。

【19. 县城　明代古石桥　下午　秋　日】

马车来到了古石桥上。桥两侧石护栏上刻着各种人物形象，虽历经沧桑，依旧完整。

黄大树："坐稳了，干娘。"

黄大树拉紧马缰，马车缓慢地沿着斜石板车道下了桥面。

黄大树："向左拐还是向右拐？"

大奶奶："向左拐。"

黄大树左手一拉缰绳，马车沿着木果河畔缓缓前行。

车轮碾压着石板路，发出咯吱咯吱的声响，石板路旁，粉墙黛瓦的院落一个挨着一个。

黄大树："干娘，咋不见医院？"

大奶奶："下去问问人家。"

黄大树将马车往前走了一段路，停靠路边。没等马车停稳，只见一名壮汉压低嗓音走近喊道："往前，往前，这儿不能停车，赵县长正在午休哩。"

大奶奶往右侧一瞧，是一座和庄家县城宅院差不多规模的房子，宅子门口多了两个骑马石。

大奶奶："哦？赵县长住在这儿？"

壮汉："是，赵县长正在午休哩。"

壮汉随即点头哈腰，满脸堆笑。

大奶奶："敢问大兄弟，医院在哪？"

大汉："就在前面，百来步路了，不远。"

大奶奶："谢谢大兄弟了。"

黄大树轻轻拽了下马绳，马车缓缓地向前驶去。

【20. 县城　医院　中午　秋　日】

医院是一座不显眼的四合院，普普通通，一个前庭，中间是一排二层小楼，后院很大，估摸着有一亩多地。青砖砌就的花坛，石板铺就的庭院，干干净净。红十字招牌映入眼帘。

花匠兼着门卫。见马车驰入院内，热情地招呼着。

花匠（笑容满面，迎上前来）："请问大姐姐，可是来找邱医生的？"

大奶奶："是啊，大兄弟，邱医生可在？"

大奶奶走下马车。

花匠："大姐姐，你随我来。"

花匠热情地将大奶奶带入小楼。

一进门厅，左边一个供客人休息的房间。房间整洁，宽敞，靠墙一排大木柜子，摆满了各种书籍，中间一张长方桌，四周放着六张木椅，古香古色。

花匠给大奶奶倒了杯茶。

花匠：“邱医生正在巡查病房，麻烦大姐姐先坐坐，待我上去告诉邱医生一下。”

花匠走到楼梯口，换上干净的拖鞋，轻手轻脚地上了楼梯。

黄大树抱着两箱酒入内，放在大奶奶身边。

大奶奶（轻声地）：“大树，门牌上有个红色十字，医院最多收十个病人，来得正赶趟。你先出去避避，这是女人家的医院。”

黄大树点头，轻轻地溜出院子。

邱医生随花匠下楼。

邱医生：“我是邱医生，请问女士，有何事请讲？”

大奶奶（一怔），慌忙起身：“邱医生，我是庄家村的大奶奶。”

邱医生：“庄家大奶奶？庄女士，是要看妇科吗？”

大奶奶：“邱医生，我是替我们家二奶奶来提前报个名的。”

邱医生：“呵，二奶奶来了吗？”

大奶奶：“她没来，估计还要几个月生孩子哪。”

邱医生：“先登个记吧，把姓名、住址、年龄和怀孕时间讲一讲。”

大奶奶：“二奶奶叫刘锡，住县城庄家大宅，二十九岁，怀孕五个多月了。”

邱医生仔细地在登记本上记着。

邱医生：“庄女士，您还有什么事情吗？”

大奶奶：“就这些事，邱医生，您看哪天进来？”

邱医生：“还早着哪，平时半个月左右，来这儿检查一下。到预产期前半个月，可以住进来了。”

大奶奶：“邱医生，这是我家酒坊酿造的神仙酒，喝了强身壮骨，明目养颜，功效很多，在酒瓶上都写着哪，一点心意，盼邱医生收下。”

邱医生：“太客气了，庄女士，可我们不能收这酒，再说，我也不喝酒啊。”

大奶奶（坚决地）：“邱医生，这不值钱的东西，您不喝，留着给您男人喝吧。”

邱医生：“花匠师傅，你先把这两箱酒搬到库房去吧。”

花匠抱起两箱酒往库房走去。

大奶奶：“邱医生，我能上楼看一下吗？”

邱医生："庄女士，真的很抱歉，您不能上去。"

大奶奶很尴尬，悻悻地与邱医生告别。

邱医生站在小楼门口，目送着马车驶离。

【21. 县城　庄宅　午后　秋　日】

大奶奶步入庄家大院，丁大娟和陶玉如高兴地迎了上来。刘锡腆着个肚子，从里屋出来。

锡儿："姐姐，吃午饭了吗？"

大奶奶："没有，随便弄些什么吃，要不下两碗面条。"

黄大树："娘，这些日子在这里可好？"

丁大娟："娘好着哪，我儿今天好神气，穿着这么精神。"

大奶奶："大树穿这么神气，恐怕不是穿给我们看的。"

众人来到客厅坐下，大树见桌上有茶，端起来一股脑地喝下。

黄大树："真渴，一上午没喝水了。"然后抹了下嘴巴，"娘，干娘把家里的房子给砌了起来，再有十来天，房子就建好了。"

丁大娟："大奶奶，这又要破费不少钱了吧。"

大奶奶："把房子建好，待些日子，给大树说个媒，看看哪家有好姑娘。"

黄大树："娘，爹爹不回来，我才不会讨老婆呢。"

厨师下了两碗面条，热腾腾的面条上撒着翠绿的香葱末，大奶奶和大树各自吃了起来。

大奶奶吃完，丁大娟殷勤地把拧好的毛巾递给大奶奶，大奶奶接过毛巾，抹了把脸。

大奶奶："锡儿，我和大树去了小桃红生孩子的医院，也见到了邱医生，给你把名字报上了。那个医院招牌上画着红十字，最多收十个人，人多也没地方。"

锡儿笑得前仰后俯。陶玉如见状，赶紧上前搀扶。

陶玉如："疯丫头，这又有什么可笑的，小心笑了胎气。"

锡儿："姐姐，红十字是一种国际性的志愿救济团体，十字是它的标志。"

大奶奶："女士是什么意思？"

锡儿："那是对妇女的一种尊称。"

大奶奶："邱医生一直称呼我庄女士呢，我走出医院，她就一直站在门口。看起来，那是个好医院，邱医生说，过段时间，让你去检查检查。"

【22. 庄家大宅　夜　晚　秋】

大奶奶："大娟，忙了一天腰酸背痛，我躺下去歇歇了，有件事我要告诉你。"

大奶奶凑近丁大娟耳边低语，丁大娟一脸惊讶，大奶奶起身回房。

黄大树正在院子里踱步，丁大娟把大树悄悄叫到一旁。

丁大娟："儿子，娘一直没机会问你，是不是看上对门的梅姑娘了？"

黄大树在娘面前，羞得低头不语。

"傻儿子，"大树娘用手触了触大树的额头，说，"袁家的鲜花不能采啊。咱们家里这个光景，配不上人家。这些天，总有个后生和梅姑娘在一起哩。"

黄大树："不可能！"

丁大娟："过些日子，娘和大奶奶一起，给你寻个好人家的姑娘，啊？"

黄大树："过几年再说，儿子现在没这个心思，爹爹一天找不回来，我一天不找老婆。"

黄大树赌着气，刚才娘的话刺痛了他。

丁大娟："真是，儿大不由娘了。"

黄大树此刻心里，想见梅儿的愿望像火一样燃烧。

【23. 庄家大宅　夜晚　秋】

县城的夜晚很宁静，蟋蟀在院子的花丛里鸣叫，星星在夜幕中眨着眼睛。

黄大树："娘，我去遛会儿马，你待我回来后拴门。"

丁大娟："大树，天黑了，去遛什么马？娘知道你心里不痛快。"

黄大树："娘，甭管我。我去木果河边透透气。"

丁大娟无奈地叹了口气，将大门轻轻地合上。

【24. 县城　夜晚　秋】

黄大树扯着拴马绳，慢慢地沿着四周漫无目的行走，走走，停停，看得出心里很落空。

黄大树伫立，望着袁家大院方向，梅儿房间的灯已经熄灭，大树情不自禁又哑然笑了起来。

黄大树拍了拍枣红马，“伙计，随我去木果河畔遛一圈，那是我和梅儿第一次骑马的地方。”

黄大树精神一震，一跃而上马背，向木果河畔疾驰而去。

木果河畔杨柳依旧，银色的月光洒在河面。河水静静地流淌，偶尔有鱼跃出水面，激起一圈圈涟漪。这美好的月色令黄大树心神向往，“踏、踏、踏”的马蹄声，在寂静的夜晚，显得格外响亮，沿河的民居，大都已熄灯。

忽然，黄大树勒住马绳，向河对岸望去。石阶上，一对青年正拥抱在一起，忘情地接吻。身旁，是江南水乡特有的民居，木果河水在他们脚下静静地流淌，仿佛不忍心打扰他们。真是一副宁静、优美的画面。

黄大树被眼前的一幕吸引着，索性下得马来，肩膀靠在柳树上，嘴角挂着微笑，舒心地欣赏起来。

一阵秋风吹来，撩起对岸女孩的裙子。

黄大树触电般的颤抖了一下，“兰底白花？那是梅儿？”

黄大树脱口而出，赶紧揉了揉眼睛，躲在柳树背后观望。

石阶上一对恋人正紧紧拥抱一起接吻。

黄大树愤怒地弯腰，捡起一块石头，朝河对岸扔去。随着“扑通”一声，扬起一阵水花。

河对岸拥抱在一起的恋人惊得松开，随着一声男人的怒吼，“谁？吃了豹子胆了？有种过来。”

黄大树猛地跃上马，向河对岸冲去。

第六集

【1. 县城　庄宅　秋　夜晚】

丁大娟心神不宁，时而走出院子，聆听院外的动静。

陶玉如见丁大娟心神不宁，略为好奇地走出院子。

陶玉如 :“大娟，有心事啊？”

丁大娟 :“大树说去外面遛马，这么久了，咋不回来呢？”

陶玉如 :“哎，大树又不是小孩子，在咱这县城还能走丢了？”

丁大娟 :“玉如啊，大树让我给他留着门，你没看出大树心里不痛快啊？”

陶玉如 :“啥事不痛快？”

丁大娟 :“大树看上了袁家的梅儿，我劝大树，别有那个心思。这些天总有个后生跟梅儿在一起哪，谁知大树听了就是不信，一赌气，跑到外面遛马去了。”

陶玉如 :“哎呀，大树别想不开，干蠢事啊。”

丁大娟慌了，“玉如，你看着门，我这就去找大树。”

陶玉如 :“我和你一起去，外面黑咕隆咚的，不安全。”

丁大娟点点头，两人出门，转身将门合上，往木果河畔寻去。

【2. 县城　古石桥旁　秋　深夜】

陶玉如和丁大娟站在古石桥畔。

丁大娟："也不知道大树儿去了河东岸还是西岸？"

陶玉如东张西望了一会儿，"大娟，我们就在这等大树，若是分开寻找大树，黑咕隆咚的，我也害怕。"

这时，传来一阵急速的马蹄声，黄大树怒气冲冲地骑在枣红马上，往古石桥而来。

丁大娟："大树，你奔哪去？"

黄大树勒住马，翻身下马，"娘，你甭管，儿子心烦，跑一会儿马就回家。"

黄大树说完，牵着马，愤愤地欲上古石桥。

丁大娟抓住马缰绳，不让黄大树走。

丁大娟："儿子，听娘话，要不娘给你跪下，好吧？"

丁大娟说完，欲给黄大树下跪，陶玉如拦住，生气地责怪着黄大树。

陶玉如："大树啊，你咋这么不懂事呢？非要逼得你娘给你下跪？"

黄大树："娘，儿子只想认一认那个后生是谁，认了儿子立马回家。"

"啪！"，丁大娟伸手给了大树一个耳光，"儿啊，你犯糊涂啦，那是赵县长的宝贝儿子，大奶奶都惹不起，咱黄家更惹不起啊。"

丁大娟不由分说地一手扯着马缰，一手拉着黄大树，陶玉如一把挽着大树的胳膊，连拖带拽地往庄家大宅走去。

【3. 县城　庄家大宅　深夜】

陶玉如一把推开庄家大门，丁大娟拉着黄大树及马儿进了大院。陶玉如转身将门栓上。

大奶奶从客厅走出，径直走到黄大树跟前，伸手抚摸了一下大树的头。

大奶奶："大娟，在哪找到的？"

丁大娟："就在古石桥。"

陶玉如："大树啊，不是我说你，天下何处无芳草？"

丁大娟："大奶奶，惊扰您了。"

大奶奶："大树是我干儿子，我这当干娘的，心里不比大树好受。大树啊，一个碗不叮当，女孩子的心就像天上的月亮，时明时暗啊。"

黄大树："干娘，我都看见了……"

黄大树突然哽咽着，背转身，无声哭泣着。

大奶奶：“大娟，大树回来了就好。哭吧，哭了心里痛快。这孩子啊，又成熟了些。”

大奶奶说完，转身独自往屋里走去。

【4. 庄家大宅　秋　晨】

黄大树套好马车，显得气宇轩昂。

袁宅大门半掩，梅儿听见外面马车的声响，见黄大树正在整理马车，急忙从客厅往大门口走去。

黄大树往马车上一坐，大奶奶出门，坐上马车。

梅儿：“等一下，大树哥，梅儿有事跟你商量哪。”

大树瞟了一眼梅儿，直起腰板，大喝一声“驾”！

一声清脆的马鞭声划过长空，马车启动。

梅儿：“大树哥，等等我。”

梅儿紧追了几步，马车绝尘而去。

【5. 庄家村　庄家大宅　中午　秋】

庄家客厅，刘生和庄世伯正在喝茶，大奶奶从房里走出来。

庄世伯：“大奶奶，秋蚕大部分已经上山，正吐丝织茧，酒坊还要加把劲，争取再勾兑五千瓶神仙酒，趁着市场火热多赚些钱。”

刘生：“大奶奶，昨天用船装了两百箱神仙酒去常州，也不知铜儿收到没有，上海丝绸厂的汇款应该汇出来了。”

大奶奶：“锡儿爹，世伯，这个时候的秋蚕最惹人担心，养蚕人家眼巴巴地盼着卖夏蚕的钱啊，我得抽个空，挨家挨户地去看看。你下午就去钱庄看看，回来时当心些。”

大奶奶从衣兜里掏出田黄石印章交给刘生，刘生接过印章，转身欲走。

大奶奶：“如果钱已到账，你直接提四百个光洋回来，让钱庄的保安押着回来。”

刘生笑着，迈出客厅。

黄大树拎着水桶，肩上搭着抹布进了庄家大院，来到八角井边，吊水，搓洗抹布，随后步入客厅。

黄大树："大奶奶，马车洗刷干净了。"

大奶奶："世伯啊，我们家这棵树又长大了些。"

庄世伯望着黄大树，欣慰地笑着。黄大树尴尬地笑了笑，用手挠了挠头。

大奶奶："大树，你今天早上的表现，干娘非常满意。男女情愫，就要在刚刚冒头时灭掉。你看到梅姑娘，心不犹豫，马鞭一挥，'驾'的一喊，喊得干娘心里直爽。我琢磨，梅姑娘这辈子都不会忘记这一幕。"

大树不安地苦笑了一下。

大奶奶："这梅儿，确是个好姑娘。但凭她的个性，经不起袁通的开导、袁大奶奶的压力。再加上赵家公子的诱惑和甜言蜜语，你扳不回梅姑娘的心。"

黄大树（不甘心地）："干娘，赵林长着一副棺材板的脸，要不是他有个当县长的爹爹，梅儿不会看上他的。"

大奶奶："这男女谈对象，最怕的是像梁山伯与祝英台，你恩我爱，至死不渝。你和梅姑娘，一个巴掌拍不响，一只碗不叮当。"

黄大树转身往椅子上一坐，气呼呼地望着窗外。

大奶奶："赵家是县城里最大的官，惹不起。俗话讲，民不与官斗，商不与官争。你干娘从不与官场沾边，历朝历代，与官场攀达的商人、富家，最终都输得精光，哪个都没有好下场！"

黄大树："干爹，干娘，要不是我昨晚上亲眼所见，打死我也不会相信，梅儿会变心。月光下的他俩缠抱在一起，都脏了我的眼睛。"

庄世伯："大树啊，一听你这话，你这心里还是没搁下梅儿，干爹都替你捏着一把汗哪。"

大奶奶："幸亏你亲眼所见，要不谁说对你都不中用。"

黄大树听得耳塞，起身面对大奶奶。

黄大树："干娘，待会儿一起去工地看看？"

大奶奶："好啊，干娘现在就去。"

【6. 庄家村和李家村交界处　大树新屋工地　中午　秋】

工地上，围墙已打好毛坯，黑瓦已铺盖完毕。大奶奶看得满心欢喜。

包工头见大奶奶来到建房现场，殷勤地跑过来，对大奶奶汇报起来。

包工头：“大奶奶，这屋子要不了几天就建好了。”

大奶奶：“这一带的包工头我就信你，二十年前，你修的庄家大宅，屋顶不漏雨，门窗到现在都结实得很。”

包工头：“大奶奶，凡是我建的房子，哪家主人都说好。人在社会上立足要讲究信用，一个人信誉没了，出门不受人待见，不就跟死人一样了。”

大奶奶：“哟，那边飞来几只喜鹊，大树啊，落到你家老屋的房顶上了。”

喜鹊在老房子的屋顶上跳来跳去，“嘎嘎”地叫着。

大奶奶：“大树，听，那叫声多欢畅，莫不是你爹爹托喜鹊带信给你，让你早点娶妻生子，哪天回来了，他要抱孙子哩。”

包工头和黄大树哈哈地笑了起来。

黄大树：“大奶奶，喜鹊是在说，二奶奶生了个男丁，模仿小宝宝的笑声哩。”

大奶奶：“这马屁话，拍得干娘心里舒服。”

包工头：“大奶奶，你看那天上，跟仙境似的。”

太阳在空中发出耀眼的光亮，云朵在秋风的吹动下快速地飘移，有的像天蓝的丝绸在空中舞动，有的又像一朵朵盛开的莲花，徐徐飘落远方。

【7. 庄家村　庄家大宅　黄昏　秋】

一辆马车停在庄家大宅门口，刘生和两个黑衣保镖从马车上下来，一黑衣保镖手上拎着钱箱，刘生领着两个保镖进入庄家客厅。

保镖把装钱的手提箱放在桌子上，规规矩矩地站在一旁。

手提箱上的封条格外显眼。

大奶奶掏出一把零钱，“两位大兄弟，一路上辛苦了，一点心意别推辞。”

一保镖：“谢庄家大奶奶。”

保镖接过钱，恭敬地转身离去。

庄世伯和黄大树先后入客厅。

庄世伯：“刚刚从钱庄取出来？”

刘生："是，钱庄的钱提了四百个光洋，余下的钱还在庄家户头上。"

刘生将田黄石印章交给大奶奶。

大奶奶动手拆开钱箱封条，只见二十捆红纸包裹的光洋，一捆不少。

大奶奶："大树，明天早饭后，你骑上枣红马，提个大锣，沿庄家村跑几圈，告诉养蚕户，上午到庄家大院里碰头。"

黄大树开心地应允着。

大奶奶："让春、夏、秋、冬四个伢子，明天也过来，替大奶奶把着大门，不要让那些个男人进来。"

黄大树继续应允着。

大奶奶："锡儿爹跟世伯，晚上辛苦些，帮我一起把各家各户的蚕茧斤量再盘一遍，把钱分好，造个单子，明天上午要按手印。"

刘生："大奶奶，邻里的茧需要备上些铜板，算起来，可能不会太准。"

大奶奶："这个放心，我自有办法。"

大奶奶："大树，今晚睡觉时竖个耳朵，家里放的钱多，背不住有贼。"

黄大树扬了扬拳头，"干娘，放心吧！要真有毛贼闯入，我这双拳头放倒他三五个不成问题。"

【8. 庄家大宅　厨房　清晨　秋】

大奶奶进入厨房，用木梳蘸着被香樟树刨花片浸泡的水缓缓地梳头。

厨子已经把火生了起来。

厨子："大奶奶，今天早饭和昨天一样吗？"

大奶奶："还是煮面条吧，世伯吃不厌。呵，做些鸡蛋饼，多加些香葱，再熬点稀粥，大树喜欢吃。"

刘生和庄世伯先后进入客厅，刘生眼睛里充着血丝。

大奶奶："锡儿爹，真是难为了你，昨晚又没睡上个把时辰。"

刘生："哎，也不是天天这样，天把天的，忙完了，就闲了。"

厨师已把面条下好，佣人也到了，见三人起得大早，略感意外，急忙跑到厨房，把面条端到桌上摆好。

庄世伯："大树还没起来，我去叫醒他。"

庄世伯来到大树卧室门外，敲了敲花窗，里面仍然没有动静。

刘生灵活，走到花窗前，扯开嗓子喊："毛贼来了！"

只见房门忽地打开，大树光膀子赤脚，右手提着把砍刀箭步蹿了出来。大奶奶等人看了哈哈大笑。

黄大树回过神来，傻笑着跑回屋。一会儿，衣衫整洁地来到了客厅。

大奶奶："刚摊的，多吃点。"

黄大树："金黄色的鸡蛋饼，菜油、鸡蛋和香葱的味道混在一起，喷喷香。我馋虫都爬出来了。"

黄大树食欲大开，夹起一块鸡蛋饼，卷了卷，大口咀嚼了起来。

大奶奶："世伯，吃完早饭，把桌子搬到院子的石阶上，再摆张椅子，到时候锡儿爹要坐。"

黄大树："吃完了，干娘，我这就去？"

大奶奶："去吧，把枣红马骑上，打起精神来，敲锣去！"

【9. 庄家大宅　上午　秋　日】

黄大树左手提面大铜锣，右手拿着锣锤，一跃上马，"咣"的一声，枣红马吓了一跳，仰头嘶鸣，迈开四腿沿庄家村跑了起来。

黄大树边敲锣边扯开嗓子："庄家村的养蚕户，听着，大奶奶叫你们马上去庄家大院。"

一路锣声，一路呐喊，惊得树上的鸟儿飞起，路边的蟋蟀息声。

大嘴正在屋前洗衣服，听到锣声和大树的呐喊声，衣服往盆里一扔，湿手在自己衣服上蹭了几下，紧赶慢赶地向庄家大院奔去。

一路上，庄家村的一些婆娘们叽叽喳喳，边走边讲。

"什么事这么急啊？"

"莫不是大奶奶有要紧的事，不会敲锣呐喊的。"

"庄家村的铜锣那么些年都没敲过了。"

一些养蚕婆娘的男人，也不知大奶奶何事催得急，不明就里地随着自己的婆娘往庄家大院赶去。

庄家大院里拥满了人，男人们被庄家四个伢子拦在门外。

庄家院子里人声鼎沸，叽叽喳喳声不绝于耳。众婆娘议论纷纷，说什么话的人都有。

黄大树依旧骑着枣红马，沿着庄家村敲锣呐喊，声音隐隐约约传到庄家院子里。

几只喜鹊飞散在庄家屋顶上，一只喜鹊停在院中桂花树上。

大嘴扯开着嗓子对大家嚷："今天大奶奶叫大家来，肯定是大喜事。"

巧儿娘（嚷）："这不，连喜鹊都赶来凑热闹了，真是奇怪了！"

香儿娘（嚷）："莫不是夏蚕卖了，今天大奶奶给我们分钱了。"

众婆娘们兴奋了，院子里炸开了锅。

大奶奶神采奕奕走向桌子，身后跟着刘生，刘生背了一个大麻袋，沉甸甸的。庄世伯一手拿着一叠纸，一手拎个竹篮，竹篮里堆了大半篮铜板。

大奶奶把左手的印泥往桌上一摆，只听得"哐当"一声，刘生将麻袋放到桌上。

一婆娘（惊叫）："是钱哎！"

院子里一片宁静。女人们个个凝息聚神，看着大奶奶。

大奶奶："姐妹们，大奶奶今天特别高兴，香儿娘猜得对，今天，大奶奶确实要给大家分钱。"

婆娘们"轰"得开心起来，个个脸上泛着红光，眼睛里透着希望。

大奶奶："今天不是例行给大家结账，而是，要给大家多分些钱。这个喜，要感谢锡儿的爹爹，费尽口舌和辛苦，给夏蚕卖了个好价钱。"

众婆娘冲刘生欢呼鼓掌，刘生起身，向众婆娘拱拳。

大奶奶："按往年，一担夏蚕卖四块光洋。今年，我们一担夏蚕卖了五个光洋，也就是讲，平常大奶奶一担茧子抽一块光洋，现在多卖了一块光洋，大奶奶琢磨……"

大奶奶突然停下，眼光逐个扫过众婆娘的脸，婆娘们的心，被一下子提到了嗓子眼上。

大奶奶："将这多出来的一块光洋，全部给姐妹们。"

大奶奶话音刚落，院子里一片欢呼声。

有婆娘带头鼓起了掌，院子里掌声一片。

"不过"，大奶奶拖长了声音，话语出现了转折，底下突然又恢复了宁静。

大奶奶："有的人家的茧，斤两上是个整数，有的人家的茧，斤两上带些尾巴。昨晚，我和刘生、世伯盘算了一个晚上，算下来，算不到十全十美。沾光的人家，也就多几瓶酱油钱，吃亏的人家，也就差个几瓶酱油钱。大家不要小肚鸡肠，好不好？”

“好！”“好！”

“哪个会小鸡肚肠。”

底下一片回答声，个个婆娘都显得大气。

大奶奶：“下面，顺着名单，喊哪个，哪个上来，不要争先恐后。领完钱，大奶奶还有话要讲。”

刘生（喊）：“香儿娘，交三担茧，领十二块光洋。”

香儿娘的脸上堆满了笑，几步上前，按了手印，把钱紧紧地捧在手上。

刘生（喊）：“巧儿娘，交二担半茧，领十块光洋。”

巧儿娘高兴疯了，手舞足蹈地上前，一按一个大红印，把钱往衣袋里一装，右手紧紧地捂着袋口。

随着刘生的喊话声，众女人挨个上前领钱。

李家村两三个婆娘，向大奶奶走来。其中一个婆娘满脸失望地冲大奶奶说：“大奶奶，起初我们担心蚕茧养起来，看不到钱，现在把我们看得眼睛痒痒的。”

另一婆娘：“大奶奶，羡慕死我们了。你放心，明年我也要多养些蚕。”

大奶奶呵呵笑：“你们不要担心，待到秋茧卖了，大奶奶一样给你们分钱。”

几个婆娘满心欢喜地点着头。

刘生：“大奶奶，钱都发完了。”

突然，门口轰得涌进来十几个男人，入院后直接走向自己的婆娘身边。

大奶奶：“你们这些大老爷来干什么？”

一男人：“大奶奶，我是怕孩子他娘把钱丢了。”

二男人：“大奶奶，我那个婆娘贴娘家厉害哩。”

……

大奶奶：“姐妹们，钱也分了，秋茧马上好了，大奶奶有几句话关照，秋茧摘时，要挑又大又匀又白的装袋，信誉要紧。钱不要乱花，更不要给这些个男人保管。”

大奶奶笑着，用手指着台下的男人们，男人们一阵哄笑。

大奶奶：“庄家村的风气历来正，姐妹们只要遵从妇道，这些个男人用不着怕，凡是打麻将嫖娼的，一个铜板都不要给他们。”

底下一片哄笑声。

香儿娘：“大嘴，看你家那个泥鳅，在你身旁磨叽磨叽的样子，你屁都不敢放了。”

大嘴厉害，一把揪住泥鳅的耳朵，嚷：“你跟大家说说，在家里面，谁是老大？”

泥鳅：“你是老大，好不好，快放手！”

众人哄堂大笑，各自带着自己的男人，欢天喜地出了庄家。

大奶奶叫来了春、夏、秋、冬四个伢子，各人打赏了一把铜钱，四个伢子连声道谢，回自家而去。

【10. 庄家大宅　隔日上午　秋　日】

黄大树在门外边入门边喊：“干娘，邮差送信来了，是上海寄来的。”

大奶奶：“上海来的信？”

刘生迟疑地望着门外，庄世伯从椅子上起身，大树入内。

大奶奶接过信：“锡儿爹，谁会从上海寄信？”

刘生：“会不会是唐少松？”

大奶奶（紧张地）：“会不会茧子出了问题？”

刘生从大奶奶微微颤抖的手中接过信，两眉紧蹙，忐忑不安。他望了一眼大奶奶，又转身看了看庄世伯，两人脸上明显看得出心慌意乱，诚惶诚恐。

刘生撕开信封，取出来信，默默地看了起来。

大奶奶紧张地望着刘生的脸，只见刘生紧蹙的眉头，随着眼光地下移，渐渐地舒展开来，慢慢地脸上露出了些许笑容。

突然，刘生把信往桌子上一拍，“哈哈哈”地大笑了起来。

大奶奶：“锡儿爹，上面写的什么？”

刘生（激动地）：“好消息，这封信又像感谢信，又像求援信，是上海唐少松先生寄来的。”

大奶奶：“怎么讲？锡儿爹，别卖关子了，竹筒倒豆啊！”

刘生：“上次送上海的神仙酒，人人都说好喝。有几箱酒是放在老板办公室的，起初老板没在意，他听到手下人都说神仙酒好喝，他呀，将信将疑地喝了一杯，哪知道，喝上瘾了。老板将酒带给老母亲喝，两瓶酒喝完，老板母亲长年累月的腰酸背痛也好了。”

大奶奶和庄世伯一听，哈哈地大笑。

刘生："唐少松讲，最近，老板的老母亲一头白发里，居然出现一些黑发，把她高兴得直夸儿子孝顺，老板一高兴，把唐少松升为厂长助理了。”

大奶奶："真的啊？”

刘生："老板特别关照唐少松，庄家村蚕茧的质量好，这条路要保持畅通。还说下次送蚕茧时，再带几箱神仙酒去上海。”

大奶奶："锡儿爹，我听明白了，保持畅通，就是讲要把庄家村和上海丝绸厂的供货关系固定下来。庄家的蚕茧质量好，神仙酒用上好的大米酿制，桑葚汁又是新鲜压榨，特别是八角井的水，清清爽爽。不好喝，那才叫奇怪了。”

大奶奶："秋茧马上要上来了，你多捎个几箱去上海。”

众人一阵笑声，人人都显得兴奋。

大奶奶："哎，都坐下来，一起吃个中饭吧。”

大奶奶："大师傅，上菜吧，顺便开一瓶神仙酒，大家欢畅欢畅。”

厨子和佣人很快摆满一桌子菜，众人像过年一样热闹。

大奶奶："大树，吃完午饭，干娘不午休了，你陪干娘到养蚕户家看看，别分了钱，忘了秋蚕了。”

大树正吞着一个大狮子头，只能“嗯、嗯”地点头。

大奶奶："快吃，干儿子哎，别磨叽了，吃完了跟干娘走。”

黄大树："干娘，我不懂养蚕，去也白去。”

大奶奶："你呀，就是不求上进。正因为你不懂，干娘才带你去，走，看看去。”

刘生："大奶奶，待会儿，我也动身，去酒坊看看。”

大奶奶："好啊。我们各忙各的吧。”

【11. 庄家村　中午　秋　日】

黄大树："干娘，那么多人家，要挨家挨户地去？”

大奶奶："那样啊，跑到太阳下山也不赶趟啊。先去巧儿娘家，再去大嘴家，然后到李家村去看几家。"

黄大树："养蚕是女人家做的事，我一个男人家，看那个干嘛？"

大奶奶和黄大树，一路上斗嘴斗舌，不知不觉中走到了巧儿娘家。

巧儿娘家四面白墙黑瓦的平房，两侧各有两间厢房，一个土坯打造的大院墙，上面用茅草做了压顶。大院的门，是用杂树枝干制成，虽然粗糙，但透着农家的土气。透过大门手指宽的缝缝，十几只芦花鸡，正在院子里啄食，地上撒了些玉米粒子。

"巧儿娘，大奶奶来了。"黄大树肚子里有些不情愿，嗓门扯得老高，像是故意发泄。

巧儿娘："哎，大奶奶来了，正晌午，太阳还热辣着哩。"

大奶奶："还好哩，走了几里路，身上也没见出汗。"

巧儿娘把院门合好，在大奶奶面前献起了殷勤。

巧儿娘："大奶奶，我们庄家村没有一个人不敬佩你，又仁慈、又义气。重阳节还给巧儿的爷爷奶奶送重阳糕，蚕茧多卖了钱，一分利也不抽，全部给我们，真不知道怎么报答大奶奶哩。"

大奶奶："大奶奶啊，爱财、追财，但大奶奶不贪财。做事情嘛，讲究个取财有道。年轻时，大奶奶也没钱，现在呢，大奶奶有些钱财了。看到乡里乡亲日子红火，大奶奶是真高兴。要那么多钱财干嘛用，人一死，光光地走。"

巧儿娘："大奶奶开明哩。"

大奶奶："巧儿的爹爹呢？"

巧儿娘："吃完饭，把筷一摔，背个铁锹，提个竹篓，去水沟边挖黄鳝去了。"

大奶奶："秋蚕情况怎么样？一起看看吧。"

巧儿娘领着大奶奶来到两侧厢房，打开门，大奶奶看了起来。大树此时也有点好奇，怏怏地跟在身后边。

层层的木架上摆满了蚕山。蚕儿正在吐丝结茧，一只只蚕儿体躯缩短，腹部透明。

黄大树感到新鲜无比，凑近仔细看着草笼。草笼是用稻草搅成一根一根绳作为族芯，对折为两股，两边蓬蓬松松的稻草像一条爬动着的蜈蚣，上面爬满了一只只蚕。有的头肠部缓慢摆动，有的吐着凌乱的蚕丝，还有的蚕昂着头，口吐丝缕，左右上下摆动，好像在寻找结茧的地方。

黄大树看得好奇，竟“噗嗤”地笑了起来。

大奶奶：“怎么啦，大树？”

黄大树：“太好玩了。”

大奶奶转身，用手拎起一片桑叶，抹了抹叶片，对巧儿娘说：“桑叶干干的，没有水。”

巧儿娘：“大奶奶，放心吧，一家子把养蚕当身家性命一样，看得紧哪。”

大奶奶：“一起去大嘴家看看吧。”

三人沿着不宽不窄的土路，向大嘴家走去。

大嘴已经在窗户里看到大奶奶来了，赶忙和男人泥鳅一起迎到门外。

大嘴：“大奶奶，正当午的，还来我家哪。”

大奶奶：“还不是不放心秋蚕嘛。再有八九天，又要忙收茧了，不放心，看看么心里踏实些。”

泥鳅动作快，早已搬了几张凳子，放在了院中槐树下。

泥鳅：“快歇息，这个天，还蛮热的，我去给你们倒杯糖水？”

大奶奶：“用不着了，给我看看蚕房怎么样了？”

大嘴手上拿着钥匙来到蚕房边，正欲开锁，大奶奶：“这儿有窗，隔窗大致看看吧。”

大奶奶举手到眉，透过窗户看了会儿蚕房。

大奶奶：“不错，干干净净，蚕宝宝都上了山，在这个时段，门窗要关好，山里的老鼠猫一样大，一晚上吃一大片蚕哩。”

大嘴：“放心吧，大奶奶，防老鼠比防贼都严，出个门，转个身，都不安心哪。”

这时，只听得鸡窝里炸开了锅，叽叽喳喳，闹声一片。

几人望去，见泥鳅钻在鸡窝里，屁股露在外面。

大嘴：“泥鳅，不去钻土里，钻鸡窝干嘛？”

泥鳅在鸡窝里喊：“大奶奶难得来，捉个芦花鸡，给大奶奶带回去补补身子。”

大奶奶："泥鳅哎，大奶奶什么都不缺，快出来。"

大嘴走近鸡窝，对泥鳅："出来吧，大奶奶领你的情了。"

泥鳅扭动着身子，卡在了鸡窝门口。

大嘴厉害，一巴掌拍在泥鳅的屁股上，泥鳅往前一合，身子直直地倒在地上。

大嘴拖着泥鳅的双腿，使劲往外一拽，泥鳅直直地被拉出了鸡窝。

泥鳅很狼狈，爬起来搓搓手，悻悻地笑着。

众人望着泥鳅头发上粘的鸡毛，鼻子上粘的鸡屎，都开心地大笑了起来。

大奶奶笑得眼泪都出来了，黄大树更是笑得前俯后仰，开心得很。

大奶奶擦了擦眼睛，对大嘴说："李家村那边再去看看吧。"

大嘴（脆脆地）："大奶奶，天热得很，秋老虎蛮厉害的，你尽管放心，我跟巧儿娘还指望着李家村那些个婆娘把蚕养好了，我们也好分两个钱哪。"

巧儿娘："放心吧，大奶奶。"

大奶奶抬头望望天空，太阳正斜斜地爬在屋顶上空，一片耀眼的光亮，刺得眼睛都睁不开。

黄大树："干娘，你额头上都出汗了。"

大奶奶："就这样吧，越到最后关头，越不能马虎。"

大奶奶和黄大树一起，开心地走在回去的路上。

【12. 庄家大宅　客厅　秋　日】

大奶奶："世伯，宅门关了吗？"

庄世伯："关了，大奶奶，天色不早了，洗洗弄弄上床睡觉吧。今天一天，你也累了。"

大奶奶："刘生晚上没过来住？大树呢？"

庄世伯："锡儿爹没过来，今晚住自己屋了，大树早回房睡觉了。"

大奶奶（打着哈欠）："你先回房睡吧，趁我现在还有点精神，我想把今年的收入盘估盘估哪。"

庄世伯回房，大奶奶从柜子里捧出几个账本，把算盘放桌子上，边翻看账本，边扒拉着算盘珠子。

大奶奶（自言自语）：“今年茶园的收入和往年一般，扣除劳工费和一些开销费，约摸只赚了二三十个光洋。板栗园收入基本归了刘生的两个儿子，养蚕春夏两季，大概收了三百个光洋。白酒的收入大概十五六个光洋，神仙酒到目前为止，大概销售了两万瓶，大约两千二百箱，每箱两个光洋，应赚约四千个光洋，中间商给的优惠以及给刘银刘铜一批货的优惠，净的恐怕只有两千个光洋。如果加上秋蚕，最多还能赚个两百个光洋。长工交的粮租约一万五千斤左右，大约值一百个光洋，这样，庄家今年总的收入大约是四千三百个光洋。”

大奶奶欣慰地笑了，她端起油灯，欲向睡房走去。

大奶奶（自言自语）：“不对呀，开销的花费还没有计算哩。”

大奶奶重新坐下，将油灯放桌上，将算盘归零，又扒拉起算盘珠子。

大奶奶（自言自语）：“买宅子花了一千个光洋，添置家具花了一百五十个光洋，请佣人和厨子花了十五个光洋……”

大奶奶：“眼皮不听话了，先眯会吧。”

大奶奶往桌子上一趴，不知不觉地睡着了。

【13. 庄家大宅　客厅　深夜　梦境中　秋】

大奶奶听到了公鸡的啼叫声，她迷迷糊糊地睁开眼睛，只见九天之上，一老者白须飘飘，头顶盘着发髻，手持一根瘦瘦的龙头拐杖，另一手牵着袁通，踏着祥云，凌空喊着。

老者：“大奶奶，醒醒吧，公鸡都叫了三遍了。”

大奶奶：“敢问老者，您是何人？为何带着袁通？”

袁通手捋着山羊胡子，一脸得意，笑而不语地望着自己。

老者：“我是庄家的老祖宗啊。”

大奶奶：“你的大名？我怎么在庄家宗庙里没见过你的画像？”

老者：“我叫庄周，人们都叫我庄子。我是天下所有庄氏的老祖宗哪，只是，没有留下画像。”

大奶奶：“呵，那你是庄家老祖宗的老祖宗哪，后辈给你磕头了。”

大奶奶跪下，连磕了三个响头。

老者（大笑）：“大奶奶，难得你有这般孝心。我今天，把袁通带来了。”

大奶奶："带袁通来何事？"

老者："我把袁通带来，帮你捋一捋家事哪。"

大奶奶："敢问老老祖宗，帮我捋什么家事？"

老者："袁通生了个儿子，你帮他取名为旺松，你的儿子将于戊申年丙辰月辛丑日出生，你准备帮他取什么名字？"

大奶奶："愧对老老祖宗，大奶奶还未曾想过哩。"

老者："我庄氏辈四十代一循环，庄世伯是'世'字辈，世字辈后面是'坤'字辈，未来你有一个孙女、一个孙子，我看你的儿子就取名为庄坤林，如何？"

大奶奶："依着老老祖宗就是了。"

老者："你儿子姓名中有两棵树，未来命运都与树有关哪。今天把袁通带来，就是让你们各选一棵树。"

大奶奶："两棵什么树啊？"

老者："庄家村村口的银杏树和庄家村后山的歪脖子树，你选哪棵树？"

大奶奶："我选银杏树，高大、挺拔，千年不倒。"

袁通哈哈大笑，捋着山羊胡须，兴奋极了。

袁通："谢谢大奶奶，我替儿子旺松，选歪脖树。"

大奶奶："你为何选歪脖子树啊？那树不成材啊？"

庄周（转身对袁通）："你可以回去了，我们庄家人说话，你外人多有不便。"

袁通赖着不走，"让我再待一会吧。"

只见庄周挥起龙头杖，一杖把袁通打得在云里雾里翻着筋斗，往自家方向坠去。

大奶奶："为何袁通选了歪脖子树还高兴哩？"

老者："歪脖子树不成材，可以终其天年。"

大奶奶："银杏树呢？"

老者："银杏树高大挺拔，浑身是宝，世间砍伐者都惦记着哩。"

大奶奶："我儿坤林，日后如何培养？"

老者："顺其自然。"

大奶奶："如何避免银杏树被砍伐？"

老者："要返璞归真。不要为了人工而毁灭天然，不要为了世故而去毁灭性命，不要为了贪得去身殉名利。"

大奶奶："我儿坤林，如何能保证终其天年？"

老者："遵循道德行事，时而为龙，时而为蛇，随时势而变化，时而上，时而下，以顺应自然为准则。"

大奶奶："这话太深，我听得糊涂，恳请老老祖宗明示。"

老者（哈哈大笑）："成功了就会毁坏，强大了就会衰微，锋利了就会缺损，尊贵了就会受到倾覆，直了就会弯曲，聚合了就会分散，受到爱惜就会被废弃，智谋多了就会受人算计，不贤德就会受人欺辱。你可听懂？"

忽儿，只见一阵浓雾滚滚而来，庄周消失得无影无踪。

大奶奶："老老祖宗，我看不见你了，大奶奶给你磕头。"

大奶奶赶紧跪下磕头，"砰"的一声，大奶奶额头重重地撞在桌子上，定神一看，原来是南柯一梦。

此时，天空出现了鱼肚白，隐约听到屋前屋后鸟儿的叫声，窗外是浓厚的山雾。

【14. 庄家大宅　客厅　深夜　秋】

响声惊醒了庄世伯，庄世伯穿着内衣匆匆跑入客厅。

庄世伯："哪来的响声？发生什么事了？头上哪来的包？肿这么大哪？"

大奶奶（惊魂未定）："快给我倒杯水，口渴得厉害。"

庄世伯快手快脚地把茶壶里的隔夜茶倒满一杯。大奶奶接过，几口喝得精光。

大奶奶："世伯，我做了个梦，梦到了庄家的老老祖宗庄周，你快去找个笔拿张纸，把庄周对我讲的话记下来。"

庄世伯赶忙翻抽屉找笔和纸，大奶奶又倒了一杯水，喝了起来。

【15. 庄家大宅　客厅　上午　秋　日】

大奶奶："刚才我怎么跟你讲的？锡儿应该什么时间生？"

庄世伯："梦里讲，是戊申年丙辰月辛丑日。"

大奶奶轻轻地揉着头上的大包，叹了口气。

大奶奶："灵不灵，就看锡儿是哪天生了。"

庄世伯走到大奶奶身旁，用嘴对着大奶奶撞出来的大包，轻轻地吹着气。

大奶奶："世伯，关于这个梦，除了你跟我两人知道，不能与任何人讲。关系到庄家的命根哪。"

世伯一脸严肃地点着头。

大奶奶取出云南白药，吞服了保险丸，将白药粉用水调和，敷在额头鼓起的地方。

大奶奶："我现在这个丑相，十天半月的出不了家门。进了庄家二十年，索性安心休养一阵子吧。"

庄世伯："幸好有锡儿爹上下打理，这么多事情，否则要糊成一锅粥了。"

【16. 庄家大宅　客厅　上午　秋　日】

刘生进入客厅，见大奶奶坐在椅子上，头上一个大包。

刘生大惊："大奶奶，发生什么事了？快去医院看看？"

大奶奶（摆摆手）："不碍事，昨晚不小心，撞了一下。"

刘生："大奶奶，秋蚕结茧了，下个礼拜称斤打包，我随船去上海。"

大奶奶："这段日子要辛苦你了，去上海，不要太节俭，住好点的客栈。"

黄大树进入客厅，见大奶奶头上的肿包，急忙上前查看。

黄大树："干娘，怎么回事？"

大奶奶（笑着推开黄大树）："大树，干娘不小心撞的。这几天你在工地盯着，新屋造好后，把你娘接回来看看。干娘正好在家养养心，有事干娘会找你的。"

黄大树："干娘多保重，我去工地了。"

黄大树和刘生出门而去。大奶奶笑呵呵向院子走去，认真地观赏起院景。

桔树上挂满了桔子，花丛里芍药盛开，墙上的爬山虎、青藤极力向高处攀爬，大青石围就的八角井台，显得古朴厚重。

大奶奶走向八角井，俯身探井，井水映着蓝蓝的天。

大奶奶（乐呵呵地）："天上的白云在飘，井里的白云也在飘。"

佣人："大奶奶，井台有青苔，小心滑着。"

大奶奶："你来看，井水映着蓝天白云，天上的云在飘，井里的云也在飘。怪不得建宅子时，来了个乞丐高人，拿着竹竿满院子在找眼睛，原来眼睛就是井，井水就是眼睛，整个宅院是陆地，而井水才是陆地的眼睛，眼睛是心灵的窗户，而这口八角井，就是庄家大院的心脏。只有保护好这口八角井，庄家大院才不会荒废。"

佣人（吃惊地）："大奶奶，您这悟性怎么说来就来了？"

大奶奶："悟性这事还真不好解释，快给我吊些井水上来，我呀，把手洗净了，还是去拜拜观音菩萨吧。"

【17. 庄家村　半个月后　上午】

庄家宗庙前，几颗古银杏高大挺拔，参天而立。

大奶奶心里像着了魔，围着银杏树，眉心紧皱，左端右详。

黄大树见大奶奶一会抬头看着银杏树，一会用手抚摸着银杏树的躯干和树根，陷入沉思中。

黄大树："干娘，今天怎么对银杏树有兴趣了？"

大奶奶："大树，若有人砍这几棵银杏树，你怎么办？"

大树（一愣）："不会的，干娘放心，这树站在村口几百年了，谁也动不了。"

大奶奶用手指了指河塘边几棵弯弯的柳树："这柳树和银杏树，你喜欢哪个？"

黄大树："干娘，银杏树浑身是宝，白果可以吃，叶子可以当中药，树干可以建房，做刀斩板哩。柳树只能看，枯死了当柴火。"

大奶奶："唉，这就难怪要选歪脖子树了。"

黄大树："干娘，谁选歪脖子树啊？"

大奶奶（沉思了片刻，激动地）："大树啊，干娘现在是站在银杏树旁。百年后，干娘是埋在银杏树根深入的土地里。这树，犹如庄家人的身躯；这根，就是我们庄家人的血脉之根啊。依干娘看，不管是银杏树还是柳树，这根，不都扎在这片泥土里吗？"

黄大树（疑惑不解地）："干娘，今儿你怎么了？"

【18. 庄家大宅　中午　秋　日】

中午时分，大奶奶刚松了口气，准备睡个午觉，听得门外喊声。

李半仙："大奶奶，在家吗？"

大奶奶："谁啊？"

李半仙："我啊，半仙啊。"

大奶奶："哎哟，什么风把你刮来了？"

李半仙："托大奶奶的福，给您报喜来啦。"

半仙拎着一个礼盒，满脸堆笑，走入客厅。

大奶奶："坐会儿吧。"

半仙将礼盒放在桌上，一脸喜气地坐下。

李半仙："大奶奶，邱萍有喜快两个月啦，她让我无论如何要来谢谢大奶奶哩。"

大奶奶："哎哟，邱萍有喜，那不是你的功劳嘛，谢大奶奶干嘛？"

李半仙（摸着脸）："多亏大奶奶做媒，才让半仙有好日子过。"

大奶奶："嗯，你那脸上，是长了几两肉，这是邱萍照顾得好啊。"

大奶奶："怎么还带礼物来？都是乡里乡亲的，别破费。"

李半仙："哎哟，大奶奶哎，按理说，半仙要请你吃十八个蹄膀呢。这根山参，是干爹留给我的，百年老参，孝敬大奶奶。"

李半仙："大奶奶，今儿来，一是报喜，二是想请大奶奶帮个忙，替我劝劝邱萍。"

大奶奶（笑了）："劝什么事呀？你与邱萍，现在是两口子了。清官难断家务事，你们之间的事，大奶奶劝不了。"

李半仙（委屈地）："还不是为了给肚子里的宝宝取名闹别扭。我寻思，生了个儿子，叫李青松。邱萍哩，执意要把自己的姓加进去，又巴望着生个儿子，她硬要取名李邱巴，这听起来，不像是骂人王八嘛。"

大奶奶："这么点个事，你都解决不了，还称半仙？"

李半仙（一脸认真）："大奶奶，这事挺大，关系到我儿子未来一生哩。"

大奶奶："你怎么知道一定生儿子？"

李半仙："这不心里巴望着哪。"

大奶奶："你姓什么啊？"

李半仙："姓李啊，大奶奶怎么不记得了？"

大奶奶："邱萍姓什么啊？"

李半仙："邱萍姓邱啊，哎呦，大奶奶，您不是装糊涂嘛？"

大奶奶："你巴望儿子，邱萍不巴望吧？"

李半仙（一本正经地）："邱萍日夜都巴望着生儿子哩，老在我耳边念叨，母以子贵，生个儿子，就可以爬到我头上拉屎了。"

大奶奶忽然脸一沉，半仙吓一跳，不由得身子一抖。

大奶奶："我说半仙哪，你好糊涂。先说你取的名字李青松，听起来，怎么想起李家祖坟周围的青松树哪。"

李半仙（诚惶诚恐）："哎哟，大奶奶，求您千万别再说下去了，怎么我鸡皮疙瘩都起来啦。"

大奶奶："这王八又怎么啦？王八个个长寿，再说了，这个巴和王八的八也不是同一个字啊？你李半仙和邱萍都巴望着生个儿子，合起来叫李邱巴，多上口啊。"

大奶奶大笑，笑得前俯后仰。半仙从座椅上忽地起身，眨巴着眼睛。

李半仙："大奶奶说得透彻，巴字和发字同音，合起来念就是李邱发，再加上王八的长寿，都暗藏着吉利哪。"

半仙兴奋得抓耳挠腮，大笑了起来。

李半仙："好，就依着邱萍，生个儿叫李邱巴。"

大奶奶："半仙，你盼望的儿子长大了，是做棵银杏树呢？还是做棵歪脖子树？"

半仙语塞，脑子转不过来，只是盯着大奶奶的眼睛看着。

李半仙（疑惑地）"大奶奶，您怎么问这个问题？"

【19. 庄家村庄宅下午秋日】

黄大树："大奶奶，下午还去看二奶奶吗？马车备好了。"

大奶奶："半仙一来，逗得干娘精神又上头了。十一月了，天气渐凉，二奶奶那边该添置些过冬的物品，这些事啊，你娘和玉如是想不到的。"

黄大树："干娘，那赶紧动身啊。"

大奶奶："你呀，空手去县城？干娘进里屋取些钱。"

大奶奶入里屋，稍许，右手提了个小包出来。

大奶奶："走吧，唉，这花钱的地方多着哪。"

大奶奶和黄大树出门。

【20. 县城　庄宅　下午　秋　日】

大奶奶刚下马车，丁大娟和陶玉如迎了出来，两人满脸笑容。

陶玉如："大奶奶，这么久没过来了，想着您哪。"

黄大树："娘，您可好？"

丁大娟："娘好着哩，在这儿一点都不孤单，和锡儿娘俩每天唠不完的开心话哪。"

几人欢欢喜喜进入宅内。客厅刚落座，佣人沏了茶、端上桌子，每人倒了一杯。

锡儿从房间出来，手捧着肚子，慢慢地向大奶奶走近，满脸笑容。

锡儿："姐姐来啦，这么久不来，锡儿怪想姐姐哪。"

大奶奶："妹妹，慢慢走，姐姐天天都念着你，无奈前些日子出了个意外，额头撞了一下，起了个鸡蛋大小的包，在家休养了这些天。"

陶玉如："哎哟，真的，这儿仔细看，还有些红哪。"

黄大树："娘，新屋造好了，很是宽敞，像个四合院哪。改日回去看看。"

丁大娟："大奶奶，您对大树的恩情，这辈子报答不完哪。"

大奶奶："都是一家人，不说两家话，我干儿子的房子，怎么也要盖得好些。"

陶玉如："锡儿爹也长久不见了，在忙什么哪？"

大奶奶："这段日子，多靠了锡儿爹的担当，他去了上海，现在可能在回来的路上了。"

大奶奶："天气凉了，家里该添些冬天的物品，你跟锡儿好好盘算一下，赶明儿，陆续添置回来。"

大奶奶将钱袋交给锡儿。

锡儿："谢谢姐姐，考虑得这么周详。"

大门口传来马蹄声，一辆豪华的马车徐徐地停在袁通家门口，只见车上走下来一位年轻人，一身灰色西服，头戴黑色风帽，敲着袁家的大门。

大奶奶和众人顺眼望去，袁通家大门徐徐打开，传来了袁家大奶奶的哭声。

锡儿："姐姐，袁家大奶奶怎么哭了？"

陶玉如："咋回事啊？"

大奶奶起身，"走，去看看，袁家发生什么事了？"

黄大树和锡儿等人，随着大奶奶门外一探究竟。

第七集

【1. 袁宅　下午　秋　日】

袁通一家子人簇拥着梅儿，往门外去。

袁大奶奶哭哭啼啼，拉着梅儿的手，袁通脸上依依不舍，二奶奶、三奶奶手上各提一个红色的皮箱。兰儿竹儿菊儿跟在各自娘亲的身边。

只见年轻人恭敬地对袁通喊了声："伯父好！"

年轻人又转身对袁家大奶奶和其他奶奶恭敬地喊了声："伯母好！"随后，年轻人接过两只皮箱，放在马车后面。

梅儿紧紧地拉着娘的手，哽咽哭泣着。

梅儿："爹爹，娘，二娘，三娘，四娘，你们要保重身体。"

梅儿："妹妹，姐姐出远门，三五载见不到爹爹和娘亲们，你们要多多照顾爹爹和娘亲。"

兰儿（哽咽着）："姐姐，放心，兰儿会尽心的，你一个人出门在外，多给家里来信报平安啊。"

袁家人抹着眼泪。

小桃红落在众人身后，抱着小旺松，一脸的难过。

赵林："快上车吧，要赶火车。"

梅儿跨上马车，看到黄大树目送着自己。

梅儿："大，大……奶奶，再见了！"

梅儿又特地对着黄大树挥着手。

黄大树背转身，手迅速地抹了下眼睛。稍许，又转身朝梅儿挥手。

马车徐徐起动，渐行渐远，隐约传来梅儿的“嘤嘤”哭声。

袁大奶奶一屁股坐在门槛上，嚎啕大哭。

兰儿抱着袁通，埋头在爹爹的胸膛，哭成了泪人。

袁通摘下墨镜，用手帕擦着镜片，轻轻地拍着兰儿啜泣的肩膀。

袁通：“都别哭了，这是大喜事啊，都高兴起来，啊，鸟儿大了，总要飞的。”

大奶奶：“哎呀，袁老爷子说得对呀，今天是个高兴的日子。来，来，进我们家喝杯茶，聊个心里痛快。”

大奶奶起身走到袁大奶奶身边，扶起袁大奶奶，劝慰着。

大奶奶：“梅儿娘啊，梅姑娘该不是去美国读书啦？”

袁大奶奶满脸泪痕，点了点头。

大奶奶：“看哪，这才叫儿行千里母担忧啊。走，走，上我家唠唠，心里呀就痛快了。”

袁大奶奶起身，和庄大奶奶一起入得庄宅。袁通、小桃红和兰儿也跟随后面。竹儿菊儿跟着也想进庄宅，袁二奶奶和袁三奶奶一人拉着一个，使着眼色，往自家返去。

小桃红抱着旺松，自顾自地紧随袁通，也来到了庄宅。

【2. 县城　庄宅　下午　秋　日】

众人在客厅坐下，丁大娟麻利地将花生、瓜子、蜜饯等摆上桌，陶玉如和佣人沏好了茶，端到桌上。

袁大奶奶：“庄大奶奶，想来也是，梅儿去美国念书，是喜事一桩啊。整天在家，给我念叨着美国的什么婆娘铜像，什么海边的沙滩。人虽在家，心呀，早飞了。”

袁通：“那是自由女神铜像，夏威夷海滩。”

袁大奶奶：“不就是个婆娘像嘛。”

众人闻听，哈哈笑着。

袁大奶奶：“赵家催得急，我原本想留梅儿在家里待几年哪。赵家十天前送来了聘礼，说先把梅儿和赵林的婚事订下来，两人一块去美国念书，真是催得急啊。”

小桃红抱着旺松和锡儿在书房聊得欢畅。

小桃红：“哟，书桌上摆着一大摞书哪？”

小桃红（湖南话）：“姐姐，你怎么看起书来啦？”

锡儿：“这呀，都是姐姐以前上私塾读的一些课本，姐姐在家里心里慌时，拿出来解闷的。”

小桃红：“《三字经》《百家姓》《千字文》《千家诗》，姐姐，这不是小孩子看的嘛？”

锡儿：“就拿这《三字经》来讲，姐姐都背不来了。”

小桃红（不以为然，用湖南话背了起来）：“人之初，抓泥鳅；性本善，抓黄鳝……”

锡儿：“你呀，瞎胡扯什么啊？还抓泥鳅黄鳝哪。”

小桃红：“真的，姐姐，我爹娘就是这么教我的。”

锡儿（背诵）：“人之初，性本善。性相近，习相远。苟不教，性乃迁，教之道，贵以专。昔孟母，择邻处……”

小桃红：“好啦，好啦。姐姐，算你对，好了吗？”

锡儿：“《三字经》共有一千一百四十五个字，小时候姐姐光背这，花了半年时间哩。”

小桃红（吐了吐舌头）：“姐姐，厉害。”

锡儿（得意地）：“这《三字经》《百家姓》《千字文》《千家诗》，还有《增广贤文》《幼学琼林》，都是小孩子启蒙教育必须学习的。”

小桃红：“姐姐好有心呵，宝宝还在肚子里，就谋划未来的念书了。”

锡儿：“旺松的爹是大学问人，你可省却了这番苦心。不像姐姐，庄世伯说不来这些啊。”

袁通在书房外听见，忍不住前去看看。

小桃红：“旺松爹，您过来看看，锡儿姐姐为未来的宝宝准备了这么多书哩。”

锡儿：“袁老爷子，我翻出了这些旧书，琢磨着自己先读读，今后呀，宝宝出生后问我，答不出来怎么办哪？”

袁通捋着胡须扫了一眼书案：“私塾教育的用书和学习顺序，就是《三字经》中的几句话。”

锡儿：“哪几句话呀？”

袁通：“为学者，必有初。小学终，至四书。孝经通，四书熟。如六经，始可读。经子通，读诸史。考世系，知始终。”

锡儿：“妹妹，袁老爷子满肚子墨水啊。”

【3. 县城　庄宅　下午　秋　日】

黄大树独自在院子角落里，坐在美人靠上，手上摆弄着一枝狗尾巴草，心里酸酸的。

黄大树将狗尾巴草捋去了头，用手剥开草径皮，往下一拉，再反手一抽，变成了斗蟋蟀的草杆，往自己耳朵孔里，轻轻地挠着。

黄大树：“一股奇痒，痒得心里舒服。”

黄大树（自言自语）：“唉，但愿‘棺材板儿’能爱惜和保护梅儿，别让梅儿受委屈就行了。”

兰儿：“大树哥。”

黄大树抬起头，望了望兰儿，装着若无其事，把狗尾巴草做的挠耳递给兰儿。

黄大树：“这东西放在耳朵里，轻轻地转动，很舒服的。”

兰儿：“大树哥，我差点忘记了，姐姐让我见到你，有件礼物送你哪。我现在去拿。”

兰儿一路小跑，往自家而去。

不多会儿，兰儿手上拿着一只笔盒，递给黄大树。

兰儿：“大树哥，这是姐姐让我给你的，里面是一支安徽临泉出产的毛笔。”

黄大树打开一看，“红木笔杆，笔杆上雕刻着山水和花草，真漂亮。”

黄大树取出毛笔，见纸盒内藏着一张纸条，浑身一怔，迅速背转身将毛笔放入盒内。

兰儿：“大树哥，你怎么了？”

黄大树转身，眼泪满眶。

兰儿：“大树哥，你哭啦？我知道你喜欢姐姐。”

黄大树抹了抹眼睛，“兰儿，别瞎猜了。大树哥知道，梅儿去了美国，往后恐怕再也见不到你姐姐了。”

黄大树将纸盒塞进怀里。

兰儿（羞羞地）：“大树哥，来年春天，你也带我骑回马，好吗？”

黄大树：“骑马危险哪，你不怕摔下吗？”

兰儿的手搓扭着辫子，低头轻声地说：“姐姐都不怕，我怕什么？”

黄大树：“好，到来年春天，我带你去骑马。”

兰儿笑了。只见爹爹和娘等一众人从客厅走出来，庄大奶奶和锡儿等与爹娘边说边笑着。

袁大奶奶：“兰儿，回去吧。”

兰儿：“哎。”

兰儿欢快地跑到娘的身边，搀着娘的胳膊，又扭头望了一眼大树，抿嘴一笑，款款地向自家走去。

【4. 县城　庄宅　客厅　黄昏　秋】

佣人正在收拾桌子。

大奶奶：“妹妹，最近肚子怎么样？”

锡儿：“好着哪，宝宝在腹中躁动不安，时不时伸拳蹬腿的。”

陶玉如：“锡儿爹一去这么多天，连个信儿都没有。”

大奶奶：“是啊，锡儿爹从来出门没这么长时间，背不住有什么别扭事了吧？”

陶玉如脸上露出担忧，不住地搓着手。

丁大娟：“刘生吉人吉相，忙完了上海的事，背不住去刘银刘铜那儿了。”

大奶奶：“背不住锡儿爹还真去了常州。刘银刘铜把神仙酒的生意做得红火着哩。”

陶玉如：“哎，我想也是。”

【5. 上海　红房子餐厅　深秋　日】

唐少松和刘生两人面对面坐着，两人面前各摆着罗宋汤、牛排、奶油面包。

刘生把白色餐巾别在衣领处，手上拿着刀叉，生硬地切割着牛排，额头冒汗。

刘生："唐先生，这次送了三百担秋茧，庄家大奶奶把庄家村附近几个村庄的女人家都鼓动起来了，来年春天春茧肯定超过四百担。"

唐少松："蚕茧有多少尽管送来，工厂扩产，丝绸在东南亚地区销售量大。"

刘生点点头，"唐先生，这批蚕茧的货款大约何时能打到钱庄？"

唐少松："尽快吧，这要看公司财务上的安排，平常我注意盯紧些财务。哎，我给你出个主意，你应该把神仙酒送到酒吧去，这种果酒在上海一定会受欢迎的。"

刘生："上海这么大，开酒吧的都是不善之辈，后面的势力大着哩。庄家酒坊生产能力不足，再说了，也没人来趟这个生意。"

唐少松："刘先生是坐船还是坐客车回去？"

刘生："坐客车回去，快一些。省些时间去趟常州，好久没见两个儿子了。"

【6. 常州　刘银店　下午　深秋　日】

刘生下了人力车，见店小二正在忙碌，刘银不在店内。

刘生："小伙计，刘银去哪了？"

小伙计（常州话）："哦，是老伯伯，刘老板去茶馆吃茶去了。"

刘生："什么？生意不做，跑去喝茶享受了？"

小伙计（常州话）："老伯伯，我看见刘老板穿着干干净净，笑嘻嘻地走的。"

刘生："这生意刚开头，他倒学会了享受，走了多久啦？"

小伙计（常州话）："中午饭吃到一半走的，急急忙忙。"

刘生："眼看着黄昏了，还不回来，待会儿非得劈头盖脸地说他一顿。"

刘生进入店内，压着心火，自顾自倒了杯茶，坐在椅子上，虎着脸。

【7. 常州　刘银店　深秋　黄昏】

刘生在店内见刘银一脸惆怅，怏怏地往店里走来。

刘生站起来，正想开口大骂，刘银眼尖，见爹爹到来，眼睛里看到了希望，脸露喜色。

刘银："爹爹来得正好，孩儿遇到麻烦事了。"

刘生听得刘银的话，好生奇怪，暂时把火压住。

刘生："什么麻烦事？说与爹爹听听。"

刘银："爹爹，你还记得那个胖女人吗？"

刘生："记得，那不是唐少松的表妹吗？"

刘银："正是。前不久，胖女人来找我，说她有个表妹，今年二十五岁，住在常州青果河畔，在南大街开了个油盐店，未曾嫁人，想说与我。孩儿头脑一昏，竟应允了。今天约好，在茶馆见面，所以耽搁了店里的生意。"

刘生："我以为你贪图享受呢，原来是桩好事。"

刘银："谁知孩儿去了茶馆，那女孩和他父母都在，胖女人帮我做介绍。那女孩父母一脸的不屑。"

刘生："怎么了？瞧不起乡下人？"

刘银："那女孩面容姣好，身段也不错，孩儿看了也无话可说。就是女孩父母开出了条件，让孩儿犯难。"

刘生："什么条件？"

刘银："光聘礼钱就要二十个光洋。"

刘生："这么多？是嫁女儿还是卖女儿？"

刘银："另外，还要孩儿在常州最好的地段，哦，就是后驳岸，造两间房子，还要带个小院。"

刘生："这条件高了。"

刘银："孩儿知道，常州后驳岸寸土寸金，住着许多达官贵人、文人雅士，要想应允了这门亲事，要把爹爹弄得刮地皮了。"

刘生（眼露慈祥）："还有其他条件吗？"

刘银："其他条件倒是不太高，喜酒必须二十桌，包括女孩娘家的酒席，一共要三十桌哪。"

刘生："还有什么条件吗？"

刘银："其他条件暂时没有提。女孩父母说，盯着女孩的男人排着长队呢。能满足条件，后天中午在茶馆与孩儿及爹爹见面，把这事儿定下来。"

刘生 :“你对那女孩什么印象?”

刘银(害羞地涨红着脸):“其实,那女孩蛮好的,孩儿一眼瞅着,心里就慌张。”

刘生(笑着):“只要你对眼,再大的坎,爹爹托着你过。后天中午,爹爹与你一起去会会他们。”

刘银 :“爹爹,咱家就这个样,这坎怎么过去?”

刘生 :“莫担心,也莫怕,船到桥头自然直,待与女孩父母见了面再说。”

【8. 常州　两天后　新坊桥茶馆　深秋　日】

茶馆坐落在古老的新坊桥边,临青果河,交通四通八达,人流熙攘。

刘生父子刚入茶馆,女老板笑脸迎上。

女老板(常州话):“两位茶客,可曾预定?”

刘生(一愣):“喝茶还要预定?”

胖女人(常州话):“老板,9 号桌的客人。”

女老板笑着,殷勤地把刘生父子领到了 9 号桌。

桌子上已经沏了两壶茶,摆放了瓜子、花生、豆腐干、糖、甜冬瓜条等。

刘生父子刚落座,店小二就来收票子。

刘银 :“多少钞票?”

店小二 :“五十个铜板。”

胖女人和女孩父母坐着,纹丝不动。

刘生(掏出一个光洋):“零钱不要找了,留着下次一并结。”

姜辣(女孩的娘,常州话):“真是不好意思,让你破费,快吃茶。”

姜辣倒了一杯茶给刘生,然后一人倒了一杯。

姜辣(常州话):“这是我家丫头,你看看,长得不要太好看啊,说胖不胖,说瘦不瘦,不高不矮,皮肤雪白,眼睛又大,头发漆黑,看看心里都舒畅的。”

姜辣 :“刘先生,闲话不讲,你可满意?”

刘生 :“满意满意!”

姜辣 :“几个条件答应了?”

刘生 :“问题不大。”

姜辣："大还是不大？要讲清爽的。"

刘生："全部答应，没有问题。"

姜辣脸露喜色，胖女人一脸高兴。

姜辣（常州话）："明天，到我家来吃晚饭，你先拿聘礼带来，我写个收据给你。收了聘礼，你儿子可以约我丫头，白天晚上我不管了。"

刘生："一言为定！"

姜辣："好，这是我的门牌号头，明天晚上来吃饭吧。"

姜辣早有准备，把纸条交给刘生。

刘生："你家住的地方离天宁寺不远嘛。"

刘生和刘银起身告辞，姜辣等人继续享用茶水。

刘生和刘银走出大门，刘银一脸惆怅。

店小二追出门外，"客人，停一下。"

刘生和刘银在门外停住，店小二追上来将装有零钱的小袋，塞给刘生。

店小二（常州话）："不好意思，这茶馆，人来客往，一天下来，人不要太多哦，时间一长，记不得你。"

店小二说完，得意地回茶馆。

刘银："爹爹，一晚上凑不出这么多钱啊？这个钞票在乡下，可以付两个女孩的彩礼钱。"

刘生："只要你喜欢，家里砸锅卖铁，也要先维护你。爹爹带了些钱，先挪用一下，回去后给庄家大奶奶说一下，从爹爹的红利中扣吧。"

【9. 常州　姜辣家　深秋　傍晚】

桌子上摆着几个菜，一盘猪头肉、一碗狮子头、青椒炒肉丝、红烧大鲫鱼、一个冬瓜排骨汤。

刘生将二十块光洋"哗"地摆在桌上，姜辣脸上笑成了花，预先写了收条，当着刘生的面，盖了拇指印。

姜辣（常州话）："亲家，这房子怎么考虑的？"

刘生："改日就去后驳岸看看，先买块地，请包工队画个图，到时一起商量，行吗？"

姜辣（常州话）："行，行，行！"

姜辣（常州话）:“不过，到明年的今天，房子没盖好，你也不要怨我，把丫头另嫁人家，这聘礼我也不会退你。毕竟，要耗我丫头一年的青春哪。”

刘生：“女孩叫什么名字？”

姜辣：“哎呀！眼看两家都攀亲了，连个名都没讲。我姓姜，叫姜辣。她爹姓黄，叫黄芪，丫头叫黄婉如。”

姜辣：“来，来，动筷呀。”

刘生夹起一筷青椒炒肉丝，塞入嘴里，大口咀嚼着。刘生突然咳嗽。

刘银：“爹爹，慢些吃。”

刘生：“辣，这姜真的辣。”

【10. 县城　庄宅　深秋　日暮时分】

刘生入庄家大院。

黄大树（欣喜地）:“锡儿爹回来了。”

大奶奶和众人闻声，将刘生迎进屋内，刘生入座。丁大娟赶忙转身，倒了碗糖水，递给刘生。

陶玉如：“怎么去了这么些天，连个音讯都没有，让人整天揪着心哪。”

锡儿（娇嗔地）从书房出来：“爹，一走那么些天，女儿想你想得慌哩。”

刘生：“身子顺畅吗？”

锡儿：“爹，好着哩，宝宝在肚子里时不时动弹几下，喜煞女儿了。”

大奶奶：“锡儿爹，去了那么多天，没有音讯，莫不是节外生枝了？”

刘生：“先吃晚饭，肚子饿了，边吃边讲给你们听。”

【11. 县城　庄宅　深秋　夜】

锡儿：“姐姐，这常州人就是刁着哩，咱们乡下人心眼实在，城里人心思缠得很哪。”

庄世伯起身走向院子，向大奶奶递了个眼色，稍时，大奶奶向院子走去。

庄世伯（悄悄地）:“大奶奶，房子全造起来，要不少钱哪。”

大奶奶（轻声地）:“世伯，到目前为止，神仙酒卖了差不多两万瓶，赚了差不多二千五百元光洋，刘生应得到五百个光洋，现在刘生挪用了一百十个光洋，还剩三百九十个光洋，你不用担心。”

庄世伯和大奶奶返回屋内。

大奶奶："锡儿爹，上海的货款什么时候付出？"

刘生："最多年前。唐少松讲，年底前资金紧张，老板刚开了会，要抓紧把客户的货款收交上来。"

大奶奶："嗯，还有两个月过年了，状元楼的款子，年年也是这样。"

刘生顺手从衣袋里摸出六个光洋，递给大奶奶。

刘生："这是此次带去的十几箱酒钱，唐少松坚持要付，说是老板关照的，我给打了对折。"

大奶奶："给锡儿零花吧。"

锡儿："谢谢姐姐。"

大奶奶："等过了年，取两百个光洋，去把刘银的房子建了。"

大奶奶："噢，常州买的宅地大不？"

刘生："蛮大的，砌个十间八间都够。"

大奶奶："那还等什么？开春把那块地一分为二，把刘铜的房子也一起盖了，省得过两年又费心思。"

锡儿感激地看着大奶奶。刘生和陶玉如互看了一眼。

丁大娟："大奶奶，边吃边聊吧，菜都要凉了。"

【12. 回庄家村的山路上　深秋　艳阳高照】

马车行驶在回庄家村的山路上。大奶奶略显兴奋，一路上讲个不停。

大奶奶："锡儿爹，离过年不远了。我琢磨着，今年去猪市多捉几头大肥猪，再去洪蓝买个几百条御带糕，找些放炮子的，炸个一百斤爆米花，做些个米花糖球，把个年过得比以往更热闹。"

刘生："哎，要呢。"

大奶奶："你跟玉如也要回趟刘家村，给众邻里拜个年，叫人捆两头大肥猪，带个百把条御带糕，不能太寒碜。"

刘生："哎。"

大奶奶："锡儿爹，你可知道这御带糕的来历？"

刘生："只听说以前是供皇帝吃的，其他的我也讲不细。"

大奶奶："这御带糕啊，像皇帝腰间佩戴的和田玉带，玉白味美。当年乾隆皇帝去无想寺游览，庙内的和尚将御带糕给皇帝品尝，皇帝龙颜大悦，连吃剩下的糕片都舍不得扔哩，用个布袋装了，系在佩戴上，晃晃悠悠的，也顾不上皇帝的尊严了。”

大奶奶眉飞色舞地讲着，时不时哈哈大笑。

刘生："大奶奶真是个性情中人，从不藏着掖着，浑身上下透着股直率。”

大奶奶："今年秋收已经忙完，秋茧也被收购，这两个月啊，好好地歇息，养足身体，来年更忙啊。”

庄世伯："大奶奶啊，你嘴上讲歇歇，这不，脑子又琢磨起来年的事了。”

大奶奶："世伯啊，我这脑瓜子就是歇不下来。”

马车上一阵欢笑。

【13. 庄家村　庄宅　冬　小年夜】

小年夜的晚上，庄家的厨房里灯火通明，几个厨子正忙着蒸馒头、包子、糯米糕，厨房里蒸汽弥漫，地上、凳子上摆着大竹匾、大木盆，堆得尖尖的。

厨子："大奶奶，年夜饭很丰富，我特意做了东坝豆腐干、手撕风鱼、素猪肠、香肠、红烧肉、老鹅汤，近二十个菜，全都是我们溧水当地的名菜。”

大奶奶："今年庄家顺风顺水，就盼着二奶奶能替庄家生个儿子。一年一次的年夜饭，就该丰盛些。你们也一起上桌吧。”

众人入席。

庄世伯："锡儿爹，这第一杯酒我敬你。”

庄世伯一口喝下一大杯酒。

刘生："别全喝了，这米酒容易上头。”

黄大树和丁大娟也弄了些米酒，与身边人互相碰杯。

庄家村各个角落鞭炮声此起彼伏，热闹非凡。

黄大树："娘，儿子敬你一杯。”

丁大娟一口喝下一杯米酒，将酒杯往桌子上一搁，埋头“呜呜”地哭了起来。

大奶奶："大娟，咋哭了？这米酒容易上头。”

黄大树放下酒杯，“娘，好好的，咋哭了？”

丁大娟："娘想你爹爹，秋生命苦啊。十二年了，也不知是死是活。"

黄大树："娘，我有感觉，爹爹好好的，说不定哪天会突然出现的。"

黄大树劝着娘，自己的脸上挂着泪。

大奶奶："三十晚上，大家举个杯，愿菩萨保佑黄秋生平平安安。"大奶奶往丁大娟的酒杯里倒了些酒。

众人举杯，丁大娟又一口喝光了杯中的酒。

大奶奶喝完酒，回里屋搬来一个藤箱，打开箱子，里面用红纸包着光洋。

大奶奶："一年忙到头，大奶奶不亏待你们。"

大奶奶："这是给大树的，这是给大娟的，剩下的是给锡儿爹的。"

大奶奶把箱子合上，放到刘生身边。

刘生（突然站起）："我们祝大奶奶一生平安。"

众人一起举杯，把年夜饭的热闹推向了高潮。

【14. 庄家村　年初十　冬　日】

黄大树兴奋地走进庄宅客厅。

黄大树："大奶奶，马车备好了，赶快走吧。"

大奶奶："世伯，别磨蹭了，干儿子等不及了。"

世伯（从里屋走出）："到石臼湖路又不远，舞龙一日两场哩。"

黄大树（着急地）："春夏秋冬几个本家昨天就去看了。春伢子讲一日只舞一场，那龙头两米高，龙身有二十四节，五百个后生一起舞动，光龙尾巴就要十几个后生用绳拖拽着。一会儿舞出'满天星'，一会儿摆出'巨龙出水'，好多外地人赶过去看舞龙，人山人海，去晚了马车都没地方停。"

庄世伯："走走走，看你着急的样子。"

众人走出庄宅，坐上马车。黄大树兴高采烈地扬起了马鞭，马车没走多远，迎面过来一辆马车，刘生在马车上兴奋地大喊。

刘生："大奶奶，锡儿今天肚子痛得厉害，送医院了，邱医生说就要生孩子了。"

大奶奶（激动地）："大树，回家去，带上礼品，马上去医院。"

【15. 县城医院　年初十　冬　日】

马车直接驶入医院院子，花匠笑脸相迎。

庄世伯（按捺不住地扯开嗓子）：“锡儿，我们来看你了。”

花匠（训斥）：“这是医院，轻声点。”

大奶奶：“这儿规矩大着哩，你们都待在院里，我去看看。”

众人伫立院中，花匠把大奶奶带入侧房，花匠习惯地换上鞋子上楼。

稍时，从楼上下来一位男医生，约摸三十多岁，脖子上戴着听诊器。

男医生：“你们是刘锡的家人？”

大奶奶（一脸堆笑）：“正是。”

男医生（表情严肃）：“刘锡的母亲已经在陪护，医院规定，一个病人只能一个陪护。”

大奶奶：“就上去看一眼，行不行？”

男医生：“不行。上去一个人，必须下来一个人。”

大奶奶：“我送些东西上楼，马上下来？”

男医生：“东西可以放在这儿，我们会给你拿上去的。”

大奶奶：“刘锡情况怎么样？还有多长时间才会生？”

男医生（微笑着）：“现在情况不明，病人只是感觉先前肚子痛，现在又不疼了，还没有出现临产症状哩。”

大奶奶：“是不是一定要见羊水淌出来。”

男医生：“目前产妇还未出现，尿频也不算急，腹部也未出现阵痛，更未见红，还需要观察。”

大奶奶：“这些东西劳驾医生带给刘锡，都是她喜欢吃的。”

男医生：“不行，孕妇不适宜吃桂圆和山楂干。”

大奶奶拎着礼品无奈出门，男医生转身上楼，又突然回身。

男医生：“换洗衣服可以送来，不用担心，这儿的伙食很科学。”

马车离开医院，大奶奶坐在马车上嘟囔着。

大奶奶：“这个不好吃，那个不好吃，规矩蛮大。世伯，你也别担心，这是个好医院，这儿的伙食很科学。”

【16. 县城　庄宅　年初十　冬　日】

客厅里温暖、红红的炭火在炭盆里贡献着热量。大奶奶坐在椅子上，庄世伯很是兴奋，在客厅里来回踱着步，不时地搓着手。

黄大树躲在院子角落处，手上拿着张纸条，反复地看来看去。

大奶奶："锡儿爹，我和世伯回庄家村，大树娘俩和你留下，全力照顾锡儿。生意上的事，你在心里多多盘算，有什么事要实办，让大树回来，我来落实。"

刘生："嗯哪，这样安排周全。"

大奶奶："世伯，我和你今天回庄家村，春蚕就要开养了，那百来亩的桑树田，还要追加春肥，时间不宽不紧。"

庄世伯："今年桑叶摘得凶，我正担心着会不会残桑，影响来年的桑叶生长。追加春肥，时间虽说不宽不紧，能提前还要提前。"

大奶奶："世伯，我们抓个空，去袁家拜个年吧。邻居好，赛金宝哪。"

庄世伯："要哪。"

大奶奶："大娟啊，快去准备几个红包，见到孩子们，还得给压岁钱哪。"

大奶奶："世伯，你把这礼盒带上。"

庄世伯拎着礼盒，和大奶奶一起往袁通家走去。黄大树见状，赶紧笑着跑过来，从庄世伯手上将礼盒取下，拎在自己手上。

黄大树："干爹，干娘，我来拎礼盒。"

大奶奶（笑着）："梅儿去了美国，你呀，去也白去。"

【17. 袁家　年初十　冬　日】

袁通家热闹非凡，四个奶奶穿着新衣，争相斗艳，兰儿和竹儿在院子里扔着摔炮，菊儿捂着耳朵，躲在娘的身后偷看。

兰儿小心翼翼地往石板上扔了个摔炮。

"砰"的一声，把庄大奶奶和世伯吓了一跳。

大奶奶："哎哟，兰儿，吓了大奶奶一跳。"

兰儿抿嘴偷笑，闪到一旁。

庄大奶奶呵呵地笑着，袁通和四个奶奶纷纷围了上来。庄大奶奶和庄世伯进入客厅，众人纷纷说着吉祥话语，黄大树将礼盒放在桌上。

庄大奶奶："你们这几个丫头，都过来，大奶奶给你们发压岁钱。"

大奶奶掏出红包放在桌上，兰儿、竹儿、菊儿上前，喜滋滋地拿起红包，装入衣袋。

小桃红抱着旺松，大奶奶往小桃红衣兜里塞了个红包。

小桃红："旺松还小，大奶奶客气了。"

大奶奶："哎哟哟，这几个月未见，旺松会对着我笑了。"

佣人端来了茶水，众人围桌而坐，开心地聊了起来。

袁大奶奶："柳月，没想到您今儿个来，这不，刚吃完中饭，才收拾了桌子，要不随便吃些什么？"

大奶奶："哎哟，我这脑子呀，整天瞎想些什么，把吃中饭都忘了。"

大奶奶："坐会儿，我和世伯一家子都没有吃中饭哪，刚刚从县城医院出来。锡儿住进医院啦。一高兴连吃饭都忘了。"

庄大奶奶和庄世伯都笑了起来。

袁大奶奶："那更要恭喜庄家了。"

袁通和众奶奶你一句，我一句，尽拣了吉祥话讲。

黄大树在院子里，兰儿在院角绿植旁，偷偷向他眨着眼睛。

黄大树装着若无其事地向兰儿靠近。

黄大树（轻声地）："给哥看看，你姐上面写着什么？"

兰儿只扫了一眼，迅速地把纸条塞进自己的衣袋，对黄大树抿嘴偷笑。

兰儿（悄声地）："下次带我骑马时，我告诉你。"

黄大树正欲开口，忽然，众人声音喧哗了起来，大奶奶和庄世伯正往外走，袁通等家人簇拥着，众人有说有笑地往院门走去。

黄大树一跺脚，望了眼兰儿，兰儿呵呵地笑着，返身往屋里跑去。

黄大树临近出门，回头一看，兰儿猫在众人身后，正对着他偷偷地笑着。

【18. 庄家村　桑林　茶园　初春】

桑树林里，村人正在给桑树施肥。万树绽着新绿，农舍屋前屋后，秧苗吐翠，桃花争艳。

大奶奶和黄大树在桑树林边村路上舒心地看着四周。

大奶奶走入桑林，观看着刚冒出的嫩叶。

大奶奶：“大树啊，这嫩芽长得真好，再有二十多天桑叶就长成了，干娘又要忙了。”

黄大树：“干娘，有马车过来了。”

大奶奶：“噢？莫非锡儿生了？”

马车远远地过来，传来刘生激动的喊声。

刘生：“生了！生了！锡儿生了个男丁！”

大奶奶赶紧跑到村路上，见刘生在马车上挥动着手大喊着。

大奶奶（大声地回）：“真的吗？”

马车驶近，刘生未等马车停稳，跳下马车向大奶奶跑来。

刘生：“真的！真的！锡儿生了个男丁，庄家有根了。”

大奶奶：“世伯知道了吗？”

刘生：“没有，还未撞见他哩。”

大奶奶一把拉着刘生，“走，去茶园，快把这好消息告诉世伯。”

两人连走带跑，掩饰不住喜悦，逢人便大声地报着喜。

黄大树（手作喇叭状，激动地）：“庄家有根喽，添了男丁喽。”

喜讯像风儿一样，很快传遍了整个庄家村四周。

庄世伯在山上茶园听到了呼声，又见大奶奶和刘生正冲着茶园跑来，庄世伯赶紧揉了揉眼睛，耳边传来刘生的喊声，“世伯，庄家添了个男丁。”

庄世伯仰天“啊”地大叫了一声，喜极而泣，往茶园泥埂上一坐，竟“嗯嗯、啊啊”地哭了起来……

【19. 庄家村　茶园　山坡上　初春】

庄世伯从茶园往山下小跑，刘生喘着粗气弯着腰，大奶奶坐在山坡的石头上。

黄大树跑在最前面，扶着庄世伯下山。

黄大树：“干爹，二奶奶生了个男丁。”

庄世伯：“哎，哎，干爹听到了。大奶奶，别上来了，我下来了。”

大奶奶坐在石头上冲庄世伯笑。山花在大奶奶脚边开放，大奶奶的脸兴奋得像山花绽放。

【20. 庄家大宅　客厅　初春　日】

大奶奶 :“大树，快去把族长和那几个长辈请到庄家宗祠去。”

黄大树 :“哎，这就去。”

大奶奶 :“慢，把李家村路口那家鞭炮店里的鞭炮，全都买回来，让庄家春夏秋冬四个伢子，把鞭炮从银杏树边沿着上山的石阶，一直排到庄家大门口。等大奶奶从宗祠出来，开始放鞭炮。”

黄大树一溜小跑地出门。

庄世伯 :“去宗祠明楼录名？”

大奶奶 :“是啊。厨子师傅，晚上多烧些菜，长辈们要过来。”

厨子和佣人喜笑颜开，频频点头。

大奶奶 :“世伯，一起去八角井边洗个手，我俩去宗祠。”

【21. 庄家村　庄家宗祠　初春】

庄世伯和大奶奶互相搀扶着，一步一个石阶，往宗祠走去。

佣人拎着竹篮，竹篮里装着干果，跟在两人身后。

大奶奶 :“世伯，你大概有十多年，没这样搀扶我了。”

庄世伯 :“哎，你对庄家的功劳，世伯今生今世记在心上了。”

大奶奶 :“捏痛胳膊了。”

庄世伯 :“哎，怕你脚不稳哩。”

两人亲亲热热，一路说着，来到了庄家宗祠前。

庄家宗祠肃穆庄严，宗祠前一个石牌坊，石头上刻着庄家宗祠四个大字。两边石柱上各刻着对联，左边石柱上刻着“千枝归一本”，右边石柱上刻着“万派总同源”。

族长打开宗祠大门，大奶奶和世伯等人恭敬地进入宗祠。

族长率众人来到明楼，从大立柜中取出家谱。

族长将文房四宝摆好，用毛笔轻轻舔了舔砚台。

族长 :“名字取好了？”

大奶奶 :“早就取好了。”

族长手执毛笔，“叫什么名字来着？”

第八集

【1. 庄家村　庄家宗祠　初春】

族长 :“叫什么名字来着？”

大奶奶 :“叫庄坤林。”

族长挥笔欲写，忽然疑惑不解。

族长 :“大奶奶，你怎么给取了这个名字？”

大奶奶眉飞色舞，“你看啊，宝宝姓庄，姓氏摆着，按庄氏家族的辈分，宝宝属于坤字辈。”

族长 :“大奶奶，这我明白，后面这林字，我有些疑惑哪。”

大奶奶眉飞色舞，“哎呀，这林字可大有来头啊，大奶奶做了个梦，梦见了庄氏的老老祖宗庄周。庄周说宝宝的命中有两个木，庄周还让大奶奶做了个选择题哪。”

族长一愣，“哦？什么选择题？”

大奶奶不以为然地，“就这宗庙前的银杏树和后山的歪脖子树，庄周让我挑一棵哩。”

族长 :“那你挑的哪一棵呀？”

大奶奶兴奋地，“银杏树，银杏树高大挺拔，千年不倒，大奶奶就期盼着坤林像银杏树那样。”

族长思索了片刻，“大奶奶呀，能否将坤林的林字改为森林的森字？”

大奶奶 :“这又为何？”

族长："大奶奶，你看啊，坤林命相中既然与两个木有关，两个木的字是树林的林，对不对？"

大奶奶："是呀。"

族长："既然庄家老老祖宗讲，宝宝的命中离不开两个木，我琢磨有一句话叫'独木不成林'，另有一句话叫'独木难扶'，这就需要有更多的木去支撑。"

大奶奶收敛了笑容，"族长的意思是……"

族长："大奶奶，你没有悟透庄周的话，这森林的森字，有三个木，念到森这个字，自然而然会想起森林。加上森林的林字，就有五个木，你说是两个木好，还是五个木好呢？"

大奶奶沉默不语，紧张地思索着族长的话。

族长："大奶奶，这宗祠前面的银杏树啊，虽高大挺拔，千年不倒，可是树大招风啊。"

大奶奶："族长啊，我刚才又琢磨你说的话，坤林这个名字，就这么定，换谁来咬文嚼字，都能说出一番道理。庄周既然说，宝宝的命里与两个木字有关，多一个木或少一个木都不行，就这么定了。"

族长无奈地叹了口气，挥笔将庄坤林写在了宗谱上。

族长率众人来到寝堂，大奶奶和庄世伯在祖先神位前摆上供果，恭恭敬敬地磕了三个头。

众人出得宗祠，欢欢喜喜地去往庄家。一阵鞭炮的爆炸声，裹袭着火光和烟雾，像火龙一样往庄家大门炸燃去。

庄家宗祠大门外挤满了看热闹的庄家村人，张张欣喜的脸，串串祝贺的话。大奶奶和庄世伯兴奋地和村人打着招呼。

族长和几个庄家长辈尾随其后，众人又说又笑，相互打着招呼。热闹非凡。

【2. 庄家村　庄宅大门口　初春　上午】

第二天日出时分。黄大树兴高采烈地将一些包裹往马车上装，大奶奶和庄世伯、刘生一起出庄家大门。

庄世伯和刘生坐上马车，大奶奶刚想跨上马车，突然想起什么，转身回庄家大院。

庄世伯："大奶奶，快走吧，别磨磨蹭蹭了。"

大奶奶不语，匆匆地回庄家大院。

刘生："世伯，锡儿为庄家添了男丁，给刘家长脸了。"

庄世伯坐在马车上，点着头，呵呵笑。

庄世伯："泰山大人，庄家有了根脉，刘银和刘铜的婚姻大事，也得要催一催了。"

刘生："世伯，刘银在追一个女孩子，他那未来的丈母娘，不是个省油的灯啊。过几日，我得去常州把建房的事情尽快办下来。再往后拖，到时恐不赶趟，别误了刘银的终身大事。"

庄世伯："要得，若是刘银的终生大事能办了，这可是喜上加喜的大喜事啊。"

此时，大奶奶从庄家大门内走出，匆匆忙忙地坐上了马车。

庄世伯："大奶奶，转身去办什么事？"

大奶奶高兴地拍着身边的包，"世伯，我几年前就让县城金铺的师傅打造了一个'五子登科'的金锁，差点让我给忘了。"

黄大树："大奶奶，坐稳了。"

黄大树扬起了马鞭，马车向前。

【3. 县城　庄宅　初春　上午】

马车停在县城庄宅大门口。陶玉如兴高采烈地出门迎接。

庄世伯招呼不打，喜笑颜开地往锡儿房里闯。

大奶奶："世伯，不能马上进去。"

庄世伯："咋不能进？"

大奶奶："屋里暖和，你从外面带一身凉气进屋，这一凉一热，坤林会感冒的。"

庄世伯："哎呀，还是大奶奶有心。"

众人纷纷来到客厅，丁大娟将茶沏好，端到桌上。

庄世伯迫不及待地端起茶杯，吹了吹气，小心地呷了一口。

大奶奶："玉如，宝宝可有奶吃？"

陶玉如："昨天就开奶了，奶水足得很哩。"

大奶奶："天天买些鱼，煲些鱼汤鸡汤，让锡儿补补。"

陶玉如："嗯，昨天回家后，就买了十几条鲫鱼，今天煲了鱼汤哪，刚喝了没多久。"

大奶奶用手摸了摸庄世伯的脸："脸上不凉了，一起去看看锡儿。"

几人轻手轻脚，入得锡儿房间。

锡儿躺在床上，头上戴着绒线帽，见大奶奶和世伯进来，开心地招呼着。

锡儿："宝宝正在睡觉哩，一睁眼，就要吃奶，吃了奶，就睡觉，乖得很。"

庄世伯俯下身子，见坤林正举着双手，眯着眼睛睡觉，两只小手空握着拳，十分可爱。

庄世伯忍不住将自己的食指伸入儿子空握的拳中。

锡儿："哟，宝宝尿尿了。"

陶玉如赶紧拿来两块干净松柔的绒尿布，丁大娟用盆接了些热水，拧了把毛巾递给陶玉如。

大奶奶："世伯，你看准了，实实在在的儿子啊。"

庄世伯："这哪能假得了啊。"

大奶奶："妹妹，你为庄家挣足了脸面，真的对得起庄家祖宗八代了。"

众人一阵欢笑。

【4. 县城　庄宅　中午　初春　日】

陶玉如扶着锡儿来到餐厅，大奶奶让锡儿坐在自己身边，将一个鸡腿捞起放在锡儿的碗里，又盛了碗鸡汤，端给锡儿。

锡儿："姐姐，自从锡儿入得庄家，姐姐一直对锡儿关怀备至，锡儿无以为报啊。"

大奶奶（哈哈笑着）："妹妹啊，你给庄家留了根，这就是最大的报答啊。"

大奶奶摸出个红布包，递给锡儿。锡儿打开后，是一个金灿灿的长命锁。

锡儿："'五子登科'，这个图案吉祥，谢谢姐姐了。"

大奶奶："谢什么呀，都是家里人。"

锡儿："世伯，我给儿子想了个好名字，从腆着肚子时就开始想着。"

庄世伯："什么好名字？"

锡儿："你看啊，你在庄家排世字辈，世字辈后面是坤字辈，这庄和坤是连在一起不能动了，后面一个字最关键。"

庄世伯："哪个字？"

锡儿："我给取了一个鹏字。你看啊，坤应合了鲲，把鹏放在一起，就是鲲鹏。鲲鹏是大鸟，展翅九万里哩。"

大奶奶脸露笑容，眉头微皱。

刘生脸色紧张，朝锡儿挤了下眼。

锡儿望了眼刘生，继续兴奋地说着。

锡儿："巧的是呀，这鲲鹏展翅九万里，正是来自庄家的老祖宗庄子哩。鲲是大鱼，长不知几里，宽不知几里，一旦冲入云霄，变作一只大鸟，可飞九万里哪。"

大奶奶不露声色，眉头皱了一皱。

刘生显得着急，连眨了几下眼。

锡儿没有领会，继续侃侃而言。

锡儿："有一句成语，叫'鲲鹏展翅'，是指施展抱负，实现宏伟理想，创造一番惊天动地的事业。"

大奶奶仍旧面带笑容，一语不发，但眉头显然锁了起来。

刘生神色紧张地望了一眼大奶奶，故意咳嗽了一声。

陶玉如一脸得意，见刘生咳嗽，望了眼刘生，似乎意识到什么。

锡儿："有一句俗语：学做鲲鹏飞万里，不做燕雀恋子巢。"

大奶奶沉住气，依旧满脸是笑，只是眉头又紧锁了一下。

刘生憋不住站起，离开餐桌，走动起来。

锡儿（得意地）："姐姐，宝宝取名庄坤鹏，行吗？"

大奶奶："妹妹在取名上费了心思，我听得在理。可是，昨天姐姐请了庄家的族长和几位长辈，已经在庄家宗祠里录名了。"

锡儿（涨红着脸）：“我是孩子的亲妈，取名怎么不和我商量呢？”

庄世伯很尴尬，不吱声。陶玉如不安地望着刘生。

大奶奶：“妹妹莫急，这取名的事哪，你爹爹也知道。”

刘生急忙转身，连连点头。又对着锡儿挤了挤眼。

陶玉如：“锡儿，先听听大奶奶给宝宝取了什么名字？”

大奶奶：“在妹妹有喜的时候啊，姐姐做了个梦，梦见庄周对我说，你肯定生个儿子，将在戊申年丙辰月辛丑日出生。在梦中，我问庄周，给孩儿取什么名字？庄周给取名叫庄坤林。庄周离开时，姐姐赶紧起身磕头，结果把头撞在桌子上了，起了鸡蛋大的肿包，世伯听见响声，跑出来一看，姐姐正捂着头，疼的呀，想叫娘哪。”

大奶奶哈哈大笑。

大奶奶：“世伯，是这么回事吧？”

庄世伯：“是呀，真真切切，我还把梦境写下来了。”

刘生：“怪不得，那天见大奶奶头上那么大的包，原来是做梦时撞的。”

陶玉如：“你们两个人取名，都是从庄周那儿来的灵感，不过，大奶奶更得势一点，是在梦里直接问的庄子哩。”

陶玉如说完，对锡儿眨着眼睛。

锡儿此时已经明白了爹爹和娘的暗示，心虽不快，脸露尴尬。

锡儿：“就依姐姐取的名字吧。”

锡儿将筷子搁下，起身欲走。

大奶奶：“妹妹呀，你别见怪，这不是大奶奶取的名字，是庄周给起的名哪。”

大奶奶笑了，顺手夹了筷菜放在锡儿碗里。

锡儿：“世伯，把那纸条给我看看。”

庄世伯将纸条递给锡儿。

锡儿看着纸条，见纸条上写着大树和歪脖子树，好生奇怪。

锡儿（喃喃自语）：“大树？歪脖子树？”

丁大娟听锡儿念着大树，见大树不在餐桌，赶紧跑到院子里，不高不低地喊着：“大树，大树。”

院子里没有回应。丁大娟赶紧往餐厅跑。

丁大娟："大奶奶，大树咋不见了？"

【5. 县城　跑马山坡上　中午　初春　日】

黄大树把马车架从枣红马身上取下，见兰儿从袁家溜了出来。

兰儿："大树哥，我从楼上窗户里，远远地就看见你的马车过来了，赶紧带我骑会马，姐姐的纸条我带着哩。"

黄大树："今天你不要去学校了？"

兰儿："你呀，真是个木驴。今天不是周日吗？"

黄大树把兰儿往马上一托，轻手轻脚地牵着马，尽量不发出声响，前行了十几步，黄大树一跃马背，轻声地喊了声"驾"，枣红马奋蹄飞奔。

黄大树骑着枣红马，沿着带梅儿骑马的路线，飞奔起来。

风，在兰儿耳边响着，撩起了前额的头发。头发又遮住了兰儿的眼睛，兰儿有些害怕。

兰儿："大树哥，马儿颠得厉害，扶着我，我害怕哩。"

黄大树左手勾着兰儿的腰，一口气，马儿跑到了山坡下。黄大树下马，连扶带抱把兰儿弄下了马。

兰儿："大树哥，我的心紧张得怦怦乱跳，脸儿发烧。"

黄大树："那是风吹的。兰儿，你那脸红苹果一样，在太阳光下天真无邪，真好看。"

兰儿："大树哥，你知道姐姐在纸条上写了什么话吗？"

黄大树："想着哪，这事搁在心上都好几个月了。"

兰儿拿出姐姐写给黄大树的纸条，在黄大树脸前晃了晃。

兰儿："姐姐说，你真是一个傻傻的马车夫。姐姐让你有时间代她多多关心一下我爹我娘。"

黄大树："你们家有什么事，只要大树哥能办得到，尽管说。"

兰儿（俏皮而又羞涩地）："姐姐说，还要你呀，多关心一下我哩。"

黄大树："不可能，你是在骗我吧？"

兰儿："真的。"

兰儿一脸正经，两个眼睛清澈明亮。

黄大树："梅儿是这么说的？"

兰儿："嗯。"

黄大树："行！今后谁敢欺负我兰儿妹妹，大树哥这双拳头，决不轻饶！"

黄大树扬起了拳头，往空中打了几拳。

"嘿，嘿……"兰儿被黄大树的举动引笑了。

兰儿（心酸地）："姐姐还说，在那支笔杆里面，藏着一粒红豆，那是姐姐手腕上常戴的手链，姐姐拆散了，取最大的一颗送给你的。"

黄大树："哎，我真呆子一个。怎么不好好地看看呢？我以为梅儿是让我学写字认字哩。"

兰儿："大树哥，你知道红豆代表什么吗？"

黄大树摇摇头。

兰儿轻声地吟诵起来：

红豆生南国，春来发几枝。

愿君多采撷，此物最相思。

"相思豆？"黄大树突然想起来了，"原来，红豆就是相思豆啊？"

兰儿："姐姐喜欢的人其实是你哪。"

黄大树："哎，我真是个木驴。那天，我和大奶奶回庄家村时，梅儿让我等等她，大树哥那时满肚子气，撵着马车就走了。"

兰儿轻声细语地问："大树哥，你知道马车夫的故事吗？"

黄大树尴尬地摇摇头。

兰儿笑着，"大树哥，我唱给你听吧。"

黄大树点点头。

兰儿略为沉思片刻，轻轻地唱了起来。

茫茫大草原，路途多遥远，有个马车夫，将死在草原。

……

这个订婚戒，请你交还她，

爱情我带走，请她莫伤怀，

重找知心人，结婚永相爱。

忧郁、深沉、悲怆的歌声，在山野里飘荡。兰儿唱完，泪流满面，蹲在地上哭了起来。

黄大树听懂了歌的内容，哽咽着，“兰儿，我听懂了你唱的歌。”黄大树没忍住，“哇”地一声大哭了起来。

空旷的山野里，两个年轻人哭泣着。春风吹来山里百花的香味，黄大树耳边仿佛听到梅儿清脆的声音：

梅儿：“大树哥，你看那柿子树，结了那么多的果子。”

黄大树睁开泪眼，“柿子树依旧生长着，上面没有果子。”

梅儿：“大树哥，秋日的阳光真好，暖洋洋的。”

黄大树抬眼望望太阳，“阳光依旧，却带着凉意。”

梅儿：“大树哥，这花儿好看吗？”

黄大树寻找着路边的野花，“花儿依旧，可那不是兰色的山菊花。”

梅儿：“大树哥，是花好看，还是我好看？”

黄大树实在忍不住，冲着山野大声哭喊：“梅儿，你比山花好看！我真是个傻傻的马车夫啊！”

兰儿被黄大树的痛哭震撼，站起来，擦着眼泪对黄大树说：“大树哥，别哭了，我知道，你喜欢着姐姐，姐姐也喜欢着你哩。”

兰儿说着，掏出手帕，给黄大树擦着眼泪。

黄大树用手掌抹了下眼睛，“梅儿有信来吗？”

兰儿摇摇头。

黄大树：“我的眼睛红吗？”

兰儿点点头。

兰儿：“我的眼睛红吗？”

黄大树点点头。

黄大树和兰儿互相望着。兰儿忽然笑了起来。

兰儿：“大树哥，回去吧！该吃午饭了，娘肯定在找我哩。”

黄大树：“上马。”

兰儿站着不动。

黄大树：“我托你上马。”

兰儿笑了。

兰儿：“大树哥，你先上马，我坐后面。”

黄大树一跃而就，伸出手臂，拉了把兰儿。兰儿顺势一撑，坐上了马背。

黄大树双腿猛夹马肚，枣红马闪电般奔跑起来。兰儿双手紧紧抱着黄大树，脸儿贴在黄大树背上，心里满满的幸福。

【6. 县城　庄家大宅　中午　初春】

黄大树牵着枣红马来到庄家大门前，回头望了一眼不远处假装走过来的兰儿，悄悄地朝兰儿挥了下手。兰儿伸手捂住嘴，偷偷地笑。黄大树用手拍了拍马背，将马牵进院内拴好。

丁大娟："大树，你去哪儿了？"

黄大树："我去遛遛马，让马吃些青草。"

丁大娟："怎么这么晚才回来啊？"

黄大树："去得早了点，露水还未晒干，马儿吃了拉肚子，便看了看风景。"

丁大娟："哎哟，这风景天天都在看，还看不腻哩？"

大奶奶："大树，快进来吃饭，饭菜都要凉了。哎，这么大的小伙子了，怎么不知道肚子饿哩。"

黄大树："干娘，我肚子还饱着哩，早饭吃了四个糯米团子哩。"

丁大娟盛了一碗冒尖的大米饭，往大树面前一放。

丁大娟："多吃点。今天厨子烧的豇豆干焖肉，味道好着哩。"

黄大树扒拉了一口米饭，夹起豇豆干，一口塞进嘴里，痛快地吃了起来。

黄大树："二奶奶，恭喜生了个儿子。"

锡儿（笑着）："就你嘴甜，喝碗鸡汤吧。"

丁大娟另外拿了个空碗，从砂锅里给黄大树舀了碗鸡汤，顺带着捞了二块鸡肉。

大奶奶："大树，你咋哭得眼睛红红的？"

丁大娟急了，凑近儿子脸旁细看，黄大树两眼红红的。

丁大娟："儿子，哪儿不舒服啊？"

黄大树："没有啦，骑马时忽然来了一阵风，眼睛里落了灰尘，越揉越不出来。"

丁大娟："快，转过来，娘给你把眼皮翻一翻，吹口气，灰尘就出来了。"

丁大娟伸出手，要帮黄大树翻眼皮。

黄大树："不用了，灰尘让眼泪水化了，早就出来了。"

黄大树用手擦了擦眼睛，表示灰尘真的早就出来了。

刘生："要不要喝杯酒？"

黄大树："不要，喝酒烧脸哩。"

陶玉如："锡儿，你再喝点鱼汤，催奶哩。"

锡儿："姐姐，这纸条上怎么有银杏树和歪脖子树？"

大奶奶："咳，还不是那次做了个乱七八糟的梦。梦里，庄周给宝宝取了庄坤林的名字，说宝宝姓名中有两棵树，与未来的命运有关。"

锡儿："哪两棵树？"

大奶奶："庄家村村口的银杏树和庄家村后山的歪脖子树，庄周让我选一棵哩。"

锡儿："姐姐，你选的哪一棵树啊？"

大奶奶："我选银杏树。高大挺拔，千年不倒。"

锡儿："对呀！选得太对了！"

锡儿一高兴，忽地站起来："你们想啊，银杏树高大挺拔、千年不倒，说明坤林今后必成大材。就像鲲鹏，展翅就是九万里哪。坤林的名字，其实和鲲鹏的含义相通着哩。"

大奶奶："唉，这世上的人啊，像林中的鸟，什么样的都有。银杏树高高大大，是个大材，被世上的盗伐者惦念着哩。"

锡儿："姐姐，歪脖子树呀，也被人惦记着，总认为长在山上没用，砍了当柴火哩。"

刘生："大奶奶，明天我用船送一些神仙酒去常州，顺便把建房子的事情落实下来。"

大奶奶："好啊，庄家有了根，刘家也得要有根哪。"

刘生呵呵笑，大奶奶朝丁大娟招了招手，"大娟，随我来。我有话要与你说。"

丁大娟随大奶奶来到院子里。

大奶奶："大娟，大树那眼睛一定是哭红的。"

丁大娟："大树说是眼里进了灰，揉红的。"

大奶奶："我看不像，大树有心事。"

丁大娟："大奶奶，大树有啥心事？"

大奶奶："我也想不明白，袁家梅儿去了美国，又与赵林订了婚，大树也该死心了。这几个月来，大树也开开心心的，生活上也没有什么变化。也是奇怪了，莫不是大树想秋生了？"

丁大娟："不会，这又不是逢年过节，大树想他爹伤心，哭鼻子了。"

大奶奶："总之，对大树多留些神，有利无害。"

丁大娟点了点头。

【7. 县城　庄家大宅　中午　初春】

大奶奶："锡儿，这儿有些钱，留着家用，我和世伯先回庄家村了。"

锡儿："世伯，还要看一眼儿子吗？"

大奶奶："孩子天天都可以看哩，赶紧去喂奶吧，别饿着坤林了。"

庄世伯："后山的春茶，就赶这几天，待春茶采完，有的是时间哪。"

锡儿："姐姐，妹妹就不送了，我去给儿子喂奶。"

刘生送大奶奶和庄世伯走出宅子，大奶奶和世伯坐上马车。黄大树扬起马鞭，马车启动。

刘生见马车走远，正欲返身回去，见袁家大门打开，小桃红抱着旺松出得门来，兰儿手上端了个木盆，里面鱼儿哗啦、哗啦地跳动着，水花溅了些在兰儿的脸上。

小桃红："锡儿爹爹今天在家啊，我家大奶奶让我送些活鱼，给锡儿姐姐吊奶水哩。"

刘生见兰儿费力地端着木盆，赶紧上前接过来。

陶玉如："谢谢袁大奶奶和四奶奶，家里昨天买了些活鱼，还没吃完呢。"

小桃红进得客厅，陶玉如赶紧把椅子拉到小桃红身边，让小桃红坐下。然后，端详着小桃红怀里的旺松，夸赞起来。

陶玉如："瞧这模样，又白又胖，两个眼睛像娘，还是双眼皮哪。"

小桃红："嘴巴像他爹爹，耳朵也像。"

小桃红："锡儿姐姐的奶水充足吗？"

陶玉如："充足着呢。这孩子呀，醒了就哭，喝饱了奶，一会儿就睡，只要睁开眼有奶吃，吃完了不哭不闹，惹人喜欢哩，和锡儿小时候一个脾气。”

刘生 ：“玉如说的一点不差。”

几人正聊着，锡儿轻手轻脚从屋里出来，转身轻轻地把门合上。

锡儿 ：“桃红妹妹来啦，一段时间不见，姐姐想你呢。”

小桃红 ：“妹妹也想姐姐呢，兰儿娘让我给姐姐送些鱼来，是今天早上才从石臼湖捕上来的，鲜活得很哪。”

锡儿 ：“兰儿，替我谢谢你娘了。”

兰儿 ：“二奶奶客气了，我娘说，过段日子，要上门来看二奶奶呢。”

锡儿 ：“你娘最近忙些什么呀？”

兰儿 ：“最近几个月，状元楼生意实在红火，赵县长几乎天天都去状元楼吃饭。赵县长一去呀，那些个官府的人，做生意的老板，都往状元楼跑，把娘累的呀，天天晚上喊腰酸背痛哩。”

兰儿 ：“呵，你们庄家的神仙酒，赵县长带头喝，那些个食客们见赵县长喜欢喝，到了状元楼，只要一坐下，开口就点神仙酒喝哩。有的人，连喝捎带着，嘴里还嚷嚷，老子不差钱哪。”

丁大娟 ：“这县城啊，穷人一大堆，富人也不少，都不知钱从哪里挣的哪。那天，我儿大树跟我讲，听说在上海滩啊，光喝瓶洋酒，得十几个光洋呢。”

兰儿一听是黄大树的娘，赶忙把椅子搬过来。

兰儿 ：“大树娘，别老站着，时间久了，腿酸哩。”

丁大娟 ：“玉如啊，你看袁大奶奶的女儿，长得多水灵啊，哪家的公子，要娶到这么个老婆，真是祖上积了德哩。”

锡儿 ：“兰儿，是不是昨晚觉睡得太少了？还是看书看多了？眼底都有些红哪。这书看得时间太长，眼睛受不了的。”

小桃红 ：“中午吃饭时，红得厉害，她爹爹问她了，兰儿去外面逛集市，眼里吹进了灰尘，就用手乱揉，把眼睛都揉红了。”

兰儿笑着点点头。

丁大娟 ：“怪不得，大树去遛马，眼里也进了风沙。回来时，两个眼睛红得厉害哩。”

陶玉如："怪了，我们在屋子里，咋没见起风呢？"

话音刚落，一阵风吹了进来，把合着的房门吹开了一半。

锡儿赶紧跑去把门重新合上。

小桃红（笑着）："都是风沙惹的祸，让大树和我家兰儿眼里都进了灰尘。"

兰儿笑着，心里面喜滋滋的。

【8. 常州　板栗店内　初春　夜】

刘生父子三人吃着火锅。

刘生："大奶奶给了爹爹好多钱，叫我把你们两兄弟的房子一起造起来。"

刘银："包工头已经找了，把土地一分为二，房子造成一排，每人四间正屋，两侧各一排厢房，厢房各两间，四周打上砖围墙，中间设一道围墙，各自留了个小的后院，两家共用一个石阶码头，一直通到后驳岸河边。"

刘生："铜儿管造房子，店里的生意由银儿管起来。"

刘银："爹爹，大奶奶真是厚道。"

刘铜："爹爹，妹妹也争气，给庄家生了个男丁。"

刘生："这些天，和黄婉如见见面吗？"

刘银："嗯，常见哪。黄婉如人倒实在，不过晚上约她逛逛街，她总带着自己的一个闺蜜。"

刘铜："哥，那闺蜜长得如何？"

刘银："人长得精神，高挑个，就是瘦了点。"

刘铜："哥，下次你约黄婉如，把我也带上。"

刘生："这样也好，平时你弟也碰不上个女孩，让铜儿去碰碰运气。"

刘银："明天晚上，我们约了在新坊桥茶馆聊天哪，你先去，待见到哥，你上来打招呼就可以了。"

刘生："这次，你们兄弟俩造房，花费大着哩。"

刘铜："爹爹，这该花多少钱啊？"

刘生："爹爹盘古了一下，没有两百个光洋，这房子造起来也不精神。"

刘铜："哥，咱俩一起敬爹爹一杯酒。"

父子三人一起举杯，畅快地喝了下去。

【9. 常州　新坊桥茶馆　初春　黄昏】

刘铜和刘银各坐一张茶桌。

茶桌临窗而摆，窗外就是青果河，视野里，景色很美，沿岸居民窗台边摆放着一些花盆，红红绿绿的花草，显示出春的活力。

刘铜起身欲与刘银说话，刘银努了努嘴，将食指摆在嘴唇上，示意刘铜不要出声。

天色渐黑。黄婉如和闺蜜挽着手款款而来。

黄婉如："刘银，不好意思，来晚了，出门时忘了件事，中途又返回去了一趟。"

刘银："我爹爹昨天到了常州，已经和包工头签了协议，过几日，房子就开工了。"

黄婉如："我娘与我讲了，说房子要有两间，还带个小院子，到时候，院子里种上些花花草草，我最喜欢哪。"

闺蜜："婉如姐，最好是竹篱笆，旁边种上些菊花，到时候呀，上你们家玩耍，可以自采花瓣，自己做菊花茶喝了。"

刘银："这次索性连我弟的房子一起建了，哥东弟西，房子一人一半，每人有四间正房。"

闺蜜："婉如姐，造这么大的房子，好羡慕啊。"

刘铜（喊）："哥，你怎么也在茶馆哪。"

刘铜边说边往刘银桌前走来。

黄婉如和闺蜜忙不迭地站起身，微笑着看着刘铜。

刘银："这是我弟，叫刘铜。在常州做生意，是个不大不小的老板哩。"

闺蜜："我是婉如的同学，叫江文竹。认识你很高兴。"

刘铜："哥，这，我还是坐窗口吧，别影响你和未来的嫂子聊天了。"

江文竹："婉如，大兄弟说的对呀，我也别做蜡烛，影响你们亲密交谈。"

江文竹笑着和刘铜一起回到了窗台边。

刘银："坐下，静下心来喝茶，这地方好是好，就是喧闹了些。"

黄婉如："刘银，你刚才说，你弟弟做生意哪？"

刘银："我和我弟两人合伙，各一半的钱，主要卖自家的神仙酒，外带着卖些乡下的土特产。"

黄婉如望了眼窗台边的茶座，“刘银，我跟你讲，早知道会在茶馆遇到你弟，我真不该带江文竹出来喝茶。”

黄婉如 ：“刘银，你看上我哪些地方？”

刘银 ：“我，我就感觉你什么都好。”

黄婉如 ：“我其实也很喜欢你，尤其是你的鼻子，长得特别端正。”

刘银 ：“你娘知道我们今天约了喝茶吗？”

黄婉如 ：“当然知道啦，平时我大门不出，二门不迈，从不与男生接近的。就是和你一起，也带着江文竹呢。”

黄婉如 ：“哎，刘银，明天晚上，待月亮升起，你带着我，去青果河边散步去？”

刘银 ：“行，只不过你别再带着江文竹。”

黄婉如 ：“不会的，往后我们约会，才不会带她呢，放心吧。”

刘银 ：“她可是你的保镖啊，你就不担心我对你动手动脚？”

黄婉如 ：“只要你一生对我好，我呀，迟早是你的女人。”

黄婉如说完，又朝窗台边望了一眼。起身对江文竹喊 ：“文竹，我们该回去了。”

刘银（低声地）：“这么着急走？”

黄婉如低声地对刘银说，“你这个乡下人呀，心眼实在，你不懂城里女孩子们的心思。”

江文竹怏怏地起身，“婉如，这就走呀？时间还早哩。”

江文竹边起身边对刘铜眨着眼睛。

刘银与刘铜将黄婉如和江文竹送出了茶馆。

刘银见刘铜正伸长着脖子，看着远去的江文竹的背影，拍了下刘铜，“嘿，回去吧，别像个馋鹅，脖子伸得老长，爹爹还在等着我们哩。”

刘铜（激动地）：“哥，搞定了，江文竹明天晚上约我外出哩。”

【10. 常州后驳岸　建房工地　初春　中午　空地上】

包工头已经用洋灰洒出了一个长方形，几个工人正忙着铲土平整，包工头和刘铜面对面在往土里敲竹签（两家屋子围墙中线），江文竹领着母亲在建房工地附近偷窥着。

江母："女儿，这地段好，在后河的边上，你看河里的水多清啊，柳树长得也好。"

江文竹："妈妈，那个人就是刘铜。"

江母望了望，"个子不高不矮，人看上去土气。"

江文竹："妈妈，人不土，那天在茶馆遇见他，穿得挺精神。"

江母："家境真像你说的那样？"

江文竹："家里看起来富裕，没点家底，也不会马上建房。"

江母："妈妈悄悄地陪你来看看，就是心里不踏实。女儿家，走错一步，毁了终身。"

江文竹："妈妈，你现在感觉怎样？"

江母："现在妈妈放心了些，你和他要显得不冷不热，待房子建起来了，再做决定。"

江文竹："妈妈，刘铜往地上敲竹子干嘛？"

江母："你不是说，他们兄弟俩房子建一起吗，应该是两家人家房子的分界线。"

江文竹："妈妈，哪边是刘铜的房子啊？"

江母："房子应该是哥东弟西，刘铜的房子应该就在左边。"

江文竹有些着急，"妈妈，你别露面，我去看看。"

【11. 常州后驳岸　建房工地　初春　中午　空地上】

江文竹悄悄地走到刘铜身边，猛地叫了声，"刘铜。"

刘铜起身见江文竹一脸笑容，惊喜地问："文竹，你怎么来啦？"

江文竹："我去街上逛逛，正巧路过。看着像你，又不敢确定，便过来瞧瞧。"

刘铜指了指两根竹签上挂着的麻线，笑着说："这是我们兄弟俩房子的分界线，围墙就沿着这条麻线垒。"

江文竹："你的房子在哪一边？"

刘铜指了指左边，"这半边都是。"

江文竹："刘铜，我听婉如姐讲，房子建好后，沿围墙边上种菊花呢。"

刘铜："你喜欢菊花吗？"

江文竹："哪个女孩子不喜欢菊花？菊花又好看，又能泡茶喝。"

刘铜："待房子建好，在我们这边多种些好看的菊花。"

江文竹突然蹲下身子，伸出右手，从竹签处往右边按了一虎口，笑着望了眼刘铜。刘铜心领神会，蹲下身子，沿竹签也按了一虎口。

江文竹痴痴地笑着："刘铜，你真聪明，你的手掌大，比我划出的还多了两寸哪。"

刘铜拔出竹签，往右边移了一巴掌，又跑到对面将竹签做了移动，然后笑着朝江文竹走来。

江文竹："刘铜，围墙建好，婉如姐也不会觉察。"

刘铜嘻嘻地笑着，"就挪动了一巴掌，看不出来。今后看出来也有话讲，往他身上推。"

刘铜用手指了指正在另一边忙碌的包工头。

江文竹："刘铜，晚上换一家茶馆吧？去新坊桥茶馆，让婉如姐遇上，多尴尬啊，我现在还不想让她知道。"

【12. 庄家村　庄宅　客厅　春　上午】

庄世伯和刘生在客厅。黄大树拿着剪刀在院子里修剪着花枝，佣人和厨子各自忙碌着。大奶奶在客厅显得有些焦躁不安。

刘生："大奶奶，着急也没用，上海的货款按理说应该到钱庄了，可这一次也不知道咋回事，比上一次汇款已经迟了一个月了。"

庄世伯："说不准，上海绸厂的钱已经在路上了。"

大奶奶："世伯，我觉得奇怪，上海人做生意，外面都说精明，会不会上海绸厂的资金发生了困难？底下的养蚕户，尤其是李家村那些女人们，见我一次就问我一次，上海来钱没有？"

刘生："大奶奶，李家村的人穷怕了，猴急马急的。"

大奶奶："也怪不了李家村的人，上次见到庄家给养蚕户分钱，她们羡慕得眼睛瞪得铜铃大呢。以前李家村的婆娘们养蚕，年年没捞到钱，要不是看到庄家村养蚕人家分到了钱，这秋蚕，她们压根儿就不会养。"

这时，黄大树从院内匆匆而入，"大奶奶，邮差送来了一封信，也不知哪儿寄来的，信封上贴着个外国婆娘哪。"

大奶奶接过信，神色紧张，“锡儿爹，是唐少松寄过来的信。你打开看看。”

刘生撕开信封，取出信，看了会儿，神色凝重，久久不语。

大奶奶和庄世伯见状，神色紧张。

大奶奶不无担心地问：“锡儿爹，信上讲什么来着？”

刘生将信递给大奶奶，沉默不语。

大奶奶紧张地看着信，又将信递给了庄世伯，庄世伯看完信，气愤地将信朝桌子上一摔，“怎么会有这样的事？”

刘生：“大奶奶，刚刚建立的信誉，这下一扫而光。那么多次品蚕茧，混杂在里面，痛心啊。”

大奶奶：“庄家收茧时，不也查过吗？”

黄大树：“干娘，庄家收茧，查得够严啦，我见锡儿娘，将手伸进袋子里掏两三次哪。”

刘生：“要说抽检，庄家把关也是严了，我亲自在边上盯紧着哪。”

大奶奶：“那怎么会有那么多黄茧，脓茧，死茧在里面呢？”

刘生：“唐少松他们抽检得也是厉害，连拆了几大包，都是好茧子哪。会不会上海绸厂把仓库里别人家的货和庄家的货混了？”

大奶奶：“锡儿爹，这是火烧眉毛的事，你看怎么办？”

刘生：“明天我动身去上海，亲眼见一见再说。”

大奶奶往椅子上一坐，想了片刻，起身走向刘生，“锡儿爹，你也别难受，事情已经发生了，把信誉挽救回来，才是出路。”

刘生：“大奶奶，怎么个挽救法？”

大奶奶：“我看这样，你去了上海，唐少松他们无论说什么难听的话，你都要忍着，只管认错。”

刘生：“这个我会的。”

大奶奶：“上海如果要退货，你看看还剩下多少茧，不行的话，只要那些茧还能够抽丝，你就把多余的蚕茧卖给上海，上海爱给多少钱，你就依着他们。”

刘生点点头。

大奶奶：“他们用掉的蚕茧，你问一下唐少松，能收回几个钱算几个钱。”

刘生点点头。

大奶奶 :“锡儿爹，如果能找到装坏茧子的袋，你带几个回来，顺带着抓几捧坏茧子回来。”

刘生 :“大奶奶，这趟买卖亏大了。”

大奶奶 :“生意亏了没关系，下次还能赚，信誉泡汤了，就捞不回来了。”

庄世伯 :“这事究竟是庄家的责任还是上海的责任，事情还没弄清楚。”

大奶奶 :“这一切都要等锡儿爹从上海回来，才能弄清楚。我就不信，这些坏茧子查不清楚是哪家混进去的。”

第九集

【1. 上海　丝绸厂　唐少松办公室内　春　日】

办公室内，一片忙碌。

唐少松在办公室内，拨打着算盘。桌面上堆着一些账本和统计表，门卫领着刘生穿过繁忙的办公室，走到唐少松办公室门口。

门卫轻轻地敲了敲门，唐少松打完算盘，头也不抬，“请进。”

门卫小心翼翼地入门，刘生停留在门外。

门卫（上海话）：“唐老板，有个乡下人找您。”

唐少松头也不抬，“请他进来。”

门卫转身出门，刘生入门，满脸堆笑，“唐先生好。”

唐少松抬头见刘生，礼貌地起身，“哦，是刘先生？你来得正好，请坐。”

刘生小心翼翼地往唐少松宽大的办公桌前坐下，唐少松倒了杯水，递给刘生。

唐少松：“刘先生，坐客车来的，还是坐火车来的？”

刘生：“坐客车来的。”

唐少松指了指桌子上的报表，“刘先生，我正为庄家村这批货犯愁哪。”

刘生：“难为您了，唐先生，一收到您的信，庄家大奶奶急得饭都吃不进，让我第二天天不亮就赶到了县城，搭了头班车赶过来的。”

唐少松：“庄家村的蚕茧还都堆在仓库，老板不准用。”

刘生：“唐先生，千错万错都是庄家的错，我们没有把好关啊。”

唐少松 :“刘先生，怎么会出现这样的事情? 你们庄家这次送过来的蚕茧一共三百担，就差担把担的坏蚕茧吗? 百分之九十以上的蚕茧都是好的，抽查出来的坏蚕茧，按比例统计下来，凭我的经验，数量还不到两担，多可惜呵。”

刘生 :“唐先生，这么说绝大部分的蚕茧都达标?”

唐少松往办公椅上一坐，将报表往身前挪了挪。

唐少松 :“大车运过来时，工厂也进行了抽查，蚕茧质量可以，谁知卸进仓库后，被仓库管理员发现了问题。”

刘生 :“怎么回事?”

唐少松 :“在车厢底部有十几麻袋蚕茧，里面夹杂着坏蚕茧、死茧、僵茧、脓茧，全部混杂其中。要不去仓库看看?”

刘生 :“好的。”

唐少松起身领着刘生往蚕茧仓库而去。

【2. 上海　丝绸厂　仓库　春　日】

仓库有点像庄家粮库，一栋长长的平房，双面坡屋顶，里面堆满了一方一方的蚕茧，方与方之间用醒目的绳索做着隔离。唐少松和刘生推开仓库门，进入仓库，一位中年妇女正坐在一张简陋的办公桌前，桌上放着算盘和账本。

中年妇女见唐少松进入仓库，笑脸相迎。

中年妇女(南京话):“唐老板，你怎么来啦?”

唐少松 :“庄家的那批蚕茧，大老板这几天有没有指示?”

中年妇女 :“大老板这几天没来仓库，唐老板，庄家的货什么时候拉回去? 已经在这堆了一段时间了。再不拉走，仓库容量不够了。”

唐少松 :“这位是刘先生，哦，刘先生，这位是我们仓库的负责人，郑女士。”

刘生 :“郑女士，真对不起你们了，庄家的蚕茧出了问题，给工厂添麻烦了。”

郑女士 :“麻烦是小，对工厂来讲损失是大。那天车间里来拉这批蚕茧，上面滚落了一袋蚕茧，散开后，滚落了一地。我上前一看，怎么有这么多的坏蚕茧。我去找唐老板报告，唐老板去外地出公差了，没办法，我只能去向大老板报告。大老板一听，跟着我来到仓库一看，当时脸色就变了，让我们把这批蚕茧封掉，不准使用。幸亏没用，否则呀，这对工厂的损失就大了。”

刘生：“郑女士，我们庄家的蚕茧是哪一跺？”

郑女士：“你跟我来。”

郑女士走在前，唐少松和刘生尾随郑女士来到仓库一角落，角落堆满了庄家的蚕茧。

刘生搬下一袋蚕茧，打开袋口，伸手入内抄了一捧，果然，有几粒发黄干瘪的蚕茧混合其中。

唐少松：“刘先生，按照老板的意思，要将这批蚕茧原封不动退回庄家，哎，要真退回去后，下回生意就黄了。”

刘生焦急地对唐少松和郑女士问：“唐先生，郑女士，有没有什么办法，让工厂用了这批蚕茧？”

郑女士：“有什么办法？谁让你们这么不注意蚕茧的品质？仓库就这么大，去哪儿找几十个人来给你挑？这么多蚕茧，得挑多少天哪？”

刘生忽觉得眼睛一亮，“唐先生，郑女士，你们能否给庄家一次机会，我就睡在门卫房，明天开始我来挑茧，挑出来好的工厂就用，坏的蚕茧该扔的扔，该带回庄家村就带回去。”

郑女士：“你说得轻巧，你一个人挑这么多蚕茧，没有十天半个月，能挑的完？”

刘生：“大妹子，听你口音应该是我们那一带的人吧？”

郑女士：“我是南京人。”

刘生：“大妹子，我们应该是家乡人啊，溧水离南京不远。”

郑女士：“这批蚕茧是溧水来的？”

刘生：“正是啊。乡亲们养蚕不容易呀，家乡人苦啊。”

郑女士望了望唐少松，“唐老板，如果能把坏茧挑出来，对工厂也有利呀。”

唐少松：“你不知道，我被老板骂死了。正巧东南亚接了个大单，庄家的蚕茧又出了问题，车间里又催着要供蚕茧，庄家的蚕茧又不敢用，那些个脓茧混杂在里面，丝绸的颜色就出了问题，把大老板恨得牙齿咬得咯咯响，当时，一时三刻去哪里进蚕茧呢？”

刘生：“真的对不起大老板了，后来怎么解决的？”

唐少松：“大老板亲自出面，花高价从其他绸厂的库房里买了一批，才把东南亚的单子做了。”

刘生：“唐先生，郑女士，你们放心，我就是拼上这条老命，哪怕把眼睛给挑瞎了，我也要把坏的茧子清出来。家乡那些养蚕户都盼着这钱过日子哪。”

唐少松：“郑女士，要不这样，我担个肩膀，你就看在老乡的脸面上，让他干一下吧。”

郑女士：“唐老板，你放心，我这心软得很。要不这样，我认识工厂许多女工，反正她们下班了也没事，我去找她们帮着刘先生一起挑，不过……”

刘生喜形于色，“这个放心，该花的钱，我绝不小气。就是难为唐先生了。”

唐少松：“这个你别担心，老板知道了我自有话说。跟老板那么多年了，老板对我了解的很。这样，郑女士，你熟悉门卫，你帮着给刘先生打个招呼。”

郑女士：“唐先生放心，那几个看门的跟我关系都好。”

【3. 庄家村　庄宅　客厅　春　日】

大嘴、香儿娘等数位庄家村养蚕的妇女情绪激昂。

大嘴：“大奶奶，蚕茧出了问题，一定是李家村那些女人们搞的鬼，不就贪图小利吗？真是一粒老鼠屎毁了一锅鸡汤。”

香儿娘：“大奶奶，起初我就跟大嘴背地里说过，我们管好庄家村的事，李家村和庄家村平常来往也不多，那些女人们撒起野来，蛮劲大着哩。”

一妇女：“就是，有的人家老公成天就是甩手掌柜，哪家人家有个红白喜事，削尖脑袋往里钻，不就图个小便宜吗。”

另一妇女：“大奶奶，卖茧子的时候庄家抽查得也厉害，这些坏茧子是怎么混进来的呢？”

香儿娘："大嘴，我们庄家村的养蚕户，养蚕这么些年，也没见哪家以次充好，这次把李家村拉进来就出了大问题，这不明摆着吗？"

大嘴："就是啊，庄家收不到上海的钱，把我们也拖进去了。"

大奶奶："姐妹们，你们说的话都有道理，锡儿爹去上海那么多天了，也不知道这件事怎么处理。大奶奶担心的不是这次蚕茧损失多少钱的事，而是着急上海绸厂与庄家村断绝关系的事，这是个要命的事情啊。"

庄世伯："大奶奶，你就是心大，心大有好处也有坏处，你把李家村那些婆娘拉进来养蚕，规模是扩大了，但质量没保障，现在出纰漏了吧。"

大奶奶："世伯，你也别怪我，你也了解我，大奶奶就这么个德行，总想着像滚雪球一样，把养蚕这门子生意做大，周边的姐妹们有事情做了，也能挣些钱了，庄家也能挣些钱，这本来是桩大好事，谁知道搞砸了。"

庄世伯："现在怎么收场？李家村那些个婆娘们要知道这个消息，有几个讲理的？"

大嘴："世伯，大奶奶，你们也别担心，那些个婆娘们闹上门。她们要敢来庄家撒泼，我大嘴撒起泼来，那些个婆娘也吃不消。"

香儿娘："谁不会撒泼？惹急了我们庄家村的婆娘们，她们有好果子吃？"

另两个妇女纷纷应和，"就是，谁怕谁？"

"真闹起来，我一把头发揪着她满街跑。"

大奶奶："姐妹们，我们也没有真凭实据，说那些坏茧子就是李家村的那些婆娘掺进去的，对不对？"

众妇女沉默不语。

大奶奶："李家村那七八户养蚕婆娘，平时大家在一起都是乐呵呵的，你把屎盆子莫名其妙地扣在她们头上，换了谁也受不了。"

众人不语。

大奶奶："哎，锡儿爹去上海那么些天，也不知遇到什么样的麻烦事，换了平常，早就回来了。"

一妇女："大奶奶，庄家还能收几个蚕茧钱回来吗？"

大奶奶："你们也有脑瓜，你们想这趟损失要有多大？把茧雇人、雇车、雇船运回来，要花一大笔开销，即使运回庄家村，守着那些蚕茧又不能当饭吃，更不能换钱。你们说对不对？”

大嘴：“大奶奶，最多这趟秋蚕算白养了，我大嘴一个铜板都不跟大奶奶开口要。你们呢？”

香儿娘点点头，另两个妇女不吭声。

香儿娘：“你们咋不吭声？”

一妇女：“大奶奶，不是我们小家子气，家里还盼着秋茧换钱给娃娃们添些衣服哪。”

大奶奶摆摆手，“姐妹们，大奶奶知道你们的难处，大奶奶心里早就做了最坏打算，大奶奶会按照一担茧子三个光洋付给你们的。这个损失庄家来，世伯也不会反对我。”

庄世伯：“庄家是你当家，我会有什么屁话。”

众妇女脸上露出欣慰的笑容。

大嘴：“大奶奶，我想出了一个好办法，要不了多久便会知道是哪些人家昧着良心，把坏茧子掺进去的。”

大奶奶一愣，“大嘴，说来听听？”

大嘴：“大奶奶，姐妹们，哪家养蚕都有坏茧子，那些坏茧子通常我们也舍不得扔，对不对？”

姐妹们：“是呀，我们没事了用剪刀剪开了扔给鸡吃，鸡吃了，下的蛋又大又好。”

大嘴：“一些脓茧子通常都是挖地埋了。姐妹们，我们先从庄家村开始查，挨家挨户去摸一下那些个烂茧子都埋在哪里，挖出来一看就知道了。庄家村查完了，我们再去李家村串串门，多长个心眼，你们说行吗？”

香儿娘：“这个办法好。”

大奶奶：“姐妹们，即使查到了哪一家，也别跟人吵和闹，先说与大奶奶听，等刘生回来，我们再做商议。”

黄大树从外面风风火火闯进客厅大喊，“大奶奶，半仙家邱萍生孩子了，接生婆不在，半仙急得就差哭了。”

【4. 庄家村　客厅　春　日】

大奶奶：“什么？接生婆呢？”

黄大树："半仙慌乱地跑到我家来，让我赶紧请大奶奶叫上些懂接生的女人们去一趟，赶紧去救邱萍，接生婆昨天她爹爹死了，回家奔丧去了。"

大奶奶："大树，赶快备马车，你们跟我一起去。"

黄大树火急出门。

大嘴："大奶奶，别着急，我们这几个人哪个没生过孩子，都有些经验哩。"

大奶奶和大嘴等人出门，黄大树赶着马车到庄家门口，众人上车。黄大树："坐好了。"

黄大树挥动马鞭，枣红马急速向李家村跑去。

【5. 李家村　李宅　春　日】

李半仙急得团团转，楼上传来邱萍痛苦的呻吟声。

李半仙一会儿跑出院门，一会儿又跑回客厅，一会儿又跑到楼上，门外传来了马车的声响。李半仙匆匆从楼上下来，大奶奶率众人匆匆入院。

李半仙："大奶奶，床单全湿了，怎么办哪？"

大奶奶："大嘴，你赶快去厨房烧水，香儿娘，你帮着半仙赶快准备纱布、白酒和剪刀。你们两个随大奶奶上去看看邱萍。"

李半仙："我去找刀口药，待会儿脐带剪断了，消炎用哩。"

楼上传来大奶奶的安慰声，"邱萍啊，别害怕，我和大嘴都来了。"

楼上传来邱萍痛苦的呻吟声，稍许，大奶奶率两个女人下楼，半仙似乎从慌乱中回过神来。

大奶奶："你们两个快去洗盆，准备毛巾。"

李半仙："都在厨房里哪。"

两个女人随即去了厨房，大嘴出来，"大奶奶，水烧好了，我和香儿娘上去，有她们做帮手，够了。"

大嘴、香儿娘，手上拿着物件上楼，两个女人提着水壶，端着脸盆上楼。半仙和大奶奶在客厅等候。

李半仙："大奶奶，见到你来，半仙安心了不少。"

此时，黄大树入门，李半仙冲着黄大树说，"大树，谢谢你替半仙跑了一趟腿。"

大奶奶："谢什么呀，当年还是你救了大树的命。哎，半仙啊，亏你还是个名医，你咋就不会接生哩？"

李半仙："大奶奶，这是个力气活。半仙做不来，再说了那是邱萍，生的又是自己的娃娃，我怎么下得了手啊。"

这时，楼上传来一声婴儿的啼哭声，李半仙坐在椅子上一个激灵，忽地站起来，激动地搓着手，朝楼上喊，"邱萍好不好？"

大嘴："母子平安，恭喜半仙，生了个男丁。"

半仙蹭蹭地往楼上跑去。

大奶奶在客厅露出了欣喜的笑容。

大奶奶："大树啊，李家有后了，你也要抓紧自己的婚姻大事了。"

黄大树笑着尴尬地挠了挠头。

【6. 上海　丝绸厂仓库　春日】

四五个女工正在紧张地挑选着蚕茧，挑好的蚕茧堆放在另一个区域，码得小山般高。原先堆放的场地内，只有十几袋未挑选的蚕茧。空地上放着三张竹匾和几个蚕簸箕，竹匾上摊了一层蚕茧，刘生缓缓地起身，捶了捶腰，一屁股坐在地上，两腿伸直。

【7. 上海　绸厂　老板办公室　春　日】

老板从办公椅上起身，转身走向窗口，无意间一瞥，见两个女工打开仓库门，进入，心生好奇。老板走出办公室，下楼进入唐少松办公室。

唐少松见老板入内，连忙起身，毕恭毕敬。

唐少松："老板，有何吩咐？"

老板："少松，我看到有两个女工进入了仓库，仓库怎么能随便让人进去？"

唐少松："老板，这事怪我，上次您关照，庄家的那批蚕茧不准用后，那批蚕茧一直放在库里，我写信通知了庄家，让他们来解决问题。庄家来人了，态度十分诚恳。我想，这批蚕茧如果要让庄家运回去，对乡下人养蚕损失就大了。怪我心软，同意他们在仓库里挑茧，好在这段时间，库容还算宽敞。"

老板："少松，你这人就是心软，对于不讲信誉的供应商，你不给点教训他，贻害四方啊。走，一起去看看。”

【8上海　绸厂　仓库　春　日】

老板和唐少松走向库房，唐少松正欲推门而入，里面传来了说话声，老板伸手拦住唐少松，侧耳听了起来。

郑女士："刘先生，你也一把年纪了，你就让她们挑茧吧。"

刘生："郑女士啊，我心里内疚啊，老板信任我们庄家村的蚕茧，我们把关不严，对不起工厂啊。"

郑女士："刘先生，我们老板也不容易，好不容易在东南亚接了个订单，正需要茧子的时候，你们的茧子又不敢用，你说老板恼火不恼火？"

刘生："咋不恼火呢，换了我，心里也恼火啊，说千道万，都是我们庄家的错，随便老板怎么处理，我都认了，是我们对不起老板啊。"

郑女士："刘先生，别自责了，我们老板也是菩萨心肠，好在到天黑前，所有的茧子都清出来了。"

刘生："也真亏了你们的帮忙啊，明天我去向老板负荆请罪，任凭老板怎么处罚，我都认了。"

门外，老板转身朝唐少松招了招手，两人走到一拐角处停住脚步。

老板："少松，看来你做得对，乡下人有这样的认识，不容易，款子拖了他们多久了？"

唐少松："有两个月了。"

老板："明天你带人查一下质量，将那些挑好的茧子重新号个称，按实际斤两给他们结账。"

唐少松："知道了。"

老板："噢，我们花高价从其他厂家买回来的茧子，高出的钱，必须要庄家承担。"

唐少松："全部要吗？"

老板思索了片刻，"庄家有多少茧子？"

唐少松："约三百担。"

老板："我们总共从外面高价采购了四百五十担，那多出的一百五十担差价，不要摊在庄家的头上。"

唐少松："老板，你也是菩萨心肠。"

唐少松："老板，什么时候给他们结款？"

老板："少松，乡下人生活不容易，那么多养蚕人家，都盼着这钱过日子，你直接去财务开张汇票，让他们带回去吧。"

【9. 李家村　春　日】

大嘴和香儿娘在李家村晃悠着。

太阳暖暖地照着鸡窝，大嘴和香儿娘走向鸡窝，细细地查看。见鸡窝里散落着一些茧子，大嘴走进鸡窝，弯腰捡起一粒茧子，茧子是空的，大嘴将茧子扔下，走出鸡窝。

香儿娘："大嘴，这家人家的坏茧子都喂了鸡了。"

大嘴："去其他人家看看。"

大嘴和香儿娘走向不远处的一户人家。

一妇女从屋里出来，见大嘴，香儿娘走过来，欣喜地打着招呼，"哟，大嘴，香儿娘，今天怎么来李家村晃悠了？"

大嘴："小山娘，你们家的坏茧子都扔在哪里了？"

小山娘："就埋在前面地里。"

香儿娘："你挖出来给我们看看。"

小山娘抄了把铁铲，边往地里走去边问大嘴，"大嘴，听说秋茧出了大问题了，这钱是不是要打水漂了？"

大嘴："小山娘，庄家大奶奶心急如火，满脸愁容。"

小山娘："这么说，我们的蚕白养了？"

香儿娘："这不正在访消息吗？哪家干了这事，要敢于站出来，向大奶奶认错。"

小山娘边挖土边说："反正不是我家干的。"说着，猛挖了几铲土，坑里露出了即将腐烂的蚕茧。

小山娘神秘秘地压低了声音，"老李头的婆娘把一些坏茧子，扔在鸡窝里喂鸡了。她也是养蚕的老手了，她家的蚕房离鸡窝近，咋不晓得坏茧子要埋在土里这个理了？眼看又要养春蚕了，感染了咋弄？"

香儿娘："大嘴，她男人不是给庄家看仓库的吗？"

大嘴一脸惊讶，“你是说……”

香儿娘：“你想，茧子都堆在仓库，她把坏茧子挑一挑，能喂鸡的喂鸡，不能喂鸡的趁着晚上，往老李头那里一送，再把好茧子背回去。”

小山娘：“哎呀，怪不得，我见他们往庄家送过两次蚕茧啊。”

大嘴火冒冒地，“走，去她家问个明白。”

小山娘：“你们去，我不跟你去。别说是我讲的啊。”

【10. 李家村　老李头家　春　日】

大嘴：“李婶在家吗？”

“在。”从里屋传出来声音，一妇女边解围裙边从屋里出来。

大嘴：“李婶，我问你个事。”

李婶：“啥事？尽管问。”

大嘴：“庄家的秋茧出了大事情，你听说了吗？”

李婶：“我没听说，咋回事？”

大嘴：“哪家缺心眼，把坏茧子掺和进去，一粒老鼠屎，坏了一锅汤。”

李婶：“哪家会干这种事啊？莫不是让老鼠啃了？或是装船时进了水？那长江里的浪那么大。”

李婶说完，使劲地抖了下围裙。

大嘴：“李婶，你们家的坏茧子呢？”

李婶指了指鸡窝，“我把它剪开后喂鸡了。”

大嘴：“鸡窝里烂茧子我看了下，还不到一菜篮，你们家收了十几担茧子，就这些坏的？说给鬼听都不相信。”

李婶略显尴尬，顺手指了指前面山坡，“都让我埋在那山坡上了。”

大嘴：“你带把铁铲，挖出来让我看看。”

李婶：“现在哪找得到，满山的草遮盖着，上哪去找？”

大嘴：“小山娘家的坏茧子，就埋在离家不远的地方，你干嘛要埋那么远？”

李婶：“这不马上又要养春蚕？埋远些，不就是怕感染了蚕宝宝吗？”

大嘴指了指鸡窝，“你那一篮子的坏茧，撒在鸡窝，就不怕感染蚕宝宝？”

李婶："那些都成蛹了，给鸡吃，不多下些蛋吗？"

大嘴："李婶，我俩从小在一起玩大，你别跟我啰嗦，我跟香儿娘帮你去山坡上挖。我就不信，查不出是哪家昧着良心干这事。"

李婶激动地说："大嘴，听你这话，好像是我李婶干的。"

大嘴："不是你干的，你怎么心虚？"

李婶突然挥动围裙甩向大嘴，大嘴和李婶扭打在一起。

香儿娘赶紧上前劝架。

小山娘见状，从自家跑过来将两人拉开。

大嘴："你敢不敢现在跟我一起去见庄家大奶奶，让大奶奶做个了断？"

李婶："去就去，谁怕谁？有理走遍天下。"

【11. 庄家村　庄宅大院　春　日】

大嘴，李婶一路斗着嘴。

香儿娘、小山娘边走边劝，熙熙攘攘的吵闹声惊动了沿途的村人。人们知道庄家的蚕茧出了问题，出于担心，许多养蚕户和看热闹的村人，嘈嘈杂杂地尾随着大嘴一行，往庄家大院而去。

熙攘声传入客厅。大奶奶和庄世伯听到屋外吵闹声。

庄世伯："大奶奶，外面怎么这么吵闹，发生什么事啦？"

大奶奶："好像在吵架，像是大嘴的声音。你去看看。"

庄世伯往大门走去，见大嘴和李婶等人正往庄家走来。

大嘴："我就不信你，见了大奶奶，看你怎么说？"

李婶："你满嘴喷大粪，信不信我撕烂你的嘴？"

大嘴："你敢？我看你，连跨入庄家大门的底气都没有。"

李婶："没底气？大嘴，你敢和我手拉着手一起去见大奶奶？"

大嘴一把拉起李婶的手，"咋不敢？"

大嘴和李婶拉拉扯扯往庄家闯去。

庄世伯见状，伸开双手拦住，"怎么回事啊？低头不见抬头见，有什么事说不清？"

李婶："世伯，大嘴疑心病，她和香儿娘今天搭错了神经，跑到李家村，像做贼似的东张西望。庄家的蚕茧出了问题，硬要把屎盆子往我头上扣，还问我敢不敢见大奶奶。”

李家村几位妇女，七嘴八舌议论开了，纷纷指责大嘴。

“大嘴，你别这么欺负李家村人。”

“大嘴，这就是你不对，没个真凭实据，凭什么怀疑我们李家村养蚕户？”

庄家村人不买账了，许多人帮着大嘴开骂起来。

“大嘴怀疑得对，以前我们庄家村人养蚕，从来没有出过这个纰漏，怎么今年李家村一掺和进来就来事了？”

“就是，做贼心虚！”

“早知道这样，大奶奶就不应该让我们鼓动你们一起养蚕。”

随着争吵越来越激烈，庄家村人和李家村人不约而同地分成了对立的两面。

大奶奶闻声走出庄家大院，“好啦，大奶奶听了心烦，都给我进院子里嚷！你们害不害臊？”

大奶奶闪开身，“进来吧，有什么说不清楚的事？”

正当众人乱哄哄地往庄家大院涌时，一辆马车急速驶来，刘生在马车上嚷，“大奶奶，我回来了。”

大奶奶见刘生从马车上下来，急忙上前。

众人停住脚步，不安地望着刘生。

大奶奶：“事情怎么解决的？”

刘生：“大奶奶，去屋里说。”

刘生和大奶奶径直往客厅走去，众人尾随。

大奶奶：“都跟着我干嘛？你们都给我在院子里待着，谁也不许进来。还嫌这火烧得不大？大树，给我拦着。”

黄大树伸开双手将众婆娘们拦住。

【12. 庄家大宅　客厅　春　日】

庄世伯：“锡儿爹，事情怎么样了？”

刘生从怀里掏出一个信封递给大奶奶，“大奶奶，里面装的是汇票。”

大奶奶：“噢？把钱都要回来了？”

大奶奶接过信封，一脸惊喜地问刘生。

刘生："上海人精明，但上海人做事情摆在桌面上。这件事，是我们庄家做错了。"

大奶奶："讲来听听。"

刘生："大奶奶，蚕茧送上海时，工厂和庄家一来二往也熟了，他们只是按惯例，从大卡车上卸了几袋进行了检查。蚕茧运进仓库时，卡车上原先上面的袋子码在了下面，问题就出在卡车底部十几袋茧子。"

大奶奶："后来呢？"

刘生："工厂在东南亚接了一个大单，仓库里的蚕茧全用了都不够，结果在倒腾时，上面的袋子松口了，茧子散了一地。仓库负责人发现了，直接报告了老板，再打开其他袋子，接二连三都有问题。老板特别光火，要把庄家的蚕茧全部退掉，今后不再收购庄家的蚕茧。"

大奶奶："唐少松怎么说？"

刘生："那天，唐少松恰好不在工厂，唐少松回来了，哪敢拗老板？"

大奶奶："这事又怎么解决的？"

刘生："多亏了唐少松暗地里帮忙，我又与看仓库的郑女士拉着老乡关系，郑女士偷偷地帮我找了些下班的女工，把所有的茧子挑了一遍。"

大奶奶："锡儿爹，真的难为您了。"

刘生："大奶奶，汇票上一共一千一百五十块。挑出来两担坏茧子，扣了十块，找女工帮忙挑茧子花了三十块，我悄悄地塞了十块感谢郑女士，工厂高价从其他厂子调配了三百担茧子，原先只要五块一担，工厂多花了一块一担，三百担茧子，扣了三百块，也就是说，庄家这次损失了三百五十块。"

大奶奶："损失的钱大奶奶不心疼，我问你，后面的生意怎么说？"

刘生："唐少松讲了，后面庄家的蚕茧他们还会收，只是要双倍抽查庄家的蚕茧了。"

大奶奶："呃，还给庄家生意留了后路。"

大奶奶说完，用手拍了拍心窝。

庄世伯："锡儿爹，养蚕户按照四块一担给他们，一共一千二百块。这趟生意庄家亏了五十块，把损失降到了最低。"

刘生："大奶奶，查出来是哪些人家使得坏心眼？"

大奶奶："这不，大嘴正和李婶闹着哪，庄家村人和李家村人，眼看着为这事分成了两大拨子人了。"

刘生："大奶奶，大嘴如果找到真凭实据，应该给贪心的人家一点教训。"

庄世伯："这个当然，不能让一锅汤变臭。"

大奶奶："我们仨一起去院子里，听听她们怎么嚷。"

【13. 庄家大宅　春　日】

大奶奶、刘生、庄世伯从客厅出来，黄大树闪开身，刚才吵吵闹闹的院子突然安静下来，众人眼光齐聚大奶奶。

大奶奶："怎么了？继续吵啊，大奶奶耳朵里还没长茧子呢。"

底下一妇女"噗嗤"一声笑了出来，引得众妇女回头望。

大奶奶："大嘴，李婶，你们俩咋不扳了？"

大嘴："大奶奶，让李婶先说。"

李婶："大奶奶，让大嘴先说，干嘛要我先说。"

大奶奶："你们呀，都别说了，这事情的缘由，大奶奶心里明白着哪。姐妹们，大家跟着大奶奶养蚕，也有段日子了。以前是茧商来咱们庄家村收茧子，一手验货一手交钱。茧子好坏，买卖成交后两不相认。现如今不同了，我们是跟大上海做生意，讲就的是什么？是信用。人家大上海凭什么要跟我们小小的庄家村做生意？不就看上咱们庄家村人的老实嘛。这次，茧子里出现这么多的坏茧子，怪谁？首先得怪庄家，怪大奶奶没把好关。另外要怪谁？"

院子里鸦雀无声，众人紧张地互相看着，又不安地盯着大奶奶。

大奶奶："怪你们这些人。家家户户都有责任。姐妹们摸着自个的良心做事情，就是查出来是哪家使了坏心眼儿，以次充好，这损失也扳不回来了。"

一妇女紧张地开口，"大奶奶，莫不是卖茧子的钱打了水漂了？"

"哎呀，大奶奶，我们全家还指望着这钱修房顶哪。"一妇女紧张地叫了起来。

一妇女："大奶奶，人在做，天在看，我摸着良心向大奶奶保证，我们家没干这缺心眼的事。”

妇女激动地用手连拍了几下胸脯。

底下一阵嚷声。众人激动地向大奶奶拍着胸脯。

大嘴上前一步，“大奶奶，我大嘴对天发誓，要是我大嘴掺假了，子孙后代生出来的孩子没屁眼。”

大嘴说完，盯着李婶看。

李婶显得略微尴尬，随即也上前一步，“大奶奶，我李婶也对天发誓。”李婶说完，用手指了指天。

大嘴：“咋不发个毒誓？”

李婶：“我已经在心里对天发了毒誓。”

大奶奶：“都别给我发这个誓那个誓了。眼看着就要养春蚕了，桑叶也长起来了，养蚕的事，姐妹们还得要抓紧。”

一妇女：“大奶奶，秋茧的钱还能分些吗？”

大奶奶：“姐妹们，刘生这次去上海吃了大苦，秋茧的钱被工厂扣了许多，这个损失庄家还承担得起。你们卖茧子的钱，待过几日，大奶奶把账理顺了，一分不少会发给你们。”

大奶奶刚说完，有人带头鼓起了掌。

院子顿时掌声和惊喜声一片。

大奶奶朝院子里摆了摆手，院子里顷刻又恢复了平静。

大奶奶：“还愣在这干嘛？都给我散了。不过，大奶奶撂一句话摆在这儿，下回在遇到这样的事，大奶奶一定会让他全家在庄家村和李家村抬不起头。”

众人往大门口一哄而去，李婶瞪了眼大嘴，随人群出门。

大嘴：“大奶奶，我突然有话想跟你说。”

【14. 庄家客厅　春　日】

大奶奶：“大嘴，有啥话讲？”

大嘴：“大奶奶，我忽然明白了。”

大奶奶；“什么事明白了？”

大嘴紧张地望了眼屋外，“大奶奶，李婶的男人不是给庄家看仓库吗？”

大奶奶："是呀，这又怎么了？"

大嘴："大奶奶，你咋不明白哪？庄家的蚕茧不就堆在仓库里吗？"

大奶奶："是呀，这又怎么啦？"

大嘴："大奶奶，你想啊，李婶家坏了一批茧子，趁着夜晚，把这批坏茧子送到仓库，再把好茧子给搬回家，然后再把好茧子卖给庄家。那老李头悄悄地把这些坏茧子混到好茧子一起。"

庄世伯等人一惊。

庄世伯："大嘴，这话听起来有几分可能，但是，老李头给庄家看了那么多年粮库，也没见粮食少啊？"

刘生："大奶奶，这人有时一念之差，也会干糊涂事。"

大奶奶："大嘴，我关照你，这话，讲到此为止。大奶奶知道你口直心快，有话憋在肚子里不讲难受。但没有真凭实据，讲出去李家村那些人心里多少总不好受。"

大嘴："大奶奶，我知道进出。"

大奶奶："也是，要说一点不可能，也没个理由掀翻它。这事，庄家得吸取教训。如果真是老李头干的，大奶奶也不能开口问他呀。"

庄世伯："这个当然，万一不是老李头干的，这要闹出人命来的。"

大奶奶："唉，这人啊，不能穷，一穷什么事情都可能干出来呀。"

大嘴："大奶奶，这事就不查了？不查，不是太便宜那些贪小便宜的人家了？"

大奶奶："这就要看良心发现了，总有一天，这事会水落石出。"

第十集

【1. 县城　庄宅　数年后　初春　日】

庄宅院子里，春天的景色。

锡儿领着庄坤林在院子里玩耍。

庄坤林见鸟儿从花园里飞过，高兴地直蹦。

锡儿 :“坤林，别蹦，小心摔倒。”

锡儿一脸笑意，就站在离坤林几步路的地方。

庄坤林 :“娘，鸟儿飞过去了。”

锡儿亲昵地将庄坤林抱起，“坤林，你别叫我娘，要叫我亲娘。”

坤林 :“为什么呀？”

锡儿 :“我问你，你有几个娘？”

坤林伸出两根手指头，“两个娘。”

锡儿 :“儿子，你是谁生的？”

坤林 :“你生的。”

锡儿 :“儿子，小时候，你吃谁的奶？”

坤林 :“你的。”

锡儿 :“你有没有吃过那个娘的奶啊？”

坤林 :“没有。”

锡儿 :“你天天和谁睡在一起啊？”

坤林 :“你。”

锡儿："儿子，记住，娘呀，分亲娘和娘两种，我是你的亲娘，她是你的娘。今后，叫我亲娘，叫她娘，知道了吗？"

坤林："知道了。"

坤林在锡儿怀里撒娇，"亲娘，我要下来，我听见外面有马在跑。"

锡儿："亲娘怎么没听见啊？"

锡儿将庄坤林放下，"哟，亲娘听见了，背不住是你爹爹来了。"

庄坤林高兴地往大门跑去，锡儿呵呵地紧追上。锡儿打开院门，果然庄家的马车迎面而来。

庄世伯和大奶奶从马车上下来，庄坤林站在门内开心地叫嚷，"爹爹，娘。"

锡儿："姐姐，怎么今天来得这么早？"

大奶奶："还不是想坤林嘛。"

庄世伯弯腰抱起庄坤林，亲着庄坤林。

庄坤林："爹爹，疼。"

庄坤林挣扎着下地，冲锡儿撒娇。

庄坤林："亲娘，抱。"

锡儿抱起庄坤林与大奶奶缓缓向屋内走去。

大奶奶一愣，停住脚步，迟疑地望着坤林，脸上堆着笑容。

大奶奶："儿子，今天怎么叫亲娘了？"

锡儿脸上喜洋洋地望着庄坤林。大奶奶笑着望了眼锡儿。

庄坤林："娘，我是她生的，我天天跟亲娘睡一起。"

大奶奶："哟，没个大人教，坤林自己就知道了？世伯啊，真是隔个肚子隔重山啊。"

大奶奶说完，瞥了锡儿一眼。

庄世伯呵呵笑，众人入屋内。

【2. 县城　庄宅　客厅　初春　日】

大奶奶："妹妹，坤林该念书了。"

锡儿："姐姐，坤林看见对门兰儿她们背着书包去学校，可羡慕呢，嚷嚷着也要去念书。"

庄世伯："大奶奶，该去对门打个招呼了，把坤林送到袁通的私塾蒙馆去读书。"

陶玉如："世伯，他那个私塾是县城最好的，娃娃们都挤满了，坤林能进去吗？"

大奶奶："庄家和袁家的关系这么好，又不是一天两天，妹妹，我俩这就去与袁家说一声，过几日就把坤林送到学校去。"

锡儿："姐姐，那走吧。"

大奶奶和锡儿径直出门往袁宅走去。

【3. 县城　袁宅　初春　日】

大奶奶："桃红妹妹，咋没见袁老爷子？"

小桃红："大奶奶，袁老爷子和二奶奶、三奶奶都去了私塾，那么多娃娃挤在一起念书，人手不够啊。"

锡儿："妹妹，你们家旺松也该去私塾念书了吧？"

小桃红："是呀，前几日，袁老爷和大奶奶讲过这事，袁老爷子还说让我去庄家串门时问一下坤林去不去念书哩。"

锡儿大喜："妹妹，我和姐姐正为此事而来。旺松几时去？"

小桃红："我们家旺松下个礼拜去，新书包都给他备了好几个哩。"

锡儿："哎呀，你不说书包，我还想不起来，我们家坤林，书包还没给他备哩。"

兰儿蹑手蹑脚地下楼。

兰儿："大奶奶，今儿个来县城这么早？"

大奶奶："兰儿，一段日子不见，长得越来越好看了。"

兰儿略微羞涩地笑着，见门外黄大树正收拾着马车，大喜。

兰儿："四娘，你陪大奶奶她们聊聊，院子里太阳正好，我去晒晒太阳。"

兰儿边说边往院子走去。

小桃红："哟，光顾着和两位姐姐讲话，连茶水都没上哩。"

小桃红说完，往紫铜茶壶里放入菊花。

【4. 县城　庄宅　初春　日】

兰儿："大树哥，今天要回庄家村吗？"

黄大树抬头见兰儿正问自己，一脸的惊喜。

黄大树："兰儿，今天没去学校？"

兰儿："学校今天放一天假，在家里自习。"

兰儿望着黄大树的脖子，"大树哥，咋不见你戴红豆项链？"

黄大树："兰儿，那是梅儿送给我的，我不好意思戴着。"

兰儿："下次戴上，红豆是姐姐的，里面穿的红线可是兰儿的呀，往后戴着，红绳避邪哪。"

黄大树："哎，兰儿，你马上要高中毕业了吧？"

兰儿："是呀。大树哥，我正想跟你商量呢，我都定不下来，是去读大学还是待在家里。"

黄大树："当然是读大学了，别学大树哥，没个文化，只能赶马车。"

兰儿近前悄悄地说："大树哥，我娘说，如果我去外地读大学，她舍不得。自从梅儿姐姐去了美国，一年到头都来不了一两封信，来信都是诉苦，什么美国的空气不好，满大街都是烧油的车，味道难闻死了，河里的水也没有家乡的清，吃的东西更不习惯，经常是弄两个面饼夹个肉，弄杯牛奶，这多难吃啊？"

黄大树："也是，哪怕外面金窝窝，也没家里草窝窝住得亲切。"

兰儿调皮地笑着，"大树哥，你有段日子没来县城了，我们家这段日子来了好几个乱七八糟的女人，要请我爹娘去吃饭哩。"

黄大树："这不是好事吗？有饭不吃白不吃。"

兰儿："大树哥，你真是个木驴。你真以为人家是请我爹娘吃饭啊，那是冲着兰儿来的。"

黄大树疑惑地："怎么啦？"

兰儿："大树哥，你就是太老实，你没听说过呀，男大当婚，女大当嫁。"

黄大树："什么？来的都是些媒婆？那你怎么说？"

兰儿："我怎么说？那就得看大树哥怎么说。"

黄大树呵呵地笑着，挠了挠头，"兰儿，别让你爹和你娘去吃那些人家的饭。要么你去读大学，要么你来我们家，我们一起煮饭给你爹爹和娘吃。

大树哥陪着你爹喝酒。”

黄大树说完，脸儿红了。

兰儿呵呵笑，“大树哥，兰儿就等你这句话哩。”

【5. 县城　私塾蒙馆　晨　初春　日】

学堂内，放着几十张课桌，摆得整整齐齐，罗砖铺就的地面，干干净净。院内几株梅花开得正艳，空气中寒香扑鼻而来。

私塾蒙馆的门厅处有两根立柱，是袁通亲手书写的对联：松柏有本性，驾鹤乃高翔。

一群稚童端坐课堂内，坤林与旺松坐在同一张课桌。

两位私塾老先生端坐在课堂两侧的红木椅子上。

袁通头戴瓜皮帽，身穿黑色长袍，在讲台上授课。

私塾蒙馆外停着数辆接送稚童的马车。

锡儿和几位阔少妇聚在一起交谈。

黄大树坐在马车上，翘着二郎腿。

从学堂内传来袁通的诵读声和稚童们的复读声。

袁通：“学生入校，”

稚童：“学生入校，”

袁通：“先生曰：”

稚童：“先生曰：”

……

锡儿突然看见不远处的农家门前，几株梅花开得正艳。锡儿往农家走去，返回时，手上持了两枝梅花，放在马车内。

黄大树：“二奶奶，今天为何折两枝梅花？”

锡儿：“二奶奶想起一篇课文，我去跟那户人家讨了两枝梅花，今天回去要教于坤林。”

【6. 县城　私塾蒙馆　中午　初春　日】

一串下课的铜铃声响起，学堂内的稚童们蜂拥着往门外奔出，个个手舞足蹈，呼娘喊爹。等待的家长们一拥而上。

坤林挎着新书包，欣喜地扑向锡儿。锡儿笑呵呵上前，抱着坤林上了马车。

马车行驶。

锡儿："儿子，今天先生教了什么呀？"

坤林："旺松的爹爹是这样教的，"

坤林摇头晃脑地模仿了起来，"学生入校，先生曰：'汝来何事？'学生曰：'奉父母之命，来此读书。'先生曰：'善，人不读书，不能成人。'"

锡儿和黄大树被坤林逗得哈哈大笑。

【7. 县城　庄家大宅　中午　初春　日】

陶玉如笑呵呵地帮坤林取下书包，锡儿手上拿着两枝梅花，喜滋滋地牵着坤林的手入书房。

锡儿："儿子，这是几枝梅花？"

坤林："两枝梅花。"

锡儿指着花瓶："这是什么啊？"

坤林："花瓶。"

锡儿指指香案："这是什么啊？"

坤林："这是香案。"

锡儿笑了，把梅花放到坤林鼻子下："梅花香吗？"

坤林："香着哪。"

锡儿将两枝梅花，插入瓶中，口里念："梅花盛开，我折两枝，插瓶中，置案上，瓶中花香，时时入鼻。"

锡儿："儿子，亲娘读一句，你跟着亲娘复一句。"

锡儿："梅花盛开，我折两枝，"

坤林："梅花盛开，我折两枝，"

锡儿："插瓶中，置案上，"

坤林："插瓶中，置案上，"

锡儿："瓶中花香，时时入鼻。"

坤林："瓶中花香，时时入鼻。"

坤林："亲娘，我会背了。"

坤林昂着头，开始背诵。锡儿在旁边高兴得合不拢嘴。

【8. 袁家　客厅　春　傍晚】

袁通和袁大奶奶坐在客厅，佣人在院子里扫地。

袁大奶奶：“袁老爷子，兰儿快要高中毕业了，我这心里发愁着呢。”

袁通（悠悠地喝了口茶）：“兰儿娘，我知道你心里愁什么。”

袁大奶奶：“哦？你说来听听。”

袁通：“你在愁，兰儿是去外地读大学，还是找个人家嫁人好？”

袁大奶奶：“老夫老妻了，心里的愁瞒不了你。从去年到现在，说媒提亲的很多，兰儿一个不见。别人家的饭菜备好，就是不去，硬叫兰儿去吧，不是哭，就是闹，还威胁我要上吊。”

袁通：“要不让兰儿去外地读大学？”

袁大奶奶：“你舍得，我舍不得。自从梅儿去了美国，除了诉苦，也没见她有多大的幸福。兰儿如果不愿意去读大学，我们也别逼她，正好把兰儿留在身边，真到了迈不开腿的那一天，有兰儿在身边伺候着，多贴心啊。我看，尽快给兰儿找个婆家，女儿家，嫁出去了为娘心里才踏实。”

袁通：“兰儿大了，当爹的猜不透兰儿的心思了。”

袁大奶奶：“我跟你讲，最近小桃红老在我面前，有意无意地夸着对门的那个马车夫，什么人厚道，一身功夫，善良忠厚无恶习，反正尽拣好话说。”

袁通：“噢？四奶奶在我面前也多次夸过那个马车夫呢。”

袁大奶奶：“自从小桃红跟锡儿结了金兰，小桃红去串门，兰儿总是找着借口跟着去，莫非小桃红知道兰儿的心思？”

袁通捋着山羊胡须，陷入了思考中。

袁大奶奶：“兰儿爹，你在想什么哪？”

袁通：“今晚上，你把兰儿叫到我屋里来，我俩旁敲侧击一下兰儿，摸摸兰儿的心思。”

【9. 袁宅　袁通卧室　春　夜晚】

袁通一声不吭地坐在太师椅上，书桌上摆了本打开的古书，装出阅书的样子。

袁大奶奶笑嘻嘻地把兰儿领进房内。

袁大奶奶："兰儿，娘今晚当着你爹爹的面，和你掏掏心里话。"

兰儿："嗯。"

袁大奶奶："你爹想让你去外地读大学，娘想让你找个好人家，把自己给嫁了，你意如何？"

兰儿（羞羞地）："我选后面。"

袁大奶奶："这就对啦，正合娘的心意哩，男大当婚，女大当嫁啊。"

袁大奶奶："心里可有中意的人家？说与娘听听。"

兰儿笑而不语。

袁大奶奶："是哪家大户人家的公子啊？"

兰儿："娘，兰儿给你讲个故事吧，这是兰儿从小说里看到的。"

袁大奶奶："什么故事啊？"

袁通扭过头，看了眼兰儿，笑眯眯地将书合上。

袁通："我的兰儿会讲故事给爹娘听了，二十年来头一遭，爹爹听着。"

兰儿："很久以前，在遥远的俄罗斯，有一个小伙子，为了让自己的未婚妻过上幸福、富裕的生活，出远门，去挣钱。临行时，未婚妻不舍，但拗不过自己的未婚夫，便把手上一串用红豆做成的手链拆散了，挑出最大的一颗，穿上红线，给未婚夫戴上。小伙子发誓，一定要挣到钱，给心上人买一个金手镯。"

袁通："慢、慢，红豆生南国，怎么跑到俄罗斯去了？"

兰儿："爹，那是书上这么写的嘛，再说，俄罗斯比中国大那么多，怎么可能没有红豆树呢？"

袁通笑着点点头："有理，接着讲故事。"

兰儿："小伙子参加了马帮，每天跋山涉水，风餐露宿，走到茫茫的大草原时，得了风寒，无医可治，气息奄奄，即将死亡。这时，从远处来了其他的马队，小伙子挣扎着爬起来，摘下手指上的订婚戒指，求着过路人帮他把戒指交还给他的未婚妻，让未婚妻另行嫁人。"

袁大奶奶："后来呢？"

兰儿："后来，小伙子昏死了过去，当未婚妻收到小伙子的订婚戒指后，也哭昏了过去。她的父母没多久，又替她找了个人家，可她宁死不从，执意等待，一等啊，等了十年。”

兰儿含泪说着，见娘的眼睛有些湿润，便把手帕递给娘。袁大奶奶用手帕擦了擦眼，鼻子塞了。

袁大奶奶 :“后来呢？”

兰儿 :“一天黄昏，突然有马车停在家门口，车上满载着财富。只见一位中年男人穿着考究，气宇轩昂地从车上下来，敲开了她家的大门。未婚妻一见，似曾面熟，却想不起来是谁。只见来者脱下外套，脖子上有一条红豆项链。未婚妻一眼认出，他是自己的未婚夫，扑在未婚夫的胸前嚎啕大哭起来，擂着未婚夫的胸膛大喊，‘你个马车夫呀’！”

袁大奶奶唏嘘起来，被兰儿的故事所感动。

兰儿用手帕擦了擦泪眼，垂下头啜泣着。

袁通沉默不语，若有所思。

袁大奶奶 :“真是海枯石烂不变心啊！也是中国的梁山伯与祝英台啊！”

袁通 :“兰儿娘，我心里突然明白了，兰儿喜欢的人是谁了。”

袁通温柔地走过去，拍了拍兰儿的头。

袁通 :“兰儿，你回自己的房间去吧，爹有话与你娘说。”

兰儿与爹娘道了声晚安，回自个屋去了。

袁通 :“兰儿多聪明呵，用自己编的故事，告诉了我们，她想嫁的人是谁了。”

袁大奶奶 :“是谁？”

袁通 :“马车夫。”

袁大奶奶 :“是他？”

袁通 :“兰儿聪明着呢，她是说，找个自己爱着的、踏实的男人过日子，不贪图富贵，财富是人创造的。兰儿告诉我们，人不可貌相，水不可斗量。这马车夫啊，也确实踏实，未来的前程，谁也不可估量啊。”

袁大奶奶 :“这，这……我们家兰儿，是千金小姐，金枝玉叶，总不能倒追个马车夫吧？传到赵县长家，岂不丢死个人了。”

袁通 :“我看未必，衡量厉害关系，如果硬逼兰儿，万一寻死上吊，你好受吗？”

袁大奶奶 :“兰儿爹，别吓我哩，有这么严重吗？”

袁通 :“有这个可能，我不是吓唬你。故事已经讲得明明白白的了，以兰儿的性格，恐怕真做得出来。”

袁大奶奶 :“哎呀，这怎么办哩？”

袁通 :“这事好办，兰儿留在县城，也好照顾我们。你呢，趁兰儿未睡，去她房里，让兰儿透个信给马车夫，让他干娘上门提亲。这样，一来依了兰儿的心愿，二来庄家是大户人家，也有了面子。再说了，兰儿跟了马车夫，依马车夫家的条件，也是不错。兰儿今后呀，也不会缺衣少食的。”

袁大奶奶 :“哎呀，袁老爷子，经你这么一点拨，我清楚了。我现在就去兰儿房里。”

袁大奶奶说完，转身出房门。

【10. 袁家　兰儿房间　天亮时分　春　雾】

天色蒙蒙亮。

兰儿趴在窗边，隔着五彩的窗户玻璃，望着对面庄家的大门。

兰儿在房间里转来转去，一会儿坐下，一会儿站起来往窗外瞧着。

东方出现了曙光，窗外的雾也淡淡地散去。

兰儿 :“终于可以看见庄家的大门和院子里的动静了。”

庄家的大门打开了，大树娘站在大门口，拢了拢头发，转身提把大扫帚，扫起了院子。厨子和佣人也先后进入了庄家。

兰儿趴在窗户边，转身舒了口气，用手拍了拍胸脯。

袁大奶奶 :“兰儿、竹儿、菊儿，该起床了，早餐备好啦。”

兰儿匆匆地打开房门，急步往楼下走去，竹儿、菊儿也从房内出来。

兰儿胡乱地吃着早餐，眼睛盯着对门。

黄大树在院子里出现了。他身穿黑衣服，脚穿黑色胶鞋，伸伸胳膊，扭了下腰，身子侧向半空，忽然在院子里腾空而起，接连六七个燕子摆腿，硬生生地旋了一个圈。

竹儿 :“好俊呵。”

袁二奶奶朝竹儿狠狠地瞪了一眼。

菊儿 :“真的好俊呵。”

袁三奶奶用筷子敲了敲菊儿的碗，眼睛瞪着菊儿。

兰儿："娘，我去看马车夫练武。"

袁大奶奶："女儿家，躲远点看。"

兰儿呵呵地笑着，向庄宅走去。

袁二奶奶："姐姐，兰儿今天有什么高兴事啊，穿得这么精神？"

小桃红（神秘地）："你没看见，对面有个俊哥呢？"

袁二奶奶瞪大了眼睛和袁三奶奶交换着眼色，又望了望活蹦乱跳地跨入庄宅的兰儿，若有所悟地点了点头。

袁二奶奶（面露喜色）："噢……"

【11. 县城　庄家大宅　早晨　春　日】

兰儿匆匆踏入庄宅。

黄大树："兰儿，一大早就来，不担心你娘……"

兰儿急忙用手指捂住自己的嘴，示意大树别吱声。兰儿向大树招招手，两人往院子角落走去。

黄大树："什么事？快讲，别急坏你大树哥。"

兰儿："大树哥，你要有思想准备，告诉你，别受不了。"

黄大树："莫不是你娘要逼着你嫁人？"

黄大树："说呀！"

兰儿："我要嫁给你，我爹娘同意了。"

黄大树呆若木鸡，愣愣地站着不动，脸上毫无表情。

兰儿："大树，大树，你不乐意？"

黄大树："真的？"

兰儿："真的。"

黄大树："没什么门槛？"

兰儿："我娘说，要庄家大奶奶上门提亲，规矩还是要的。"

黄大树一阵激动，脸涨得通红。

兰儿："大树哥，你脸咋这么红？"

黄大树（激动而颤抖）："今儿就去庄家村，我去与干娘说。"

兰儿："嗯，我与你一起去，我还没去过庄家村呢。"

黄大树："好！"

突然，黄大树一把拉起兰儿的手："走，去说与我娘和二奶奶听。"

兰儿："让人看见多不好，八字才是第一撇哩。"

大树和兰儿笑着，欢快地进入了客厅。

陶玉如："哟，兰姑娘来啦？一起吃早餐吧。"

锡儿搀着坤林从屋里出来，见兰儿到来，一脸惊喜。

锡儿："兰儿，今日何事来得如此早？"

黄大树："娘，二奶奶，我与兰儿想……"

锡儿："相爱了？"

大树和兰儿害羞地点着头。

"哐当"一声，大树娘从座椅上站起，把身边的粥碗打翻在地。

丁大娟："真的吗？"

黄大树："真的，兰儿娘同意的，只要干娘上门提个亲。"

丁大娟一把拉着兰儿的手，嘴唇抖动着，说不出话来，两行热泪流了下来。

锡儿："坤林今天不上课，吃完早饭，我们一起去庄家村。"

庄坤林："噢，噢，要去见爹爹了。"

【12. 庄家村　山路上　上午　春　日】

马车一路行走，车上欢声笑语不断。

庄坤林："亲娘，那是山。"

锡儿："是啊。儿子，亲娘教你的课文，背给兰儿姐姐听听。"

庄坤林（调皮地）："兰儿姐姐，你会背吗？"

兰儿："背什么呀？"

庄坤林："山之隐现。"

兰儿："那挺难的呀，姐姐背不了。"

庄坤林（得意洋洋）："吾乡多山，其翠如画，天晴山现，天雨我隐，我问母曰'山何以隐现'，母曰'天晴无云故山现，天阴有雨故山隐，云能遮山，山不能动也'。"

兰儿："你真厉害！姐姐都背不了。"

坤林高兴地把头直往锡儿怀里埋。

锡儿笑着，抚摸着儿子的头，亲了起来。

【13. 庄家村　庄家大宅　中午　春　日】

马车停在庄家大门口。

大奶奶笑容满面，朝坤林张开双臂。坤林扑入大奶奶怀抱。

大奶奶："哎哟，我的宝贝儿子来啦。哟，哟哟，兰儿姑娘来啦，哪阵风把袁家的千金小姐，吹到这乡下来了？"

兰儿："托大奶奶福，兰儿头一次到庄家村来换换新鲜哩。"

黄大树拴好马车，脚底生风，一溜烟跑进客厅。

大奶奶："兰儿，你娘可知道，你来庄家村？"

兰儿（笑着）："娘知道我来找大树的。"

大奶奶："呵，大奶奶放心了。"

锡儿："姐姐，你是否去袁家给大树提个亲？"

大奶奶："什么？妹妹你别乱嚼舌头，这事兰儿娘不会同意的。"

兰儿抿嘴笑着，大树涨红着脸。

黄大树："干娘，求您上门给干儿子提个亲吧。"

大奶奶："兰儿，你娘真同意你和大树？"

兰儿一脸开心，羞涩地对大奶奶又点了点头。

黄大树："干娘，求您了。"

锡儿："姐姐，大树可是您的干儿子啊。"

大奶奶："什么亲儿子、干儿子，手心手背都是大奶奶的肉啊。"

黄大树："干娘，你同意啦？"

大奶奶："放心吧。"

黄大树："越快越好，干娘，时间一长，就怕变卦。"

大奶奶："看你那猴急样。大奶奶应允的事，几时没办成过？"

厨子（进得客厅）："大奶奶，午饭要加菜吗？"

大奶奶："当然要，丰盛些，兰姑娘来啦！"

【14. 庄家村和李家村之间　黄大树新屋　下午　春　日】

黄大树："兰儿，带你骑马，看看庄家村？"

兰儿："好啊。"

大奶奶："去吧。顺便呀，认认大树家的门。"

黄大树一把抓过兰儿的手，就要往外面跑。

兰儿："松开，让庄家村的人都知道啊？"

黄大树："不怕，走！"

黄大树："坐前面还是后面？"

兰儿（咯咯地笑）："还是坐后面吧。"

大树一跃上马，兰儿站在台阶上，双手用力一撑马背，稳稳地坐了个踏实。枣红马迈开四蹄，踏着碎步，载着兰儿，尽情饱览庄家村的景色。

兰儿："真是个好地方啊！山好，水好，树好，人更好。"

黄大树："前面就是我家，去看看吧。"

黄大树："这是娘结婚时我爹砌的屋子，那边上的是干娘为我建的新屋，下马吧。"

兰儿撑着马背，小心地下了马。大树一跃，稳稳地落地。

大树将枣红马往门前枣树上一系，拉着兰儿的手，进到新屋院内。

屋子前方隐约可见木果河。

黄大树："从这里坐船可到秦淮河，从秦淮河坐船去南京上海方便着哩。"

兰儿："大树哥，我喜欢这屋子，兰儿嫁你后，腾个房间出来做书房，待闲来无事时，我教你读书识字。"

大树："婚后这个家，我全听你的。"

兰儿："以前，我爹爹常说，一个人能过上这么安宁祥和的生活，就是陶渊明笔下的'桃花源'哩。"

黄大树："哪个陶渊明？我没听说过。住哪儿？日后有空了，我和你爹一起去看看他。"

兰儿："哈哈哈，陶渊明是晋朝的大诗人，作古一千多年了，你去看鬼啊。"

兰儿："大树哥，别生气，兰儿不是有意的。"

大树："娶了你个秀才，我不信，我一辈子是个文盲。"

兰儿："对呀，待到嫁给你后，你可得老老实实地做我的学生，教你的时候，不准有大男人的派头。”

大树：“兰儿，我做你一辈子的马车夫。”

兰儿：“小时候，我爹让我背陶渊明的《饮酒》诗，兰儿总记不全，后来慢慢长大了，却是羡慕那种田园生活。”

兰儿轻声朗诵起来：

结庐在人境，而无车马喧。
问君何能尔？心远地自偏。
采菊东篱下，悠然见南山。
山气日夕佳，飞鸟相与还。
此中有真意，欲辨已忘言。

黄大树：“娶了你做老婆，我黄大树发誓，这辈子给兰儿做牛做马，绝不后悔！”

兰儿：“谁要你做什么牛马，你要对兰儿好，疼着爱着兰儿，一辈子不变心。”

黄大树：“一辈子不变心，变心，天打五雷轰！”

兰儿呵呵大笑，脸儿桃花般灿烂，大树挨着兰儿，忽地转身，把兰儿抱住，烫烫的嘴唇一下子按着兰儿的嘴唇。

【15. 庄家村　庄家大宅　中午　春　日】

大奶奶笑眯眯地走近坤林，朝坤林张开双臂。

大奶奶：“我的小宝贝呀，娘想你想得慌哩，快，让娘再抱会儿。”

庄坤林：“娘，儿子也想你和爹爹哩。”

大奶奶（哈哈大笑）：“妹妹，这样的儿子，真是人见人爱哩。”

庄坤林：“我爹爹呢？”

大奶奶：“你爹在后山茶园，要知道儿子回来了，还不撒腿跑回来见你哩。”

庄坤林：“娘，我要去院子里玩耍。”

大奶奶：“下来吧，别乱跑，别到井边去啊。”

庄坤林蹦蹦跳跳地往院子里跑去，锡儿见状，赶紧追了上去，不离左右半步。

庄坤林："亲娘，爹爹怎么还不回来？等天黑了，亲娘带我回县城，我又见不着爹爹了。"

大奶奶望着锡儿母子，笑着叹了口气。

大奶奶（自言自语）："真是，谁生的跟谁亲啊。"

【16. 庄家村　庄家茶园　中午　春　日】

村民："庄世伯，你儿子回来啦。"

庄世伯："你骗鬼哪，我儿子自己飞回来的？"

村民："真的，哪个骗你呀。我亲眼看见，二奶奶也回来啦。"

庄世伯扔下手中的活计，从茶园兴冲冲地奔向家去。

庄坤林："爹爹，爹爹回来了。"

庄世伯一把抱起儿子，举过头顶，连着几次，举得坤林咯咯大笑。

锡儿："儿子还是跟爹爹亲哪。"

大奶奶："庄家村就这么大，哪家来个人，消息就像风吹一样快。快，世伯哎，把坤林放下，小心闪了坤林。"

庄世伯紧紧地抱着儿子，进入客厅，坤林用手摸着世伯的胡子。

庄坤林："亲娘，爹爹的胡子好扎人呵。"

庄世伯（放下坤林）："大奶奶，儿子来了多久了？"

大奶奶："刚来一会，袁家兰儿也来了，你猜什么事？"

庄世伯："猜不来。"

大奶奶神秘地贴近世伯的耳朵，悄悄地说。

庄世伯："这个好啊！大树老实人一个，兰儿有眼光。"

大奶奶："明天我就上袁家提亲去，兰儿娘那个人，背不住时间一长真变卦。"

庄世伯："准备多少彩礼？"

大奶奶伸出一个巴掌。

世伯（吃惊地）："这么多？"

大奶奶："嗯，庄家是大户人家，不能丢了庄家的脸。再说，兰儿娘与赵县长又是亲家，传出去，名声也不好听。"

庄世伯："哎。"

【17. 县城　袁家　隔日中午　春　日】

袁通和四个太太在客厅，大奶奶侃侃而谈，桌上放着一个鼓鼓的钱袋。

庄大奶奶："袁大奶奶，彩礼钱我带来了，五十个光洋，别嫌弃庄家。"

袁大奶奶："婚事就定在八月底吧，你看呢？"

庄大奶奶："也行。"

袁二奶奶："庄大奶奶，酒席必须放在状元楼，县里的达官贵人们方便些。"

袁大奶奶："二奶奶说的在理，庄大奶奶，你看呢？"

庄大奶奶："酒席还是放在庄家村，庄家村那百来号人总不能顶着烈日走到县城，又摸着黑从县城往庄家村赶哩。"

袁三奶奶："庄大奶奶，话是这么说，你让赵县长一家子往庄家村赶，天黑透了，赵县长一家子还得要回县城，不安全哪。"

小桃红："依我看，酒席放在庄家村，待婚礼办完了，再择个日子，专门请一下赵县长，这样两头都顾上了。"

袁通捋着山羊胡须，想了片刻，对众人说："还是按四奶奶的意见办吧，毕竟安全对赵县长来说是最重要的。"

【18. 庄家村　大树新屋　婚宴　秋　日】

黄大树一身新郎装束，挥动着马鞭，喜气洋洋。

兰儿一身新娘装束，坐在马车中间，身旁坐着竹儿、菊儿。

黄大树马车后面跟着一长溜马车，马车披红挂绿。

唢呐声声，鞭炮轰鸣，兰儿在竹儿、菊儿的陪伴下下了马车。

庄坤林和袁旺松穿着孩子西服，充当着童子的角色。

院子内两堆柴火燃烧，稻草和麦秆发出燃烧的声响，兰儿从火堆中间跨过。

院子里亲朋满座，祝福声此起彼伏。

天黑，放置在各处的十几盏马灯被点燃，亮光驱走了黑暗。

……

夜。丁大娟顺手合上院门，往自家老屋走去。

【19. 大树新屋　洞房　秋　夜】

黄大树和兰儿手牵着手，坐在床沿。

黄大树："兰儿，梅儿送我的红豆，你帮我藏着。"

黄大树把红豆项链取下，递给兰儿。

兰儿："大树啊，梅儿是我的亲姐姐呀，那是姐姐的心意。从明天起你天天戴着。

黄大树："兰儿，我娶了你当老婆，往后就不能念着梅儿。"

兰儿呵呵笑着，"大树哥，我能嫁给你是沾了姐姐的福分。"

黄大树："我就是个赶马车的，兰儿，真难为你了。"

兰儿故意打了个哈欠，"大树，我累了，咋这扣子解不开哩？"

兰儿边说边吹灭了油灯。

【20. 庄家村　黄秋生老屋　秋　夜】

丁大娟伫立在院子里见洞房的灯光熄灭，脸上露出满意的笑容。转身进了屋内，她端着油灯往卧室走去。丁大娟将油灯放在桌上，见墙上黄秋生的相片，伸手抚摸起来，稍许低声啜泣。突然，门外传来几声扣门声，"笃！笃！笃！"

丁大娟脸色惊慌，低声吼了声，"哪个？"

门外："我！"

第十一集

【1. 庄家村　黄秋生老屋　秋　夜】

丁大娟 :“哪个？”

黄秋生 :“我，快开门。”

丁大娟转身跑去厨房，右手提菜刀，跑向门口，“哪个？”

黄秋生 :“我，秋生。”

“秋生？”大树娘不相信自己的耳朵，接着问，“真是秋生？”

“快开门，我是大树的爹爹，秋生。”门外的男人焦急地说。

丁大娟一惊，将菜刀往地上一扔，不管真假，更顾不上危险，“哗啦”一把将门拉开。

一个熟悉而又陌生的男人站在门外，门口拴着两匹快马，其中一匹黑马上驮着两只棕色的大皮箱。

男人转身，默不出声，从黑马上费劲地卸下皮箱，搬进屋内，转身将门关上。

丁大娟哆嗦着问 :“你，你真是秋生？”

男人笑着，说 :“终于回家了。”

丁大娟紧张地盯着面前这个男人，“秋生？你那熟悉的眼神，那改变不了的鼻子和耳朵，分明是大树的爹爹啊！”

丁大娟“哇”地一声大哭了起来，一头扎进男人的怀里，哭成了泪人，拼命地用手擂打着男人的胸膛，哭喊着 :“十八年了，你去了哪里了呀？”

黄秋生鼻子一酸，两行热泪刷刷地流下，伸开双手紧紧地把丁大娟拥抱在怀里。

丁大娟心痛地用手抹着秋生脸上的泪：“我去烧些热水，给你洗个澡，再把胡子刮下，这个样，明天让你儿子看见，准认不得你。”

“好。”秋生脱下满是盐渍的汗衫，露出一身的肌肉。

丁大娟弯腰捡起扔在地上的菜刀，将菜刀放在桌上。

黄秋生：“大娟，你还是当年那个刚烈的大娟啊。”

丁大娟：“深更半夜有人敲门，遇到坏人咋办？”

丁大娟点燃柴火，塞入灶膛。红红的火光，映照着她的脸。额头上爬满了岁月的皱纹和因长年累月思念黄秋生所留下的沟壑。一头黑发，白了一半多，一双粗糙的手。

黄秋生：“大娟，这么些年让你受苦遭罪了。唉，我这个男人，没把这个家和你照顾好啊。”

丁大娟：“别说这些，受苦遭罪都过来了。现在，一家人又都在一起了，我，再不让你离开这个家半步了。”

黄秋生：“儿子呢？”

丁大娟：“儿子今天大喜之日，娶了县城大户人家的千金，媳妇叫袁兰，又年轻又漂亮，还有文化。你要早回家一脚，就撞见儿子的婚礼了。”

黄秋生：“儿子结婚啦？十八年来，我在山上最牵挂的人就是你和儿子。时时担心着你们母子是否受人欺侮，日子过得如何。”

黄秋生：“大娟，这次回家，再也不走了，好好地伴着你。”

丁大娟：“想走？门都没有。”

丁大娟：“秋生，帮我一起把采菱盆搬到厢房去。”

黄秋生帮着丁大娟把采菱盆搬到后厢房，从缸里提了几桶井水，倒入盆中，再添了热水。

丁大娟：“泡个热水澡，一身的臭汗味。我上楼去，找一些你以前的衣服，先凑合着穿一下。”

【2. 黄秋生老屋　秋　深夜】

厢房里传来洗澡的水声和黄秋生的嗓门声。

黄秋生："大娟，十八年，第一次泡热水澡，真舒服啊。"

丁大娟："秋生，这遭了多大的罪啊。"

丁大娟在客厅呜呜地哭了起来。

黄秋生从厢房出来，边扣衣服边上前安慰丁大娟。

黄秋生："莫哭了，大娟，怪我这嘴快。"

丁大娟不语，哽咽着给黄秋生泡了杯热茶。黄秋生坐下，丁大娟挨着黄秋生坐下。

黄秋生："大娟，这些年，你们是怎么熬过来的？"

丁大娟："你被土匪逼上山那年，大树得病差点死去。"

黄秋生（惊讶地）："噢？怎么回事？"

丁大娟："秋生，多亏了庄家大奶奶，否则黄家这条根保不住。大树十六岁那年突患怪病，我又拿不出钱来救儿子的命，幸亏庄家大奶奶花钱请了郎中李半仙，这才救了大树的命。为了感恩庄家，我把大树儿过继给庄家大奶奶当干儿子。从那以后，家里的吃喝拉撒，庄家一直供着呢。就拿这次大树儿讨老婆，光聘礼，大奶奶就花了五十个光洋呢。"

黄秋生："庄家大奶奶的恩情，这辈子不能忘了。日后，有机会用得上黄家，定当好好报答。"

丁大娟："秋生，你咋没白天回来？"

黄秋生："其实，天未黑时，我就到了南山，在山上故意待了好久，直到夜深人静我才敢回来。"

丁大娟："为什么呀？早回来一脚，不就赶上儿子的婚礼了嘛。"

黄秋生："我怕外人发现我带回来的东西。大树房间里的床没拆吧？"

丁大娟："没有。哎，你怎么问这个？"

黄秋生："你跟我来。"

黄秋生指了指地上两只大皮箱，"这里面都是好东西哪。"

黄秋生两手各拎一只皮箱，使劲地把皮箱拎了起来，往黄大树房间走去。

丁大娟："什么好东西？我和大树不稀罕，只要你平安回家。"

丁大娟嘴里嘀咕着，随着黄秋生进入大树房间。

黄秋生打开一只皮箱，只见里面金灿灿的一片。

丁大娟："金条？怎么长不溜尖的？"

黄秋生："这是手枪子弹，在这个乱世里，是看家护身的好东西哩。"

黄秋生从箱子里拿出一个红布包裹，打开后，左右手各持一支手枪。刹那间，威风凛凛。

黄秋生："这是德国的二十响镜面匣子枪，连军队里都稀罕着哩。"

黄秋生将手枪放入皮箱，将皮箱塞入大树的床底。接着又打开另一只皮箱，皮箱里三根大金条，黄澄澄的，另有许多光洋，几块泛黄的石块格外显眼。

丁大娟："这么大的金柱子？秋生，石头拿回来干什么？山上多着哪。"

黄秋生："大娟呵，这是顶级的新疆和田羊脂白玉，比这金条都贵。"

丁大娟："这么多宝贝藏家里不安全哪，传出去，非引来杀身之祸。"

黄秋生："大娟哎，管住嘴，就太平。"

丁大娟："要不要让大树知道？"

黄秋生："财宝先别让大树知道，这枪千万别吭声，待我抽空时传给儿子。现在出门在外，光靠武艺不行了。"

丁大娟："秋生，过几天弄两个缸，腌些咸菜，把石头扔到菜缸里压酸菜，酸水一泡，黑不溜秋的，进贼也不用担心。"

黄秋生："这个主意不错。"

丁大娟："上床息息吧。"

黄秋生点点头，两人来到正房。黄秋生躺在床上，丁大娟往黄秋生边上躺着，伸出胳膊，搂抱着自己的男人，孩子般温柔。

丁大娟："秋生，这十八年，经历了什么呀？"

黄秋生："唉，真是一言难尽。"

黄秋生坐了起来，大树娘也坐了起来，两人紧紧地挨着，黄秋生对大娟说了起来。

【3. 甘肃武威　山寨　十八年前　冬　日】

众土匪押着黄秋生和货物上山。

山寨位于一座大山之上，四周群山兀立，悬崖峭壁，翠竹青松，随处可见。凸起的山峰，如海中礁石，云海变幻无穷。

众土匪将黄秋生押解到聚事厅门外，一土匪小头儿跑入聚事厅。

小头儿："金老大，抓了只肥羊，捞了不少货物。"

金不换："人在门外？"

小头儿："人在门外，弟兄们看着呢。这家伙愿意入伙，人看上去也算老实。"

金不换身边站着两排土匪，一土匪出列，冲金不换拱拳。

土匪一："老大，这家伙会不会是其他山头派来的探子？"

另一土匪："老大，或许是官军派来的卧底。"

金不换起身哈哈大笑，在聚事厅来回走动着。

金不换："众兄弟放心，绿林中人都会些武艺，若是官军的卧底，一定会使枪，我自有办法识别，把人带进来。"

小头儿跑出聚事厅，几个土匪将黄秋生押入聚事厅内。

聚事厅内，火盆或悬挂，或架立，把聚事厅照得通亮。

金不换围着黄秋生转了一圈，上下打量。突然，金不换伸手一拳，把黄秋生打了个跟头，滚出去两三米远。

黄秋生硬生生地挨了一拳，顺势跌个跟头。

黄秋生爬起来，装着一脸无辜和狼狈样，引得众土匪一阵哄笑。

金不换忽然从身边土匪手中夺过一支长枪，向黄秋生抛去。

黄秋生假装迟钝，被步枪砸了个正中，鼻子都被砸出血。黄秋生装着一脸痛苦，捂住鼻子，众土匪哄堂大笑。

金不换笑了："你有何能？"

黄秋生："我会养马和做生意。"

金不换用手指着房梁问黄秋生："你看一下，上面挂的是何物？"

黄秋生扫了一眼："挂的是腊肉。"

众土匪又是哄堂大笑。金不换耐不住，哈哈地大笑起来。

金不换："什么腊肉？"

黄秋生："好像是猪耳朵熏的腊肉，呵，好像这耳朵没有猪耳朵大。"

众土匪更是笑得前仰后俯。

金不换："这是用山寨叛逃者的耳朵熏制的腊肉。入得伙来，若想离开，割下两只耳朵，留作纪念，自己从山后的悬崖跳下去，命大的走路，命小的归西，你可想清楚了？”

黄秋生：“以前跑马帮，辛辛苦苦到头来连温饱都没有。今日跟定首领，日后必赚得金银。”

众土匪闻听，纷纷喝彩，有人伸出大拇指。

金不换挥挥手，众土匪出得聚事厅。只见一土匪拿来一只鸡蛋，往空中一抛，只听得一声枪响，鸡蛋炸得四散飞扬。

金不换吹了吹枪口冒出的硝烟：“你还必须按山寨的规矩，头顶鸡蛋于五十米开外，接受考验。若枪响后，身子不动，脸不改色，方能入伙。不过，我也有失手之时。”

鸡蛋被放在黄秋生鸟巢般的乱发中，十分平稳。只听得“呯”的一声枪响，鸡蛋击碎，蛋清蛋黄溅了黄秋生一头一脸。

黄秋生神态安详，已进入练功状态，竟没有听到枪响。

在众土匪一片喝彩声中，黄秋生回过神来，用手一摸，涂了一脸的蛋液，粘了一手，甩都甩不掉。

金不换哈哈大笑：“都看到了吧，这人不是个胆怯怕死之人，可以造化。”

金不换：“晚上摆酒。”

【4.甘肃武威　山寨　秋　日】

金不换率几名侍卫走入马厩，见马匹膘肥体壮，脸露喜色。

黄秋生捧着草料，向马厩走来，金不换上前，满意地拍了拍黄秋生的肩膀。

金不换：“黄秋生，你上山一晃也十余年了，山上的弟兄们提到你都交口称赞。从今日起，你伴我左右，既养马，也当我的侍卫吧。”

黄秋生：“金大当家，我只会养马，不会放枪。”

金不换身边几名侍卫哈哈大笑。

金不换：“我来教你放枪，用不了半个时辰，你便可学会。山上山下活货多，由着你放枪。枪放多了，枪法自然会准。”

黄秋生（拱拳）：“谢金大当家栽培。”

金不换：“走，随我下山转转。”

众土匪牵着马出了马厩，骑马往山下而去。

【5. 甘肃武威　山下密林中　秋　日】

金不换领着一众土匪骑马穿行在密林深处，马队来到一处山崖下，众土匪下马。

一名侍卫持枪悄悄猫着腰，贴着山崖往前行。

黄秋生目光随着侍卫前行，发现几间木屋，上面覆盖着树枝。

“咔嗒”，传来一声拉枪栓的声音。

侍卫：“小三子，大当家的来了。”

从木屋内奔出两名彪形大汉，见到金不换，连连拱拳，低头哈腰。此时，屋子的另一边，传来了马的叫声。原来，这儿还有间马厩。

金不换对两名彪形大汉拱了下拳：“马匹健康吗？”

小三子：“大白马近几日拉稀，无精打采。”

金不换：“看看去。”

几人来到马厩，只见四五匹快马，圈在马厩内，大白马懒洋洋的，无精打采。

金不换：“黄秋生，有方子治吗？”

黄秋生在树林中左看右看，望望山崖，又望望密林，又抬起头望着悬崖，一脸疑惑。

金不换：“黄秋生，你在看什么？”

黄秋生：“寻草药哩。”

黄秋生突然往前走了几步，弯腰拔起几株绿色植物，植物叶子边缘有锐利的锯齿，交给小三子。

黄秋生：“把这草掺在饲料里，两天后准好。”

金不换问：“这是什么草？”

黄秋生答：“这是黄连草。”

众侍卫对黄秋生哈哈大笑，竖起了大拇指。

金不换：“咱这山寨，能人众多，兵强马壮。小三子，你的警惕性不错，也是个人才，守好这些马匹，有备无患。”

【6. 甘肃武威　山寨　半月前　夏　夜】

突然，传来激烈的枪声，只听得山寨门前杀喊声一片。枪声、爆炸声、刀声，夹杂着哭喊声。

黄秋生从床上爬起，听到外面枪声和喊杀声一浪高过一浪，声响越来越近，心里大惊，赶忙抄起一把砍刀，打开房门，只见一批又一批的官兵向山寨冲来，前面的倒下，后面又杀声一片，丝毫没有停止冲击的势头。

金不换手持驳克枪，枪枪命中前来的官兵，金不换的手下兄弟也一个又一个地倒下。金不换猛地开了几枪，转身向山崖方向隐去。

黄秋生拱着腰，悄无声息地盯着金不换。金不换跑到松树边的突起部，用手快速地扒拉了几下土，“吭”的一声，将石板掀起，麻利地拿出一堆麻绳，熟练地绕着松树打了个结，又将另一根麻绳也同样地绕着松树打了个结，随后快速跑向土堆，费力地搬出两个被油布裹绕的东西，熟练地将两个油布裹绕的东西用麻绳一拴，猛地一抽，往悬崖边吊了下去。随后，将另一根麻绳往悬崖一扔，像猴子般活络，“嗞”的一声双腿蹬着麻绳，身子往下滑去。

黄秋生赶紧跑到悬崖边往下望去，却不料被金不换看见，只见金不换一手拽着绳子，一手往腰里掏枪，“黄秋生，我给你看样东西。”话刚说完，抬手照着黄秋生就是一枪。

黄秋生一见金不换单手拽绳，就知道金不换要掏枪杀掉自己，还没等金不换开枪，挥起一刀，将绳索砍断。此时枪响，子弹擦着黄秋生头上的鸟巢飞过，还带下来几根头发。

身后，官兵已经攻占了山头，正在搜山，不时传来零星的枪声和哭喊声。

黄秋生顺势拽着另一根绳索，不要命地往下滑去。

到了悬崖底，黄秋生贴着山崖，往木屋处移动，发现木屋内毫无动静。

黄秋生跑进马厩，见还剩两匹快马，急速地解开缰绳，将马拉到悬崖边上，将两捆油布包裹的东西往大黑马上一挂，自己骑着另一匹棕色快马，消失在茫茫林海之中。

【7. 黄秋生老屋　秋　深夜】

丁大娟（一脸惊恐）：“那些土匪会来寻仇吗？”

黄秋生："按土匪们的规矩，必定会来寻仇。"

丁大娟："秋生，我们不要这些宝贝，把这些宝贝还给土匪们。我和大树就盼着你平平安安回家。"

黄秋生："放心，这事天衣无缝啊。他们只知道我是江南人，不知道我是溧水山里的人，更不知道我是生是死。土匪们也不知道绳索是我砍断的，要不是我手脚快，金不换早就送我上西天了。"

丁大娟："秋生，金不换死了？"

黄秋生："那么高摔下来能不死？即使没摔死，人也摔废了，能保住命就不错了。"

丁大娟："秋生，万一人没摔废，咋办？"

黄秋生："武威到咱江南隔着千山万水，一路上这么好打听？别多想了，也别害怕，只当这事没发生过。"

丁大娟："秋生，赶紧睡吧，马上天要亮了。"

黄秋生和丁大娟躺下，突然，黄秋生把大树娘抱在怀里。

【8. 黄秋生老屋　上午　秋　日】

"咚咚咚"，黄大树使劲地擂着门。

丁大娟慌忙从床上爬起，边穿衣服边问："哪个？"

黄大树："娘，谁来了？院子里咋有两匹马？"

丁大娟打开屋门，黄大树闯了进来，兰儿站在门外。

黄大树："娘，谁来了？喊了半天门，都把儿急死了。"

丁大娟："大树爹，大树和兰儿来看你啦。"

黄大树："什么？娘，我爹爹回来了？"

黄大树边问边向里屋跑去，兰儿站在门外，不能入公公的房间。

只听得里屋"咚"的一声，黄大树号啕大哭。

黄秋生："莫哭哎，儿子。"

里屋传来黄秋生的安慰声。

黄大树哭得伤心，兰儿在门外落泪。丁大娟赶紧回到里屋，见黄秋生也在落泪。

丁大娟："秋生，媳妇在大门外哩，都别哭了，啊。"

丁大娟劝着这爹儿俩，自己的泪水正顺着脸颊往下淌。

黄秋生起床，穿好衣服，扶起儿子，用劲地抱了抱黄大树。

黄秋生："新郎，莫哭了，待会儿还要一起去庄家谢恩去。"

黄大树站起来，抹了把眼泪，去厨房给爹爹打了盆洗脸水。

黄秋生拧了把毛巾，替黄大树擦了擦脸，然后自己抹了抹，放水里搓两下，递给丁大娟。

兰儿进得屋里，面对陌生的公公，怯怯地喊了声"公公早。"

"哎，哎。"黄秋生一脸高兴，结巴着应。

【9. 庄家村　黄家老屋　下午　秋　日】

黄秋生家门口村人众多，男女老少围聚屋内外，问候声、喧闹声、嬉笑声不断。

丁大娟和兰儿手忙脚乱地往桌子上摆放瓜子、花生、干枣、糖果，家里人来人往。

大奶奶兴奋地拉着庄世伯一路小跑地到了黄家老屋，大嘴、巧儿娘等一众人把屋子、院子挤得满满的。

乡邻们见大奶奶和庄世伯来到黄家，闪开路。

黄秋生一脸笑容，走出屋外，冲大奶奶和庄世伯拱拳。

大奶奶（笑呵呵地）："黄秋生啊，你回来就好。看看你这家，更有盼头啦。"

大嘴忽然扯开嗓门："大树，爹爹回来了，你和媳妇要跪拜哪，昨天，就缺跪拜你爹爹了。"

大奶奶笑着："快呀，还愣着不拜啊？"

大奶奶将丁大娟推到黄秋生身边，两人笑得合不拢嘴。

黄大树拉过兰儿，一起跪下，向爹娘磕了三个响头。

【10. 甘肃武威　山寨　悬崖下　冬　夜】

月光透过密密匝匝的树叶洒在乱草丛上。金不换仰面朝天躺在草丛里，如死人一般。他的腰搁在一根几乎腐朽透了的粗树干上。

金不换："后脑勺痛得厉害。"

他努力地睁开眼睛，天空闪着火光，闪动的火光几乎照亮了半个天空，耳边隐约传来一阵阵惨叫声和枪炮声。

金不换："屠山寨了。"

金不换伸出手，在身边草丛中摸索。

金不换："枪，枪去哪了？"

金不换挣扎着爬起身，努力地用手扶着身边的树。耳边传来窸窸的声响，他转过脸，见大白马在不远处，马嚼子上挂着一节扯断的缰绳。

金不换喜出望外，不由得伸手摸了摸护腰，护腰前后两块用铜扣相连。

金不换："呵呵，黄金还在。"

金不换抬头凝视着悬崖，悬崖上挂着一根长长的棕绳，金不换伸出大拇指，对着悬挂在悬崖上的棕绳，眯着眼睛，手臂由上往下判断着。

金不换："手枪应该落在那个地方。"

他摸索着向前，在不远的草丛中，金不换看见了自己的驳壳枪。

金不换捡起手枪，吹了声口哨，大白马踱步来到身边。

他费力地扶着马背，左脚跨上马蹬，翻身上马，一抖缰绳，大白马撒腿跑了起来。

【11. 甘肃武威　金不换老宅　冬　日】

金不换反背双手，在院落里呆呆地望着高高的树木，树上鸟儿欢快地跳跃。门口传来响声，金不换猛地转身，与来者打了个照面。

媒婆："哟，这不是不换大兄弟吗？我说了，这几天喜鹊老是在叫，原来是大兄弟回家啦？"

金不换疑惑地："你认识我？你是谁？"

媒婆大大方方地跨入金宅，"哟，不换兄弟，你忘了我，我可没忘了你啊。"媒婆说完，亲昵地望着金不换笑。

金不换："你？我不认得你啊。"

媒婆："哎呀，真是贵人多忘事啊，你不记得了？小时候，你还摸过我的奶子哪。"

金不换抬眼盯着媒婆，细细地看了会，摇摇头，"日，不认得，老子摸过的奶子多着呢。"

媒婆："不换兄，你娘没死的时候，常到我家铺子来打酱油呢。"

金不换突然想起，走近前，单手托起媒婆的下巴，"你就是酱油店老板的小女儿？"

媒婆开心地贴近了金不换，"想起来啦？咦，都说你去跑江湖了，怎么，发了大财回家啦？"

金不换："发什么大财呀。做些小买卖，大钱没有，小钱有几个。"

媒婆环视了一下屋子："不换兄弟，这屋子乱糟糟的，到处都是灰尘和蛛网，要不，我搬过来陪你住？"

金不换不屑地瞪了媒婆一眼，"就你那口老井？"

媒婆嬉皮笑脸地近前："不换兄弟啊，和你逗着玩哪。哎，城门口卖菜的老汉有个闺女，今年十六岁，花骨朵儿正透红呢，要不，我去给你说个媒？"

金不换看了看陈旧的屋子，"什么条件？"

媒婆："不换兄弟啊，像有这样的花骨朵儿的人家，也难开口啊。毕竟，你和她相差个当爹的年纪哪。"

金不换："屁话少说，多少钱？"

媒婆："一根黄鱼，包在我身上。"

金不换从裤兜里掏出一块大洋，递给媒婆，"那就辛苦你去跑一趟了，事情成了，我另外再打赏。"

媒婆欢天喜地地接过大洋，"放心吧，凭我这三寸不烂之舌，唉，你就等着睡新娘吧。"

媒婆说完，"呵呵呵"地出门。

【12. 甘肃武威　金不换老宅　春　黄昏】

金家老宅披红挂绿，喜气洋洋，屋内收拾得干干净净，厨房里橱子们正在忙碌着，院子的空地上桌椅板凳和宰杀好的牲口格外醒目。金不换站在门外，媒婆及一些乡邻簇拥着他。

金不换："他娘的，等了一个时辰，新娘子咋磨磨蹭蹭地还不来？"

媒婆："哟，等不急啦？不换兄弟，你出门闯江湖时间久了，此地娶媳妇的风俗你忘啦？"

金不换："啥风俗？"

媒婆："新娘子不到天黑不会进门，此地的风俗叫娶'黑媳妇'。"

金不换："那我先去屋里，你看到新娘子来了，进来叫我一声。"金不换径直走入屋内，掏出枪，塞入枕头底下，刚坐下，媒婆进门，"不换兄弟，来啦。"

金不换赶紧起身，快步走出大门，只见送亲的队伍吹吹打打，新娘子披红挂绿，骑着头高大的驴子，不久来到金家门口。

金不换大喜，快步走向新娘子。突然，远处卷起了一阵尘土，伴随着乱纷纷的马蹄声，十几匹快马疾奔而来。

金不换大惊失色，下意识地去腰间摸枪。金不换急转身，冲屋里奔去，马队来到了门前。

小三子："金老大，弟兄们给你贺喜来了。"

小三子骑在马背上狞笑着说。

金不换猛地住脚，转身哈哈大笑。

金不换："我当是哪路冤家过来了，原来是自己弟兄。"

彪形大汉："金老大，山寨的弟兄们活着的不多了。把财宝分了，各奔东西，咋样？"

彪形大汉高声嚷着，右手搭在腰间枪把上。

金不换哈哈大笑，拱拳朗声道，"弟兄们久未见面，正巧今日是大哥大喜之日。快下马，来家中喝汤吧，喝了汤一起坐席。"

小三子哈哈大笑，"弟兄们，咱大哥今日未带枪，咱们都把枪放下吧。"

众土匪将枪下垂或举枪在肩。

小三子："老大，你那饸铬面和坐席吃了一次没下次。弟兄们只愿老大将山上的财宝一起散了，众弟兄们也好寻个出路。"

小三子话音刚落，众土匪纷纷发声应和。

金不换上前几步，一一拱拳后大声说："山上的财宝，被黄秋生所劫。我当众弟兄面发誓，此生一定将财宝寻回来，散给一众弟兄。"

一土匪大声嚷道："新娘子好漂亮啊。"

众土匪见新娘子花枝招展地骑在驴子上，竟哈哈呵呵地淫笑了起来。

金不换又上前几步，"小三子，你跟着我有些年头了。今天是我大喜之日，俗话说，得饶人处且饶人。我告诉你，财宝真的被黄秋生劫了。”

“那三块玉石呢？”小三子不信，横着问。

“都被他劫了。”

“你敢对天发毒誓？”小三子仍然不信。

金不换手指天空，发出了一串毒誓，“我金不换若是骗众兄弟，天打五雷轰！”

“金老大，你敢不敢让你媳妇骑骡子进门？”马背上另一孔武的男人吼着。

金不换：“咋不敢！去给我牵匹骡子来！”

不多久，一男子牵了匹骡子过来。金不换一把将新娘子从驴子上抱下来，放到了骡子背上，引得众土匪哈哈大笑。

金不换走到小三子跟前，贴耳低声说了几句。

只见小三子一脸惊讶，慌乱地朝着金不换拱着拳，“老大，放心，那事一定会办成。”

小三子侧身冲众土匪吼道：“弟兄们，老大将秘密告诉了我，咱们别跟老大过不去。跟我走！”

小三子随后一抖马缰，领着一众土匪往山寨方向绝尘而去。

第十二集

【1. 庄家村　秋　上午　日】

坤林在客厅玩耍，阳光透过客厅窗户，洒满一地。坤林突然扯着锡儿的衣服，撒着娇。

庄坤林："亲娘，带我去外面玩。明天又要上课了。"

锡儿："姐姐，大树结婚三天了，大树爹又回来了，明天兰儿按理需要回门。我们一起去看看大树和兰儿，顺便着，妹妹也想去认一认大树的爹。"

大奶奶："世伯，明天兰儿要回娘家，锡儿和坤林下午要回县城，正好问一下大树，下午去不去县城。如果大树明天早晨不回县城的话，还得雇个马车，将锡儿和坤林送回县城。否则，坤林上学不赶趟了。"

庄世伯："我看这样吧，坤林吵着要出去玩，我们几个一起，先陪坤林玩会儿，到了村口后，带着坤林直接去大树娘那儿，给黄秋生问个好，再与大树娘商量一下，大树结婚后，是常住庄家村的话，这样就麻烦了，影响坤林上学。"

大奶奶："哎呀，我怎么没有想到，大树结婚后，这马车万一没有人赶，确实是个大问题。要不，直接让大树和兰儿住在庄家，再腾个房间出来，购置些家具，这样可以拴住大树和兰儿。"

锡儿："恐怕袁家会有想法。女婿到了门口，不进丈母娘家，兰儿也不住在娘家，让袁家不开心的。"

庄世伯："锡儿讲得在理，换了谁家都不乐意。"

大奶奶："放心吧，只要我们把大树和兰儿的房间安置好，大树住在庄家，我是大树的干娘，就如同住自己家里一样。兰儿随她高兴，两边都可以住。你们想想，袁家四个奶奶加竹儿、菊儿六个女人，冷不丁住进个大树，家里会十分不习惯。至少，除袁大奶奶外，其他几个都不会帮着袁大奶奶讲话的。"

锡儿："凡事经姐姐的头脑一进一出，再难的麻烦事呀也简单了。回县城后，立马让我娘去县城家具店，挑些中意的家具回来。"

大奶奶："这事情，还要看兰儿的态度。兰儿同意，基本上就顺畅。"

庄世伯将坤林抱起，几人向家门外走去。

一出大门，坤林在庄世伯怀里挣扎着。

坤林："爹爹，我要下来自己走。"

庄世伯将坤林放下，坤林沿下山的石阶一步一蹦，大奶奶在后面看得心惊。

大奶奶："妹妹，快拉住坤林，一不留神，滚到山脚下去，伤了坤林。"

锡儿赶紧拽住坤林。

锡儿："儿子，你再淘气，亲娘不陪你玩了，我回屋去了。"

锡儿转身故作返回的姿态，手仍然紧紧地拽着坤林。

庄坤林："亲娘，我不了，我这样走。"

坤林拉着母亲的手，侧身一步一步地下着台阶。

锡儿："这就对了。"

【2. 庄家村　宗庙前　秋　上午　日】

几人来到宗庙前，古老的银杏树吸引了坤林的眼光。坤林站在银杏树旁，踮着脚，双手伸向空中，往上跳着。

庄坤林："娘，我什么时候能长得比这树高啊？"

大奶奶："儿子，你今后呀，会越长越高，超过你爹爹哩。但是，人呀，是不会长这么高的。"

庄坤林："骗人！我就要长长长，长得比银杏树还要高！"

庄坤林："这后面的房子干什么用的呀？"

锡儿："这里面呀，都是庄家的人，有老祖宗，在宗谱上，把你也写进去啦。”

庄坤林（嘟着嘴）：“就跟学校差不多。”

锡儿拉着庄坤林的手，几个人继续往前游玩。不远处池塘里长着大片的红菱。

庄坤林：“娘，我要吃菱角。”

大奶奶开心地走向池塘边，摘了几颗红菱，向坤林笑嘻嘻地走来。

锡儿：“姐姐，稍慢些。”

锡儿蹲下身子，亲热地看着儿子的脸：“真想吃？”

庄坤林：“嗯。”

锡儿：“那你把亲娘教你的那段‘采红菱’背诵给爹爹和娘听。背了，亲娘也去采些给你吃。”

坤林假装站好，头昂起，趁大奶奶不备，一把抢过大奶奶手中的红菱，调皮地笑着往前跑。

【3. 黄秋生老屋　上午　秋　日】

丁大娟和黄秋生此时正在老屋客厅坐着，丁大娟一脸愁容。

丁大娟：“秋生，依照本地的风俗，兰儿明天该回娘家门了，带些什么礼品让兰儿回门呢？总不能像我当年嫁给你时候那样，捉个鸡，提只鸭，脸上也有脸面了。这亲家是大户，兰儿爹又是个大学问人，你看怎么办才好？”

黄秋生：“大娟，家里有没有像样点的盒子？”

丁大娟：“有个竹笼子，还是以前你去木果河摸鱼用的。”

黄秋生（笑着）：“那个东西，只能装鱼虾，哪能放什么礼品啊？”

丁大娟：“送什么礼品？你有打算了？”

黄秋生：“这袁家，那么大个人家，袁通又是个学问人，俗套的东西也看不上眼。兰儿娘又是开状元楼餐馆的，见过世面，送些个吃吃喝喝的东西，你前脚走后脚就送人了。他们家肯把兰儿嫁给大树，庄家大奶奶，也没少花钱。看来，只有这样办了。”

丁大娟：“怎么办？秋生，你说话痛快点，好吗？”

黄秋生：“你找块油布或者油纸，稍微大些，再找个竹篓。另外，弄些个花生、红枣，再扯块大红布来。”

丁大娟："这些个东西，家里都有，哎，大树爹，你玩什么把戏哩？"

黄秋生："把戏大着哩，你去把院门关上，我变给你看。"

【4. 黄秋生老屋　上午　秋　日】

丁大娟来到门外，四下张望了一下，把院门拴上。待回到客厅，见桌子上放块石头，粗里粗糙的。

丁大娟："送这？"

黄秋生："嗯。这一块石头，是最小的，但也有十来斤重。袁家没嫌弃黄家，我们哩，也不小气。"

丁大娟："秋生，你得考虑好了，万一袁家不识货怎么办？依袁大奶奶的脾气，说不准，搬起石头往茅屎坑里一扔。"

黄秋生："这就怪不得黄家了。"

丁大娟赶紧拿来油纸和竹篓，黄秋生麻利地将石块包了个严实，放在竹篓里，丁大娟将红枣、花生放满竹篓，黄秋生将竹篓摆放在桌子底下。

丁大娟："秋生，还是送些钱吧？万一要问起石头的来历，怎么回答？"

黄秋生："我已经考虑过了，就说这块石头是我跑马帮用货换来的。我外出十八年了，发些小财，也没人怀疑。如果送钱，反倒影响大。"

丁大娟："哎。"

院门外传来了敲门声。

丁大娟："哪个？"

大奶奶："我。"

丁大娟："秋生，庄家大奶奶来了。"

丁大娟赶紧跑出去把院门打开。

大奶奶等人笑嘻嘻地进了屋。

大奶奶："秋生啊，你回来了，这个家就不一样了。你看大树娘，脸上明显有精神了。"

黄秋生："要是没有庄家，没有大奶奶对我黄家的照顾，就没有现在的光景了。"

庄世伯："大树是我们的干儿子，都是一家人，不讲两家话哩。"

大奶奶："噢，秋生，这是庄家二奶奶，锡儿。"

黄秋生（拱拳）:“二奶奶好。”

庄世伯 :“秋生，走江湖长了，现在回家了，不需要这个礼节了。”

大奶奶 :“黄秋生哪，我问你，这十八年，怎么过来的？”

黄秋生（笑着）:“当年为了保护大树，我假意入了土匪的伙，在山上给他们养马，就是土匪看得紧，跑不出来，苦跟罪嘛，也没有多少。就是心里想家，遭罪。”

大奶奶 :“真是父爱如山哪。”

坤林开心地在房里跑来跑去。

大奶奶 :“锡儿争气得很，给庄家留了个根，是庄家的大功臣哩。”

大奶奶 :“大娟，今天来跟你们商量个事情，大树婚后，我想在县城庄家再腾间房，添些家具，让大树跟兰儿两个地方住住。袁家女人们多，大树去了县城，女婿住在这么个地方，也不方便。”

丁大娟 :“这个事情回避不了。大热天的，大树要住在袁家，也确实不方便哩。”

丁大娟 :“就是要看兰儿怎么讲了？”

大奶奶 :“哎呀，门对门的，兰儿高兴住哪边，都一样。”

【5. 黄秋生老屋　上午　秋　日】

兰儿和大树入得门来，

黄大树 :“干娘、干爹，你们都来啦。兰儿在隔壁看到坤林在院子里玩耍，就知道你们来了。”

大奶奶 :“这说曹操，曹操就到了。”

锡儿 :“兰儿，按规矩，今天你该回娘家了？”

黄大树 :“正是，这不过来听听娘和爹爹的意见哪。”

大奶奶 :“兰儿，你和大树，今后就住在县城庄家。回庄家村了，住自己的新屋。我让玉如给你们腾间房，添置些家具，你看行吗？”

兰儿 :“就是麻烦大奶奶了。”

大奶奶 :“咦，兰儿呀，你嫁入黄家，就是黄家的人了。我是大树的干娘，今后呀，别把庄家大奶奶、庄家二奶奶挂在嘴上，直接呀，叫干娘。”

锡儿 :“是呀，兰儿，直接叫干娘，多好啊。”

兰儿甜甜地应了一声，对大奶奶和二奶奶叫了声“干娘”。众人被兰儿的纯真可爱感染，都笑了起来。

大奶奶：“什么时候回娘家啊？”

兰儿：“大树说，坤林明天要上学，不能误，傍晚前回县城。”

大奶奶：“这样好，一举两得。干娘正担心，二奶奶和坤林晚饭前怎么回去呢？”

大奶奶：“世伯，妹妹，我们也回家吧，留些空闲，让秋生父子唠唠吧。”

黄家人送大奶奶出院门。

大奶奶（转身）：“大树，明天你要穿戴得精精神神，让兰儿爹娘觉得这个姑爷没有选错。”

【6. 黄秋生老屋　上午　秋　日】

黄大树：“爹，娘，兰儿下午回娘家，礼节上有什么说法？”

丁大娟：“这儿啊，新娘子结婚三天后回娘家门，礼节上无非带上些礼品之类的。娘回你外婆家时，就是你爹爹捉了个鸡，提了个鸭，弄两个布袋一装，你娘往肩上一搭，这么回去的。”

黄秋生（呵呵地笑着）：“那时候，家家穷，多少人家揭不开锅啊。爹爹在外拼了个把月才赚了些钱，买了鸡鸭后，个把月都白做了。”

大树娘（娇嗔地）：“好了，好了，亏你还说得出嘴。”

丁大娟：“兰儿啊，我和你公公给你准备了礼物，就放在桌子底下，你回了娘家，不要马上翻出来看，直接拎到你的房里去，记住了。”

兰儿和大树往桌子底下看了看，见只有一箩花生、红枣，大树脸上立马不高兴起来了。

黄大树：“娘，就这些？”

黄秋生：“够了。”

黄大树：“兰儿，你把竹箩拎出来。”

兰儿快快地弯下腰：“好沉哩，这底下有重物。”

大树（笑了）：“我说哪，爹爹回来了，肯定底下放了钱财，爹爹，多少啊？”

黄秋生：“一块大石头，这是爹爹在外闯荡十八年，才换回来的。”

黄大树："什么石头？"

黄秋生："兰儿呀，回去后，你娘若嫌弃，你悄悄告诉你娘，这块石头，换了钱，最少可以买你们家的宅子。"

兰儿惊讶地望了望黄大树，又瞥了一眼黄秋生。

兰儿："什么石头，这么金贵？莫非是田黄？"

黄大树："爹爹，这是块什么石头，这么金贵？"

黄秋生："这块石头，产自新疆和田地区，是难得的稀世珍宝。这是从昆仑山脉山岩石中，经激流千百年的冲刷被寻玉者发现的，比同样重量的黄金都值钱。"

兰儿："谢谢公公，给兰儿这么大的脸面。"

丁大娟："大树能娶到你，是黄家八辈子祖宗修来的福分。钱财呀，都是身外之物。娘呀，就盼着你早日给黄家生个大孙子，传宗接代哩。"

【7. 黄秋生老屋　黄昏　秋　日】

黄秋生贴着丁大娟的耳朵悄悄地说了几句话，丁大娟不住地点着头。

黄秋生走进大树房间，打开皮箱，将金条和剩下的两块玉石取出，丁大娟用油纸和细麻绳将金条密密匝匝地捆了个结实。

黄秋生捧着石头，丁大娟拿着油纸包，向院中马厩走去。

黄秋生把石头放在马厩地上，双手用力将马槽一端抬起搁在地上，然后将石头垛搬下几块石头，将玉石替换上去，再将马槽搁在石垛上。

黄秋生用手晃了晃石槽，石槽纹丝不动，这才拍拍手上的灰土，脸上露出满意的微笑。

黄秋生接过丁大娟手中的油纸包，往后院走去，弯腰将油纸包沉入埋在地下的污物缸内。（大粪坑是江南农村常见的那种，用巨大的瓦缸埋入土里，缸口正好露出地面。农村人家倒马桶，将污物直接倒入缸内，缸渐满时，污物盛出来，用来肥地。）

丁大娟打了一盆水，两人在厢房沾着肥皂搓洗着手。

丁大娟抬头，只见黄秋生边洗边望着自己，嘴角流露出一丝满意的笑容。

丁大娟忍不住笑了起来，甩了甩手上的水，撩起围裙边擦了擦。

丁大娟："亏你想出这么个主意，真是个属猴子的。今后，家里就是万一进了贼，鬼也想不到，会跑那地方去偷东西。”

黄秋生 :“院子里有围墙，待在家里透过窗户，别说来个毛贼，就是晚上来只野猪，都看得一清二楚的。”

【8. 山路　黄昏　秋　日】

黄大树驾着马车，行驶在回县城的山路上。

锡儿搂着坤林坐在后座，兰儿坐在马车的前排，双手时不时扶着装满大枣的竹箩。

锡儿 :“兰儿，回娘家就装了一箩枣儿？”

兰儿 :“二奶奶，有一箩枣儿够了，不就回个门嘛。”

锡儿 :“大树，咋不弄些个腊肉，捉几只鸡？”

黄大树 :“二奶奶，兰儿说得对，回门不就是还个礼嘛。我娘说山里的大枣甜，旺松一定喜欢吃。”

锡儿 :“这倒也是，反正是一家人了。袁家也不在乎那些鸡鸭腊肉什么的。”

【9. 县城　袁宅　黄昏　秋　日】

竹儿、菊儿守候在袁家大门口，左顾右盼，见黄大树驾着马车过来，竹儿欢快地冲着屋里喊 :“兰儿姐姐回来了。”

兰儿从马车上下来，调皮地对菊儿眨了个眼，笑着跨入门内。

兰儿 :“爹爹，娘，让你们久等了吧？”

袁通和袁家太太们闻声迎到门外。

袁大奶奶 :“快进屋吧，厨子把晚饭都烧好，大家都盼着你们回来呢。”

袁大奶奶 :“姑爷，快进屋吧。”

黄大树腼腆地朝袁大奶奶点了点头。

锡儿下车，和袁大奶奶打了个招呼 :“这丈母娘看女婿啊，真是越看越欢喜哩。”

袁大奶奶呵呵笑着。

袁大奶奶 :“姑爷，快进屋吧。”

锡儿 :“大树，今晚你和兰儿，两边都可以住啊。”

黄大树："哎。"

黄大树弯腰提起竹箩往袁家大院内走去。

【10. 县城　庄宅　黄昏　秋　日】

坤林脚一沾地，欢快地跑入自家院子。

庄坤林："外婆，我回来了。"

锡儿边进门边喊："坤林，跑慢点，别摔着。"

陶玉如从屋里跑出来，一把抱起坤林，嘴里念叨："哎哟，外婆的乖宝宝，一去这么些日子，外婆天天挂念呢。"

【11. 县城　袁宅　黄昏　秋　日】

袁通的几个奶奶早就在客厅候着，见兰儿和大树进来，一个个热情洋溢地打着招呼，个个穿着整齐。

小桃红："兰儿，全家人等你们一个下午了。"

黄大树（腼腆地）："爹，娘，今儿家中有些事情，晚来一些时辰，让你们等久了。"

大树将竹箩放在客厅的角落。佣人将茶端给黄大树，黄大树一口喝干，将茶杯放在茶几上。

兰儿："大树，这些个花生、大枣，家里都有，竹箩放这儿，碍手碍脚的，先提到我房间里去吧。"

黄大树拎起竹箩，忙不迭地随着兰儿上了楼。

二奶奶"扑哧"一声笑了出来。

二奶奶："竹儿娘，瞧兰儿多懂事啊，这一竹箩的花生红枣，摆在客厅，太显眼了。"

三奶奶（笑了）："不管怎样，这也是乡下人的一点心意。乡下人哪，心眼都踏实。"

小桃红："旺松喜欢吃红枣和花生哪。"

旺松："娘，我现在就要吃大红枣。"

兰儿将花生、红枣装了一果盆，端下楼来。

兰儿："宝贝弟弟，姐姐剥了枣子喂你吃。"

兰儿剥了粒枣子，取出枣核，塞入旺松的嘴里。

袁大奶奶眼睛瞪着兰儿，一脸的尴尬。

袁通："开饭吧。"

众人坐下，边吃边说笑。也没人夹菜给黄大树。

黄大树埋头扒拉完米饭，满头大汗。

黄大树："爹，我吃完了，屋里闷，我去院子里透会儿气。"

袁通笑着应允了一声。兰儿放下筷子起身随大树去了院子。

兰儿："大树，你先去对门吧，明天还要早起送坤林上学，晚上我过来陪你？"

黄大树："多陪你娘说说话，别操心我。"

兰儿点点头，笑着目送黄大树步入庄家大宅。

【12. 县城　袁宅　夜　秋】

袁大奶奶卧房。

袁大奶奶："兰儿爹，二奶奶讲的那些话，都尖薄呀。不就是瞧不起大树是个乡下人？家底子薄，挖苦讽刺几句嘛。"

袁通："大奶奶，你心放宽些，二奶奶这话是说得不对。"

袁大奶奶："碍着大树在场，否则，我耳朵又没聋，非要与二奶奶怼一下。"

袁通："气量大些，别与她一般计较。"

袁大奶奶："袁老爷子，细想二奶奶挖苦得在理。兰儿回娘家，你黄家就算穷，这鸡呀鸭呀也得顺些吧？哪怕提个猪腿，弄几块腊肉，也比这山货好看些。这大树娘平时看着还顺眼，现在看来，既不懂礼数又不明事理。"

袁通："大树的爹爹上山当了胡子，这么些年过去了，也没个音讯。丁大娟这么些年也不容易，一个女人家，目不识丁，十几年如一日，把个家维持得还算行。"

袁大奶奶："那还不是多亏了庄家的帮衬，庄大奶奶这十几年没少在黄家花钱。兰儿爹，你跟我一起去兰儿房间，我们和兰儿唠几句贴心话。女儿嫁了人，就是别人家的人了。别让兰儿觉得她是泼出去的水。现在不热情些，日后恐怕兰儿心里会与咱们生疏哩。"

【13. 县城　袁宅　夜　秋】

夜深了，袁家其他人已经入睡。

袁通和兰儿娘推开兰儿房间，兰儿已洗梳完毕，一头湿漉漉的头发，正用毛巾拧着头发上的水，身上，洋溢着玫瑰香皂的气息。

兰儿床边柜子上摆着一堆东西，上面覆盖着兰儿平时不穿的旧衣服。

袁大奶奶："兰儿，柜上放的什么金贵的东西哪？"

兰儿转过身，轻手轻脚地把房门关上。

兰儿："娘，怎么啦？女儿又没招谁惹谁啊？"

袁大奶奶："丢人丢大了！兰儿回娘家，按风俗来讲，黄家再寒碜，不至于弄个破竹箩，装上些不值钱的花生、大枣。袁老爷子，今晚二奶奶、三奶奶嘲笑兰儿的话，你不会没听出来吧？"

袁通："兰儿，别听你娘埋汰，花生大枣也是黄家的心意嘛。你娘平时总说，礼小情意深，真到了她自己身上，又受不了了。"

兰儿："娘，大树的爹爹，在结婚当天深夜回来了。"

"什么？"袁通和兰儿娘大吃一惊。

袁大奶奶："是不是讨饭回来的？"

袁通："你别这么门缝里看人，让兰儿说明白了。"

兰儿："爹爹，那天早上，我和大树起得稍晚了些，尽管太阳老高了，还没见大树娘过来。大树有些担心，拉着我到了老屋，隔着院子大门，透过门缝，就看见了怪怪的事情。"

袁大奶奶："什么事情？你个丫头，有话直说嘛。"

兰儿："院子中央的枣树下，拴着两匹快马，一匹黑马，一匹棕栗色马，这不明显有两个男人在屋里嘛？"

袁大奶奶："两个男人？"

兰儿："大树急了，使劲擂门，捶了一会儿门，大树娘才急匆匆地开门，见大树，便说他爹爹回来了，大树一听爹爹回来了，就往里屋冲了进去。"

袁大奶奶："后来呢？"

兰儿："公公正在屋里睡觉呢，我站在屋外，不能进去，只听见'扑通'一声，大树应该跪下了，然后听见父子两人的哭声，屋子里就大树爹一个男人。"

袁通若有所思，捋起了山羊胡须。

袁大奶奶："这么说，一个人骑着两匹快马回来的？"

袁通快步走到兰儿床前，掀开柜子上衣服，大吃一惊，连忙盖上衣服。

袁大奶奶："怎么啦，兰儿爹，中了什么邪啦？"

袁通："去，把你屋里的手电筒拿来。"

袁大奶奶赶紧出门，不多会拿了手电筒进来。

袁通接过手电筒，掀开衣服，对着石块照着，粗糙的石头里，竟神奇地出现凝脂一样细腻透明的白色。

袁通坐到椅子上，捋着胡须，不言不语。

兰儿："公公告诉我，这是最好的新疆和田玉籽料，能顶我家的宅子钱哩。"

袁大奶奶："啊？兰儿爹，真的吗？"

袁通："真的。这块宝石，就连赵县长家里，都拿不出这上面的一个角，价值连城啊。"

袁大奶奶："真是宝贝？"

袁通："这块石头，放在家里太不安全了，必须尽快消化掉。"

袁大奶奶："怎么消化？"

袁通："我呀，在苏州有几个文人朋友，他们和苏州老字号的玉器铺私交甚好。我琢磨着，把这块宝石割十个手镯，四个奶奶和四个女儿一人一个，另外，给旺松留一对，日后管用。"

袁大奶奶："这不行！黄家是给兰儿的礼物，怎么反而我和兰儿少了呢？"

袁通："这块宝石，我估摸着，最少可以割十五个手镯，多下来的玉石和掏手镯中间留下的玉片，也是价值不菲，那些，都给你留着呢。"

袁大奶奶："这还差不多，你说，我跟了你几十年，大大气气的，什么时候小家子过？就拿纳妾来说，我也没有反对过。"

兰儿："爹爹、娘，我公公一个人骑了两匹快马，另一匹快马，莫不是驮着几大箱宝贝哪？"

袁大奶奶（惊讶地）："哎呀呀！"

袁通："按情理推敲，不排除有这种可能，毕竟大树爹爹在外闯荡近二十年，能够骑着两匹快马回来，非一般人物。"

兰儿娘："兰儿爹，看来，兰儿选择大树，是对的。我们家兰儿呀，天生就是富贵命。"说完，呵呵地笑了起来。

兰儿（用手指对着嘴）"嘘——"

袁通："这事，不能走漏任何消息，更不能说与赵县长及家人知道，走漏了消息，背不住，会给黄家和咱们袁家带来风险哪。"

袁通（抱起石头）："回房去吧。"

袁大奶奶："大树这人啊，娘现在真的是越看越喜欢了。"

【14. 袁宅　书房　秋　日】

袁通坐在书桌前，桌上放着一封刚写好的信。

袁大奶奶："袁老爷子，给谁写信啊？"

袁通："苏州的赵画家，离中秋不远了，我带你和四奶奶去苏州小住几日。"

袁大奶奶："是为那块石头的事去苏州吗？"

袁通："正是。我与赵画家已五六年未见，虽平时书信来往，心里还怪念着他。趁这个空档，去看一下他。"

袁大奶奶："兰儿去吗？"

袁通："当然。车马劳累，要马车夫拎包哪。兰儿不去，谁给拎包？"

袁大奶奶："眼看着离中秋越来越近了，总不能空手去见赵画家吧？"

袁通："当然不能。"

袁大奶奶："咱这县城也没啥好吃的东西，要不买些洪蓝的御带糕？"

袁通："苏州什么样的糕点没有？这御带糕入口即化，虽说好吃，对赵画家来说却不稀罕。再说了，御带糕沉甸甸的，可重着哩。"

袁大奶奶："不是有马车夫吗？让他拎包，我下午就去多买些。"

袁通："你真把他当马车夫使唤啊？那块石头那么沉，轻担怕路远哪。"

袁大奶奶："总不能空手去吧？这脸面搁哪里？"

袁通："赵画家什么都不稀罕，就稀罕我的画。"

袁大奶奶："送哪幅画给赵画家？"

袁通："就送我前些日子画的《大河奔腾图》吧。"

袁大奶奶："老爷子，四奶奶也去苏州，二奶奶、三奶奶一定会有想法，这一碗水端不平哪。”

袁通思索了一会，“待玉石掏了镯子，又少不了她们的。就算她们要在我面前嘀咕，我也有话说啊。”

袁大奶奶：“你怎么说？”

袁通：“我和她们取笑，我们车马劳累，你们待在家里享清福，她们还好意思开口？”

袁大奶奶：“这倒也是。反正我不掺和进去，她们要埋汰由着她们，这么多年了，埋汰的话我听的耳朵里都长茧了。”

【15. 甘肃　武威　山寨　夜　秋】

小三子领着一群土匪快马加鞭往山寨赶去。

快马奔驰在大道上。

快马慢行在崎岖的山路上。

山寨的废墟映入眼帘。

众土匪策马缓缓地靠近废墟。凝视着曾经的山寨，颇为伤感。

小三子跃下马背，众土匪纷纷翻身下马。

一土匪：“头，我们来山寨干啥？”

小三子不理会，围着废墟踱着步。

小三子：“都愣着干啥，去山寨到处转转，寻几把挖土的家伙来。把火把点起来。”

许多土匪向各处走去。

【16. 甘肃　武威　山寨　夜　秋】

废墟周围，火把熊熊。

小三子接过一土匪手中的火把，往废墟内走去，众土匪尾随。

小三子用脚在一空地上画了个大圈，朗声道：“弟兄们，金老大告诉我，在这山寨里藏着兄弟们辛辛苦苦攒下来的家当。金老大让咱弟兄们起了它，咱现在就挖。”

四五名土匪拿着挖土工具，兴奋地挖了起来。

一土匪递给小三子一袋烟，小三子点燃后往石头上一坐，大口吸了起来。

突然，一土匪惊叫："有了！"

小三子兴奋地和众土匪上前，土坑里一个大铁箱显露出来。

小三子："抬上来！"

几个土匪跳下坑，使劲地将大铁箱挪出了坑。

一土匪迫不及待地挥起铁镐，将挂锁砸开，另一土匪将箱盖打开，众人发出了欣喜的叫声。（铁箱内堆满了白花花的大洋，在火把的照耀下格外醒目）

小三子上前抓起两块大洋，敲击了一下，传来清脆的金属碰撞声。

小三子激动地把手一挥，"弟兄们，咱们错怪了金老大。他并没有私吞山寨的财宝，那些玉石和黄金确实是被黄秋生抢去了。"

一土匪义愤填膺地大声喊："头儿，咱们这就去江南，寻了黄秋生，夺了财宝，灭了黄家。"

众土匪纷纷应和，群情激昂。

小三子："弟兄们，这仇一定要报，金大哥关照我，将这些钱财分给众弟兄。眼下风声紧，官军势力强大，咱弄不赢官军。金老大让弟兄们拿了钱财回去，躲藏一段时间，趁着这段空档，找个婆娘把根扎下去。这样行不行？"

众土匪："行！"

土匪们各自取出钱袋，小三子弯腰一捧一捧地将银元分发给众土匪。

众土匪个个喜笑颜开。

"呯！"突然一声枪响，传来一声孔武的声音："都别动！谁动打死谁！"

黑暗里闪出来十几个身影，端着枪将小三子一伙儿团团围住。

第十三集

【1. 甘肃　武威　山寨　夜　秋】

“呯！”突然一声枪响，传来一声孔武的声音：“都别动！谁动打死谁！”

众土匪一惊，纷纷举枪，互相对峙。

小三子起身，顺手掏枪。领头的土匪迅速上前，用枪直抵小三子胸膛，“小三子，别动！动，我真开枪。”

小三子：“彪子，原来是你？怎么啦？金老大不在，翅膀毛硬了，想立山头？”

彪子：“小三子，我知道你是金老大的心腹，山上的财宝，我这些弟兄们就没份了？”

小三子哈哈大笑，“咋没份？这些钱都属于山上的弟兄们，别说你在山上混了那么些年，就是咱打夜财，见者也分一份哪。”

彪子：“痛快！我就知道山寨埋着宝藏，我和弟兄们在这守了好几日了。”

小三子：“你咋知道山寨埋着宝藏？”

彪子：“咱山寨那么些年，打了那么多浮财，从来没给弟兄们分过。那天官军来得突然，我料定财宝就在山上，我和这些打散的弟兄们也是这么认为的。这些钱怎么分？”

小三子：“所有的弟兄均分，如何？”

彪子回首望了一眼手下的兄弟，见手下兄弟纷纷点着头。

彪子：“小三子，咱俩也是十几年的兄弟，你给我说句实话，山上的其他财宝去了哪里？”

小三子："山上的规矩你懂，不该问的是你问的吗？"

彪子："规矩我懂，可是他妈的，老子和弟兄们不想干这行当了，山上的规矩对我们没用了。"

土匪中有人大声应和。

小三子："实话告诉你，其他财宝被黄秋生给打劫了。"

彪子："你咋知道的？"

小三子："我和你一样，以为咱金老大独吞了那些财宝。我领着弟兄们好不容易寻访到了金老大，老大亲口说的，是不是这回事？"

小三子朝手下兄弟问着，众土匪纷纷应和。

彪子："金大哥现在在哪里？"

小三子："你都不想在山上干了，金大哥在哪里不会告诉你。"

彪子："那个黄秋生，鬼得很，那么些年，山上的弟兄还真把他当成跑马帮的人了。谁知他居然是个江湖人物。"

小三子："彪子，那晚官军攻打山寨，我去瞭望，一会儿功夫咋不见你的踪影？"

彪子："我还正想问你哪，一个转身不见了你的人，我以为你跑了，我也不傻，我骑上马还不忘把金大哥的坐骑给带走。"

小三子："那大白马呢？"

彪子："我在林子里出恭的时候，大白马挣断了马橛子，跑了。"

小三子："咱俩一起来，给众兄弟分钱。"

彪子收了枪，和小三子一起用手从铁箱子捧出银元，挨个分给各自的兄弟。

分钱完毕，铁箱子里还剩了些钱。

彪子："小三子，剩下的我俩一人一半？"

小三子："我俩一人一大捧，余下的留给金老大。"

小三子和彪子一人捧了一大捧，装入了钱袋。

小三子："还有空钱袋吗？"

一土匪取下空钱袋扔给小三子。

小三子打开袋口，"彪子，往里灌。"

彪子将钱全部灌入袋中。

小三子扎进了袋口，双手捧着钱袋掂了掂。

彪子："谁给金老大送去？"

小三子："先搁我这，待安定下来，我给金老大送去。"

彪子："小三子，各位弟兄珍重，我们就此告辞了。"

小三子："彪子，等一下。"

小三子往前走了几步，"兄弟们，有谁去江南谋生的吗？"

一土匪往前走了几步，拱拳，"我去江南谋生，去投靠我大姐。"

小三子："金老大最大的心愿就是要打听到黄秋生的下落，你若是打探到黄秋生的下落，金老大和我少不了重赏你。"

一土匪："大哥放心，我若打探到黄秋生下落，一定来寻访告诉你们。"

【2. 苏州　太监弄　老字号饭店　中秋　日】

赵画家（苏州话）："袁大奶奶，在苏州，这家的苏帮菜做得最好，您待会儿尝尝，响油鳝糊、蟹粉豆腐、清炒虾仁、红烧肉、枣泥糕、松鼠鳜鱼、葱油拌面、油爆虾，只只菜品口味不同。"

袁大奶奶："我那状元楼的菜品和这家饭店的菜品相比，寒碜多了。"

袁通："赵兄，苏州的玉雕制作工坊都在哪些地方？"

赵画家（苏州话）："苏州的玉雕制作工坊和商铺，大都集中在专诸巷、天库前、周王弄、玉抠密弄、石塔巷、回龙阁一带，几乎比户可闻沙沙的琢玉声。约有两百多家琢玉工场，工匠近千人。"

袁通用筷子夹了块红烧肉放入嘴中："这些工场中，哪家的制作水平高些？"

赵画家（苏州话）："我的好友，陆老板，名气响亮。陆老板的师爷是陆子冈的关门徒弟。在这个圈子里，无人可与陆老板一比高下。"

袁大奶奶："陆子冈是谁啊？"

袁通："陆子冈是明代苏州最有名气的玉雕艺人，发展了刀刻法以及'连环会'制作工艺，创造了各种阴阳浮雕于一体的玉雕工艺制品，得到朝廷的赏识。赵兄，陆师傅有这样的祖师爷，其手艺一流，也不见怪。"

袁通连忙起身，恭敬地向好友敬酒。

【3. 苏州　玉器店　上午　秋　日】

赵画家与袁通一行人伫立在玉器店门前。

一块大红木匾牌雕刻着“陆子冈传人”五个大字，字体用金粉描绘。

赵画家领着袁通入得店内，红木展柜内放着几十件大小不同，做工精致的玉制品，有观音坐像、山水虫鸟，个个看得人眼花缭乱。展柜后面，红木制成的大立柜上，摆着一二十件中大型玉雕制品，有龙有凤，有大白菜，底座均用紫檀木制作，淳厚古朴。琳琅满目的展品，让袁通一家人啧啧称赞。

众人望着柜子里的展品惊讶不已。

柜子里展品的标价少则几十光洋，多则几百上千光洋。

黄大树（悄悄地）：“兰儿，今天要出洋相了。”

兰儿（轻声地）：“都怪你，你爹爹这个牛皮吹大了。”

黄大树：“兰儿，我爹爹没把握的话，不会吹这么大的牛啊？”

兰儿：“是真是假，一会儿见分晓。反正进了这店，死猪也不怕开水烫了。”

店内一位二十七八的少妇，面带微笑，款款迎向众人。

少妇（北京方言）：“各位贵客，欢迎光临，有什么需要吗？”

赵画家（苏州话）：“陆老板在吗？我是他的朋友。”

少妇（苏州话）：“在呢，您稍等一下，我去工场告诉一下。”

袁通仔细地观察着展柜内的玉制品，边看边点头称奇。

陆老板从工场来到门店，见赵画家，连忙招呼：“哎哟，苏州城有名的赵画家光临，快，进后面喝杯功夫茶吧。”

陆老板戴着副老花镜，身上还系着条围裙，上面沾了许多石粉屑。手上，布满了老茧和刻刀留下的伤痕。

赵画家指了指袁通：“陆老板，这就是我与你说起的袁枚的后人，袁通先生。”

“幸会！幸会！”陆老板满脸笑容，将袁通一行人，领到了后面的茶房。

陆老板给袁通和赵画家各倒了一杯功夫茶，然后冲着袁大奶奶等笑了笑，似乎传达着歉意。

陆老板：“货带来了？给我看看。”

黄大树闻听陆老板要看货，连忙把玉石取出，小心地放在茶案上。

陆老板戴着老花镜看了几眼，摘下眼镜，双手用力捧起玉石。

陆老板："这块石头感觉比一般石头沉重。"

陆老板拿出个小铜锤，对着玉石轻轻地敲了几下，玉石在小铜锤轻轻地敲击下，声音清脆洪亮。

陆老板："这块石头，十有八九是块顶级的玉。但需工场切割一小块，才能知道品相。袁先生是否舍得？"

袁通："听陆先生安排。"

陆老板站起身，一脸严肃，捧起玉石，示意袁通和赵画家一起，向工场走去。

【4. 苏州　玉器工坊　上午　秋　日】

一阵刺耳的"喀喀"声和水的流淌声。

陆老板、袁通、赵画家围在切割工人身旁。机器声停止，陆老板掀开铁盒子，一声惊叫（苏州话）："绝品玉石，真正的和田玉极品！"

陆老板（苏州话）："你们看，质地细腻，白如凝脂，结构紧密，颜色正，白中不带闪青，哎呀呀，这样的玉石，三五年没见过了。"

陆老板将玉石片拿在手上，连连赞叹，袁通喜形于色。

袁通："陆先生，这能取多少付玉镯？"

陆老板（一脸惊愕）："什么？做玉镯？太可惜了。这么大的料，做个大摆件绰绰有余，做手镯，大材小用了。"

袁通："陆先生，家中女儿多，又适逢婚嫁年龄，还是做些手镯，给女儿们当做嫁妆。"

陆老板（苏州话）："我来估算一下，大概可以做多少手镯。"

陆老板拿来墨笔和尺子，在原石表面画了起来。

陆老板（苏州话）："恭喜袁先生，大概可以掏出十六只手镯。"

袁通："就掏十只手镯，剩下的玉石，今后有兴趣了，雕个小的摆件。"

陆老板（苏州话）："决定了？"

袁通："定了。"

陆老板将玉石递给工人，说了声："开锯。"

袁通和陆老板、赵画家守在机器边，不到半个时辰，切割完成。

陆老板打开盖子，取出一片玉石，连连惊呼："片片都是羊脂玉啊。"

袁通接过玉石片，和赵画家仔细端详。

赵画家："玉片质地细腻，白如凝脂，在阳光下能透过光，晃动玉片，似乎有黑影晃动，好玉啊。"

陆老板（苏州话）："全部制作完成，大概需两天时间，你们在苏州玩上两天，后天来店铺取走。"

袁通："陆先生，敢问工钱多少？"

陆老板笑了笑，有些不好意思开口。

袁通："尽管说，陆先生，请不要客气。"

陆老板吞吞吐吐了一会儿："这十只手镯掏空后，里面剩余的玉片，给两块我，权抵工钱。"

袁通："一言为定。"

陆老板高兴得脸上开花。

陆老板（苏州话）："唐苑，这两天啊，你不要来上班了，和赵画家一起，陪着袁先生一家，好好逛逛苏州的园林。"

唐苑（苏州话）："袁先生，明天早晨九点，我来客栈接你们吧。"

【5. 苏州　沧浪亭　上午　秋　日】

唐少妇带着女儿婷婷一起，领着袁通一行人来到了沧浪亭。

大树和兰儿、小桃红，被沧浪亭的景色惊呆了，处处美景，时时变化。蜿蜒曲折的河岸，数只水禽在水面逗留，岸边的小山冈林木苍翠，鸟鸣清脆，一片声喧，古老的大树织成一片苍烟。

唐少妇领着众人转悠，沿着深隐在繁密草木之间的小路，一会儿曲曲弯弯，展现清幽的佳景，一会儿路尽，眼界忽然开阔，突现的境地神奇无边。

一片水域内盛开着大片的荷花，随着水波，轻轻地摇动。

小桃红："唐姐姐，快看这荷花，美得醉人哪！那几朵睡莲，在我们县城从来没有见过，开着黄色的花呢。"

唐少妇："真的哎，这种荷花，我们苏州人也难得一见呵。"

唐少妇被荷花的稀有而吸引，赶紧走到小桃红身边，两人细细地盯着荷花欣赏着。

袁通和赵画家边走边聊，兴趣盎然。大树和兰儿并肩而行，跟在两人身后。

赵画家："沧浪亭建于北宋，初始为文人苏舜钦的私人花园。"

袁通："赵兄，游沧浪亭，让我想起欧阳修写沧浪亭的七言诗，我还能想出几句，背于你听一下吧！"

子美寄我沧浪吟，邀我共作沧浪篇。
荒湾野水气象古，高林翠阜相回环。
清光不辨水与月，但见空碧涵漪涟。
鸱夷古亦有独往，江湖波涛渺翻天。
丈夫身在岂长弃？新诗美酒聊穷年。
虽然不许俗客道，莫惜佳句人间传。

赵画家被袁通的才气而折服，禁不住拍起手来。

袁大奶奶大喊："旺松娘，旺松一眨眼功夫怎么不见了？"

小桃红闻听大奶奶叫喊，站起来急忙四处寻看，果然不见旺松身影，急得大叫："旺松，旺松，你在哪里？"

听到小桃红的急叫声，袁通和赵画家也急忙赶过来，四处寻找着。

唐少妇："哎呀，我家女儿婷婷也不见了，婷婷……"

唐少妇急了，顾不得袁通一行人，兀自向前跑去，边跑边叫。

袁通："这沧浪亭几面临水，水面开阔，万一旺松掉进河里，袁家可要断子绝孙了。"

袁通扯开嗓子，大声喊着："旺松，旺松。"

小桃红大声喊旺松，唐少妇大声喊婷婷，袁大奶奶和黄大树、兰儿钻进花丛中寻找。

婷婷："妈妈，我在这儿呢。"

唐少妇和小桃红顺着喊声望去，旺松和婷婷手拉着手，坐在沧浪亭的石头上，开心地玩着哪。

唐少妇和小桃红，连跑带跳地奔到亭子里，一人抱起一个。

唐少妇气不打一处来，扬起手，要给婷婷一个屁股。

旺松："阿姨，不许打我的老婆。"

唐少妇一听，手扬在半空中，被旺松的话弄得哭笑不得。

小桃红不管三七二十一，上去把旺松翻转身，结结实实地在旺松屁股上打了一巴掌，打得旺松“哇哇”地哭了起来。

婷婷挣脱唐少妇，掏出块手帕跑到旺松面前，替旺松擦眼泪。

婷婷：“妈妈，你看那边，他们也挽着手呢。”

唐少妇和小桃红顺着婷婷手指方向看去，果然，一对少男少女，亲昵地手拉着手，坐在河岸的草地上。

婷婷：“等我长大了，我和哥哥跟他们一样的好。”

唐少妇“噗嗤”一声笑了起来，一把抱起婷婷，亲了一口。

小桃红赶紧抱起旺松，心痛地替旺松擦着眼泪。

小桃红：“宝贝，是娘不对，不该打你。”

袁通和一行人匆匆赶到，见旺松和婷婷安然无事，都舒了一口气。

旺松委屈地挣脱小桃红，跑到爹爹面前，抱着袁通的腿，撒着娇。

旺松：“爹爹，我长大了，要娶婷婷做老婆。”

袁通连连点头，赵画家笑了。

赵画家（苏州话）：“是否真的可以考虑一下，让旺松和婷婷定个娃娃亲吧，我看，还真是一对哪。”

唐少妇呢呢喃喃，好像拿不定主意。

袁大奶奶：“唐女士，你要不嫌弃我们袁家，明天晚上把你先生叫上，一起吃个晚饭。”

唐少妇（苏州话）：“也好，先热闹一下吧。不过话要说回来，你们是大户人家，说话要算数，我家婷婷尚小，长大了由两个娃娃自己做主，可好？”

小桃红：“好，好。”

【6. 苏州　玉器店　上午　秋　日】

袁通及家人被眼前的景象惊呆了，十只白生生的玉镯，闪着淡淡的白光。

陆老板又从展柜最底下取出只礼盒，黄绸缎镶面，打开后对着袁通说：“袁先生，所有的余料均在此盒内，请查验。”

袁通接过盒子，只见剩余的小半截籽料边，放着十块圆形的玉片，周边堆放着一个小红布袋，里面是一些边角残料。

袁通满意地笑着，大方地拿出两片圆形玉片，递给陆老板。

陆老板（苏州话）："谢谢，谢谢。"

赵画家伸长了脖子，一脸羡慕地望着陆老板。

袁通见状，又拿出一块圆玉片，送给了赵画家。

赵画家："谢谢袁兄，'千金易得，好玉难求'。"

唐少妇一脸的羡慕，眼睛里流露出惊讶。

唐少妇的表情，被小桃红瞅个正着。

袁通收下玉器，交给黄大树，兰儿赶紧走到大树边上，帮着大树，将玉器小心地放入手提包内。

袁通："赵兄，麻烦你帮我在'老字号'饭店边上另外寻一家餐馆，晚上请陆先生和唐女士欢聚一下吧。"

袁大奶奶："唐女士，晚上你先生一定要来哦。"

陆老板（苏州话）："袁先生太客气了，恭敬不如从命了。"

唐少妇脸儿一红，勉强点了点头，"我先生上不了台面的，反正他会来的。"

【7. 苏州　天下第一家饭店　黄昏　秋】

饭店装修古色古香，梁柱上画着彩画，有龙有凤，六边形红木灯笼高悬大厅，宾客盈门。

包厢内众人围桌而坐。

赵画家（苏州话）："钱先生，这位就是袁枚的后人袁通先生。"

袁通："敢问钱先生大名？"

钱刚（苏州话）："我叫钱刚。"

钱刚略显拘谨，脸红耳赤。

酒过三巡，众人吃得高兴。

赵画家（苏州话）："今天大家开心，昨日提到，袁家欲与钱家攀个娃娃亲，钱先生意下如何？"

钱刚（木讷地）："我……我……我没意见。"

钱刚说完，望了眼唐苑。

唐苑："依袁家意思，今天，就攀下个娃娃亲吧。不过，待婷婷和旺松长大成人，还要看他们的意思哪。”

众人哈哈大笑。

陆老板："原来这顿饭是袁家和钱家的攀亲宴，这可要好好地庆祝一下。来，我提议不管会不会喝酒，都喝上一杯。”

众人一应而起，喝干了杯中酒。

袁通："赵兄，这次来苏州也没给你带上些溧水的土特产，但是我花了两周时间，画了一幅山水，赠赵兄指教。”

袁通拿出一个纸筒，交给赵画家。

赵画家边接过纸筒，兴奋地说，“哎呀呀，没想到袁兄这么大气，老弟先谢了。”

赵画家展开画卷，只见群山茫茫、云雾环绕，一条大河从群山峡谷中奔流而出，湍急的水面上，一叶扁舟之上，一布衣老翁，挥动竹篙，奋力撑船，逆流而上。

陆老板："好画，好画！那湍急的水流动感极强。”

赵画家看得眼睛贼亮，激动地将画卷起，塞入纸筒。

赵画家从身边布袋里取出一副泛黄的画，递给袁通。

赵画家（苏州话）："前些日子，在旧货书市上偶然寻得，忍痛赠于袁兄，以供日后学习、临摹。”

袁通："让我学习临摹？那必定是惊世画作。”

袁通兴奋不已，急欲打开。

赵画家（苏州话）："袁兄不必心急，此画回家后慢慢欣赏。今天，是袁家与钱家攀亲的喜酒，又是陆先生与袁先生因玉而结缘相识，大家再次举杯，喝个痛快！”

众人哄堂大笑，举杯豪饮。

小桃红竟掏出一个锦缎首饰盒，起身走向唐苑。

小桃红："姐姐，这只手镯，原本是旺松的份，今天呀，袁家和钱家攀亲，这手镯早晚是婷婷的，今儿趁大家都在，作个见证吧。”

小桃红硬把手镯盒塞给唐苑。

众人惊愕。

唐苑（眉飞色舞）："谢谢旺松妈妈，婷婷长大后，只要她愿意，我和她爸爸决无任何意见。”

袁通（尴尬地）：“今天，大家都在，也请陆先生见个证，大喜之日啊。”

唐苑（苏州话）：“陆先生，按市价，这只手镯应标什么价啊？”

陆老板（苏州话）：“这样的手镯，是有价无货。若要标价，在百个光洋之上呢。若是日后想卖，尽管翻着价格往上抬。”

唐苑：“陆先生和赵画家在此见证，日后，袁家可得要认这笔账啊。”

小桃红：“认账，认账。”

小桃红说完哈哈大笑。此时婷婷和旺松绕着桌子你追我赶，正玩得起劲。众人大笑。

【8. 县城　袁宅　中午　秋　日】

袁家客厅，袁二奶奶、袁三奶奶正喝着菊花茶。

竹儿：“娘，爹爹和兰儿姐他们去苏州好几天了，也不带我和菊儿去。”

菊儿：“娘，凭什么爹爹不带我和竹儿去苏州玩啊？”

袁三奶奶：“袁老爷子一去三天了，今天该回了吧？”

袁二奶奶：“管他回不回来，都是一个爹爹生的，凭什么把竹儿和菊儿撂在家里？”

菊儿：“娘，去学校请几天假也不是难事。苏州那么好玩，你去过苏州吗？”

袁三奶奶：“咋没去过，那都是以前的事了。”

袁二奶奶：“竹儿，菊儿，你们呀，都要给咱们长点脸，好好念书，今后去外地读大学，嫁个好人家，把我们都带走，这个家呀，也没什么可留恋的地方。”

袁二奶奶：“他口口声声总说，家里做任何一件事，绝不会委屈任何一个人。这不，心里面不还是偏着心哩。竹儿菊儿，大人说话别在旁边听着，该干什么干什么去。”

竹儿菊儿吐了下舌头，转身往楼上走去。

袁三奶奶：“兰儿娘是正房，小桃红凭的是母以子贵，一碗水就是端不平。”

袁二奶奶：“菊儿娘，哪天兰儿娘去状元楼了，我俩一起缠一下袁老爷子，非得让他说个明白。”

袁三奶奶："好啊。奇怪了，眼见着天就要擦黑，咋还不回来呢？”

【9.县城　袁宅　日落　秋】

竹儿在楼上大喊："娘，爹爹回来了，有马车奔咱们家来了。”

竹儿菊儿欢快地从楼上往客厅奔。

袁二奶奶、袁三奶奶起身往大门走去，开门，马车缓缓驶来。

袁二奶奶和袁三奶奶迎向马车，袁二奶奶搀扶着袁通，袁三奶奶搀扶着袁大奶奶，几人笑容可掬。

袁二奶奶："袁老爷子，咋一去那么多天，累不累啊？”

袁通呵呵笑，“咋不累呢。”

袁三奶奶："姐姐，出门累呀，还是我和竹儿娘在家待着，多省心啊。”

袁大奶奶："菊儿娘说得对呀，这车马劳累，浑身的骨头呀，像散了架似的。”

众人向客厅走去。

袁通刚坐下，袁三奶奶端了洗脸水，拧了把毛巾，递给袁大奶奶。

袁二奶奶笑容可掬地迎上前,将茶杯递给袁通,袁通一咕噜地喝了下去。

袁通："渴死我了，一路上水都没喝。”

兰儿："爹爹，这提包拿到爹爹的房间里去摆着？”

袁通笑着："用不着，把提包里的东西呀，一件件摆出来，让你二娘、三娘瞧瞧。这次你二娘三娘幸亏没去，去了，还不和你娘一样，回到家腰都累得挺不起来了。”

兰儿回过头，关照大树："大树，你去把院门关上，免得外人进来。”

兰儿将盒子打开。

袁通："此次去苏州，就置办了这些东西，你和菊儿娘，先各自挑两只手镯，剩下的，让兰儿娘和旺松娘挑吧。”

袁二奶奶和袁三奶奶满脸快乐，竹儿和菊儿凑到桌子跟前，帮着各自的娘参谋着。

袁二奶奶："姐姐，这些个手镯花了不少的钱吧？”

袁大奶奶："这呀，都得感谢兰儿的公公，在外闯荡了那么些年，就带回来一块最好的新疆和田玉。兰儿回门那天，妹妹好像还有些个瞧不上那竹箩里的花生、枣子哩。那竹箩里，就放着黄家送兰儿回门的大玉石哩。”

袁二奶奶：“哎哟，瞧姐姐说的，妹妹什么时候瞧不上的啦？自从大树和兰儿结婚，我和三奶奶就说过，大树一表人才，英俊帅气，和兰儿天生就是一对哩。菊儿娘，我是不是这么讲的？”

袁三奶奶：“是啊，我也是这么讲的。兰儿娘，这只手镯，该值不少钱吧？”

袁大奶奶伸出两个手指头：“最少，一个要这么多光洋哩。”

袁二奶奶：“两块？”

袁大奶奶摇着头，笑而不语。

袁三奶奶：“二十块？”

袁大奶奶依旧笑而不语。

“二百？”

袁二奶奶和袁三奶奶几乎同时喊了起来，一脸惊讶，个个张大了嘴巴。

袁大奶奶：“黄金有价玉无价。玉行的陆老板说，哪天真要用这换钱，价格呀，还能往上涨哩。”

袁二奶奶：“哎呀，真看不出，这么点东西，贵得吓人哪。”

菊儿翻动着旅行包，从包里又掏出一个盒子，惊喜地喊，“娘，里面还有宝贝呢。”

菊儿打开盒子，里面装着玉片。

竹儿伸手拿了个玉片抚摸着，爱不释手。

袁大奶奶伸手将玉片夺回，笑嘻嘻地说，“这些个玉片子，又不值钱，都给兰儿。”

竹儿脸露窗色。

兰儿边收拾包裹边说，“爹爹，娘，今晚上，我和大树就住在对面庄家啦。”

袁大奶奶：“随你高兴，爱住哪儿都行。”

兰儿：“大树，走，该去庄家看看锡儿与坤林，别让庄家人说你黄大树娶了兰儿，心里面就没有庄家了。”

兰儿一把挽着大树，高兴地往庄家大宅走去。

袁三奶奶："还是姐姐有福气啊，看这一对人，多般配啊。"

袁大奶奶："这几天真把我累坏了，我呀，得要上楼早些睡了。"袁大奶奶拎起提包，转身上楼。

袁三奶奶推了一把袁二奶奶，"姐姐，妹妹还有话和你说哪。"

袁大奶奶止住脚步，笑呵呵地问："呃？妹妹肚子里还留着话呢？"

袁二奶奶："竹儿、菊儿，大人们的事，孩子们别掺和。"

竹儿、菊儿起身，上楼。

小桃红："姐姐，都是一家人，竹儿、菊儿也大了，家里有什么话不能说啊？"

袁三奶奶："妹妹，有些个事，得要放在桌面上讲啊，藏藏掖掖的，时间一长就生隔阂了。"

袁通笑盈盈地捋着山羊胡须，"这话有理，说来听听啊？"

袁二奶奶："老爷子，姐姐，我问一句，兰儿是不是咱袁家的人啊？"

袁大奶奶抢着回："当然是啦。"

袁二奶奶："兰儿是袁家的女儿，黄家送的石头是给兰儿的，还是给袁家的回门礼啊？"

袁三奶奶抢着回："当然是给袁家的回门礼了。姐姐，你说是吗？"

袁三奶奶问袁大奶奶。

袁大奶奶："当然是给袁家的回门礼了，有错吗？"

袁二奶奶："老爷子，您是袁家的主心骨，您说，竹儿、菊儿是不是咱袁家的女儿啊？"

袁通："这还有假吗？不都是我生的？"

袁二奶奶："这就对了，既然黄家送的石头是给袁家的回门礼，竹儿、菊儿也应该要分一份啊？"

袁大奶奶："妹妹，你这话姐姐听糊涂了，竹儿、菊儿不都分到了玉镯子了吗？"

袁三奶奶："姐姐，那剩下的石头和那些个玉片，孩子们是不是都应该分一份哪？"

袁大奶奶生气了："妹妹啊，咱姐妹在一起，明人不说瞎话，兰儿是黄家的媳妇，自然要多分一些，否则怎么对得起兰儿啊？"

袁二奶奶起身："姐姐，那些个玉片，竹儿和菊儿应该要分一些，剩余的半块石头都给兰儿，妹妹总算大气了吧？"

三奶奶："这话讲得在理，我爱听。"

袁大奶奶："你们呀，真是不当家，不知道柴油盐米贵。天底下谁能把一碗水端平啊？"

小桃红："几位姐姐别争啦，幸亏兰儿和大树去了庄家，要让兰儿听见这话，家里该多尴尬啊。"

袁大奶奶："哎，谁让我当姐姐啊。得了，多余的玉片啊，竹儿、菊儿明天一人三个，梅儿反正在国外，她也不稀罕这个东西。这样行了吗？"

袁通："全都是些鸡毛蒜皮的事，大奶奶，今晚就在你房间挤一挤了。"

袁通说完，往楼上走去。

袁大奶奶："噢，我得关照你们一声，这玉镯的事，可不能让对门庄家知道。这东西珍贵得很，咱袁家不是小家子气，实在是没有多余的镯子了。否则，送个玉镯给对门的锡儿。"

袁二奶奶："姐姐放心，我和三奶奶嘴巴子紧得很哪。"

袁二奶奶说完还特意望了眼小桃红。

袁三奶奶："姐姐，兰儿和大树那里，明天你得关照一声，他们与庄家走动得紧，别哪天一不留神说漏了嘴。"

袁三奶奶说完，也望了眼小桃红。

小桃红："两位姐姐望我干嘛？真是的，我不会跟庄家说的，放心好啦。"

袁大奶奶："万一让庄家知道了，脸面上过不去啊。"

袁通（站在楼梯上）："最最关键的是不能让赵县长夫妇知道，两家结了亲，割了这么多镯子，也没见送一只给赵夫人，这要引起误会，那就不是脸面上的事了。"

【10. 县城　庄宅　夜　秋】

大树和兰儿，兴高采烈地步入了庄家大宅，刚踏入院内，大树便高声呼喊："坤林，大树哥回来啦。"

坤林一下子从椅子上滑下来，就要往院内跑。

锡儿赶紧拉住坤林："大树一回来，看把你喜的，筷子一扔就要跑。"

大树和兰儿笑嘻嘻地进来，大树一把抱起坤林，举过头顶。

黄大树："三天不见，你是怎么去的学校呀？"

坤林（生气地）："没有了马车，亲娘和外婆让我走路，走不动了，亲娘就抱我一会儿。大树哥，你和兰儿姐姐又去结婚啦？"

锡儿："坤林，快下来，你大树哥走了老远的路，可累啦。"

锡儿从大树手中接过坤林，将坤林放下。

坤林跑到餐桌前，指着桌上的菜："大树哥，外婆烧了豇豆干红烧肉，亲娘说，大树哥今天要回来了，专门烧给你和兰儿姐姐吃的哩。"

黄大树："二奶奶，这几天我和兰儿去苏州，真难为了你和坤林了，每天都要走路去学校。"

锡儿："咳，走走路也累不倒，幸好这三天没下雨，这不也过来了。"

陶玉如："快，兰儿呀，大树，坐下来吃晚饭吧。李妈，盛两碗米饭上来，大树和兰儿回来了。"

李妈笑吟吟地端上两碗热腾腾的米饭，放在桌上。

兰儿伸出筷子，夹了段红烧黄鳝，左手端着饭碗伸过去接了放在碗里，只见一道刺眼的白光闪现，玉手镯在灯光下闪动着光泽。

陶玉如："哟，兰儿，你娘在苏州给你买的手镯？戴在兰儿的手上，显得多贵气呵。"

锡儿："这手镯很贵吧？花了多少钱哩？"

兰儿忽然脸涨得通红，支支吾吾地不言语，扭头望着黄大树。

黄大树脸儿绯红，吞吞吐吐，欲言又止。

黄大树："兰儿娘去逛玉器店的时候，随便挑了只给兰儿。我和兰儿当时也不在她身边，弄不清楚花了多少钱。"

锡儿笑着，夹了筷豇豆干放在大树碗内。

锡儿："大树，从明天开始，早晨送坤林去学校，干脆等等旺松，两家人坐一辆马车，省得小桃红叫车了。我呀，和小桃红是干姐妹，两人路上可有话说呢。"

黄大树："嗯，嗯。"

黄大树："二奶奶，明天早晨送你和坤林上学后，我把你和兰儿的四娘送回来，我带着兰儿骑马回庄家村一趟，去看看我爹爹。坤林下午放学前，我赶回来拉了你去接。”

锡儿："大树可真是个孝子。只要赶趟接坤林，你把握住时间，到时候二奶奶在院门口候着你。”

【11. 县城　上午　秋　日】

黄大树套好马车，停在庄家门口。锡儿手牵着坤林坐上马车。

小桃红打开袁家大门，手牵着旺松出门。

锡儿："妹妹，今天，坐我家的车一起去吧，马车宽敞着哩。”

坤林兴高采烈地欢呼："旺松哥，我俩坐一起吧。”

旺松开心地爬上马车，挨着坤林。小桃红见状，伸出左手抓住马车，跨腿坐在旺松身边。锡儿紧挨着坤林坐下。

黄大树轻轻地扬鞭，马车向学校方向而去。

小桃红伸出左手，撩着遮在左眼边的一缕头发，露出白玉手镯。

锡儿瞅了一眼，“哎哟，妹妹，这手镯好漂亮哟。咋和兰儿手上的一模一样？”

黄大树一惊，猛地拉紧马缰，马车停止，车上的人随马车停顿而晃动。

锡儿："怎么啦？大树？”

第十四集

【1. 县城　上午　秋　日】

锡儿："怎么啦？大树？"

黄大树尴尬地望了眼锡儿，"没……没什么。这手不听话，扯了下马缰。"

小桃红似乎察觉了什么，略微尴尬地伸出右手将玉镯子往里塞了塞。

锡儿："大树，快走吧，孩子们要迟到了。"

黄大树："哎。"

马车启动。

【2. 县城　私塾　上午　秋　日】

马车停在离私塾大门不远的地方。

锡儿与小桃红双双下车，旺松和坤林溜下马车，欢呼着向学校奔去。

坤林跑到校门口忽然转身，向锡儿挥了挥手，笑着蹦着跑入学校。

小桃红和锡儿比肩，边走边聊。

小桃红："姐姐，还是你家坤林有礼貌，还向姐姐挥手哩，你看旺松，连身子都不回哩。"

锡儿："妹妹，他们还是小孩子哩，别这么说小旺松啊。"

锡儿："这三天，去苏州玩得开心吗？"

小桃红："哎哟，在沧浪亭玩的时候，都把我和旺松爹吓死了。沧浪亭几面是水，一转眼，四处寻不见旺松，那沧浪亭里面的树木花草密密匝匝，路是曲曲弯弯，几步一拐，景色就是一个变化，万一不小心，滑到水里去，连个声响和影子都听不见，寻不着哩。”

锡儿：“后来在哪儿找到的？”

小桃红：“旺松和婷婷手拉着手，正坐在山上的亭子里哩，气得我上去就给了旺松屁股上一巴掌，旺松哇哇大哭。咳，我现在都后悔，不该打他的屁股哩。”

锡儿：“哪个婷婷呀？”

小桃红：“玉器店里唐苑的女儿，今年五岁，婷婷和旺松玩得可开心哩，这次呀，还结了娃娃亲哩。”

锡儿：“这不是好事嘛，恭喜妹妹有了儿媳啦？”

“姐姐”，小桃红轻轻地拍了一下锡儿的肩膀，“咯咯”地笑着。

小桃红：“在吃饭认亲时，我呀，送了个玉镯给唐苑，作为订亲的凭证，唐苑玉器店里的陆老板和赵画家，也在场见证的。”

锡儿：“这玉镯花了不少钱吧？旺松爹这次是大放血了。”

小桃红：“哪里呀，大树的爹爹送了块玉石给兰儿作为回门礼。那天呀，大石头放在篮子的底下，用布包着，上面堆满了花生红枣。二奶奶势利眼，还说些刻薄的话呛大奶奶哩。直到苏州回来后，旺松的爹爹讲每人一个玉镯，是用大树爹爹送的那块玉石割的，把二奶奶、三奶奶乐得眉开眼笑，不住地夸兰儿，嫁了个好男人哩。我们家那几个姐姐呀，个个都不是省油的灯哩。”

锡儿：“你们家袁老爷子呀，处事还算得上公平，在你们家哪，一碗水，端得平哩。”

小桃红呵呵地笑着：“碗是端平了，可水呀，还是往自己儿子这边偏哪。袁家，就这么个根，谁让她们不争气哪。”

黄大树在马车旁隐约听到玉石、玉镯之类的话，知道纸包不住火了，生怕小桃红越讲越多。

黄大树（大声叫着）：“二奶奶，快回去吧，我跟兰儿还要去庄家村哩。”

【3. 庄家村　山道　上午　秋　日】

黄大树骑着枣红马，奔驰在山道上，兰儿幸福地抱着大树。

枣红马奋蹄往庄家村而奔。马蹄敲打着山路“哒哒”地响。

兰儿：“大树，别着急，反正锡儿已经看见四娘手上的镯子了。”

黄大树：“昨儿我昏了头，竟然在二奶奶面前撒起谎来，让干娘知道这事该多伤心啊。”

兰儿：“问一下你爹，家里还有玉石吗？干脆送一块给庄家。”

黄大树：“正是，宁可我们不要，也要送一块给庄家。”

兰儿：“万一你爹没有，你别担心，我让我爹把剩下的那截玉石送给庄家。”

黄大树：“嗯，兰儿，抱紧些，马儿要奔了。”

兰儿双手紧紧抱着黄大树的腰。

黄大树猛地一夹马肚，大吼一声：“驾！”

【4. 黄家老屋　上午　秋　日】

黄秋生在院子树下喝着茶，马蹄声由远而近，黄秋生起身观望。

黄秋生：“大娟，大树和兰儿回来啦。”

丁大娟赶紧跑到院中，远远地见大树带着兰儿骑在马上。枣红马四蹄生风，扬起尘土，向自家奔来。

丁大娟：“秋生，什么事这么急？大树拼命地催着马往家里赶哪。”

黄秋生：“这屁大的县城，能有啥急事？”

黄秋生坐在椅子上，淡定地喝着茶。

枣红马冲进了院子，黄大树一勒马缰，枣红马戛然止步。

黄秋生：“什么事风风火火的？”

黄大树和兰儿下马，黄大树上前把院门栓上。

黄大树：“爹爹，院子里讲话不方便，进屋里细说。”

黄秋生看了眼丁大娟，两人不吭声地随着黄大树进屋。

黄大树：“爹爹，咱家送给兰儿娘家的那块玉石，被兰儿爹爹拿到苏州的玉器厂，割了十只玉手镯。这事，让庄家知道了。”

丁大娟：“秋生，这事咋弄啊？”

黄秋生沉默不语，返回院中，将茶端入屋内，仍旧喝起了茶。

丁大娟："秋生，你倒是开个腔呀，庄家知道这事，心里面会怎么看待黄家啊？"

黄秋生依旧不语，默默地喝着茶，手指轻轻地敲着桌面。

黄大树："爹爹，儿子是你生的，儿子的命，是干娘救的呀。"

黄秋生："兰儿呀，你嫁给了大树，也拜了我和大娟，是我黄家的人了。这玉石，给你带回娘家，是公公和婆婆对你的厚爱哩。"

兰儿："兰儿明白，公公和婆婆，没把兰儿当外人看待。"

黄秋生："袁家心急了些。这个事情，非常严重，庄家知道这事好办，可是……"

丁大娟："唉，事到如今，又能怎么办呢？"

黄大树："爹爹，袁家那块玉石，还剩下一截哩，让兰儿跟袁家吱一声，将那半小块玉石，送给庄家，不就一举两得了。"

黄秋生："儿子，事情没这么简单。庄家家底厚，一块玉石，再好的品质，依大奶奶的脾气，她不贪啊。"

丁大娟："有多麻烦哪？我看大树的话在理。"

黄秋生："袁家这次动静大了，几个奶奶和女儿们，人手戴一只羊脂玉手镯，县城就这么大，消息传出去，自家的安全，只是防些小毛贼，危险是在黄家呀。"

丁大娟听黄秋生提到危险，脸色发白，不安地搓揉着双手。

黄大树："爹爹，如果真来了些小毛贼，儿子这身武艺，正好派上用场哩。"

黄秋生："你们都不必担心，黄家虽不是家徒四壁，但也不是个有钱人家。大奶奶那边我自有办法。哎，大树，可在家里住几日？"

黄大树："爹爹，下午我和兰儿还得赶回县城，吃了中饭立马要走，坤林和旺松还等着我去接哪。"

丁大娟："那我赶紧烧饭，随便弄些菜，兰儿，别怪婆婆啊？"

黄大树："爹，真有危险？家里要备些红缨枪大刀片，以防不测。"

黄秋生："这年月，光有拳脚顶个屁用？十八般武艺练得再强，还不顶人家一根手指头哩。你呀，还缺少历练。"

黄大树："一指禅？江湖上真有一指禅？"

黄秋生："你还不明白爹爹说的意思？什么一指禅？一指禅功夫再厉害也只能把人戳个洞。唉，过些日子你就明白了。"

【5. 黄家老屋　下午　秋　日】

黄大树和兰儿骑在马上，黄秋生和丁大娟站在院中。

黄大树："爹爹，娘，我和兰儿这就回县城，过几日，抽空再来看望你们。"

丁大娟走到院门外，目送枣红马跑远。返身将院门拴好，见黄秋生一脸严肃，低头沉思。

丁大娟："秋生，不就是送了袁家一块石头嘛，真有危险哪？"

黄秋生："大娟，你想啊，袁家与赵县长家攀了亲家，袁家和咱家也是亲家，玉石的事过不了多久便会传到赵县长耳里，赵县长一定会猜到这玉石是我在外闯荡那么些年弄回来的。如果不送给赵县长一块玉石，这脸面上过不去事小，赵县长要是要个小心眼，随便给我栽个赃，咱黄家可是吃不了兜着走啊。"

丁大娟："秋生，我跟了你几十年，你也知道你老婆不是个贪财的人。家里还有两块石头，你主动送一块给赵县长，破财消灾嘛。"

黄秋生："你说得轻巧，那块石头值上千块大洋哪。若是咬咬牙将石头送与赵家，那不是自个往河里扔石头嘛。本来风平浪静的，这下恐怕要掀起浪来了。"

丁大娟："咳，秋生，你是不是害怕了？"

黄秋生："大娟，若是走漏了风声，这事传到了江湖上，山寨的那帮土匪能饶得了我？那还不整天提心吊胆的过日子？"

丁大娟："那怎么办呢？急死我了。"

黄秋生："大娟，自从你嫁给我，这些年，一直过着担惊受怕的日子，原先满头的黑发盖不住白发喽。"

丁大娟："咳，扯这些个话没用，都这把年纪的人，谁没有白发啊。你没回来，几乎天天想你；你回来了，家里也就有个人拿主意了，我也少操心了。"

黄秋生："过几日，你还去庄家帮忙吗？"

丁大娟："不去了，我这辈子，前三十年，跟着你遭罪，后面的路，没有前面的路长了，我只想守着你了，哪儿都不去。"

黄秋生："可是，外人怎么看待我们？我不找些事情做，你也往家里一待，自己又没有土地，就那点私地，养个人都养不活。"

丁大娟："就你带回来的钱，我们一家吃上个几十年都用不完，愁些什么啊？"

黄秋生："你有所不知啊，如果这样，外人肯定会知道，我是在外闯荡发了横财回来的。我看啊，明天我们去庄家，上门谢个恩，你呀，瞅准个时机，让大奶奶安排一下，找个事儿干干。我待在家里，把自家门前屋后的地种上一些，再养几只猪和十几只鸡，就有个理儿，待在家里面，外人至少不会说闲话。"

丁大娟："秋生，你有没有法子啊？"

黄秋生笑了笑，"你尽管安心，这事我自有办法。"

丁大娟："秋生，有个事，我能问问你吗？"

黄秋生："都几十年的老夫妻了，啥事？尽管开口。"

丁大娟（压低嗓音）："你那两箱东西，咋来的呀？"

黄秋生："咳，女人家，这种事情最好不要知道。"

丁大娟："秋生，明日去庄家，买些什么礼物给庄家大奶奶？总不能空着手上门谢恩吧？"

黄秋生："当然不能空手，我琢磨，袁家和庄家在县城门对门，两家走动得频繁，送玉石的事情呀，要不了多久，庄家大奶奶肯定知道，不如这样……"

黄秋生凑到大树娘耳朵边，嘀咕起来。

丁大娟（激动地）："这样不行！我与庄家大奶奶，自从你离家之后，从来都没红过脸，这事要穿帮了，黄家的脸在庄家村挂不住了。"

黄秋生哈哈大笑起来："你呀，一辈子都是老实人，我料定，庄家大奶奶见到咱们送的礼物后，一定会这么做。"

丁大娟："万一呢？大树爹，你别聪明反被聪明误。大奶奶是何等精明之人，就算大奶奶坚决不受，庄世伯和锡儿要受，你怎么办？"

黄秋生："放心吧。凭你男人闯荡江湖近二十年，什么样的人，过一下眼，就能掂出个几斤几两。”

丁大娟 :“秋生，干脆将那块小一点的玉石，送给大奶奶吧？”

黄秋生 :“不行，你咋个不懂，这样做，非但圆不了大树的谎，更把事情弄大了，传出去，那真是实实在在的危险哪。”

丁大娟 :“秋生，我嘴笨，到那天，你唱戏，我熄鼓，别给你添乱就是了。”

黄秋生 :“嗯，你尽管不吭声，到时候，我怎么说，你怎么和。”

黄秋生 :“大娟，你在家守着门，我骑上大黑马，去趟南山。”

丁大娟 :“秋生，你上南山干啥？”

黄秋生哈哈大笑，“等我从南山回来，你就明白了。”

黄秋生出门，翻身骑上了大黑马，一抖缰绳，大黑马欢快地往南山奔去。

丁大娟快步出门，望着远去的黄秋生无奈地摇了摇头。

【6. 庄家村　庄宅　下午　秋　日】

大奶奶忧心忡忡，“秋茧已经收上来几天了，堆在仓库内，一旦霉变虫咬，品质必然会受影响。”

庄世伯 :“大奶奶，你就是个操心的命。”

大奶奶 :“世伯啊，刘生怎么回事？把庄家的蚕茧扔下不管啦？去了常州这么久，连个音讯都不往回传。过两天，刘生再不回来，你先找货行把蚕茧走水路发到上海，然后去常州找刘生，让他直接坐车去上海接货。”

庄世伯 :“嗯，实在不行，明天我去趟常州吧，耽搁了卖茧子，这庄家村和李家村几十家人，指望着这钱过日子哩。”

大奶奶 :“你也有阵子没去见坤林了，明天你先去县城，见一见锡儿母子，后天，搭个早班车，从县城直接去常州，下了车，一问天宁寺，就找到刘家父子了。”

庄世伯 :“我知道了。哎，大奶奶，我听庄家人说，上午，看见大树骑着马，带着兰儿，回了黄家，午饭后，两人又骑马回县城了。”

大奶奶 :“这就奇怪了，这大树回庄家村，怎么忙得到干娘这儿见一面的时间都没了？”

庄世伯："这小两口子新婚蜜月嘛，兴许一时高兴，骑马遛一圈哩。"

大奶奶："这么风风火火地来，又急急忙忙地回去，你看是骑马兜风吗？"

门外传来了踢门声。

大奶奶："谁呀？不敲门咋踢门啊？"

李半仙："我是半仙呀，大奶奶，快开门。"

大奶奶急忙走到门口："咳，这大门又没拴，咋不直接推门进来呢？"

李半仙："大奶奶哎，我腾不出手推门吔！"

大奶奶把门打开，半仙双手各提了个竹篮，里面各放了三四十个鸡蛋，半仙喘着粗气。

入得客厅，半仙小心翼翼地把两个竹篮放到桌子上，喘着气，捽着胳膊。

李半仙："哎哟，挺沉的，我这两胳膊都麻了。"

大奶奶："半仙，看来邱萍要给儿子办满月酒啦？要不怎么想起来给大奶奶送红鸡蛋啊？"

李半仙："什么事都瞒不了大奶奶。邱萍下周要给儿子办满月酒，让我给大奶奶送些喜蛋，请大奶奶光临哩。"

大奶奶："这可是大喜事啊，世伯，咱们再忙也得去看看半仙的儿子啊。"

庄世伯："也难为半仙啦，从李家村到庄家村，四五里地，拎着这么沉的篮子，也够你累了。"

李半仙嘿嘿地笑着："邱萍怕我拎不动，分两个篮子装鸡蛋，说万一失手摔了个竹篮，还有一个竹篮备着哪。"

大奶奶："邱巴长得像你，还是像邱萍哪？"

李半仙："那脸蛋，像极了邱萍，那皮肤，哎哟哟，白得像邱萍的胳膊。"

佣人进来，给半仙上了杯茶，看见半仙乐得发颠，冷不丁地开了个玩笑。

佣人："半仙哪，这儿子长得像娘，今后有大福气哪。"

李半仙："当然，当然，老人们以前都这么说过。"

佣人："我们村上，以前有一对母子，长得特别像，小时候，没看得出像爹，孩子越长越大，到九岁时，特别像邻村的王光棍。"

大奶奶："哎，别乱嚼舌头，说话注意分寸。"

李半仙："大奶奶，别责怪她，她呀，讲得有道理，这种事，我行医这么多年，也遇到过。可我家邱萍，自从嫁给我，家里连个雄苍蝇都不可能飞进来。我那儿子，左背上有个红色胎记，我背上也有个红色胎记，这是遗传哪。"

佣人不好意思，笑着转身去了厨房。

李半仙："下周一中午，盼着大奶奶赏脸哪。"

大奶奶："世伯，你明天去县城时，顺便去一下银匠铺，给半仙的宝贝儿子挑个长命锁。"

李半仙："不要，不要啦。邱萍有一把长命锁，是她娘家带过来的，上面有龙有凤，还刻着四个字呢，正挂在儿子的脖子上哩。"

大奶奶："半仙，你先跟世伯聊会，我去里屋一趟。"

一会儿，大奶奶拿了个红纸包从房里出来，递给半仙。

大奶奶："这是六块光洋，讨个吉利数字。"

李半仙："又让大奶奶破费了，真是不好意思，让邱萍知道，又要埋汰我了。"

李半仙接过红纸包放入衣袋，"我得回去了，还有七八户人家要我去送喜蛋哩。这大红鸡蛋，找个盆装起来，竹篮子我还得带回去。"

佣人在厨房闻声，拿着一个竹篮出来，将鸡蛋取出，放入竹篮。

李半仙一手拿回一个空竹篮，笑着弯腰点头，与大奶奶告别，出大门而去。

【7. 南山　下午　秋　日】

黄秋生骑着大黑马，在马背上抖动着缰绳，快马冲南山坡疾奔。

黄秋生策马奔腾，来到了南山坡上。

黄秋生自言自语："山风带着清凉，吹在身上，越往下走，凉气越大了。"

南山山沟里，随处可见各种奇形怪状的石头，大的如盘，小的如鸽蛋。石头有的表面干净，有的黑不溜秋，有的石头上长着青苔。

小山沟已经干涸，石缝里长着杂草，开着野花，山蛙在跳跃，虫儿在鸣叫，一派生机勃勃的景象。

黄秋生缓慢地策着马，沿着小山沟行走，两眼专注地从沟谷裸露的石头上扫过。

黄秋生勒住马，下得马背，走到一块石头边，奋力一搬，黑不溜秋，带着枣红色彩的石头，被翻到一边，像个未成熟的小冬瓜。

黄秋生用手捧起，“沉甸甸的石头，就是它了。”

黄秋生脱下外套，将石头一包，跳上马背，满意地一拽缰绳，大黑马转身，向山顶奔去。

到了山顶，黄秋生稍作停留，又回头望了眼空旷的山沟，大吼一声，吼声在山谷里震荡。

【8. 黄家老屋　黄昏　秋　日】

黄秋生骑着大黑马直接跑进院内，“大娟，我回来了。晚饭时温些黄酒，加几个菜，好久没有这么轻松过了。”

黄秋生“噌”地下了马背，左手稳稳地拎着衣服，步入屋内。

黄秋生将衣服放在桌上，返身回到院中，将大黑马牵入马厩，又捧了些草料放在马槽内，见两匹快马低头吃草，满意地拍了拍手上的泥土，转身回到客厅。

丁大娟此刻已把衣服解开，见一块小冬瓜似的石头，半截还带着泥土。

丁大娟：“秋生，你是在用‘障眼法’？”

黄秋生：“大娟，整些水，将这石头洗个干净。”

黄秋生往椅子一坐，驾起了二郎腿。丁大娟将石头洗净后，放在桌子上。

黄秋生：“大娟，像不像？”

丁大娟：“咋个不像？和送袁家的那块石头，没什么两样。”

丁大娟：“秋生，识货的人，一眼能看出来吗？”

黄秋生：“不用刀割开，是分辨不出来的，就是用刀切开，是块石头，也有话说哩。”

丁大娟：“有什么话说？”

黄秋生：“玉石这东西，神仙都难断，有多少人因为买到假玉石，倾家荡产，跳河自杀。谁能想到我这一招啊？”

丁大娟：“秋生，你是以假乱真啊。你准备去唬庄家大奶奶还是赵县长？”

黄秋生："先去庄家，我料定庄大奶奶绝不会接受这么贵重的礼物，至于赵县长，能唬一时是一时。"

丁大娟："咳，秋生，真拿你没法。你喝会茶吧，我下厨去给你备几个菜。"

【9. 庄家村　庄宅　晨　秋　日】

大奶奶在院子里，手上提个篮子，正在采摘已经成熟的桔子。

丁大娟："大奶奶，今儿精神爽着哪，有兴致采桔子哪？"

大奶奶："哟，是大娟啊，好几日不见了。"

黄秋生："大奶奶早。"

大奶奶："秋生也来了？一大早，两人不在家里恩爱，都跑到大奶奶家里来了，莫非有事？"

黄秋生手里提了个沉甸甸的帆布包。

黄秋生："大奶奶，回来后一直没有来看望大奶奶，今儿起个早，把您呀堵在家里。"

大奶奶："进屋去坐会儿，正好尝尝新鲜的桔子，院里的桔子树，今年桔子结得又多又大，再不采就要掉果了。"

大奶奶："来，一人一个，尝尝桔子，可新鲜哪。"

大奶奶给黄秋生和大树娘一人一个桔子，自己也剥了一个桔子，取出一瓣，放入嘴里。

大奶奶："真甜，比后山的桔子要甜。"

丁大娟也剥了个桔子，分了一半给黄秋生。

丁大娟："一起尝尝吧。"

黄秋生："大奶奶，我离家这十八年里，你对黄家的恩德，我无以为报，惭愧得很哪。"

大奶奶："不说这些，这乡里乡亲的，相互照顾，互相托一把，都是应该的。秋生哪，不要整天挂在嘴上，我是大树的干娘，一家人不说两家话。"

黄秋生从帆布包内取出用红布包着的石头，放在桌上。

黄秋生："这是我在外闯荡时，从马帮手里买回来的一块玉石，送给大奶奶。改日，可以割些个手镯，或做个摆件，放在家里。"

黄秋生缓缓地打开红布，一块小冬瓜般的石头，黑不溜秋，又隐约呈现棕色的外表，两头浑圆，十分惹人喜爱。

大奶奶伸出手，抚摸了一下石头。

大奶奶："哟，石头凉凉的，摸着让人舒服。"

大奶奶开心地笑着，望了一眼丁大娟，丁大娟脸儿忽然一红，心怦怦地直跳，不由自主地望着黄秋生。

黄秋生："大奶奶，您找个盒子，把它装起来吧，小心藏着。"

黄秋生说完，用红布把石头重新裹了起来。

大奶奶："秋生，这么贵重的东西，大奶奶绝不会收下，君子爱财，取之有道，你呀，还是把它留给大树。"

黄秋生："大奶奶哎，你一定要收下。你不收下，是看不起我黄秋生啊。"

黄秋生笑着弯腰，对大奶奶拱拳。

大奶奶："这江湖上的一套，在家里不管用，这石头珍贵，若是个普通东西，大奶奶也不推辞。你看，大奶奶这么小的印章，刘生花了二十个光洋，我都心疼了好几天哪。"

大奶奶笑着，掏出田黄石印章，给黄秋生看。

黄秋生："大奶奶莫不是嫌这玉石没有田黄石珍贵？"

大奶奶："我不是这个意思哟，谁都知道，黄金易得，美玉难求。秋生，大奶奶爱财，也追财，但我这半辈子，从来没有贪过白财。你赶紧收起来，大奶奶领了这份心意，你不要让大奶奶难堪了，好不好，黄秋生？"

丁大娟在一旁，始终不言语。

黄秋生："大娟，大奶奶就是观音菩萨心肠。乐善好施，不图回报。"

黄秋生把石头放入帆布袋内。

大奶奶："这就对了，庄家和黄家，虽然姓氏不同，但都是一家人哪。大娟，这几日在家过得可安心？"

丁大娟："安心哪，可心里面就想着坤林，想着秋茧，正准备听大奶奶安排呢。"

大奶奶："你呀，县城别去了，就在庄家村，帮我拉衬一把，又可以天天照顾秋生，过一段日子，兰儿有了喜，到那时你就更忙了。"

【10. 县城　庄宅　上午　秋　日】

庄世伯独自来到县城庄宅，一踏入大门，陶玉如就迎了上来。

陶玉如（吃惊地）："世伯，怎么一大早就过来了？"

庄世伯："咳，大奶奶惦记着锡儿爹，去常州这么长时间，没个消息，秋茧已经收了上来，等锡儿爹回来发货哩！"

陶玉如："是啊，锡儿爹也应该回来啦！"

陶玉如："早饭还没吃吧？我让厨子给你下碗阳春面吧？"

庄世伯："不用了，在庄家村吃了一碗阳春面，到中午肚子都不会饿。"

庄世伯笑着，走进客厅，陶玉如泡了杯茶，端给世伯。

陶玉如："我听到马车声了，锡儿回来了。"

庄世伯和陶玉如起身往院子里走去，见马车停在门口，黄大树正在卸着车套。小桃红咯咯咯地笑着，调皮地推了下锡儿。

小桃红："你家那号人，兴许久未碰姐姐了，你瞧，一大早赶来寻姐姐了。"

锡儿一看，果真是庄世伯，脸上大喜。

锡儿："坤林爹，小桃红说你想我了，追到县城来啦？"

锡儿趁小桃红没注意，揪了一把小桃红。

小桃红："哎哟，姐姐，你下手太厉害了，疼死妹妹了！"

小桃红边叫边笑，从马车上下来。

小桃红："姐姐，我回家去了，改日我们再聊。"

小桃红咯吱咯吱笑着，跨入袁宅。

锡儿下得马车，朝小桃红挥了挥手，上前几步，一把挽住庄世伯，轻声地问："世伯，真的想我啦？"

庄世伯："当然想你们母子啦，天天都操这个心哪！"

"哟！"锡儿撒着娇，"现在你呀，动不动就是想你们母子，何时又单想着我哪？"

锡儿继续撒着娇，挽着庄世伯进入宅院，往客厅走去。

大树安顿好马车后走进屋来，见锡儿依旧挽着世伯，转身出去。

锡儿："大树，头一遭见二奶奶对世伯这么亲热，难为情了？"

黄大树："没有呀，大家都知道，二奶奶和干爹恩爱着哪。"

锡儿松开手：“昨天和兰儿回庄家村，你爹爹可好？”

黄大树：“爹爹好着哩，回来后，整日待在家里，陪着我娘。兰儿回门那天，爹爹将一块玉石送给了袁家，作为回门礼。兰儿爹这次去了苏州，把这块石头割了些手镯。我生怕这事让干娘和干爹知道，引起误会，回去说与爹爹和娘一声。”

黄大树说出了实情，脸儿更红了，一付憨厚样子。

锡儿：“世伯，就这么点芝麻大小的事，大树的心里都搁不下，大奶奶知道这事，只会为黄家高兴哪，你又不是不知道你干娘这个人，乐善好施，从不贪图别人家的钱财。你有这份心思，二奶奶真为你高兴哪。”

黄大树：“我回去说与爹爹听，就是想问问，如果爹爹不止这一块玉石，就送一块给我干娘。”

锡儿：“世伯，咱家大树，真是一个老实巴交的人，兰儿嫁给大树，这辈子没嫁错人哪！”

这时，陶玉如在大门口喊了起来：“锡儿，你快来看，你爹爹回来了。”

黄包车停在庄家大门口，刘生下车掏出一把铜钱打发了车夫。

刘生：“世伯，莫非大奶奶等我着急，差你来的？”

庄世伯：“正是。秋茧已收上来两天了，等你回家发货哩。”

陶玉如：“刘生，怎么去了这么久啊？”

刘生一脸高兴：“回去，大喜事啊！坐下来边喝口茶水，边讲给你们听吧。”

第十五集

【1. 庄家村　庄宅　上午　秋　日】

佣人："大奶奶，啥事这么焦虑？我见你走来走去，心神不宁哪。"

大奶奶："大奶奶心里烦着哪，锡儿爹到现在还不回来，世伯下午去县城坐车赶往常州，世伯又不认得刘银的栗子店，我担心世伯到了常州会走不少的冤枉路。"

佣人："大奶奶，你就安心些，世伯应该找得到那地方，到了常州坐个人力车，一问车夫便会知道地方。"

大奶奶："你这么一说，想想也是这回事。你去厨房忙吧。这院子里秋景正好，大奶奶去院子里透透气。"

大奶奶起身，走到院子里。

大奶奶："青石板铺就的院子，早晨还沾着露水，湿漉漉的，这秋老虎也厉害，一会儿功夫，就被晒得绷干。"

院子里，花圃中各色花儿开着，蜜蜂嗡嗡叫，三两只蝴蝶，扑闪着美丽的翅膀，在花丛树叶间飞来飞去。除了厨房里传来零星的声响，庄家大院中出现了少有的宁静。

忽然，门外传来车轱辘声。

刘生和庄世伯进入家门。

大奶奶（惊喜地）："刘生，你真会寻人开心，在秋茧的节骨眼上，我急得团团转，你不到点不露面，不早不晚地回来，差点让世伯扑个空哪。"

刘生："大奶奶啊，你就是个性情中人，干什么事情，都是越前越好。"

大奶奶："都进屋吧。上午世伯一走，我就感到特别冷清，这下呀，又热闹了。"

众人进得客厅，没等刘生坐稳屁股，大奶奶又数落起刘生了。

大奶奶："锡儿爹，你去常州这么久，也不腻啊？刘银和刘铜都是大人了，建房的事情，用不着你芝麻西瓜都一个人去捡哪。秋茧堆在库里几天了，下面的事情我和世伯也做不来，都急死我了。"

刘生一脸内疚，满脸堆笑，"大奶奶，这次去常州，还真是搂草打兔子，把刘铜的婚事也定了下来。"

大奶奶："噢，还有这事？讲来听听。"

黄大树进屋见大奶奶，怯怯地喊了声"干娘"。

大奶奶："大树，都坐下来，听锡儿爹讲稀罕。"

刘生："银儿与黄婉如来往，谁料想黄婉如次次都带着她的闺蜜江文竹，铜儿起了心，趁银儿与黄婉如去茶馆时，与江文竹认识了。那个江文竹比黄婉如泼辣，和铜儿一见倾心，两兄弟说好了，在11月份同一天办喜酒哪。"

大奶奶："锡儿爹，这城里的姑娘，就是开放。不过呀，今后结了婚，这两妯娌之间，恐怕会不和喽。人算不如天算，早知道这样，两兄弟的房子就不该造在一起了。"

刘生："管不了那些事了。好在房子中间有个墙，两家日后独立居住，各过各的日子。"

大奶奶："古往今来，闺蜜难防。稍不留意，新娘变了闺蜜。看来这种事在城里面还真有。"

黄大树："干娘，城里面真有这种稀奇事？"

大奶奶瞪了一眼黄大树："兰儿的闺蜜多，你呀，别动那个花心眼。"

黄大树脸儿涨得通红："干娘，看你说的，我只不过好奇，随便问问的嘛。"

大奶奶："大树，昨天你爹爹和娘到庄家来的，待会儿，你回去看看你爹和你娘。"

黄大树："嗯，干娘，马车我已安顿好，我这就走回去，明天我过来。二奶奶说，这几天坤林上学，叫个人力车也挺便当的。"

大奶奶："世伯，明天的满月酒，我一个人去。你和锡儿爹，下午赶紧把秋茧的事情办了。锡儿爹，这次去上海，你做回矮人，多给上海人赔些笑。大树，明天你陪陪你爹娘，干娘若有事会叫你的。"

黄大树应了声："干娘，我这就回去。"

黄大树转身出门。

大奶奶走近刘生和庄世伯："昨天，秋生和大娟来看我，说要谢庄家的恩，带来一块玉石，小冬瓜一般大，我硬是没要。我就觉得蹊跷，难不成秋生在外面发了横财回来的？"

刘生："有这么大一块玉石？那可是稀世珍宝啊。乖乖隆地咚，这秋生真有本事，他从什么地方弄回来的？"

庄世伯："黄秋生这人深藏不露，对江湖上的事了如指掌。看来，这里面大有故事哩。"

大奶奶："有天大的秘密秋生不说，咱也别问。无非是秋生在外发了横财，咱庄家不稀罕。"

【2. 黄家老屋　上午　秋　日】

黄大树回到家，推开院门，见爹爹和娘正在吃午饭。

丁大娟："大树，怎么又回来了？快，坐下吃午饭。"

大娟说着，转身去了厨房给大树盛饭。

黄大树："爹爹，干爹今天一早就去了县城，锡儿爹也从常州回来了。干娘急着要把秋茧送上海，我送干爹和刘生回庄家村的。"

大树娘盛了满满一碗米饭，往大树面前一摆。大树拿起筷子吃了起来。

丁大娟："怎么没见兰儿？"

黄大树："兰儿昨晚住在袁家了，今儿早上我还没见着她哩。娘，昨天你和爹爹去庄家了？"

丁大娟："嗯！"

黄秋生："儿子，家里有些事情，爹爹考虑，也该让你知道些，背不住，日后能派上些用场哩。"

黄大树："什么事？"

黄秋生："看到桌案上的布包包吗？"

黄大树："玉石吗？"

黄秋生："嗯，给我盛半碗米饭，吃完饭，我要和儿子聊聊。"

黄大树赶紧扒拉着碗内的米饭。

丁大娟："慢些吃，小心别噎着。"

黄大树（鼓着嘴）："快些吃完，我盼着和爹爹聊聊。爹爹肚子里藏着秘密哪。"

黄大树扒拉完米饭，将筷子"啪"地撂在桌子上，兴奋地看着黄秋生。

黄秋生："去，把院门拴上。"

黄大树立马起身，小跑着把院门拴上。

黄秋生："儿子，爹爹今天要给你看样东西。走，到你的屋里去。"

黄大树尾随黄秋生，向自个屋里走去。

黄秋生："把床下的两只箱子搬出来。"

黄大树弯腰，从床底下轻松地拉出一只棕色的皮箱，放在床上，又弯腰拉出另一只沉甸甸的皮箱，将皮箱搬到床上。

黄大树："爹，好沉呵。"

黄秋生："把皮箱打开。"

黄大树打开第一只皮箱。

黄大树："爹，箱子里只有爹爹一些衣服，我以为藏着什么稀罕哪。"

黄秋生："这只皮箱，原来藏着玉石，现在呀，我弄了些衣服装了进来。去，把桌上的石头给爹爹放进去。"

黄大树一转身，将石头抱着，放回皮箱内。

黄秋生："把这只皮箱打开。"

黄大树小心地打开皮箱，一下子惊呆了。皮箱内有一个红布包，旁边堆满了零星的子弹。黄澄澄的子弹，闪着金属的光泽。

黄秋生打开红布包，两支崭新的手枪，叠放在一起。

黄秋生左右手各拿一支，在黄秋生的脸上，呈现出冷漠和杀气。

黄大树："爹爹，这都是哪来的？"

黄秋生望着儿子，"嘿嘿"地笑了两声，把枪往腰间一插。

黄秋生："自从爹爹与土匪上山，换来你的自由，爹爹这十八年哪，酸甜苦辣一肚子啊，整天提心吊胆，一天都没消停过想你们娘俩，一直找不到机会逃出去。直到官军剿了山寨，大当家金不换跳了悬崖，爹爹才逃了出来。”

黄大树：“爹爹，那金不换死了吗？”

黄秋生：“在那个密林里，杂草没了腿肚子，又是大半夜，爹爹只顾得逃去，这金不换十有八九命归西天了。”

黄大树：“万一金不换没死，会不会来寻仇？”

黄秋生：“只要金不换没死，按江湖规矩，金不换日后定会前来寻仇。不过爹爹一直没有透露我是哪里人，家住什么地方。想要寻仇，难哪。”

黄秋生：“不过，小心无大错。县城虽小，也有二三十万人口，袁家偏偏又是开的状元楼饭店，这南来北往的人多得去了。兰儿娘戴着玉镯，招摇显摆，万一露出个风声，传到江湖上去，这事儿就麻烦了。”

黄大树明显情绪紧张，两个拳头捏得骨节咯吱咯吱地直响。

黄大树：“爹爹，任凭他们来，只要儿子在爹爹身边，谁也动不了爹爹。”

黄秋生：“就凭你那几招花拳绣腿？要靠这个。”

黄秋生从腰间抽出双枪，在儿子眼前晃了晃。

黄秋生：“武艺再怎么高强，哪怕卢俊义在世，都敌不过一个拿着这玩意的文弱书生，只要一扣扳机，再强的武功也都给你废了。”

黄大树：“爹爹，我听人说起，在刘生老家安徽和咱们县城与安徽交界的地方，出现了红枪会。那些个红枪会的人，胸口贴着神符，嘴里念着神咒，个个刀枪不入哩。”

黄秋生：“哈哈哈，傻儿子唉，这世上哪有什么刀枪不入的人呵，都是唬人骗人的鬼把戏，遇上这枪啊，还不是枪枪见洞。爹爹今日，就是要把这枪教会与你，日后无论防身还是护家，都得靠它。”

黄秋生洋洋得意地举起枪，做了瞄准射击的动作。

黄大树：“爹爹，这是什么枪？”

黄秋生：“这枪是大名鼎鼎的德国大镜面，江湖上又称盒子炮，驳壳枪，弹匣里可装二十发子弹，可以打百来米远，既能单发又能联发。”

黄大树：“这枪怎么使？”

黄秋生：“你小时候见村里的木匠锯木头，前后用墨笔点两个点，然后用墨线拉直，一弹就是一根直线。这两个点，好比枪的瞄准缺口和准心，两个点对齐了，再直直地瞄着人，扣动扳机，这人啊，就跑不掉了。”

黄秋生："在开枪时更有诀窍，通常是甩手枪，成斜方向出枪射击，讲究的是眼快手快开枪快。对方人多时，甩手枪连扣扳机，子弹会扇面形分布，一扫一大片。"

黄秋生挥舞着手枪，示范给大树看。黄大树接过黄秋生手中的枪，学着爹爹的样子，做了几遍。

黄大树："爹爹，一枪在手，儿子觉得威风凛凛。"

黄秋生："打不动的目标时，你可持枪瞄准，三点一线，要想打头就瞄下巴，要想打胸就瞄肚子，一打一个准。"

黄大树："爹爹，为什么打头要瞄下巴呢？"

黄秋生："开枪后，枪口会往上跳，这种感觉你慢慢会知道。总之，你的臂力足，这几斤重的铁家伙，你还不玩得轻松自在？"

黄大树："爹爹，儿子一只手可以把几十斤重的石锁举过头顶呢。"

黄秋生："走！把枪藏好，咱爷俩各骑一匹快马，去南山转转，爹爹教你开上几枪。"

黄大树赶紧把枪插在腰间，穿上外套，从马厩里牵出棕红马，黄大树飞身跃上马背，黄秋生拍了拍大黑马，一跃而上。

黄秋生："大娟，我和儿子去南山转转。"

丁大娟："早去早回啊。"

父子俩扬鞭催马，向南山绝尘而去。

【3. 南山　中午　秋　日】

两匹快马奔驰在曲曲弯弯的山路上。

黄秋生骑在马背上，向前眺望，前方依旧是山，似乎无穷无尽，向远方延伸。

黄大树："爹爹，莫往前行了，就在这地方，放上几枪吧？"

黄秋生突然掏枪，对着前方一棵大松树"呯"地开了一枪，只听到枪响同时，松树下面传来"呯"的一声，一只松鼠应声落地。

黄大树正想大声喝彩，几只野山鸡被枪声惊飞，扑腾着翅膀，先后飞离地面，黄秋生举枪连发，"呯、呯、呯"三声枪响，三只野山鸡中弹落地。

黄大树："好！好！"

黄大树兴奋地在马背上直嚷。只见黄秋生一脸轻松，得意地吹了吹枪口冒出的硝烟，把枪插入腰间。

黄大树策马来到野山鸡中弹之处，飞身下马，捡起三只山鸡，欢快地跃上马背，向黄秋生跑来。

黄大树："爹，全都是胸部中弹。"

黄秋生笑着，指着二十米开外的一棵野板栗树："儿子，对着树干，放几枪，爹爹只需听听响声，就知道中没中。"

黄大树左手提着野山鸡，右手掏出手枪，对着树干稍作瞄准，"呯、呯、呯"三声枪响后，得意地学着爹爹的样子，吹了吹冒烟的枪口。

黄秋生："枪枪落空，你自个过去看看，连个树皮都没挨着哪。"

黄大树策马来到板栗树下，寻找了好一会儿，也没发现子弹留下的痕迹，一脸懊丧。

黄大树："咋会呢？爹爹，咋会打不中呢？"

黄秋生："儿子，你开枪的时候换气了没有？"

黄大树一脸苦恼，点了点头。

黄秋生："你呀，开枪时屏住呼吸，瞄准即射击，再来一次吧。"

黄大树策马回到爹爹身旁，打起精神，掏枪瞄准，屏息凝神，只听得"呯呯呯"三声枪响后，黄秋生在马背上哈哈大笑。

黄秋生："儿子，三枪都中了。爹爹只要听听响声，就知道了。"

黄大树赶紧策马，重又回到栗子树下，抬眼望去，果然树干上留下了三个弹孔。

黄大树（兴奋地）："打中了！爹爹，打中了！"

黄秋生："枪打多了，感觉就出来了。回去后，对谁也别提枪的事情，你把这杆枪，藏到你的屋里，找个顺手好取、外人又不易找到的地方。记住，把枪的保险关上，防止走火伤人。"

黄大树："知道了，爹爹。"

黄秋生翻身下马，从草丛中折了两根细藤条，把三只野山鸡的腿捆绑在一起，拎在手上，一跃上了马背。

黄秋生："走，回家去。野蘑菇炖山鸡，晚上的下酒菜。"

【4. 黄家老屋　太阳西斜　秋　日】

丁大娟心神不宁。

丁大娟时不时地跑到门外，对着南山瞭望。

两匹快马飞奔而至，丁大娟脸上露出了笑容。

黄秋生和黄大树策马入院。

黄秋生："大娟，咋不待在屋里？院子里太阳热啊。"

丁大娟："秋生，你和大树骑马上南山，我这心里扑通扑通直跳，这家刚刚有了安顿，我见儿子跟着你舞枪弄棒，心里说不出的害怕啊。"

黄秋生："哎，怕什么怕？儿子长大了，再也不是当年的小毛孩了，越是藏着掖着护着，是没有出息的。"

黄秋生一脸豪迈，将三只野山鸡递给丁大娟。

黄秋生和黄大树下马，黄大树将马圈在树上。

黄秋生："大娟，去后面山坡上，寻些野蘑菇，晚上炖个野山鸡，我和儿子晚上喝几杯，我来烧水，把这野山鸡整了。"

丁大娟："哎，我这就去弄些蘑菇，前面林子里多得很。"

丁大娟去厨房拿了只篮子，顺手拿了个小铲子，往后院树林里走去。

黄秋生来到厨房，往锅里倒了桶井水，坐在灶膛口，抓起一捆干草，点燃后放入炉膛，又拿起根树枝，轻轻地扒拉着干草，火焰瞬时升腾了起来。

黄大树蹲在黄秋生身边，拿了些干树枝塞入灶膛，一阵噼里啪啦的干柴燃烧声，升腾而起的滚滚浓烟，被烟囱吸入屋外。

锅里的水沸腾着，黄大树将热水舀入水桶，父子俩开始拾掇着打来的野货。一会儿，丁大娟提着半篮子野蘑菇来到屋里，见父子俩已把山鸡剁好。

丁大娟："秋生，难得见你们父子这么亲热了。"

黄秋生："都采了些什么蘑菇啊？让我看看，采错了要吃出人命的。"

丁大娟："放心，这有毒没毒的蘑菇，采了几十年了，我这眼睛还不花哪。"

黄秋生："家里还有香菇，用热水发一些，混在里面，炖一大锅，可好吃了。"

丁大娟系上围裙，把采来的蘑菇倒入水桶浸泡起来。

黄秋生："儿子，把枪藏你屋里去。"

黄大树赶紧“哎”了一声，跑向自己屋子。

黄秋生转身走到卧室，抽出手枪，放到床头柜背板后面。

【5. 县城　赵宅　秋　日】

赵夫人：“赵林爹，你在想什么？”

赵县长：“儿子好久没来信了，突然心里怪想着他。”

赵夫人：“哎，赵林咋这么不懂事呢？儿行千里母担忧，也不知这段日子他在干什么，好不好。”

赵县长：“好在身边有个梅儿在照应他，日常生活应该过得下去。”

赵夫人：“这个我倒不担忧，钱也没少打给赵林。赵林爹，你说这美国怎么啦？像个无底洞，打了那么多钱儿子还说不够哪。”

赵县长（内疚地）：“别这么说儿子，一想起儿子在外，我心里难受。赵林去了美国，咱这个家变得空空荡荡的。往后得要多捞些钱，花钱的地方多着哪。”

赵夫人：“你看看这些年你攒下的宝贝，瓶瓶罐罐一大堆，古玩店的老板上门看了说没一个值大钱的东西。”

赵县长望了一眼博古架，“县城巴掌大，乡下人又穷得要死，我是绞尽脑汁这么些年才攒了些钱财。”

赵夫人：“有啥用？你哪年都往省里跑，辛辛苦苦搞来的财物大多数不都孝敬给赵老头子啦。”

赵县长苦笑着摇了摇头，“这你就不懂了，捞十块钱你不孝敬上司半数以上，这县长的位置能做了那么些年？人家赵老头子年年也盼着咱们这些人登门哪。”

赵夫人：“赵林爹，袁家发了大财，那天我去状元楼吃饭，梅儿娘手上戴了个玉镯让我看见了，那真叫一个漂亮。”

赵县长：“哦？你肯定那是个宝贝？”

赵夫人撸下手上戴着的镯子，“梅儿娘那个镯子和我这个镯子比，一个天上，一个地下，你啥时候能弄一个像她那样的一个镯子给我？”

赵县长：“真有那么好？怪了？咱这巴掌大的县城，古玩店和玉器店的老板我都认识，那几家店里不可能有这样的好货。”

赵夫人：“你忘啦，前阵子袁通和袁大奶奶带着兰儿和大树，半大家子人呼拉拉去了苏州好几天哪，说不准那镯子就是在苏州买的。”

赵县长不语，陷入了沉思中。

赵夫人：“赵林爹，又在想什么心事啦？”

赵县长起身缓缓地兜起了圈子，“事情没这么简单。”

赵夫人：“怎么讲？”

赵县长：“赵家和袁家攀了亲家，那个马车夫家和袁家也攀了亲家，赵家和马车夫家原本不搭界，现在也沾亲了，这里面大有文章啊。”

赵夫人：“有什么文章？”

赵县长：“你想，马车夫的爹爹黄秋生，跑马帮那么些年不回家，混江湖的人，故事多着哪。”

赵夫人（恍然大悟）：“怪不得袁通匆匆忙忙去苏州，苏州的古玩店玉器店琳琅满目，莫非那玉镯不是买的？”

赵县长：“要真像你说的那种玉镯，袁家舍得花那个钱？我猜想那个马车夫的爹爹一定从外面带回了不少的财物，否则，袁家的兰儿怎么会许配给一个马车夫？”

赵夫人：“哎呀，兰儿前不久回的娘家，袁家随后就去了苏州，这前脚后脚的，哎呀呀，我有些明白了。”

赵县长往太师椅上一坐，悠闲地喝起来茶，不语。

赵夫人：“赵林爹，有办法套出袁家的话吗？我心不贪，就盼着手上也能带上那么个镯子。”

赵县长笑了笑，“放心，如我所料是那么回事的话，你就等着戴玉镯子吧。”

赵夫人：“你别骗我，我才不信哪。你有啥法子，讲来听听？”

赵县长：“你，现在就去找梅儿娘，告诉她，今晚我要设宴款待马车夫全家。”

赵夫人：“值得请马车夫一家吗？”

赵县长：“我设计了一个圈套，让马车夫的爹爹钻进去。哎，晚饭时你别乱说话啊。”

【6. 黄家老屋　太阳西斜　秋　日】

门外传来马车的声响，黄秋生探头一看，见兰儿从马车上下来，风风火火地跑进了院子。

“大树，大树。”兰儿边跑边叫着。

黄秋生心里一惊，疾步奔出屋外，“兰儿，莫慌张，发生什么事了？讲给爹爹听。”

兰儿：“大树呢？爹，我都着急死了。”

黄秋生：“莫急，慢慢讲。”

丁大娟用围裙擦着手，赶紧跑到院内：“兰儿，什么事这么着急？把娘给吓得不轻哪。”

兰儿：“娘，今天上午，我没找到大树，问了锡儿，才知道大树回庄家村了。早晨起来，我娘说，晚上赵县长和太太来状元楼吃晚饭，要见我和大树，尤其还要见爹爹哩。眼看着太阳往下沉，再不往县城赶，恐怕不赶趟了。”

黄大树在隔壁听到兰儿叫声，赶紧锁好门，跑进院内。

黄大树：“兰儿，咋回事？”

兰儿：“赵县长突然要请你和公公吃晚饭，眼见着太阳下山了，我叫了辆马车赶回来的。”

黄秋生：“快，去马厩，把两匹快马都拉出来，立刻赶往县城。”

黄大树来不及多问，赶紧往马厩跑去。

黄秋生转身回屋，换了件马褂，顺手从床头拿了个礼帽，往头上一戴。

黄秋生：“大娟，我们骑快马去县城，时间还赶趟，你待在家里吧。”

丁大娟：“秋生，我这心里慌张得很，赵县长咋突然想起要请你吃饭？怕不是好事吧？”

黄秋生：“大娟，别怕，是祸躲不了，就当赵县长摆了出鸿门宴吧。”

丁大娟惶惶不安地送黄秋生出家门。

黄大树把马绳递给爹爹，把兰儿抱上马背，翻身上马：“娘，我和爹爹吃了晚饭，还赶回来哪。”

黄秋生一跃骑上大黑马，夺门而去。黄大树带着兰儿策马冲出院外。

丁大娟：“秋生，那蘑菇炖野山鸡，还炖不炖？”

黄秋生："炖！晚上回来喝小酒呢。"

山路上，随着马蹄快速的敲打声，一阵尘土飞扬。

【7. 县城　山路　日落时分　秋　日】

黄大树和黄秋生两匹快马奔驰在山道上。

黄大树："爹，赵县长为何要见你？"

黄秋生："当官的请人吃饭，不是为了自己的仕途，那一定是冲着自己的利益。"

黄大树："咱家有什么利益让赵县长惦记？"

黄秋生："儿子，是福不是祸，是祸躲不过。吃饭时看爹爹的眼色行事吧。"

黄大树："爹爹，凭赵县长的地位，怎么突然想起要请咱们吃饭啊？我看里面有花头。"

兰儿搂着黄大树的腰，"大树，别乱想，咱们黄家和赵家现在不也沾亲了吗。"

黄秋生骑着马追赶着黄大树，"我料想一定是哪儿泄了风，这顿饭十有八九是冲着石头来的。"

【8. 县城　状元楼　夜幕降临　秋】

黄秋生和黄大树两匹快马来到状元楼。

三人下马，黄大树将马匹圈在状元楼的圈马桩上，黄大树掏出五个铜板，塞到看马老头的手中。

黄大树："大爷，吃个晚饭，光景不长，给弄些水让马儿喝喝。"

袁大奶奶在楼上的包厢内透过窗户向兰儿喊着："兰儿，我们在贵宾厅哩。"

兰儿把黄大树和黄秋生领上三楼，进入包厢。

袁通穿着黑色长褂，头戴西瓜帽，鼻架金丝镜，见黄秋生入内，举手抱拳相迎。

袁通："亲家，久未相见，家中可安？"

黄秋生连忙弯腰抱拳回礼，"亲家好，家里一切平安。"

袁通："先入包厢喝茶，赵县长此刻恐怕在路上了。"

黄秋生："亲家，赵县长怎么突然想起要见我？我这一介山野匹夫，还从未见过这么大的官啊。"

袁通领黄秋生进入包厢，佣人上茶。

袁通："亲家，我也在纳闷，赵县长怎么突然想请你吃饭，莫不是兰儿嫁给了大树，大树和赵林成了连襟这层关系？亲家，反正我那个亲家，我对他多少还是有点了解，一肚子学问，是个文官啊。到时，您也别太拘谨。"

黄秋生："拘谨是免不了的，毕竟生平第一次见县太爷。能有这样的机会，全托了兰儿的福分啊。"

袁通捋着胡子呵呵地笑着。

大奶奶在包厢里来回走动，眼睛时不时地望着窗外。

袁大奶奶："赵县长来了。"

众人纷纷从窗口向外望去，只见一辆马车，向状元楼而来，马车前后，各有两个背着长枪的兵丁簇拥着，中间一个兵丁身材魁梧，高高大大，腰间别着一把手枪，跟着马车一路小跑。

袁通和袁大奶奶赶紧下楼迎候，赵县长夫妇下得马车，见袁通夫妇，眉开眼笑。赵县长摘下白手套，与袁通握起手来。赵夫人扭捏着发福的身体，亲昵地挽着袁大奶奶走上楼来。

黄大树和兰儿站在包厢门口，兰儿恭敬地向赵县长夫妇笑了笑。

兰儿："赵县长好！赵夫人好！"

赵夫人："哎哟，兰儿是越长越漂亮了。"

赵夫人："这是兰儿的先生，大树吧？长得精神。"

袁大奶奶："正是。噢，这是兰儿的公公，叫黄秋生。"

兰儿娘笑着，对赵县长和赵夫人介绍了起来。

黄秋生赶忙站起身子，恭恭敬敬地抱拳，向赵县长和赵夫人鞠了一躬。

赵县长微笑着，向黄秋生点了个头，随后，往主客座位坐下。

赵夫人："坐吧，一起坐吧。"

黄大树和兰儿并肩坐在一起，面对县城最大的官，显得局促不安。

袁大奶奶："赵县长，状元楼新学了几道苏帮菜，松鼠鳜鱼、响油鳝糊、蟹粉豆腐、清炒虾仁，您尝尝。"

赵县长尝了筷松鼠鳜鱼，酸酸甜甜的。

赵县长："不错，有苏州名菜的味道。"

袁大奶奶："赵县长，桌上的酒是庄家酒坊酿制的'神仙酒'，这酒呀，有三年啦。"

赵县长端起酒杯喝了口，满意地点了点头。

赵县长："亲家，吃到这道松鼠鳜鱼，让我想起一首诗，背给您听听？"

赵县长自顾自地摇头晃脑，在袁大文人面前卖弄些文采。

"西塞山前白鹭飞，桃花流水鳜鱼肥。

青箬笠，绿蓑衣，斜风细雨不须归。"

袁通起身，连连拍手。

袁通："亲家母，赵县长真是才学八斗，这是唐朝张志和的《渔歌子》，我都一时背不下来。"

袁大奶奶赶紧举杯，"赵夫人，我们袁家敬您一杯。"

赵夫人欢笑着站起，一饮而尽，随后对着赵县长挤眉弄眼。

袁大奶奶："亲家母，我原先以为，赵县长造福一方，没想到赵县长满腹诗文，只可惜在我们县城大材小用了。"

赵县长对袁大奶奶连连摆手，"亲家母，《红楼梦》里士隐说得好啊，因嫌纱帽小，致使锁枷扛，昨怜破袄寒，今嫌紫蟒长。"

赵县长说完，指了指自己身上穿的中山装，又指了指袁通身上的黑大褂，兴高采烈地端起酒杯，敬袁通。

赵县长："我穿中山装，亲家公穿黑大褂。官不要做大，高处不胜寒。官也不要嫌小，壶里乾坤大。关键是，识时务者为俊杰，顺潮流而昌，逆潮流而亡。"

袁通一脸惭愧："如今民国了，孙中山先生的衣服，已成官场的标配，我这个孔夫子，不能与时俱进，惭愧啊。"

赵夫人和众人一听，皆笑了起来。

袁大奶奶取了双干净的筷子，夹了一筷鳝糊，放入赵夫人盘中，左手腕露出晶莹的手镯。

赵夫人将自己手腕上的手镯往上撸了撸。

赵县长见夫人把手镯往上撸，又瞟了眼袁大奶奶的手镯，若无其事地说开了。

赵县长："咱这个溧水县城，虽然只有几十万人口，但是土地肥沃，人民勤劳，民风淳朴，夜不闭户。前些日子，上峰表扬了本县好多次。"

兰儿："山不在高，有仙则名。县城虽小，有赵县长领导则灵。"

赵县长和众人哈哈大笑。

赵县长："上峰有意要提升我，去一个更大的地方任职，我是舍不得这几十万乡亲，屡次被我婉拒了。在这个县城，我看中的人，这手呀，往上抬一抬，这人就高升了。我不如意的人，这手呀，往下压一压，这人就上不去喽。"

众人哈哈大笑。

赵县长得意地喝了口酒："亲家，赵林在美国读经济学，梅儿也在读医学院，待过几年，赵林完成了学业，我想培养他，说不准上峰赏识了，今后，接他爹爹的班哪。"

赵夫人："赵林爹，你这也是为国家选拔人才呀，我家赵林，从小就脑袋灵光，经济学成回国，又懂外国话，上峰一定会赏识我家赵林的。"

袁通和大奶奶立马起身，激动不已，赶紧举杯，谢赵县长。

袁大奶奶："亲家，赵林出息了，梅儿才有好日子过。听了亲家的话，我这心里热乎乎的。"

赵县长："现在为时尚早，这成才之路，虽有我们点拨，但造化，还得看赵林的了。"

赵县长又喝了口酒，起身敬黄秋生。

赵县长："黄秋生，听说你是个老英雄，长年累月闯荡江湖，非寻常人一个。兰儿做了你的儿媳妇，我们这三家的关系啊，就像树根缠着树根一样，越来越壮大喽。老英雄，我敬你一杯，回来就好，一家人过热乎的生活，在外闯荡那么些年，不容易啊！"

赵县长故意将最后两句话，用较高的声音说了出来。

黄秋生连忙站起，恭敬万分地碰了杯，一口饮下。

赵县长："坐下，老英雄，都是一家人了，不用这么客气。"

黄秋生故意显得紧张，一脸窘迫的样子。

赵县长："最近，邻县及周边县城有些不省心的事，红枪会起来了，江湖所谓的绿林好汉，也活跃得厉害。邻县抓了个马帮首领，异地关押在本县候审哪，这个首领，名曰跑马帮，其实与土匪勾结，劫了不少的钱财。”

赵县长说完，故意停顿了一会儿，吃了点菜，又笑着，对众人说："哎，我这个人，家宴还想着公事，来来来，一起吃啊。”

黄秋生双手捧着酒杯，“赵县长，我敬你一杯，我乃一介村夫，虽然跑了多年的马帮，只挣得些糊口的钱。承蒙赵县长称呼我老英雄，真是羞愧死我了。我黄秋生长年累月跑江湖，也是为了讨生活。这么多年跑江湖下来，也遇到许多稀奇怪事。前些年，在深山走货时，遇到新疆的一个马队，那些马队的人都得了深山病，幸亏遇到了我懂些药方，我弄了些草药，治愈了他们。新疆人硬是给了我两块石头。一块石头给兰儿作为回门礼，另一块石头搁在家中也无用。今遇赵县长夸奖，无以回报，将这块石头，送与你家赵林，日后兴许能派上用场。”

赵县长赶紧起身，端起酒杯，“哎哟哟，老英雄，万万不可！我在县城当县长至今，一身清廉，两袖清风，万万不可。”

黄秋生："大树，你骑上快马，回庄家村去，把石头取来。”

赵县长："慢，外面黑灯瞎火，路上不安全哪。大树，我让汤全与你做个伴。”

赵夫人："亲家母，真是推也推不掉，花些钱权当买了吧。”

赵县长掏出一把光洋，走到黄秋生面前，硬塞进黄秋生马褂的口袋中，又走到窗口，对楼下喊道："汤全，你上楼来。”

汤全上楼，腰间插着“独眼龙”手枪，对着赵县长就是一个敬礼。

赵县长："你护着黄大树去一趟庄家村，我和太太在此打会儿麻将，等着你哪。”

“是！”汤全恭敬地行了个礼，与黄大树一起匆匆下楼。

汤全和黄大树跃身上马。

赵县长忽然想起什么，疾步奔向窗口，冲楼下大喊："汤全，这东西宝贝着哪，路上一定要当心。你再带两个兵丁去，我在这等着哪。”

汤全："赵县长，您尽管放心。”

汤全带着两个兵丁和黄大树策马往庄家村疾奔而去。

第十六集

【1. 县城　赵宅　秋　夜】

赵宅客厅灯火明亮。

赵县长和赵夫人喜滋滋地望着桌上的石头，嘴里发出赞叹声。

汤全站在一旁，忍不住上前探望。汤全伸出右手欲抚摸石头，赵县长伸手轻轻地拍打了他的手背，汤全尴尬地笑了笑。

汤全："赵县长，这块石头真是个宝贝？"

赵县长眼珠子一瞪，"什么宝贝，这就是一块普通的玉石，值不了几个钱，就咱县城的那家玉器店里，这样的石头多着呢。"

汤全："赵县长，我就不明白了，既然这块石头不值钱，那为啥还要汤全护着那个马车夫去庄家村？一个来回几十里山路呢。"

赵县长："我以为是什么稀世宝贝，想先睹为快嘛。"

赵夫人："赵林爹，这石头真不值钱？"

赵县长："也就值个三五块大洋，稀罕不到哪里。"

赵夫人："那我们不是亏了？你塞给黄秋生六个大洋呢。"

赵县长："这能怨我吗？你好奇心太强，那可是要害死人的。"

赵夫人："明天，让汤全把这石头送回去，把那六块大洋要回来。这吃亏的买卖，傻子也不会做。"

汤全："那我明天把这石头再给黄家送回去？"

赵县长："算啦，黄家与袁家结了亲，不管怎样，那个马车夫和赵林是连襟，他俩日后见面提到这事多尴尬啊？”

赵夫人：“这不亏了一两块大洋吗？这年月挣钱多不容易啊。赵林在美国要起钱来总是狮子大开口。”

赵县长从口袋里掏出一块大洋递给汤全，“汤全，你今天辛苦了，这块大洋你拿了，明天请那两个兵丁喝顿酒。”

汤全接过大洋，唯唯诺诺地说：“谢谢赵县长，汤全本不该拿这块大洋，要不是赵县长和赵夫人关心爱戴我，我现在还在山坡上放牛哪。”

赵夫人听了哈哈笑，“汤全，你也是个有良心的人，你要不是我的远房侄儿，你能有今天吗？按赵县长的脾气，提拔人才，那可是举贤避亲的啊。”

汤全：“是，是。外面都说赵县长提拔人才，只看能力不看关系的。”

赵县长：“汤全，已经大半夜了，你先回去休息吧。明天早上晚一点来接我。我这一觉睡下去到太阳升起，恐怕还不会醒哪。”

汤全：“哎。”

赵夫人将汤全送出客厅，门岗将大门合上。

【2. 县城　赵宅　秋　夜】

赵宅客厅。

赵夫人：“赵林爹，都说你精明，怎么今天干了这蠢事？”

赵县长脸露喜色，悠悠地围着八仙桌转了个圈，又回到玉石旁，眉开眼笑地捧起玉石，在手上掂了掂，又将玉石放回桌上，脸上露出得意的笑容。

赵夫人：“赵林爹，亏你还笑得出来。”

赵县长：“你呀，真话假话咋听不出来呢？当着汤全的面，能说它是价值连城的宝贝吗？”

赵夫人：“什么？真是个宝贝？”

赵县长：“当然。首先看这块石头的形状，长得像个小冬瓜，黑里透红，形状就十分讨人喜欢。”

赵夫人：“喜欢有什么用？又不能拿来换钱。”

赵县长：“你别心急，听你男人慢慢地讲。”

赵夫人：“有屁快放，我都着急死了。”

赵县长呵呵笑着，“刚才我掂了掂这块石头的重量，沉得很哪。”

赵夫人 :“是石头当然沉。”

赵县长 :“这说明这块石头密度大，比一般石头来得硬。”

赵夫人 :“是石头当然硬，这个小把戏都知道。真是的，还用得着你说。”

赵县长 :“这说明这块石头一定是块玉石，而且是块好玉石，价值连城哪。”

赵夫人 :“值多少钱？”

赵县长 :“值大钱。差不多能抵上这个宅子的钱。”

赵夫人 :“啊？”

赵县长 :“如果把这块石头送到苏州，去雕一个大的摆件，放在博古架上，咱这赵府可就增辉了。”

赵夫人 :“雕什么摆件，给老娘多掏几个镯子，也让我风光风光。”

赵县长 :“雕一个大的摆件，能卖出个大价钱。掏镯子大材小用啦。”

赵夫人 :“赵林爹，万一这是假的呢？干脆明天把玉器店的老板叫到家里来，让他给断一断？”

赵县长 :“你傻啦？这么贵重的东西，一旦漏了风，满县城的强盗和贼都会惦记上的，这不是引火烧身嘛。”

赵夫人 :“那该怎么办？”

赵县长 :“你去找个盒子，把这石头装起来，塞到赵林的床底下去。”

赵夫人 :“也好，反正这个家今后都是儿子的，留给赵林我也安心。”

赵夫人转身拿出个盒子，将玉石装入。

赵县长突然打了个哈欠，“这酒开始上头了，庄家酿的酒好上口，后劲大，我先去睡啦。”

【3. 县城　赵宅　秋　日】

太阳临近中天。

赵夫人衣着整齐走入赵县长卧室。

赵县长睡得正香，时不时发出几声呼噜，赵夫人掀开被子，“起来吧，睡了一个上午了，该吃中饭了。”

赵县长睁开眼，懒洋洋地从床上爬起，嘴里嘟囔着，“这一觉睡得真香。”

赵夫人将赵县长的衣服往床上一扔，转身出门。

客厅的八仙桌上已经摆上了几碟菜肴，佣人端着一锅热腾腾的汤进了客厅。

赵县长衣着整洁进入客厅，刚端起饭碗，门外传来了敲门声。

赵县长："汤全来了。"

赵夫人对佣人说了声，"你去开一下大门。"

佣人来到大门前，问了声，"谁啊？"

门外传来一男人的声音："赵县长在家吗？"

佣人透过小孔往门外一瞧，突然惊慌失措地往客厅跑去。

佣人："不好啦，门外来了一群打劫的土匪。"

"啊？"赵县长和赵夫人惊讶地叫了声。赵县长拿筷子的手明显颤抖。

赵县长："大白日的，敢来赵宅打劫？"

佣人："老爷，外面有十来个人，都拿着家伙哪。"

这时门外又传来不规则的敲门声。

赵夫人："哎呀，这些人来路不明啊，汤全怎么到现在还不来，急死个人了。"

赵县长："别慌，这门别开，等汤全来了，问个明白再开门。"

门岗提着枪跑进客厅，"赵县长，外面有十几个持枪的，怎么办？"

赵县长："你先守着大门，有敢闯进来的，尽管开枪射杀。"

门岗紧张地端着枪，守护着大门。

【4. 县城　赵宅　秋　日】

大门外时不时传来敲门声和恭谦的喊门声。

赵县长蹑手蹑脚地走近大门，透过窥视孔看了一眼，见门外停了三辆马车。一头戴西瓜帽穿长衫的男子正谦卑地站在门外，马车边站着十几个持枪的男人。

赵县长一惊，返身蹑手蹑脚地往客厅走去。赵夫人尾随其后。

赵夫人："赵林爹，有危险吗？"

赵县长："看起来，这些人不像是打劫的土匪。但这伙人来路不明，还都带着家伙。俗话说，无事不登三宝殿啊，吃不透就别开门。"

赵夫人："汤全咋还不来哩，这个汤全越来越不像样了。"

赵县长："我昨晚关照他迟一些来，可是，但是，汤全也不能到现在还不来呀？这个汤全，都让你给娇惯了。"

这时门外传来马蹄声。

赵县长和赵夫人迫不及待地往大门口走去。

透过窥视孔，见汤全提着手枪，带着几个兵丁，正站在大门口盘问戴西瓜帽的男人。

汤全："哪来的？还带着家丁哪？"

西瓜帽赔着笑，"我们从安徽过来的，有要事告知赵县长。"

汤全："赵县长是谁都可以见的吗？有事去县府等候。"

西瓜帽："这位长官，您有所不知，我和赵县长是亲戚哪。"

汤全："噢？是哪门子亲戚？"

西瓜帽："我爷爷和赵县长的爷爷是表兄弟哪。"

汤全："这扯得远了，赵县长知不知道有这门亲戚还不一定呢。"

西瓜帽："您看，长官，我大老远赶来，就是为了孝敬赵县长，马车上载了半车的礼物哪。"

门内，赵夫人一听，脸露喜色，扯了下赵县长的衣服，赵县长朝赵夫人摆了摆手。

汤全："赵县长在乎你那些礼物吗？别在这磨蹭，有事去县府候着。"

汤全说完挥了下手，兵丁们端着枪开始驱赶。

西瓜帽："哎，哎，哎，别，别，长官，我们真是赵县长的亲戚啊。"

汤全扬了扬手中的枪，"这样吧，为了确保赵县长的安全，你的这些家丁跟着我的兄弟先去县府喝口水吧。"

西瓜帽："哎，哎。"

西瓜帽一挥手，"你们跟着这几个兵丁先去县府喝口水吧。"

汤全的兵丁跨上马，众家丁坐上马车，一众人浩浩荡荡地离开了赵宅。

门内，赵县长蹑手蹑脚快速地向客厅走去，赵夫人紧随其后。

门外，汤全收起手枪，将马圈在圈马柱上。汤全迈上台阶，望了一眼西瓜帽。

汤全扬起右手，握拳敲打着宅门，"咚咚咚。"

佣人望了眼赵县长，赵县长朝佣人挥了挥手示意开门。

佣人来到大门处，将门打开。

汤全领着西瓜帽步入赵宅。

【5. 县城　赵宅　秋　日】

汤全领着西瓜帽走入屋内，汤全示意西瓜帽待在屋门口。汤全径直走入客厅。

客厅，赵县长端着碗装模装样地在吃饭。

汤全 :“赵县长，你有个远房亲戚要见你。”

赵县长 :“噢？我说这两天怎么眼皮跳呢，原来亲戚上门啦。还不快请他进来。”

未等汤全招呼，西瓜帽低头哈腰满脸堆笑地进入客厅。

西瓜帽 :“表哥，我是赵扣扣啊。”

赵县长故作惊讶，“哦，原来是扣扣老表啊？这一晃几十年啦，我都认不得你啦。”

赵扣扣 :“表哥，表弟逢年过节都会想起表哥哪。”

赵县长 :“还没吃饭吧？坐下来一起吃。哦，我给你介绍下，这是你嫂子。”

赵扣扣 :“嫂子好。”

赵夫人 :“还不快去给客人上饭。”

佣人 :“哎。”

不多会儿，佣人将饭端在赵扣扣面前。

赵县长 :“吃吧，边吃边聊。”

赵扣扣端起碗，紧接着又放下。

赵扣扣 :“表哥，这次来得匆忙，给表哥带来些土特产，还都在马车上装着呢。”

赵扣扣说完，向大门外走去。不多会，马车夫将马车上的物品搬入院中。

赵夫人隔窗望着院内，不屑一顾地冷笑了一声。

赵夫人 :“都是些山货，谁稀罕！赵林爹，他真是你表弟？”

赵县长 :“哪门子表弟？反正我没有印象了。乡下的那些亲戚们，几十年不来往了。哎，你给我记住，这恐怕是个有钱的亲戚，脸上堆些笑啊。”

赵夫人 :“知道。逢场作戏我还是拿捏得准的。”

赵扣扣进门，“表哥、表嫂，这次专门带来些老家的土特产给你们尝尝。”

赵扣扣边说边从口袋里掏出一根金条，笑嘻嘻地塞给赵夫人。

赵夫人：“哎呦，这么贵重的东西，表嫂受不住啊。”

赵夫人笑呵呵地边说边接过了金条。

赵扣扣：“这是送给贤侄的礼物。”

赵县长：“表弟，莫不是有什么事找表哥帮忙？”

赵扣扣：“表哥，表弟还真有点小事麻烦表哥哪。”

赵县长：“尽管说，在这县城还没有我办不成的事哪。”

赵扣扣：“表哥，这事在表弟心里憋屈了十多年了，表哥要替我做主啊。”

赵县长：“尽管说，只要表哥能够做到，一定给你做主。”

赵县长起身往旁边的太师椅上一坐，赵扣扣尾随赵县长，坐在旁边的太师椅上。

赵夫人朝汤全扬了扬手，汤全知趣地退出。

赵县长：“我真是你表哥？”

赵扣扣：“那还能假？你还记得小时候，你爹领你到我家，我俩刮洋片片，我还刮过你的鼻子呢。”

赵扣扣说完呵呵地笑着。

赵县长似乎恍然大悟，连连点头，“哦，好像有这回事。”

赵扣扣：“表哥，你们县城是否有个庄家？”

赵夫人：“有啊，那家子人都熟悉呀。”

赵扣扣：“庄家的二奶奶是不是叫刘锡？”

赵夫人：“好像是叫刘锡，怎么啦？”

赵扣扣：“说来话长，当年刘锡的两个哥哥与我儿为了一个女孩子，就这么点芝麻大的冲突，居然下狠手，废了我那宝贝儿子两个蛋蛋，让我赵家断了根脉。表哥，你说那家人歹毒不歹毒？”

赵县长故作愤愤不平，“是歹毒，怎么能下这么重的狠手呢。”

赵扣扣：“表哥啊，我们赵家在安徽保界一带，也是个大户人家，知书达理。论我们赵家在保界一带，也是八面威风的人家，可是，我也没把刘家怎么样，就开出了一个条件，让他女儿嫁进赵家，一辈子当个活寡妇。赵家和刘家两家的痛扯平了。”

赵夫人："对呀，一报还一报嘛，这事后来怎么说？"

赵扣扣："他们刘家倒好，两个惹祸的儿子跑了，当家的做了个缩头乌龟，连夜带着全家去了外地。这么些年打探不到丁点的消息。不久前，我才听说他们全家逃到了溧水。表哥，这事你得给我作主。"

赵县长沉默不语。

赵夫人："赵林爹，这也太欺负赵家人了。断了赵家的根脉，还躲着不见，可恶。"

赵县长："赵家的根脉断了？"

赵扣扣："我又纳了个小，前些年一口气给我生了两个伢子。"

赵夫人："阿弥托福，真是托菩萨的福啊。"

赵县长："表弟，你想达到什么目的？"

赵扣扣："我要当面质问刘生，这十来年为什么躲着不见，亏他还是个读书人。另外，我还要刘锡当我赵家的儿媳妇。除此以外必须要赔偿赵家的经济损失，否则我们赵家的脸面在保界一带扳不回来啊。"

赵县长："你带那么些家丁，准备来溧水干仗？"

赵扣扣："本想昨晚赶往庄家讨个说法，但又不了解庄家在这一带的势力，表弟不敢动啊。"

赵县长："这样吧，先吃饭，待我考虑一下，涉及到庄家这事还挺难办。"

【6. 县城　赵宅　客厅　秋　日】

赵县长："表弟，你的苦衷表哥心里也同情，可是那庄家不好惹啊。"

赵扣扣："我带来的家丁，人手一杆枪，难道还怕了庄家？"

赵县长："就你那些个家丁，能扫得平庄家？"

赵扣扣："我这些家丁个个都是练家子出身，彪悍得很哪。"

赵县长："表弟，要论彪悍，溧水这地方的人啊，一点都不比咱老家的差。我在这县城当了那么些年的县官，我是爱民亲民又怕民啊。"

赵扣扣："表哥，你咋怕那些个山民？"

赵县长："咋不怕呢，那些个山民撒起泼来，鱼叉扁担朝你头上抡哪。"

赵扣扣："我这不带着枪吗？"

赵县长哈哈大笑，"表弟啊，溧水人两斤酒下肚，敢赤手空拳上山抓野猪。”

赵扣扣：“表哥，我这口气就出不了了？”

赵夫人：“赵林爹，亲不亲都是一家人，一笔写不出两个赵字，这事真办不了？”

赵县长：“能办，只是表弟要达到的几个目的要修正一下。”

赵夫人：“哪个目的要修正一下？”

赵县长：“刘家的女儿已经做了庄家的二奶奶，又替庄家生了个儿子，你要为难庄家，庄家能答应吗？”

赵夫人：“表弟啊，这个你就不能为难庄家了。”

赵扣扣：“那庄家经济损失总得要赔吧？赵家的脸面总得要挣回来吧？否则，这口气怎么出？”

赵县长：“表弟，这两个目的我来给你帮忙实现。你看好不好？”

赵扣扣沉默不语，脸显怒色。

赵县长：“表弟啊，退一步海阔天空，你把庄家逼入死胡同，庄家能答应吗？要真干起来，就算我睁一眼闭一眼，你干得赢庄家吗？溧水人家乡观念强，宗族意识强，那大铜锣敲起来，那叫一个心惊胆战啊。”

赵扣扣：“表哥，这不有你嘛。”

赵县长：“你在溧水这个地盘闹腾起来，我能公开出面吗？闹出动静省里责怪起来，吃不了兜着走啊。表哥只能给你暗中帮忙，你看行吗？”

赵扣扣：“表哥，表弟依着你。”

赵县长：“汤全，进来。”

汤全入客厅。

赵县长：“汤全，下午你去庄家村，给庄家大奶奶捎个口信，明天中午我在状元楼请庄家吃饭，记住，一定要让庄家大奶奶带上刘生。”

汤全：“是。汤全下午就去。”

赵县长：“表弟，今儿就在这里住下，明天中午我领你去见庄家人。汤全，[illegible][illegible]过来的那些个家丁找个客栈安顿下，开销由县里支付，公事公办嘛。”

汤全：“哎。”

赵县长：“去了庄家，透些风给庄家大奶奶，告诉她安徽保界赵家人来了，[illegible]家大奶奶会明白的。”

【7. 庄家村　庄宅　秋　日】

汤全带着两个兵丁，三匹快马急速地在山路上奔跑。

三匹快马停在庄家大宅门口，汤全整了整大盖帽，从马上一跃而下。

汤全将马圈在圈马桩上。

汤全："你们都在这待着，见到庄家人进出懂些礼貌。"

两个兵丁应诺。

汤全走入庄家。

【8. 庄家村　庄宅　客厅　秋　日】

庄大奶奶："汤队长，这一路赶来先喝杯茶水吧。"

汤全："庄大奶奶，我受赵县长之托，邀请庄大奶奶明天中午去状元楼吃饭哪。"

庄大奶奶："赵县长怎么突然惦念起我这个乡下老太婆啦？什么事啊？赵县长那么忙，怎么有那个闲工夫请我这个老太婆吃饭啊？"

汤全："庄大奶奶，我也不明白赵县长为什么要请您吃饭。赵县长还特别关照，要让您带着刘生一起去哪。"

庄世伯："这就奇怪了，赵县长和刘生八竿子打不到一起，怎么会特别关照，让刘生也一起去吃饭呢？"

庄大奶奶："汤队长，该交给保安队的钱，庄家可从来没少交过。"

汤全："那是，县城的治安费庄家总是交在最前，汤全要谢谢庄大奶奶哪。"

庄大奶奶："汤队长，赵县长葫芦里卖什么药？你在大奶奶面前也不透些个风？"

汤全："庄大奶奶，在您面前汤全不敢隐瞒。听说赵县长安徽保界来了个远房亲戚，要见您和刘生啊。"

庄大奶奶："哦？看来这顿饭与锡儿爹有关联哪。"

庄大奶奶边说边呵呵笑，从衣袋里掏出一把大洋往汤全的衣袋里塞去。

汤全："庄家大奶奶，世伯，汤全每次来庄家你们都这么客气，真让我不好意思啊。"

庄大奶奶："得了，这有啥不好意思的。你回去告诉赵县长，我和刘生明天准去。"

汤全："哎，我这就回县城。"

庄大奶奶和庄世伯送汤全出庄宅。

汤全解开马绳，一跃而上，"庄家大奶奶，世伯，汤全告辞了。"

三匹快马绝尘而去。

【9. 庄家村　庄宅　客厅　日】

庄世伯："大奶奶，这事来得蹊跷，我怎么有点迷糊啦？"

庄大奶奶："世伯，我也觉得蹊跷。这顿饭一定与刘生有关，你想啊，赵县长的亲戚是从安徽保界专程来咱溧水，刘生恰恰又是安徽保界人，我想莫不是刘家欠了赵家什么债务，债主讨上门来了？"

庄世伯："不至于吧？刘生已经十多年没做生意了，自从锡儿进了庄家，刘生一直帮庄家打点生意，怎么可能欠债呢？"

庄大奶奶："说不准是刘生以前欠的债呢？"

庄世伯："若是债主寻上门，人家可占着理哪。要不庄家帮他们还？"

庄大奶奶："事情恐怕没这么简单。如果真是刘生以前做生意亏本欠下的债，咱庄家可以替刘家还。可赵县长也不该为这点小事出面吧？"

庄世伯："想来也是，莫不是刘家有什么事情瞒着庄家。"

大奶奶一拍大腿，"哎呀，世伯，你不说这话我都记不来了。那年我踏春迷了路，借宿在刘家村，当时我问起刘生另外两个儿子时，刘生一脸苦恼，不愿意说与我听哪。"

庄世伯："看来，明天的事确实和刘家有关。"

大奶奶："世伯，你快去叫大树把马车备上，立马去县城找刘生问个明白。"

【10. 县城　庄宅　秋　夜】

众人围坐在客厅。

陶玉如："大奶奶，事情的经过就是这样，刘家是有些理亏，但是，锡儿进了庄家的门，又给庄家添了后，大奶奶不能不管啊？"

庄大奶奶："这事既然来了，庄家一定会管到底。只要赵家不欺人太甚，什么条件庄家都答应。"

刘生："大奶奶，冤有头，债有主，若真是赵家寻上门来，我欢喜都来不及。”

大奶奶：“锡儿爹，这话怎么讲？”

刘生：“刘金、刘铁自赵家寻上门后，至今杳无音信。说不定刘金和刘铁被赵大当家给报复了。”

陶玉如：“大奶奶，这痛埋在锡儿爹和我心上那么些年了，明天中饭我也去，我要当面问清楚赵大当家的，我那两个儿子去了哪里？”

庄世伯：“大奶奶，这事扑朔迷离，越来越复杂了。”

黄大树：“干娘，我看明天凶多吉少，人家上门讨债，一定是有备而来，庄家得两手准备。”

锡儿：“大树，如何两手准备？”

黄大树：“我连夜赶回庄家村，召集些后生备好家伙，准备干架。”

大奶奶：“不至于吧？赵县长在场，能闹出多大的动静？”

庄世伯：“小心无大错。大树，你连夜去庄家村招些人手，隐藏在状元楼附近，若真打斗起来，咱不能吃亏。”

黄大树：“哎！干娘，我这就去。”

黄大树出门。

庄大奶奶：“世伯，锡儿爹，刘家的事我心里已经清楚了，明天若真是为这事摆的鸿门宴，庄家也不怕。我们两手准备，若赵家愿意接受经济赔偿，只要不是狮子大开口，庄家全答应。若是明天敢撒野，庄家也不是好惹的。”

陶玉如：“大奶奶，万一我那两个儿子让他们给弄死了，怎么办？”

刘生：“如果刘金和刘铁真让赵家给弄死了，我拼上老命也得和他干。”

庄大奶奶：“锡儿爹，玉如啊，依我看，你那两个儿子若真是遇害了，那个赵大当家的，还敢跑到溧水来撒野？放心吧，我料定刘金和刘铁还活着，总之，明天世伯、锡儿和玉如都待在家里，我和刘生去。哦，大树也得带上。”

【11. 县城　状元楼附近　秋　日】

状元楼附近树林里，春夏秋冬四个伢子领着几十个后生，手持鱼叉棍棒和数支猎枪聚集在一起。

春伢子："你们都藏着别动，我们几个在外面观望。"

春夏秋冬四个伢子钻出了树林。

状元楼门口停着数辆马车，黄大树的马车上挂着显眼的一把砍刀，黄大树倚马车而站，警惕地注视着赵大当家带来的家丁们。不远处，春夏秋冬几个伢子假装说笑，警惕地注视着状元楼方向。

【12.县城　状元楼包厢内　秋　日】

赵县长："庄大奶奶，这是我的远房亲戚赵大当家，今儿我出面请你们吃饭，就是想给你们撮合撮合。"

刘生愤怒地睁大着眼睛盯着赵大当家。

赵大当家："刘生，我找了你十来年，不是冤家不见面。"

刘生："赵大当家，十来年了，你还没搁下这事？"

赵大当家："换了你，这事能搁得下吗？"

刘生忽地站起，手指着赵大当家，"我问你，你把我那两个儿子怎么了？"

赵大当家忽地站起，一拍桌子，"你儿子让我儿子成了废人，在你没回去之前，我忍着没欺负你们刘家，你们刘家居然还问我？你那两个儿子在什么地方？你告诉了我，这事就算拉倒。"

刘生："我那两个儿子十几年不见，杳无音讯，你把他们埋在哪了？"

赵大当家："笑话！你那两个儿子比兔子都跑得快，哪天要是让我给逮住，我非得下了你那两个杂种的蛋。"

刘生："你那个儿子才是个杂种！我儿子没招他惹他，凭什么去调戏我那未来的儿媳？"

赵大当家："那个女娃进你们家门了吗？和你刘家定亲了吗？那个女娃既没进你刘家门又没定亲，凭什么我儿子就不能喜欢她？"

赵县长："坐下，坐下，在这桌面上有理都说得清。"

刘生和赵大当家，怒气冲冲地坐下，四目相视。

庄大奶奶："赵大当家，您先消消火，这事情的来由，大奶奶已略知一二。事情过去了十来年，是到了了断的时候了，对吗？"

赵大当家："树长一层皮，人要一张脸，这事要没个说法，赵家在保界会被人笑话。"

庄大奶奶："赵大当家，此话不错，人活着就是一张脸，一口气的事情，赵县长的面子在这，您有什么条件尽管说。"

赵县长："表弟啊，有什么要求尽管撂这桌面上。"

刘生："且慢，赵大当家，我那两个儿子是死是活这事没弄明白，后面的事免谈。"

赵县长："表弟，你把他那两个闯祸的儿子怎么样了？"

赵大当家："我如果把他那两个儿子怎么样了，我还能跑到溧水来吗？"

赵县长："庄大奶奶，我这表弟讲的话我看在理，若真杀了他那两个儿子，傻子都知道唯恐躲不及哪。"

刘生："我那两个儿子究竟去了哪里，活要见人，死要见尸。"

赵大当家："刘生，那天我即使逮住了你那两个儿子，我也不会要了他们俩的命。"

庄大奶奶："刘生，我看赵大当家的话没骗你。说吧，赵大当家的，大老远跑到咱小地方来，饭还是要吃的，来，来，来，一起动动筷，有什么事边吃边谈。"

庄大奶奶脸露笑容，夹了口菜塞入口中。

赵大当家和刘生也动起了筷。

赵县长："庄大奶奶，我看这样解决，我表弟要不是重新纳了个妾，赵家还真断了根。刘生两个儿子杳无音讯，赵家和刘家两边心都在疼，是不是？"

刘生和赵大当家点了点头。

赵县长："刘生，我表弟家的宝贝儿子毕竟丧失了那个功能，你那两个儿子虽然杳无音讯，可毕竟人没受到伤害。庄家大奶奶，你说是吗？"

庄大奶奶："赵县长说的话在理，大兄弟啊，你和赵县长沾亲，我们庄家和赵县长也沾着亲哪。这事既然发生了，也没法挽回，这冤冤相报何时能了？我看不如化干戈为玉帛，逢山开路遇河搭桥，你看这样行吗？"

赵大当家："满足两个条件。"

庄大奶奶："大兄弟，尽管开口。"

赵大当家："第一个条件，刘生必须向我当面道歉，鞠躬谢过。第二个条件，必须赔偿五百块大洋。满足了这两个条件，我明天就走人，从今往后，两家礼尚往来，如何？”

庄大奶奶：“大兄弟说的在理，要的。刘生你有什么想法？”

刘生：“我这心里搁不下我那两个儿子，是死是活谁能证明？这个事情没弄清楚前，想让我鞠躬谢过，门都没有。”

赵大当家猛地站起，怒气冲冲指着刘生，“不谈了，这饭也不吃了。表哥，不是我不给你面子，我会用我的方法来报仇的。”

庄大奶奶：“大兄弟，你想怎么个报仇法？”

赵大当家：“刘生，我知道你最疼你那个女儿，我会让你痛不欲生。”

庄大奶奶猛地一拍桌子，赵大当家吓了一跳。

庄大奶奶站起，“放肆！大兄弟，锡儿进了庄家的门，给庄家留了香火，又是我的妹妹，你若是再敢说一句这样的话，别怪大奶奶不给赵县长面子。”

赵县长连忙起身，“庄大奶奶，息怒。表弟啊，你也给我坐下，在我的地盘上，谁也别想撒野。”

赵大当家：“表哥，这事怎么办，现在要有个说法，惹急了我，我也管不了那么多了。”

赵县长：“庄家大奶奶，你也息怒。你看这两个条件高吗？”

庄大奶奶：“赵县长啊，这两个条件不高，但是站在刘生的立场上，两个儿子生死不明，怎么让刘生给大兄弟鞠躬道歉呢？要不这样，大奶奶代表刘家替大兄弟道个歉如何？”

赵大当家：“庄家大奶奶，我消受不起。”

刘生着急地，“大奶奶，千万别这样。”

话音刚落，只见大奶奶起身面对赵大当家，恭敬地鞠了一躬，赵大当家急忙上前两步，面露愧色，将大奶奶扶起。

赵县长起身，将大奶奶搀扶入座。

赵县长：“表弟，见好就收吧，庄家大奶奶这一鞠躬抵千金哪。”

赵大当家：“庄家大奶奶，您这一鞠躬，让我羞愧不已啊。”

刘生长叹了一口气。

庄大奶奶：“五百块大洋，我明天就差人去钱庄开了汇票让你带回去，如何？”

赵大当家：“庄家大奶奶，就这样办吧。”

【13. 县城　庄宅　秋　日】

刘生："大奶奶，你今天不该给那个赵大当家鞠躬，既羞煞了我刘生，也委屈了大奶奶。"

黄大树："干娘，要是我在包厢内，我非但不会让干娘受这屈辱，我一定会让他满地找牙。"

锡儿："姐姐，你何必这样羞辱自己，这本来是我们刘家的事，却连累了庄家，平白无故干嘛要赔那么多钱？还要给他鞠躬赔罪。"

庄世伯："大奶奶，这就是你不对了，锡儿说的在理，赔钱可以，不该给那个家伙鞠躬，我们庄家也没这么好说话啊。"

黄大树："干娘，一文钱都不给，看他怎么办。今天，他那些个家丁看见林子里有一大批人，也没敢嚣张。"

大奶奶："你们说的都在理，大奶奶只求息事宁人。我这把老骨头替刘生向他们赔个不是，鞠个躬，也没损什么脸面，人家好歹一个宝贝儿子给废了。哎，锡儿爹，你那两个儿子应该没有遇难，从赵大当家话语里能辨得出真假。"

锡儿："姐姐，我那两个哥哥有下落了？"

陶玉如："大奶奶，我那两个儿子，赵大当家怎么说？"

刘生："有一点可以肯定，赵大当家没有逮到刘金和刘铁。"

陶玉如："那也没问问刘金和刘铁去了哪里？"

刘生："跑了。看来，那天晚上赵家真没逮着刘金和刘铁。"

刘生说着，脸上泛起了笑容。

庄世伯："大奶奶，你既然给赵大当家鞠躬了，那钱不能给。"

大奶奶："世伯啊，你只知其一，不知里面的深浅。赵大当家缺钱吗？这事赵县长又掺和其中，赵县长庄家得罪得起吗？赵大当家是为了一口气，是为了争个脸面，讨个说法，那就满足他呗。冤家宜解不宜结，搞僵了，人家在暗处，咱们在明处，吃亏的是庄家啊。大树啊，明天你去赵府跑一趟，把那五百块钱的汇票送过去。"

黄大树："我不去，这么多钱，凭什么给他们？"

刘生："大奶奶，这钱我们刘家来。"

大奶奶："分什么刘家和庄家，锡儿是庄家的功臣，往后别提刘家和庄家，都是一家嘛。”

庄世伯：“大树啊，听你干娘的，花钱消灾，庄家不怕那个赵大当家，但是怕赵县长啊。”

【14. 县城　赵家客厅　秋　日】

赵大当家（赵扣扣）：“表哥，我这就回保界了，您和表嫂保重身体。”

赵大当家说完，将桌子上的银票推向赵县长。

赵县长：“表弟啊，表哥知道你财大气粗，可这是给侄儿的补偿啊，表哥不能收这笔钱。”

赵县长将银票推向赵大当家。

赵大当家拿起银票，走向赵夫人，将银票塞到赵夫人手上。

赵大当家：“表嫂，这次来县城，庄家大奶奶对我行了一躬，我这脸面全挣回来了，憋屈了那么久的气也全泄了。回到老家，脸面也有了，这些钱留给赵林在美国开销吧。”

赵夫人满脸堆笑，将银票边往衣袋里揣，边说：“扣扣表弟啊，你说的话一点不假，庄家大奶奶那一躬值千金呀。”

赵大当家：“表哥，表嫂，我这就走了，你们回老家千万要来我府上。”

赵县长：“一定！一定！”

赵县长和赵夫人将赵大当家送至门口，与赵大当家挥手告别。

【15. 出县城往安徽保界的道路上　秋　日】

赵大当家三辆马车行驶在道路上。

突然，从路边闪出二十多人，领头的正是黄大树。

黄大树：“站住！”

黄大树率一众人将三辆马车团团围住。

赵大当家：“大胆贼人，光天化日之下，你敢打劫？”

黄大树一众人手持兵器，春夏秋冬四人将赵大当家团团围住，赵大当家的家丁们与黄大树带来的人持械对峙。

黄大树哈哈大笑，“哪来的什么贼人，我明人不做暗事，我是庄家大奶奶的干儿子，大名黄大树。”

赵大当家："你这小子，银票是你送过来的，你想干什么？"

黄大树："庄家那五百块银票，你可以带走，但是有一样东西必须留下。"

赵大当家："什么东西留下？"

黄大树："昨天，你愣是让我干娘给你鞠了一躬，现在，你必须向我鞠一躬。"

赵大当家："让我给你鞠一躬？痴心妄想，滚你个兔崽子！"

赵大当家话音未落，黄大树挥起砍刀，"咔嚓"一声将马车的横杆砍断。旋即，黄大树猛地一刀挥向赵大当家。只见刀突然停住，刀背架在了赵大当家的脖子上。

赵大当家惊慌失措，"我答应你，答应你！快把刀放下。"

黄大树收刀，只见赵大当家毕恭毕敬地向黄大树鞠了一躬。黄大树一挥手，众人闪开道。

赵大当家伸手摸了摸脖子，"你个兔崽子，你以为我是给你鞠躬？我这一躬是还给庄家大奶奶的。"

马车启动，黄大树仰天哈哈大笑。

第十七集

【1. 县城　木果河边　夏　日】

木果河边，杨柳依依。

键盘声：公元 1928 年。

庄坤林和袁旺松比肩在木果河边。

袁旺松捡起一块石头，“扑通”扔进木果河，河面荡起层层涟漪。

袁旺松：“坤林弟，没几天高中毕业了，你有什么安排？”

庄坤林：“高中毕业了，恰逢夏天，我回庄家村召集小伙伴们好好地玩玩，下河游泳，上树摘果，反正什么痛快玩什么。”

袁旺松：“我好久没去庄家村了，索性在你家住上几日，一起好好玩玩。”

庄坤林：“好啊，我让娘把库存二十多年的好酒拿出来，让你和小伙伴们尝尝。”

袁旺松：“真有这么多年的好酒？”

庄坤林：“我还没出生的时候，我家酒坊就备了多少年的白酒了，用大缸封得严严实实，都储存在酒窖里哪。”

袁旺松：“哎呀，坤林，我听得口水都下来了，我们家也有许多酒，可都是些三五年的。”

庄坤林：“你去我家时，我让你喝个痛快。”

袁旺松：“哎，坤林弟，告诉你一个秘密，我娘昨天说，苏州我那娃娃亲家，写信来催婚哪。一晃呀，十五年了，也不知道那婷婷，长得像仙女呢，还是长得像猪八戒。”

庄坤林：“什么？你居然定过娃娃亲？咱们是好兄弟，咋没说过？”

袁旺松：“那是我爹和我娘干的事，我那时候小，不懂，都没当回事。这么多年了，我早就忘了，现在都婚姻自由了，还搞那些个封建家长式的婚姻。”

庄坤林：“哎，虽说现在婚姻自由，可是父母命，不可违啊。”

袁旺松：“坤林，你说得轻松？我那个娃娃亲，现在谁知道长的什么样？万一是个猪八戒，让我天天看着她，还不愁死个人啊。”

庄坤林：“肯定长得是个美人哪，苏州人讲话嗲里嗲气的，吵架都比我们这儿唱戏好听。”

袁旺松：“万一长得像个胖猪婆，我才不要呢，日长夜久，天天要做噩梦。”

庄坤林：“那你心中的婷婷应该长得怎么样？”

袁旺松：“我心中期望的婷婷应该是，‘水骨嫩，玉山隆，波水溶溶一点情，梢带眉，角传情，淡月弯弯浅效颦。’”

袁旺松伸出兰花指，在庄坤林面前手舞足蹈。

庄坤林：“万一婷婷长得像东施，你还会要吗？”

袁旺松：“我才不要呢。日久夜长，睡觉天天要做噩梦。”

庄坤林：“旺松哥，你不要婷婷，那就把婷婷让给我吧，兄弟替你照顾了。”

庄坤林说完，哈哈大笑。

袁旺松：“坤林，你敢吃我的豆腐？咱哥俩说好，婷婷如果长得像东施，我就让给你，你别到时不要。”

庄坤林：“旺松哥，到时你别后悔。都说越女生来窈窕，怀抱琵琶轻巧。东施和西施一个村，喝的同一条河里的水，说不定婷婷就是西施转世呢？”

袁旺松：“要真是个西施，我才不让给你呢。哎，你个家伙，朋友妻，不可欺。”

袁旺松弯腰笑着捡起一根树枝，挥舞着向庄坤林扑来，脸涨得通红。

庄坤林边笑边跑，一溜烟跑上古石桥，捧腹大笑。

庄坤林：“旺松哥，都是玩笑话，用不着当真。”

袁旺松扔掉树枝，嬉笑着跑上古石桥。

袁旺松：“坤林，拍高中合影照，我们哥俩穿一样的衣服。”

庄坤林：“现在流行穿中山装。”

袁旺松：“县城有中山装卖吗？”

庄坤林：“应该有吧？如果县城买不到中山装，我让外公去常州买两件回来，反正咱兄弟俩个子差不多高。”

【2. 县城　庄宅　夏　日】

书房墙上挂着庄坤林高中毕业合影照。

庄坤林和袁旺松站在最后一排，两人并肩站立，满脸笑容，青春气十足，中山装格外显眼。

锡儿站在相框前，深情地凝视着照片，用手轻轻地抚摸了一下照片中的庄坤林。

锡儿：“坤林，明天把照片带到庄家村去，让乡邻们看看，我的儿子高中毕业了，长得多么的阳光帅气。”

庄坤林：“亲娘，我和旺松哥说好了，我俩明天骑马去庄家村，提着相框不方便。再说了，县城里高中生多着呢，没什么好嘚瑟。”

锡儿：“明天还是和亲娘一起坐马车去庄家村吧？”

庄坤林：“亲娘，我和旺松哥都会骑马，坐马车到了庄家村，去其他地方转悠不方便，单人单骑，去哪里都自由。”

【3. 县城　庄宅　隔日　晨　夏　日】

庄坤林和袁旺松各牵着一匹马。

锡儿和小桃红喜滋滋地站在自家门口，目送着庄坤林和袁旺松精神抖擞地骑在马上，一路慢走，在马上说说笑笑。

小桃红：“姐姐，看这两兄弟，长大了，骑在马上多英俊啊。”

小桃红一脸骄傲，撩了下头发，朝锡儿走来。

锡儿：“到我家喝茶聊会儿天吧，待下午，大树接我去庄家村哩。”

锡儿笑着，和小桃红来到自家客厅。

小桃红："姐姐，坤林高中毕业了，家里可有好的安排？"

锡儿："坤林这些日总跟我讲，要去上海读震旦大学，他想学法律，今后，想当大法官。"

锡儿："哎，你家旺松可有安排？"

小桃红："袁老爷子早就有安排了，旺松七岁时，在苏州有个娃娃亲。前些日子，人家来信催婚，姑娘今年十八岁了，再不出嫁，一枝花就黄啦。今年选个吉日，替旺松把婚事办了，袁老爷子整天念叨着，不孝有三，无后为大。"

锡儿："就是你以前说到过的那个婷婷？"

小桃红："正是。我家大奶奶说，自己也五十多岁了，状元楼这么好的生意，一年赚不少的钱，又有赵县长罩着，准备让旺松接手状元楼。"

小桃红非常得意，眉飞色舞地说着。

陶玉如："锡儿，你也得给坤林一些压力，庄家那么大的世面，得要坤林撑着了。"

锡儿："等我去了庄家村，和大奶奶合计一下。"

小桃红："我家大奶奶还说，把私塾转了出去，袁家往后，由旺松掌门了。"

锡儿："桃红妹妹，看你骄傲的样子，姐姐真羡慕。往后旺松掌管了袁家，你呀，说话就更硬了。"

小桃红："这个当然啦，母以子贵嘛。"

陶玉如："你们家二奶奶、三奶奶走了那么多年了，我这心里时常挂念她们哩。"

小桃红："昨天，袁老爷子在睡觉的时候，突然哭了，伤心得很。我推醒他，问他梦见什么了，他说，梦见梅儿、竹儿、菊儿，又想起了二奶奶、三奶奶。醒了，坐在床上，淌了半晌的眼泪。"

锡儿："你家二奶奶、三奶奶现在还好吗？"

小桃红："二奶奶在香港，给竹儿带着孩子，前不久写信回来说，香港的金窝，比不上县城的草窝亲切。"

陶玉如："哎，故土难离啊。树高万丈，落叶归根。四奶奶，还是写信劝二奶奶回来。"

锡儿："三奶奶她们生活得怎么样？"

小桃红（羡慕地）："三奶奶和菊儿在美国生活得很好，家里住着别墅，光洋车，就有几辆哪。菊儿的老公原先是上海的一个大官，有钱得很，菊儿帮着老公打理着公司。"

小桃红："有个秘密告诉姐姐，千万别对任何人讲。"

小桃红忽然神秘起来，一脸认真地看着锡儿。

锡儿："姐姐对天发誓，决不对任何人讲。"

小桃红："梅儿与赵林生了一个女儿，他们早就分居了。赵林与苏北的女同学发生了婚外情，把人家的肚子搞大了。女同学逼赵林离婚，赵林逼女同学回国打胎，梅儿气得与赵林分居了。"

锡儿："哎，这个赵家公子，也太风流了，把梅儿欺负成什么样子了。"

小桃红："这事，赵县长还不知道。梅儿来信说，赵林今年要回国了，在美国读的经济学，但不肯下力气，半瓶子醋的水平，在美国找不到好工作。赵林让梅儿别告诉他们已分居了，说，让赵县长和赵太太知道，说不定气出人命来呢。"

锡儿："梅儿分居那么多年，再婚了吗？"

小桃红："有个美国人，叫迈克，是医学院的教授，追着梅儿。梅儿既不喜欢，也不讨厌迈克。美国人注重金钱，吃一顿饭花了一百元，迈克只付五十，另外一半要梅儿付哩。"

锡儿："那算什么东西？日后结了婚，各自的钱归各自，除了床上需要，不就是个动物嘛？当年，姐姐看出来梅儿和大树有感情，天不帮忙啊。看大树和兰儿多恩爱，儿子黄德胜都已经十四岁了。"

小桃红："这也怪我家大奶奶，一心想攀高枝哪。不过，没有梅儿去了美国，说不准，兰儿的婚事大奶奶还要打破牌呢。"

锡儿："咳，咱们姐妹俩光顾着聊，姐姐都忘了给妹妹沏茶了，还是喝菊花香茶吧。"

锡儿取出花罐，拿出三四朵干菊花，放入茶杯，又给自己同样准备一杯，随着热开水倒入茶杯，干菊花立时在开水中翻滚，上下浮动，缓缓地舒展出漂亮的黄色花朵。

小桃红："姐姐，这菊花在沸水里浮动舒展，真好看呀，一股花香扑鼻而来。”

【4. 庄家村　庄宅　上午　夏　日】

厨房里热气腾腾，厨子和佣人忙碌着。

客厅大圆桌上摆满了瓜果、花生、糖果。

庄家村路口，孩子们从四处往庄家大宅赶来。

黄德胜坐在客厅吃着西瓜，李邱巴啃着桃子，边用手抹着额头上的汗，边冲着庄坤林嘻嘻地笑。

小春、小夏、小秋、小冬四个小伢子围着庄坤林叫个不停。（大的十二三岁，小的八九岁）

庄坤林笑嘻嘻地往他们手上放着糖果。

春、夏、秋、冬四个庄家本家坐在圆桌边喝着茶。

庄坤林笑着，恭恭敬敬地给长辈们倒水。

庄世伯笑呵呵地在客厅热情地招呼着。

大奶奶：“今天中午，一个别走，都在大奶奶家吃饭。”

春伢子（笑着）：“大奶奶，今天都是坤林小时候的玩伴，我们长辈就不掺和了。坤林回来，多住些日子，这家家户户都会拉坤林去吃饭的，大家心里都高兴着哩。”

夏伢子（嚷着）：“是呀！大奶奶，小夏娘特别叮嘱，无论如何，坤林也得到我家去吃顿饭。要不，小夏娘可真生气的。”

秋伢子（吼着）：“反正，坤林啊，这次回来，几个老表家，每家都要去吃顿饭。你只要去了一家，其他人家不去，家家都会说你闲话。”

冬伢子：“坤林，这位老表以前没有见过嘛？”

大奶奶：“冬伢子，这是袁通家的宝贝公子袁旺松，和坤林是同学，两个人跟亲兄弟一样。”

冬伢子：“哎呀，是袁家公子。坤林啊，到我家吃饭，一定要带上袁公子，记住了啊？”

庄坤林：“各位长辈，各位老表，坤林无论去哪家吃饭，一定带上我旺松哥。”

袁旺松起身笑着对四周合掌致谢。

春、夏、秋、冬四个长辈，拉着自家的伢子一起，与大奶奶、庄世伯打着招呼，高高兴兴地出门。

庄坤林起身相送。

【5. 庄家村　庄宅　客厅　上午　夏　日】

客厅空闲了些，庄坤林、袁旺松、黄德胜和李邱巴围桌而坐，谈笑风生。

庄坤林："这次，坤林要住上些日子，我们又可以开心地到村口河塘里游泳，摸鱼捉虾了。"

李邱巴（来劲了）："坤林哥，现在池塘里的鱼和虾特别多，有人在村口木果河边，用扳网逮到一条一百多斤的大青鱼呢。"

袁旺松："多少重？一百多斤重哪？"

李邱巴："嗯，我就在旁边看着，几个人帮忙弄到岸上，用大秤称的。"

黄德胜不吭声，斜着眼瞪着李邱巴。

黄德胜："吹，你继续吹。"

李邱巴瞪一眼黄德胜，"德胜，你咋这么说话？我李邱巴是吹牛的人吗？"

庄坤林："旺松哥，木果河里大鱼多着哩，比石臼湖里的鱼还要大。木果河连通着秦淮河，跟长江都连在一起。"

袁旺松："这我知道。"

李邱巴："坤林哥，上次在我家门前水田里，我抓到一只大乌龟，七八斤重。拿回家里我娘高兴得很，让我立马杀了，给爹爹补身子。"

庄坤林："邱巴，你记不记得八岁那年，被哥打过一次屁股？"

"嘿嘿，嘿嘿。"李邱巴不好意思，边笑边挠起了头。

袁旺松："什么事情啊？"

庄坤林："邱巴在河塘边看见一个大乌龟和一个小乌龟，他把那只大乌龟抓起来，使劲地往石头上摔，那乌龟把整个脑袋和尾巴都缩进了乌龟壳里。我叫他停，他不停，被我打了顿屁股，嗷嗷地哭哪。"

李邱巴："有这事，我心里记恨你很长时间。我到现在还不明白，不就摔个乌龟玩嘛，凭什么要打我屁股啊？"

庄坤林："摔乌龟这事要发生在外国就是违法，你爹爹要替你去蹲几个月大牢，还要罚上一笔钱哪。"

李邱巴："有这么吓人吗？我爹爹一直跟我讲，长大了有机会要当官。当官的就是法，当了官就有权，有了权也就有钱。长大后没出息，只能当郎中。"

袁旺松："小老弟，坤林说得对，在中国没事，在美国啊，你爹爹监护不力，真得坐牢哪。"

李邱巴："什么法不法的，旺松哥，这是中国，不是美国。中国只有皇帝，哪来法？我爹爹说，县城里面，县长就是法，说办谁，谁倒霉。"

黄德胜"砰"地一拳砸在桌子上："真是无法无天了？谁惹我，我就打谁。打得赢就打，打不赢就跑。"

大奶奶和庄世伯听得哈哈大笑。

庄坤林："邱巴其实讲得实在，一点不错。目前的中国，混乱一片，根本就没有法，无法就无天。我要去读大学，学法律，今后当个大法官，来执法。"

袁旺松："德胜，见了舅舅怎么不叫人呢？"

"舅舅。"黄德胜低声地叫了一声，不好意思地"嘿嘿"笑着，转而又说，"舅舅，我娘让你和坤林叔，晚上一起上我们家吃饭哪。"

众人聊得热火朝天时，佣人走进来："大奶奶，可以上菜了吗？"

大奶奶："收桌子啦，厨房里已经开始炒菜了。"

庄坤林："娘，家里可有二十年的白酒？我想让旺松哥尝尝。"

大奶奶："傻儿子哎，酒窖里多着哪，但不能为了取一点酒开缸哪，二十多年积攒的精气全放跑了，还是喝些神仙酒吧。"

袁旺松（红着脸）："大奶奶，旺松平日里也不喝酒，坤林在逗我呢。"

厨房里飘来诱人的炒菜香味，一会儿，佣人将菜端上了桌子。

【6. 黄家老屋　客厅　下午　夏　日】

庄坤林、袁旺松、李邱巴三人去了黄德胜家里。

丁大娟："秋生，把箩筐拿来。"

黄秋生："大娟，要箩筐干啥？"

丁大娟："你去李家村西瓜地，买几个新鲜西瓜，给孩子们消消暑。"

黄德胜闻听从后厢房把大箩筐背在身上，朝门外走去。

兰儿："德胜，你去买瓜？"

黄德胜："娘，我去买瓜，天太热，让爷爷歇歇。"

李邱巴从黄德胜手中夺过箩筐，"婶婶，瓜田那家人我都熟悉，还是我去吧。"

李邱巴说完，笑着就往李家村走去。

袁旺松："姐姐，姐夫去哪了？"

兰儿："你姐夫刚去县城，下午要接坤林娘回庄家村。"

袁旺松："姐夫晚上过来吃饭吗？"

兰儿："你和坤林都在这，你姐夫能不回来陪你们？"

一会儿，李邱巴背着竹箩，满头大汗地进了院子，鞋子上沾了一层尘土。

李邱巴："西瓜来了，我摘了五个，个个都是翠皮瓜，敲着嘭嘭地响。"

李邱巴费力地将竹箩放在地上，抹了把汗，嘴里喘着粗气。

丁大娟："花了多少钱？待会儿，我去给李老头吧。"

李邱巴："莫要钱哪，我直接去瓜地采的。种瓜的李老头跑过来，一见我李邱巴，啥话都没说，转身就走了。"

丁大娟："这多不好啊？让人家觉得，黄家要占人便宜的，待会儿，我就去把钱付了。"

李邱巴："李老头的老婆，常去我爹那儿看病，每次都是我给抓的草药，最多下次来抓药，不要他钱就是了。"

黄德胜站起来瞪了李邱巴一眼："奶奶，我去把钱付了，你呀，就是喜欢贪便宜。"

李邱巴一愣："德胜，这话说偏了。我和那老头都是李家村的，平时有来往，我爹爹常给他老婆看病哪。"

李邱巴振振有词，黄德胜也不理睬，拿过奶奶递过来的一把铜钱转身就走。

袁旺松："邱巴，德胜说得对，做事一码归一码，吃瓜付钱，看病收钱，有账算账嘛。"

李邱巴："小题大做，不就几个西瓜嘛。不说了，坤林哥，我来给你们开西瓜。"

丁大娟："邱巴啊，你今日也是客人，快坐下，我去给你们开西瓜。"

【7. 庄家村　庄宅　下午　夏　日】

黄大树赶着马车，将锡儿接回庄家村。

马车停在庄家大门口，锡儿从马车上下来，跨入家门。

大奶奶："坤林与旺松去大树家了，走了没多久，上午家里比过年还热闹哪。"

锡儿："姐姐，坤林就是人缘好，到东到西，都是孩子王。"

锡儿："世伯，家里可有冰镇水？一路上又热又渴的。"

大奶奶："有呀，姐姐早就准备了，刚刚坤林他们在家，姐姐一高兴昏了头，把冰镇水都忘了拿出来。"

大奶奶笑着拍了下额头，向院子八角井走去。

大奶奶摇动着提水杆，吊上来一个铁桶，里面镇着酸梅汤。又到厨房取了个葫芦瓢，舀了一瓢递给锡儿。锡儿喝了几大口，又将瓢递给庄世伯："真凉快，你也喝些吧。"

黄大树进入院子，庄世伯将葫芦给大树，大树牛饮，一下子喝光，抹了下嘴。

黄大树："干娘，旺松回来了，我得赶回去待见他，有什么事情到前面来吱一声。"黄大树转身出门。

锡儿："世伯，姐姐，坤林高中毕业了，他想去上海读大学。"

庄世伯："这是好事啊，儿子有志向，想干大事哪。"

锡儿："小桃红上午跟我说，旺松定的娃娃亲，今年要完婚，袁家准备让旺松接管状元楼的生意，小桃红得意得很。"

大奶奶："袁家有眼光，在这小县城，读完高中最少可以算个秀才了，读什么大学？背井离乡的，读了大学眼界又高了，翅膀硬了飞走了怎么办？庄家就坤林一个根，给坤林也娶个老婆，弄个家拴住他，省得整日不安心。"

庄世伯："大奶奶言之有理，坤林正当婚娶年龄，先让坤林娶老婆，给庄家开枝散叶，到时候再遂坤林的心愿，爱去哪，让他去哪。"

锡儿："姐姐，这十里八乡的，妹妹也不认识人。也不知道哪家的女儿能配得上坤林？"

大奶奶："这事情不能急，寻个人家，家境可以一般，但女儿家要乖巧，尤其是生辰八字，要配得上，还有，必须是个小脚女孩。当然，最好要坤林看得中，姐姐来打听一下。”

大奶奶边说边瞟了庄世伯一眼，庄世伯抿嘴偷偷地笑着。

锡儿："姐姐，我爹爹呢？”

大奶奶："你爹爹去自个家里了，晚饭前会过来。他呀，前些日对姐姐说，年龄不饶人了，跑上海也跑不动了，七十多岁了，想让刘银跑上海，顺便把酒坊生意接收过来。”

锡儿："酒坊生意有姐姐撑着呢。”

大奶奶："妹妹，你看看姐姐，大半的白发了，女人一过六十岁，下坡路溜得快了。”

锡儿："不知刘银肯不肯，我那嫂子，不是个省油的灯。”

庄世伯："让坤林先完婚，给庄家添些人口。酒坊和上海的生意让坤林帮着你爹爹顶一下，实在不行再让刘银回来，常州、县城、上海跑跑，也花不了多少精力。给你爹爹的红利，由你爹爹去分配给刘银，只要有钱挣，估计你嫂子也不会太反对。”

庄世伯："坤林目前的首要问题，先给他成家，我等着抱孙子哪。”

大奶奶："等坤林回来，我们三个人要站在一个山头，不给坤林留一点缝隙。”

【8.县城　袁宅　上午　夏　日】

袁家客厅。

小桃红："儿子，婷婷要过来玩两天，应该是为了娃娃亲的事情，我和你爹爹商量，你赶紧去服装店买上几套像样的衣服，别把自己打扮得学生模样，一出去就不归家了。”

袁旺松："娘，这不刚去了三天嘛，庄家村家家户户好客，要不是家里捎信来，一家一家地吃过去得要半个月哪。”

袁大奶奶："旺松啊，你怎么不懂事呢，人家从苏州过来，是想摸摸咱们袁家的底细，婷婷一晃十几年不见了，来了，兴许还看不上你呢。”

袁旺松："她还看不上我？我还不一定看上她呢。”

袁旺松："娘，县城的衣服老土气，要不去常州买？”

小桃红（眉开眼笑）："来不及了。这么大的县城，十几家服装店，够你选的。你长得高大阳光，瞧这脸，五官端正，白白净净的，我不担心婷婷看不上你，倒是担心你看不上婷婷。”

袁大奶奶："娘看儿子那是真欢喜，丈母娘看女婿是假欢喜哪。”

小桃红："旺松爹，让姐姐陪着旺松去挑衣服。姐姐阅人多，眼界也高。”

袁通："是该给旺松添些衣服啦，人靠衣装，佛靠金装。”

袁大奶奶："行，帮我旺松儿挑衣服，开心着哪，这就走吧。”

【9. 县城　客车上　下午　夏　日】

从苏州开往县城的汽车上。

婷婷（苏州话）："娘，我先讲清楚了，如果旺松是个土包子，我明天就回苏州；旺松如果是个俊哥，就依着娘在袁家住两天。”

唐苑（苏州话）："娘晓得，娘心里比你还要拎得清。娘关照你，袁家是书香门第，溧水的大户人家，不管满意不满意，你给我装斯文些。”

钱刚（苏州话）："婷婷，只要人带得过去，袁家肯在苏州买个宅子，就差不多了。嫁人讲究门当户对，爹爹替你把着关哪。”

【10. 县城　下午　夏　日】

从苏州开往县城的汽车下客了。

小桃红："唐姐姐，在这儿哪。”

小桃红挥舞着手，兴奋地喊着。

唐苑："哎，妹妹，难为你了，大热天的还要来接我们。”

唐苑笑着，顺手帮着钱刚把两只沉甸甸的行李箱提下车。婷婷手上提了把天蓝色的丝绸太阳伞，长得高挑个儿，两个小辫子编得精致漂亮。

小桃红："这是婷婷吧？真是美人胚子啊。”

婷婷温婉一笑，露出两个浅浅的酒窝。

小桃红："上车吧，大家只能挤一挤了。”

众人上车，马车一路跑往袁家，唐苑看着县城的景色，一脸兴奋。

唐苑："妹妹，真想不到，溧水县城的景色这么美丽，有山有水，树木花草，一点都不比苏州差。”

小桃红："姐姐，这溧水县城虽小，什么东西都有的买。你看这木果河穿城而过，石阶铺就的路，跟苏州也差不多啊。"

【11. 县城　袁宅　客厅　下午　夏　日】

高高的围墙，古色古香的宅子，宽敞的院落，两进两出，院中花木护疏，地面青石板铺就。

婷婷坐在椅子上，心里面局促不安，掏出苏州特有的纸扇，轻轻地扇着。

小桃红："婷婷，你那纸扇真漂亮，客厅里弥漫着一股檀香味。"

婷婷（苏州话）："这是苏州特有的檀香扇。"

唐苑（苏州话）："当年那个可爱的小旺松，在不在家？我可常常想着他哩。"

小桃红："儿子，苏州的婷婷来看你了。"

袁大奶奶："唐妹妹呀，我家袁少爷刚刚高中毕业，一身的学生气，害羞着哪。"

婷婷一听不由地微微笑了起来。

唐苑（苏州话）："婷婷，你看哪，这袁家上下多和睦啊。旺松还害羞呢？"

婷婷又是微微一笑，点了点头。

袁旺松从楼上下来，高大的身材，五官端正的脸庞，白皙的皮肤，上身穿一件短袖白衬衫，下穿一条白色西裤，脚穿一双时髦的白色尖头皮鞋，三七开的头发，白衬衫束在西裤内，阳刚文静。

婷婷内心大喜，刹那间脸儿绯红，故意装着没看见，轻轻地摇着纸扇。

旺松一见婷婷愣住了，脸儿涨得通红。婷婷修长白嫩的手指，吸引了他。

袁通："旺松啊，你看婷婷，衣着打扮多得体。"

袁旺松（中气不足地）："叔叔阿姨好，婷婷好。"

袁大奶奶："哟，唐妹妹呀，你看我家旺松平时说话大嗓门，怎么突然变成娘娘腔啦？"

众人哈哈大笑。

袁通："旺松，婷婷如西施再世，重情重义，专程来县城看你哪。"

婷婷红着脸，抬起头冲着旺松一笑，点了点头。

袁通："你们虽说定的娃娃亲，婷婷却记在了心上。婷婷呀，旺松常常念叨着你哪，听说你要来，都兴奋了好几天了。"

婷婷缓缓地抬起头，笑着轻声对旺松说（苏州话），"旺松哥，我也常念叨着你哪。"

旺松："我……我也常念叨你呢。"

唐苑（苏州话）："婷婷，虽说袁家和咱家订过娃娃亲，可现在是民国了，婚姻也不能由爹娘包办了。"

婷婷笑着，轻声而又害羞地（苏州话）："娘，人在世上，要守信义哪。"

此话一说，满堂欢笑。

袁通："唐女士，钱先生，如果承蒙厚爱，不嫌弃袁家的话，咱们两家择个吉日，把婚事办了。至于聘礼，当然少不了的。办了婚事，袁家在苏州买个宅子，婷婷就可以苏州溧水两边住着。"

钱刚（苏州话）："没意见，婷婷呢？"

婷婷含笑摇着头。

袁通："旺松，现在是民国，爹爹和你娘不封建，你意如何？"

旺松含笑不住地点头。

众人满堂欢笑。袁通得意地走向书房，提笔挥毫：十七十八大丫头，又要撩郎又怕羞，嘴里不肯心里肯，风吹杨柳乱点头。

袁通将笔搁在笔架上，捋着胡子得意地笑了起来。

【12. 庄家村　庄宅　客厅　下午　夏】

庄坤林回到家，刚在客厅坐下。大奶奶连忙端来冰镇酸梅汤。

大奶奶："儿子，娘给你准备的酸梅汤，浸在八角井里凉透了，喝了消消暑。"

庄坤林："亲娘，我想去上海读大学，上海有个震旦大学，好多人都想去那个学校哪。"

庄世伯："儿子，你看看旺松，旺松就比你有出息。人家苏州的女娃找上门来了，要不了多久，袁通就要抱孙子了。你给爹爹抓紧，把自己的婚事办了。这事儿没办，别去读大学。"

庄坤林："爹爹，说这话儿子就不爱听了。"

庄世伯："翅膀硬了，跟爹爹顶嘴了？"

大奶奶："世伯，这就是你当爹的不对了，坤林现在还没有遇到好姑娘，你让儿子跟谁去结婚？"

庄坤林："就是，娘说的对，旺松哥从小就订了娃娃亲，你怎不给我也订个娃娃亲？"

庄世伯（乐了）："哎，这还是我的不对了？"

大奶奶："上次，去半仙家时，听邱萍说起过，离邱萍娘家不远有个汤家村，邱萍看到过一个女娃长得清新脱俗，邱萍认识她爹娘，她爹娘在村子里的口碑不错。"

锡儿："果真如此，赶快叫上邱萍去提亲，让人家给抢了，还不后悔死了。"

庄世伯："明天一早你们叫上邱萍，去找那户人家。"

庄坤林："亲娘，这好不好的，得要儿子看上才行。"

大奶奶："坤林，现在讲究婚姻自由了，明天你也去，就吃顿饭的光景，你若看不上眼就回来。"

庄坤林："爹爹，就这样，儿子也算孝顺了吧？"

庄世伯："傻儿子，好话坏话都听不出来，庄家的财产还不都是你的。"

锡儿："姐姐，马上去邱萍家吱一声。"

大奶奶："哎。"

【13. 汤家村　夏　日】

马车行驶在去往汤家村的山道上。

山风过处，野花送香，溪水哗哗地流淌，白云随风飘动。

庄坤林突然禁不住地笑了起来。

锡儿："儿子，笑什么呀？"

庄坤林："亲娘，儿子在想，那女娃别是个大头娃娃，就像庙会赶集时看到的那样，大嘴巴小眼睛。"

锡儿（担心地）："邱萍姐，那女娃真的好看吗？"

邱萍："漂亮，我敢说，十里八乡，挑不出第二个。"

大奶奶："妹妹，邱萍长得多漂亮啊，连邱萍都惊叹的女娃，那肯定是百里挑一了。”

邱萍突然大喊：“大树，停车。”

黄大树赶紧停车。邱萍指着不远处一户人家：“你们看，就是那个女孩，踢毽子的那个女孩。”

众人赶紧张望，只见三间农舍，白墙黑瓦，门口的晒谷场上，两个女孩正踢着毽子。

邱萍：“就那个稍高些的，怎么样？”

大奶奶和锡儿顺着邱萍手指的方向望去。

锡儿：“姐姐，那女孩踢毽子的身姿就吸引眼球。”

大奶奶：“走，大树，将马车直接停在门口。”

黄大树把马鞭轻轻扬起，不多会，马车停在了晒谷场上。

见有马车停在自家门口，两个女娃停止了活动，转身好奇地望着马车。

邱萍指着高挑个的女娃：“姐姐，就是她了。”

屋里女娃的爹娘迎出来，见马车停在自家晒谷场上，也是惊奇。

庄坤林坐在马车上竟忘了下车。

大奶奶：“大兄弟，大嫂子，我是庄家村的大奶奶，这是庄家的二奶奶，今日，特地来寻你家哪。”

女娃母亲：“哎哟，是庄家的大奶奶、二奶奶来了，怪不得前几日喜鹊总在门前树上喳喳叫呢。”

主人将大奶奶一行迎进屋内，大家围桌而坐，女主人热情地泡了茶。

女娃母亲：“庄家大奶奶，今日因何事，到我家来？”

大奶奶：“大嫂子，今天是有天大的喜事，登你的门哪。”

女娃母亲：“什么喜事呀？”

大奶奶：“你家小女可有婚配？”

女娃母亲：“庄家大奶奶，我家两个丑女，从未有婚配哪，可有合适的人家，大奶奶可以与我讲。”

大奶奶：“马车上坐的后生，是庄家的宝贝儿子，至今未有婚配，我家儿子一表人才，高大英俊，刚刚高中毕业，不知大嫂子能否看上眼？”

女娃母亲：“庄大奶奶呀，我家女儿能高攀上庄家，那是上辈子的造化呀。我们家也就是二三十亩土地，几间瓦屋，哪像庄家，土地千亩，又有私山，又有酒坊，城里城外都有宅院。不过，我家虽贫寒，对两个小女，确是从小到大三从四德地教着哪。”

女娃母亲：“正益，过来，见见庄家大奶奶，二奶奶。”

女孩听到娘喊，又见马车上坐着个英俊的小伙子，自然而然地想到婚姻之事，脸儿羞得绯红，迟疑地不肯迈步。

邱萍：“坤林啊，下来吧，见见正益妹妹。”

庄坤林一直注视着女孩，木讷地下车。

庄坤林（脱口而出）：“三寸金莲？”

庄坤林眉头微皱，脸上略有不快，迟疑地走到女孩身边。

邱萍：“看，这一对多般配呀。坤林啊，汤正益可是个古典美女，你喜欢吗？”

庄坤林涨红着脸，害羞地点着头。

大奶奶：“大嫂子，小女叫什么名字啊？生辰八字能否写给我？”

女孩母亲：“小女叫汤正益，年方十五。”

女孩母亲：“正益爹，你去找个笔和纸，把生辰八字写下来。”

“哎。”正益的爹爹转身进屋，出来后，将纸条交给大奶奶。

大奶奶掏出个金手镯，把汤正益拉到身边，将手镯套上汤正益的左手腕，托着汤正益的手，满意地笑着。

女孩母亲：“庄家大奶奶，咋一见面就送给我家小女一个金手镯？太贵重了。正益，还不谢谢庄家大奶奶？”

汤正益（喃喃地）：“谢谢庄家大奶奶。”

大奶奶：“锡儿妹妹，你看这双手，白而嫩，手指长，真是纤纤玉手啊。”

锡儿：“儿子，你看正益妹妹，这模样，不胜娇态撩人处，频动秋波妙不语啊。”

众人欢快地笑着，纷纷夸奖起汤正益来。庄坤林脸露笑容，转身出门，坐上了马车，独自沉思起来。

【14. 县城　庄宅　日】

庄坤林：“亲娘，汤正益什么都好，就是小脚不好，我不喜欢。”

锡儿：“儿子，按照老法来讲，小脚女人才能进我们这样的大户人家门，正益长得乖巧玲珑，有着古典美女的韵味。”

大奶奶："坤林，你娘这辈子最遗憾的就是没有裹脚，你亲娘也没有裹脚，你爹爹心里就喜欢裹脚的女人，常在我面前说什么三寸金莲。”

庄坤林："娘，亲娘，裹脚是以前封建意识的体现，是对中国妇女的一种戕害，我听旺松讲，他那个娃娃亲就没有裹脚。”

庄世伯："儿子，听你娘跟我说，那个汤正益长得娇小玲珑，又是三寸金莲，好，好，女人家只要会伺候男人、生儿育女，就是个好女人。”

大奶奶："世伯，你这话，我怎么听了刺耳？”

庄世伯："大奶奶，我是打个比方，你别往心里去。”

大奶奶："坤林啊，这桩婚事你得应下来，咱们庄家不能输给袁家。等你结了婚，替庄家续了香火，你若真喜欢大脚婆，到那时候，娘再给你纳个妾吧。”

锡儿："儿子，那个汤正益你还看得上眼吗？”

庄坤林："人长得不错，就是小脚。”

庄世伯："坤林，在你娘和亲娘面前，你就拿个态度，娶还是不娶？”

庄坤林："娶。说心里话，汤正益长得还真好看。”

庄世伯："这就对了。”

【15. 县城　庄宅和袁宅　数月后　日】

袁家迎娶了钱婷，庄家迎娶了汤正益。

两家是门对门，户对户，大红灯笼对着大红灯笼，家家张灯结彩，喜气洋洋。

【16. 甘肃　武威　金不换老宅　秋　日】

金不换郁闷地坐在桌子旁边，喝着茶，新娘子小心翼翼地在屋内收拾着物品。媒婆进门，满面笑容。

媒婆："不换兄弟，娶了新娘子，怎么大门不出二门不迈啦？”

新娘子："哎呀，姐姐又来啦。”

新娘子缓缓迎上前，媒婆大大咧咧地走向金不换。

“来得正好，我有事整不明白，想问你哩。”金不换阴沉着脸对媒婆说。

媒婆："金大哥，莫不是新娘子不怀孕，惹你不开心吧？"

金不换："正是。"

金不换扭着头一脸的不爽快。

媒婆："金大哥，你莫气恼，我这不急着上门来找你嘛。"

媒婆拍着大腿一屁股坐在金不换的对面，一脸的神秘。新娘子赶紧给媒婆上茶，乖乖地闪在一旁，不敢正眼看金不换。

媒婆："我问你啊，都说新娘子黄昏时眼看要进你家，来了一些你山上昔日的弟兄们，有这回事吗？"

金不换："是啊，怎么啦？"

媒婆："你把新娘子从驴背上抱到骡背上了？"

金不换："对呀！山上的弟兄们问我敢不敢，这有啥不敢的？"

媒婆刷地站起，脸色紧张，使劲地一跺脚，手"啪"的一声拍在腿上，"坏了！这事让你山上的弟兄们整坏了！"

金不换如陷云里雾里，"我听糊涂了，这事怎么让我山上的弟兄们整坏了？"

金不换瞪眼紧盯着媒婆的眼睛。

媒婆开始数落金不换，"亏你还是本地人哩，这儿的风俗你忘了？新媳妇骑驴，那是驴下面的东西厉害，能传宗接代。你让新娘子骑骡子，这骡子能生育吗？那是马和驴生的杂种啊。"

媒婆说完，特意看了眼新娘子，还朝新娘子眨了个眼。新娘子长舒了一口气，心里对媒婆一阵感激。

"啪"的一声，金不换一巴掌拍在桌上，把媒婆和新娘子吓了一跳。

金不换："这些个兔崽子，尽出些损招，这是要断了老子的根脉。"金不换怒发冲冠，脸色铁青。

金不换："你个婆娘，老子把你抱在骡背上时，你咋不吱一声？"

新娘子瑟瑟发抖，委屈地争辩着："我头上披着大红布，眼睛又看不到那是头骡子，骑在胯下都是一样黑色的毛发。"

金不换眼神凶凶地盯着媳妇的脸，"他娘的，不能生娃的女人就是身上的脏衣服，留你何用？"金不换起身，愤愤地来回走动了几步，冲着新娘子，"不全怪你，是老子把你抱上了骡背。"

金不换："还有法子吗？"

金不换的眼神柔和了些，问媒婆。

媒婆："有啊。不过，这法子只能试试了，灵不灵看自己的造化了。"

新娘子大气不敢喘，竖着耳朵紧张地听着。

媒婆："你呀，把媳妇送回娘家住上些日子，择个好日，重新弄头大公驴，披红挂彩地到她娘家把媳妇接回来。趁着这一段日子，你弄些个参汤滋补下元气。记住，新娘子上了驴背后，别让她脚着地，直接背去洞房扔床上。"

媒婆说完，哈哈大笑。

金不换大喜，掏出一个光洋塞给媒婆。

媒婆疯癫癫地乐着，贴着金不换的耳朵低语了几句，"我呀，告诉你，你该怎么做……"

金不换边听边点头，脸上露出了笑容。

第十八集

【1. 庄家大宅　客厅　晨　秋　日】

庄坤林全神贯注地打着算盘，右手娴熟地扒拉着算盘珠子，算盘珠子发出一连串清脆的碰撞声。

庄世伯欣喜地喝着茶，眼睛深情地望着庄坤林。

庄坤林："爹爹，今年庄家的粮食增产了两万多斤，蚕茧收入比去年增加了两千块大洋，神仙酒的销售增加了两成，主要是刘铜舅舅的功劳，按照神仙酒的提成，常州刘铜舅舅年底应该返还庄家三千块大洋。"

大奶奶："坤林，庄家今年总的收入有多少？"

庄坤林："娘，儿子算了一下，板栗园的收入都归了两个舅舅，茶叶的销售对庄家可以忽略不计，这样总的盘算下来，庄家今年的总收入接近五千大洋。"

庄坤林右手抓起算盘，潇洒地往空中一抖，将算盘归零，又埋头噼里啪啦一阵计算，肯定地点了点头。

大奶奶："世伯，坤林接管庄家后，什么都上手了，往后你和我省心多了。"

庄坤林："娘，正益不久就要临产了，接生婆要早些请回家。"

大奶奶："娘已经安排了，邱萍认识几个接生婆，娘让邱萍挑两个熟手，明天上午就来了，别到时正益生产时手忙脚乱的。"

庄世伯："大奶奶，真是奇怪了，邱医生那个医院开得好好的，怎么突然关门了？"

大奶奶："我也纳闷，问花匠，花匠说医院经营不善，邱医生年初就回日本了。"

庄世伯："花匠没走？"

大奶奶："花匠说，医院有一些值钱的设备，邱医生的合伙人雇着花匠看守着，指望哪天，再把医院盘活了。"

庄坤林："娘，慕兰还没醒？"

大奶奶："慕兰还在睡呢，三岁大的丫头了，天天还要缠着正益睡。"

庄坤林："慕兰担心正益生了弟弟后，大家不喜欢她了，常问我，有了弟弟后，会不会只喜欢弟弟不喜欢她了。"

庄世伯和大奶奶听了哈哈大笑。

大奶奶："咱家这个孙女，三岁大就有心机了，太阳都出来了，该叫醒慕兰起来吃早饭了。"

【2. 庄家大宅　客厅　上午　秋　日】

刘银："坤林，货船中午到，秋茧正在打包，下午我就不过来了。"

庄坤林："今天来几条船？"

刘银："船老大讲，最少来五条船，一条船装秋茧，四条船装稻谷。"

庄坤林："稻谷要抓紧往上海运，宁可收购价低一些，粮仓里堆不下了。上海碾米厂都说好了？"

刘银："说好了，这个月要往上海碾米厂送三五趟哪。"

庄坤林："我和你一起去上海，几时发船？"

刘银："下午把船舱堆满，明天一早开船。"

大奶奶："你们俩都随船去上海？"

刘银："在船舱睡一觉，时间又不长。"

大奶奶："坤林也随船？"

庄坤林："娘，我陪着舅舅随船去上海。"

大奶奶："不行！长江风浪大，翻船了怎么办？你俩去常州，坐火车去上海，别心疼那几个车钱。"

【3. 去上海的火车上　中午　秋　日】

庄坤林和刘银坐在车厢里。

火车发出车轮碾压铁轨的铿锵声。

车厢内人声鼎沸，十分拥挤。

庄坤林突然侧转身，听着对面一对母女的对话。

母亲(南京话)："媛媛,震旦大学的医学院,有两所高级护士职业学院,娘建议你读广慈医院那所学校。"

媛媛(南京话)："娘，同学们都说，圣心医院的那所学校比广慈医院的那所学校好。"

母亲(南京话)："随你读哪一所学校，娘担心你考不上呢。"

媛媛(南京话)："娘，女儿在班上的学习成绩，娘又不是不知道？"

母亲(南京话)："哎，李厅长的公子也去报考震旦法律系了？"

媛媛(南京话)："他听到女儿报考震旦大学，追过来了呗。"

庄坤林急忙起身，挤到这对母女身旁，恭敬地问："女士好，请问震旦大学在上海什么地方？"

母亲(南京话)："媛媛，震旦大学是在卢什么湾的？"

媛媛："难道你也要去报考？"

庄坤林："不知道震旦大学法律系，今年招不招生？"

媛媛："法律系今年招生的，我们班有个男生昨天就去了上海。"

庄坤林："哎呀，不赶趟了，我什么东西都没准备。"

媛媛(笑了)："震旦大学在卢家湾，到卢家湾一问，谁都知道。"

庄坤林："哪天开考？"

媛媛："明天上午报名，下午开考。"

庄坤林懊丧地回到座位，沉思起来。

【4. 上海　某旅馆　晨　秋　日】

刘银和庄坤林走出旅馆。

庄坤林："舅舅，上午我想去南京路逛逛，你一个人去十六铺码头吧。"

刘银："船队恐怕要到下午才会到码头，舅舅陪你去吧？"

庄坤林："咳，舅舅，别担心坤林会走丢，太阳落山前，我们在旅馆见。"

刘银："也好。"

刘银转身欲走，庄坤林突然问："舅舅，你一个人忙得开吗？"

刘银："碾米厂离开十六铺码头不远，船可以直接进坞，蚕茧码头上的车辆随叫随到，都是老熟客了。"

刘银转身往左方向走去，庄坤林迟疑地望着刘银走远，决然地转身往右方而去。

【5. 上海　某旅馆　黄昏　秋　日】

刘银焦虑不安地在房间内走来走去，不时探身窗外，焦急地等待着庄坤林回旅馆。

庄坤林突然推开房门，一脸灿烂。

刘银："坤林，舅舅都担心死了，你怎么到现在才回来？"

庄坤林："舅舅，我没有去南京路，你猜，我去了哪里？"

刘银："上海这么大，你去哪里舅舅怎么猜得到？"

庄坤林："舅舅，我去报考了震旦大学，上午报的名，下午连着考了两场，先考了基础课，然后考的英语。哎呀，我渴死了。"

庄坤林开心地将桌上茶杯里的水一饮而尽。

刘银："报考没什么门槛？"

庄坤林："我没带高中文凭，招生的先生不让报名，我死缠烂打，好话说了一大箩，招生的先生才答应先给报考，入校后检验文凭。"

刘银："这是好事情，干嘛瞒着舅舅？考得还顺吗？"

庄坤林："一拿到基础课的试卷，我就一眼见到底了。舅舅，要不是坤林在县城读的学校是天主教会的，想考震旦，门都没有，这是个硬条件。"

刘银开心地望着庄坤林，忍不住呵呵地笑了起来。

庄坤林："舅舅，回去后先别吱声，万一坤林没考上，这脸丢大了。"

【6. 庄家村　庄宅　中午　秋　日】

庄坤林和刘银坐着马车回到庄家村。

马车刚到村口，村人挑着担喊："坤林，你老婆昨天生了个儿子，天大的喜事啊。"

马车刚到庄家门口，庄坤林从马车上跳下往家奔去，屋内传来婴儿的啼哭声。

锡儿从客厅往门外走，差点与庄坤林撞个满怀。

锡儿（乐呵呵地）：“儿呀，都当了几年爹了，怎么还不稳当呢？”

庄坤林：“亲娘，正益生了个儿子，我高兴得头发昏了呗。”

锡儿拧了坤林一把耳朵，轻轻地：“别粗手粗脚的，宝宝还不能抱呢。”

庄坤林：“嗯，儿子知道，我就进去望一眼。”

庄坤林步履轻轻地走进内房，汤正益正在给儿子喂奶。庄坤林见汤正益满脸幸福，侧头望着怀中的儿子。

庄坤林站着不动，只听见儿子吸奶的啧啧声。

汤正益忽然发现庄坤林站在门口，笑呵呵的傻样子，开口说：“坤林，回来啦？”

“嗯！”庄坤林走向床边，俯身深情地望着儿子。

汤正益：“亲娘刚才说，这孩子吃奶的样子，和你小时候一模一样。”

庄坤林：“嘿嘿嘿，我也没见我小时候吃奶的样子啊。”

汤正益：“亲娘还说，你小时候一哭，奶头往嘴里一塞，立马不哭，吃了睡，醒了就哭哩。瞧，儿子不也是这样？刚刚还哭得凶哪。”

庄坤林：“正益，你为我们庄家生了个儿子，真是难为你遭了罪了。”

汤正益：“你呀，就是嘴甜。”

庄坤林：“正益，我告诉你一件事情，我去上海时，报考了震旦大学的法学系，如果录取了，咱们庄家可是双喜临门啊。”

“什么？”汤正益一听，眼珠子瞪得老大。

汤正益：“我不让你去读大学，我要你在我身边，不许离开我。”

庄坤林：“哎，还没定，你别急，那震旦大学要求高着哩，说不准还录取不了。”

汤正益：“反正，我就是不让你去读大学。人家说，‘书中自有黄金屋，书中自有颜如玉’，你现在，哪样没有？我只让你陪着。”

汤正益的脸上，流露出淡淡的忧伤。

庄坤林心里忽然一酸，怜爱地坐到床边，轻轻地吻了一下汤正益的脸，凑近汤正益的耳朵边，温存地说：“正益，我不离开，真的，你不同意，我决不去上大学。”

汤正益（笑了）:“坤林，人家不是为了你好嘛，家里有吃、有穿、有房、有钱，慕兰和儿子都小，你不能狠心不管我们母子啊。”

庄坤林和汤正益两人正絮絮耳语着，门外传来女儿的欢叫声。

“爹爹、爹爹，回来啦，抱抱。”庄慕兰嚷着，摇摇晃晃地奔向屋内。

“哎，宝贝女儿，爹爹想你哪。”庄坤林笑着，抱起庄慕兰左右脸上各亲了一口。

“爹爹，胡子扎人哪。”庄慕兰伸出小手，拨弄着庄坤林的胡子。

“爹爹，我有弟弟了。”庄慕兰嗲声嗲气地笑着说。

“嗯，我们家慕兰当姐姐啦。”庄坤林笑着，把女儿一下子举过头顶。

“嘿嘿。”庄慕兰欢喜得不住地笑，问，“爹爹，有了弟弟，爹娘还喜欢我吗？”

庄坤林和汤正益都笑了起来。

庄坤林：“喜欢，喜欢哪。你喜欢弟弟吗？”

“喜欢。”庄慕兰一本正经地对爹爹说。

“慕兰，爹爹问你，昨天你跟谁睡一起的？”

“跟亲奶奶睡一起的。”

“娘，我想摸摸弟弟的脸。”

汤正益：“轻些摸呵，别弄疼了弟弟。”

庄坤林将女儿放下，庄慕兰摇晃着跑到娘的身边，伸出小手，轻轻地摸了下弟弟的脸，然后望着庄坤林咯咯咯地笑着，一副天真可爱的模样。

【7. 庄家村　庄宅　客厅　夜　秋】

庄家人围坐在餐厅吃饭，庄世伯舒心地喝着酒。

庄慕兰四处跑动，挨个儿讨着好，撒着娇。

庄世伯：“大奶奶啊，庄家有这么一天，三代同堂，你是第一功臣。”

大奶奶满脸笑容，听庄世伯这么一说，笑得颠了起来。

大奶奶：“世伯啊，要这么讲，这功臣啊，还要带上刘生。要不是当年刘生和陶玉如同意把锡儿嫁到庄家，庄家哪有今天的兴旺哪？”

刘银见爹娘一脸开心，站起来对着庄世伯和大奶奶：“妹夫、姐姐，我敬你们一杯酒。今天，庄家是双喜临门哪。”

庄世伯和大奶奶连忙举杯，痛快地一饮而尽。

大奶奶："庄家添了金枝，这是一喜，还有一喜，从何而来？"

庄坤林一听，急忙朝刘银眨着眼睛。刘银正在兴头，看见也只当没看见。

刘银："另有一喜，得要坤林说了。"

庄坤林："舅舅。"

庄坤林急了，"现在还不是讲的时候，谁知道会不会成呢？"

刘银："坤林有志气。这次去上海，报考了震旦大学，读的是法律。今后庄家，还要出个大法官、大律师呢。"

庄世伯："真的，坤林？"

大家的眼睛全都看着庄坤林。庄坤林此时也不能隐瞒了，索性当着家人的面，把事情说开。

庄坤林："爹、娘，外公、外婆，你们今天都在这儿。我问你们一句，读大学是不是好事？"

"这个当然是好事。"刘生抢着表态。大奶奶和庄世伯不语。

庄坤林："爹、娘，我已经了解过了，震旦大学现在的名气，在中国大着哩。这个大学起源于梁启超，院长是马相伯，按照法国的模式举办的。有很多名人在那儿当老师哩，像蔡元培等。校董里名人一大堆，张謇、严复、熊希龄、严希涛等。震旦参照欧洲大陆学制，要不是儿子读的高中是天主教会办的学校，人家还不要呢。"

大奶奶："坤林啊，你说的那些个人，娘一个都不知道。娘只问你一句，决心下了没有？"

庄坤林："娘，法学系要读四年。儿子已经下了决心，非读不可。除非儿子无能，没能考取。"

大奶奶："你去读大学，这个家谁来继承？这么一大摊的事情，你刚熟悉，说走就走，正益一个人在家，拖两个孩子，这个家就拴不住你？"

庄坤林："读完了大学，不还回来嘛。反正，有爹娘在，外公外婆和舅舅，一大家子人哩。"

大奶奶："世伯，儿子是你生的，你拿句话呢？"

庄世伯："庄家有了孙子、孙女，儿子去读大学，也是自个要好，读出个名堂来，也是给庄家祖宗脸上贴金哩。"

刘生忍不住："别难为我这个外孙，坤林有志气，这个事情就要支持。庄家生意上的事，也不会因为坤林读大学而会受到大的影响。"

"外公！"坤林笑着对外公竖起了大拇指。

庄世伯："儿子有志向，当爹爹的当然要支持，只是要委屈了正益，我们大家做做正益的思想，把理讲清楚。"

大奶奶："儿子，你爹爹把话说明了，汤正益如果不同意，我和你亲娘会帮你说话的。"

庄坤林："娘，有件事情，儿子要告诉你们。"

"什么事？"大奶奶问。

庄坤林："旺松哥想在县城开米行，他想把县城七八家米行全部收购下来。种粮户的大米，基本都要卖给他了，他计划把大米垄断下来，供应到上海、苏州去。"

大奶奶："呵，看不出，旺松心胸大着哩。"

庄坤林："这样，庄家的大米，也要卖给旺松哥，价格可以随行就市。"

庄世伯："这也不是他们袁家做得起来的。"

"这话怎么讲？"大奶奶问庄世伯。

庄世伯："第一，人家肯不肯把米行卖给他们袁家？第二，你收购了米行，有人要开米行，你能阻止得了？"

"对，官府也不是他们袁家开的。"大奶奶有些愤愤不平了。

庄坤林："娘，人家有赵县长撑腰，到时候，你要开米行，赵县长不同意，随便找个理由，你就开不了的。再说了，赵林已经回来了，就在县府里当了主办科员，说不准，今后接他爹爹的班哪。"

"什么？赵林回来了？"大奶奶一惊，失手将筷子落在了地上。

庄坤林："娘，前些日，旺松告诉我的。旺松说庄家是种粮大户，只要庄家的粮食肯卖给他，不卖与其他的米行，他再与其他庄的大户人家谈好，在粮源上切断其他米行的主要收购渠道，再通过赵林与官府，经常去寻找些麻烦，在高价收购的诱惑下，不愁那几家米行不低头。"

"这个旺松呀，也真够毒了。这么个鬼点子，他怎么会想到的呢？"大奶奶数落着旺松，一脸的迷惑。

“这样一来，庄家出的粮食，也只能卖给袁旺松了？”庄世伯也有些愤愤不平，对着大奶奶说。

刘生：“凭旺松的脑筋，计划想不到这么完美，一定是钱婷给旺松出的主意。庄家如果要反制袁家，这也不难办。”

大奶奶：“锡儿爹，你真有好主意？”

刘生：“庄家生产的粮食，不愁没有仓库堆放，而且在上海已经打开了销路。县城那几家米行，与庄家的关系熟悉，只要暗中与米行打个招呼，旺松整并县城粮食市场的计划，难度就大了。”

庄坤林：“那这样，庄家与袁家的关系肯定要破裂。我和旺松之间的兄弟情谊也就荡然无存了，甚至还会变成了冤家对头。”

大奶奶：“唉，庄家和袁家的关系，二十多年一直亲如一家，黄大树又是庄家的干儿子，兰儿又是袁家的女儿，旺松和坤林，又是从小到大的好兄弟，要真为这事闹腾起来，脸面上还真挂不住。”

刘生：“大奶奶，你嘴上不说，心里面是担心庄家产业中重要的一块粮食，未来会受制于袁家。这还是旺松的计划，等真的开始实行之时，庄家采取措施不迟。老话讲骑驴看唱本，走着瞧。”

大奶奶：“哎，到什么山上砍什么柴，只要不太为难庄家，也就睁一只眼闭一只眼，两家宽松些。”

大奶奶：“梅儿和赵林一起回来的？”

庄坤林：“梅儿没回来。”

大奶奶：“哎，梅儿这丫头，一走都快二十年了，娘还挺想着她哪。”

庄世伯：“不提这些了，再说下去，饭菜都凉了。说实话，我对旺松的吞并计划，心里着实不痛快呢。”

庄世伯大声地招呼着众人吃饭。

【8. 县城　袁家　下午　秋　日】

袁家温馨而又热闹。

袁通在书房泼墨挥毫，袁唐平在客厅跑来跑去。

小桃红抱着袁依冰，在院子里哼着山歌。

婷婷（苏州话）："唐平，别跑来转去的，当心撞了头。"

袁通在书房闻听，立马放下画笔，笑眯眯地出来，将袁唐平抱起。

袁通："宝贝孙子，跟爷爷去院子里玩耍。"

"山羊胡子"，袁唐平调皮地抓着袁通的胡须，嘻嘻地笑着。

婷婷（苏州话）："旺松啊，你看看昨天的报纸，河南大灾，饥民无数啊。"

婷婷把报纸给旺松看。

旺松看着报纸，眉头紧锁，一脸沉重的表情："这些灾民，真是可怜啊，婷婷，你怎么笑得出来？"

婷婷（苏州话）："哟，旺松哎，我看了报纸，心里也难受啊，可我们这些草民百姓帮不上忙啊。官府不管，那些灾民卖儿卖女，沿路乞讨，确实可怜啊。"

袁旺松："过些日子，县城里肯定会有灾民出现，我得关照状元楼的保安，凡有乞讨要饭的，不能驱赶，给那些灾民做些米饭，不能让灾民挨饿。"

婷婷点点头："我觉得，这大灾里面透着商机呢。"

"什么商机？"旺松不解地问婷婷。

婷婷（苏州话）："你看呀，人们常说，珠宝生意千分利，黄金生意百分利，棉麻绸缎生意十分利，粮食生意一分利，可都忽略了一个事实，当灾荒来临时，珠宝黄金不能当饭吃，而粮食虽然只有一分利，但量大，堆积这一分利，这钱就赚大了。如果恰逢大灾之年，屯粮卖钱，挣钱更多。"

袁旺松："前些日子我问过坤林，提起过做粮食生意这事，坤林说可以做米生意，国外常用的方法是垄断市场。婷婷，这里面有一个难题破解不了。"

婷婷（苏州话）："什么难题破解不了呀？"

袁旺松："垄断市场这个难题破解不了。县城有七八家米行，都有固定的货源，你囤粮食，他们卖粮，这又如何办哩？"

婷婷（苏州话）："这不难办。你呀得有个目标，设法把这些个米行收购过来，把县城的卖场抓在手上，再让你娘与赵县长吱一声，若遇新开米行的，随便弄个理由，不让他们开就行了。"

袁旺松想了一会儿："这个主意可行，我要再费些心思，让庄家坤林与我联手。只要庄家的货源控制在手上，再说服县里另外几家大户，这样货源就控制住了。只要这些大户人家不卖粮食给那些米行，他们自然撑不下去。到时候，一提收购米行，都巴不得给我们呢。”

婷婷笑着在旺松的脸上亲了一口，柔情万分地对旺松说：“我呀，就是没有嫁错人。旺松，这又要收购，还得要建个大粮库，袁老爷子舍得掏钱吗？”

袁旺松：“放心，钱的问题不大，实在不行的话，不是还有坤林兄弟吗？到时候，只要我开口，他一定会帮我的。我再找坤林详谈，把具体计划说与坤林听听，探一下路吧。”

婷婷（苏州话）：“你呀，真聪明，这在生意场上，叫做借鸡生蛋啊。待母鸡下了蛋，把蛋卖了，用这钱哪，去还买母鸡的钱，真是绝了。”

【9. 庄家村　庄宅　夜　秋　日】

锡儿从汤正益房间里走了出来，见众人仍然坐着，议论着袁家。

锡儿：“姐姐，最近我一直在思虑着，给正益肚里的孩子取个姓名，孩子如今都出生了，可这名字哩，还没有最终想好，姐姐可有想过？”

大奶奶：“妹妹，你生坤林的时候，姐姐做梦遇见庄周，受梦中的启示，给儿子取了庄坤林这个名字。姐姐知道，妹妹心里面有些失落，这次取名，姐姐想听听妹妹的意思。”

锡儿：“按庄家的辈分，坤字下来应该是维字辈，这孩子呢，又是庄家唯一的根，妹妹想了许久，觉得取庄维根这个名字大吉大利。”

刘生：“名字不错，树木长得再高大，也离不了根，维护庄家的根，让这根在土里扎得深，扎得稳，风刮得再大，也撼动不了大树。”

庄世伯：“这个名字很好，孙儿的名字就叫庄维根吧。”

大奶奶笑了，“世伯，我明白你的意思。”

大奶奶：“按妹妹的想法，就叫庄维根吧。过两天，我把庄家的族长和长辈们请了，去祠堂里入个名字，妹妹到时和姐姐一起去宗庙吧。”

庄坤林：“今后呀，省得宝宝、孙子地喊了，儿子有了姓名，叫庄维根，这名字，多上口啊。”

锡儿笑着，佯装生气的样子，瞪了坤林一眼：“这几年，替亲娘抓紧时间，多生几个孙儿。到时候让你爹爹和外公，各给取个名字。”

大奶奶：“上学的事情正益答应了吗？”

锡儿：“什么？又要想去读大学啦？刚才正益流着泪在房间里让我劝劝你呢。”

庄坤林：“亲娘，你们到时候都帮我开导下正益，现在的庄家，孙子孙女都齐全了，去上海读书也不是一去四年，如今交通方便，一天就赶到家了。”

大奶奶：“儿子，这解铃还需系铃人哪，我寻思着，正益是担心你去了上海，被花花世界给迷住了。”

庄坤林突然拍了下脑袋：“娘说得对，这才是正益的心病哪。”

【10. 庄家村　庄宅　汤正益房间　夜　秋】

夜深人静，院子里只有蟋蟀的叫鸣声，整个庄家村一片寂静。

月光洒在青石板铺就的院子里，铺下一地的银色。

汤正益：“坤林，你看星星在天幕眨着眼睛，夜色多美啊。”

汤正益半躺在床上依偎着坤林，一脸甜蜜。

庄坤林：“夜色再美也没有你美。”

坤林相拥着汤正益，温存地回着。

庄坤林：“正益，吃晚饭时，爹爹和娘都夸着你呢，说你是庄家的功臣，给庄家生了个孙子。”

汤正益：“哪个女人家不生孩子哩？”

汤正益笑着把头埋在坤林的胸膛里，坤林闻了闻汤正益的发香，深深地呼吸了一口：“头发真香，乌黑油亮。”

汤正益：“我问你，那个婷婷头发怎么样？”

庄坤林：“哟，那和你一样，长发飘飘，乌黑油亮。”

汤正益：“婷婷漂亮，还是我漂亮呀？”

庄坤林：“都漂亮，婷婷是现代美，你是古典美，两种美，无法比。”

汤正益：“婷婷是城里人，又有文化，还是个大脚婆；我是乡下人，又没读过几天书，还是个小脚婆。坤林，我心里清楚，你不喜欢女人家裹脚，我比不上婷婷哩。”

庄坤林：“正益，你别瞎说了。我现在看小脚，还真看顺了眼。三寸金莲，小巧玲珑，怪不得古人崇尚三寸金莲哪。”

汤正益：“你别安慰我了，要是现在我娘再给我裹脚，我才不会依着我娘哪。”

庄坤林：“现在世道变了，现在的女人家开始闯世界了。以前，女人家待在家里相夫教子，用不着去外面颠荡奔波。”

汤正益：“所以了，你说我是古典美，婷婷是现代美。坤林，你娶了我可后悔？”

庄坤林：“哪会后悔啊，娘和亲娘都说你是庄家的功臣啊。”

汤正益脸上露出了幸福的笑容，“你又说这话了，坤林，哪个女人家不生孩子呀。”

庄坤林：“正益，说实话，你就是吃了没文化的亏，长这么大只到过县城。我跟你说，外面的世界大着哪，可精彩了。尤其是上海，十里洋场，光怪陆离，车水马龙，美女如云，婷婷要是放在上海的大街上，最多只能算得上是二三流的美女。”

庄坤林正说得来劲，忽然觉得手上湿湿的，汤正益的眼泪像断线的珠子，顺着脸颊往下掉。

庄坤林：“正益，你怎么了？为什么哭啊？”

庄坤林见汤正益哭得厉害，肩膀都抽动着，心里紧张不安，急切地问。

汤正益不语，只管掉着眼泪。

庄坤林抱住汤正益，极其温柔地对汤正益说：“正益，我是不是讲错话了？哎，都怪我，直人直肠，胡言乱语。”

“你说话呀。”庄坤林催促着汤正益。

汤正益：“坤林，求求你，别去上海读大学了，你已经是个文化人了，犯不着的。”

庄坤林：“嘿，还不知道上海震旦大学会不会录取我呢，别操那个心。”

汤正益：“我知道你有文化，一定会录取的，到时候你一拍屁股去了上海，把我们母子留在乡下。”

庄坤林：“上海离县城很近，就不到一天的路程，我每个月都能回来呢。”

汤正益：“上海美女如云，哪天冒出个狐狸精，又是个大脚婆，把你勾走了怎么办哩？”

汤正益抹了下眼泪，深情地望着庄坤林。

庄坤林：“不会的，你男人呀，光明正大，正气浩然，不会沾上一丁点儿狐狸的骚味。”

庄坤林笑着对汤正益说，脸上显得一脸正气，话儿说得信誓旦旦。

庄坤林：“如果我真被震旦大学录取了，今后当了大法官，你就是大法官的夫人，多长脸呢。”

庄坤林笑着，学着大法官升堂的表情，“升堂喽！”

汤正益被庄坤林的表演逗得笑了起来。

汤正益温柔地抱着庄坤林，“坤林，说实话，哪个女人不希望自己的男人有出息呢？”

庄坤林笑了，凑近汤正益的耳朵，用牙齿轻轻地咬了一下汤正益白软的耳垂，柔柔地说：“放心，老婆，我可舍不得家里的绝色美女夜夜守空房哪。”

【11. 庄家村　庄宅　数天后　秋】

门外传来邮差自行车的铃声。

锡儿：“姐姐，邮差来啦，我出门去看看。”

锡儿走向门外，一会儿，锡儿将手上的信件高高地扬起，大声地喊着：“坤林被震旦大学录取啦！”

庄世伯和大奶奶从房里奔出来，庄世伯一把接过录取通知书，反复地看了好久，对着大奶奶喃喃自语：“这可是庄家村第一个大学生哪，了不得啊！”

大奶奶接过录取通知书，赶紧跑向客厅，拿给庄坤林。

庄坤林接过录取通知书，脸儿兴奋得通红，手也不住地哆嗦。

大奶奶：“该好好地庆贺一下了，庄家这个月是双喜临门啊。”

锡儿：“姐姐，庄家明天办几桌酒，把长辈们都请来，炫耀炫耀。”

大奶奶：“要，要，这可是庄家天大的脸面啊。”

“爹，娘，亲娘，”庄坤林依次叫着，对众人说：“还有半个月，我就去上海报到了。”

锡儿：“儿子啊，家里的事你别操心，去上海的行李亲娘给你准备，你就安心地去吧。”

庄坤林突然一跺脚：“亲娘，糟了，这大学读不成了。”

锡儿：“怎么回事啊？”

大奶奶：“坤林，什么事情糟了？真读不成大学了吗？”

第十九集

【1. 庄家村　庄家　秋　日】

庄坤林："我的高中文凭丢了，没高中文凭，我怎么去报到呢？"

锡儿笑了，"坤林，把娘吓一跳。你那个高中文凭，娘偷偷地给你藏着呢，就放在县城，在娘的枕头底下。娘天天枕着你的高中文凭睡觉，心里欢畅着呢。"

庄坤林："吓我一跳，娘，亲娘，爹爹，我这就去那些小伙伴家里串串门，顺便跟他们道个别。"

大奶奶："都去谁家呀？"

庄坤林："我先去邱巴家。"

大奶奶："哎，世伯，邱巴年纪也不小了，也该讨老婆了。"

庄世伯："邱巴鬼得狠，你还担心他找不到老婆？"

锡儿："儿子，邱巴和你从小玩到大，你与他玩耍时，给邱巴提个醒，是该讨老婆了。"

大奶奶呵呵呵笑着，"坤林，你告诉邱巴，别学他爹爹半仙，半大拉子的年纪才讨老婆。要不是我在邱萍面前给撮合，邱巴现在还在邱萍肚子里呢。"

【2. 庄家村　木果河边　秋　日】

庄坤林："邱巴，你看咱家乡多美，木果河水蜿蜒地流淌，两岸芦苇丛生，风吹芦叶沙沙响，太阳在河面泛金光。”

李邱巴：“坤林哥，我好羡慕你，有文化，有志向，说出的话就像诗歌一样。我爹和我娘总是拿你和我比，说实话，坤林哥，我除了水性比你好，其他还真比不过你。”

庄坤林：“邱巴，你爹爹和娘也不容易，那么大年龄才生了你，听哥一句，有合适的女孩子，赶快把婚结了。”

李邱巴：“坤林哥，哪来什么合适的女孩子？这几年，我爹和我娘在这上面也没少费心思。实话告诉你，前段日子又给我说了一个，那女孩啥都好，就那个嘴唇，厚得跟猪嘴唇一样，总得要我喜欢才行吧。你看，旺松和你找的老婆，人模人样，国色天香，那姿色摆在那呢，我总得要找一个差不多的才行吧？”

庄坤林：“邱巴，好女孩可遇不可求，哥给你出个主意，空时常到十里八乡走走。咱们溧水这个地方，出美女。”

邱巴（喜形于色）：“坤林哥，这个点子不错，不愧是好兄弟。还真说不准，在咱这十里八乡躲着，藏着一位好姑娘呢。”

庄坤林：“邱巴，我就要去上海读大学了，暑假回来，坤林等着喝你的喜酒呢。”

李邱巴呵呵笑着，用手挠了挠头。

李邱巴：“哎，也不知道能让邱巴遇见这样的女孩，遇见了，我立马让我娘上门去提亲。”

【3. 李家村　李宅　中午　春】

李半仙家的餐桌上饭菜已经摆好，邱萍焦虑地在屋里走动，不时去院门口往村道上探望。

李半仙：“邱萍，别等儿子了，饭菜都要凉了，我们先吃吧。”

邱萍返身入屋，李半仙殷勤地替邱萍将椅子往后拉了拉，邱萍坐下。

李半仙：“二月春风似剪刀，你那白嫩嫩的皮肤，哪经得起剪刀剪哪。”

邱萍：“邱巴也不知跑到哪儿去了？自从他脸上长了青春痘，去外面跑得越发勤了，像个货郎窜村一样，也不知儿子心里想着什么？”

李半仙：“邱萍，你说儿子想什么？从小到大，不是摸鱼踩蚌，上树掏鸟窝，就是打着赤脚在田里抓黄鳝甲鱼，要不就是弄个纸条，画上些老鼠和蛇，往女儿家背上粘。看庄家的坤林和袁家的旺松，孩子都三四岁大了，我就纳闷，野猫都闹欢，邱巴咋一点心思都不往这上面想哪？”

邱萍：“也是。相亲的算下来不少于十一二家，邱巴总是看不中人家姑娘，横挑鼻子竖挑眼的。我那个远方亲戚的女儿，你和我都看得上眼，邱巴竟然当面说那女娃的嘴巴比猪八戒的嘴巴稍许薄一点。要不是我上前又是赔礼，又是说软话，加上你上前拦着，她爹爹那个巴掌呼上去，非得把邱巴的脸给扇扁了。”

李半仙：“哎，咱家的条件，虽比不上庄家和袁家，可在李家村这一带，也是挂得上号的。儿子不是嫌人家穷，就是嫌人家胖高瘦矮，弄不懂儿子想找一个什么样的女娃。”

邱萍：“别忙着开饭，再等等儿子。儿子是娘的心头肉，于我牵肠挂肚着哪，我得去村口看看。”

【4. 李家村　村口　中午　春　日】

邱萍沿着家门往李婶家方向边走边喊：“邱巴，回家吃中饭啊。”

李婶听到邱萍喊声，从堂屋出来。

李婶：“邱萍，别叫唤了，太阳上山那会儿，我看见邱巴往潘池子村方向走的。”

邱萍：“潘池子村离李家村六七里地远，他去那儿干啥？”

【5. 潘池子村　村道旁　上午　春　日】

村道边，三两株桃花和杏花开得正旺，加上暖洋洋的阳光，飞来飞去的雀儿叽叽喳喳的欢快叫声，让李邱巴精神十足，信心满怀。

李邱巴刚走入潘池子村，只见一农户家门口停着一辆破马车，四周围着油布。拉车的马一看，就上了岁数，是一匹二十年左右的老马，黑色的毛发，牙齿也剩得不多了。

在农户靠墙的一边，搭起了一个竹子大棚，里面传来“嘣嘣”的声响。

李邱巴好奇，掀开门帘，只见一男一女正在弹着棉花。男的四十不到，女的约十六七岁，两人的头上和身上粘着飘飞的棉絮。虽然天气不热，但男的却满头大汗。

弹棉郎和弹棉女孩见李邱巴进来，正眼都不瞧一下，依旧专注地弹着棉花。

李邱巴听着嘣嘣的弹棉声，所到之处棉花渐渐疏松，很是新奇。

李邱巴抬眼望着弹棉郎，只见他腰束一根粗棉绳，背上绑着小手腕粗的毛竹竿，杆稍上头垂下来一股细绳，拴在弹棉弓上。弹弓用竹制成，长四尺左右，两头拿绳弦绷紧。

弹棉郎反复击弦，棉花更为疏松，也不知弹棉郎敲击了多久，李邱巴看得两眼酸酸，耳朵里一直都是嘣嘣的声响，站着腰都觉得酸了。

李邱巴用手捂着双耳。

弹棉郎这时用了个木质大圆盘在弹开的棉花上反复压磨，棉花神奇地变得服帖，紧密而又平整。

弹棉郎满头大汗，见李邱巴一直专注地看着，冲李邱巴一笑，"你这后生，看了好久了，耳朵吃不消了吧？"

弹棉郎又朝李邱巴点了个头，算是打了招呼。

李邱巴："大师傅，我刚看了一会儿，耳朵里满是嗡嗡嗡的声响，你们的耳朵怎么吃得消？"

弹棉郎："习惯了，听不到这嗡嗡嗡声心里还不舒服。丫头，可以上纱了。"

只见丫头拿来白纱，弹棉郎解下腰上束缚的绳条，松开绑在大木弓上的绳头，将棉纱从竹竿枝头上的挂钩中穿过，弹棉郎和弹棉女各站一头，弹棉郎挥舞着竹竿，将纱线传到弹棉女一头，弹棉女已经熟练得眼睛都不看一下，手指灵活地勾住传递过来的纱线，一来一往地往压好的棉被上网着。

李邱巴扫了一眼弹棉女，长得普普通通，也是一脸的汗水，脸上和眼睫毛、甚至头发上都粘了棉絮。李邱巴觉得看够了，转身欲离开时，弹棉女细长而又白嫩的手指，灵活的指法，一下子吸引了他。

李邱巴再次端详着弹棉女，眼睛发亮了。

李邱巴大声问着："大师傅哎，丫头的手真灵巧，是你女儿吗？"

弹棉郎："是我女儿，怎么啦？"

李邱巴："你这丫头指法太灵活了，把我都看傻了。"

弹棉女闻听，抬头望了眼李邱巴，埋头忙碌着。

弹棉郎边将竹竿挥来挥去，“活儿干久了，熟能生巧嘛。”

李邱巴：“大师傅啊，你这丫头长得真好看。双眼皮，大大的眼睛，小巧端庄的鼻子，樱桃嘴，两片红润而又薄薄的嘴唇，偶露皓齿，细而整齐。有人家了吗？”

弹棉郎边干活边摇摇头。

弹棉郎：“你这位后生，怎问起这话？”

李邱巴呵呵地笑。李邱巴上下打量着弹棉女的身材，弹棉女长得不高不矮，不胖不瘦。李邱巴的目光贪婪地落在弹棉女的胸部，弹棉女胸部隆得丰满，把毛衣撑起了两座小山。

弹棉郎：“这位后生，是潘池子村的吗？”

李邱巴（惊醒）：“大师傅，这棉被弹好了？”

弹棉郎：“弹好了，下午再弄些个红线，做个图案，这个比较容易做。”

弹棉郎：“你是潘池子村的？”

李邱巴：“呵，呵，我不是潘池子村的，我家住在前面的李家村，离此地六七里地哪。”

弹棉郎：“莫不是家里有棉被要弹？”

李邱巴：“正是，正是，我家里好多床棉被，都盖了近十年了，都要弹哪。我正担心着一眨眼功夫，大师傅赶着马车走了。”

弹棉郎：“这潘池子村的活儿，已经干了快半个月了，还有五六床棉被需要翻新。弹完了，还真要走了。”

李邱巴：“大师傅，弹一床棉被大约多久？”

弹棉郎（笑着）：“赶早些起床忙活，到太阳下山后，抓紧时间，一天超不过两床棉被。”

李邱巴：“大师傅，加工一床棉被，需要多少钱哪？”

弹棉郎：“赚不了钱，刚够糊个口，拼死拼活地弹，一床棉被只收得五六个铜板。”

弹棉郎苦笑着，抹了把汗。

李邱巴：“大师傅，你这儿弹完，赶紧去李家村，光我们家就够你们弹个三五天呢。我们李家村，十来年了，都没寻到弹棉花的，家家户户都有几床棉被要翻新，光一个李家村，没有一两个月，也弹不完哪。”

弹棉郎（眉开眼笑）：“这位后生怎么称呼？我到了李家村怎么寻你？”

李邱巴：“我叫李邱巴，今年二十三岁了，还没结婚。大师傅只要一到李家村，一问李半仙的名字，十里八乡和邻县的人都知道我爹的大名哪。我家门口有个门楼，上面有个牌匾，写着‘悬壶济世’四个金字哪。”

弹棉郎笑了：“你爹爹看来是这一带的名医了？”

李邱巴洋洋得意地笑着：“莫说我爹爹李半仙是个名医，我也是个医生，在这一带呀，小有名气的。”

弹棉郎：“在这儿吃个午饭，酸菜炖面条。”

李邱巴聪明活络，这弦外之音分得清楚。

李邱巴：“谢谢大师傅，爹娘等着我吃饭哩。后天，我在李家村村口，等着你们。”

李邱巴说完，特意冲着弹棉女笑了笑，转身离开了。

【6. 李家村　李宅　中午　春】

李邱巴回到家中，爹娘已经吃过了中饭，邱萍见儿子回来了，赶紧从楼上下来。

邱萍：“宝贝儿子哎，你去哪儿转悠去了？都半天光景了，午饭没有吃吧？娘去给你热饭菜去。”

李邱巴：“娘，我在潘池子村一个朋友家中吃过午饭了，别去热饭菜了。”

邱萍：“你去潘池子村干啥去了？你爹爹见你又出去转悠，在房里唉声叹气的，你也蛮大的人了，怎么一点儿不像你爹爹有出息？你爹爹都六十大儿的人了，还整日忙着给人看病，给家里挣钱。你再看看人家庄坤林，多有出息，给庄家添丁进口，现在又考上了上海名牌大学。你和坤林从小一起玩大，怎么为娘一点儿看不出，你有一丁点的本领超过坤林哪？”

邱萍轻声细语地数落儿子，怕激起儿子的逆反心理。

李邱巴（可怜地）：“娘，昨晚我没睡好觉，连着几天了。”

邱萍：“怎么啦？身体不舒服了？怎么不让你爹爹看看？”

李邱巴：“不是身体不舒服，那被子盖得不舒服，又硬又厚，该重新请人弹一下了。”

邱萍一听哈哈地笑了起来。

邱萍："娘今晚给你换一床新被子，家里面被子多着哪。"

李邱巴："都搁在家里好几年了，一样的又硬又老的被子。"

邱萍："那都是崭新的被子，干干的，从来都没用过，怎么就变硬变老被子了？"

李邱巴："放家里都几年了，就是没用，不也是老棉被了吗？"

李邱巴找着茬子，寻找一切的理由，目的就是要重新弹一下。

邱萍："日后看到弹棉郎，让重新弹一下也好，这些日子，先用一下。"

李邱巴："娘，上午我在潘池子村，看到了弹棉郎，正在弹着棉被哪，弹棉郎已经在潘池子村弹了半个多月了，家家户户都把棉被拿出来翻弹哪。"

邱萍："那你下午把你盖的那床被子，送过去弹一下，不就行了吗？"

李邱巴："娘，人家弹棉郎后天就到李家村来做生意了，到时，再请弹棉郎也不迟。"

邱萍："嗯，省得拿来拿去，弄脏了棉被。"

李邱巴："娘，现在肚子又饿了，我想吃饭了。"

邱萍："哎，怪了，你不是说刚刚吃过午饭嘛？"

李邱巴："我那个朋友寒碜，烧了酸菜炖面条，我只吃了两口就觉得要吐，那味道又酸又臭，怎么吃得下去呵？"

半仙在楼上听得真真切切，赶紧下楼，见邱萍卷起衣袖走向厨房，赶忙拦住。

李半仙："别去，万一磕磕撞撞，不小心烫了，你那玉骨冰肌弄了个伤疤，这损失就太大了。"

李半仙瞪了李邱巴一眼，自己动手给李邱巴热饭菜去了。

李邱巴边吃边想着，竟不知不觉地笑了起来，把米饭喷了一桌子。

李半仙："真是有娘生没爹教的。老人们都说，吃不言，睡不语。你竟然吃着饭还笑了出来。"

邱萍历来向着儿子，翻着丹凤眼，数落起了李半仙。

邱萍："你也是的，儿子心里乐笑了笑，这也要训斥？哪家的规矩吃饭不能笑呀？"

李邱巴赶紧把饭吃完，抹了下嘴皮子，又用摸嘴皮子的手，在裤子上擦了擦。

李邱巴："爹爹，儿子今天上午去潘池子村，见到几个不熟悉的老头老太，知道我爹是您，都夸您善心善德，医术高超哪。"

李半仙脸上立马有了笑意，得意地摇头晃脑起来。

李半仙："你爹善心善德大半辈子了，可你呢，放着现成的名医不肯学习，往后哪能有这样的口碑？"

李邱巴："爹爹，儿子学着哪，儿子先学习如何做人，学爹爹的善心善德呢。"

李邱巴嘴太甜了，哄得李半仙不住点头，脸色也阴转晴。

邱萍："孩子爹，你听听，我生的儿子不是不懂事理，只不过心智开得晚了些，跟着你不也常给人看病下处方子嘛。再说了，从小到大虽说顽皮了些，但也没干过伤天害理的事情呀。"

李邱巴："娘，爹，儿子最看不过去的就是那些个穷人，我那个朋友，小时候常在一起玩，还救过儿子的命呢。"

李半仙："什么？爹爹怎么不知道啊？"

邱萍也一脸惊愕："儿子，娘怎么也不知道呢？"

李邱巴："哎呀，那年我九岁，在村口大池塘里踩蚌，踩到一个磨盘大的蚌，我的右脚一下子伸到大蚌张着的嘴里去了，那蚌壳一合，我就上不来了，挣也挣不脱，喝了好多的水哪。"

邱萍（脸色惨白）："后来呢？"

李邱巴："就是我那个小伙伴，见我下水后没冒头，知道我踩到了大蚌，一个猛子串到我脚下，把那个大蚌生生地掏了出来，儿子当时脚踝都被那大蚌的壳，削出了血哪。"

李半仙："邱萍，我咋没印象呢？我能背出《本草纲目》，但儿子九岁时发生的事情，怎么记不得呢？"

邱萍："我也没有印象了。"

李半仙："哎，你爹爹老了，真的老了，毕竟往七十的坡上爬了。"

李邱巴："爹爹，娘，儿子今天去潘池子村，见小时候的玩伴日子清苦，心里面难受，打算将家里的咸肉送些与他，另外想送一块袁大头给他，帮他一把。"

邱萍："要送钱给别人，娘有些心痛，送些咸肉，倒也无妨。"

李半仙："难得我儿有这般菩萨心肠，救命之恩，终身不忘啊。"

邱萍："半仙，儿子有这种善心，知恩图报，也是儿子有道德的表现，为娘心里也开心呀。"

邱萍爽快地摸出一枚袁大头，放在桌子上。

李邱巴却不伸手去拿，"娘，儿子想给他些铜板，你给他一个现大洋，说不准他去县城一顿饭就吃光了。给他一百个铜板，细水长流能过好长一段日子哪。"李邱巴煞有介事地说着，脸上一本正经的。

邱萍："是呀，半仙哪，你总数落儿子不如人家坤林，没有袁家旺松出息。这人哪，一到开智的时候就看得出，心正还是心邪，骨子里正还是败絮其中哪。"

半仙笑眯眯地望着邱萍："我生的儿子，就像爹，良心品行没得话说哪。"

邱萍："儿子是我十月怀胎，千辛万苦生出来的，你倒来抢功了。"

李邱巴："娘，找个布袋，给儿子装上一百个铜板。下午，儿子要去潘池子村，我那个伙伴呀，真是太清苦了。"

李邱巴说完，脸上显得庄重和难受，心里面乐开了花。

邱萍转身上楼，一会儿拿了一个沉甸甸的布袋，交给了李邱巴，又到厨房，拿了条咸肉递给儿子。

邱萍："儿子，这块肉足有四五斤重，娘舍得，你爹肯定舍不得。去，给你那个小伙伴吃吧。"

李半仙："看你说的，儿子行善事，我咋舍不得啊？"

李邱巴用一个手指勾住咸肉上穿的麻绳，在手上掂了掂，一手拿着装铜板的布袋，对半仙和邱萍开心地笑着，一溜烟跑出了院门。

【7. 李家村　李宅　下午　春　日】

李邱巴跑出院门，心里暗暗得意，一路走，一路笑。

李邱巴跑到李婶家门口，李婶迎出门。

李邱巴（大声地）："李婶，潘池子村来了个弹棉郎，手艺了得，五个铜板就可以弹一床棉被，后天要来咱李家村。我爹爹就要过六十五岁生日了，邱巴想替爹爹多积些善德，把我的零花钱拿出来，给乡里乡亲一些补贴。

凡是愿意弹一床棉花被的，我补贴三个铜板。”

左邻右舍闻听到李邱巴的说话声，扔下手中的活计，纷纷向李邱巴走来。

李婶："邱巴呀，难得你有这般孝心，我家有五床棉被要翻弹哪。”

李邱巴从钱袋里掏出铜板往李婶摊开的手掌里放。

众乡邻看见纷纷涌了上来七嘴八舌。

村民一："我家有七床棉被要翻弹。”

村民二："我家也有五床棉被要翻弹，邱巴你真有孝心。”

…………

李邱巴喜笑颜开，逐一往村民手中塞铜板，钱袋很快空了下去。

【8. 潘池子村　下午　春　日】

发完铜板，李邱巴提着咸肉，兴冲冲地来到潘池子村，直接进入弹棉花的布棚子里，大声嚷："大师傅，停一下，我给你带礼物来了。”

弹棉郎停住了手，望着李邱巴。见李邱巴高举着咸肉，满脸欢喜地对着自己。

弹棉郎："李后生，怎么想起给我们送上这么多的咸肉啊？”

李邱巴："大师傅，我们李家村十来年了，都没见有人上门弹棉花，我回去跟我爹娘一说，爹娘高兴呢，听说大师傅和小丫头中午吃的酸菜炖面条，都心疼着呢。说弹棉花是个苦力活，要吃得有营养些，才有力气弹呢，硬要我送块咸肉与你们哪。”

弹棉郎："你爹娘真有善心，这好人有好报哪，只是这块咸肉，我们可收不得呀。”

李邱巴："大师傅，你和小丫头只有吃得好些，才能给我家和李家村的人尽心尽力弹棉被啊。”

弹棉郎："真是的，你们江南人家呀，大都热情得很。这潘池子村，我们父女一住这么长时间，人家分文不收啊。”

李邱巴："我把这肉放在哪里呀？”

弹棉郎："给我女儿吧，让她先放到住的屋子里去，回头去李家村弹棉花时，不该收你家的工钱了。”

李邱巴将咸肉递给弹棉女，弹棉女冲着李邱巴一个微笑，眼睛里闪过一丝感激的目光。

李邱巴大喜，轻松一招，赢来弹棉女的一个微笑。

李邱巴："大师傅，我今天刚刚串了各家各户的门，夸你们弹的棉被好哪，鼓动大家把被子翻翻新，目前已不下四五十床被子了，估计光李家村你们就得忙上一个月。"

弹棉女刚刚走到布棚门口，听到李邱巴已经鼓动了四五十床棉被，不由得心生感激，转头又对李邱巴笑了一下，露出白玉般的牙齿。

弹棉郎大喜："昨晚上还在跟女儿讲，担心后面接不到大活，真是遇到贵人相助，雪里送炭来了。"

李邱巴："大师傅，你们忙吧，我得回家，黄昏时有病人上门就诊，我还得给病人配药呢。"

李邱巴的话讲得声音洪亮，出了门的弹棉女，不由得心里一动，笑出了声。

弹棉郎："想不到你这后生还真是个医生，是个有本事的人哪。"弹棉郎冲着弹棉女说，脸露笑容。

弹棉郎谢着李邱巴，将他送出门外，目送着李邱巴向李家村走去。

弹棉女进得布棚，弹棉郎笑着："女儿，这江南一带的后生呀，知书达理，文明礼貌。今后找婆家，还是找江南一带的好。"

弹棉女听爹爹一讲，脸儿红了，点了点头。

弹棉郎："丫头，这个后生还没结婚哪。"

弹棉女害羞地望了眼弹棉郎，父女俩又乒乒乓乓地弹起了棉花。

【9. 潘池子村　第二日　早晨　春】

李邱巴轻手轻脚地走出屋子，打开院门，悄悄溜出院子往李婶家走去。

李婶："邱巴，这么早来我家又有何事哪？"

李邱巴："李婶，明天弹棉郎就要来了，我寻思着，这么多棉花被，没有二三十天都弹不完。咱们李家村的人，一向好客，尤其是李婶，对人热情着哪。"

李邱巴满脸堆笑，把高帽子直往李婶头上套。

李婶："也是，咱李家村民风淳朴，家家户户都和睦着哩。不像庄家村，尤其是大嘴，那张嘴巴不饶人。”

李邱巴："这儿有七八个铜板，李婶你先拿着，待弹棉郎来了，弄个房间，让他们干干净净地住下，弹棉郎晚上睡得好，来日有精力，才能好好地给咱们弹棉被哪。”

李邱巴把钱塞给李婶，李婶大喜。

李婶："邱巴呀，你是三岁时就不学好，十二三岁时更调皮，没想到这一成年了，跟你爹爹一样，懂起事来了。我这房间和床铺正空着哪，放心，不会丢咱李家村人的脸面。”

李邱巴笑着，向潘池子村走去。

李邱巴还没迈进布棚，就听到“嘣、嘣、嘣”的弹棉声。

李邱巴掀开布门，进入工坊，见弹棉郎父女正在忙碌。

李邱巴："大师傅早啊，一大早就忙活，别太辛苦着。”

弹棉女见李邱巴一大早来，心里觉得好笑，人家看弹棉花，也不会天天看，觉得眼前这后生一定是冲着自己来的，于是，忍不住地转脸冲了李邱巴笑了笑。

弹棉郎见李邱巴又来了，殷勤得很，心里有了些许好感。

弹棉郎："李后生，一大早来潘池子村，又有何事哪？”

李邱巴："我们李家村的人好客，尤其是李大婶，听说你们明天要来，把住房都腾出来让你们住哪。我特来说与大师傅听，免得你们到了李家村没地方住。”

弹棉郎："谢谢李后生，就弹几床棉被，为我们跑来跑去，考虑得周全哪。”

李邱巴望着弹棉郎，又望了望弹棉女，笑着："应该的，不然你们忙完活走了，在外面说我们李家村的人没礼数。”

弹棉郎笑着，扭头继续敲打着棉弓。

李邱巴朝着弹棉女眨了眨眼睛，弹棉女心里有些明白，低头忙碌着，自个偷偷地笑了。

【10. 李家村　李宅　上午　山道　春　日】

李邱巴看在眼里，不露喜色，转身走出了工棚。在回李家村的路上，环顾四周无人，开心地唱了起来：

山歌好唱口难开，
林檎好吃树难栽。
黄瓜好吃蒂把苦，
情妹好恋心难猜。

眼看太阳落了坡，
妹送阿哥难过河。
铜打钥匙铁打锁，
锁住太阳永不落。

李邱巴一路唱着山歌，向李家村走去。

李邱巴步入家门，见爹爹和娘正往桌上摆着饭菜。李邱巴一屁股往椅子上坐下，一脸苦相，心事重重，叹着气。

邱萍："怎么啦？儿子。"

李邱巴："娘，儿子做了件错事，这个家，是爹爹当家，儿子心善，没与爹爹商量，竟稀里糊涂地应了下来。"

李半仙："什么事这么为难？"

李邱巴："李婶上午遇见儿子，说李家村人一向好客，不能让弹棉郎住露天，主动将房子和床铺腾出来让弹棉郎住哪。"

邱萍："李婶说得对，李家村几百年来，就是好客，礼仪待人，那你为何又一脸苦相？"

李邱巴："儿子一激动，脱口就说，弹棉郎在我家搭伙吃饭，是我爹爹和娘特地关照的，说人家卖了力气，生活不易，咱们要讲礼仪，要好客才行。"

李邱巴做了两顶高帽子，给爹爹和娘头上各戴了一个。

果然，李半仙不仅不恼，反而笑着夸赞了起来。

李半仙："邱萍哪，这几天儿子大有长进，终于到了开智的时候了。"

邱萍："就是嘛，以前你总责怪邱巴，这黄毛丫头还十八变哪，别说我生的儿子，告诉你，孩子爹，说不准咱这儿子，今后要当大官，有大出息的。"

李邱巴："娘，儿子要向坤林哥学习，坤林哥已经为庄家传宗接代，儿子也该娶老婆了，要结婚生子，给爹爹添寿。”

邱萍：“哎哟，你看哪，半仙哎，这儿子说开智就开智了，多孝顺哪。”

邱萍眉开眼笑，兴奋不已，转身问着李邱巴：“有看中的人家了？”

李邱巴：“娘，上次你和庄家大奶奶为坤林相亲，说汤正益有个妹妹，人长得漂亮。儿子想，汤正益长得西施般美丽，她妹妹一定也长得美，都是一个爹娘生的嘛。”

李邱巴故作害羞，低声地说着。

邱萍：“是呀，娘怎么没想到呢？哎呀，儿子呀，你真是傻瓜蛋，心里有这想法，怎不讲与娘听呢？”

邱萍：“半仙，怪不得，这些年介绍了这多人家的女儿，邱巴一个也看不上，原来惦记着汤正益的妹妹哪。”

半仙恍然大悟，和邱萍想到了一起。

半仙着急地对邱萍说：“汤家二女儿，当年十二三岁，如今最多不过十七八岁，得要快些与汤家提亲，保不准汤家已有亲家了。”

邱萍：“你别吓我了，我这心里现在焦急不安，恨不得一步跨入汤家，把儿子的亲事给定下来。”

李半仙：“明后天，咱们啥事不做，赶紧去汤家村，把亲事给提了。”

邱萍：“好，我也顺便回趟娘家，看看两位老人。都三年没回去了，也怪惦记着我爹我娘哪。”

李邱巴乐得抿嘴偷笑。

【11. 李家村和潘池子村之间的山路上　晨　春】

李邱巴穿戴一新，特地早早出门，到远离李家村三里地远的交叉路口，翘首盼望着弹棉郎的出现。

清晨的江南山村，空气格外清新，李邱巴放眼望去，隐约地闪现出红的桃花、白的梨花、绚丽得像火般燃烧的杏花。近旁的小河里，偶尔鱼儿窜出水面，留下一圈圈涟漪。脚边、土路旁伸展着嫩嫩的青草，草叶上沾着露水，在微风中滚动，各色野花星星点点，夹杂在草丛里、河滩边。远远的李家村，白墙黑瓦的房舍，星罗棋布，袅袅炊烟，绸带般在空中慢慢舞动，偶尔传来二三声草狗的“汪、汪”声，似乎是在向主人报告，路上已经出现了行人。

李邱巴心情大好，大口地呼吸着山林清新的空气。望着东方慢慢升起的红日，轻声地唱起了山歌：

戴了笠子莫擎伞，
恋了郎时莫恋他。
一壶难装两样酒，
一树难开两样花。

这些山歌，李邱巴从小听娘唱过，他学着娘唱歌时的表情，边唱边舞。

李邱巴唱完，更觉心情舒畅，对着空旷的山野，继续唱着：

看看亲夫看看我郎，
黄豆小麦两样光。
好块羊肉落在狗嘴里，
小奴越看越惨伤。

李邱巴唱完，“啪”地给了自己一个巴掌，边笑边自言自语，“这不是在骂我是条癞皮狗嘛，还是个偷情汉哪。”

“嘿嘿”，身边传来弹棉女的笑声，把李邱巴吓了一跳。

弹棉郎赶着马车，慢悠悠地停在自己面前。

弹棉郎：“李后生，起得这么早？”

李邱巴（尴尬地）：“哎，哎，怕你们认不得路，带路来了。”

弹棉郎：“就这么点大的地方，迷不了路的。上车吧。”

李邱巴趁机坐上了马车，离弹棉女咫尺之远。

马车徐徐向前。弹棉女见李邱巴上车，尽量往里面挪动着，座位空间不大，也只是扭动了屁股，地方没变。

马车上，李邱巴瞪大眼睛，紧紧地盯着弹棉女看。弹棉女脸儿绯红，紧张地低垂着头，心扑棱棱地跳着。她心里已经明白，这个后生已经盯上了自己。

弹棉女不禁心潮起伏，又偷偷瞄了一眼李邱巴，觉得年龄也般配，不由得脸儿发热，苹果色的脸庞，红得更加厉害。

这一切，全被李邱巴看在眼里，觉得猎物离自己这么近，一切唾手可及了。

李邱巴故意往弹棉女身边挤了挤，弹棉女害羞地望了他一眼，扭过了头。

【12.李家村　李宅　中午　春】

马车到了李家村，李邱巴径直将弹棉郎带入李婶家中，李婶热情地倒了杯糖水，递给弹棉女。

李婶："哎哟，大师傅终于来了，都盼了三天了，瞧这闺女，长得真是个漂亮。"

弹棉女红着脸，冲着李婶笑了笑，帮着爹爹去卸车。

李邱巴："李婶，待会午饭，大师傅就在我家搭伙，不用麻烦你家了。"

李婶："瞧，大师傅哎，这半仙的儿子呀，真是越大越懂礼数了。为了你们的事，跑前跑后，也不知道多少趟了。"

弹棉郎冲着李邱巴，感激地笑了笑。

李邱巴："大师傅，你们先忙，我家在前面，拐个弯就是了。中午饭，我爹娘等着大师傅哪。"

李邱巴说完，离开李婶家，向自家走去。

李邱巴回到屋中，见爹爹在厨房里忙着，邱萍在打着帮手。

李邱巴："娘，汤家的二女儿，别许了人家，得抓紧上门提个亲，有机会将汤家二女儿带回家中，让儿子瞧瞧。"

邱萍："宝贝儿子哎，娘比你都急，赶明天和你爹爹一早就去汤家村，省得夜长梦多，现成的凤凰飞了。"

半仙将饭菜摆好，弹棉郎父女入得院来，没等邱萍开口，李邱巴殷勤地迎了上去，文质彬彬地搬起椅子，让弹棉郎父女入座。

邱萍："大师傅，家在何方？"

弹棉郎："苏北淮安。"

邱萍："这位姑娘是你何人？"

弹棉郎："是我女儿，今年十七。这孩子命苦，三岁那年，她娘与邻村的汉子私奔了，至今未回，杳无音讯哪。"

弹棉郎："我这一辈子，非得把她娘寻回来，因此干上了弹棉郎这行，串乡入镇，边弹些棉被糊口，边打听她娘的下落。"

弹棉女听父亲说着，慢慢地扒拉着碗里的米饭，眼圈红了起来。

李邱巴不失时机，拿起勺子，勺了一大勺木耳炖排骨，倒在弹棉女的碗内。

弹棉女不语，默默地吃着。

邱萍："姑娘，想不想你娘啊？"

弹棉女眼圈更红了，眼泪滴落在饭碗里，依旧不语，扒着饭碗，慢慢地吃着。

弹棉郎："我这女儿，也是命苦，她娘走后，五岁那年忽然得病，找了个郎中抓了几副中药吃了，病好了，却变成了哑巴。"

弹棉郎叹着气，摇着头，大口扒拉着饭，抹了下嘴，望着女儿。

半仙："这个郎中，半吊子水平，要是遇到我就不会有这种事情发生了，这是后天哑巴，应该能听得见声音吧？"

弹棉女抬起泪眼，望着半仙点了点头。

弹棉郎："丫头，快吃，那边的棉花堆得小山一样高，爹爹要赶着开工呢。"

弹棉女："嗯。"

弹棉郎和弹棉女紧扒了几口饭，放下了碗筷。

弹棉郎："你们溧水人，真客气，我得要使点劲，给你们把棉被弹好。"

弹棉郎大口吃着饭菜，吃完父女俩告辞出门，邱巴急忙起身和半仙一起相送出门。

半仙入门，李邱巴乐呵呵地往餐桌上一坐，大口吃了起来。

邱萍："半仙，下午你准备些行头，备上些礼物，我们明天一早去汤家村，把这门亲事提一下。要是女方同意，找个理由，带女孩回来给邱巴瞧瞧，我想汤正益姐妹俩，已经几年未见了，正好给我们个理由。"

李邱巴嘴巴鼓鼓地嚷着："嗯嗯。爹爹，这事得抓紧些。"

【13. 李家村　李宅　早晨　春】

李半仙和邱萍带了些礼物和钱，上了马车，准备去汤家村。

马车刚刚驶上山道，迎面一辆马车急奔而来，两辆马车交会，过来的马车夫一见李半仙，仿佛见到了救星，跳下马车。

马车夫（焦急而又大声地）："请问，你是李半仙吧？"

李半仙："正是。"

马车夫："恳请李半仙速速上车，我是从邻县来的，我家老爷突然晕倒，人事不省，盼着您去救命哪。"

马车夫急得一头大汗。

李半仙："哎呀，不巧了，我今天没空啊。"

马车夫扑通跪下，"求求你了，李郎中，人命关天啊。"

李半仙："邱萍，汤家村你一人去吧，在你娘家多住几日，我去一下，如无大碍，即回邱家村。"

半仙坐上来者马车，从速向邻县而去。

邱萍无奈，大声喊："丢下我一个人，咋办啊？儿子的终身大事你就不管啦？"

第二十集

【1. 李家村　山路　上午　春】

邱萍无奈，大声喊：“丢下我一个人，咋办啊？儿子的终身大事你就不管啦？”

邱萍：“哎，真拿他没办法。大师傅，我们走吧。”

马车夫：“郎中都是这个德行。”

马车夫扬起马鞭，马车向前，邱萍不断探身，望着反方向走远的马车。

【2. 李家村　李宅　上午　春】

李邱巴见爹娘一走，欢天喜地转身去了自家中药房。

李邱巴打开药柜，左手拿了粒巴豆，右手又从另一个中药柜抽屉里拿出一些火麻仁，左右看着。

李邱巴（自言自语）：“巴豆，火麻仁，用哪个呢？还是保险一些用巴豆吧，就用巴豆！”

李邱巴的嘴角露出了诡异的微笑。

李邱巴将火麻仁摔入药柜，将巴豆捣成粉，放在哑巴女吃饭的碗里，将碗端入厨房。

李邱巴又将邱萍做针线活的小剪刀藏在身上，然后来到李婶家附近，像贼一样地躲在草丛里，静等着弹棉郎的离开。

弹棉郎父女收工，离开工棚往李家走去。李邱巴悄悄地返回工棚，取出剪刀在棉弓牛筋制成的弦上，用剪刀剪了个口子。然后快速溜出工棚，抄小路赶在弹棉郎父女进院前回到了屋子。

李邱巴："大师傅，饭菜备好了。"

弹棉郎："李后生，辛苦了，你也会做饭？"

李邱巴："当然，不会做学嘛。"

弹棉女闻听，冲李邱巴笑了笑。

李邱巴将菜端上桌子，又殷勤地给弹棉女盛了一碗米饭，用勺子搅动了几下，端给了弹棉女。

弹棉郎端起饭碗，狼吞虎咽。

弹棉女忽然一脸痛苦，捂着肚子，用手比划着要上厕所。

弹棉郎："肚子疼？"

弹棉女："嗯嗯。"

弹棉女冲进厕所。

弹棉女进去了好长时间，弹棉郎有些担心，隔门喊："丫头，拉肚子了？"

"嗯。"厕所里传来弹棉女支支吾吾的声音。

李邱巴："腹泻应该是着凉了，我家有药，我给取些药汤，服一碗准好。"

李邱巴说完，取了些黄连药材，放入木香和甘草，当着弹棉郎的面放入药罐内，加水熬制起来。

弹棉郎："李后生，你给用的什么药？"

李邱巴："黄连，木香，甘草，熬汤，一碗下去准好。"

弹棉郎："有这么快吗？"

弹棉女脸色煞白地捂着肚子，有气无力地坐了下来。

李邱巴："大师傅，你放心，我这帖中药下去，到傍晚准好。"

弹棉郎："丫头，你就在这儿休息，爹爹一个人也忙得过来。"

弹棉郎："李后生，谢谢你了，幸亏你也是个郎中，否则立马去哪儿寻郎中啊？"

李邱巴："大师傅只管去忙，这儿就交给我，今天傍晚时，丫头又是活蹦乱跳的了。"

李邱巴送弹棉郎出门，返身回房间，取了本医书，走向哑巴女。

李邱巴翻开医书，假装看书，时不时瞄几眼弹棉女。

药罐沸腾。李邱巴将药汤倒入碗中，用勺子边搅动，边用嘴吹着气，给汤药降温。

弹棉女冲李邱巴微笑着。李邱巴用勺子舀了勺汤药，自个喝了下去。

李邱巴："不烫了，也不太苦，快喝了吧。"

李邱巴将碗递给弹棉女。

弹棉女接过碗，边吹气边将药汤喝下。

李邱巴去厨房拧了毛巾，返回客厅，递给弹棉女。

弹棉女接过毛巾，边擦脸，嘴里边发出感激的"嗯嗯"声。

李邱巴伸手给弹棉女按脉，弹棉女本能地将手缩回，然后又将手伸向李邱巴。李邱巴搭了会脉，摸了摸自己的额头，又摸了摸弹棉女的额头。弹棉女露出感激的笑容。

李邱巴趁其不备，蹲下身，一把摸着弹棉女光洁似玉的脚背，用手心和手掌反复抚摸着。

弹棉女心里一个激灵，猛地站起。弹棉女着急地发出"嗯嗯啊啊"声，摆着手。李邱巴嬉皮笑脸地重又坐下。

弹棉女坐下，把脚挪到另一边。

李邱巴起身，将医书合上。

李邱巴："肚子好些了吗？"

弹棉女："嗯。"

此时，院子大门推开，弹棉郎一脸懊丧地进来。

弹棉郎："丫头，晚上爹爹回来得晚些，要去县城买牛筋绳，真是活见鬼了，好好的弦没敲多久，却断裂了。"

弹棉郎见李邱巴坐着看书，一本正经的样子。

弹棉郎："药汤喝了？"

李邱巴："喝了，腹泻止住了，晚饭前再喝些便好了。"

弹棉郎："李后生，多亏你也是个郎中。活见鬼了，好好的弹棉弓，没敲两下牛筋绳断了。"

李邱巴："牛筋绳断了？这东西上哪去买哪？"

弹棉郎："县城有。"

弹棉郎感激地笑了笑，转身出门。

李邱巴送弹棉郎出院门，又探头见弹棉郎走远，匆匆将院门拴上，鬼鬼地进了客厅。

李邱巴：“丫头，我喜欢你哩，给我做老婆，我李邱巴说到做到。”

李邱巴上前，一把拉住弹棉女的手，朗声道：“我李邱巴发誓，一定娶你为老婆，一生一世照顾着你。”

弹棉女忽地站起，眼睛亮亮地盯着李邱巴，胸脯急剧起伏，似乎不敢相信。

李邱巴突然一把抱住弹棉女，吻起了弹棉女。

李邱巴一把抱起弹棉女往楼上走去。

【3. 李家村　李宅　上午　春】

卧室。

李邱巴一脸柔情，边穿衣服边安慰弹棉女。

李邱巴：“丫头，过几个月，我说与我爹娘听，直接娶了你做老婆。”

弹棉女一脸泪痕，她缓慢地起身，一声不吭地穿好衣服，指了指床单，嗯嗯呀呀地叫着。

李邱巴看了眼狼藉的床单，一惊，“血？”

弹棉女扬手冲李邱巴一记耳光，手却轻轻地落在了李邱巴的脸上。

弹棉女默不作声地扯下床单，独自走向院子，吊了井水，沾了肥皂，默默地搓洗好床单，将床单晾在了院子里。

李邱巴不安地坐在椅子上，望着哑巴女。

哑巴女进屋，提笔在纸上写下“娶我”二字，将纸条放在李邱巴身前，眼睛瞪着李邱巴。

李邱巴赶紧不断地点着头。

弹棉女笑了，温柔地用手替李邱巴抚平着散乱的头发。

【4. 李家村　李宅　隔日　中午　春】

邱萍喜滋滋地进入家门，李邱巴急忙迎上前。

李邱巴：“娘，汤家答应了？”

邱萍：“前后脚的事，我刚进得汤家，已经有人在汤家提亲，娘抢着对汤家说，要给我儿子提亲，结果，汤家两头都没答应，说要再想几天哪。”

李邱巴：“要不让庄家大奶奶帮忙提亲，再不抓紧，汤家二女儿就飞了。”

邱萍：“明天，汤家二女儿来看正益，娘寻思着，汤家不知道你长得如何，是想摸一摸底哪。”

李邱巴：“娘，我明天穿什么衣服好看？”

邱萍：“就穿夹克衫配西裤，挺精神的。”

屋外，马车驶来。李半仙从马车上下来，一脸欢喜地进屋。

李半仙：“邱萍，你没去吗？”

邱萍：“咋没去，少了你，我照样把事情给办成。”

李半仙得意地呵呵笑着，将鼓鼓囊囊的钱袋递给邱萍，“这一去，你男人挣了不少的钱。”

邱萍眉开眼笑，“老太爷救活了？”

李半仙：“我用一根百年老参煲了汤给他灌了下去，又用银针给他扎了，老爷子立马醒了过来。”

邱萍提着钱袋子，“给这么多钱哪？”

李半仙：“那是个大户人家，这点钱不算多。”

邱萍提着钱袋，喜滋滋地上楼。

李半仙往椅子上一坐，李邱巴将茶递上。

李邱巴：“爹爹，辛苦了。”

李半仙：“不辛苦，哪来钱挣？你呀，要跟你爹爹学，少壮不努力，老大徒伤悲。”

李邱巴嘻嘻地笑着，点头应诺。

楼上传来邱萍的喊声，“半仙，你给我上来！”

李半仙闻声，悠悠地上楼。

邱萍（压低声音，母老虎般）：“老实交代，你和哪个狐狸精上床了？”

半仙一脸委屈：“我的祖宗哎，你前脚入屋，我后脚才进，哪有狐狸精勾我哪？”

邱萍：“这血迹哪来的？”

李半仙：“这洁白的床单上哪来的血迹？”

邱萍：“这么清楚，你那眼睛咋看不见？”

李半仙急忙从衣袋里掏出老花眼镜，近前仔细查看，“哎呀，这巴掌大的一块周边，四周真泛着一圈淡淡的血黄色痕迹哪。”

李半仙额头冒汗，连连摆手，“邱萍哪，这几日我不在家，你又比我先回来一步，我怎么明白这事啊？这真是血迹吗？”

邱萍：“亏你还是个郎中，那不是血迹是什么东西？”

李半仙急忙摆着手，“反正不是你男人干的。”

邱萍：“那会是谁？”

李半仙：“祖宗哎，我这身子，几天不服壮阳汤了，就是有狐狸精，半仙也做不成哪。”

邱萍杏眼怒睁，仔细盯着半仙看着，半仙的身子不由得又抖了一下。

忽然，邱萍一拍脑门：“半仙哪，儿子闯了大祸了。”

李半仙：“儿子？”

李半仙一拍额头，“哎呀，儿子，一定是他。”

邱萍愤怒了，大声喊着：“邱巴，给娘滚上来！”

李邱巴胆颤心惊地来到自己房间。

李半仙咬牙切齿地瞪着李邱巴。

邱萍（大声地）：“这是什么？”

李邱巴：“没，没什么呀！”

“啪！”李半仙颤抖着手，照着邱巴就是一个耳光，“老子恨你，恨得咬牙切齿，你不争气，你娘还差点冤枉你爹，你个狗东西！”

李邱巴手捂着右脸，垂头丧气，“爹爹，干嘛扇我耳光？”

邱萍：“哪个女的？跟娘说！”

李邱巴哆嗦着上前几步，俯身查看了床单，转身懊恼地垂下了头。

李邱巴（装着可怜）：“哑巴女。儿子一激动，闯祸了。”

邱萍：“那是个哑巴，她爹又是个弹棉郎，你、你怎么会看上这么个女娃？”

邱萍气得直打哆嗦。

李邱巴：“娘，儿子和哑巴女一激动，儿子没把住。娘，不会影响到与汤家相亲吧？”

“呸！”邱萍啐了儿子一口，愤愤地说，“换了我是汤家，天下的男人死光了，也不会把女儿嫁你。”

李邱巴："爹爹，娘，不至于这么严重吧？"

邱萍："半仙，要是那哑巴女赖上咱家，咱可死活不能松口。"

李半仙沉默了许久，叹着气，摇着头，伸出手指头触着李邱巴的额头："家门不幸，生了你这么个鬼东西。"

【5. 李家村　一个月后　黄昏　春末　日】

弹棉郎父女俩正在李婶家晚餐，突然，哑巴女手捂着嘴，呕吐着跑向门外。

弹棉郎惊讶地望着女儿跑向门外。

哑巴女用手抹着眼泪回到餐桌旁。

弹棉郎："丫头，怎么了？"

哑巴女坐着，无声地流着眼泪。

弹棉郎忽地站起，轻声而又严厉地指着李邱巴家方向："是他欺负了你？"

哑巴女边哭边点着头。

弹棉郎愤怒地在屋内走动，渐渐地转入平静。

弹棉郎："吃些东西，晚饭后爹爹带着你去李家讨个说法。"

【6. 李家村　李宅　夜　春末】

天色微暗，弹棉郎带着女儿，来到了李半仙家中。

李半仙望着弹棉郎一脸的愤怒，心里怯得慌。

邱萍见灯光下砍刀发出的寒光，吓得浑身发抖。

李邱巴吓得腿直打哆嗦。

弹棉郎腰上束着布条，后背插了把锋利的砍刀，左手拉着哑巴女，右手提着弹棉花的大木锤，一脸的横肉。

李半仙："大师傅，多日不见了，快坐下。"

弹棉郎："今日来，是给李郎中报喜了，顺带着给李郎中道个别，明天早上，就要离开李家村了。"

弹棉郎态度严峻，语气生硬而又带着冰凉。

邱萍担心的事终于来了，哆哆嗦嗦地问："什么喜呀？"

弹棉郎："我女儿怀上了李家的种，特地前来恭喜的。"

弹棉郎语气平淡，两眼怒睁。

“不会吧？”邱萍有气无力地辩白着。

弹棉郎：“就两条路，一条呢，择个好日，把我女儿娶回来；另一条呢，把你儿子李邱巴那个宝贝树根剁下来！”

弹棉郎背上寒光闪闪的砍刀，真正地把李邱巴吓坏了，李邱巴两腿瑟瑟发抖，耷拉着脑袋不语。

“是……是怎么回事啊？”邱萍语无伦次，哆嗦地望着李邱巴。

只见李邱巴“扑通”一声，跪在地上，眼泪汪汪地对邱萍说：“娘，儿子一念之差，这错犯大了。”

哑巴女一听，愤怒得脸儿通红，手指着李邱巴，嘴巴里叽里呱啦地吼着。

弹棉郎举起硬木锤，使劲地往桌子上一砸，“砰”的一声，把李邱巴吓得跳了起来。

李半仙吓得浑身打颤，满头大汗。

李半仙：“大师傅哎，别发怒了，有话慢慢说，总有办法解决的。”

李半仙壮着胆，与弹棉郎周旋。

“怎么个解决办法？”弹棉郎冷冷地问。

“这……这……”李半仙支支吾吾，急得小眼睛直眨，望着邱萍讨着主意。

邱萍已从惊慌中走了出来，甜甜地对弹棉郎说：“大师傅呀，事儿已经出了，明摆着，是我儿子的错。”

弹棉郎见邱萍认错，点了点头。

邱萍：“大师傅呀，我看这样，家丑不外扬，你女儿呀长得仙女一般，真是人见人爱哪，这要肚子大起来了，怕日后也难寻得好人家哪。”

弹棉郎：“李家不妨择个日子，把我女儿抬回家吧。”

邱萍：“大师傅啊，事情很不巧啊，我刚给邱巴相了个亲，我怎么对人家开口啊？”

弹棉郎：“这个怎么开口？就说你家儿子有对象了，把人家姑娘肚子都睡大了。”

邱萍：“大师傅啊，不能这样说啊，让十里八乡的人知道这事，李家的脸面这辈子都丢光了。”

弹棉郎：“你们李家晓得顾脸面，我家丫头的脸面往哪儿放？”

邱萍："不如这样吧，让我家半仙开个方子，把肚子里的孩子打掉，这经济损失的赔偿，大师傅开个价吧？"

"我丫头肚子里揣着你们李家的血肉，你们李家下得了这样的狠心，那我也管不了了。赔多少钱？你们自己说吧？"弹棉郎冷冷地点着头。

邱萍："三十块袁大头，大师傅，你看行吗？"

弹棉郎一怔，咬着牙，摆动着头。

邱萍："六十块袁大头，怎么样？"

弹棉郎点了点头。

弹棉郎："李邱巴，你这鬼东西，看在你爹爹和娘都是老实人的情分上，饶了你这一回。"

李邱巴连声道谢，哑巴女上前，冲李邱巴裤裆踹了一脚，李邱巴疼得直跳。哑巴女转身捂脸"呜呜"地哭泣。

李半仙："谢谢大师傅了，大人大量，明天早上，我将打胎的药丸送过来吧。"

弹棉郎伸出手："现在给钱，明天上午，我和丫头等你过来。"

邱萍赶紧上楼，把半仙辛苦挣来的三十多块袁大头装进布袋，又把箱子里的袁大头拿出来，数了三十块，装进布袋，下楼恭恭敬敬地交给弹棉郎。

弹棉郎："丫头，爹爹太穷了，人穷志短。我们走，忘了这一家人吧。"

弹棉郎手提着布袋，扭头拉着女儿出了李家院门。

【7. 李家村　李宅　夜　春末】

李半仙："邱萍，把油灯端近点。"

邱萍不语，将油灯提在手上，"半仙，多悬哪。"

李半仙："你个鬼东西啊，要不是你娘周旋，今天家里就要出人命啊。"

李半仙手哆嗦着在纸上写起了药方。

李半仙："你给我滚过来！"

李邱巴小心地走向李半仙，李半仙用笔指着药方念叨着。

李半仙："归尾、红花、丹皮、附子、大黄、桃仁、宫桂、茯术各五钱，白醋糊为丸，一副即下。明白了吗？"

李邱巴："爹爹，明白了。我这就去炮药丸。"

李邱巴接过单子，往中药房走去。

李半仙忽然嚎啕大哭，嘴里嚷着："造孽呀，造孽呀，我这一生只为人家安过胎，从来没有替人打过胎啊。尚且还是我李家的血脉呀！这不是在杀自己的亲骨肉嘛？"

李半仙伏在桌子上哭得伤心，浑身哆嗦，老泪纵横。

邱萍将油灯放下，捂脸哭泣。

邱萍："半仙啊，我也舍不得哑巴女打胎啊，要不，咱们就厚着脸皮把哑巴女抬回家吧？"

李半仙抬身，伸手抹了把眼泪，"事情都这样了，挽不回来啦。"

【8.李家村　李宅　中药房　夜　春末】

李邱巴闻听爹娘的对话，突然鼻子一酸，眼泪流下。

李邱巴双手抹着眼泪，将打胎的药方拿着细看。

李邱巴愤愤地将药方撕了个粉碎，往地上一扔。

李邱巴打开药书，翻寻着药方。

李邱巴左手端着油灯，移近医书，灯光下，保胎的方子显现。李邱巴放下油灯，嘴里嘀咕着，将中药柜逐一打开。

李邱巴："保胎的方子，党参，白术，茯苓，甘草，杜仲菜。"

李邱巴将中药放入石臼内，炮制起了药丸。

【9.李家村　村道　晨　春末】

李邱巴拿着药盒，蹑手蹑脚地打开院门，往李婶家走去。

弹棉郎已经坐在马车上，手持赶马鞭。

车厢内传来哑巴女低低的啜泣声。

李邱巴将装药丸的盒子胆战心惊地递给弹棉郎。

李邱巴听到了哑巴女的啜泣声，不由地两行眼泪流了出来。

李邱巴从脖子上取出长命锁扔入车厢内。

弹棉郎"唰"地一马鞭抽在了李邱巴头上。

李邱巴吓得拔腿就跑。

弹棉郎愤怒地挥舞着马鞭，马车徐徐向前。

【10. 县城　公平米行附近的弹棉坊　上午　春末】

两开门面，一间放着几个大木架，上面堆满了已经翻新的棉被，另一间为工坊，后面有一不大的天井，天井边有一排房屋，为弹棉郎父女居室。

弹棉郎在工坊收拾着杂物。

弹棉郎："丫头，开工了。"

哑巴女从里屋走出，突然呕吐，双手捂嘴，往天井角落跑去。

弹棉郎见状，揪心地望了望门外，转身迎哑巴女而去。

弹棉郎："丫头，越来越厉害了？"

弹棉女缓缓起身，摸了下嘴巴，眼里闪着泪光，委屈地朝弹棉郎点了点头。

弹棉郎："那个李家，上上下下都不是好东西！看来，他们压根儿给你吃的就不是打胎药。"

弹棉女着急地，嘴里发出叽哩哇啦声（配合手势），焦虑地望着弹棉郎。

弹棉郎轻轻地抚摸了一下哑巴女的头："丫头，莫怕，有爹爹在，大不了把孩子生下来。"

"嗯嗯。"哑巴女感激地点着头。

【11. 县城　弹棉坊　中午　初夏】

弹棉郎和哑巴女正在纺被，一妇女两手各提一床旧棉被迈进屋内。

妇女："大师傅，翻两床棉被。"

哑巴女和弹棉郎放下手中活计，迎上前。

妇女："翻两床棉被多少钱啊？"

弹棉郎："五个铜板一床。"

妇女一愣："怎么涨了？以前不是四个铜板一床吗？"

弹棉郎："姐姐哎，现在什么东西都在涨，讨生活难啊。"

哑巴女上前，手提一杆秤，接过妇女的棉被，秤了下，伸出手做了八字的比划，往后屋走去。

妇女点点头："大师傅啊，这是你家闺女？哑巴？"

弹棉郎点了点头，望了眼往里屋走去的哑巴女。

弹棉郎："两床棉被十六斤，一共十个铜板。敢问姐姐叫什么名字？"

妇女："我叫王三娘，就住在公平米行后面，咱们是邻居啊。哎，大师傅，我有句话该不该问你？"

弹棉郎笑了笑："姐姐想问什么？"

王三娘上前几步，贴着弹棉郎的耳朵，"你闺女是不是怀孕几个月了？"

弹棉郎一震，旋即否认，尴尬地笑着问："姐姐，这事可不能乱说啊。"

王三娘神秘地笑着，"大师傅哎，这县城和附近十里八乡的人，谁不知道我王三娘？我干接生这活计二十多年了，你那闺女不是肚子上长肉啊。"

弹棉郎略显紧张，"姐姐啊，这事说来话长，到时候还少不了麻烦姐姐帮忙啊。"

王三娘连连点头，嬉皮笑脸地对弹棉郎说："大师傅，我这棉被该付多少钱啊？"

弹棉郎（大方地）："这个好说。待到了那天，我会好好地谢谢姐姐的。"

王三娘笑呵呵地迈出了工坊。弹棉郎殷勤地相送。

突然，弹棉郎急匆匆迈出门外，"姐姐，等一下。"

王三娘停住脚步，弹棉郎疾步上前，左顾右盼后贴近王三娘的耳旁，不断地说着话，王三娘春风满面地不住点头。

王三娘："大师傅啊，你尽管放心，这事我见得多了，又不是头一回做这事。天知地知你知我知，再没有哪个鬼知道。不过你也不会亏待我的，是吗？"

弹棉郎略显卑微地满脸堆笑，"当然，当然，你尽管放心。"

王三娘："到时候，先放我那地方养几个月，生活费你可不能亏待我？"

弹棉郎："放心，事情办漂亮了，自然亏待不了你。"

王三娘乐呵呵地往前走去。

【12. 上海　震旦校园　深秋　日】

庄坤林脚穿圆口布鞋，身穿马褂，一手提着沉甸甸的书袋，一手拉着大皮箱，从校园的甬道往宿舍楼而去。

宿舍楼在校园西面围墙角落，是一排两层砖瓦楼，砖瓦楼欧式风格，进楼有个门厅凸出部位，立着两根略带欧式风格的小罗马柱子。

庄坤林兴冲冲地上楼，对照着钥匙上的门房号，很快找到了二零六房间，庄坤林正想开门，发现房门并未锁上，便用左手轻轻地敲了下门。

“请进！”庄坤林推门而入，见房间里已有三个男生，庄坤林笑着和大家打着招呼：“各位同学好！我是新来的学生，承蒙关照。”

“我们也是刚来两天，喏，他也是今天刚到的同学。”坐在墙边的一个男生，剪着三七开头，笑着指指上铺的一个同学说。

“你好。”上铺的同学侧着身体，微笑着和庄坤林打着招呼。

“你好。”庄坤林回着，冲着他笑了笑。

庄坤林将行李放下，坐在自己的床边，环顾着宿舍。

宿舍共有四张双人床，一人两张，上下铺各有一张床位，任由自己摆放行李。庄坤林将行李放到上铺，自己选择下铺作为床位。

在每张床的面前，各有一张桌子，约长一米五左右，两旁有抽屉，安装着滑轮。

庄坤林将课本书籍放入抽屉后，出得宿舍，对周边的环境观察起来。

几排教学楼，偏西方向有个大礼堂，离宿舍不远。校园里树木较多，但不高大，最大的一棵树是白玉兰。

庄坤林（自言自语）：“这棵白玉兰树枝繁叶茂，但还不及庄家村古银杏的枝干粗。”

庄坤林笑着返身回到宿舍，只见同宿舍的三个男生，穿着整洁地站在室内。

三七开头发的男生冲着庄坤林笑着说：“今天，我们宿舍的四个同学都齐全了，晚饭由我作东，咱们到附近找一家饭馆，大家熟悉一下，如何？”

“好啊！”庄坤林欣然同意。

【13. 上海　街市　深秋　日】

四个青年你说我笑地出了校门。校门口就是大马路，马路两侧有着各式商店，商店左右及后面，还夹杂着居民和商店。

眼镜男：“不如先逛逛马路，见哪家餐馆干净，我们回头再过来吃饭？”

大家边说边笑，一路走一路看。上海的一切令庄坤林感到新鲜，他时不时停下脚步，探头探脑。

胡同里弄里，家家门口都有人，或坐着，或在电线杆下摆着棋摊，屋门几乎都是开着的。

三七头："就在这一家饭馆，大家看，怎么样？"

眼镜男："这个饭馆不错，干干净净的。"

西装男用挑剔的眼光看着饭馆："还带得过去。"

西装男身材很好，长得白白的，穿着是四个同学中最好的。

四人进入饭馆，招待迎了上来，将四人引入二楼饭店的雅座，挑了张靠窗的四人座位。

庄坤林和三七男坐在一排，把靠窗可以看到街景的座位让给了他。

西装男径直往窗口位置坐下，眼镜男礼貌地最后一个坐下。

小生将菜单送了上来，西装男不客气，将菜单推到了三七男面前。眼镜男微笑着，脸儿一红，伸手想接过菜单，三七男眼快，毫不犹豫地接过了菜单，看了起来。

西装男这时掏出个盒子，"啪"的一按，竟弹出了一面镜子，女人般地照了起来。

三七男点好了菜，将菜单交给了小生。

三七男："今天有幸，一个宿舍，四个男生，成为同学加舍友，大家认识一下吧！"

眼镜男脸儿一红，笑了笑。

兆明亮："我先介绍吧，我叫兆明亮，江苏南京人，今年二十六岁。"

庄坤林："我叫庄坤林，江苏溧水人，今年二十四岁。"

兆明亮："哎哟，没想到，庄坤林同学，南京和溧水，离得不远呵，我们应该是老乡。"

看得出来，兆明亮心里面非常开心，一把握住庄坤林的手，用力地晃动着。

高桥："不好意思，我叫高桥，台湾人，今年二十六岁。"

高桥腼腆地笑着，恭恭敬敬的样子。

庄坤林："高桥同学是台湾人，明天全班同学见面，说不准也会遇到同乡哪？"

李三保："我叫李三保，和兆明亮同学一样，南京人。"

李三保用手摸了下头发，将镜子装入口袋。

兆明亮："我们一个宿舍，有三个江苏老乡，可喜可贺。"

李三保："应该是两个南京城里人，一个江苏乡下人。"

四个人都哈哈大笑起来。

李三保："高桥同学，你父亲怎么给你取了个日本名？"

高桥："噢，我父亲是名外科医生，家在山区，门口有条大河，要去城市，跨河过去只有七里多路；因为没有桥，绕路去城里要四五十里路。在我出生前，河对岸有户人家，主人突发急病，待父亲赶到时，人已经不行了。全村的人都希望未来能有座大桥，将两岸连在一起，因此我出生后，给我取名高桥，希望我今后成为一名造桥工程师。"

兆明亮（笑了）："你却和我们一样，学起了法律。看来你父亲的心愿要落空了。"

庄坤林："是啊，真遗憾。不过当不了造桥工程师，未来可以当大法官。"

四个人其乐融融，仿佛认识了许久，显得不再拘谨和陌生。

李三保："最好弄瓶法国香槟，大家干上一杯。"

对李三保提议，大家一时都不吭声。

高桥（腼腆地）："这顿饭菜，在我们家乡已经很丰盛了，是不是节俭些？"

庄坤林笑着站起来招呼小生："来瓶法国香槟酒。"

小生："先生，本店没有法国香槟酒，不过，建议你们喝瓶法国葡萄酒，口味纯正呢。"

"也好。"庄坤林笑着对小生说。

一会儿，小生将葡萄酒和酒杯摆上，小生熟练地打开酒瓶，转身离去。李三保拿起酒瓶，往酒杯里倒酒。他端起酒杯，夹在手指中间，轻轻晃了晃酒杯中的葡萄酒，放到鼻子边闻了闻。

李三保："香味纯正，我在家里经常喝哪。"

兆明亮："看来，你们家很阔气，父亲是大老板？"

李三保（显摆地）："我爹爹是个大官，家里有小汽车，还有警卫呢。"

高桥的眼里流露出一丝不屑。

高桥："敬敬各位同学，大家能够认识，也是缘分，今后请多多关照。"

四人欢快地举杯，慢慢喝了起来。

【14. 上海　饭馆　深秋　夜】

饭桌上杯盘狼藉。

小生上前，将消费单放在了兆明亮面前。

小生："先生，一共消费了差不多三个大洋。"

高桥显得局促不安，李三保装着看窗外的夜景，兆明亮大方地掏起了口袋。

庄坤林拿起单子，扫了一眼，从衣袋里掏出三个大洋交给了小生。

庄坤林："余下的零钱，给你当小费吧。"

小生大喜，四人起身出饭馆，小生殷勤相送。

兆明亮："庄坤林，这顿饭钱应该我来付。"

庄坤林："没事，都是老乡，在我们溧水，这顿饭，充其量一个大洋。"

李三保："我们晚上溜溜街？"

兆明亮："好啊。"

四人沿大街闲逛。

【15. 上海　校园宿舍　深秋　黄昏】

宿舍内三张床铺干干净净，李三保的床上被子乱七八糟。

庄坤林和高桥坐在书桌前，认真地看着书。

兆明亮拿着扫帚扫地。

李三保西装革履，正对着镜子，往大包头上涂抹着凡士林油。

兆明亮："李三保，晚上出去逛街？"

李三保："去圣心医院，看我的同学。"

高桥抬起头，推了下眼镜："女同学？"

李三保："当然。我告诉弟兄们，圣心医院美女如云，咱们法学系的男生非常吃香，在她们眼里，我们毕业后，将来都是国家的栋梁。"

兆明亮："庄坤林，想不想跟李三保去看美女？"

庄坤林："我是有家室儿女的人了，失去了看美女的资格。"

李三保："庄坤林，怪不得你能安下心来读书，每次考试你都出风头。有什么经验与大家共享。"

庄坤林："老师授课有两条主线，一条是中国历史上历朝历代制定的法律，以及这些法律的历史演变和地位；一条是古罗马起至西欧的法律体制，以及欧美法律框架与中国法律的不同与冲突。按着这两条主线，学习起来就相对轻松。”

李三保：“我是学习恋爱两不误，混个文凭就行了。”

兆明亮：“李三保，看你床上的被子乱七八糟，鞋子东一只西一只，我替你收拾一下吧。”

兆明亮弯腰替李三保将鞋子摆放整齐。

高桥：“李三保，晚上真去约会了？”

李三保：“嗯，回来时我带夜宵给各位吃。”

【16. 县城　弹棉坊　中午　初冬】

工坊大门紧闭，屋内油灯闪亮，王三娘和弹棉郎在外屋忙碌，里屋哑巴女临近分娩，躺在床上轻轻地呻吟。

王三娘：“大师傅，你虽然是哑巴的爹爹，大老爷们待在外面，里面的事交给我吧。”

王三娘端起木盆，往里屋走去。

弹棉郎焦急地在外屋走来走去，不住地搓揉着手，突然，里屋传来婴儿的啼哭声。弹棉郎猛地回头，又贼似地冲到工坊门口，侧耳听了听，紧张地把门打开，探头探脑后缩回屋内，将门轻轻地虚掩上。稍时，王三娘抱着襁褓，从里屋出来。

王三娘故意大声对弹棉郎边说边眨眼：“大师傅啊，是个丫头，只是脸色发紫，必须赶快找郎中看一下啊？”

弹棉郎会意地疾步走向里屋，隔门喊道：“丫头，我和接生婆去找郎中，爹爹一会就回来，啊。”

里屋传来哑巴女焦急的“嗯嗯”的声音。

【17. 上海　校园宿舍　一月二十八日　冬　夜】

庄坤林、兆明亮、李三保和高桥正在收拾着各自的行李。

兆明亮：“庄坤林，你把书本都装在箱子里，路上不沉吗？”

庄坤林：“反正坐火车回去，这些书带回家寒假时看看，换洗衣服家里都有，就不带回去了。”

李三保：“我一样东西都不带回去，一身轻松地回南京。”

高桥埋头往箱子里装衣服，另一只箱子里装满了书籍。

庄坤林：“高桥，还有几天才放寒假呢，到放假的那天，我送你去海运码头，你一个人拿不了这些行李。”

高桥：“谢谢，我背上的挎包装些零星的东西，两只箱子一只手拉一个能行。”

突然，外面传来刺耳的警笛声，警笛声越来越多，宿舍楼里骚动了，各个宿舍的同学纷纷跑出门外，闪亮的车灯划破夜空，汽车的刹车声传入耳际。远传传来惊叫声，“同学们，来了大批的伤兵，快帮着抬担架！”

兆明亮、庄坤林、李三保、高桥顺着呼喊声往楼下跑，与各个宿舍的学生们汇合在一起，人流向学校西宿舍涌去。

学校门口中国军队的士兵手持上了刺刀的步枪，虎视眈眈地守卫在学校门口。

一辆辆汽车呼啸着驶入校园，汽车马达的轰鸣声，伤兵的哭喊声，嘈杂的脚步声，一浪浪传来。

兆明亮、庄坤林、李三保、高桥随着蜂拥而上的学生潮流往汽车上攀爬，把受伤的中国军人抬上担架。

一白发教授大声呼喊着：“我是医学院的宋教授，医学院的学生们，都随我来！”

庄坤林抬眼望去，许多学生都向宋教授跑去。宋教授和几位老师领着学生往担架方向跑去，人们迅速散开在担架周围给众多伤员实施止血和包扎，几十副担架摆在地上。

又一辆载着伤兵的汽车驶入校园，学生们纷纷向担架涌去。

兆明亮两手抬着担架手柄，庄坤林和高桥各抬一只手柄，在众多担架中，往西宿舍跑。

学校大礼堂的西面宿舍，一副副担架从汽车里抬下送往这里，担架上躺着昏迷不醒鲜血淋漓的中国军队的伤兵，汽车闪耀的灯光划破了夜空。

越来越多的学生从四面八方往学校涌来，被抬空了的汽车一辆辆呼啸着驶出校门。

突然，一位医学院的女生伸开双臂，拦下了一辆空驶的汽车，只见她敏捷地爬上汽车，激昂地呼唤：“医学院的同学们，闸北前线更需要我们，让我们去战斗的第一线，到闸北去！去拯救我们中国士兵的生命！”

“去闸北！”

“去前线！”

“去拯救我们中国士兵的生命！”

……

学生们纷纷携带着担架、急救包爬上汽车，一个个学生慷慨激昂。

庄坤林：“哎，女生，你叫媛媛吗？”

女生猛地回头，“我叫媛媛，你是？”

李三保突然从不远处跑来，焦急地大喊：“媛媛，别去闸北，那边危险！”

女生朝李三保一挥手，“三保，为了抢救中国军人，我什么都不怕！”

汽车鸣着喇叭，呼啸着驶出校园。

不远处，传来痛苦的呻吟声，夹杂着有气无力的骂声：“这些个龟儿子哎，炸断了老子的腿，老子今后怎么打你个龟儿子啊。”

庄坤林赶紧跑过去，担架上躺着一个断了腿的年轻士兵，士兵脸色惨白，痛苦不堪地骂着，两行眼泪清光照人。

李三保单腿跪在地上：“你是英雄，是我们中国的英雄，坚强些。”

李三保见庄坤林到来，和庄坤林一起，两人抬着担架摇摇晃晃地往西宿舍跑去。

一批士兵赶来，持枪站立在各处。

【18. 李家村　夜　冬　雪】

马车停在李家村村口，弹棉郎从车上走下，王三娘坐在马车上，身边放着一个竹篮，竹篮上盖着破棉被。

王三娘：“大师傅，到了？”

弹棉郎阴沉着脸，点着头。王三娘将竹篮递给弹棉郎，弹棉郎一语不吭地接过竹篮，转身欲走。

王三娘：“大师傅，我替你养了快两个月的孩子了，该给钱我了。”

弹棉郎：“这是三个大洋，多给一个大洋你，只是往后别在我女儿面前提到将孩子送人这事。”

王三娘满脸堆笑：“大师傅，只管放心，我又不是头一次干这种事。我跟你女儿说过多少遍了，孩子生下来缺血，郎中没抢救过来，死了。”

弹棉郎：“快两个月了，我那个哑巴女儿总是不相信这个话，经常冷不丁地比着手势问我这事是真是假呢。”

王三娘：“这是李家村啊，这孩子是哪个人家的根？我这儿有熟人。”

弹棉郎一愣，“姐姐，别问了，那个人家上上下下都不是好东西。唉，我这样把丫头送给他们，岂不是白白便宜了这家？姐姐，你稍等会儿，我去趟庄家村。”

弹棉郎愤愤地一跺脚，拎起竹篮往庄家村而去。

【19. 上海　校园宿舍　一月二十八日　冬　黎明】

庄坤林、兆明亮、李三保、高桥个个疲惫不堪，或躺或坐在床上。

许多宿舍里传来群情激昂的议论声。

兆明亮：“庄坤林，我的内衣内裤好像都潮湿了，现在凉凉的，洗个澡多舒服哦。”

李三保：“哎哟，腰酸背痛，我今天抬了多少担架哦，最好泡个澡，现在学校的澡堂又不开。”

庄坤林：“从出生到现在，今天最累，但心里觉得痛快。”

李三保：“庄坤林，真奇怪，现在叫我抬，我肯定抬不动担架，怎么那时抬担架还没感到累？”

庄坤林：“是啊，人一紧张和激动，爆发力就出来了。”

李三保：“马上天亮了，我要去圣心医院找我的女朋友，找到了，我得请她吃个大餐，好好安慰她一下。”

庄坤林：“是那个爬上汽车的女生吗？”

李三保：“是，她叫媛媛。”

庄坤林：“高桥，你累不累？”

高桥坐在床铺上，默默不语，心情显得十分沉闷，身上的衣服又脏又乱。

兆明亮：“高桥，你怎么了？”

第二十一集

【1.县城　庄家大宅　冬　黄昏】

庄坤林拉着行李箱，走入庄家院子。

刘生、陶玉如、锡儿欢笑地迎了上去。

庄坤林："外公，外婆，亲娘，我回来了。"

刘生："坤林，这么早就放寒假啦？"

庄坤林："寒假提前了，上海出了大事了。"

陶玉如接过行李箱，拉着庄坤林的手，心痛地说："锡儿爹，坤林才去了几个月，明显瘦多了。"

刘生只是笑着，走上前抚摸着坤林的头，脸上充满了长辈才有的爱意。

锡儿："坤林。"

锡儿紧紧地搂着儿子，眼泪都开心地流了出来。

锡儿："亲娘天天想你哪，又担心，又害怕，听县城里的人讲，日本人打到上海啦？"

庄坤林："亲娘，日本人在上海开打了，中国军队吃了大亏。"

锡儿拉着儿子的手，替儿子整理着乱发。

刘生："坤林，听说咱中国军队死伤了不少人哪？"

庄坤林："就是，不过日本军队也死伤了不少人。"

锡儿："哎，儿子，多少天不洗澡了吧？头发都有怪味了。"

众人拥庄坤林入客厅，陶玉如赶紧沏了杯绿茶，端给庄坤林。

庄坤林："亲娘，我肚子饿了，抓紧吃晚饭，晚饭后我想去木果河边转转。出去了几个月，一回到县城，还真是觉得亲切呢。"

锡儿："晚上一个人去转，遇到坏人怎么办？明天白天去转，一回来，就变成夜游神了。"

庄坤林："亲娘，儿子知道。晚饭后，我去旺松哥家，久未见面，惦念着旺松哥哪。若是旺松哥有兴致，我和他一起去散散步。"

锡儿："这还差不多，散步也别太晚了。"

刘生突然对着庄坤林惊问了起来："坤林，你的衣服和裤子上怎么有血斑哪？受伤啦？"

锡儿和陶玉如大惊失色，锡儿赶紧弯下腰，仔细查看着坤林的衣服和裤子。

锡儿："真的，好几处血哪。儿子，在哪受的伤呀？"

陶玉如："要不要紧？要不赶快去医院？"

庄坤林："亲娘，这是中国军队英勇的士兵们的血。就在前天，日本军队攻击了十九路军，儿子和同学参加了抬运伤兵的工作，学校里到处是伤兵，空气中充满着血腥味哪。"

陶玉如："哎呀呀，受伤了这么多中国军人哪？"

刘生一把拉住坤林，用自豪的口气问："坤林，你真的参加运伤兵了？"

庄坤林："外公，真的参加了，连学校里女生都参加了。"

锡儿："危险啊！儿子，万一子弹打着了你，叫亲娘怎么活啊？"

庄坤林："亲娘，莫担心，学校里没有日本军队，许多同学连夜赶到闸北战斗最前沿，去救伤兵，那才叫危险哪。"

锡儿："开春了，别去上海读大学了，庄家的钱财够你花的。"

锡儿几乎是求着儿子，说话带着哭声。

庄坤林："亲娘，儿子大了，我也是个男子汉。只要是个中国人，在那个场合，谁都会义无反顾地加入抬伤兵的队伍中去的。"

刘生听了庄坤林的话，激动的身体有些颤抖："坤林的话，你们听听，这就是庄家的男人，国在家在，从古至今，一个理路。"

锡儿："快去洗个澡，把衣服换了，吃了饭，早些去旺松那儿，早去早回啊。"

【2. 县城　庄家大宅　冬　黄昏】

庄坤林从浴室出来，显得精神又阳刚。

锡儿："儿子，亲娘告诉你一个好消息，你有了一个妹妹了。"

庄坤林："什么？"

陶玉如："真的。"

庄坤林："我娘怀上了？不可能的，我娘都六十大几的人了。"

锡儿："不是你娘怀上的，你娘那么大岁数了，怎么会呢？明天你回到庄家村，你娘呀，会一五一十地告诉你的。"

庄坤林："奇怪了，亲娘，你现在就告诉我。"

锡儿呵呵笑着，"咋这么急？你有个妹妹，又不是坏事，看把你着急的样子。"

陶玉如："坤林，你快去对门吧，一会儿天要黑了，早去早回啊。"

庄坤林："哎。"

庄坤林出门。

【3. 县城　木果河边　冬　夜晚】

庄坤林带着疑惑，来到袁通家门口，"咚，咚"地敲了几下门。

一阵奔跑的脚步声，大门忽地打开。

袁旺松："坤林，回家啦？"

袁旺松兴奋地搂抱着庄坤林，兄弟俩欢呼雀跃起来。

袁旺松："什么时候回来的？"

庄坤林："刚刚回来，一吃完饭，就来见旺松哥哪。"

袁旺松："哎，咋不到我家里来吃饭呢？明天不准回庄家村，咱们哥俩好好地喝上几杯酒。"

婷婷听到庄坤林来了，急忙从房里出来，见旺松和坤林激动的样子（苏州话）："坤林，进客厅坐坐，边喝茶边聊着啊？"

庄坤林："不了，我想约旺松哥去木果河畔走走，不知道嫂子可同意？"

婷婷（苏州话）："哎哟，瞧你说的，两个大男人外出散散步，观观景，还要我同意哩？"

庄坤林："这就去。"

袁旺松："婷婷，我与坤林去会儿，正好把那事与坤林说说。"

兄弟俩高兴地出了门，肩并着肩，开开心心地向木果河畔走去，边说边聊。

庄坤林："旺松哥，天气有点冷，冬天虽然是微风，吹在脸上，也是寒意阵阵。"

袁旺松："坤林啊，你看咱们县城，夜幕中，千家万户的灯光闪耀着，河畔的垂柳，只剩下不多的柳枝，带着些许的枯叶，静静地低着头。"

庄坤林："县城的夜色很美，空气也格外清冽，星星在天空眨着眼睛，木果河静静地在月光下泛着银波。"

袁旺松："坤林，诗兴大发了？哦，上次跟你提到的事情，我正在办哩。"

庄坤林："开米行的事情吗？进展怎么样了？"

袁旺松："我娘出面，请了赵县长和赵林，赵县长认为可以这么做。"

庄坤林："有赵县长支持，这事就好办了。"

袁旺松："赵县长说，让赵林也入我的股，这样两个人，要少操些心。"

庄坤林："这个好呀！你把你姐夫拉进来，赵县长也就会当事办了。"

袁旺松："上个月，由赵县长出面，把县里十几个种粮大户当家的，请到状元楼吃了顿饭，没想到，他们都给赵县长面子呢。"

庄坤林："我娘也参加了？"

袁旺松："你娘没有让她知道，有你这个铁杆兄弟，你娘一定会同意的。"

庄坤林："就是你我俩兄弟都不出面，凭你爹爹吱一声，我爹娘能不支持吗？"

袁旺松："就是了，咱们是从小玩到大的哥们啊。"

庄坤林："那几家米行的小老板，你搞得定吗？"

袁旺松："那肯定，必须要搞定的。只要种粮大户们和你家不卖粮食给他们，他们小打小闹成不了气候。后面我上门说服他们，实在不肯的，就在他边上或对门，另开一家米行，价格上比他低，财力上比他雄厚，没几个月，就要求着我，把店盘过去哪。"

庄坤林："旺松哥，这样做的话，县城里又要多些跳河的小老板了。"

袁旺松："这没办法呀，中国的现状就是这样，和外国一样，叫做大鱼吃小鱼，小鱼吃小虾呗。"

庄坤林："旺松哥，你这是垄断市场了？"

袁旺松："哎，你别说，我还真有件事情想请你帮忙。"

庄坤林："什么事？尽管说。咱哥俩呀，谁跟谁呀？"

袁旺松："哥盘算着待几个米行拿下后，想在木果河畔靠船运码头的边上，买一块地，建个大粮仓，这样粮食上来后直接碾米进仓库，将来的粮食除了供给本县，多余的直接供给上海，保证赚钱。"

庄坤林："上海这个市场大，拉多少粮去，保管卖得精光。"

袁旺松："赵林有朋友在上海，作为上线哪。"

庄坤林："那你需要我帮什么忙？"

袁旺松："赵林只出关系不出钱。如果建个大粮库，再引进些脱米和烘干的机械，要花很多钱，因此……"

庄坤林："想跟庄家借些钱吧？"

袁旺松："嗯，估计除去我家的钱，还缺千把块钱呢。"

庄坤林："旺松哥，明天我回庄家村，问一下我娘，好吗？"

袁旺松："行。要是你娘肯借我钱，旺松哥会付利息给你娘的。"

庄坤林："哎，旺松哥，这不是医院吗？"

庄坤林和袁旺松不知不觉地走到了医院门口，庄坤林觉得惊喜。

袁旺松："是啊。咱哥俩就在这儿出生的哪，一晃二十多年了。"

两人围着医院四周转悠着。

庄坤林："医院败落了，墙上和墙边长满了枯草，在夜晚仿佛瑟瑟发抖似的。"

袁旺松："唉，怎么一个好好的医院，几年前，说废就废了呢？"

庄坤林："医院的生意还是蛮不错的，怎么会呢？"

袁旺松："邱医生都回去了好多年了。"

庄坤林："现在这里面没人了？"

袁旺松："有。一个老花匠和一个后生，就两个人，给看着，吃住都在这儿呢。"

庄坤林："旺松哥，你听，好像有蟋蟀的叫声哩？"

袁旺松："怎么可能？现在是冬天。"

庄坤林："旺松哥，你听，像蟋蟀的叫鸣声，滴滴滴的，时而响，时而停。”

袁旺松："你耳朵过敏了吗？咦，我也听到了，又没了，像是大头金翅蟋蟀的叫声。”

庄坤林："不会呀？这么冷的天气，怎么会有蟋蟀呢？”

袁旺松："是啊。”

庄坤林："再竖起耳朵听听。”

庄坤林和袁旺松蹲下身子，竖起耳朵，仔细地听着，夜晚寂静一片。

袁旺松用手搓搓耳朵："哎，耳鸣了，估计是冻的。”

庄坤林："是有点冷了，旺松哥，咱们回去吧。”

兄弟俩迈着快步，向家里速速走去。

【4. 县城　庄宅　客厅　冬　上午】

清晨，院子里鸟儿鸣叫。

庄坤林起床，推开窗户，天已大亮，阳光炫目。

锡儿："坤林，抓紧洗漱，吃了早饭，一起去庄家村。”

庄坤林："哎。”

【5. 县城　庄宅　客厅　冬　上午】

桌上放着早餐，品种丰富。

庄坤林夹起一个荷包蛋，一口送入嘴中，荷包蛋的香味令庄坤林边吃边不住地点头。

锡儿："别噎着，慢慢地吃，又不是什么好东西。”

庄坤林："亲娘，菜油煎的鸡蛋，香哪。”

刘生："马车赶来了，吃了早餐，就去庄家村吧。”

【6. 山路　冬　上午】

马车行驶在去庄家村的山道上。庄坤林给众人讲着上海的所见所闻，众人听得饶有兴趣。

庄坤林："同学中，各个家庭都显赫，就拿李三保讲，他的爹爹在咱省城可威风了。李三保家在南京住的是别墅，家里有小汽车，他爹爹还有保镖呢。”

刘生："那个李三保的爹爹，在省城当什么官啊？"

庄坤林："李三保没肯讲，这事也不能问。问了，以为我们要攀高枝呢。"

锡儿："兆明亮倒是挺仗义的，请吃饭主动做东哩。"

庄坤林："抬伤兵，兆明亮最卖力了，一个人抬一头。"

陶玉如："那个台湾人表现最差了。"

庄坤林："也不。我见高桥也是累得不行，衣服上也沾着血迹。亲娘，高桥的个子，比我矮多了。"

刘生："现在都是他们年轻人的世界了，有些事情呀，我们也真搞不懂了，明知道上战场会被枪炮打死，却这么不要命地往战场跑。"

【7. 庄家村　庄宅　冬　上午】

马车停在了庄家大门口，庄坤林下了马车，大奶奶和庄世伯迎了上来。

庄坤林："爹，娘。"

大奶奶高兴得眼睛眯成了一条缝，用手擦着眼角的泪。

大奶奶伸出双手抚摸着坤林的脸。

大奶奶："坤林，听说日本人打到上海了？"

庄坤林："娘，别担心，在上海，中国军队多着呢。"

大奶奶："世伯，儿子瘦了，脸色也不好看。"

庄坤林见庄世伯，亲热地与庄世伯拥抱。

庄世伯呵呵地笑着，拉着坤林的手往家里去。

庄坤林刚坐下，汤正益抱着孩子，后面跟着庄慕兰。

庄慕兰跳跃着，两个小辫子一甩一甩的："爹爹，爹爹。"

庄坤林笑呵呵地一把抱起庄慕兰，转了几个圈，逗得她笑个不停。

庄坤林放下庄慕兰，接过汤正益手中的孩子，嘴里念叨着："宝贝儿子，爹爹回来啦。"

突然，庄坤林愣住了："正益，怎么不像维根哪？"

大奶奶赶紧接过庄坤林手中的孩子："正益刚刚给维根喂过奶，维根正合着眼睛睡大觉呢。这孩子呀，你应该叫她妹妹，待会儿，娘慢慢说与你听。"

庄坤林望着庄世伯，庄世伯笑着，脸上满满的快乐。

一家人重又围坐在客厅，庄慕兰又跳又蹦，欢乐地跑来窜去。

佣人给庄坤林和庄世伯、刘生泡了茶，端上桌子。

大奶奶已经从厨房端了满满一大盘红枣、花生、瓜子，往庄坤林面前一摆。大奶奶（笑着）："坤林啊，事情是这样的……"

【8. 庄家村　庄宅　客厅　冬　雪夜】

庄世伯和大奶奶在收拾桌子，大奶奶端着油灯准备和庄世伯回房休息。

庄世伯："大奶奶，你听见了没有，怎么门外有猫叫呢？"

大奶奶："这么个大冷天，又下着雪，哪来什么猫叫？"

庄世伯："你再听听哪，好像是猫在叫。"

大奶奶竖起耳朵，果然听到猫的叫声，大奶奶放下油灯，顺手拿起个扫把，"世伯，这猫的叫声吵得人心烦，走，一起去把猫赶跑了。"

两人打开大门，一股寒风夹着雪花扑面而来。

大奶奶（惊呼）："这不是猫啊，是个婴儿哪？"

大奶奶眼尖，在纷飞的雪花中，一只大的菜篮里盖着乱棉被，飘飞的雪花，已经在篮子提把上积了些雪。

"哇，哇，哇"，篮子里，一个婴儿正在哭。

大奶奶："造孽啊，这是哪家的狠心人哪，也不怕被狼叼走，天冻死啊。"

大奶奶拎起篮子，疾步回屋，庄世伯将门拴上。

枯芦苇丛中，弹棉郎缓缓地直起腰杆，望着关上的庄家宅门，长长地舒了口气。

大奶奶："快，世伯，叫正益来，给喂些奶水。"

庄世伯："还是先喂些糖水吧，给孩子先暖暖身子。"

大奶奶赶忙跑到厨房冲了糖水，又跑到汤正益房里。

大奶奶："正益，奶瓶在哪儿？"

汤正益："娘，要奶瓶干嘛？不就在你身后嘛。"

大奶奶转身，一把抓过奶瓶往厨房跑去。汤正益慌张地随大奶奶出房门。

大奶奶将糖水释温后，倒入了奶瓶，将奶嘴塞入婴儿嘴里。

婴儿一口含住奶瓶，大口地吮吸着。

汤正益："真可怜，像是一天没喝奶了，待会儿抱我房里，给她喂些个奶。"

大奶奶："这也没听说，哪家生了孩子呀？"

庄世伯："这附近几个村子，倒真是没听说谁家生了孩子。"

大奶奶："甭管她，既然送到咱们庄家门口，也是孩子的爹娘指望着我们把她抚养大哪。"

大奶奶望着庄世伯，"世伯，你看呢？你给拿个主意。"

庄世伯沉默了一会，"先给她换上干净衣服，再抱房里喂些奶。看来这孩子，生下来有两三个月了。"

汤正益："娘，这孩子喝了些糖水，屋子里也温暖，你看，小脸蛋慢慢地由白变红了。"

婴儿突然笑了起来。

大奶奶（兴奋地）："哎呀，这娃娃，冲我们笑呢。看来，这娃娃与庄家是有缘啊。"

汤正益抱起婴儿，"娘，我把娃娃先抱我房里，喂些奶，再给她换身干净的衣服。"

大奶奶："也好。"

汤正益抱着婴儿往里屋走去。

大奶奶："世伯，这娃娃真是与庄家有缘，我这辈子，也没生育，这个女娃，你给她取个名字吧？"

庄世伯："大奶奶，我明白你的心思，这个娃娃就叫庄雪花吧，你看呢？"

大奶奶："好啊。大奶奶将她当女儿养着，待老了，招个上门女婿，也有个人伺候哪。"

"今后谁来带她呢？"庄世伯有些发愁。

"我来呗。我把庄雪花当女儿养。"大奶奶坚决地说。

【9. 庄家村　庄宅　客厅　冬　上午】

庄坤林哈哈笑着，从汤正益手中接过庄雪花，亲昵地说："我的雪花妹妹呀，全家都欢迎你到来啊。”

汤正益：“坤林，看把你高兴的。”

庄坤林：“爹爹与娘善心善德，我呀，终于有了个妹妹了。”

汤正益此时笑了：“我来抱吧，看你抱孩子的姿势，眼里老不顺哪。”

庄坤林坐下喝了口茶：“爹爹，日本人已经打到了上海，野心大着哪，估计过不了多久，便会打遍中国了。”

庄世伯呆住了，过了一会，“有这么严重吗？国民政府有几百万军队，难道打不赢小日本？”

庄坤林：“爹爹，日本国强悍着哪，日本军队的战斗力，比中国军队强多了。靠国民政府那几百万军队和日本人开战，还真干不赢日本人哪。儿子建议，咱们庄家的钱，不能全部放在钱庄了，日本人一来把钱庄占了，把钱都抢了，庄家怎么办？”

大奶奶（急了）：“锡儿爹，这小日本真的会把咱大中国给霸占了？会发生这种事情吗？”

刘生：“强盗进了家门，什么事情做不出呢？”

锡儿：“姐姐，坤林说得有道理，庄家要早做些准备。”

大奶奶：“待娘盘算一下，是要做些准备。不然日本人一来抢走了财产，咱们庄家人就没指望了。”

庄坤林：“昨晚，儿子与旺松哥见面了，一起去木果河畔转了一圈，旺松哥垄断粮食的计划，已经开始着手了，赵县长父子都参与了。”

大奶奶：“这么快？真是说干就干了。”

庄坤林：“咱们县城那些个种粮大户，赵县长出面请吃饭，全部摆平了。只要旺松哥动手，都表示把粮食卖给他呢。”

大奶奶：“旺松请那些个大户人家，娘怎么不知道？”

庄坤林：“旺松哥说了，和我是好兄弟，两人从小一起玩大，这关系谁跟谁呢？就是他爹爹袁通对娘和爹爹开个口，只要娘和爹爹有能力办到，没有不帮忙的。”

庄世伯听了笑了笑，不语。大奶奶眼睛睁得老大。

大奶奶：“话是不假，但也得看是什么事？对不起良心的事情，你爹爹和娘也去做吗？”

锡儿："也是。这旺松人倒本分老实，但赵家介入了，事情就难说了。"

庄坤林："旺松的计划，我也琢磨过，也问过经济系的同学，这样做是常有的经营手段，在外国常常可见。这种手段用在咱们县城，只要赵县长参与，那肯定成功。"

大奶奶："这么说，袁家实施了这计划，今后挣大钱是肯定了？"

刘生："这要花好多钱投资，数额不小啊。"

庄坤林："旺松要在县城木果河畔有码头的地方，买一块土地，造一个大粮仓，引进设备，大干一场呢。"

大奶奶："哦？这手笔还挺大呢。"

庄坤林："娘，旺松不好意思向庄家借钱，他跟我说了，想借一千块钱。"

刘生："不是有赵林公子合伙？赵家这点钱还拿不出来？我看，大奶奶，这钱不能借。"

庄坤林："赵林参股是利用他爹爹的关系，赵县长和赵林认识一些上海米行的老板，关系好着呢。"

庄世伯："赵家就是个铁公鸡，一毛不拔，还满地啄粮呢。"

大奶奶："利息怎么算？多久还钱？"

庄坤林："旺松讲利息肯定要给，估计按钱庄的利息，多长时间还款，我没问旺松。"

大奶奶："世伯，庄家把存在钱庄里的钱取些出来，钱庄存一些，家里留藏一些，借给旺松一些，不借吧，脸面上过不去，两家日后也难相处。你看呢？"

庄世伯："问你儿子吧。坤林哪，你也大了，这个家，日后要多帮你娘操心些。"

庄坤林："娘，我和旺松哥都是邱医生接的生，昨晚我们逛到那家医院，破败得很，真是可惜了。"

锡儿："如果医院还在，正益生维根也不用在家里了。"

大奶奶："坤林，邱巴想和你做连襟哪，前些日子，邱萍和邱巴缠着我，要我去正益家做做你丈母娘的思想，邱巴看上了正益的妹妹哪，娘都被他们烦死了。"

汤正益："坤林，那李邱巴一看就是个坏胚子，看人的眼睛都是直勾勾的。那天我故意气李邱巴，说我妹妹都跟别人上床了。”

庄坤林和众人哈哈大笑。

大奶奶：“李邱巴就是这么个人，三岁看到大嘛。”

庄坤林：“李邱巴就是一个淘气鬼，不过他倒是个歪才，也没见他干过伤天害理的坏事，人的本质还行。”

汤正益：“娘，早上起来，我准备把竹篮和破棉被扔了，却在棉被夹层里找到一把长命锁。”

汤正益从衣兜里掏出一个长命锁，众人接过来，传过去，反复看着。

汤正益：“这是一只做工精巧的银质长命锁，项链部分是细银丝绞成一股圆绳，锁上四周錾刻着龙凤图案，中间正面錾刻着‘一生一世’四个字，反面錾刻着‘邱儿安康’四个字。”

大奶奶接过来，又细细地端详了一会儿：“有些费解了。拥有这把银锁的人家，日子应该是富裕的，但装着雪花的竹篮和盖在雪花身上的棉被，却是穷人家用的。不管这些了，我把银锁先藏好，待雪花三五岁时再给她戴上不迟。”

窗外，三三两两地飘起了雪花。一会儿，整个山野白茫茫一片。

大奶奶自言自语地说：“还有几天，又要过大年了。”

【10. 上海　震旦校园　宿舍　秋　黄昏】

庄坤林和高桥在宿舍里。

庄坤林捧着书本认真阅读着，高桥一反常态收拾着行李。

李三保梳理着大包头，整了整西服领带，朝庄坤林和高桥得意地打着招呼。

李三保：“两位兄弟，我去红房子西餐厅了。”

庄坤林抬起头：“和媛媛约会？”

李三保：“是啊，两周不见媛媛了。”

李三保得意地吹着口哨出门。

高桥犹豫不决地看了看庄坤林，欲言又止。

庄坤林：“高桥，你今天怎么了？”

高桥：“庄坤林，兆明亮去年辍学了，我也要辍学回去了。”

庄坤林大惊站起身："高桥，发生什么事了？为什么要辍学啊？"

高桥："我想晚上请你吃个饭，慢慢讲给你听，行吗？"

庄坤林："好啊，还是去那家餐馆吧。"

【11. 上海　某餐馆　秋　夜】

酒馆内，庄坤林和高桥面对面坐着。

高桥愉快地脱下夹克衫秋衣，里面穿了件红色的衬衣，显得精神。

小生还在，满脸堆笑地把菜单递给高桥。

高桥看着菜单，"丝瓜炒毛豆，百叶蒸咸肉，豆腐汤，青椒炒肉丝。"

小生："要不要来点酒？"

高桥："庄坤林，要不要点些啤酒？"

庄坤林："不用了，平时我不喝酒。"

小生拿着菜单，向厨房走去。

高桥："庄坤林，你老家有没有一个叫庄家村的地方？"

"有啊。"庄坤林很惊喜，望着高桥。

高桥："那里生产一种酒，有保健和治病的功能呢。"

"神仙酒？"庄坤林惊喜地笑着反问。

高桥："对。我想托你最近给我寄一箱过来，我知道这很为难你，可我想带给我父亲。"

庄坤林："你父亲怎么啦？"

高桥："父亲是个外科医生，职业病，久站留下来的腰肌损伤。前些年，我母亲带了两箱回去，喝后，父亲的腰痛明显减轻了。"

庄坤林："你母亲去过我们县城？"

高桥："我母亲是台湾人，和父亲是医学院的同学。母亲在你们县城，与人合伙办了家妇科医院。"

"邱医生？邱医生是你母亲？"庄坤林激动了，大声问着高桥。

高桥笑着，点了点头。

庄坤林："高桥啊，世界就这么小，那酒是我娘送给邱医生的。高桥，你母亲可是第一个迎接我来到人世的白衣天使啊。"

庄坤林站起身，激动地搓着手。

庄坤林（大声地）：“小生，上来一趟。”

小生笑嘻嘻地迎上前。

庄坤林：“两瓶啤酒，青岛的。”

小生欢快地：“哎。”

啤酒打开了，菜也上来了。庄坤林与高桥，分别往杯中倒满啤酒，两人热烈地干了杯。

庄坤林：“明天我就打电话去县城，让邮局转告我家一声，我舅舅这几日要来上海送秋茧，顺带两箱神仙酒过来。那酒呀，就是我家生产的。”

庄坤林兴奋，一杯啤酒下肚，脸儿开始红了起来。

高桥：“庄坤林，我在中国，有你这么一位好同学，真是我的荣幸，来，敬你一杯。”

高桥内心也是兴奋和激动，两杯酒下肚，两人的话多了起来。

高桥：“庄坤林，想不想听我为什么要辍学回去？”

庄坤林：“还有两年学业完成了，有什么困难，我来帮助你。”

高桥：“庄坤林，这不是钱的问题，是国内来了信，政府要我回去读军校。”

庄坤林：“什么国内？什么政府？怎么可以这么做呢？”

庄坤林吃惊而又愤愤不平地对高桥说。

高桥：“我告诉你吧，我父亲是名军医，常年劳累，身体也一年不如一年，母亲为了照顾父亲和我两个妹妹，才不得不回去的。我、我是个日本人。”

庄坤林大吃一惊，放下酒杯，瞪大眼睛注视着高桥，“怪不得你取了个日本名字。”

高桥（忧郁地）：“庄坤林，贵国与日本国目前关系紧张，剑拔弩张，国内命令我去读军校，也是实属无奈。”

庄坤林：“这么说，中日两国真会爆发全面战争？”

高桥：“我知道中国很大，但日本国内民心沸腾，都盼着与中国开战呢。”

高桥：“父亲来信说，要想凭一个日本征服中国，是绝不可能的。日本国虽然国力强大，尤其是军事力量强大，但我经历了‘一二八’那天晚上，我见到这么多不相识的中国人抢着运伤兵，我就明白了，日本国要想征服拥有四万万人的大中国，比登天还难。”

庄坤林："高桥，你们日本国内军国主义势力甚嚣尘上，我真的不希望中日之间爆发全面战争。我的家乡富饶而美丽，那里的人勤劳又朴实。你的母亲就是我的家乡人啊。”

高桥："我的家乡在长崎，那里的山水和你们中国一样的美。你与我都知道，当两国关系无可调和，战争是唯一的选择。”

庄坤林："话是这么说，就没有什么办法避免战争？”

高桥："除非贵国政府同意加入大东亚共荣圈。”

庄坤林："绝无可能。”

高桥："我的父亲和母亲，都不希望与中国发生战争。他们习惯过平静而又安宁的生活。我是家中的长子，又是唯一的儿子，用你们中国话来讲，是传宗接代的香火，是家族延续的根啊。”

庄坤林："高桥，如果你军校毕业后入伍，会派到中国来吗？”

高桥："很可能，但愿千万别派我到江苏来，更别派到你的家乡溧水去。庄坤林，假如今后我们相遇，会是怎样的场景？”

庄坤林："你希望今后我们相遇会是怎样的场景？”

高桥激动地站起，"我们浩浩荡荡的日本军队如钢铁洪流一般，在中国的土地上驰骋，所向披靡，战无不胜。”

庄坤林激动地站起，"我们中国四万万同胞将会齐心协力，用我们的血肉之躯阻挡你们于国门之外。”

高桥："假如我空手来你的家乡看望你呢？”

庄坤林笑着挺直了腰板："高桥，只要你没穿着军装空着手来，我拿家乡最好的饭菜，用我家最好的神仙酒款待你。”

高桥："坐下，庄坤林，这一切都是建立在假如的基础上。我向你保证，在我的心里，你永远是我的好同学。”

庄坤林："高桥，当假如成为现实，我告诉你，我的家乡常有野兽出没，那里有太多的猎人，我也会成为其中的一位猎人。我想，你应该明白我的意思。”

高桥苦笑了笑，指了指杯中酒："庄坤林，为了我们的友谊，干了这杯酒。”

庄坤林笑着，端起酒杯，一饮而尽。

小生上来，把结账单递给高桥，正当高桥要买单时，庄坤林豪爽地掏出一块银元，“啪”地一声拍在桌子上。

庄坤林（大声地）：“今天这个单，我买了。”

高桥：“不行！不行！庄坤林，今天我请你吃饭，应该我来买单。”

高桥执意付钱，脸争得通红。

庄坤林：“高桥，我是中国人，你看看，你今天的穿着，你是客，我是地主，这单，我买得高兴。”

庄坤林说完哈哈大笑。

高桥一愣，片刻明白了庄坤林话里的意思，不由得红着脸，也哈哈大笑了起来。

【12. 上海　震旦宿舍　二年后　秋】

庄坤林和李三保在宿舍整理行李。

李三保将震旦毕业文凭拿在手上，乐呵呵地欣赏起来。

庄坤林：“李三保，四年的学业一晃而过，真像是梦中一场。”

李三保：“坚持下来就是胜利，当初法律系近四十名同学，到毕业时只剩二十多人了。”

李三保得意地吹起了口哨，把书本抛向床铺。

李三保：“庄坤林，想不想去省司法厅？”

庄坤林：“怎么？你爹爹给你安排工作了？”

李三保：“当然，现如今必须要有个好爹爹啊。”

李三保：“我可以帮助你，只需花这些钱。”

李三保很开心地对庄坤林伸出了一只手。

“五块？”庄坤林调侃着。

“嗯！？”李三保摇着头继续伸着手。

“五百？”庄坤林吃惊地问。

“对！”李三保缩回了手，“一旦进入了省司法厅，一年的外快都不止这些钱哪。”

庄坤林：“哎呀呀，这么多外快钱哩。”

李三保："我一块钱都不会赚你的，我们是好同学，如果你想进司法厅，有我帮你，绝对没问题。"

庄坤林："待我回去考虑一下，想去，再找你，行吗？"

李三保一拍胸脯："就凭震旦的文凭，加上我俩的关系，没问题。我告诉你，凭我的关系，没有办不成的事情。"

"真的？能买到枪支吗？"庄坤林逗着说。

李三保："哎，我还真有个朋友，在香港做这个买卖，如果你需要，我抽十个点，如何？"

庄坤林："长枪，短枪，价钱如何？"

李三保："我晓得的，短枪七十块大洋，配五百发子弹，长枪八十块大洋，配两百发子弹。在这个基础上，你给我十个点报酬，货到付款，如何？"

庄坤林："货怎么走？"

李三保："海运，入得长江后，改小船直接去你们县城。"

李三保低声对庄坤林说："庄坤林，实不相瞒，前不久我做过这生意。目前最俏的生意就是军火。"

庄坤林："是啊，兵荒马乱的，得做些准备。"

"什么时候要？要多少？"李三保急切地问。

庄坤林："德国的武器，越快越好。"

李三保："K98卡宾枪，G43弹夹半自动步枪，二十响驳壳枪，要多少？"

庄坤林："各要十支，需要多少钱？"

李三保："卡宾枪二百块一支，半自动步枪一百五十块一支，手枪七十块一支，共需四千六百二十块大洋。"

庄坤林："最快多久能到？"

李三保想了想："大约半年时间。"

"好！"庄坤林毫不犹豫地答应了。

李三保："把地址写给我。"

庄坤林提笔在纸上写下了地址，郑重地将纸条递给李三保。

李三保认真地看了看纸条，将纸条小心地折起，装入衣袋内。

庄坤林："李三保，这些东西越快越好。我有一种预感，一场腥风血雨就要到来。"

李三保："放心，能快当快。"

【13. 县城　赵宅　客厅　夏　日】

赵县长和赵林坐在客厅，赵夫人气急败坏地在客厅里走来转去。

赵县长："赵林娘，事已至此，光冲着儿子吼，解决不了事情。"

赵夫人走到赵县长跟前，手指着赵县长大声喝问："呵，就许你袁通讨四个女人，我家赵林不就睡了个苏北女孩，又怎么样了？自己不掂掂几斤几两，还要与我儿子分居，这世道，还有没有说理的地方了？"

赵县长愣住了，见夫人把自己当做袁通，一脸的懵懂。

赵县长："哎，哎，对象搞错了，我不是袁通，是赵县长。"

赵林："娘，都是儿子的错。细想起来，梅儿为我吃了很多的苦。刚去美国时没有汽车，梅儿把汽车让给我，自己走路或坐公交上学。家里的吃喝拉撒都是梅儿的工资支撑着。"

赵夫人听赵林一说，火气降了些。

赵夫人："你这一回来，把梅儿和女儿扔在美国，就不怕她偷男人了？"

赵林："娘，梅儿不是那样的人。要是梅儿有异心，也不会把买房子的钱拿出来了。总之都是我的错，不能怪梅儿丁点。"

赵夫人："既然回来了，再讨个老婆，总得为赵家留个根吧？"

赵林坚决地摇了摇头："中国人就是整日根呀、香火呀、传宗接代什么的，人家美国人，孩子到十八岁，父母就不管了，回家吃饭次数多了，还得付钱给父母呢。"

赵夫人："赵林爹，你看看，你儿子出去十几年，都变得六亲不认了。不惑之年的人了，怎么一点都不为自己考虑哪？娘养你这么大了，出个国，学了些洋话，其他一点都没有长进。"

赵县长沉默不语，像是在听，又不像在听，似乎考虑着什么重大事情。

赵林："爹爹，我与旺松合伙开米行的事情，得加紧行动了。"

赵夫人："合伙可以，出钱不行。"

赵县长恼怒地把手一挥，提高了嗓门："都别嚷了，让我静下心。你们呀，尽说些鸡毛蒜皮的事。”

赵县长说完，居然还瞪了赵夫人一眼。

赵夫人："怎么啦？变得心事重重。有什么大事发生了？"

赵县长："我问你，家里的那块石头藏在哪里了？"

赵夫人："在赵林床底下的藤箱里放着呢。"

赵县长："快去把石头搬来，幸亏当年没割了掏镯子。"

赵夫人："儿子，还愣着干嘛？你爹爹心情不好，快去把你床底下的藤箱拿过来。"

【14. 县城　赵宅　客厅　夏　日】

赵林捧着石头，小心翼翼地放在桌子上。

赵县长起身，伸手摸了摸石头，小冬瓜般的石头，黑不溜秋，外表粗糙。

赵林："爹爹，哪来的石头？"

赵县长："你连襟家的，他爹爹黄秋生跑过马帮，也在匪窝里当过土匪。这是块绝品的玉石，我和你娘当年费尽了心思，才把这块石头买到了手。幸亏爹爹当年没依着你娘，把这块石头割了去掏手镯。有这块石头，爹爹安心了。我就不相信，这么大块石头砸下去，非得把那宝座给砸回来。"

赵夫人："赵林爹，你要送人？送给谁？你要想清楚啊？"

赵县长："你们女人家呀，头发长，见识短。我只问你，钱和石头，你要哪个？"

赵夫人："两样都要。"

赵县长："二选一呢？"

赵夫人："当然选大洋。"

赵县长："对啰。赵林娘啊，我问你，这是什么道理？"

赵夫人："钱好嘛，有钱能买一切。手上的玉镯，到东到西都要提心吊胆，贵得吓死个人，轻轻一碰，断为两截，立马分文不值。"

赵县长："这当官的，最不缺钱，缺的是稀罕。什么东西最稀罕？当然是古书画、古董、珍宝玉石和绝世佳人哪。在这些东西里，绝世佳人为上上品。"

赵县长说得口沫乱飞，赵夫人耳朵竖起，杏眼怒睁。

赵县长抬头瞪了眼赵夫人，赵夫人莞尔一笑，极其温柔，那脸变得比翻书还快。

赵夫人："赵林爹，我看得出来，你今日心情不好，莫非遇到难事了？"

赵县长："我呢，今年也快六旬的人了。这县长的位置坐了几十年。想坐那张椅子的人哪，还真多了去了。这些天，省里有人给我打了招呼，说上面有精神，我年龄大了，得让让位置了。有传说，从邻县派人来接我的班，也有消息说，从本县选拔一个县长，说是要大胆启用新人哩。"

赵县长忧郁地说着，赵夫人紧张地听着。

赵夫人："本县提拔新人？提拔谁呀？除了你，除了赵林，谁能当县长呀？"

赵县长："原来罩着我的老上司，调到省司法厅当头去了。要不仍旧找一下他，一是探个实在的消息，二是为赵林谋个官位。只要是赵林接班，我立马让位。我呀，早就想过清闲的生活了。"

赵夫人："你是说那个老李头？调到司法厅去了？没实权了吧？"

赵县长："司法厅可是个实权地方，省里省外，哪个不巴结他呀？这块石头就是一帖猛药。"

赵夫人："你是想？"

赵县长："对，这块石头砸下去，保管见效。"

赵县长戴上老花眼镜，伸出手，边抚摸石头边赞叹不已。

赵县长："这呀，真是块宝石呀，花了我六块大洋呢。明天，弄个红木，不，去县城的工艺品商店，买个檀木的架子，一起配好后去趟南京，让赵林一起去，看老李头怎么说。"

【15. 南京　太平南路　李厅长家　秋　日】

汽车停在李厅长家别墅不远处，赵县长和赵林走向李厅长家。

赵县长敲着木质大门，李三保开门，赵县长连忙弯腰打着招呼。

李三保见赵县长到来，连忙将赵县长迎入客厅。

赵林肩负重物，尾随赵县长进入客厅。

佣人见赵县长到来，不敢怠慢，赶紧泡了两杯上好的碧螺春茶，端上桌子。

赵县长 :“老爷子呢?”

赵县长坐着，恭敬而又轻声地问李三保。

李三保 :“睡午觉呢，应该快醒了，都下午两点钟了。要不，我去叫醒我爹爹?”

李三保对赵县长说着，欲上楼去。

赵县长 :“别，别。别吵醒老爷子，天天日理万机，让老爷子多休息些。”

李三保笑了笑，望着一脸大汗的赵林，问 :“这位是?”

赵县长 :“我家公子，叫赵林，快，叫哥。”

赵县长介绍着，满脸笑容，让赵林叫李三保哥哥。

赵林太别扭了，悄悄地扯了一下赵县长的衣襟，贴着赵县长的耳朵，“爹爹，应该叫弟弟，您怎么糊涂了?”

赵县长 :“快叫哥。”

无奈中，赵林心一横，“哥”的一声叫，从嗓子眼里憋了出来。

李三保笑了 :“叫弟弟吧，我叫李三保。”

赵林紧张而又尴尬，大汗满头。

【16. 南京　太平南路　李厅长家　秋　日】

赵县长端起茶杯，明显不耐烦地喝了一大口，放在嘴里鼓动着，咽下了肚。赵林起身给爹爹续水。

赵林(轻声地):“爹，这茶都喝了三茬了。”

赵县长朝赵林挤了挤眼，示意赵林坐下。

李三保从房间里出来，扯开嗓子，“爹爹，赵县长来了。”

李厅长 :“三保，哪位贵客来啦?”

李三保 :“爹，赵县长来了。”

李老爷子下得楼来，一脸欢笑，亲切而又和蔼地对赵县长说 :“哎哟，久未见了，我的赵县长哎，要知道是赵县长来，我这午睡再困也得撑着哪。”

赵县长赶忙站起，弓着腰，一脸谄媚地笑着。

赵县长 :“不敢惊扰老爷子啊，您天天日理万机，要保重身体啊。”

赵林见爹爹如此卑微，起身弓腰面对李厅长。

李厅长 :“看来，这位年轻人是赵公子啰?”

“正是，快叫伯伯！”赵县长对赵林说。

“伯伯好。”赵林更加卑微，把身子俯得更低，紧张地叫了一声。

“哎，哎，都坐下，喝些茶吧。”李老爷子用眼瞄了一下赵林身边的破布袋，笑着招呼着。

“近来可好啊？”李老爷子和蔼地问着赵县长。

“好着哩，就是心里面常常挂念着您哪。”赵县长恭敬地回，说完，一脸堆笑地望着李老爷子。

“你呀，一定是为县长的位置而来的吧？”李老爷子笑着，若无其事地看着赵县长。

“哟，还是您最了解下属哪。”赵县长赶紧说着，又殷勤地拿起李老爷子的专用茶壶，恭敬地给李老爷子倒了些茶水。

“这事儿，还真不好办哩。”李老爷子慢条斯理地说着，拿起杯子，喝口茶。

赵县长赶紧走到赵林身边，费劲地拎着破布袋：“大侄子，这破布袋里面装着块破石头，来，帮着拿过去。”

李三保见多不怪，走过去，用双手使劲一提，拿到后面屋子里去了。

李厅长：“赵县长啊，一块观赏石，费这么大力气，拿来真不容易啊。”

赵县长：“唉，老爷子哎，偶然之间遇到一块石头，不容易，虽然价钱贵了些，想到老爷子日后享清福时把玩一下，也就咬咬牙，买了下来，孝敬您哪。”

李厅长：“最近，有几个方案。一个呢，是你下来，享些清福，从邻县或省厅，派个人接替你；另一个呢，是派个年轻人，给你当学徒，三两个月后，基本上有些熟悉了，你再下来。”

李老爷子慢条斯理，不慌不忙地对赵县长说。

赵县长：“老领导啊，我家公子赵林，在县里当了一段时候的差了，情况也基本熟悉了，年富力强，又是从海外归国的人才，说得流利的英文。我就忍忍心，让您像当年教导我一样，教导下他哪。”

李老爷子望着赵林，笑了几声，说：“后生可造呀。”

赵县长一听，大喜：“赵林，还不赶快给老爷子鞠躬谢恩哪？”

赵林一听，连忙站着，毕恭毕敬地对着李老爷子，边鞠躬，边说着感谢话。

李老爷子："你们县城，有个叫庄坤林的，听说过吗？"

赵县长："没听说过。"

李老爷子："庄坤林与我儿三保，都是震旦大学法学系的高材生。两人四年的同学，床挨着床哪，名单已经到了司法厅，还等着分配哪。"

赵县长一听，脱口而出，"怎么？在我们那个小县城，居然还隐藏着这么个人才？"

李厅长："本来，是准备让庄坤林历练一下，将来当个县长。现在呢，你家公子看来也是不错。"

李三保："赵县长，这庄家在你们县上财力如何？"

赵县长："应该是首屈一指的大户人家。"

李三保："赵县长，我这个同学，与我关系非同一般，往后的事，还请赵县长多多担待。"

赵县长："公子放心，这是义不容辞的事情。不过，这个庄坤林是不是庄家的，我不太清楚。"

这时，李老爷子看了下手腕上的表。

赵县长："老爷子，我要赶回县城，一大摊事情等着我去处理哪。"

赵县长向李老爷子和李三保笑着点点头，拉着赵林，侧身向门口走去。

李厅长："吃了晚饭再走嘛。"

赵县长："不了，保重身体啊。"

赵县长拉着赵林，离开了李老爷子的家，上了汽车。

赵县长深深地吐了口气，"赵林哪，幸亏来得及时，否则爹爹的屁股坐不稳不说，你的事就更没有戏啦。"

【17. 县城　赵宅　客厅　秋　深夜】

赵县长回到家里，已是半夜时分。赵夫人在家候着，心里面忐忑不安，见赵县长到家，连忙迎进屋里，早就泡好的大红袍茶，倒了一小杯，端给赵县长。

赵县长接过茶，一口喝下。

赵县长："这大红袍茶，冷了反倒觉得好喝。"

赵县长伸了个懒腰，长长地舒了一口气。

赵县长："今天收获很大。就差一丁点，这县长的位置就要让给一个姓庄的人坐了。"

赵夫人："哪个县的人？"

赵县长："本县的，叫庄坤林。我怎么从来没听说过有这么个人哩？"

"庄坤林？"赵夫人脑子里极力搜索着，半晌，猛地一跺脚。

赵夫人："想起来了，庄家村的。庄家大奶奶的儿子，好像叫庄坤林。"

赵县长："怪不得，原来真是庄家的公子，应该没少花钱吧？"

赵林："爹爹，儿子这县长，当得了吗？李老爷子也没说啊？"

赵县长："你呀，这要明说吗？说话听音嘛，李老爷子不是说，后生可造嘛。"

赵林挠着头："爹爹，李老爷子也没有明着说嘛？"

赵县长："你呀，到了官场后，我真担心你能否生存下去。"

赵县长精神抖擞，毫无睡意，继续教导着儿子。

赵县长："赵林哪，这县长既好当，也难当，爹爹今天兴致高，给你传授些要点。掌握了这些要点，你这位置，今后就稳当了。"

赵县长指指座椅，示意赵林坐下。然后，自己往正中太师椅上一坐，不紧不慢地说开了。

赵县长："这当县长啊，首先要学会笑。爹爹今日，先给你讲讲，官场上笑的文化。"

赵夫人："笑还要讲文化？"

赵县长："当然。凡是上面来的官，要笑脸相迎，笑要笑得真诚而自然，要发自内心的笑。凡是下面的官员，要微笑，留下亲切待见的感觉，让他觉得，领导器重着他呢。俗话讲嘛，拳头不打笑脸人啦。"

赵县长："凡是外面的客商、大户，要笑脸相迎，这些个人哪，背景不明，本县的大户和商人，微笑着即可，不必过于恭维。"

赵县长："对于一般县民和穷苦人，见了千万不能摆架子，要露出亲民的微笑，惹恼了这些人，他们的命不值钱，可咱的命，就这一条啊。"

赵县长："对本县有家人在外地当官的，要常去慰问看望，那表情要像我对你娘笑那样，这样本县出去的人就不会拱你。"

赵县长："凡是涉及到政绩，千万不要冲第一，但万万不可当尾巴。枪打出头鸟，脚踩龟尾巴嘛。"

赵县长讲着、讲着，忽然哈欠连连。

赵夫人见状，赶紧朝赵林使了个眼色。

赵夫人："儿子，你爹爹累了，记住爹爹的教诲，日后呀，有得跟爹爹学习呢。"

赵林赶紧站起，和娘一起，扶着赵县长进入睡房。

赵县长往床上一倒，正欲脱鞋，又忽然爬起。往床沿一坐，伸手将赵林拉到身旁。

赵县长："可怜天下父母心，儿子啊，爹爹还能维持片刻，来，坐下，爹爹这就与你说说官场哭的文化，这里面的学问呀深着哪，你好好听着。"

"哎。"赵林顺从地点着头，紧挨着赵县长坐下。

第二十二集

【1. 南京　李宅　客厅　秋　下午】

李厅长 :“三保啊，把赵县长送的那块石头给爹爹把赏一下。”

李三保 :“哎。”

李三保将布袋拎到客厅，把石头从布袋里取出，小心地放在桌面上。

李厅长带上老花眼镜，俯身细细地观察起石头。

李厅长伸出双手，捧起石头。

李厅长 :“三保啊，这石头的形状十分可爱，像个小冬瓜，石头外表虽然黑不溜秋，却十分沉重。”

李三保 :“爹爹，这块石头真是个宝贝？”

李厅长 :“三保，把楼上的聚光电筒拿给爹爹。”

李三保箭步上楼，不多会下楼将手电筒递给李厅长。

李厅长打亮手电筒往石头上一照，只见石头里面隐隐约约，通体透黄。

李三保 :“爹爹，莫非是块田黄？”

李厅长 :“嗯。看着像，拿捏不准。”

李三保 :“那儿子打个电话，给马来西亚的那个珠宝商，让他来给号下脉？”

李厅长 :“嗯？就那个打官司的马来西亚富商？”

李三保 :“就是那个珠宝商，他是个内行。”

李厅长 :“等爹爹想想。”

李厅长反背着双手，在客厅稍许转了两圈。

李厅长："这样也好。说不准这块石头是个宝贝，也说不准这就是块普通的石头。既然这个珠宝商官司在身，他一定会有求我们。哎，三保，那个官司复杂吗？"

李三保："爹爹，很简单的一个小官司。"

李厅长："三保啊，任何小官司都不能忽视，爹爹告诉你，任何官司不论大小，首先要摸清官司后面的背景，时刻记住爹爹的话，官场上最怕的事情就是撞车。"

李三保："爹爹放心，儿子记在心里哪。我这就去打电话。"

李三保上楼去打电话。稍会兴高采烈地下楼。

李三保："爹爹，马来西亚的珠宝商正在太平路，马上就到。"

【2. 南京　李宅　客厅　秋　下午】

不多会，珠宝商的汽车停在了别墅前。

一进门，珠宝商满脸堆笑，一阵寒暄后，便径直来到石头前，用小捶子敲着，又用手电筒仔细照着，然后双手捧起，上下掂了掂，往桌子上一摆，脸上十分的惊讶。

李三保："怎么样？是块好货吗？"

珠宝商："恭喜李厅长！这块石头极其难觅，十分稀奇，是块镇店之宝。"

"是吗？"李厅长微笑着问。

珠宝商："极品玉石。"

李厅长："我怎么没见过这种玉石？又不像田黄，里面却通体蜡黄。"

珠宝商："李大厅长，这块石头，既不是新疆和田，也不是田黄，而是黄蜡石。这是刚发现不久的一种新型玉石，它有田黄般的颜色，翡翠的硬度，透度好，色彩鲜艳丰富。"

珠宝商热情地介绍着，脸上显得十分激动。

李三保见珠宝商激动，心里面来劲了。

李三保："哪里产的？"

珠宝商："这块宝石，只有云南保山龙陵周边的苏帕河流域出产，距离缅甸翡翠产区非常近，五年前，我曾去过那里。"

珠宝商殷勤地向李厅长介绍着，见李厅长眼里流过一丝喜悦，又望了一眼李三保，李三保装作若无其事。

李三保："这么说，我没花冤枉钱？"

珠宝商："哎呀呀，这么大个儿的黄蜡石，连我都没有见过，奇货可居啊。"

珠宝商边说，边兴奋地走动着，搓着手。又故意走近石头，用贪婪的目光对着石头，左看右瞧的，装得煞有介事。

珠宝商（装模作样）："哎哟，要是我在马来西亚的珠宝店内，展放上这块宝石，那就门面增辉了。"

珠宝商瞪大眼睛，笑着望着李厅长。

李厅长笑而不语，喝了口茶，望了一眼李三保。

李三保心领神会。

李三保："这是我托朋友从云南特地觅来的，对方开口一千八百块大洋，我还没付钱哪？"

珠宝商："便宜些转让给我吧，我出两千块大洋，如何？"

李三保佯装考虑了一会："其实，我也只是爱好，刚刚你没来时，爹爹还说我败家子哪。行，就两千元吧，日后有机会去马来西亚，得让我再看上一眼呵。"

珠宝商："当然，一定。"

珠宝商连忙打开皮包，开了张支票，交与李三保。

李老爷子视而不见，悠悠地喝着茶。

李三保收好支票，笑着对珠宝商说："我刚从震旦法学系毕业，在省高院历练。也巧，你那个案子，正好参与着哪。"

珠宝商："太好了，李公子，无论如何您要给我秉公执法啊。"

李三保："你那个味精厂，如果土地作股，你要吃大亏了；如果土地算作出租，你就占了大便宜了。好在双方都无协议，更好在前年，你支付给对方三百大洋，这钱支付目的不明，我就可以视为土地租金，这就是证据。"

珠宝商："有您这句话，我就放心了。李厅长，李公子，我这就告辞了。"

珠宝商冲李厅长和李三保拱了拱拳，转身就走。

"等等。"只听得李厅长叫了起来。

珠宝商停下脚步，笑着望着李厅长。

李厅长："把石头拿回去，做事一码归一码，啊。"

李三保将石头装入布袋，随珠宝商出门，将石头放进富商的车内，目睹富商的汽车驶出院门。

【3.南京　李宅　客厅　秋　下午】

李三保返回客厅，见爹爹翘着二郎腿，仍在悠悠地品茶。

李三保："爹爹，这块黄蜡石，真值两千大洋？"

李厅长："我说值多少钱，就值多少钱。"

李三保："爹爹，你也没说值多少钱啊？"

李厅长："就是绝品的羊脂白玉，也要不了这多钱啊。"

李厅长悠悠地品着茶，冷不丁地说了一句。

"噢？"李三保恍然大悟，"爹爹，您把石头当作羊脂白玉来作价，怎么会卖亏呢？"

李厅长："也难为了赵县长一番折腾，他们那个县并不太富裕啊。"

李三保："爹爹，儿子的同学庄坤林，如何安排？"

李厅长："先让庄坤林到省司法厅秘书处，弄个小秘书，历练历练吧。"

李三保："那么赵县长的事情呢？"

李厅长："明天，上班时我给刘厅长打个招呼，他管人事哪。"

李三保："爹爹，刘厅长有安排了如何办？"

李厅长放下茶杯，立马脸上有了厅长的尊严。

李厅长："放心！刘厅长托我办的事情，比爹爹托他办的事还要多哪。"

李三保："庄坤林人品真的好，成绩也好，爹爹须放在心上啊？"

李厅长此刻，一脸柔情，点了点头。

李厅长："三保啊，你也渐渐成熟了，懂得了拉帮结派作长久考虑了。"

李三保嘿嘿地笑了起来。

李厅长："儿子，这官场的关系，你要熟记于心。你给我办事，我给你办事；你不给我办事，我也不给你办事。你给我办两件小事，合起来，我给你办一件大事。等价交换，都是围绕着两个字：利益。"

李三保："爹爹，这话精辟，儿子记住了。"

【4. 南京　某小桥　秋　日】

珠宝商坐在车内，难抑心中兴奋。

司机："老板，官司有希望赢吗？"

珠宝商："我那个味精厂，土地如果确定是租赁的，那么股东只有我一个人，如果土地是入股的，老板就要换人。味精厂那可是个印钞厂啊。"

司机："老板，去别墅还是去味精厂？"

珠宝商："把车开到前面那座桥上停一下。"

汽车行驶途径一小桥，将车停下。珠宝商将麻袋拎下车，往河中抛去，"扑通"一声，水花溅得老高。

珠宝商上车，哈哈大笑了起来。

司机："老板，怎么把那宝石扔了？"

珠宝商："哪是什么宝石，就是块石头，被水冲刷久了，在小河沟里滚来滚去，上面有了些包浆。"

【5. 县城　赵宅秋　中午】

电话铃声响了，赵县长匆匆起身，抓起话筒，失望地嗯嗯呀呀应酬了几句，绝望地把话筒放下。

赵县长坐到太师椅上，喝着大红袍，不安地架着二郎腿，左腿右腿轮换着。

赵夫人见赵县长心神不宁，憋不住开口问。

赵夫人："赵林爹，这么长时间过去了，赵林的事情连个泡泡都没有，我寻思着莫不是那块宝石出了问题？"

"什么？"只见赵县长从座椅上一弹而起，一脸的惊恐。

赵县长："你的意思是说，那压根儿就不是块宝石？是块石头？"

赵县长满头大汗，"这下闯下了大祸了！"

赵县长在客厅团团地转着，嘴里念着："哎呀，糊涂了，真是糊涂了。当初，怎么不找个珠宝商给号号脉啊？"

赵县长："大意了，大意失荆州了。"

赵县长急得额头出汗，可怜地望着赵夫人。

赵夫人脸色煞白，"赵林爹，我这心怦怦狂跳，自从嫁给了你，还真没见过你有过这般的着急。怎么啦？”

赵县长：“如果是块石头，李大厅长以为，他调动了职位，我在戏弄他哪。万一李大厅长恼怒，随便找个茬办了我，这都有可能。唉，这个不争气的儿子，害得老子偷鸡不成蚀把米啊，这下玩大了。”

赵夫人：“赵林爹爹呀，事情只是假如。当初你用手电照石头时，我看得真真切切，石头里面通体透黄，好看极了。”

“是吗？”赵县长仿佛捞到了救命稻草，望着夫人。

赵县长：“快，叫赵林去院子里，搬上几块颜色不同的石头，赶紧拿来。”

赵夫人大惑不解，“赵林，赵林，快过来呀。”

赵林：“娘，发生什么事了？”

赵县长懊恼地用手指了指赵林，垂头丧气。

赵夫人：“还不快去院子里找几块石头，你爹爹正急着哪。”

赵林起身往院子里走，赵夫人尾随着赵林，母子俩随意各捡了几块石头，捧着回到客厅。

赵县长拿着手电筒，戴上老花眼镜，仔细而又认真地照着每块石头，脸上的表情，极其严肃。

赵夫人和赵林在一旁，大气都不敢出一声，怕惊扰了赵县长。

看了许久，赵县长摘下老花眼镜，往太师椅上一坐，舒心地翘起了二郎腿，悠悠地品了口大红袍，唱起了京剧“空城计”：

我正在城楼观山景，
耳听得城外乱纷纷。
旌旗招展空翻影，
却原来是司马发来的兵。
我也曾差人去打听……

赵县长正在得意地唱着，赵夫人却看不下去了，耐不住发起了虎威。

赵夫人（大吼）：“别唱了！老娘刚才差点断了气！”

赵林赶紧将母亲扶到爹爹旁边椅子上坐下。

赵夫人：“我这辈子跟着你，遭受了多少惊吓？”

赵县长：“哎呀，赵林娘啊，你又不是不知道你男人，在你面前就是个孩子气呀。”

赵夫人："要不是看你这几十年对我一往情深，我早就从这个家里飞走了。”

客厅的电话突然响了。赵县长三步并作两步，一把抓起电话，听着，听着，两只手哆嗦着，嘴里不停地说着："谢谢！谢谢！”

赵县长接完电话，按捺不住狂喜："你们猜猜，什么事？”

赵夫人和赵林蹦了起来，赵夫人激动得语无伦次，“县长？赵林？”

赵林呵呵地傻笑着，“爹爹，这县长的位置坐实了？”

赵县长："多亏了李大厅长相助啊。是李大厅长打来的电话。告诉我文件下来了，不日便到县里。李大厅长还说，给刘厅长办了两件事情，刘厅长才给李厅长面子，给办了这一件哪。”

赵夫人："孩子爹爹，是县长的位置吗？”

赵县长："县长助理。按官场规矩，从助理到县长，也就一二年功夫。”

赵林："那县长谁干？”

赵县长："这个傻儿子，当然还是你爹啦。”

赵县长："赵林啊，你给我记住，这官场的关系，离不开利益这两个字啊。你给我记住了，忘了这两个字，你那屁股还没坐热，就被人拱下来了。”

赵林："爹爹，儿子记住了。”

【6. 甘肃武威　金不换老宅　秋　日】

金不换郁闷地坐在桌子旁边，喝着茶，金不换的女人小心翼翼地在屋内收拾着物品。两个小孩在院子戏耍。

门外传来呼喊声。

小三子："金大哥，在家吗？”

金不换突然脸露喜色，猛地起身，“是小三子吧？”

小三子喜笑颜开地进入屋内，冲金不换行了个礼。

小三子："大哥，好久没见，想死小弟了。”

金不换兴高采烈，猛地拍了下小三子的肩膀，“大哥也想你们啊！这些日子闷在家里，跟缩头乌龟一样，把大哥憋屈死了。”

小三子哈哈大笑，金不换扭头冲门外嚷："你个女人，我兄弟来了还不赶紧上茶。”

稍许，金不换的女人笑盈盈地将茶送上。

金不换朝女人挥了挥手，示意让她出去。

金不换："小三子，莫不是要紧事，你也不会上大哥这里来？"

小三子压低了声音，"大哥，黄秋生有下落了。"

金不换唰地站起，"哦，这个王八蛋，躲藏在哪里？"

小三子："大哥，寻找黄秋生这么些年了，总算打听到他的确切落脚点了。"

金不换："哪里？"

小三子："黄秋生老家在江南溧水的庄家村。"

金不换喜形于色，冲西边天空拱了拱拳，"苍天有眼，黄秋生啊，你也有落在老子手上的这一天。"

小三子："大哥，我先去张罗弟兄们，要带多少弟兄过去？"

金不换："从这里赶到江南，中间隔着千山万水。人多了动静太大，人少了不管事。小三子，准备个十几号人吧。"

小三子："大哥，这些银子是弟兄们给你留的，恳盼大哥收下。"

小三子从包里掏出一袋银元，噌地一声放在了桌上。

【7. 庄家村　庄宅　春　夜】

庄坤林和汤正益在卧室，烛光闪烁。

汤正益："坤林，总算安静下来了，这几日来看你的邻里和亲戚们把门槛都要踏烂了。"

庄坤林："正益，大学毕业了，读了四年法律，回到庄家村，忽然心里面空空荡荡，觉得英雄无用武之地。"

汤正益："呵呵呵，你的心里空空荡荡，我心里的石头落地了。坤林啊，这四年来我总是担心着，怕你被上海的狐狸精勾走呢。"

庄坤林："正益，我有个同学叫李三保，我俩相处得不错，他的爹爹是省司法厅的头儿，他爹爹答应替我在省司法厅谋个差事，你看呢？"

汤正益："庄家千亩良田，又有私山茶园酒坊和蚕茧生意，总得要个掌盘的，慕兰只有八岁，维根刚刚五岁，还有个拖油瓶雪花，家里离不开你啊。"

庄坤林："从个人抱负上来讲，男子汉当有精忠报国之职责，中国的形势岌岌可危，国家正当用人之际。从前途上我认为，去省司法厅为上策，去县里任个职是中策，回来接管庄家生意是下下策。"

汤正益："坤林，天下那么大，庄家村那么小，人生苦短，一辈子就那么几十年。诸葛亮那么大的本事，不也是躲在隆中耕种嘛？"

庄坤林："正益，我真是到了人生的十字路口，拿捏不定主意。何去何从，等我心情平静了，再与爹爹和娘商量决定吧。"

【8. 庄家村　庄宅客厅　春　日】

庄家人聚在客厅。

大奶奶："坤林啊，回来后习惯了没有啊？"

庄坤林："娘，刚回来时心里面空荡荡的，这几天心里好受多了。"

大奶奶笑着，拢起了头发，对坤林说："儿子啊，看看娘的头发，多半白了，你爹爹也是一样的，半头白发了。这大学也毕业了，长知识长见解了，应考虑让你爹爹和娘轻松轻松了。"

庄坤林："娘，您的意思儿子明白。这几日，我也在考虑该给爹爹和娘挑些担子了。"

庄世伯一听，喜出望外："坤林，你这么讲，爹爹就安心许多了，你亲娘也是这个意见啊。"

锡儿见庄世伯与大奶奶找儿子谈话，赶紧过来，坐在坤林身边。

锡儿："儿子，从明天起，你就要掌管庄家的生产和经营，不要再天高地厚地往外跑了。"

庄坤林："亲娘，儿子上次跟你们提到，把钱庄里的钱取些出来，早些做点准备，这个国家，目前不太平了。"

大奶奶："现在做准备，是不是早了些？你去读书这四年，庄家村不也挺平静的，跟以往不都一样？"

庄坤林表情忽然变得凝重，沉默不语。

锡儿（担心地）："儿子，你莫非听到了些什么消息？"

庄坤林："爹爹，你们在家乡，县城小，消息也闭塞。儿子这几年在上海，听到的看到的东西，多着呢。"

庄世伯："儿子，那你就讲些，让我们也开开眼界。"

庄坤林："现在，上海有日本军队，在东北，日本人大量向东北移民，侵占东北肥沃的土地，搞起了'开垦团'活动。在北平，日本军队与中国军队对峙着，我们这儿夹着周边几个县市边上，盗匪也活跃了，红枪会也活动着，儿子觉得，应该未雨绸缪，当早做准备。"

大奶奶："世伯，红枪会我也听说了，盗匪在庄家村附近，好像没什么活动。哎，坤林，你讲的未雨绸缪，娘听不懂啊？"

庄坤林："庄家就好比一幢房屋，趁天没下雨，先把屋顶门窗修缮好，到真要下雨时，有了准备，就不会淋雨了。"

大奶奶："依你的意见，庄家该如何准备呢？"

庄坤林："其实，儿子心里盘算过，我们庄家的钱，大概有这么多。"

庄坤林略为得意地展开右手掌，在大奶奶面前晃了晃。

大奶奶："世伯，你告诉儿子的？"

庄世伯："你连我都不告诉，我怎么会告诉儿子？"

大奶奶笑着，转向锡儿，锡儿一脸兴奋。

锡儿："庄家的经济，姐姐知道的，妹妹从不过问。"

庄坤林："娘，儿子是根据家里面的各项生产能力，扣除各项成本和消费，心里自己盘估的。"

大奶奶哈哈大笑，"妹妹呀，你真有本事，为庄家生了个这么有能耐的儿子。"

庄坤林："亲娘，我们班里的同学，基本上非富即贵，好多人家都成立了护卫队。儿子想，庄家必须尽快筹备护村队，在危急关头能救全家，甚至全庄家村人的性命哪。"

庄世伯："看来，坤林几年书啊，没有白读。"

大奶奶："那么，往后怎么办？"

庄坤林："庄家的生产，这几年还有些指望。过些日子，中日如果真的开战，只能指望种地这一块了，到时候，到处道路不通，咱们的酒啊蚕啊，根本运不出去。"

锡儿见儿子侃侃而谈，一脸的骄傲，笑着望了望庄世伯。

庄世伯笑了，"二奶奶，看你那得意的样子，是不是告诉我儿子成材了？"

锡儿咯咯笑着，边笑边点头。

大奶奶（焦急地）：“儿子，你的意思是，到时候咱们庄家的酒也卖不出去了？”

庄坤林：“嗯。娘，那时候兵荒马乱的，谁有钱喝酒啊？肚子可能都吃不饱的。”

大奶奶：“唉，这个世道，怎么可能会变成这样呢？酒生意是庄家主要的财源啊。”

庄坤林：“爹爹，娘，如果这个家真要儿子挑担子，你们必须要听儿子的。”

大奶奶和庄世伯不由地点着头。

庄坤林：“明天，娘和外公一起去各个钱庄，尽量多提些现款回来。另外，得找个藏钱的好地方，一定不要藏在一个地方，否则战争来了，家里什么都没有了。”

大奶奶和庄世伯应诺着。

【9. 庄家村　庄宅客厅　春　日】

邮差：“恭喜庄家了，庄坤林的工作分配单来了。”

大奶奶：“辛苦你还专门跑一趟，这些钱别推辞，买些喜烟抽抽吧。”

大奶奶塞给邮差一块银元，邮差满脸欢喜地告辞。

庄坤林反复看着信件，将信件顺手往桌面上一扔，“不去。”

锡儿走向前，拿起信件看了一眼，满脸欢喜。

锡儿：“坤林，司法厅这么好的工作，怎么不去？”

庄世伯起身，冲庄坤林而来。

庄世伯：“儿子，那可是光宗耀祖的好差事啊。”

庄坤林：“爹爹，娘，亲娘，坤林不去。我只想待在家乡，陪着你们，把庄家弄得更加兴旺。”

庄世伯：“这样也好，咱们庄家不需要出个大法官，只想坤林在家，一家人过平淡宁静的生活。”

稍许，庄世伯冲着儿子一个拥抱。

庄世伯的话刚说完，大家全都愣住了，稍会儿，又都开怀地笑了起来。

【10. 庄家村　庄宅客厅　春　中午】

大奶奶与庄世伯在客厅。

大奶奶：“世伯，昨天坤林讲，庄家必须尽快筹备护村队，说是在危急关头能救全家甚至全庄家村人的性命哪，你怎么看这事？”

庄世伯：“看来，坤林心胸大了，可这是杞人忧天嘛？你想想看，儿子从不喜欢舞枪弄棒，庄家花些钱招募些家丁，这个容易。可家丁谁来管理？搞不好连人带家伙跑了，再弄些事情出来，这麻烦就大了。”

大奶奶：“不管这些，让坤林去弄个护村队，儿子不就是想当个孩子王嘛？花些小钱，让儿子玩个开心。这样正好把坤林的心圈在庄家村，你看呢？”

庄世伯：“嗯。坤林出出进进，多几个跟班的，也好。”

【11. 庄家村　庄宅客厅　春　中午】

庄坤林走出家门，漫无目的地在附近转悠。

村道边，一丛丛山花开得烂漫，庄坤林弯腰采了一朵山花，放在鼻子底下闻着花香。

一阵马蹄声由远及近。

只见大路上两匹快马，正向自家方向而来。

庄坤林感觉好奇，便站在路边一块突起的石头上，向马奔来的方向眺望。

两个男人各骑一匹马，一会儿跑到庄坤林身边，飞扬的尘土，让庄坤林躲闪不及，庄坤林被尘土扬了个正中。

庄坤林刚跳下岩石，只听得来者在马背上哈哈大笑。

兆明亮：“庄坤林，你还认得我吗？”

庄坤林举头一望，只见马背上说话的男人穿着精神，头戴一顶灰色礼帽，身着燕灰色长衫，脚穿一双黑布鞋，戴着一副墨镜，正冲自己笑呢。

另一匹快马上坐着一后生，三十岁左右，长得倒像个卖货郎，脸相有特点，黑皮肤，浓眉大眼，大蒜鼻子，鼻子上略有几颗红点。

庄坤林：“敢问来者，你认识我？”

“当然认识！”只见来者在马背上摘下墨镜，冲着庄坤林哈哈大笑起来。

“兆明亮！”庄坤林一下子认了出来，大笑着问，“你个逃兵！怎么招呼都不打一声，把弟兄们扔在宿舍里就跑了？”

兆明亮大笑着，从马背上一跃而下，红光满面，神采奕奕，把马绳递给后生，给庄坤林一个大拥抱。

庄坤林笑着，紧紧地拉着兆明亮的手："走，兆明亮，去我家，今日不准走了，咱们好同学不醉不休。"

庄坤林和兆明亮手拉着手，热烈地交谈着，走进了庄家。

庄坤林："娘，我的好同学兆明亮来了。"

大奶奶："好啊，贵客上门啦。"

大奶奶兴高采烈，手忙脚乱，又是抹桌子，又是泡茶。

大奶奶："兆明亮，山路不好走啊，快喝些茶。"

兆明亮："我是骑马过来的，还行。"

佣人端了盆洗脸水，让兆明亮擦个脸。

后生此时将马拴好，也走进了客厅，见兆明亮示意坐下，便笑着坐在不远处的空椅子上。

庄坤林："娘，今晚兆明亮，儿子不让他走了，在咱家住上几日，我们得好好聊聊。"

大奶奶："哎，娘这就去准备一下。兆明亮啊，你们好好聊聊。桌子上的花生红枣多吃些。"

大奶奶说完，乐哈哈地往房后走去。

兆明亮："工作有方向了吗？"

庄坤林："省司法厅录用我，这是李三保帮的忙。哎，你还记得李三保吗？"

兆明亮："大包头，西装男，咋个不记得呵。"

兆明亮："坤林哪，这司法厅的工作，何时去啊？"

庄坤林："我和家人都商量过，去了也没意思，就那点薪酬塞牙缝都不够。"

庄坤林笑着，脸上不屑一顾。

兆明亮："这可是有前程的工作啊。"

庄坤林："兆明亮啊，此话差了，我们庄家几代人都是老实本分人家，官场上庄家不追求啊。"

兆明亮："坤林，在官场上日后谋个一官半职，那可是件光宗耀祖的事啊。”

庄坤林：“明亮，我们庄家虽然是本县的大户人家，但我娘常常叮嘱我，和官场保持距离，不必去追求那个名份。”

兆明亮：“日后就泡在庄家村？你这个震旦法学系毕业的高材生，不也太可惜了？埋没了你这个人才了。”

“唉！”，庄坤林叹了口气，“明亮，你看国家现在这么个形势，日本人占了东北许多土地，搞了多少‘垦荒团’？在上海那个晚上，咱们中国军队伤亡了那么多人，震旦那时候，还只是许多伤兵医院中的一个啊？在北平，日本军队与中国军队对峙了那么久，想到这些，真是揪心。”

兆明亮（严肃地）：“坤林，你不是个糊涂人啊。现在的时局非常复杂，到处是军阀割据，日本又时时想着亡我中华，中日之间必定会爆发战争。”

庄坤林：“你还记得高桥吗？”

兆明亮：“记得啊，就那个老实本分的眼镜男？”

庄坤林：“在你辍学后的第二年，高桥也辍学了。”

“噢？”兆明亮很是惊奇，“为什么他要辍学啊？”

庄坤林：“高桥是个日本人，国内命令高桥回国读军校。”

兆明亮：“怪不得，自我介绍时，我一听他叫高桥，心里也一愣哪。”

庄坤林：“高桥在回国前，我们一起吃了个晚饭，就是你找的那个小饭馆，还记得吗？”

兆明亮（略显不好意思）：“原本应该是我来买单的，谁想你扮大老板，抢先付了钱。”

庄坤林：“高桥说日本国内，对我们开战的军国主义热情，极为高涨。”

兆明亮（咬着牙）：“是祸躲不了，中国人不好战，也不想战，但决不会伸着头任由日本国屠刀架到咱们脖子上的。”

“对！”庄坤林拍了下桌子，“高桥问我，今后在中国遇见了会有什么场景？我告诉高桥，只要他手上没有武器，欢迎他来庄家村做客，如果高桥手上拿着武器来到庄家村，我告诉高桥，这儿有许多打猎的猎户，正等着他哪。”

“说得好！”兆明亮显然激动了，也敲了下桌子，“坤林啊，没看出来，你这个书生能讲出这样的话，这是男子汉应该说出的话啊。”

庄坤林："哎，当初你为什么突然就辍学了？"

兆明亮笑着正想回答，大奶奶走进来，笑着说："吃了饭再聊吧，天都渐黑了。"

【12. 庄家村 庄宅客厅 春 夜】

庄坤林和兆明亮兴致勃勃地喝茶聊天。

贾亮打了个哈欠，看了看兆明亮，显得不好意思。

兆明亮："贾亮，你累了，先去睡吧，明早还要赶路呢。"

庄坤林起身，将贾亮带到客房，又返回客厅。

庄坤林："兆明亮，你累吗？"

兆明亮："哎，见到你，还正在兴头上呢。"

庄坤林坐下，给兆明亮茶杯里续了些水。

庄坤林："怎么突然就辍学了呢？"

兆明亮："你猜猜看？"

庄坤林："我说出来呀，别吓着你。"

庄坤林："你呀，决不是读不进课本，也不是家里供不起学费的原因，对不对？"

庄坤林微笑的眼里闪着狡黠的目光，盯着兆明亮说，兆明亮笑着，依旧不语。

庄坤林："你是去了那边了？对不对？"

兆明亮笑了笑，依旧不语。

庄坤林："哎，男子汉，大丈夫，怕什么。你走后，好多同学都说，在上海就有太多的热血青年，去了那边哪。大家都议论，在目前的中国，恐怕未来的希望，就在那边呢。"

兆明亮："坤林，你有这样的认识，我真为你高兴。虽然，那边目前势力不大，但就像同学们说的，拯救中国的希望，真的在那边哪。"

庄坤林："不管是哪个党，只要真正能拯救中国，改变中国的落后状况，让人民做主，让法律普及到每个角落，我庄坤林举双手拥护。"

兆明亮（试探着）："那你愿不愿意去那边？"

庄坤林（笑着）："再看看吧。如果哪天，国家真的需要我们抛家弃子，我庄坤林决不是个孬种。”

庄坤林：“老同学，我心里正在犯难，自从高桥回国前对我说了一席话之后，我也在寻思，是否该做些准备，以防将来不测。”

兆明亮：“准备越早越好。但你想做哪些方面的准备呢？”

庄坤林：“成立一个地方武装的护村队，平日里守护一方平安，万一真的中日爆发战争，日本人来了，我就带着护村队，打这些侵略者。”

兆明亮（激动地）：“这好啊！坤林，有什么困难我帮你，义不容辞。”

庄坤林：“这队伍好拉，几十号人，很容易，可要管理他们，我没有经验啊。”

兆明亮：“你先把护村队组建了，到时候，我让贾亮给你当帮手。这个贾亮，以前是行伍出身，现在跟着我。”

庄坤林：“好，有老同学慷慨相助，我的底气就大了。”

【13. 庄家村　庄宅客厅　春　上午】

兆明亮和贾亮各牵着一匹快马，在庄家门口与庄坤林道别。

庄坤林站在石阶上，不断地挥着手，目送着快马扬尘离去。

庄坤林心情大好，满脸春风地走回客厅。

大奶奶：“儿子，娘昨天见你们一直聊到三更天，都聊了哪些稀奇事啊？”

庄坤林：“娘，爹爹，聊了天下大事哪。”

庄世伯：“天下哪些大事？”

庄坤林：“爹爹，兆明亮其实是共产党呵。”

“什么？”庄世伯吓了一跳，压低了声音，“被官府知道了，那是要蹲大牢，弄不好要杀头的。”

大奶奶：“儿子，那两个后生真是共产党吗？”

庄坤林：“娘，莫怕，更别担心，国民党是人，共产党也是人，在共产党里，有学问有本事出生大户人家的子女，多着哪。”

大奶奶：“哎，看着你那个同学兆明亮，就是个有教养的孩子，想必也是个大户人家的子女。”

庄世伯：“能像咱儿子一样，读得起震旦大学的人，哪家不是有钱人？”

大奶奶："儿子，兆明亮到咱家，可不能对外人说啊，传到县上恐有麻烦。"

庄坤林："娘，你真的莫担心。如果日本人真的开战，这国民党和共产党必定联手，共同打击日本人哪。"

大奶奶："哎，这样就好。都是中国人，内部乱起来，怎么对外面啊，家和才能万事兴。"

庄坤林："我想组建护村队，兆明亮认为是很好的事情。我要尽快找些人手，还要娘支援些钱。"

大奶奶："说吧，千儿八百的娘支持你。"

庄坤林："娘，这笔钱数额不小啊。"

大奶奶："儿子，别吞吞吐吐的，跟爹爹与娘说话，要竹筒倒豆子一样。"

庄坤林（鼓起勇气）："五千元大洋。"

庄世伯："什么？要这么多钱？这不是要败了这个家嘛。"

庄坤林："爹爹，这是家里养了私人武装，要买些枪支，总不能空着手吧？"

庄世伯："到铁匠铺打些个大刀红缨枪，再买些个猎枪就行了，你要败了这个家啊？"

大奶奶："世伯，儿子这几年读大学，开了眼界，长了知识，做事有道理在里面。这钱啊，你和我两个人，生没有带来，今后两腿一蹬也带不走。现在我们活着，看儿子花钱，不也快乐？"

庄世伯看看大奶奶，又看看坤林，一下子沉默不语。

大奶奶："坤林，县城也没什么枪买啊？"

庄坤林："儿子有个同学，爹爹就是省里的大官，他说有办法。"

大奶奶："这钱什么时候要？娘得备着。"

庄坤林："儿子也不知道。都几个月过去了，怎么一点音讯都没有？"

大奶奶："护村队的人手去哪找呢？别弄些个二百五回来。"

庄坤林："娘，我想去找下大树哥，与他先商量一下，你们看行吗？"

大奶奶："你大树哥快五十岁的人了，做事稳重，外面朋友多。"

大奶奶："世伯，你看呢？"

庄世伯："嗯。你那个同学那么可靠？小心钱给骗了。"

庄坤林："爹，我没那么傻，货到付款哪。"

世伯哼了一声，显然气消了一半。

【14. 黄大树家　上午　春　日】

庄坤林兴冲冲地走入黄大树家。

庄坤林刚入院子，听到兰儿的哭声。

庄坤林停住脚步，满脸疑惑。

兰儿（边哭边说）："你就知道给他脑门一个毛栗子，德胜长大了，也有自尊心哪，现在人也找不到了，你难受了？现在怎么不说话了？"

"唉！"黄大树唉声叹气。

兰儿："德胜二十一岁的大小伙子了，你当爹的，整天说他没出息，让他种地吧，你又不肯，让他做工吧，你也不肯，还要刺激他，什么好男不当兵，好铁不打钉。说不准，儿子一气之下真跑去当了兵，这不是把德胜往死路上推嘛？"

兰儿数落着黄大树，又呜呜地哭了起来。

庄坤林赶紧进屋："嫂子，莫哭了，发生什么事情了？"

兰儿（哽咽着）："前天，你大树哥见德胜想去当兵，便照脑门上给了德胜一个毛栗子，还挖苦德胜。这不，德胜两天没回家了。"

庄坤林看一眼黄大树，黄大树一脸后悔，蹲在地上，捧着脸不语。

庄坤林："我叔叔、婶婶知道吗？"

兰儿："还没告诉他们呢，也不敢告诉他们呀？"

兰儿抹了把眼泪，埋怨地看着黄大树。

黄大树不吭气，缓缓地起身，招呼着庄坤林坐下。

兰儿："坤林，嫂子给你去倒些茶水。"

兰儿转身，向厨房走去。

庄坤林："大树哥，你也莫难受，德胜是个大后生了，说不定一气之下，跑到外面朋友处散散心，没几日便会回来的。"

兰儿把茶端上桌子，眼睛红红的。

兰儿："坤林，你评评看，德胜两天没回家了，大树也不去寻找，父子俩有什么结打不开的？”

庄坤林："嫂子，你也莫担心，德胜不是个女娃，丢了让人担心。这么大的后生，出不了什么事的。”

兰儿听坤林一说，觉得也在理，情绪稍有些平静。

庄坤林："大树哥，究竟怎么回事啊？”

黄大树："前些日子，德胜与几个后生结伴去茅山游玩，遇见一个地方正在开招兵动员会，那几个后生头脑一热，居然都报了名。德胜也报了名，回到家才跟我说，被我骂了一顿。”

庄坤林："大树哥，这当兵也不是坏事，说不准日后德胜当将军哪。”

兰儿："坤林，你说得轻巧，子弹没长眼，德胜是黄家的独苗，黄家还指望着德胜传宗接代哪。”

庄坤林："嫂子，真的莫担心德胜，那些大户人家的男儿都抢着报考军校呢，也没见谁家爹娘，哭哭啼啼给拦着不报考的。”

黄大树听庄坤林这么一说，心情也好了些。

庄坤林："三百六十行，行行出状元。”

兰儿："大树，就怕你爹爹和娘知道，会急得着脚跳。”

黄大树："走，兰儿，坤林，不如一起去爹爹那儿，把这事情说透了。”

【15. 黄秋生家　上午　春　日】

黄大树三人关上院门，走向隔壁，入院。

黄秋生和大娟都在家，庄坤林率先进入客厅。

丁大娟："坤林怎么来啦？”

丁大娟一脸的惊喜，连忙搬过座椅，让庄坤林坐下。

黄秋生："我在院子里时，见坤林去了你家，大娟，去泡上两杯茶，我与坤林还没好好喝过茶呢。”

黄大树见了爹爹，哭丧着脸："爹爹，儿子告诉你一件事，你听了莫慌张啊。”

黄秋生哈哈大笑了起来，一脸得意。

黄秋生："是不是德胜报名当兵的事？”

黄大树小心地点了点头，一脸惊讶："爹爹，你怎么知道？”黄大树准备迎接万丈雷霆的到来。

黄秋生 :“我支持德胜去当兵。前几日，德胜回来悄悄跟我一说，我真为他高兴。”

兰儿 :“公公，你这么支持德胜去当兵啊？”

兰儿红着脸，低声地问着黄秋生。

黄秋生 :“当兵好啊。说明德胜有血性有主见，这脾气和性格，像我。”

黄秋生 :“德胜走之前，是爹爹让他莫与你们说的，省得你们俩哭哭啼啼，让德胜心里面难受。”

“爹！”黄大树叫了声，“你怎么能这样呢？”

黄秋生 :“怎么啦？德胜长大了，当爹妈的别总护着犊子，这样反而会害了德胜，不见些风雨，男人长不大的。”

兰儿 :“公公，那枪子不长眼的。”

黄秋生乐了 :“这三百六十行，行行有危险。当初我带着大树跑马帮，不也危险吗？把德胜当小鸡崽似的养在家里，倒不如把他放出去，你见过养鹰的不放鹰的吗？”

黄大树和兰儿见爹爹这样说，两人也不多语。

兰儿 :“哎，德胜去闯世界了，人都走了，说也不中用。”

丁大娟在一旁，一直没说话。见此情景，叹了口气。

丁大娟 :“德胜应该晚两年再走，结了婚，给黄家续了香火，那时候谁也不拦他。”

黄秋生 :“没准，这真是好事。大树要是没历练，哪来的福气娶到兰儿这样的好媳妇？”

兰儿脸儿一红，望着大树。

黄大树 :“娘，爹爹的话灵光，没准日后德胜真有这福分。”

黄大树这时才想起，坤林来找自己，应该有什么事情。

黄大树 :“坤林，今日找我，莫非有事？”

庄坤林 :“正是。大树哥，我想为庄家村组建个护村队。”

黄秋生一听，眼睛亮了。

黄秋生 :“坤林，别看我今年七十多了，身体硬朗着，成立护村队，我可以给你们跑跑腿。”

庄坤林："也不劳驾老英雄。"

庄坤林："大树哥，我想请你一起谋划，看看咱们庄家村，带上附近几个庄子，能拉出多少后生。"

黄大树："让我想想，过几日弄串名字出来，去你家合议一下。"

丁大娟："坤林，你一个文化人，怎么想起来去干那舞枪弄棒的粗鲁事情？咱们庄家村，几百年来都是太平盛世，也没见什么土匪坏人烧杀抢掠，去操那个心干啥呢？"

黄秋生："大娟，坤林老大不小了，又读了大学，这脑子里想的事情，你一个女人家拎不清的。想当年我无奈上了匪山，经历过的事情太多了。有一次匪首金不换带着一众人去抢一个村子，正好那个村子里面就有护村队，双方交火，金不换硬是没抢成。"

兰儿："公公，那是甘肃省，与咱们苏南大不同。这儿交通便捷，四通八达，要是真有些动静，官府早就派兵丁过来了。"

黄大树："娘，坤林的为人和处事向来谨慎得很。我相信坤林不会瞎来的，一定经过了琢磨。"

庄坤林："大树哥，你多想想，先从庄家村后生们想起，再想想周边庄子的后生，过几日等着你议事。"

庄坤林笑着起身，与黄秋生等告辞。丁大娟急忙追出门，对着庄坤林嚷道："坤林，难得到黄家来，吃了晚饭再走啊。"

庄坤林转身："不了，家里还有事哪。"

庄坤林说完，朝众人挥挥手，开心地走了。

【16. 庄家村　庄宅书房　春　午后】

庄坤林伏在书案上提笔给李三保写信。

汤正益小鸟依人般给庄坤林端茶倒水。

汤正益："坤林，你在给李三保写信？"

庄坤林："托李三保买的货物，催他一下。"

汤正益："坤林，娘说你要成立护村队，真有这回事？"

庄坤林："正益，现在天下不太平，有备无患。待会我去趟邮局，把这封信寄了。"

汤正益："只要你不离开庄家村，你干什么我都乐意。"

庄坤林："我心里烦闷着哪，护村队拉起来后，把人员安排在哪里？几十号人吃喝拉撒也不容易管理。把那些后生们一集中，家里的劳力要受影响，只能由庄家补贴些粮食，否则，人心静不下来。"

汤正益："你不是找过黄大树吗？他可是十八般武艺样样会耍。哎，坤林，李邱巴有些歪才，让李邱巴管着护村队的吃喝拉撒，我看行，你看呢？"

庄坤林："李家就那么一条根，邱萍舍不得，再说李邱巴能吃得了那个苦？"

锡儿神神秘秘地走入书房。

锡儿："儿子，亲娘告诉你一件事情，你娘和你爹爹，今天下午与亲娘商量，准备把庄家在后山的祖坟修一下哩。"

庄坤林："亲娘，庄家的祖坟不是年年清明前都差人修坟嘛，怎么想到这时候去修坟哩？"

锡儿："你娘与爹爹说，趁天儿不热，去外面的市场上找些个石匠和工匠，把爹爹和娘的寿穴修起来，还要把亲娘的寿穴一并修了，亲娘吓得寒毛直竖哪。"

庄坤林："李家村有两个石匠，专门给人修建坟墓，干嘛非要去外地寻找工匠，真是爹娘吃饱了撑着，没事找事做了。"

锡儿："儿子，你亲娘现在决不建寿穴，晚上睡觉时想着这事，夜夜心里发毛呢。"

庄坤林："哎，亲娘，你年龄又不大，有儿子在身边，待您百年后，儿子给您垒个大大的墓，竖个大大的青石碑。爹爹和娘也真是的，家里这么大的事，也不与坤林商量。"

【17. 庄家村　庄宅客厅　春　夜】

天色渐渐地黑了下来。大奶奶和庄世伯回来了，见锡儿正与坤林在客厅聊天。

大奶奶（满面笑容）："儿子，去大树家刚回来？"

庄坤林："嗯，娘，坤林刚入得大树家院子，就听到兰儿在哭。"

“什么？”大奶奶感到吃惊。

庄坤林：“德胜瞒着他爹娘，报名当兵去了。”

大奶奶：“啊！黄秋生知道了吗？”

庄坤林：“知道。大树和兰儿反对德胜当兵，偏偏黄秋生支持着。”

庄世伯：“这个秋生，怎么舍得黄家独苗去当兵哩？”

庄世伯摇着头大惑不解。

庄坤林：“娘，爹爹，现在到处都在招兵，说明形势越来越紧迫了。”

大奶奶：“儿子，我和你爹爹心里面不反对你组建护村队，说不准哪天护村队真能救庄家村人的性命。”

大奶奶：“妹妹，我和世伯下午去了趟洪兰镇，有几个外地的工匠明天过来，我和世伯近些日子，恐怕在后山待的时间长些，要不把你的寿穴一起造了吧？”

“不！不！”锡儿一脸惊恐，“世伯，你和姐姐想得开，你们先造吧，我百年后指盼着坤林呢。”

庄坤林：“娘，爹爹，家里这么大的事情，咋不说与儿一声？”

大奶奶（神秘地）：“坤林，你在忙着大事，这事情是娘作的主，待哪天你慢慢会知道的。”

庄世伯摸了摸肚子：“跑了一下午路，这肚子都呱呱叫了，让厨子赶紧做饭吧。”

“哎。”大奶奶应了声，转身向厨房走去。

【18. 庄家村　庄宅客厅　两日后　春　上午】

黄大树来到庄家，见坤林正在喝着茶，眉头紧锁，仿佛若有所思。

黄大树：“坤林，名单弄好了，你看看吧。”

庄坤林：“噢，大树哥，快坐下，让我看看哪。”

庄坤林接过名单，看了起来。

锡儿：“大树，兰儿这两天，想开了吗？”

黄大树：“哼，德胜都出去了，想想也是这么回事，兰儿也不哭了，今天我来庄家，她蛮开心哪。”

锡儿：“这军队里也出人才哪，德胜忠厚，人缘好，哪天让当官的看上，过些年当个连长营长回庄家村，前呼后拥的，兰儿还不笑歪了嘴。”

庄坤林："哎，大树哥，庄家春夏秋冬以及这些个本家，这些年添了这么多人口了，有的名字我还陌生着哪。”

庄坤林看着一长串名单，心里觉得满意，对大树感激地笑着。

黄大树扭过头，指着名单告诉庄坤林，谁是谁家的儿子。

庄坤林："大树哥，凡是家里有两个儿子的，可以考虑弄一个进来，独苗的人家，这次先不考虑。进护村队不是闹着玩的，哪天动枪动刀的，得给人家留个根哪。”

黄大树一听，哈哈大笑："二奶奶，大树就佩服坤林，做什么事情都是从脑子里往外冒的。”

庄坤林："邱巴怎么也考虑上了？”

黄大树："昨天邱巴没事，转到我家坐坐，见我和兰儿正在写这名单，非得要写进去，你说咋办？”

黄大树无奈地对坤林摊开了手。

庄坤林："邱巴是李家的独苗，半仙和邱萍知道了，又要来找我娘了。”

黄大树："坤林，这些个人手够不够？”

庄坤林："够了，用不了那么多人。”

庄坤林："大树哥，我外公先前住的刘家村，你可去过？”

黄大树："去过，你亲娘回门时，我驮着一麻袋御带糕，骑着枣红马过去的。”

庄坤林："从庄家村走路过去，要多少时辰？”

黄大树："骑马过去，最少二个时辰，路不好走，也没步行过。”

锡儿："儿子，亲娘在那刘家村住了七八年哪，直到嫁给你爹爹。这些年，都没回去过，现在一提刘家村，倒怪念着了。”

庄坤林："大树哥，过些日子待队伍拉起来，你陪我一起骑马去趟刘家村。”

“哎。”大树爽快地答应了。

黄大树："二奶奶，我干娘和干爹咋不见？”

锡儿（悄悄地）："你干娘和干爹，弄了些工匠，在后山庄家祖坟修寿穴呢。”

黄大树："二奶奶，坤林多孝顺，赶早给我干爹干娘添寿呢。"

庄坤林："大树哥，过些日子你准备些可靠的人，随时听坤林安排。噢，除了庄家的马车，还要借些马车。"

黄大树："派什么用场？"

庄坤林笑着，把黄大树叫到身旁，咬着耳朵与黄大树交底。

黄大树一脸惊讶，慢慢地喜出望外，一拍巴掌。

黄大树："知道了，不会出差错的！"

第二十三集

【1. 县城　工坊　夏　上午】

弹棉郎父女正在忙碌，门外进来一老汉。

老汉 :“弹棉郎，我的被子翻好了吗？”

弹棉郎父女停下了活计，弹棉郎笑盈盈地上前，“哟，刘老哥，昨天刚弹好。丫头，把柜子顶上的棉被拿下来。”

柜子上堆着许多刚弹好的新棉被，上面贴着写有姓名的纸条。

哑巴女上前，取下棉被，递给刘老汉。刘老汉接过棉被，掏出五个铜板放在桌上。

刘老汉 :“弹棉郎，你闺女长得好看，有婆家了吗？我有个远房亲戚，家里有地有房，就缺个儿媳妇。”

哑巴女摆了摆手，嘴里隐约听到“不要不要”的嘟囔声。

刘老汉自知无趣，不解地望了眼弹棉郎，见弹棉郎面无表情，知趣地提起棉被准备出门，刘老汉忽又回头望了望哑巴女，“弹棉郎，你这丫头真是好看，难道有婆家了？”

弹棉郎 :“算是有过婆家了。”

刘老汉一怔，“离了？还是女婿死了？”

弹棉郎 :“女婿没了音讯，走了。”

刘老汉 :“找不见了？还是跑去当兵了？现如今好多后生都跑去当兵了。”

弹棉郎 :“刘老哥，反正就那么回事，丫头心里还没安定哪。”

刘老汉："弹棉郎，十有八九你那个女婿回不来了，要是去当兵了，死在外面都没人知道。"

弹棉郎："刘大哥，你怎么能这么说话呢？"

刘老汉："哎，弹棉郎，莫怪我心直口快，我也是看你丫头长得漂亮，年纪也大了，我说这话是为你丫头好啊。要不，过一段时间我再来和你聊聊？"

弹棉郎："谢谢刘大哥了，不过这事我心里确实也着急。待过一段时间女儿想通了再说吧。"

刘老汉拎着棉被出门，回头又望了望哑巴女，"丫头，我那侄儿人也长得不错，也会挣钱，想通了跟你爹爹说一声，啊？"

刘老汉提着棉被怏怏地转身而走。

弹棉郎："丫头，孩子的事心里还没放下？"

哑巴女心酸地点着头，嘴巴一噘，呜呜地哭泣着。

弹棉郎叹了口气，"丫头，莫哭，爹爹前不久遇到老家一个人，说在老家见到过你娘，要不过段日子咱们一起回老家访个你娘的消息？"

哑巴女使劲地点了点头。

【2. 县城　庄宅　秋　上午】

汤正益带着庄慕兰、庄维根和庄雪花在院子里玩耍。

锡儿在屋里翻看着三只新书包。

锡儿："慕兰、雪花、维根，你们都过来，奶奶给你们准备了新书包。"

庄慕兰、庄雪花和庄维根在院子里欢呼着，争先恐后地往房里跑去。

锡儿将三个书包放在床沿。

锡儿："书包有三种图案，蝴蝶、牡丹花和小鸟，谁要蝴蝶？"

庄慕兰一把抓住了蝴蝶图案的书包，呵呵地笑着往身上挎。

庄雪花撇着嘴，眼泪霎时在眼眶里打转。

锡儿："雪花，你是不是喜欢蝴蝶的书包？"

庄雪花委屈地点着头。庄慕兰迅速地跑回另一个房间把门关上。

锡儿："雪花，你别生气，虽说你和慕兰、维根姐姐弟弟叫着，但你的辈分比他们高，你就让让慕兰吧。牡丹和小鸟，你挑一个吧？"

庄雪花看了眼庄维根，“让弟弟先挑吧？”

庄维根 :“雪花姐姐，你先挑吧？”

庄雪花拿了个牡丹花的书包，抿嘴笑了起来。

【3. 县城　庄宅　秋　中午　日】

锡儿和小桃红在客厅喝茶聊天。

庄慕兰、庄雪花、庄维根、袁唐平、袁依冰，五个孩子在院子里欢快地玩耍。袁唐平和庄雪花踢着毽子，庄维根和袁依冰玩着皮球，庄慕兰翘着嘴，生气地站在一旁望着。

锡儿和小桃红见状，笑呵呵地走向院子。

锡儿 :“慕兰，奶奶和你一起踢毽子好吗？”

小桃红 :“唐平，别光顾着和雪花踢毽子，你也跟慕兰妹妹踢一会毽子。”

四个孩子只当没听见，继续欢快地玩耍着。

庄慕兰突然跳起舞来，一招一式吸引了四个孩子的目光。

小桃红 :“慕兰跳舞真好看，衣服也漂亮。”

庄雪花和袁依冰妒忌地停止了游戏，四个孩子聚在一起看庄慕兰跳舞。

袁依冰突然模仿着庄慕兰的动作，把屁股故意撅得老高。

庄雪花模仿鸭子走路摇摇摆摆。袁唐平见状也学着鸭子，伸开双臂，嘴里呱呱地叫着。

庄慕兰生气地刮着自己的脸，羞辱着袁依冰。

庄慕兰 :“袁依冰是庄维根的老婆，袁唐平是庄雪花的老公，猪八戒背丑媳妇喽。”

袁唐平 :“老公就老公，气死你。”

袁依冰 :“老公就老公，就你没老公。”

庄慕兰“哇”地一声哭了起来，锡儿赶紧上前哄着庄慕兰。

锡儿 :“慕兰，你的老公是将军，腰上挂着手枪哪。”

庄慕兰一听，赶忙学着将军走路的样子，将手别在腰上当手枪，大摇大摆，趾高气昂地走来走去。

【4. 县城　上学路上　秋　上午　日】

庄维根和袁依冰手拉着手走在马路的右侧。

袁唐平和庄雪花比肩走在马路的左侧。

庄慕兰尾随着庄维根和袁依冰。

锡儿和小桃红嬉笑着和庄慕兰走在一起。

庄慕兰嘴巴噘得老高，时不时观望着袁唐平和庄雪花。

庄慕兰："袁唐平，你想吃上海的水果糖吗？"

庄慕兰从口袋里掏出水果糖，朝袁唐平晃动着。

袁唐平见水果糖，赶忙跑向庄慕兰，庄慕兰将水果糖递给袁唐平，袁唐平接过水果糖，转身跑向庄雪花，将水果糖塞到庄雪花的手里。

庄雪花跑过马路，将一粒水果糖塞给庄维根。

庄维根又将水果糖讨好地塞给袁依冰。

庄雪花呵呵地向袁唐平跑去。

庄慕兰："维根，姐姐口袋里还有一粒糖哪？"

庄慕兰紧走几步，将水果糖塞给庄维根。

锡儿和小桃红见状咯咯地笑着。

小桃红："姐姐，孩子们青梅竹马，长大了，说不准还真会成双入对呢。"

【5. 县城　工坊　秋　上午】

刘老汉双手提满了礼品，兴冲冲跨入门。

刘老汉："弹棉郎，停一下，我有话要与你讲啊。"

弹棉郎父女放下手中活，弹棉郎向刘老汉走去。

弹棉郎："刘老哥哎，怎么拎这许多礼品过来？"

刘老汉："我是专门过来和你套套近乎。"

弹棉郎："这不是早就认识了？套什么近乎呀，有话直说。"

刘老汉（嬉皮笑脸）："这些个礼品是专门送给你丫头的，啥时有空，去我们家吃饭。"

弹棉郎："刘老哥，我闺女不会收你的礼品。你呀，别动那个心思了。"

弹棉女上前，给刘老汉倒了杯水。

刘老汉："弹棉郎，你丫头早过了婚嫁的年龄了，我那个远房亲戚，年纪虽然大了些，但家境还算殷实。他呀，其实见过你丫头，心里就想着你丫头过去做个当家的哪。”

弹棉郎 :“我丫头的心思当爹的知道，你就别操这份心思了。”

刘老汉站起身，拍着弹棉郎的肩膀，“弹棉郎啊，你真知道你丫头的心思？哪个女人不思春啊？看你女儿那副模样，生几个娃娃都可以啊。”

弹棉郎 :“刘老哥，我得要忙活了，一天不忙，一天没得吃。”

刘老汉 :“你看，你看，要是你女儿嫁给我远房亲戚，你还用得着这么劳累？噢，我告诉你，我那个远房亲戚这两年可发了些财，又买了十来亩土地，房子也翻建了。”

弹棉郎不再理会老汉，“丫头，忙活吧。”

刘老汉急忙上前，拉了拉哑巴女，指了指桌上的礼品，“丫头，这是专门从常州买来的大麻糕，好吃得很哪。”

哑巴女上前将礼盒拎起，往大门口一扔。

刘老汉 :“哎，哎，别扔！真是个野蛮女人。”

刘老汉边生气地捡起礼品盒，边愤愤地冲屋内说着，悻悻地离开。

弹棉郎父女开始忙活，“乒乒乓乓”的弹棉声响起。

突然，弹棉声中止，弹棉郎怜爱地望着哑巴女。

弹棉郎 :“丫头，还没忘记那个李邱巴？”

哑巴女使劲地点着头。

【6. 县城　庄宅　下午　冬　雪】

锡儿 :“正益，这雪咋一直下个不停了？你快和佣人一起去学校接维根，带着雨伞去。”

汤正益赶紧拿着雨伞，喊上佣人，一起出了家门。

小桃红和婷婷撑着雨伞出家门。

两家四人撑着伞，冒着纷飞的大雪，向学校艰难地走去，好不容易走到学校门口，只见一些小孩子在雪地里嬉戏，等待着父母亲人来接。

袁依冰和庄雪花在学校门口站着，见两家大人各自到来，欢天喜地迎了上去。

“维根呢？”汤正益见维根不在，笑着问庄雪花。

袁依冰稚声稚气地指着远方："我老公被一个叔叔抱走了。"

"什么？"汤正益大惊失色，急切地问庄雪花。

汤正益："雪花，你看见维根了吗？"

庄雪花（哆嗦着）："我看到一个大叔叔，抱着弟弟朝那边走了，叔叔说是爹爹叫他来接的。"

汤正益身子摇摇晃晃，佣人和婷婷见状，赶紧上前将汤正益扶住。

袁依冰："娘，我看见叔叔把维根抱到那棵树的地方，又来了几个叔叔，骑着马，带着我老公往那边去了。"

婷婷赶紧把袁依冰抱起，"坏了，坏了，遇上坏人了。"

汤正益感到天旋地转，浑身哆嗦，一下子栽倒在地。

接孩子的家长们迅速围了上来七嘴八舌。

"肯定是牛屎山上的土匪干的。"

"牛屎山的土匪离这远着哪，不会的。"

"说不准是外地人贩子？"

"人贩子组团过来了，大雪天，一两个人贩子怎么脱得了身？"

一辆接孩子的马车停下来，车夫和佣人将汤正益扶上车，庄慕兰和庄雪花赶紧挤上车，马车向庄家大宅急驶。

【7. 庄家村　庄宅　夜　大雪】

刘生骑着快马往庄家村奔驰。

快马停在庄家大宅门前，刘生匆匆下马，将马圈在圈马桩上。

刘生拼命地擂着大门。

"咚咚"的擂门声，惊动了屋内的庄家人。

大奶奶和庄世伯边起床边抓起棉衣披在身上，刚跑出房间，见庄坤林穿着衣服，打着赤脚，穿着棉拖鞋，已经跑到了院门口。

"哪个？"庄坤林大声喝道。

刘生："快开门，我是外公啊！"

刘生在门外大叫，疯了一般，众人面面相觑，庄坤林一把卸下门栓，把大门打开。

只见刘生满身雪花，几步跨入院门，大声嚷着："不好了，维根遭人绑票了。”

“啊？”大奶奶惊得叫了起来，身子不由地晃了晃。

庄坤林赶紧把刘生扶到客厅。

庄坤林：“外公，慢慢说，维根遭人绑票了？”

庄世伯：“怎么回事？快些说啊！”

刘生顾不得坐下，更顾不得抖落一身雪花，上气不接下气地说：“今日大雪，正益和佣人去学校接娃娃，维根不见了。”

庄世伯急得直跺脚，嘴里嚷着：“哪个乌龟王八蛋，敢绑庄家的票啊？”

大奶奶：“这些个吃枪子的绑匪，要钱你张嘴，也不要绑我庄家的根哎。”

大奶奶一屁股坐在椅子上，竟号啕大哭起来。

庄坤林：“去保安团报警了吗？”

刘生：“去了，保安团长汤全立马赶到庄家，恐怕现在还在。”

庄坤林冷静地坐在椅子上，皱着眉思考着。

庄世伯：“坤林，你怎么坐得住啊，赶快到庄上叫些人，各处去打听消息啊。”

庄坤林：“爹爹，儿子在想，庄家在周边地区乃至整个县城有着良好的口碑，娘乐施好善，深得乡民们尊重，且从不涉及本地官场，从这一点上可以排除本地人做案。如果是外地的绑匪，无非是冲着庄家的钱，因此在绑匪没有拿到钱的情况下，儿子应该是安全的。绑匪一般只图财不害命。现在不清楚是哪儿的绑匪，我琢磨，就明后天，绑匪会开口的。”

大奶奶：“锡儿爹，你和世伯快去把黄秋生和大树叫来，黄秋生熟悉土匪的道道，说不准有办法呢。”

刘生：“对呀！世伯，我们赶快去吧。”

刘生和庄世伯二人伞都没带，深一脚浅一脚地冒着漫天大雪和凛冽的寒风，向黄秋生家急奔。

【8. 庄家村　庄宅　夜　大雪】

黄秋生和黄大树一阵风似的赶到了庄家。

大奶奶一见黄秋生，像是见到了救兵，抓住黄秋生的手：“秋生，只有你才能救庄家维根了。”

黄秋生沉着脸一声不吭，在客厅踱着步。

黄秋生："大奶奶，别着急，不要乱了方寸。”

黄秋生往椅子上一坐，慢慢地用手指敲着桌面，发出有节奏的敲击声。

黄大树："干娘，会不会是因为二十多年前的事，牛屎山的土匪下山报复来啦？”

大奶奶："事情都过去这么些年了，再说，我们当时也没有难为他们，不大可能。”

黄秋生突然站起来，“我们现在赶快到大门口看看，土匪有没有什么书信扔在门口。如果没有，立刻去县城庄宅周围查查，一定有书信在的。”

众人听黄秋生一说，立刻纷纷跑出大门，从门框查到木门槛，又从石台阶一步步搜索，一无所获。

黄秋生："大树，赶紧回去备马，赶往县城庄宅。”

大奶奶："大树，套马车，我们一起去。”

黄秋生摆摆手："坤林和我们去就可以了，夜晚人多了，动静太大。”

庄坤林赶紧回房，重新穿好衣服和鞋袜，回到客厅。

稍时，大树牵着自家的马匹来到庄家。

黄秋生骑上大黑马，大树一跃，骑上棕红马，庄坤林翻身爬上刘生骑来的快马，三人冒着飞雪向县城急奔。

【9. 县城　庄宅　夜　雪】

三人三骑，箭一般地到了县城，只见家门口已经拴着五六匹快马，几个荷枪的兵丁，正在大门口守着。

三人下得马来，大树将三匹马拴在门口不远处的老槐树上。庄坤林匆匆地与门前的兵丁点了个头，直奔院落而去。

陶玉如："汤团长，维根的爹爹庄坤林来了。”

汤全一身戎装，头戴大盖帽，腰别盒子炮，正坐在椅子上喝茶。庄坤林风一般地闯进客厅。

汤全："庄坤林，我是县城保安团长汤全，对庄家今日受到的惊吓表示关切。”

庄坤林："汤团长，目前有我儿维根的下落吗？"

汤全："有一些眉目了，绑匪应该有五六人，得手后往马鞍山方向跑了。赵县长很重视，指示我们保安团从速破案哪。"

汤全边说边注视着庄坤林的表情。

庄坤林："麻烦汤团长了。如果这个案子汤团长能从速破了，救出我儿维根，确保我儿不受伤害，我们庄家会重谢汤团长和一干兄弟们的。"

汤正益哭着从房内出来，扑在庄坤林怀里。

汤正益："坤林，快救救维根啊。"

庄坤林抱着汤正益，"正益，别着急，维根很快就会回家的，你先去房里待着，让大家安心些。"

庄坤林："亲娘，你先扶正益到房里去。"

锡儿和陶玉如一起把汤正益哄进里屋。

汤全："庄坤林，你老婆是不是十里牌附近汤家村的？"

庄坤林："正是。"

汤全："庄坤林，其实我与你老婆还是老表呢，我爷爷与你老婆的爷爷，是表兄弟哪。"

"噢！"庄坤林欣喜地说了声，"老表啊，这个事情还请帮忙尽快破案啊。"

汤全："庄坤林，案子发生在本县我有权管，但绑匪在外地我无权去抓呀。"

庄坤林："那怎么办？"

汤全："明天就向上峰报告，但现在不确定绑匪是哪个山上的。"

黄秋生在旁边不说话，见汤全不断地与庄坤林说着话套近乎，便向庄坤林悄悄使了个眼色。

庄坤林明白了，掏出五六个大洋，塞给汤全。

庄坤林："老表啊，你们也辛苦，这个风雪夜，早些回去休息，待一有消息，及时告诉我们。"

汤全接过大洋，用手习惯地掂了掂，装入口袋，与庄坤林道别，率着手下一溜烟跑得无影无踪。

黄秋生领着黄大树和庄坤林，围着庄家围墙查看了一圈，又望了望庄家的大门，突然快步走过去，从二层石头台阶的下面空隙处，用手摸着，不一会儿摸出了一个牛皮纸信封。

三人急忙回到客厅，庄坤林打开牛皮纸信封，里面装着一封信，打开一看，头脑发胀，立马晕了，连看几遍，犹如天书，怎么也看不懂。庄坤林着急地念着：

怎科子、盘儿摄。

苍果家是火点。

篝点清，月丈老瓜，

牛尿山，房瓦照相。

总瓢把子

庄坤林将信往手中一拍，“看不懂，乱七八糟。”

黄秋生："坤林，绑匪写信只会用黑话，万一信件落入官府手中，拿着这信件，也无法给绑匪定罪，你念一句，我翻一句。”

庄坤林："怎科子，盘儿摄。”

黄秋生："小男孩，长相俊。”

庄坤林："苍果家是火点。”

黄秋生："老太太家是有钱人。”

庄坤林："篝点清，月丈老瓜。”

黄秋生："明白江湖事理的话。”

庄坤林："牛尿山，房瓦照相。”

黄秋生："识时务，拿二千银子到牛屎山正堂见面。”

庄坤林："总瓢把子。”

黄秋生："大当家的。”

庄坤林："土匪是让我们拿二千银子到牛屎山正堂见面？”

黄大树："爹爹，果然是牛屎山的土匪，以前儿子与他们交过手呢。”

黄秋生："这次土匪不是冲你来的，是冲着庄家的钱来的。事不宜迟，明天一早咱们父子上山，会会他们。”

庄坤林："大树爹爹，你年岁大了，腿脚不便，还是我和大树哥去，把钱带上，花钱消灾吧。”

黄秋生："坤林，没事，虽说腿脚没以前利索，但身板尚好。你回庄家村后，准备些钱，两手准备，记住千万不要走漏了风声。”

庄坤林："不会走漏风声的。"

黄秋生："事不宜迟，立马回庄家村。"

庄坤林与黄秋生父子俩速速上马，顶着风雪，一路往庄家村跑去。

【10. 牛屎山　夜　雪】

庄维根被一件厚大的风衣罩了个严实。

骑马的土匪一手搂着庄维根，一手抖着马缰。

数匹快马奔驰在白雪覆盖的山道上。

【11. 庄家村　庄宅　冬　上午】

庄家大奶奶的房间里放着两只装满大洋的皮箱。

大奶奶："世伯，你数正好两千块，我数还缺一块，不如再往里放个几十块，免得绑匪反悔。"

庄世伯："哎！只要能救孙子，花再多的钱，毫不心痛。"

庄坤林在客厅喝着新泡的一壶碧螺春，两眉紧锁。

庄世伯从房间出来。

庄世伯："儿子，上牛屎山，你自个当心些。"

庄坤林："爹爹放心，我在推敲去牛屎山赎维根的办法哪。"

黄秋生和黄大树进门，两人直接来到客厅。

黄秋生："坤林，一切准备妥当了，从这儿去牛屎山，快马要几个时辰哪。"

庄坤林抬头望了望黄秋生，见他上身穿件紧身黑棉袄，头戴黑色呢毡帽，下身穿了件黑色棉裤，裤脚上用绑带一圈圈地扎紧到小腿肚，右边绑带上插了把双刃柳叶刀，脚蹬一双翻毛大头皮鞋，一身豪气，看不出是个七十多岁的老头。

黄大树也是一身黑衣，黄大树黑衣右边鼓起了一块，里面似乎藏着什么东西。

庄坤林："娘，钱数好了？"

大奶奶："娘和你爹数了一晚上，到现在没合过眼哪。"

大奶奶："秋生，你们吃了早饭再走？"

黄秋生："大娟一早给准备了。现在要动身，怕路上耽搁了。"

大奶奶招呼着黄大树一起入得房间。稍会，庄世伯和黄大树，一人拎了个沉重的皮箱，往门外走去。

黄秋生熟练地用绳将两个皮箱绑在了马背上，三人四匹快马，一切准备妥当，庄坤林："娘，爹爹，儿子这就去了。"

黄秋生翻身上马，将装有钱箱快马的缰绳与自己的坐骑缰绳缠绕在一起，一夹马肚，马儿撒蹄奔跑了起来。

庄坤林和黄大树并肩骑着马，紧紧随着黄秋生。

大奶奶叹了口气，与庄世伯将大门拴上，回到客厅。两人继续坐着，心神不定。

【12. 庄家村　庄宅客厅　冬　上午】

庄世伯接过庄坤林未喝完的茶杯，刚喝了一口，门外又传来纷乱的马蹄声，紧接着，敲门声响了起来。

庄世伯和大奶奶紧张地相互看着，庄世伯奔向院门，搬开门栓，只见庄坤林一行人又折返回来，旁边还多了两匹快马。来者不是别人，正是庄坤林的同学兆明亮，还有贾亮。

庄世伯："大奶奶，坤林的同学兆明亮来了。"

大奶奶："什么？兆明亮来了？"大奶奶赶紧跑向大门，见兆明亮等人正在下马。

庄坤林："娘，半道上正好遇到兆明亮。"

兆明亮上前，"庄大奶奶，庄家发生的事，我们也是刚听到，这事别着急。"兆明亮与众人边说边随着大奶奶进入客厅。

庄世伯赶紧闪身，让众人去向客厅。黄秋生将自己的坐骑和装有银钱的马匹，直接牵到了院子里，往桂花树上一拴，然后回到客厅。

大奶奶和庄世伯赶紧回厨房，泡上自家产的碧螺春，一人一杯，端上桌子后，两人不敢打扰，退回厨房，竖直耳朵听着。

兆明亮："坤林，维根遭土匪绑架的事情，传得很远啊。"

庄坤林："正准备去赎人哪，在大道上遇见你，莫非，明亮你有消息了？"

兆明亮："好事不出门，坏事传千里呀。我们了解了一下，这牛屎山上的土匪还算是些善匪，自打结伙上山，几十年没听说害过人命。”

黄秋生一听，喜出望外，连忙问着兆明亮。

黄秋生：“你是专程前来告诉我们的？”

兆明亮（笑着）：“坤林，这位老先生是……？”

庄坤林：“这是我们庄家村的老前辈，我们都尊称他老英雄哪，跑了半辈子马帮，叫黄秋生。噢，这是黄大树，黄老英雄的儿子。”

兆明亮：“噢，见到黄老英雄真是荣幸。”

兆明亮：“坤林，黄老先生一身英豪气，裤腿上还插着明亮的柳叶刀，老英雄一定是个江湖中人。”兆明亮说完，连忙站起身朝黄秋生拱了拱拳。

黄秋生：“不敢当，回来久了，这拱拳的礼节已经生疏了。”

黄秋生一见兆明亮对自己行着江湖礼，赶忙拱拳弓腰，笑着回礼。

兆明亮：“坤林，我们的人正在打探，你这样匆匆地上山赎人不行啊，心急吃不了热豆腐，待我们的人有了消息，与山上沟通了，再去不迟，不在乎一二日的光景。”

庄坤林：“揪心哩，明亮，庄家就这么个根，我爹爹和娘视若命宝，万一出个差错，让人受不了。”

兆明亮：“是谁家，谁也受不了啊。”

黄秋生见庄坤林与兆明亮交谈，便独自一人去得院中，伸胳膊弄腿，活动开了身子。黄大树见状，也想离开。

庄坤林：“大树哥，一起坐下，喝了茶再说。”

黄大树挨着庄坤林坐下。

兆明亮：“你那个护村队怎么样了？”

庄坤林：“人员已经在落实了，正准备实施，偏巧遇上儿子被绑架。”

庄坤林有些懊恼地说着。

黄大树：“本来，我儿子黄德胜如果在家，我会让他参加护村队，也不知他现在在哪里。”

兆明亮：“黄德胜？这名字好像听说过。长得不高，浓眉大脸，不善言语，身子壮实，对吗？”

黄大树：“对呀，那是我儿子。”

兆明亮：“我见过你儿子，黄德胜参加了抗日义勇军，现在当了机枪班班长了。”

黄大树：“真的？”

兆明亮：“真的。”

兆明亮：“这抗日义勇军，是中国共产党领导下的一支武装力量，正在扩大着哪。”

黄大树：“共产党？”

庄坤林：“大树哥，中国目前正处在大动荡大变革的时代，我们震旦好多同学都是共产党的人哪。”

庄坤林说完，对着兆明亮挤了挤眼，笑了笑。

兆明亮：“坤林，你说的对。目前，国民政府蒋委员长和汪精卫的关系正紧张着，据说汪精卫政治上亲日本国，蒋委员长恼火着哪。”

庄坤林：“这个汪精卫，早晚要害了中国。如今的格局堪比三国时期，有过之无不及啊。”

兆明亮：“坤林啊，乱世出英雄。你想咱们那么些同学，为什么都奔着共产党去了？共产党是在乱世中涌现出来的一个新型的政党，得民心者，最终必得天下。”

庄坤林：“明亮，你是共产党的人，我真为你骄傲啊。”

庄坤林欣喜地对兆明亮说，眼里闪现出激动和羡慕的神采。

兆明亮：“坤林，你也可以成为中国共产党的一员啊。”

兆明亮：“黄大树，黄德胜已经向义勇军提出了口头入党的志愿，共产党正在考虑中哪。”

黄大树激动了，不断地搓着手。

黄大树：“坤林，我爹的话还真灵，是个鹰就得放飞啊。”

庄坤林：“明亮，打开天窗说亮话，当一个个同学辍学时，我也曾有过冲动，但不认识共产党的人，今天老同学的话，让我看到了希望，就像迷茫的航海者见到了灯塔。如果看我行，哪天啊，拜托你了。”

兆明亮兴奋了，端起茶杯，猛喝了一口。

兆明亮：“贾亮，坤林说的这话，就是个口头入党申请，你给我记住了。”

贾亮眼里闪着光亮，激动地点了点头。

庄坤林：“老同学，你今天来是不是还有些什么事情？直觉告诉我，你一定还有事情没说。”

兆明亮：“是的。坤林，近些日子可有李三保的消息？”

庄坤林：“没有。前些日子给李三保去过一信。这西装男怎么不回个信呢？”

兆明亮：“就这几天，李三保定会给你回信。”

庄坤林：“你又不是神仙，怎么料到李三保近日会给我回信？”

兆明亮：“坤林啊，你的交际圈，除了本县，就是咱们震旦的同学，同学中就我和李三保，你走得近些，对吗？”

庄坤林笑了，腼腆地点着头。

兆明亮：“据上海我们的人得到的消息，十六铺船运码头上，从香港来的货船中，下来了几个大箱子，上了江运船后，目的地是往我们这儿来的，我们琢磨着，这事与你和李三保有关系。”

庄坤林：“看来，李三保还是守诺言的人，明亮，你不是说等护村队建立了，把贾亮借给我的吗？”

贾亮：“兆明亮在来这儿的路上，还提起这事情哪，你什么时候需要，我什么时候过来。”

兆明亮：“坤林，上海的船近几日要到木果河，这事情大着哪，消息别透了风。贾亮从明天起就伴随着你，接货的事情，可以让贾亮暗中帮你操办。”

庄坤林：“贾亮，明天你就过来住在庄家，和大树哥一起筹划一下如何接货，货来了放在哪里，以及护村队正式成立的准备工作。”

兆明亮：“贾亮，你看看我这个同学的组织能力，比我还强啊。”

大家正聊在兴头上，大奶奶笑呵呵地进来。

大奶奶：“兆明亮，别光顾着与坤林聊天了，该吃饭了。”

“呵，”兆明亮掏出怀表一看，笑了起来，“快啊，这都到十二点了。”

【13. 牛屎山　山寨聚事厅　夜　雪】

聚事厅内火盆烧的温暖，马灯把屋子照得透亮。

七八名大汉正围着桌子大吃大喝，庄维根睡在床上，身上盖着风衣。

山寨门口，几个土匪持枪站岗，雪纷纷扬扬地下着。

庄维根一骨碌从床上爬起，丝毫没有害怕之意，竟自个儿来到桌前，见桌上有鸡有肉，伸手抓了个鸡腿，津津有味地吃了起来。

众土匪见状大笑，索性搬了张高凳子，让庄维根稳稳地坐着，由着他戏耍。

二龙："这娃娃乖不乖？"

土匪（甲）："闹得凶，哭得也凶，连哄带吓的总算把他骗睡着了。"

庄维根吃完鸡腿，嚷嚷起来，"我要回家，这里不好玩。"

土匪（甲）："娃娃，莫害怕，我们都是庄家的亲戚，过几日你爹爹就会来接你回去的。"

庄维根："你们把我送回家去，爹爹不会来接我的。"

土匪（乙）："爹爹不喜欢你了？"

庄维根点点头，"外婆喜欢我，爹爹喜欢姐姐。"

土匪（丙）："为什么啊？"

众土匪喝酒正酣，兴致浓浓，拿庄维根逗着玩。

庄维根："姐姐的老公是将军，有枪呢。"

庄维根滑下凳子，学着庄慕兰的样子，将右手比作手枪状，按在腰间，来回走动，小脑袋一晃一动，逗得众土匪哄堂大笑。

二龙坐在桌子中间也笑了起来，端起大碗，喝了口酒，抹了下嘴巴，也开始逗着庄维根。

二龙："哎，这娃还讨人喜欢着哩。"

土匪（甲）："老大，这娃还乖，一觉睡到山上哩。"

二龙："山下安哨了没有？"

孙猴子："安了，三道哨哩，一道在大路上，一道在山脚老地方，另一道安排在大路边的客栈。"

"嗯。"二龙听了很满意，扭头继续逗着庄维根。

二龙："娃娃，我问你，家里有些什么人啊？"

庄维根（天真地）："有很多、很多人。"

二龙（逗着）："你奶奶最喜欢你吗？"

庄维根："嗯，我奶奶叫刘锡。"

二龙："什么？那你奶奶的妈妈叫什么名字？"

二龙显然来了兴趣，身体略略前俯。

“陶玉如！”庄维根大声嚷道。

二龙：“那奶奶的爸爸叫什么名字？”

二龙身体更加前俯。

“刘生，刘生，听见了？”庄维根调皮地大声嚷道。

二龙忽地站了起来，眼睛盯着庄维根。

二龙：“你的舅姥爷叫什么名字？”

“刘银，刘铜。”庄维根晃着脑袋，嘟着嘴巴，“这个还不知道，奶奶要说你是个傻子了。”

众土匪见老大这般状态，心里仿佛明白了什么，互相看了看，面面相觑。

只见二龙把酒碗往桌上一丢，碗中的酒泼了出来。二龙兴奋地一把将山羊皮大衣脱下，往椅子上一扔，左右手交替着将衣袖往上一撸（露出龙的刺青），将庄维根猛地举起，移到马灯近处，欣喜地仔细看着。

二龙（高兴地）“叫我舅姥爷。”

庄维根（乖巧地）：“舅姥爷。”

二龙：“哎！这是我妹妹的孙子，是我外甥的儿子哪。”

众土匪见状，纷纷站起，笑着嚷着，对二龙说着祝贺的话。

二龙：“想当初，老子为了邻村的一个姑娘，得罪当地旺族的独生子，那小子明知道老子与那姑娘相好，偏不把老子放在眼里，上门调戏老子的相好。那小子用武当拳对付老子的白鹤拳，被我废了他的两个蛋蛋。”

众土匪哄堂大笑，二龙将庄维根放下，一只脚踩在椅子上。

二龙：“老子事后只能上牛屎山躲避，他那个家族要我妹嫁给那小子，一生做个活寡妇，扬言哪个男人敢娶我妹就废了他的命根，这也误了我妹妹的姻缘。一晃三十三年了，得知我爹娘安康，老子心里痛快啊！”

孙猴子见墙角一废弃的小水桶，急忙过去拆了，取下铁环，又找了段铁丝，弯了个勾，带着庄维根，滚起了铁环，庄维根玩得一头大汗。

刘金突然端起大碗，将剩下的半碗酒，一仰脖子喝了个精光。

土匪（甲）对刘金拱了拱拳：“老大，这次误打误撞，竟绑了自家的儿孙，老大尽管责罚，兄弟们认了。”

土匪（丙）冲土匪（甲）眨了眨眼，扭头对刘金说，“老大，这次虽然绑了只小肥羊，没想到绑了大哥的家人，这是弟兄们的罪过。唉，只可惜了那笔赎金，山上的弟兄们分不到了。”

刘金：“我给众兄弟说清楚了，往后谁也别想打庄家的主意了。谁要打庄家的主意，就是打咱牛屎山的主意。”

土匪（乙）：“大哥，我们错了，大哥尽管责罚我们吧。”

刘金：“责罚啥哟，把碗中酒干了，就是责罚。”

刘金大声地笑着，对众土匪说。

“干！”“干！”众土匪兴高采烈，纷纷一饮而尽。

刘金：“兄弟们，我家妹妹和爹娘，庄家一干人此刻正心如刀绞，一定是蚂蚁爬在热锅上啊。明儿太阳上山时，谁绑来的，谁给我平安地送回去。另外，去山下的镇上，买件大红披风，让娃娃穿在身上，风风光光地回庄家。”

土匪（丙）趁众土匪兴高采烈之际，朝土匪（甲）一挥手，土匪（丙）溜出了聚事厅。土匪（甲）环顾四周趁人不注意，悄悄地尾随着土匪（丙）出了聚事厅。

孙猴子将一大碗酒兴高采烈地一饮而尽，用手抹着嘴边的酒，突然发现土匪（甲）鬼鬼祟祟地溜出聚事厅，猛地一怔，随即将酒碗一扔，闪身尾随出门。

【14. 牛屎山　山寨外树林旁　夜　雪】

土匪（丙）率先来到树林旁佯装撒尿，土匪（甲）尾随至树林边，边解裤带边轻声地问。

土匪（甲）：“你有什么主意了？”

土匪（丙）：“大哥，眼看着两千块大洋飞了，我们百分之十的绑票费也飞了，整整两百块大洋哪。”

土匪（甲）：“那没办法啊，那是头儿的亲外孙啊。”

土匪（丙）：“我有个主意，不知大哥有没有胆量去干？”

土匪（甲）：“说来听听。”

土匪（丙）：“大哥，头儿明天一早肯定会让我们把那小孩送回庄家，我们不如到时候给那小孩上些迷药，你找个客栈守着那小孩，我去庄家透个风，让庄家出个几百块大洋，我俩分了，也别回山寨了。”

土匪（甲）:“万一庄家不信你的话，拿不到钱怎么办？”

土匪（丙）:“那我就返回客栈，把那只小肥羊的手指砍一节下来，给庄家看看。”

土匪（甲）:“庄家还是不信咋办？”

土匪（丙）凶狠狠地做了个抹脖子的动作，“那就别怪我们不讲信义了。”

土匪（甲）:“这个主意不错。可是，有个坎过不了。”

土匪（丙）:“什么坎过不了？”

土匪（甲）:“明天，头儿不会只指派我们俩把那小孩送还庄家，其他兄弟不答应，我们怎么办？”

土匪（丙）:“只要那个孙猴子不去，我有办法甩了其他兄弟。”

土匪（甲）:“万一孙大哥也去，我们怎么办？孙大哥不去，其他兄弟跟我们一起去，我们怎么办？”

土匪（丙）凑近土匪（甲）的耳朵，低声地讲了起来。

不远处，孙猴子紧贴着一棵大树，侧耳倾听着。

【15. 牛屎山　聚事厅门前　冬　晨】

二龙率一众土匪喜笑颜开地簇拥着庄维根出门。庄维根披着大红披风，乐呵呵地一蹦一跳戏耍着。

二龙上前一把将庄维根举起，往马背上一放。

土匪（丙）上前，朝二龙拱了拱手，“头儿，我和大哥保管平安地将您的亲外孙送回庄家。”

孙猴子上前，拽过马缰绳，一跃上了马背，左手勾住庄维根的腰，右手拽动马缰绳，马儿掉头面向山坡。

孙猴子 :“大哥，我亲自护送孩子去庄家。”

土匪（甲）上前，“孙大哥，还是我们去吧，我们熟门熟路。”

土匪（丙）:“孙大哥，您就别去了，我们熟门熟路。”

二龙手指着土匪（甲）和土匪（丙），“你们俩去一个就行了，领个路。”

土匪（甲）面朝着土匪（丙），“还是你去吧。”

土匪（丙）:“那我去吧。”

土匪（丙）说完翻身上马。

孙猴子一夹马肚，马儿往山下而去。土匪（丙）无奈地回头忘了一眼土匪（甲），策马而去。

【16. 庄家村　庄宅客厅　冬　下午】

门外又响起了急速的马蹄声。

刘生喘着粗气，风风火火地闯入客厅，紧张而又大声地喊着："大奶奶，事情反转啦。"

大奶奶："啊？"

大奶奶身子一晃，黄大树疾步上前扶住大奶奶。

刘生："维根回家了。"

大奶奶："活蹦乱跳的吗？"

第二十四集

【1. 庄家村　庄宅客厅　冬　下午】

刘生 :“嗯，嗯，活蹦乱跳，汗毛都没少一根。”

众人纷纷欢呼起来，围着刘生问长问短。

庄世伯颤抖着给刘生递了杯水 :“锡儿爹，难为你老人家了。”

“哎。”刘生接过杯子，一气喝完。这大冷的天气，刘生的额头上却冒着热气。

庄坤林 :“维根是怎么回来的？”

刘生（笑着）:“也就是上午，一家人正在吃中饭，维根自己走了进来，把我们都高兴死了。身上干干净净，脸上手上都干净，还披了件红色的披风。”

黄秋生 :“就没要什么赎金吗？”

刘生 :“听维根讲，有三个人，骑了三匹马，把维根放到袁通家后门口，随后就跑得无影无踪。”

兆明亮 :“吉人自有吉相，估计那些个牛屎山上的人，念着你们庄家人的品德，放弃了勒索的要求了。”

大奶奶 :“阿弥陀佛，菩萨保佑我家维根了。”

大奶奶笑着，赶紧双手合掌，摆在胸前，往空中拜了拜。

庄坤林 :“走，去县城看儿子呵。”

兆明亮 :“坤林，我和贾亮先走一步，你宽下心来，我就高兴了。”

兆明亮和贾亮与众人笑着一一告辞，转身出得庄家大门，正欲上马，只见不远处邮差来了，手上举着封信，对着庄家一众人喊着。

邮差："庄坤林，南京来信了。"

兆明亮和贾亮停住脚，见庄坤林飞跑着上前，从邮差手中接过信，撕开信封，一个人在路边看了起来。

庄坤林："兆明亮，过来。"

庄坤林激动地喊着兆明亮。兆明亮把马绳递给贾亮，笑着走了过去。

兆明亮（笑着）："李三保？"

"嗯。"庄坤林抿嘴偷偷乐着。

庄坤林将信递给兆明亮，兆明亮细细地看着信，脸上露出了笑容。

兆明亮："李三保想得聪明，让你带着震旦毕业证书或校徽上船去接应哪。"

庄坤林："西装男还是有两下子，噢，明亮，到那天还得要你帮个忙哪。"

兆明亮："放心。这是个大事，我会帮你谋划的，过两天我就把贾亮留给你了。"

庄坤林朝贾亮望了望。贾亮隐约清楚怎么回事，冲着庄坤林笑了笑。

庄坤林目送着兆明亮二人骑马奋蹄而去。

庄坤林："大树爹，你别去了，就和我爹爹唠些嗑吧。"

黄秋生："坤林，我明白你的意思，那么多现钱放在院子里哪。"

庄坤林和黄大树、刘生三人上得马来，兴奋地催马向县城奔去。

【2. 县城　庄宅　冬　下午】

庄坤林三人匆匆进入宅院。

维根正与雪花和慕兰在屋外走廊里玩耍。

庄坤林："儿子，爹爹来啦。"

维根见爹爹来了，扔下手中的铁环，冲着坤林伸开双手迎了上去。庄坤林一把抱住维根，左看右瞧。

庄坤林："儿子，坏人没把你怎么样吧？"

庄维根："爹爹，他们不是坏人，对儿子好着呢，还让我玩勾圈圈。"

庄坤林抱着庄维根走入客厅，汤正益喜笑颜开。

锡儿和陶玉如赶紧把茶端给庄坤林和黄大树。

庄坤林坐下，把维根放在腿上。

庄坤林："儿子，那些山上的叔叔没问你什么吗？"

庄维根："问了奶奶，问了舅姥爷，还问了奶奶的爹爹和娘。"

庄坤林："后来呢？"

庄维根："后来许多叔叔给大王敬酒，恭喜大王呢。"

维根惟妙惟肖地学着山上土匪敬酒的样子。

刘生不语，陷入了沉思中。

庄坤林："后来呢？"

庄维根："后来一个像猴子的爷爷就和我玩铁环了。"

庄坤林："后来呢？"

庄维根："大王把皮大衣给我盖在床上睡觉，大王就坐在我的边上。"

刘生似乎若有所思，身子略略地颤抖着。

庄坤林："后来呢？"

庄维根："大王说让买个红衣服给我穿哪。哎，爹爹，那个大王胳膊上有这么大的龙呢。"

刘生突然老泪纵横，陶玉如见状，惊恐地问："锡儿爹，你怎么了？"

刘生："肯定是刘金，咱们那不争气的儿子啊。"

刘生一说，众人吓了一跳。

陶玉如："你肯定是刘金？"

刘生："刘金十六岁那年刺了两条青龙，左右手各一条，你不记得了？"

陶玉如哇地一声哭了起来。

锡儿："娘，如果真是我哥，是个好消息啊。维根平安回来，说明我哥的良心还没让狗吃去。"

刘生叹了口气："三十多年了，总算有刘金的消息了。"

庄慕兰见庄维根坐在爹爹的腿上，也凑着想坐上去。庄坤林顺势把庄慕兰抱在腿上，姐弟俩乐得直笑。

庄慕兰："爹爹，是雪花没把弟弟看好。"

庄雪花一听急红了脸，挨着刘生哇哇地哭了起来。

刘生将庄雪花抱起，坐在自己的腿上，哄着庄雪花。

庄维根稚气地对庄慕兰说："那些叔叔只带我上山玩，不肯带雪花上山玩哩。"

庄雪花："就是，那些叔叔只带弟弟玩，不肯带我上山玩。"

庄慕兰抱紧爹爹，撒起娇来了。

【3. 县城　庄宅　上午　残雪】

阳光透过窗户，把屋子照得通亮。

庄坤林起身坐在床上，揉着眼睛。

庄坤林："这一觉怎睡得如此香，都大天亮了。"

庄坤林胡乱地穿着衣服。

汤正益："风和浪都已经过去了，咋不多睡会儿？穿衣要坐在床上，把上衣先穿好，下床就不冷了。"

庄坤林穿上棉裤，禁不住打了个寒颤。

庄坤林："上午误事了，原本想去木果河边走走，好久不去了。"

汤正益："我当误哪门子事哩？哪天你要去，我陪着，现在踏春还有些冷哩。"

庄坤林："李三保发来的货，这几天就要到了。木果河有几个码头？弄不清货船会停靠在哪个码头？"

汤正益："傻子都猜得出来，木果河正是枯水期，货船只会停在最大的码头，那地方河阔水深。坤林，今天莫回庄家村，在县城多住几日，再有二十天就要过年了，那时一起回庄家村去。"

庄坤林："下午要回庄家村，我和大树哥有事情商量。等吃了早饭，我还要拉上旺松哥去木果河边探探路。"

【4. 县城　袁宅　冬　上午】

庄坤林踩着院中的残雪往袁宅走去。

袁宅大门半开着，袁旺松见庄坤林走来，欣喜地迎上前。

袁旺松："坤林，昨晚住县城的？快进屋，我正想找你呢。"

庄坤林刚入得袁家，袁通和袁大奶奶、小桃红便围了上来，七嘴八舌地恭喜着维根平安回家。

小桃红："坤林，那些个土匪，兴许绑错人了，也许冲我家唐平来的。"

袁旺松："娘，你别瞎说了，这土匪绑票事先都会踩点。庄家家大业大，树大招风引来了绑匪。婷婷昨晚上一直缠着我，要把一双儿女弄到苏州去读书，再这么猜下去，婷婷一定会这么做。"

小桃红："那怎么今天绑人，明天送回呢？肯定是绑错了对象。"

袁大奶奶："坤林，维根福大命大，庄家就这条根，你娘平时又是菩萨心肠，这绑匪也是人，兴许被庄家感动了。"

袁通："坤林，当初你娘上茅山求签，茅山道士的签词里说得明白，这都是命中的劫数。过了这个坎，以后就平坦了。"

庄坤林："哎。"

庄坤林笑着朝袁通点头。

袁旺松："坤林，谢谢庄家借了些款给我，粮库上个月已经进粮了，几家米行也都让我盘了下来，只有木果河西边拐弯的一家，鸭子嘴还硬着哪。要不哥带你去粮库看看？"

庄坤林："现在就去，粮库进粮了，坤林替哥高兴着哪。"

庄坤林与袁旺松各自从自家马厩牵出快马，一路上有说有笑冲粮库而去。

【5. 县城　木果河边　冬　上午】

两匹快马不多会儿来到了木果河边。

庄坤林："旺松哥，春天正悄悄地来了。你看，静静的木果河在冬日阳光的照耀下，依然是宁静而又温婉，两岸的垂柳，瘦而细长的柳枝，已隐约含青。"

袁旺松："是啊，坤林，时间过得真快，转眼又是春天了。"

庄坤林："旺松哥，木果河有几个码头啊？"

袁旺松："木果河的水从庄家村一带的南山后山这些山上流入，源头处是山区，那一带到县城南面没有码头。从这儿起往下游方向，两岸有四五个码头，最大的码头就在我的粮库边上。"

庄坤林："呵，旺松哥，你对木果河的了解甩我几个田埂远哪。"

袁旺松："走，还有几里地就到粮库了。"

袁旺松得意地策马走在前面，庄坤林策马尾随着袁旺松。

马蹄踏在河边的石板路上，发出细碎而悦耳的“嗒、嗒”声。

几只鸟儿飞来，叽叽喳喳地在柳树上跳跃，冬天里已经透着春意。

袁旺松：“坤林，赵林的家就在前面了。”

庄坤林：“赵林？赵林是谁呀？

袁旺松：“赵县长的公子啊，梅儿姐姐的老公，现如今的赵副县长，也是我的合伙人呵。”

庄坤林：“噢，想起来了，你对我说过赵林，赵林怎么当上副县长了？还真是子承父业。”

袁旺松：“我这个姐夫，美国话讲得像鸟叫一样流利，日本话也是讲得滴溜，绝对的人才哦。”

庄坤林：“旺松哥，我只会说国语和英语，日本话听不懂，也不想学。”

袁旺松呵呵笑着，指着前方的山冈，“坤林，我俩比试一下，看谁先跑上山冈。”

袁旺松说完两腿一夹马肚，直往山冈冲去。

庄坤林一抖马缰，互相追逐起来。

【6. 县城　粮库　冬　上午】

袁旺松和庄坤林骑马冲上粮库所在的小山冈。

庄坤林放眼望去，山冈上打着围墙，有着几排粮仓，规模不小。

庄坤林：“旺松哥，这地方选得好，粮库大门前修了便道，山冈本来路面硬实，底下全是大石头，下雨天都不会烂脚。便道顺地势而修，一直伸到木果河边，河边修了个石阶码头，运粮就方便多了。”

袁旺松：“坤林，我专门辟了一块场地，用来停靠运粮的车辆。你看这些大汽车正在装粮哪，生意好得很。”

庄坤林：“旺松哥，世面不小呵，连大城市的汽车都联系上了？”

袁旺松：“这都是赵县长和赵林的关系，跟邻县官府合谋，彼此互通来往。这大汽车上拉的都是军粮，从不欠款。这个行当，你旺松哥抢了先机了。”

这时，有两个带枪的县城保安团的兵丁从大门内跑出，来到袁旺松面前，两腿并拢，敬起了礼。

袁旺松更加得意，指着兵丁，“这些兵丁，都是赵林给安排的，粮库供应着军粮，怠慢不得，须加强保卫。军队三日无粮，便会慌张哪。”

袁旺松和庄坤林下得马来，两个兵丁殷勤地帮着牵马。

袁旺松 :“里面转转吧？”

庄坤林跟着袁旺松，沿粮库四周转悠了一圈。透过粮库半开的大门，地上的麻袋已经垒到一人多高，仓库内满满实实的。

“汪、汪，”一阵狼狗凶凶的叫声，把庄坤林吓了一跳。

袁旺松 :“坤林，莫怕。这些狼狗欺生，平时我来，狼狗尾巴直摇。”

庄坤林 :“粮库养了几条狼狗？”

袁旺松 :“养了两条，白天圈着，晚上大门一关就放出来，免得伤人。”

“袁老板，这几日粮库稳当着哩，我们夜夜出来七八趟呢。”

两个五十多岁的男人显然刚刚起床，一脸疲倦，从门卫室走出来，向袁旺松报告着。

袁旺松 :“哼，多上心些。谁也不准带着火种入得门内。”

袁旺松 :“这粮库就怕火，水淹一半，火烧精光。”

庄坤林 :“地方选得不错。这山冈光秃秃，又在高处，水淹不到，且四周一览无余，更不必担心些毛贼。旺松哥，你天生就会做生意。”

袁旺松一听得意地哈哈大笑。两个门卫竟也傻傻地跟着哈哈大笑。

袁旺松 :“去米行看看，那个狗日的倔老头硬得很，开多少钱，硬是不转米行与我。”

庄坤林 :“行，去倔老头处看看吧。”

【7. 县城　公平米行　冬　中午】

袁旺松和庄坤林快马加鞭，来到木果河西岸。

两人下得马来，将马拴在河边一棵柳树上，朝米行走去。

袁旺松 :“就是这家老米行，买卖做得还挺顺畅。”

庄坤林见米行门面竟有十五六米长，门口还悬着一块大匾牌，上面写着“公平米行”四个红色大字。

倔老头正坐在门外的椅子上抽着旱烟，一手拿着卷起的黄纸，黄纸一头冒着一股细细的青烟，一手端着黄铜烟枪，烟枪上吊了个丝绒烟袋，不紧不慢地咂着嘴巴。

公平米行内，一些买米的县城居民正排着队购买各自所需的粮食和油。

店内两个伙计十分忙碌地跑来跑去，一会儿称米，一会儿舀面，一会儿在油筒上按着把柄打油。

倔老头见袁旺松和庄坤林到来，丝毫不予理会，只管“啪嗒、啪嗒”地抽着旱烟。

“老爹，您好。”袁旺松赔着笑，跟倔老头搭讪。

倔老头眯着眼望了望袁旺松，用烟枪指了指身边的空板凳，示意袁旺松坐下。

倔老头连续抽了几口，把烟枪的铜头在地上磕了磕，又从烟袋里取出一撮烟丝，用手指揉搓着，按入铜枪头内。

倔老头（慢悠悠地）：“你这个后生，胡搅蛮缠这么多日子，怎不死心哩？我这米行不能转让与你，全家十几口子都靠这营生，钱用一阵子，店铺养三代人哩。”

袁旺松：“老爹爹啊，我给你的转让钱，够你去邻县开上两家米行哩。”

倔老头一脸不屑：“你们袁家知书达理，人人皆知，怎么你是个榆木脑瓜不开窍哩。我这公平米行是祖宗八代传下来的招牌，不能葬在我的手上。”

袁旺松对着倔老头，无奈地苦笑着。

倔老头：“这样吧，待我百年后，你再与我儿子去谈，我躺在土里，眼睛一闭，既看不见，心也不烦。如何？”

袁旺松：“坤林，你看这倔老头脑袋一根筋，拐不过弯来。鸭子嘴，死了也硬。”

不远处传来“嘣、嘣”的声响，节奏感很强。

庄坤林：“老爹爹，这是什么声音？”

倔老头脸露笑容，调侃着庄坤林。

倔老头：“这是弹棉花的声音，你们这些后生，只晓得抢人生意，连农村常见的弹棉花都不知道。”

庄坤林：“老爹爹，我长这么大，还真没见过弹棉花哪。”

倔老头：“一看你就是个公子哥，还不快去看看。”

庄坤林笑着往响声处跑去。

【8. 县城　工坊　冬　中午】

庄坤林站在工坊门口，开心地望着屋内。

弹棉郎满头棉花灰，握着木锤，敲打棉弓。

一年轻姑娘在另一头帮着打下手。

姑娘见有人来到，抬头莞尔一笑，继续忙着。

庄坤林一愣，投以回笑。

【9. 县城　公平米行　冬　中午】

庄坤林离开弹棉铺，回到倔老头处，坐下来，心里充满惋惜。

庄坤林 :“老爹爹，那女孩长得耐看，大大的眼睛，苹果般的脸蛋，不胖不瘦，温文尔雅，怎么干着弹棉花的营生？这家弹棉店，开了几年了？”

倔老头 :“约摸六七年了。弹棉郎老家在江北，父女二人，生意好着哩。这弹棉郎有些积蓄，光买下这铺子，花了二十块大洋。”

倔老头边抽烟，边说着。忽然，倔老头略带神秘地笑着，“莫非后生，看上了他家姑娘？”

庄坤林（红着脸）:“老爹爹，我儿子都六七岁了哪。”

倔老头 :“劝你莫动心思，这姑娘倔脑瓜，傲得很哩。说亲的年年都有不少人，硬是不同意，经常把个媒人轰出大门。”

袁旺松见庄坤林与倔老头聊得欢，便厚着脸皮继续劝说着倔老头。

袁旺松 :“老爹爹，你再思忖思忖，我又不是强买强卖，明摆着是让你赚钱哪！哪天呀，你会后悔哩。坤林，咱们回去吧。”

庄坤林站起身与倔老头道别，兄弟二人解下马绳翻身上马。

倔老头站起身，朝袁旺松举着铜烟枪，大声嚷着 :“你这后生，听着，待我百年后，你再来说吧。”

袁旺松在马背上气得不行，只能恨恨地一夹马肚，又“啪”地挥了个马鞭，与庄坤林一起急速地离开。

【10. 庄家村　庄家大宅　冬　黄昏】

太阳渐渐偏西，庄坤林骑马停在家门口。

庄坤林将马缰绳系在圈马桩上，兴冲冲地往家门而入。

大奶奶："坤林，贾亮在这都等你一个时辰了。"

庄坤林："娘，在县城被旺松哥拉去看粮库了，耽搁了些时辰。"

庄坤林急步奔入客厅，见贾亮坐着准备起身。

庄坤林："贾亮，不好意思，没在家等你。"

贾亮："是我心急，来得早了些。"

庄坤林："兆明亮明天会来吗？"

贾亮："到明天晚上，你就会知道。"

庄坤林："和黄大树碰头了吗？"

贾亮："我先去了黄大树家，让他别去操心了。"

庄坤林："你指的是马车和人手？"

贾亮："嗯，不能用庄家村和邻村大户们的马车，兆明亮已经替你落实了，你不必多操心了。"

庄坤林："是嘛？兆明亮真是的。"

贾亮："如果用邻里的马车，消息泄露对我们非常不利，县保安团不会不管的。"

庄坤林："是啊。护村队人员尚未集中，即使人员到齐了，他们也各有心思。贾亮，这武器即便到手，恐怕不能马上露脸。"

贾亮："兆明亮分析过，如果护村队武器都是上品货，县保安团发现了肯定会以各种借口，强行缴了护村队的家伙。"

庄坤林："是啊，我怎么没想到呢？明天我们与黄大树合计一下，看能不能准备些猎枪、大刀、红缨枪之类的，到时候护村队先人手一把，这样不引起保安团的警惕。"

大奶奶乐哈哈地端上一盆大红枣，"尝尝这红枣，又大又甜，是山东枣庄来的。"

贾亮："大奶奶，枣庄是我的家乡啊。"

贾亮一把抓起几个枣子，一口一个，很快地吐着枣核。

贾亮："真甜，还是山东老家的枣儿好吃。"

大奶奶："贾亮啊，甜不甜，家乡的枣。你这是想家了吧？"

"哎。"贾亮笑着，挠着头，腼腆起来。

大奶奶："家里现在还有些谁啊？"

“爹爹和娘，还有两个妹子。”贾亮说着，笑容满面。

大奶奶：“噢，你爹爹和娘种地还是做别的营生哪？”

贾亮：“家里还有些山地，种了石榴。出家门就是山连山，家家户户都种石榴，有软籽、大青皮、大红皮、冰糖米，可甜哩。”

贾亮说起家乡，兴奋异常，喜悦挂在眉梢。

大奶奶：“爹爹和娘可好？”

贾亮：“出来时，爹爹和娘身体都好，一晃七年了，不知道如今身板可好。”

贾亮虽然笑着，眼里闪着泪光。

大奶奶：“唉，儿行千里母担忧。说不准，你娘正在挂念你哩。”

大奶奶说着，竟自个落了泪。

庄坤林：“娘，贾亮没哭，你倒先落泪了。”

大奶奶：“唉，坤林，你到了娘这个年龄就懂了。”

庄坤林：“娘，旺松哥的粮库好气派，生意做得红火。也多亏旺松的姐夫赵林，帮旺松与军队牵了线，给供着军粮哪。”

大奶奶：“红火好啊，娘也不担心旺松日后还不了咱家的钱啊。”

庄坤林：“娘，从今往后，贾亮就是咱庄家的人了，吃住都在咱庄家。”

大奶奶：“贾亮，大奶奶这儿房间多着哪，待会就给你准备去，别嫌大奶奶家饭菜不对口啊？”

贾亮：“大奶奶，我住这儿要给你添麻烦了。”

大奶奶：“住这儿啊，就是我庄家的人，人多闹忙哪。也就是加只碗、添双筷的事情，敞开心住下，啊？”

“嗯。”贾亮点着头。

【11. 庄家村　庄家大宅　冬　下午】

大奶奶的房间里摆着四个大皮箱，庄世伯和大奶奶守在房间内。

庄坤林、贾亮、黄大树在客厅喝着茶。

庄坤林：“贾亮，我们现在就走？”

贾亮：“黄昏时分再走，到县城天黑，不引人注意。”

庄坤林：“为何摸黑到县城？”

贾亮："走这货的船只，不到天黑透不会进木果河，这些人都是舔着刀尖闯江湖的，诡计多着呢。"

庄坤林："我把校徽戴在了胸前，震旦文凭装在衣袋里，拿油纸包着，以免落水淋湿。"

黄大树："贾亮，坤林把学校这张纸看得重哪。"

大奶奶从房里走出来，不无担心地望着庄坤林，显得忧心忡忡。

大奶奶："晚上天凉，冰天雪地的，当心别掉到河里去。大树，你是个水鬼，坤林是个旱鸭子，多看着点坤林。"

黄大树："干娘，你放心，有我在，坤林不会有危险。"

庄坤林："娘，房间腾好了吗？"

大奶奶："现成的房间，被褥都香喷喷的。"

庄坤林："是放货的房间。"

大奶奶："货来了放到厢房去，到时候用些柴草盖着就行。"

【12. 县城　山道　冬　黄昏】

太阳下了山。

黄大树赶着马车慢悠悠地行走在去县城的山道上。

庄坤林和贾亮坐在马车车厢里。

贾亮："坤林，你知道吗，要不是兆明亮做了安排，就我们三人，恐怕活不到天亮。"

庄坤林："什么？"

庄坤林大惊失色，身子随着马车颠簸，晃了两晃。

黄大树赶着马，耳朵听得分明，侧过身子看了看贾亮，一脸的不服气。

庄坤林（吃惊地）："贾亮，我们三个大男人，还怕几个船夫？"

贾亮："坤林，黄大树腰里揣着家伙，但那家伙不顶用。"

黄大树策住马，跳下马车。

黄大树："贾亮，别小看了我和坤林。坤林是个秀才，动不得腿脚，可我黄大树，怎会怕了那几个船夫？"

贾亮："黄大树，你让我先猜一下，你腰里的家伙是什么？"

黄大树（一愣）："我带着流星锤，惹恼了我，要起来非砸碎那几个船夫的脑壳。”

贾亮（笑得厉害）：“坤林，你猜猜，大树腰里装着什么兵器？”

庄坤林：“那些个兵器，我可猜不出来。”

黄大树见贾亮不说，唬着脸，策动着马，准备上路。

贾亮：“那是一支二十响的驳壳枪，是德国的大镜面。”

黄大树一听，心里一惊，脱口而出，“你怎么知道？我这盒子炮藏在棉大衣里，你又是如何得知？”

只见贾亮忽地脸色阴沉，眉宇里透着杀气，刷地从腰后拔出一支驳壳枪，对着黄大树一声冷笑，把黄大树吓得连连倒退了几步。

黄大树迅速从腰间也抽出手枪，对着贾亮，这场面，惊呆了庄坤林。

庄坤林正待开口，贾亮哈哈大笑，迅速收枪，插入后腰。

贾亮：“黄大树，没料到你的身手也如此之快，贾亮与你开着玩笑呢。”

庄坤林：“哎哟，贾亮，你这玩笑开大了。”

黄大树连忙将枪插入腰后，“贾亮，看得出来，你真是行武出身。”

贾亮笑得开心，脸上完全没有了刚才的阴沉和杀气。

贾亮：“刚才，你翻身上马时，棉大衣被枪支顶着，我就知道你揣着手枪。”

黄大树：“你怎么知道一定是盒子炮？”

贾亮：“你个黄大树，真是个实心眼。那枪管的长度，就已经告诉我了。再说，你爹爹黄秋生，当过胡子，山上的胡子大都使这种枪。”

黄大树：“贾亮，你爹爹才是胡子哩。我爹爹是被土匪用枪顶着脑门上的山呢。”

贾亮：“黄大树，我说漏了嘴，你千万莫生气。我的意思是，你爹爹一身豪气，是绿林中的好汉哎。”

黄大树：“贾亮，既然你我都带着家伙，为何说要不是兆明亮，我们三人今天命不保？”

庄坤林：“是啊，贾亮，我也想听听哪？”

黄大树重又跨上车，策着马，继续前行。

贾亮笑而不语，望着庄坤林。

庄坤林急了，推了把贾亮，红着脸：“贾亮，坤林是个书呆子，这江湖道子上的事，真理不清呀。”

贾亮还是笑着，卖着关子不言语。

黄大树：“凭我俩两支快枪，一咕噜就是四十枪，那几个狗日的船夫，还能要了我们几个的命？贾亮，你吓唬坤林还行，吓唬我黄大树，嫩了些。”

贾亮：“坤林，这些走军火的人，不是胡子，也不是绿林好汉，这些人统称为黑帮。个个功夫了得，心狠手辣，且身上带着的枪啊，强我们不知道多少倍哪。我们带着现钱，万一上了船，这些人动了邪念，得了钱，不交货，你怎么办？”

庄坤林：“哎呀，贾亮，你这么一说，还真是性命不保。”

贾亮：“再说，万一其他方面的势力得到消息，来个黑吃黑，又怎么办？”

黄大树（担心地）：“现在还去不去？”

贾亮：“我和兆明亮，别说这种买卖的事情敢做，上刀山，下火海，眉头都不皱，放心吧，兆明亮早有安排了。”

黄大树：“贾亮，大树不明白，你和兆明亮究竟是什么样的人？”

贾亮：“我和兆明亮都是共产党的人啊。”

黄大树：“怪不得，这共产党的人是天不怕地不怕的人哪。”

庄坤林：“应该这么说，共产党就是大海里的灯塔，我们这些人都是航海者啊！”

【13. 县城　木果河边　冬　夜】

马车在一路闲聊中，到了县城脚下。

庄坤林：“大树哥，别进县城，咱们贴着县城，从小路绕进去，到木果河边上船码头附近，找个地方先藏起来再说。”

黄大树：“也行，我们去前方的树林吧。”

马车继续前行，悄悄地来到木果河边。

黄大树：“去哪个船码头？”

庄坤林：“先停一停，让我下来看看再说。”

黄大树停下马，与庄坤林一起来到个高墩处，四下里张望着。

贾亮此时已下了车，手里握着驳壳枪，虎视着四周被积雪覆盖着的原野。

木果河就在脚边，向西静静地流淌。月光下，远远的群山和县城鳞次栉比的房屋，依稀可见轮廓。

夜，静悄悄，几颗星星在天际闪耀。

庄坤林用手指着前方的高山冈："大树哥，去那个高山冈边，找个地方安静地等待。记住：声响别大，粮库内有狼狗。"

黄大树努力地睁大了眼睛，细看了片刻。

黄大树："这脚底下的土路，弯弯曲曲。前面，应该是一条山路，只是被积雪掩盖着，看不太清楚，得慢慢地赶着马车蹚路。"

黄大树三人上得马车，缓慢地赶着马车。

马车到了高山冈坡边，粮库已经看得清晰。

粮库的船运码头，就在马车边两百米处。

贾亮："坤林，马车就歇在这儿，有杂树林遮挡着，安全。"

【14. 县城　木果河边　冬　夜】

庄坤林三人下得马车，静静地听着木果河周围的声响。

庄坤林："木果河静寂无声，怎么没有一条船航行？"

黄大树见贾亮提枪在手，感觉气氛紧张，正好一阵寒风吹来，黄大树打了个冷颤，便把手枪抽出，提枪在手，左右环视起来。

贾亮："注意，有动静。"

远方闪过几条黑影，成扇形悄无声响地向马车方向移动。

贾亮见此景，向黄大树示意，二人迅速左右闪开，蹲下身子，猫在杂树林里。

庄坤林一见此景，也学着贾亮蹲下身子，猫在马车一角，注视着黑影。

黑影越来越近。只听贾亮拍了下双手，"啪"的一声，不轻不重，传出去百来米远。

黑影迅速停下，也拍了下巴掌，声音传到马车边。

贾亮站起身朝着黑影挥了挥手，黄大树紧张，右手提枪到肩，悄悄地打开了枪保险。

庄坤林（惊喜地）："是兆明亮。"

黄大树一听是兆明亮，马上关上枪保险，像贾亮一样，单手垂枪，侧身站在一棵杂树旁边。

兆明亮高大的身影越来越近，庄坤林赶紧站起身迎了上去。

黄大树也站起身，跟庄坤林迎上前去。

贾亮却背起身，密切地注视着马车方向。

兆明亮："坤林，等急了吧？"

兆明亮压低嗓门，笑着与庄坤林握手。

庄坤林："有点。"

庄坤林笑着，紧紧地握着兆明亮的手。

黄大树："木果河静得出奇，这货船跑哪去了？"

兆明亮："前面，木果河拐弯处，安排着我们的人，只要船一到，这儿马上知道。"

这时旁边过来一个戴着棉帽的后生，忽然开口："爹爹，你怎么在这儿？"

黄大树定睛一看，喜不自禁，只见后生摘下帽子，是自己的儿子——黄德胜。

只见黄德胜扑通一声，跪在雪地里。

黄德胜："爹爹，儿子不辞而别，惹爹爹和娘担忧，儿子错了。"

黄大树："儿子，快起来，雪地里冷。"

黄大树心疼儿子跪在雪地中，赶紧将黄德胜拉起。

黄大树："儿子，你看爹爹，和你走同一条道哪。"

黄德胜："爹爹，你怎么有这家伙？"

黄德胜深情地凝视着爹爹，见爹爹威武，右手提着支驳壳枪。

黄大树："快把棉帽戴上。这家伙，是你爷爷给爹爹的。"

黄德胜将棉帽戴上，憨厚地笑着。

黄德胜："爹爹，娘和爷爷、奶奶可好？"

黄大树："都好着呢，你娘听说你当官了，开心着哪。"

黄德胜："爹爹，是个小班长。"

兆明亮："黄德胜，将军都是从小兵开始的。"

庄坤林："大树哥，德胜都背上短枪啦？"

黄大树："咦？儿子，你那大家伙呢？"

黄德胜指了指前方，"爹爹，都架在前面了。"

兆明亮："坤林，这次行动得到了抗日义勇军的支持，这是共产党在江南的一支重要武装力量。"

庄坤林："明亮，上次我与你说的事可有着落？"

兆明亮的喜悦流露在眉梢，刚想开口，远方传来了机动船马达的轰鸣声，声音很小，听起来像在四五里开外。

黄大树："船来了。"

兆明亮："黄德胜，都安排好了？"

黄德胜："安排好了，大高个带着机枪在木果河转弯处，马车停在山冈侧面。"黄德胜脸上突然变得严肃。

机动船航行的声音由远及近，已经看到船的轮廓和船上的灯光。

黄德胜："我带人隐蔽在前面土坡下，你们准备接货吧。"

黄德胜一挥手带着三个人，悄悄跑向前方不远处的小土坡边，分散蹲下。

机动船越来越近，离码头约一里时，突然停了下来。

庄坤林："怎么船停下来了？"

兆明亮看了眼庄坤林，又看了看贾亮。

贾亮："估计船要调头。"

果然，船上的灯光突然熄灭，只见两个黑影站在船侧，挥动着长长的竹竿，将船慢慢地调转了头。

机动船的马达再次轰鸣，船倒退着，缓缓地停在码头对面。

机动船停在木果河的中间，占据了河宽的一半。这时，从船舱里走出一个大汉，一身黑衣，头戴圆形黑毡帽，站在船尾，对着河岸观望。

这是一艘木果河上不多见的大船，船尾有两层楼高，船长约六丈，是一艘铁壳船。

庄坤林连忙站起身，竟直接向码头走去。

兆明亮："坤林，太冒失了，危险！"

庄坤林："大兄弟好！是上海过来的船吗？"

黑衣大汉："正是。"

庄坤林："是李三保派来的人吗？"

黑衣大汉："哪个李三保？我不知道。"

庄坤林继续往前走，黑衣大汉忽然喝道："停下，不许再往前走。"

黑衣大汉边喝道，边将右手摆在了身后。

庄坤林停下，站直了身板几乎一动不动。

此时，又从船舱里出来一个微胖的大个子，穿着米黄色风衣，戴着绒鸭舌帽，显得孔武有力。

鸭舌帽大汉左手拿着支长长的手电筒，忽然照向了庄坤林，庄坤林站在石码头上，就像是演员站在演出舞台上，被灯光照得雪亮。

兆明亮："危险，黄大树，准备射击！"

兆明亮和黄大树紧张地举着驳壳枪瞄着船的方向。

"你的东西带来了没有？"鸭舌帽大汉冷冷地问。

庄坤林："钱都带来了，都在马车上放着哪。"

庄坤林转身，用手指了指身后不远处的马车。

鸭舌帽大汉望了眼马车，又冷冷地问："你的东西带来了没有？"

庄坤林："都在马车上放着哪。"

庄坤林又转身，用手指了指身后不远处的马车。

鸭舌帽大汉扭头，对着船舱低声咕囔了一句话，须臾，船上马达声轰轰地响着，显然加了油门。船顶上的大灯忽然亮了，把木果河照得通明。

鸭舌帽大汉忽然高声地质问："你的东西带来了没有？"

庄坤林（恍然大悟）连忙指着胸前："震旦大学的校徽，在胸前挂着，震旦的文凭就在衣兜里。"

鸭舌帽大汉连忙用手电筒照着庄坤林的胸，弓着腰看了一会。

鸭舌帽大汉："你再看一下，那人胸前是挂着个小牌子。"

黑衣大汉晃动着身子,盯着庄坤林看了一会儿,"胸前是挂着个小牌牌。"

鸭舌帽大汉熄灭手电筒，又低声对着船舱嘟囔了几句。

埋伏在岸上的黄大树不时回头张望着兆明亮。

贾亮冲动地想蹿出去，被兆明亮稳住。

船上的灯光熄灭，马达停止了轰鸣。只见一个船夫打扮的男人，搬起了一块长长的跳板，一头搁在船上，一头搁在河边，然后，船夫从跳板上走下，来到庄坤林面前。

庄坤林从衣兜内拿出油纸包裹的震旦文凭交给船夫。

船夫一声不吭返回船上，将油纸包交给了鸭舌帽大汉。

鸭舌帽大汉麻利地摘下皮手套，将文凭取了出来，用手电筒照着，又低声与黑衣大汉嘟囔了几句，便将文凭交给船夫。

船夫依旧从船上走下一声不吭，将文凭还给庄坤林，又重新回到船上。

黑衣大汉："把钱拿过来吧。"

庄坤林："你们的货带来了没有？"

黑衣大汉："四个木箱，都在舱里。"

黄大树听得明白，将枪收回，走到马车跟前，拉了下缰绳，马车缓缓地到了码头边。

此时，黑衣大汉和船夫走下船，也不与庄坤林和黄大树寒暄，开口便问，"钱数够吗？"

庄坤林："只多不少。"

黑衣大汉见黄大树将四只箱子摆放在身边，便示意船夫搬箱子。

船夫搬起一只箱子，稳稳地踩着船上的跳板，将箱子放到鸭舌帽大汉身边。

鸭舌帽大汉麻利地蹲下身子，将箱子打开，里面满满的现大洋，便拿起两块轻轻地敲击了一下，"当"，清脆的声音传了过来。

鸭舌帽满意地朝黑衣大汉挥了下手，船夫重又下船，刚想搬第二只箱子，黄大树突然抬脚，踩在箱子上。

黄大树："上去一只箱子，应该下来一只箱子，再说，我们也得验下货。"

黑衣大汉见状，冲黄大树一笑，也不多言语，朝船夫挥了下手，四个回合的交往中，双方完成了交换。

黑衣大汉冲着庄坤林一笑，返身上了船，船上马达骤然轰鸣，探照灯大开，把木果河前方数百米，照得亮如白昼，在"突、突、突"的引擎声中，船只渐行渐远。

黄德胜掏出一个哨子，吹了一口，"哔！"的一声，在黑夜里传得很远。

不多会，见两辆马车从山冈后拐出，向码头奔来，身后紧跟着五六匹快马，马背上骑着几个士兵。

兆明亮连忙挥手，指挥着众人，将箱子搬到两辆马车上。

兆明亮："坤林，你们从大路先回庄家村，我们随后便到。"

黄德胜翻身上马，"爹爹，多保重身体。"

旋即，黄德胜两腿一夹马肚，领着一群士兵，向前奔去。

两辆马车紧随其后，消失在道路尽头。

【15. 庄家村　庄家大宅　冬　深夜】

大奶奶和庄世伯守在客厅，心神不宁。

大奶奶："世伯，你有没有发现，坤林现在变了。"

庄世伯："嗯，女大还十八变呢。"

大奶奶（担忧地）："我不是说坤林相貌变了，是他的心思变了。"

庄世伯不语，望着大奶奶。

大奶奶："去上海读书前，坤林很单纯，心思也不多。读书回庄家村后，同学多了，心思也多了。"

庄世伯不语，默默地喝了口茶。

大奶奶："尤其是兆明亮来过之后，坤林的心思大了。"

庄世伯还是不语，只是瞪大着眼睛，望着大奶奶。

大奶奶："世伯，其实我心里怕着哪，总觉得心里发毛。"

庄世伯："坤林要走什么路，你拦得住？"

大奶奶："树大招风啊，你还记得我做过的梦？"

大奶奶问庄世伯，庄世伯沉默无语，只是点了点头。

大奶奶："庄家老老祖宗讲，成功了就会毁坏，强大了就会衰微，锋利了就会缺损。我这是担心坤林，哪天引火上身哪。"

庄世伯："儿子现在的心思不在庄家未来的发达上，真是儿子越大，越看不懂了。"

大奶奶："坤林在家也待不住，自从刘银从常州买了这收音机，坤林除了听着收音机来兴趣，盘着庄家的发展却提不起神。就这收音机，平时用布包得严实，你和我碰一下都不行。"

大奶奶指着放在案板上的收音机，埋怨着庄坤林。

庄世伯嘴角挂着微笑："儿子有思想了，也大了，你和坤林说理，也说不赢他。"

庄世伯："不过，把钱尽早从钱庄提出来，现在想想，坤林还是有思想，放在外面，总不如放在身边踏实。"

大奶奶："我俩蚂蚁搬家往寿穴内藏的大洋，那是将来留给维根的。你别告诉坤林，让坤林知道了，说不准哪天给他全花了。"

庄世伯："你不关照我，我也不会跟坤林讲。"

门外传来了马车声，大奶奶和庄世伯连忙跑去打开大门，见庄坤林三人站在门口，庄坤林和贾亮直接进入客厅，黄大树安顿好马车后，也返回客厅。

庄世伯："怎么空着手回来？"

庄坤林："随后就到了。"

庄坤林："娘，多准备些面条，后面还有不少人哪。"

大奶奶："哎，娘提前做些准备。"

大奶奶说完，便向厨房走去。

【16. 庄家村　庄家大宅　冬　深夜】

两辆马车停在庄家门口，兆明亮指挥着当兵的从马车上往下搬着箱子。

黄大树和贾亮赶紧帮着抬木箱。

黄德胜率领几名士兵持枪警戒着。

庄坤林和兆明亮站在庄家大门的石阶上。

庄坤林："夜深了，晚上就住这吧？"

兆明亮："明天，我要去茅山。外面那些战士都在等着我。"

庄坤林："兆明亮，有件事对我很重要，我能问你吗？"

兆明亮："什么事？尽管问。"

第二十五集

【1. 庄家村　庄家大宅　冬　深夜】

庄坤林："兆明亮，有件事对我很重要，我能问你吗？"

兆明亮："什么事？尽管问。"

庄坤林："明亮，我上次对你说的事情，可有着数？"

兆明亮："你呀，问得正好。我问你，参加共产党，那是把脑袋提在手上的事，你不怕吗？"

庄坤林："明亮啊，你也是大户人家的公子，你都不怕，我怎会怕？咱们那么多辍学的校友，他们怎么不怕？青山处处埋忠骨，何须马革裹尸还。坤林正好赶上这个时代，与其将来跟着大潮走，不如现在勇站潮头。"

兆明亮："坤林，你的事情，上次回去后，我就向组织上做了汇报，上头很欣赏你的态度，指示我们尽快发展你为中国共产党的党员。"

贾亮正好从门内出来，听到兆明亮和庄坤林的对话，笑了起来。

贾亮："坤林同志，明亮和我做你的入党介绍人。"

庄坤林激动地与贾亮紧紧地握手。

兆明亮："坤林，新四军成立了溧高县，由我担任县长，你担任韩湖区区长。韩湖区地域广阔，形势复杂，是溧高县有待开辟的游击区。"

庄坤林："感谢组织上的信任，哪怕赴汤蹈火，我一定会完成党交给我的一切任务。"

【2. 庄家村　庄宅　春　上午】

庄坤林："娘，护村队就这两日准备挑选队员了。"

大奶奶："人员要筛一筛，既然是护村队，得找些身强力壮的后生。那些个二百五的后生，能不让他们加入就别让他们加入。"

庄坤林："娘，儿子知道。我有个想法能问问娘吗？"

大奶奶："儿子跟娘说话还这么礼貌？尽管问吧。"

庄坤林："娘，我想把护村队集中在咱庄家大院里，您看行吗？"

大奶奶连连摆手，"不行，不行，娘过惯了清净的日子，不喜欢吵吵闹闹打打杀杀的。"

庄坤林："那护村队总得要有个窝待着啊？"

庄世伯："在庄家村随便找个屋子就行了。"

庄坤林："爹爹，要不将护村队安顿在外公的小四合院里？反正外公和外婆又不住，空也是空着，闲也是闲着。"

庄世伯："我和你娘不会与你外公外婆商量的，你要想用你外公的四合院，你自己去说。"

大奶奶："儿子，护村队放在你外公的四合院里，地方是够了，那离咱们庄家大院也只有两里地，又挨着庄家的粮库，确实是个好地方。"

庄世伯："那么多后生聚集在粮库边上，哪个毛贼也不敢光顾庄家粮库了。"

庄世伯说完呵呵地笑着。

庄坤林："爹爹，娘，我先与亲娘说一声，万一外公外婆有想法，我再与外公外婆解释。"

大奶奶："你是怕你外公外婆误会？你又不是撵他们走。世伯啊，总不至于刘生和玉如会认为庄家这样吧？"

庄世伯："那四合院本来就是庄家花钱给他们建的，刘生和陶玉如一直住在县城的庄宅，即使回庄家村也难得小住。"

大奶奶："世伯，别难为坤林，这事我俩抽个空去县城，当面去给刘生和玉如讲个明白。"

庄世伯："这样也好。毕竟刘生有四个儿子哪，他们姓刘不姓庄啊。"

大奶奶："坤林，护村队除了你当头儿，还有哪些人当头儿？"

庄坤林："娘，护村队由大树哥当队长，贾亮当副队长。大树哥人缘好，关系熟，威望高；贾亮是行武出身，懂排兵布阵列操训练，又使得一手好枪。"

大奶奶："护村队准备招多少人哪？"

庄坤林："第一批护村队员准备招二十六人。"

庄世伯："这些人都来自哪？"

庄坤林："以庄家村的后生为主，另外招些李家村、刘家村等十里八乡的后生。"

大奶奶："现在有多少人报名参加护村队？"

庄坤林："听大树哥说，报名的有六七十人哪。"

大奶奶："世伯，我刚才盘估了一下，也就几十亩地的粮食收入维持着护村队。"

庄世伯："坤林，护村队成立了，要善待他们。否则，真到了拼命的时候，别一个个比兔子还溜得快。"

庄坤林："爹爹，放心吧。咱溧水的后生个个都有血性。"

【3. 庄家村　刘生四合院　春　上午】

刘生的四合院门口摆放着一张长桌。

长桌上面放着一个洗脸盆，里面放满了抓阄的纸团。

庄家后生小春、小夏、小秋、小冬站立在桌子的两侧，四合院门前的空地上，几十名年轻后生拥挤在一起，情绪激昂。

黄大树和贾亮并肩站在桌子跟前。

黄大树："庄家村护卫队开始挑选队员，为了公平，大家抓阄，现在开始。"

众后生三五成群走到桌前，一人抓了个纸团。

黄大树："都给我听好了！一对二，三对四，五对六……雌的对雄的，雄的站左边，雌的站右边，摔跤胜者留下，败者回家。"

众后生迅速按照纸条上的单数和双数站成两排。

小春、小夏、小秋、小冬上前挨个检查纸条。

众后生情绪开始高涨，彼此"挑衅"起来。

李邱巴的对手长得膀大腰圆，李邱巴心生畏惧，双腿开始发抖。

黄大树 :“摔跤开始！”

空地上霎时乱成一团，搏斗声嘈杂，两队后生毫不退让，各自纠缠在一起。

李邱巴见对手迎面扑来，吓得扭头便逃。

膀大腰圆的后生大呼 :“我赢了！我赢了！”

更多的后生欢呼蹦跳着，满头大汗地往黄大树跟前跑来。

【4. 庄家村　庄宅客厅　春　下午】

庄坤林悠闲地坐在太师椅上喝茶。

黄大树、贾亮率领着庄家四个后生来到客厅。

黄大树 :“坤林，队员挑选好了，连同庄家四个本家后生，一共二十六名队员，你看一下名单吧。”

黄大树上前将名单递给庄坤林，庄坤林接过名单扫了一眼。

庄坤林（起身）:“大树哥，队员什么时候集中？”

黄大树 :“后天集中，队员全部住在刘生的宅子里。明天我和贾亮小春他们先把床铺给支起来，另外再找些村人帮忙把柴火运进去，还要选个地方造个茅厕。吃喝拉撒一大摊事情，我都烦死了。”

庄坤林 :“贾亮，将队员分成四个小组，由小春、小夏、小秋、小冬当组长。你从后天起就要给他们上规矩。”

贾亮 :“先让他们出操、列队、跑步，把精气神练出来，后面再教他们一些拳法。”

庄坤林 :“大树哥，每个月给队员发一百斤谷子，休假时让他们带回去。”

黄大树 :“坤林，还是让贾亮当队长吧！贾亮是行武出身，懂排兵布阵。”

庄坤林 :“你当队长，这些队员你熟悉。贾亮当教官，说不准哪天兆明亮将贾亮要回去呢。”

【5. 庄家村　刘宅　春　上午】

刘宅门口停着几辆板车，上面堆着一大叠竹床。

庄家四个后生正往刘生四合院里搬着竹床。

几个村人正在院子里忙碌着，有的担着柴火往厨房里码堆，有的扛着铁锹等挖土工具往院子外走去。

黄大树和贾亮面对面交谈着。

李邱巴躲在一房子角落探头探脑地窥视着。

李邱巴突然转身，撒腿往李家村跑去。

【6. 李家村　李宅　春　上午】

李宅院子里的植物透着生机。

李半仙坐在院子里，身旁小桌子上摆着把茶壶，正悠闲地晒着太阳。

李邱巴喘着粗气，满头大汗地推开院门，朝休闲中的李半仙嚷了起来。

李邱巴："爹爹，儿子被黄大树打下去了。"

"什么？"半仙一惊，急忙从椅子上站了起来。

邱萍在客厅，"儿子，被黄大树打了？"

邱萍气不打一处来，奔出客厅。

邱萍："儿子，打哪儿啦？伤得重吗？"

李邱巴（抹了把汗）："娘，儿子要参加护村队，被黄大树打下去了。"

李半仙（疑惑地）："儿子，什么护村队啊？"

邱萍："他黄大树，凭什么把你打下去啊？"

李邱巴："他给儿子挑了个山一样壮的大汉和我摔跤，儿子怎么摔得赢他？"

邱萍（生气地）："半仙，黄大树年纪比李邱巴大，又不会替人看病，又没文化，捕鱼捉虾也不及李邱巴，凭什么不让邱巴参加护村队？"

李半仙在椅子上坐下，喝茶不语。

"你倒是开个腔啊。"邱萍拍了下半仙的肩膀。

李半仙："护村队有什么好？"

李邱巴（讪笑着）："爹爹，好处多着哪。参加护村队，在众后生眼里，有面子，管吃管住，还能分粮食，整日打打闹闹，可来劲哪。"

李半仙（起身）："邱萍，看看你儿子，就这点出息。家里缺吃少穿吗？非要争那个面子？"

邱萍："哟，当爹的护不了自己的崽子，还埋怨我给你生儿子了？"

邱萍伸出白嫩的食指触了下李半仙的脑瓜。

李邱巴："爹爹，你总说坤林有出息，读法律的，未来当大官的料。儿子这不跟着坤林，日后坤林出息了，他当大官，儿子也能弄个不大不小的官当当哩。"

邱萍（呵呵笑着）："你看，你儿子多有脑子，日后，邱巴比你要强太多。"

李邱巴（扭着身子撒娇）："爹爹，你与庄家大奶奶吱一声，这个面子，庄家会给你的。"

邱萍："半仙，你怎么脑子拐不过弯？像大奶奶这么精明的人，是不会干又烧钱又耗精力的事情，又是庄坤林当护村队的头儿，这里头一定有大名堂。"

李半仙（从疑惑转而得意地）："哎，邱萍啊，你说的话有道理。大奶奶这么精明的人，怎么会干又烧钱又耗精力的事情呢？这里面确实有大名堂。放心吧，儿子，这就跟着爹爹去庄家村找大奶奶。我才不信呢，我李半仙的儿子进不了护村队。"

李半仙得意洋洋地出了院门，李邱巴喜滋滋地跟在李半仙身后，两人往庄家走去。

【7. 庄家村　庄家大院　春　上午】

大院内一片嘈杂声。二十多个后生挤在院内，一个个群情激昂。

庄坤林："大家都安静些，招队员的事由大树哥负责，我做不了主。"

一后生："坤林，我们摔跤虽然输了，只是运气不好，要论打架，让那些赢的后生们尽管放马过来。"

一后生："坤林，这不公平。你让庄小春跟我单挑。"

另一后生激动地走向庄坤林，"坤林，我们这几个常去外庄打架，也没见吃过大亏回来的，你就做个主，收了我们吧。"

庄坤林呵呵笑着，"我问你们，为什么要参加护村队？"

一后生："参加护村队有脸面啊。"

一后生："是啊，每年庄家补贴一千二百斤谷子，在家累死累活地种上几亩地，倒不如参加护村队。有吃有喝稳稳当当。"

另一后生："是啊，一年也打不了几回架，坤林你放心，要真打起架来我比谁都猛。"

庄坤林："大家的心情坤林知道，这是第一批护村队员，往后还有第二批、第三批，大树哥有你们的名单，别过些日子来找你们，一个个变成了缩头乌龟。"

众后生纷纷在庄坤林面前表示着决心。

庄坤林："大家先回去吧，坤林向大家保证，第二批护村队员挑选时，你们不用再比武了，优先录用。"

众后生愤愤不平，怏怏地一窝蜂出了庄家大院。

【8. 庄家村　庄宅　春　上午】

李半仙进庄家大门，那是风风火火，嗓门扯得老高："大奶奶，半仙来看您啦。"

"哎哟，半仙哪，一晃好久没见你啦。"大奶奶正和坤林在客厅，听得半仙嗓门高，赶紧回话。

李半仙领着李邱巴闯入庄家客厅。

李半仙（理直气壮地）："大奶奶，噢，坤林也在哪？半仙今日有事，想与大奶奶、坤林论理哪。"

大奶奶："半仙，你这回像个大男人了，何事要直言与庄家论理？"

李邱巴见爹爹理直气壮，像个男子汉模样，心里乐着，嘴巴笑着。

庄坤林见李邱巴张着大嘴笑着，心里明白，"李叔，有话坐下来讲。"

李半仙（气呼呼地）："大侄子啊，你说我家邱巴相貌堂堂，也是七尺男儿，咋就不能参加护村队呀？"

大奶奶（笑着）："哎哟，半仙哪，这么凶的大嗓门，就为这事啊？"

李半仙（拍着胸脯）："大奶奶哎，庄家成立护村队，我们两家走得密切，支持坤林大侄儿，义不容辞啊。"

大奶奶："说的也是。坤林哪，这邱巴身上有很多长处哪。"

正在此时，黄大树一步跨入了客厅，见李邱巴在，瞪了李邱巴一眼，径直往椅子上一坐。

李半仙见状，朝黄大树赔着笑。

李半仙："大树啊，大奶奶正在说邱巴的事呢。"

大奶奶见黄大树入屋，笑着转身对黄大树说："大树，你不能门缝里看邱巴，邱巴身上有很多长处，你可没有啊。"

黄大树（生气地）："什么长处？文不文，武不武。收了邱巴，那些淘汰下的后生们还不把我给撕了？"

大奶奶："邱巴会给人看病，你可会？"。

黄大树摇摇头，李邱巴乐得点着头。

大奶奶："邱巴水性比你好，这一带都称邱巴水鬼，你可信？"

黄大树点点头，李邱巴得意地昂了昂头。

大奶奶："邱巴机灵，摘个桃猫个瓜，你可会？"

黄大树笑了，摇摇头，李邱巴脸红了，点点头。

大奶奶哈哈大笑，劝着黄大树。

大奶奶："邱巴这人从小看到大，人机灵，心思缜密，又识得草药，干娘认为，不仅要收邱巴参加护村队，还要重用李邱巴呢。"

李半仙听大奶奶一席话，喜笑颜开，乐得浑身一抖，李邱巴更是笑得双手捧着下巴。

黄大树猛地站起："那给李邱巴当队长！"

大奶奶："大树，邱巴呀当不了队长，但管个吃喝拉撒，我看绰绰有余。"

黄大树一听，乐了，冲着大奶奶和李半仙、李邱巴说开了。

黄大树："干娘这么一说，大树心里豁亮，就让邱巴负责整个护村队的后勤保障吧。"

庄坤林笑容满面，起身走向李邱巴，拍了拍邱巴的肩膀。

庄坤林："大树哥，增加一个后勤保障组，让邱巴当组长吧。"

李邱巴兴奋地面对庄坤林，"坤林哥，大树哥，你们放心，邱巴负责后勤，保管连一个拉肚子的人都不会有。"

黄大树和众人哈哈地大笑着。

李半仙："大奶奶，坤林，大树，我和邱巴谢谢你们啦。我这就回去了，邱萍还在等着我的消息哪。"

李半仙走在前，李邱巴乐呵呵地尾随着，父子二人出了庄家大门。

李邱巴："爹爹，娘知道了一定会夸你。"

李半仙（得意地）："你爹出面，庄家大奶奶不仅给了爹爹面子，而且还让你当了个官，你娘能不夸爹爹吗？"

【9. 庄家村　庄家粮库晒谷场　春】

晒谷场上，几十名后生喜笑颜开热情高涨。

晒谷场一旁，架子上、地上摆了各种冷兵器，长矛、大刀、几支猎枪架立着。

黄大树："庄家村护村队正式成立了。坤林抬举我，让我当队长，你们服不服？"

众后生齐声呼："服！"

黄大树："既然大家抬举我黄大树，那我就发号施令了。咱这护村队一共二十六个队员，分成四个小队，分别由庄小春、庄小夏、庄小秋、庄小冬当队长，大家服不服？"

众后生齐声："服！"

黄大树："我实话告诉你们，春夏秋冬四个伢子，庄家大奶奶是信得过的，往后这四个伢子说的话都得服从，哪个不服从别怪我黄大树翻脸不认人。"

李邱巴："大树哥，还有我呢。"

黄大树瞥了李邱巴一眼，"噢，差点忘了，咱这么多人吃喝拉撒都归李邱巴管，大家服不服？"

众后生："服！"

李邱巴挠着头，回头望一眼身后的两名队员，嘿嘿地笑着。

黄大树："给大伙介绍一下，这是咱们的副队长贾亮，行武出身，懂排兵布阵，使得一手好枪，大家服不服？"

众后生："服！"

黄大树："这段日子，谁也不许回家，由贾亮教大伙排兵布阵，学习打枪，谁要是不听话，咱护村队今天也立个规矩，不听话的必须得关黑屋子，再不听话的，打断他的腿。行不行？"

众后生："行！"

黄大树："都别乱动，下面春夏秋冬四个伢子给大家发家伙。"

春夏秋冬四个伢子乐呵呵地拿起大刀长矛，给各自的队员手中塞兵器。

一后生：“大树哥，我想要把猎枪，行不行？”

黄大树：“不行！这几只枪是咱护村队现在的宝贝疙瘩，待会儿，贾亮还要用这枪教大伙儿使哪。”

【10. 县城　县府　春　下午】

县府会议室气氛严肃，一干县府要员围桌而坐。

赵县长坐在会议桌顶端，眼睛逐一扫视着与会的官员。

赵县长（慢条斯理地）：“大家都来啦，坐下议一议吧。此次会议，要弄清楚几个问题：庄家为什么要成立护村队？护村队规模有多大？护村队的兵器装备如何？有没有共产党的介入？记住，最后一个问题，是重中之重。”

赵县长说到最后一个问题时，语气加重，还用手指敲了敲桌子。

赵林坐在爹爹旁边，有模有样地在小本本上面记着。

众官员不语，个个凝眉沉思。

负责法律的官员：“依我看，许多地方有这样的护村队，只要不违法犯罪，对确保一方平安不见得是坏事。”

负责财政的官员：“庄家的护村队，只要别管县上要钱，睁一眼闭一眼算了。”

另一官员：“只要别瞎来，别给县里添麻烦就行了。”

赵县长微笑着，逐一冲着发言的官员点着头。

赵县长：“汤全，你有什么看法？”

汤全：“首先赞成各位的意见，对庄家村的护村队，县保安团有必要实地察访一下，尤其是人数和装备，赵县长的提醒十分重要和十分及时，卑职准备明天就去庄家村走走。”

赵县长冲着汤全微笑了一会，汤全兴奋地起身向赵县长微微鞠了一躬。

赵县长（严肃地）：“最后一个问题至关重要，庄家护村队背后，会不会有共产党的影子？”

众官员沉默不语，有的假装沉思，有的眼睛盯着茶杯，看茶叶的沉浮，更有的望着天花板的吊灯，眼睛发呆。

汤全起身：“赵县长，根据我的分析，庄家成立护村队是因为土匪不久前的绑票刺激了庄家。庄家是本县大户，从来小心谨慎，尤其是庄家的大奶奶，更是乐善好施，也从没给本县添过麻烦，更不会与共产党有瓜葛。庄家公子庄坤林一直在本县读书，后来去上海念了大学，回来后也一直待在县城和庄家村。那是个书呆子，又与袁家关系密切，因此，汤全可以保证，庄家不可能与共产党有任何瓜葛。”

汤全一说完，竟有两三位官员拍起手来，汤全很受感动。

赵县长望了望众官员，心里对汤全的话十分赞赏，也跟着拍起手来。

众官员一见赵县长拍手，也都拍起手来。

汤全兴奋地、不住地朝着众官员鞠着躬。

【11. 庄家村　山路　春　晨】

汤全精神亢奋，一身戎装，威风凛凛地端坐在马背上，腰上配着二十响的盒子炮。

八个身材魁梧的兵丁背着中正式步枪骑在马上，尾随着汤全向庄家村进发。

李兵丁策马从后面超越汤全。

汤全（呵斥）：“都给我慢慢地遛，这么急，赶到庄家村，谁给你们管饭哩？”

众兵丁哈哈大笑。一个兵丁高声嚷着：“我们的汤团长就是伟大，什么事都想得周详。”

李兵丁一回头，挎着的枪从身上滑溜到地面，汤全等勒住马，李兵丁尴尬地下马，嬉皮笑脸地将枪捡起。

汤全：“娘的，连杆枪都挎不住？你们知道吗，这可是国军正规部队使用的中正式步枪啊，要不是赵县长给省里打了许多报告，历经千辛万苦，省里才同意给咱保安团更换了武器。都给我小心伺候着这枪，听见没有？”

众兵丁：“听见了。”

马队慢悠悠地往庄家村晃去。

【12. 庄家村　村口　春　上午】

李邱巴率领两个帮手，挑着两担蔬菜往护村队驻地走去。

李邱巴见远处马队悠悠地往庄家村而来，撒腿便往庄家大宅跑去。

李邱巴："坤林哥，村口来了一批保安团。"

庄坤林："哦？保安团一定是冲着护村队而来。邱巴，你快去多备些饭菜，把保安团招待好。"

李邱巴连连点头，一路小跑出了庄宅。

庄坤林："大树哥，你快去护村队，让贾亮把短枪藏好，把铁家伙发给大家，排队操练。"

黄大树大步流星地出了门。

庄坤林往太师椅上一坐，悠闲地喝着茶。

【13. 庄家村　春　上午】

乱纷纷的马蹄声和马的嘶鸣声传入庄宅。

庄坤林出门，见汤全和众兵丁正八面威风地下马。

庄坤林故作惊讶，满脸笑容。

庄坤林："汤团长，哪阵风把你刮过来啦？"

汤全："坤林，我这是无事不登三宝殿哩。"

庄坤林："快进宅子，老表呵，坤林与你一直没好好地喝上杯茶哎。"

庄坤林热情洋溢，一声老表的称呼，把汤全喜得眉开眼笑。

汤全（开心地）："坤林老表，不啦，先把公干给办了。我奉县上的指令，想去看看庄家的护村队哩。"

庄坤林："也罢，难得县上这么关心和重视庄家的护村队，先去看看也好，有些事情，坤林正想找老表帮忙呢。"

汤全："坤林，护村队现在何处？"

庄坤林："就在庄家粮库边上，一两里地光景。"

汤全和坤林拉着手，肩并着肩，一路上说说笑笑，徒步走向庄家粮库。

众兵丁牵着汤全的快马和各自的马匹，一长串尾随在后面，浩浩荡荡地向粮库走去。

离粮库不远，突然传来威武雄壮的练操声和喊杀声，惊得汤全回头看了看身后的兵丁，众兵丁面面相觑，有个兵丁竟不由自主地把背着的中正式步枪，移到肩上挎着。

沿着山路，拐了个弯，眼前豁然开朗。庄家粮库的晒谷场上，二十多个后生排成四个方队，蹲着马步，冲着拳，队形不整，身边摆放着大刀片子、红缨枪，几杆猎枪架在一起。

汤全："哈哈哈。"

众兵丁见此情景也是哈哈大笑。一个兵丁脑袋大帽子小，笑得开怀，竟把大盖帽笑落在地。凑巧，前面的马吃得太饱，竟然憋不住，一泡屎拉了下来，把大盖帽一下子装满。

大脑袋兵丁："娘的！"

李邱巴赶紧跑过去捡起，抖掉污物，笑着对大脑袋兵丁说："莫恼，我去用香皂洗一下，包管一点异味都没有。"

汤全（愉快地）："坤林老表，你这护村队威武整齐，训练有素，再加上这样的装备，可以与土匪抗衡。我回去后向赵县长汇报，也好让赵县长放心哩。"

庄坤林（故作神秘地）："老表哎，县城保安团有这么多先进武器，护村队只有这些猎枪，可否想些个办法，让些枪支给坤林哪？"

汤全亲热地拉着庄坤林的手，去稍远无人处。

汤全（低声地）："县城保安团刚刚换了枪支，原先使用的枪支都堆放在武器库里，卖你十支，如何？"

庄坤林故作惊喜，"谢谢老表，都是一家人，沾亲带故的，你开个价？"

汤全松开握着庄坤林的手，两手五指张开："这些，如何？"

庄坤林（爽气地）："老表啊，事成之后，少不了你的。"

汤全哈哈大笑："坤林，看看护村队住的地方。"

汤全径直走向刘生的四合院，庄坤林紧跟其后。

汤全走入四合院，看得仔细，床上床下，墙角、屋顶，逐一察看，除了衣服、被子及乱七八糟放着的鞋子，并无其他武器。

庄坤林："老表，就在这吃便饭吧，坤林不知道你来，也没备下什么好菜，盼着老表别介意啊。"

汤全："好好好，坤林啊，你给县上打个报告，我在赵县长面前替你说些好话，把保安团换下来的枪卖十支给你。"

庄坤林："老表，多多益善。"

汤全大喜，“坤林，你只管放心，我尽量说服赵县长同意，多卖些枪支给你。”

庄坤林：“好啊。大树哥，你带几个队员去庄家酒坊弄些神仙酒来，给兵丁们带回去。”

【14. 庄家村　刘宅附近　春　下午】

黄大树和贾亮尾随着庄坤林，欢笑着与汤全告别。

众兵丁的马匹上，驮着庄家的神仙酒。

汤全开心地扬起了马鞭，率众兵丁离开了庄家村。

贾亮：“坤林，汤全和你去那边无人处说了些什么？”

庄坤林：“汤全想把保安团换下来的破枪，卖给咱们护村队，每支十块大洋。”

黄大树（愤愤地）：“这个汤全，一看就不是个好东西，那些个破枪都是光绪爷时期的，还要一支十个大洋？”

庄坤林：“汤全让护村队打个报告给县里，让赵县长给护村队枪支，汤全这是一箭双雕，既可以净捞庄家的大洋，又可以趁机把护村队控制在县保安团手上，主意高明着呢。”

庄坤林：“贾亮，你认为汤全有这些心思在里面吗？”

贾亮唬起了脸，愤愤地点了点头。

贾亮：“做梦！坤林，下一步我们怎么办呢？”

庄坤林：“莫睬汤全，急死这家伙。只要护村队不给县上打报告，赵县长不会擅自做主。那些枪支虽然陈旧，但也是军火，要省里才有权哪。”

贾亮：“护村队下一步怎么办？”

庄坤林不语，踱来踱去。

庄坤林：“大树哥，我有个想法，汤全此趟来打探护村队的情况，护村队的装备让汤全笑掉大牙，回县上后，汤全必定会向赵县长报告。赵县长听了汤全的报告，心里面也会安稳。下一步，我想应该找个更为隐蔽的地方，显显山，露露水了。”

贾亮：“坤林，是不是要亮家伙了？”

黄大树激动了：“是该亮家伙了。汤全带着的兵丁背的都是好武器，把咱们护村队的后生看得羡慕。拿着大刀、长矛站在那些兵丁身边，像霜打的茄子，泄了气的皮球一般。”

庄坤林："现在把枪支拿出来露脸，时候还早。庄家村这个地方，虽然偏僻，免不了消息外传。县保安团知道了，肯定会来缴了咱们的枪。”

贾亮虎眼怒睁："护村队不缴了保安团的枪，就算便宜他们了。”

“对！”黄大树扬了扬拳头。

庄坤林："什么时候亮家伙，要与兆明亮商量了确定。这中间要考虑两个条件：国内局势的走向和兆明亮的同意。”

庄坤林："大树哥，明天开始，护村队留下几个值班的，其余人员全部放假三天,让他们回个家。明天我们三人去刘家村探一下,那地方日后有用。”

贾亮："对，狡兔三窟。”

黄大树兴奋了："坤林，那地方二十多年前我去过，还是你亲娘结婚时，风景比咱们庄家村好，就是路难走，翻几座大山呢。”

庄坤林："走，咱们回去，待家里佣人和厨子回家后，看一看我们买的枪支。”

【15. 庄家村　庄宅　下午　春　日】

庄坤林三人欢欢喜喜地有说有笑，步入庄宅。

大奶奶和庄世伯焦急地迎了上来。

大奶奶："坤林，汤全走了？”

庄坤林："开开心心地走了。”

大奶奶："汤全一早带这么多兵丁，跑庄家村就是为了护村队的事情？”

庄坤林："正是。”

大奶奶（不解地）："弄这个护村队，还惊动了县上？”

庄坤林："娘，护村队的事情不小，这是村民武装，县里眼睛盯着护村队的一举一动呢。”

庄世伯不耐烦了，“山上的土匪不去盯着，村民自发成立的护村队，却像贼一样防着？”

庄坤林："爹爹，庄家成立护村队，县里害怕护村队与共产党有瓜葛，所以才让汤全来庄家村看看哪。”

大奶奶一听，生气了，“世伯，坤林说，日本人占了东北，屯兵上海和北平，这国民党和共产党斗来斗去，怎不联合了斗日本鬼哩？”

庄坤林：“娘，当民族矛盾上升到一定高度，到那时，国民党和共产党一定会像一家人一样，共同对付日本人。”

庄世伯：“都站着干嘛，坐下来，安心地喝杯茶。我就害怕，现在这安稳的日子，哪天给日本人弄得鸡飞狗跳，不得安宁。”

庄坤林：“听会收音机吧。”

庄坤林把收音机上的布小心地取下来，拧着开关旋钮，一会儿，收音机里传来了嘈杂的电波声。

庄坤林小心地，慢慢地搜寻着电台，嘈杂的声音却越来越小。

庄坤林：“怕是没干电池了。”

庄坤林：“娘，哪天舅舅来庄家，别忘了让他从常州带些电池过来。”

“哎。”大奶奶应，又转身对庄世伯说，“世伯，你也上点心，我这记性，现在是大不如以前哩。”

庄世伯笑着，冲大奶奶点了下头。

庄坤林等一众人围坐一起，细细地品着茶，有说有笑。

庄坤林：“娘，冬去春至季节有没有蟋蟀啊？”

黄大树和贾亮一听，居然都笑了。

大奶奶：“坤林，大树还是孩子时，常和一群玩伴玩斗蟋蟀哩。大树啊，你给坤林说说。”

黄大树：“坤林，这蟋蟀在严冬季节成虫产卵后，早就死了，产下的卵和幼虫，都在土里待着哪。”

贾亮笑了：“在我们老家，小时候最大的快乐就是秋天捉蟋蟀，斗蟋蟀。我们家土院里还有几十个瓦罐哩。”

庄坤林不语，陷入了沉思。

大奶奶：“坤林，你怎么了？”

庄坤林：“娘，那个邱医生你还记得吗？”

大奶奶（惊讶地）：“哎，世伯，坤林怎么忽然想起邱医生了？”

庄世伯：“儿子脑瓜里想什么东西，当爹爹的，现在琢磨不了。”

大奶奶：“那个邱医生啊，长得好看，当时年龄，也就比你现在的年龄大不了多少。”

庄坤林："除了邱医生，娘还见过谁吗？”

大奶奶："那个医院楼上，不许上去，娘进大门时，看到一个花匠，热情得很，当时和大树年龄差不多。这花匠啊，勤快得很，又是门卫，院子里干干净净的。”

黄大树："嗯，花匠很麻利的，也很热情，年龄比我真大不了多少。”

庄坤林："娘，你后来见过那花匠吗？”

大奶奶（摇着头）："没有，哪个没事跑那个地方？”

"噢，"庄坤林似乎明白了什么，脸上笑着，对黄大树和贾亮说："我还真想去那个地方看看，什么时候，你们俩陪着我去一趟吧。”

【16. 庄家村　庄宅　春　夜】

庄坤林、黄大树和贾亮三人进入厢房，贾亮提着马灯，黄大树将厢房门关上。黄大树和庄坤林搬下堆在木箱盖下的柴火。

黄大树掀开了箱盖，用油纸包裹着的枪支赫然呈现。

庄坤林："过几日，我们去刘家村看看，那儿十分偏僻，又很隐蔽。如果你们觉得刘家村好，过段日子挑些精干的队员去刘家村训练，把三种型号的枪各带上一支。我再与外公吱一声，把这儿的房屋还给他，把刘家村的房子拿过来。反正我外公不住，未来的护村队放在刘家村。”

贾亮："这样好，省得护村队操练时，那些有事没事的乡民围着看热闹。”

黄大树："坤林，几时去刘家村？那里的路不好走。”

庄坤林："从现在开始，你们俩的短枪随身带着。哦，时间不早了，你们先去睡吧。”

贾亮："坤林，你也累了，早点休息吧。”

庄坤林："我还不累，心里有些事还没想明白。你们先去睡吧。我一个人安静地想想。”

贾亮、黄大树和庄坤林将木柴重新堆了起来。

【17. 庄家村　庄宅　春　夜】

庄坤林独自在客厅陷入了沉思。油灯闪亮。

庄坤林起身来回走动，庄坤林打开收音机，一阵嘈杂的电波声响起。

大奶奶入客厅，“儿子，深更半夜了，怎么还在弄这个玩意？快去睡觉吧。”

庄坤林：“娘，既然深冬初春季节没有蟋蟀，那怎么会有蟋蟀叫呢？”

大奶奶：“儿子，别胡思乱想啦，这冬天哪来的蟋蟀叫？”

庄坤林：“娘，我和旺松哥那晚都听到了蟋蟀叫，这是怎么回事呢？”

大奶奶：“儿子，别胡思乱想了，你和旺松一定是听错了。把这收音机里的声响当成了蟋蟀叫了。”

庄坤林突然大惊，“娘，这收音机很贵，医院看门的老头哪来那么些钱？又是从哪买来的收音机呢？咱这县城买不到收音机啊？”

大奶奶：“是啊，你看见医院看门的老头有收音机？”

庄坤林：“娘，你听啊，邱医生是中国人，嫁给了日本老公，日本老公又是与人合伙开的医院，莫非……”

大奶奶大惊失色，哆嗦着问：“儿子，你是说那个花匠是日本人？”

第二十六集

【1. 县城　县府　上午　春　日】

会议室内众官员正襟危坐。

赵县长端坐桌子顶端，依然是喝着茶，脸上挂着微笑，用愉悦的眼光扫视着每一位与会者。

赵县长："汤全哩，把你考察的情况，简要地报告一下吧。"

赵县长慢条斯理地说着，语气平和。

汤全："是。"

汤全起身站立，向众官员敬了个礼，随后往椅子上一坐，清了几下嗓子，一本正经地报告了起来。

汤全："根据赵县长指示，卑职不敢怠慢，一清早便去保安团精心挑选了八个兵丁，九匹快马，去了庄家村，把庄坤林堵在了家中，打了庄坤林一个措手不及。"

汤全："在庄坤林的陪同下，看到了真实的护村队，正在训练哩，那简直是，哈哈哈……"

赵县长："汤全，你笑什么？"

汤全："那简直是娃娃们在过家家。二十多个人，有的后生我还面熟，尽是些好吃懒做、游手好闲的后生，也有些种地的庄稼人，打着不着边际的花拳绣腿，闹着玩嘛。"

汤全一脸不屑，嘴角边流露着笑意。

赵县长：“阵势怎么样哪？”

赵县长微笑着，显然来了兴趣。

汤全：“我带去的八个兵丁，个个威风凛凛。往那些娃娃们旁边一站，那些后生们腿都打颤。有个娃娃，尿都吓出来了。”

汤全兴奋了，添油加醋，绘声绘色地描述着。

“哈哈哈……”

“呵呵呵……”

会场上发出各种各样的笑声。

赵县长乐了，喝了口茶：“有哪些武器啊？”

汤全：“齐眉棍，大刀片，红缨枪，三五支打鸟的破猎枪。”

汤全说到这儿实在忍不住，哈哈哈地又大笑起来。

众官员也是哄堂大笑。

赵县长笑了，“护村队驻地在什么地方呀？”

汤全：“护村队就放在庄家粮库边上，离开粮库几十步的路。”

赵县长：“那是他们庄家粮库的守卫队啊？大家说是不是？”

赵县长乐了，风趣地笑着说。

见赵县长乐了，众官员也乐了，纷纷说笑个不停。

汤全（兴高采烈地）：“我看庄家的公子庄坤林，书呆子一个，放着那么大的家产不好好发展，却搞起什么护村队，弄了帮娃娃陪着庄坤林玩嘛。”

汤全的话，立刻引起其他官员的共鸣，众人纷纷七嘴八舌起来。

“庄家有那么多钱财，舍得让庄坤林玩嘛。”

“是啊，庄家就这么个儿子，命宝一般，还不什么事情都由着他？”

“对呀，那是庄家的根，庄家大奶奶从小护到大哩。”

“我看呀，庄坤林就是纨绔子弟。”

会议的气氛热闹又活跃，还透着宽松，大家乐着笑着，赵县长更乐了。

赵县长：“有没有什么生面孔啊？”

汤全（一脸不屑地）：“有个狗屁拳师，长得黑，像是外地人。我去得突然，正弓着马步，教后生们练拳呢。”

赵县长（嘲笑地）：“噢，庄坤林身边，还有个练家子哩？”

汤全（洋洋得意）：“什么练家子？我带去的八个兵丁，随便哪个上去，空拳对空拳，不消半支烟，就能放倒他。”

赵县长：“哼，这样看来，庄家还真是在闹着玩。这个庄家大奶奶被土匪绑票的事情吓破了胆，由着她那个宝贝儿子闹腾哪。”

赵县长笑着，审时度势地总结了起来。

汤全：“赵县长，卑职有个想法，不知能不能讲？”

汤全笑着，弓身面对赵县长。

赵县长：“讲呀。”

汤全：“上次保安团换枪，堆在仓库里的那些破枪，可否卖些给庄家的护村队？日后真遇上土匪打劫庄家村，县保安团也省却些麻烦哩。”

负责财政的官员一听，来劲了，站起身。

财政官员：“我看可以，县上这些日子，招待费花得厉害。”

赵县长抬头，笑着望了下负责财政的官员。

财政官员忽然意识到自己说错了话，红着脸，弓着腰，脸上堆满笑：“赵县长，我真是信口开河，我不是那个意思……”

赵县长笑了，显得十分宽厚，温和地对财政官员，“这些招待呀，少不了啊，你不也参加了吗？”

财政官员：“是啊，对呀。我次次都参加的呀。”

赵县长：“坐下吧。汤全，一支枪能卖多少钱哪？”

汤全：“三块钱一支枪。”

赵县长把手冲着汤全往下压了压，示意汤全坐下。

赵县长（严肃地）：“这些老枪，虽然没用，但省里都有登记，动不得！再说了，三块钱一支枪卖得也便宜了些。好啦，今天这个会议开得很好，散会吧。”

众人纷纷与赵县长打着招呼陪着笑离开会议室。

汤全怏怏地转身欲离开。

赵县长：“汤全，你留一下，我有话问你。”

汤全不解地坐下，赵县长见会议室门开着，指了指大门，“汤全哪，去把门关上，我与你说几句私话。”

汤全赶忙起身将门关上。

赵县长：“汤全，保安团换下来多少支枪？”

汤全："不到一百支。"

赵县长："现在左邻右县的大户人家都在成立护庄队，枪支是紧俏的东西，三块钱一支太便宜啦。"

汤全（喜形于色），"赵县长，您的意思是……"

赵县长："你辛苦些，去左邻右县那些大户人家探探消息，若真有人家需要购买枪支，一支枪卖多少钱，由你做主。"

汤全兴奋地站起，凑近赵县长的耳朵，轻声地说，"赵县长，您说一支枪卖多少钱？"

赵县长："坐下，容我想一想。"

汤全坐下，奴才相般地笑看着赵县长。

赵县长："汤全啊，你是我赵家的人，我们赵家从没把你当外人看哪。"

汤全："哎，汤全知道。汤全有今天，都是您的精心栽培啊。"

赵县长："这样吧，一支枪保底必须卖三块钱，这是要上县财政账户的钱，不能卖亏。多卖的钱嘛，我俩二八分成。"

汤全兴奋地站起，"放心，赵县长，我一定把这事办好。我尽量把每支枪卖到十块钱。"

赵县长："我关照你，嘴巴子要严。上头要问起枪支的事，就说都销毁了，留着既占地方还不安全啊。"

汤全："汤全明白。"

【2. 县城　袁宅　酷暑　日】

袁通在客厅喝着茶，袁旺松陪着袁通喝茶。

小桃红和婷婷摇着纸扇，坐在客厅。

院子里传来知了的叫声，叫得人心烦。

小桃红："袁老爷子，知了声听得人心烦。这样的高温十来年没见了，木果河里的水位都降了一半多，对门锡儿领着全家两天前都去了庄家村消暑。"

婷婷："旺松，大热的天气，外面的狗都吐着舌头喘粗气。你看看对门庄家，两天前都把孩子们接到乡下去了。咱们家唐平和依冰看着庄家马车离去，眼馋的。"

袁旺松苦笑："人家乡下有这个条件，咱们在乡下没房子。再熬上些日子，秋风一起，一天比一天凉快。"

袁唐平在袁旺松面前缠了起来："爹爹，姑妈在乡下，我也要去乡下住几天嘛。"

袁通："旺松，倒不如明天弄个马车，将她们送兰儿处待上几日，又能避暑，也能让唐平和依冰跟庄家的孩子们在一起玩耍。"

袁旺松（爽快地）："那好，明天去兰儿家。"

【3. 庄家村　黄家老宅　酷暑　上午　日】

客厅的桌子上摆了一大盆西瓜。

袁唐平、袁依冰、小桃红、婷婷围桌吃着西瓜。

丁大娟："婷婷，都是一家人，带这么多礼物来，用不着客气哩。平日里，巴不得你们来哪。"

婷婷（苏州话）："在县城热得难耐，一到乡下，心里就轻松。"

黄秋生在院子里褪鸡毛，扭头冲着客厅呵呵笑着。

黄秋生："这乡下就比县城好，到处瓜果飘香，在县城待长了嫌闷，就来乡下换换新鲜。"

"哎。"婷婷开心地应着。

小桃红走出院子，见黄秋生正在忙碌，"大树爹，我们一来，就给你添麻烦了。"

丁大娟："哎哟，四奶奶，瞧你说的，乡下人家就这么个样子，也没什么好吃的招待你们啊。不嫌弃乡下人土，就常常过来热闹热闹。"

丁大娟在里屋乐呵呵地抢着回。

午饭时间还早，太阳正斜斜地往上爬。

小桃红："婷婷，我们抓个空，去庄家看看大奶奶吧？"

婷婷（苏州话）："好呀，长久没见庄家大奶奶了，赶个早去上个门，别让庄家大奶奶知道我们来了，怪着我们没礼数。"

丁大娟："也是，你们带着娃娃们正好顺路看看庄家村的景色，别忘了中午过来吃饭。"

"哎。"小桃红愉快地应着，和婷婷一起，返身回到兰儿的院子里。

刚入院子，就听到袁依冰大叫："姑妈，院子里有只大野猫。"

兰儿闻声，笑着从客厅出来，"哪来的野猫呵，那是姑妈家的黑妞，抓老鼠哩。"

袁依冰："娘，鱼和老鼠，猫最喜欢吃哪个？"

婷婷摸了下女儿的脸："猫最喜欢吃鱼。

小桃红："兰儿，我们一起去庄家看看大奶奶，顺便逛逛庄家村。"

兰儿："嗯，兰儿和你们一起去。"

袁唐平蹦了起来，欢呼着，"呵，又好和雪花一起玩啦。"

【4. 庄家村　庄宅　酷暑　上午　日】

大奶奶、锡儿和汤正益领着庄慕兰、庄雪花、庄维根出了庄家大门。

汤正益和大奶奶一左一右搀着庄维根。

庄慕兰和庄雪花高兴地跑在前面。

庄慕兰穿着一条洁白的短裙，扎着条小马尾辫子，马尾辫随着步子晃动。

庄雪花穿了条蓝色短裙，梳着两条小辫子，追赶着庄慕兰。

锡儿走在最后。

锡儿："维根，太阳这么热辣，别去荷塘看蜻蜓了。"

庄维根："不，我就要去荷塘看蜻蜓。"

锡儿望了眼热辣辣的太阳，无奈地笑了笑，摇了摇头。

庄慕兰和庄雪花跑到银杏树树荫下，等着大奶奶一行人。

庄维根挣脱了大奶奶和汤正益的搀扶，笑着奔向银杏树。

大奶奶率众人来到银杏树下，举头望了望高大的银杏树，享受着树荫带来的清凉。

大奶奶："这银杏树浑身是宝，盛夏又能给人留下阴凉，真是庄家村的宝贝树啊。"

锡儿："是啊，坤林从小就喜欢银杏树。"

汤正益："坤林现在净瞎操心外面的事，心都不放在家里了。"

汤正益笑着说，脸露欢欣。

庄维根突然撒腿往不远处的小河塘跑去，刚跑到河边，开心地回身冲着庄慕兰大叫："姐姐，姐姐，河塘里有很多很多的鱼呵。"

庄慕兰和庄雪花欢喜地向着河塘奔了过去。

大奶奶和锡儿、汤正益，赶紧追了上去。

众人在河塘边，望着即将干涸的河塘，仅有河塘正中，剩下几张圆桌大的水面。水面上，密密匝匝挤满了鱼，鱼儿可怜地张着嘴巴，浮在水面。

小桃红领着婷婷一行人迎面走来。

小桃红（兴奋地）:“锡儿姐姐。”

锡儿（惊喜地）:“妹妹，你怎么来乡下了?”

兰儿走向前，“四娘和婷婷到乡下来避暑，刚到不多时，就想着先来看望大奶奶了。”

大奶奶笑着迎上前，拉着小桃红的手，“妹妹呀，待会儿就在我家吃饭，来一趟，多不容易啊。”

兰儿 :“大奶奶，中午饭就在我家吃，大树娘都把菜备好了，这会，正在烧呢。”

袁依冰突然脱下鞋，光着脚丫子往河塘边跑去，弯腰抓起了小鱼。

庄维根快速地脱下鞋，光脚奔向河塘边，和袁依冰一起抓起了鱼儿。

大奶奶和众人赶紧来到河塘边。

兰儿 :“河塘都见底了，没有危险。大奶奶，由着孩子们玩耍吧。”

大奶奶和众人嘻嘻哈哈地笑着。

大奶奶 :“看这两孩子，玩得多欢畅。”

二三十条小鱼被扔上了岸，不多会便被烈日晒干。

婷婷 :“依冰，快上岸吧，这些鱼够黑妞吃的了。”

袁依冰踩着浅浅的烂泥往岸上走，脚底一滑，庄维根赶紧去扶，两人摔倒在河岸，庄维根爬起来时，嘴巴碰巧碰上了袁依冰的嘴巴。

袁依冰爬起来，冲着庄维根吼 :“你欺负我! 娘，维根哥欺负我了!”

庄维根急得满头大汗 :“我想扶你，脚滑了，摔倒了。”

袁依冰 :“你撒谎，你还亲了我的嘴。”

袁依冰呜呜地哭了起来，大人们在岸上笑成了一团。

袁唐平 :“庄维根，我就看见你压在妹妹身上了。”

庄维根眼睛瞪着袁唐平，吼着 :“我就是没有，就是没有。”

婷婷笑着下到河塘底，拉着袁依冰的手，“依冰，维根也是好心，想拉住你，结果把自己也弄摔倒了，别哭，哭了脸上生痱子的。”

袁依冰（哭着）“娘，维根哥是赖皮狗，他亲了我的嘴，就是我的老公。”

庄慕兰用手指划着自己的脸，对袁依冰嚷着：“拉郎配了！拉郎配了！”

袁依冰看到庄慕兰在岸上羞自己，哭得更凶了。

大奶奶（乐着）：“乖乖，快跟小依冰讲，长大了娶依冰做老婆。”

庄维根倔强，咬着嘴唇，可怜巴巴地望着汤正益。

汤正益笑个不停，“维根，看依冰妹妹长得多漂亮啊，快，叫依冰妹妹一声吧。”

庄维根恨恨地转过头对着袁依冰，喊了声：“老婆。”

袁依冰突然开心地笑了，欢欢喜喜蹲下身子，在地上捡起了小鱼，将小鱼捧在手心上，“维根哥，晚上我们一起把小鱼喂给大黑猫吃吧？”

庄维根嘟着嘴巴不理睬袁依冰，跑到庄慕兰边上，恨恨地用眼睛瞪着庄雪花。

庄雪花：“弟弟，你眼睛这么凶瞪姐姐干嘛？姐姐又没招你惹你？”

庄慕兰：“你就是吃里扒外的野猫，袁唐平在，你屁都不敢放一个。”

【5. 庄家村　庄宅　酷暑　夜幕降临】

庄家客厅，佣人在收拾餐桌。

庄维根：“奶奶，我要去看大黑猫吃鱼。”

大奶奶：“你不生袁依冰的气了？”

庄维根摇摇头：“我要去看大黑猫吃鱼。”

庄维根说完，拉着汤正益的手，硬要往门外走。

锡儿和汤正益依着维根，三人走出庄宅。

庄雪花望了一眼庄慕兰，见庄慕兰坐在椅子上看小人书，委屈地抬着头，眼睛可怜地望着大奶奶，瘪着嘴巴。

大奶奶笑了：“去吧，维根还没走远哪。”

庄雪花旋风一般跑出大门。

庄慕兰站起，将小人书往椅子上一甩，“庄雪花是养不熟的野猫。”

大奶奶：“慕兰，不许这么说雪花，啊？”

庄慕兰捡起小人书，“奶奶，就你护着雪花。雪花就是一只养不熟的野猫。”

庄慕兰说完，扭身往自己的房里跑去。

“唉。”大奶奶笑着，无奈地摇着头。

【6. 县城　袁宅　酷暑　日】

袁通的书房墙上挂一轴山水条屏。

袁通（自言自语）：“这幅画有些年头了，画芯宣纸已变成棕褐色，纸性发了脆，有几处出现小小的断裂，不过，画面还是毫无缺损。”

袁通伫立在山水条屏前。

袁通嘴里反复念叨着“虎儿”二字，突然袁通喜出望外，嘴里惊呼：“米友仁？”

袁通拍着自己的心脏，从书房来到客厅，缓慢地围着圆桌转起了圈，又一口喝了小半杯茶，极力让自己心情放松。

袁通从抽屉里拿出老花眼镜，戴上后又返身回到书房，全神贯注地盯着山水条屏。

袁旺松：“爹爹。”

袁通全身一抖，见旺松正叫着自己。

袁旺松：“爹爹，吓着您了吧？”

袁旺松一脸内疚，不安地问。

袁通：“呵，呵，儿子，几时回家的？”

袁旺松（笑着）：“爹爹，儿子刚刚回来，什么人的画让爹爹这么入神？”

袁通（激动地）：“这是米友仁的《云山烟树图》，虽说是摹本，宝贝啊。”

袁旺松：“爹爹，是谁临摹的？”

袁通（一脸骄傲）：“这个画家名叫施嵩，镇江人，爹爹初学画时就听说过此人，说不准，这个施嵩与咱们袁家的老祖宗袁枚，还是故友哩。”

袁旺松：“爹爹，摹本有价值吗？”

袁通：“怎么没有啊？这个施嵩是明末清初的大画家，临摹的作品又是米友仁的《云山烟树图》，爹爹和身边的画友们只是隐约听说米友仁留存在世的画作仅两件：一件是《云山得意图》，一件是《潇湘图》长卷。爹爹曾问遍江湖，谁都没有见过这两幅画。这幅《云山烟树图》，可以认为是米友仁的第三幅画作，虽是摹本，可以视为米友仁的真迹。”

袁通说完，小心翼翼地把画卷好，放入画筒。

袁通来到客厅往椅子上坐了下来，拿起桌上的水杯喝了一口。

袁通：“儿子，往后切不可一时贪念，转让了这幅画。”

袁旺松点着头，“爹爹，马上要中秋节了，儿子想在状元楼摆一桌酒席，请坤林和赵县长一家人，共度中秋佳节。”

袁通：“好啊。庄家大奶奶借给你的钱，准备何时还哩？”

袁旺松笑了，“爹爹，儿子核算了一下，自从粮库建起来后一直盈利，到如今本钱赚回来了。”

袁通脸露喜色，捋着山羊胡须，“中秋节打算还庄家钱吗？”

袁旺松：“嗯。儿子准备了汇票，一千本金，加五十元利息，一共给庄家一千零五十元。”

袁通：“看不出来，这几分利的行当，还真能赚钱哩。”

袁旺松：“爹爹，利小量大，军队上这一块，天天都来不及往外拉粮，又是现款交易，财运好着哩。”

袁通笑着，喝了口茶，“唐平和依冰去庄家村两天了，明天该回来了吧？”

袁旺松笑着点了点头，“爹爹，明天一早，我就坐着马车去接他们回家。”

【7. 庄家村　庄宅　初秋　日】

庄坤林和李邱巴刚步入院子，孩子们眼尖，雀跃着向爹爹扑来。

大奶奶（惊喜地）：“坤林，去刘家村才七八日，怎么晒得像个黑人哩？”

庄世伯：“坤林，家里有许多草帽，改日去刘家村，多带上几顶草帽去，看你脸上，都晒开了皮。”

庄坤林一手抱着维根，一边笑着摸了摸慕兰的头。

庄坤林：“娘，爹爹，儿子没那么娇贵，男人晒黑了反倒精神。”

庄慕兰伸手摸着庄坤林的脸，“爹爹，皮晒开了疼着哩。”

庄坤林笑呵呵地把维根放下，摸了摸女儿的脸，“娘，慕兰长大了，知道心疼自己的爹爹了。”

庄坤林起身，走向客厅坐在太师椅上，佣人赶紧将庄坤林喜欢喝的绿茶泡上，端给庄坤林和李邱巴。

庄坤林："爹爹，这几日家里可安稳？"

大奶奶："这几日袁家小桃红和婷婷，带着唐平、依冰去兰儿家住了几日，维根、雪花和唐平、依冰玩得可舒心哩。"

庄坤林："袁家小桃红和婷婷，难得来庄家村，咱们也没留人饭？"

大奶奶（乐着）："咋不留饭呢？昨日中午，兰儿和大树陪着，一起来庄家吃的中饭，家里欢畅着哩。"

庄世伯："坤林，旺松昨日来接婷婷回县城，特地把欠咱家的钱给还上了，还给了五十块钱利息，你娘死活不要，推来推去，旺松这孩子，也是说话算数，硬把汇票扔下，连饭都不肯吃，急着走了。"

庄坤林（笑了）："爹爹，旺松哥这人，和我一起长大，他就是这么个人。"

大奶奶："坤林，旺松临走时特别关照，马上过中秋节了，让你去状元楼一起吃饭哩。"

"哎。"庄坤林笑着，忽然站起身，朝案桌走去。

庄坤林拿去罩在收音机上的布，打开收音机，旋动收音钮，调到国民政府中央社的频道，听起了广播。

一段优美的音乐声后，播音员的声音响起："1937 年 7 月 7 日 22 时，日军在距北平十余公里的卢沟桥附近，进行挑衅性军事演习，并诡称一名士兵失踪，要求进入宛平县城搜查，遭到我国军队的拒绝。日军随即发动进攻，驻守此地的中华民国国民革命军第二十九军官兵奋起抵抗，截止目前，战斗仍在卢沟桥一带展开。"

"爹爹，战争打响了！"庄坤林猛地站起，脸儿通红，大声说。

"真的就这样打起来了？"大奶奶急了，急促地问坤林。

庄坤林（愤怒地）："娘，真的打起来了！在上海，驻扎着那么多日本军队；在东北，移民了成千上万的日本人，由日本军队护着，抢掠我国的土地和矿产。现在，日军又在北平发动了大规模的进攻。娘，这是日本军队的进攻，不是中日两国军队的摩擦啊！"

庄坤林愤愤地说着，情不自禁一巴掌拍在桌子上，"叭"的一声，把庄慕兰、庄雪花和庄维根吓了一大跳，一个个面面相觑。

庄坤林关掉收音机，"娘，未来不多时，战局定会扩大，我们这个小县城恐难避战火了。"

庄坤林激动地端起桌子上的茶杯，喝了一大口。

庄坤林：“邱巴，咱们中国地大物博，幅员辽阔，四万万国人只要一心，日本人亡不了中国。”

李邱巴忽地从椅子上站起，紧握双拳，“大奶奶，日本人如果敢来咱县城，只要坤林哥带头，李邱巴绝不后退。”

庄世伯：“坤林说得在理，中国这么大，日本人要占的地方太多，再说咱们溧水县城也不是大城市，日本人未必有精力来咱县城。”

大奶奶：“阿弥陀佛，求菩萨保佑，日本人千万别来咱们溧水，咱们家乡世代安稳，阿弥陀佛。”

大奶奶：“世伯，坤林，我又担心又害怕，世外桃源般的庄家村，这安宁的生活会发生改变。”

庄坤林：“邱巴，咱们护村队看来要真枪真刀地干了。”

【8. 李家村　李宅　秋　日】

李邱巴风风火火跨进院子。

李半仙正在悠闲地喝着下午茶，见李邱巴回家，起身迎着儿子，笑意写在了脸上。

李邱巴（激动地）：“爹，娘，出大事了，日本军队和中国军队在北平卢沟桥开打了。”

李半仙（平静地）：“北平离咱县城还远着哩，再说咱中国军队也不是吃素的，不会由着日本军队胡来不管的。”

李邱巴：“坤林哥讲，中日大战快了，估计很快会打到咱们县城。儿子认为，爹娘应该将劳作半辈子的钱藏起来。”

李半仙有所触动，习惯性地用手指敲击着桌子。

邱萍（慌张地）：“儿子，你别吓娘了，这日本军队往后真会到咱这小县城里来？”

李邱巴（激动地）：“肯定会！坤林哥有头脑的人都这么说，收音机里还放着国歌哩，儿子听了，血直往脸上涌哪。”

李半仙：“邱萍啊，儿子刚才说的话让我高兴呢。邱巴自从和坤林待在一起，懂事了，知道关心咱们，也关心家里的财产。不怕一万，就怕万一，日本军队真进了咱县城，今后就没有安宁的日子过了。早做些准备，也没坏处。”

邱萍（心疼地）：“孩子爹，儿子晒成这样，那张白脸成了枣红色了。”

李半仙：“枣红色好啊，健健康康的。”

邱萍：“儿子，山里吃得可好？”

李邱巴：“娘，山里好着哩，儿子当了组长，管着一大摊事哪。”

邱萍：“管着几多人哪？”

李邱巴：“所有的后勤归儿子一个人管着，另外，儿子有两个帮手，整日使唤着他们哩。”

邱萍：“儿啊，爹爹和娘都盼着你找个姑娘结婚，咱李家就你棵独苗，不孝有三，无后为大。抓紧些把这事办了，你爹爹才放心哩。”

李邱巴深深地叹了口气：“那年儿子不懂事，伤了人家哑巴女，也不知道哑巴女在哪里？要不然孩子都老大了。”

邱萍眼里噙着泪水：“儿子，都怪你娘势利，盼着给你找个健康的女娃。娘现在想起，心里如刀割般痛。”

李半仙：“造孽啊，我亲手扼杀了李家的根。”

李半仙眼泪无声地往下掉。

邱萍伸手替半仙抹泪，忍不住哭出了声响。

李邱巴：“爹爹，娘，当年儿子没有给哑巴女打胎，说不准，咱李家已经有根了。”

李邱巴鼓起了勇气，“爹爹，娘，儿子这一次讲的是真话。”

李半仙一个激灵，哆嗦着问：“什么？当年爹爹开的打胎药方，你没抓药？”

邱萍一听，立马停止了悲泣，紧张地看着李邱巴。

李邱巴：“爹爹，儿子当年不忍心，那是咱李家的血脉，儿子将爹爹的药方扔在一边，自已给哑巴女配了保胎的方子。”

“哎呀呀！”李半仙突然背转身，喜极而泣。

邱萍：“孩子爹啊，咱们的儿子也是心地善良。日后，咱们托人去苏北淮安打听一下，兴许还能访到消息哩。”

李半仙停止了痛哭，身子却不停地战栗。

李邱巴笑着："娘，爹爹，那天送药，就在马车跑动前，儿子将平安锁给了哑巴女，说不准哪天在大街上能撞见咱李家的孩子呢。"

"哎，哎，"邱萍连连应着，望着李半仙，李半仙的脸上浮起了笑容。

【9.县城　中秋节　下午　日】

庄坤林和黄大树沿着木果河畔比肩行走。

庄坤林："大树哥，西斜的阳光依然刺眼和炽热，河畔的柳树无精打采，枝条直直地垂着纹丝不动，这天真热啊。"

黄大树："都中秋节了，天气还这么热，木果河静得出奇，连条小船都看不见。"

一束刺眼的光亮，让庄坤林睁不开眼。庄坤林用手遮在眼眉，费力寻找发出光亮的物件。

黄大树："坤林啊，那是照妖镜发出的光芒。袁家和你家屋脊顶上，黄铜的照妖镜有脸盆大哪。"

庄坤林："大树哥，这照妖镜的由来你知道吗？"

黄大树："江南人家都有习惯，在家门上端，挂面镜子，照鬼怪哩。"

庄坤林笑了："中国的道教有个说法，很多的妖怪都会变身为人，唯独在镜子里不能变化。如果是人，照了照妖镜，镜子里照出来的还是人形。如果是妖怪，镜子里照出来的就是本相。"

黄大树："今年中秋节热不可耐，也是奇怪了。往年这个时候，秋风习习，一日比一日凉快。"

庄坤林："晚上袁家请客，那家人会来吗？"

黄大树："你是指大县官哪？听兰儿说，赵县长一家子都答应了，晚上可热闹着呢。"

庄坤林："太阳还在西斜，大树哥，西边天空出现了一大片火烧云哩，亮亮的像烈火燃烧。"

黄大树抬头望了眼西边的天空，"真好看，像大火在烧。"

黄大树："哎，坤林，我们这走到哪儿了？前面不是医院吗？"

庄坤林："大树哥，顺道看看我的出生地？"

黄大树："坤林，这一晃都要三十年了，大树哥头上都长了好多白发。"

黄大树边说边用手摸了摸头发。

医院的大门虚掩着，透过门缝，院子里长着许多杂草。

庄坤林："进去看看吧，门开着哪。"

庄坤林对医院好奇，便推开木门，和黄大树走入院子里。

花匠："哎，两位客人，来找何人哪？"

花匠穿着木屐，手上还粘着些许葱花碎末，殷勤地跑出来，锅子里正烧着一大锅红烧肉。

庄坤林："大叔，我俩路过，见门开着，又闻到红烧肉的香味，忍不住进来看看的。"

花匠："这有什么好看呵，到处是草，医院都荒废了好些年了。"

黄大树（笑着）："你不知道，他当年出生在这儿，是邱医生给接生的，怀旧来了。"

花匠："噢，在这儿出生的人很多，我记不得了。"

花匠笑着回，一脸的忠厚样。

黄大树："当年邱医生接生时，这位后生的娘，还送了两箱神仙酒给邱医生哪，你还记得吗？"

花匠："哎哟，想起来了，你是庄家大奶奶的儿子？"

花匠显然也有些开心，脸上的笑容明显轻松了些。

庄坤林（故意地）"大叔，邱医生回日本快十年了吧？你怎么一直守着这医院哪？"

花匠笑了："邱医生的合伙人舍不得这些土地和房产，医院里又有着许多设备，一直寻思着找个好买主或找个新的合伙人，把这医院盘活。我也没什么本事，就是对这医院熟悉，就雇了我，给他们照看着。"

庄坤林："大叔是哪里人哪？"

花匠："我老家在东北，靠北大荒。那嘎达，被日本人占着哩。"

黄大树（笑着）:"坤林，这可是个地道的老东北啊，一听嘎达就知道了。"

庄坤林："嘎达是什么意思？"

黄大树："嘎达就是地方的意思。花匠也是可怜，家乡被日本人占了。"

庄坤林突然看到在院子的角落倚墙放着几块大玻璃镜子，心生疑窦。

庄坤林："大叔，你这弄这么多镜子干嘛？"

花匠笑了："这院子一荒废，年代长了，黄鼠狼、夜猫子太多，晚上总是这儿响那儿叫，遇到个风雨夜，心里瘆得慌。弄些镜子，待天凉快些，四面八方挂着，降妖怪哩。"

黄大树和庄坤林哈哈大笑。

庄坤林："就你一个人哪？"

花匠："前两年，我侄儿没事，被我叫来做个伴，反正东家付工钱。"

花匠："哎哟，锅里的肉烧焦了。"

花匠慌了，笑着往屋里奔去。木屐发出"叭哒、叭哒"的声音，格外刺耳。

【10. 县城　状元楼　中秋节　夜幕降临　日】

状元楼包厢里热闹非凡。

赵县长与袁通推杯换盏，赵林和黄大树、庄坤林喝酒猜拳。

赵县长和赵林均穿着灰色中山装，皮鞋一尘不染，显然出门前精心擦拭过。

赵林中山装的标袋上，插了支派克金笔，显得沉稳儒雅。

窗外月亮升上了天空，皎洁的月光洒满了山城。

赵县长兴致勃勃走向窗户，望着月亮，吟道："春风又绿江南岸，明月何时照我还。"

赵县长（转身）："庄坤林哪，这是何人的诗哪？"

庄坤林："这是宋代王安石《泊船瓜洲》的诗句。前二句为'京口瓜洲一水间，钟山只隔数重山'。"

赵县长："好！坐中客，翠羽帔，紫绮裘。"

赵县长故意挠了下头，"庄坤林哪，后面几句我忘了，你给提醒一下吧。"

庄坤林起身，"素娥无赖，西去曾不为人留。今夜清尊对客，明夜孤帆水驿，依旧照离忧。"

袁通："好！"

袁通起身，笑着打起了圆场，拍了拍手，"这是宋朝苏辙所著的《水调歌头·徐州中秋》。来，我敬赵县长一杯酒。"

赵县长走向袁通，端起酒杯与袁通一饮而尽。

赵县长边向座位走去，边微笑着望着庄坤林。

赵县长："庄坤林，卢沟桥事件发生了，你有什么看法啊？"

庄坤林几杯酒下肚，头上热汗直出。

袁大奶奶："今晚上怎么一点风都没呢？我去把楼梯间的老虎窗打开。"袁大奶奶起身出包厢。

袁通："老虎窗好像打开了，包厢里有了丝丝的晚风。坤林，有风了吗？"

庄坤林掏出手帕擦了下额头，点了点头。

庄坤林："北平发生了卢沟桥事件，上海日军向国军发动了大规模进攻，赵县长是县城的政治领袖，我应该听赵县长的看法哪。"

赵县长哈哈大笑，"中国人的要素，物的要素，组织的要素，没有一种能和日本比拟，战必败。"

赵太太和赵林，纷纷点着头。

"未必！"庄坤林又喝了口酒，红着脸，坐在椅子上说。

赵县长兴致勃勃地朝庄坤林摆了摆手，"汪精卫先生已经多次向蒋委员长进言，要打开中日谈判的大门。汪先生讲，主战的目的是让国家能够独立生存下去。如果能达到此目的，和日本言和也不失为一种手段。"

庄坤林激动地起身问："依赵县长的意思，中国只能言和，不能抗战了？"

赵县长朝庄坤林压了压手，示意庄坤林坐下。

赵县长："日本占领区日益扩大，重要海港和交通路线，日本唾手可及。我国财政日益匮乏，一味主张焦土抗战的这些人是不坦诚的表现。"

庄坤林（激动地）："据我了解，蒋委员长发表了《告抗战全军将士书》，和平既然绝望，只有抗战到底。蒋委员长号召全中国人民，如果战端一开，那就是地无分南北，人无分老幼，无论何人，皆有守土抗战之责任，皆应抱定牺牲一切之决心。赵县长，待到全民抗战这一天，只要赵县长振臂抗战，庄坤林必将抱死追随。"

"好！"黄大树情不自禁叫了起来。

赵县长："国民政府如果积极抗战，共产党趁机闹腾起来，又该何办？"

庄坤林："共产党中央已经向南京政府发电，愿在蒋委员长指挥下，努力抗战，红军主力准备随时出动抗日哪。"

"哦？"赵县长愣住了，脸色变得凝重，脸上明显透着不快，但微笑依然挂在嘴角。

袁旺松赶紧站起，“坤林，莫谈国事。中国这么大，人才多着哩。我们是生意人家，管什么抗战。抗战是政府考虑的事，我们的追求只有一个——赚钱。”

赵县长坐下，开心地喝了口酒，对着袁旺松竖起了大拇指。

袁通 :“兰儿娘，酒已喝得尽兴，把状元楼制作的月饼赶紧上桌，让赵县长和赵太太品尝哩。”

月饼用镶着金边的精致瓷盘装着，每人一份，被端上了餐桌。

赵太太用筷子夹了一小块豆沙月饼，慢慢地品尝，满意地点着头。

赵县长埋头吃着月饼，突然冷不丁地问 :“庄坤林，你是从哪儿知道这些消息的，说来听听？”

第二十七集

【1. 县城　状元楼　中秋节　夜幕降临】

赵县长埋头吃着月饼，突然冷不丁地问："庄坤林，你是从哪儿知道这些消息的，说来听听？"

"收音机里。"庄坤林头也不抬，嘴里嚼着月饼。

"噢？"赵县长微笑着，边吃月饼，边用手指轻轻地敲着桌子。

袁通："赵县长，局势真有这么紧张？"

赵县长："局势十分紧张，南京乱成一片哪，什么样的声音都有。"

袁通："日本人会来咱们溧水？"

赵县长："这谁说得清啊，我也不懂军事。"

袁通："日本人真来了，你怎么办？"

赵县长："我能怎么办？按上头的，上面让我怎么办，我就怎么办。"

庄坤林："赵县长，问你个问题，你别生气啊？"

赵县长哈哈笑着，"庄坤林，有什么问题，你尽管问。"

庄坤林："南京让你投降日本人，你也照办？"

赵县长将筷子往桌上一拍，"我从小读四书五经长大的，这个道理不明白？我可以选择不干！"

庄坤林起身，"赵县长，就冲你这句话，庄坤林敬你一杯酒。"

【2. 县城　粮库　中秋节后　日】

粮库大门敞开，运粮的汽车和卖粮的马车川流不息。

十几辆军车停在粮库门口，等待装粮食。

几十个搬运工汗流浃背紧张地忙碌着，有的在卸粮，有的在往军车上装粮。

军官："袁老板，多增加些人手给军车装粮，天黑前要运到南京呢。"

袁旺松正在大磅秤前看着称粮，朝军官"哎"了声，随后走到卖粮的马车前大声招呼："都过来，先往军车上装粮。"

十几个搬运工停止了卸粮，拉着空板车往仓库而去。

袁旺松："长官，南京现在怎么样了？"

军官："自中秋节那天，日本飞机开始轰炸南京，四个月来，日本飞机天天来南京城疯狂投弹，估计不久就会来轰炸溧水了。"

袁旺松："溧水这么个小地方，值得日本人来轰炸吗？"

军官："日本飞机肯定会轰炸溧水。溧水虽小，溧水是南京的南大门啊。日本军队很快就要进攻南京，现在国军士兵的弹药都是足额发放。十几万士兵不能饿着肚子打仗，要抓紧从各地往南京囤粮呢。"

袁旺松（着急地吼）："别磨磨蹭蹭，快些往军车上装粮。"

工人们搬着跳板，奋力往军车上堆粮。

【3. 县城　袁宅　客厅　秋　日】

袁旺松心急火燎地推开院门，径直跑入客厅。

袁通正坐在客厅悠闲地喝着茶，不解地望了望袁旺松。

袁旺松："爹爹，明天儿子弄几辆马车将你们送到兰儿家，日本飞机就要来轰炸县城了。"

袁通："旺松，不必惊慌失措，南京是国民政府的首都，日本飞机去轰炸不足为奇。溧水是个小地方，在历史上也不是兵家必争之地，这里也没有国民政府的军队驻守，不值得日本飞机来扔炸弹。"

袁旺松："爹爹，刚才国军拉粮的兵丁讲，县城是南京的门户，日本人必定会来的。"

袁通："哈哈哈。南京的门户是紫金山哩，这紫金山上架大炮，可以轰到南京城哩。县城就是县城，哪是南京的门户哩。”

袁旺松：“爹爹，你还是老脑筋，待会坤林要来，你不信问问坤林吧。”

袁通：“坤林的脑筋和你一样，他说的话，我也是将信将疑。哎，旺松啊，把小桃红她们送到兰儿那里，这我可是同意的。”

【4. 庄家村　庄宅　秋　日】

几匹快马在庄家大门口停下。

兆明亮下马将马缰绳递给随行的战士，情绪高涨地跨入庄家大门。

兆明亮（喊）：“坤林，在家吗？”

庄坤林（大声应）：“兆明亮？这么长时间没有你的消息？我天天盼着你哪。”

庄坤林欣喜地从客厅出来，抓着兆明亮的手，迎入客厅，佣人上茶后知趣地离开。

兆明亮往椅子上坐下，“坤林，好久没见，是不是想知道我去了哪里？”

庄坤林：“明亮，我从广播里知道了一些大事，9 月 22 日，国民党中央通讯社播发了在庐山发表的《中国共产党为公布国共合作宣言》。蒋委员长在庐山公开发表谈话，承认中国共产党的合法地位。中国共产党庄重承诺，愿为中山先生的‘三民主义’彻底实现而奋斗，取消一切推翻中国国民党政权的暴动政策及赤化运动，取消红军名义及番号，改编为‘国民革命军’，将奔赴抗日前线。我这心里越明白，越是想念你哩。”

兆明亮（面部严肃）：“这段时间，我去参加了江西、福建、浙江、安徽等八省红军和游击队的整编工作，现在统一编为国民革命军新编第四军，简称新四军。”

庄坤林也严肃起来，“老同学，我们在这场抗战中该如何做哩？”

兆明亮（笑着）：“坤林，我今天就是来告诉你，新四军成立了溧高县，由我担任县长，组织上任命你为新四军韩湖区区长。以后，我们共同开辟韩湖区抗日游击根据地。”

庄坤林（激动地）：“明亮，我一定服从组织安排，和你一起开辟新四军韩湖抗日根据地。”

兆明亮：“庄家村护村队现在在哪里？”

庄坤林："贾亮和黄大树带着，在刘家村训练哩。"

兆明亮（疑惑地）："哪个刘家村？我咋没印象？"

庄坤林探身望了一眼厨房，起身走到兆明亮身边，嘴巴贴着兆明亮的耳朵轻声地说着，兆明亮边听边点头，脸露喜色。

兆明亮："既然县地图上没有刘家村，那日本人的地图，也不会有刘家村这个地名。这里就是好地方，以刘家村为基地，目前需要保密。"

大奶奶和庄世伯兴高采烈地走进客厅。

大奶奶（欢喜地）："兆明亮，很长时间没来庄家了，大奶奶还怪念着你的，在这吃晚饭，啊？"

兆明亮："伯父伯母，我还有许多事情要办，改天再来叨扰哩。"

大奶奶："兆明亮，你是神龙见首不见尾，你不说，我也知道，你是共产党的人。"

庄世伯笑着不语，友善地看着兆明亮。

庄坤林："娘，爹爹，蒋委员长和国民政府已经公开承认共产党的合法地位，往后，共产党光明正大地抗日，谁也不能对共产党说三道四了。"

兆明亮："坤林，你的事情，你爹娘都知道了？"

庄坤林笑着摇摇头。

兆明亮："伯父伯母，坤林是我们新四军的区长了，他呀，也是一名共产党员哪。"

大奶奶（激动地）："世伯，咱家儿子干的是大事，走的是大路。明亮哪，你第一次来庄家村，我就已经猜出来，你不是一般的人呢。"

兆明亮："我这就走。天黑前要赶到高淳呢。"

庄坤林和兆明亮向外走去。

庄坤林："明亮，往后韩湖区的抗战活动，主要有哪些方面？"

兆明亮："秘密壮大护村队，为新四军未来需要做好兵源补充，包括粮草，伺机打击敢于下乡的日本人。"

兆明亮说完，翻身上马，笑着跟庄坤林道别，几匹马儿往高淳方向奔去。

【5. 庄家　村庄宅　秋　上午】

庄坤林、贾亮、黄大树和李邱巴，在庄宅门口下马。

大奶奶听见马蹄声走出门外。

大奶奶："坤林，昨日小桃红带来口信，旺松中午想见你哩。"

庄坤林："贾亮，要不咱几人一起去县城遛达一下？"

贾亮："好啊！"

庄坤林："邱巴，你回去看看爹娘吧？"

李邱巴："还早呢，我们正好去县城看看。"

黄大树："坤林，那东西在身上呢，要不先藏家中？"

庄坤林："县上都承认咱们护村队了，再说，身上穿着秋衫，也没人看见。"

【6. 县城　山道　秋　日】

四匹快马奔驰在去往县城的山道上。

马儿跃动着，马蹄踩在山石路面，发出杂乱的声响。

庄坤林："贾亮，我们溧水美不美？你看，太阳斜斜地往上爬，金色的阳光洒在这片宁静而又富饶的土地上。蜿蜒的山路像一条抖动的彩带，一片片杂树林，深秋的树叶，红的红黄的黄，野柿子树上挂满成熟的柿子，红艳艳擎在路旁。蓬蓬簇簇的野菊花，夹杂在草丛里。"

贾亮："坤林，溧水很美，但我的家乡比溧水更美。一到秋天，漫山遍野的石榴树上挂满了石榴。"

庄坤林："贾亮，你多久没来县城了？"

贾亮："快一年多没到县城了。"

庄坤林："上次我跟你开玩笑，在木果河米行边上那个姑娘，长得可漂亮哩，抽个空，去瞧瞧，怎么样？"

黄大树："贾亮，你可是行伍出身，屡经战场都不怕，还怕个大姑娘？"

李邱巴乐了："贾亮，坤林眼光高着哩，说那姑娘漂亮，那就是个大美女。"

贾亮（大声）："邱巴，你爹娘整日盼着你添香火哩，要不贾亮让给你这个机会？"

李邱巴（兴奋地）："好啊。"

众人在马背上哈哈大笑。

四匹快马奔入县城。

贾亮："街道上怎么这么冷清啊？"

庄坤林："哎，日本飞机整日轰炸南京，县城的居民，能投奔亲友的，早就跑了。说不定，就这几天日本飞机来轰炸县城哪。"

李邱巴："有这么快吗？"

庄坤林（神色凝重）："日本军队先轮番轰炸南京，下一步必然会动用军队合围南京。咱们县城是南京的南大门，日军必然会到。"

【7. 县城　袁宅　秋　日】

乱纷纷的马蹄声传入袁家。

袁旺松奔出客厅，打开院门，见庄坤林到来。

袁旺松："坤林，总算把你盼来了，快进屋。"

庄坤林几人将马拴好，一起步入袁家。

黄大树见袁通悠闲地坐在客厅喝茶，上前招呼。

黄大树："泰山大人，今日悠闲着哪？"

袁通："这几日，家里冷清得很，只能沉下心喝茶。人们都怕日本飞机轰炸，人心不稳啊。"

佣人上茶后惊慌地面对袁通："袁老爷，这几日我眼皮直跳，恐有大祸发生哪。"

袁通："莫怕。心里慌张，眼皮会跳，心里安静，啥事没有。"

袁旺松无奈地看了看袁通，把庄坤林拉到一边。

袁旺松："坤林，约你过来，就想让你看看，我粮库的生意有多旺。现在粮价大涨，粮源紧张，庄家一直到现在都没有卖粮与我，你与大奶奶吱一声，旺松不会亏待庄家。"

庄坤林："旺松哥，中秋节那顿晚饭后，坤林心里憋了话，今日痛快与你讲，谁让我们是兄弟呢？"

袁旺松（着急地）："讲啊，旺松哥听着哪。"

庄坤林："庄家的粮食可以卖给你，但昧良心的钱不能赚。日本人早晚占领县城，这几日到处见到国军撤退。你的粮食，今后宁可烂光，也不能卖给日本人哩。"

袁旺松（犹犹豫豫地）：“坤林，你尽管放心，我不把粮食卖给日本人。再说，与日本人做生意，他们会给你粮钱？”

庄坤林：“日本人给你粮钱，你卖吗？”

袁旺松：“日本人不一定前来占领咱县城。现在一起去我粮库看看？

庄坤林：“上次已经看过了。”

袁旺松：“哎，现在不同了，两排仓库都堆满了粮食，几十号人整日忙着，每日里车水马龙。”

庄坤林：“好。”

袁旺松：“姐夫，孩子们在乡下可安稳？”

黄大树（笑着）：“唐平和依冰在乡下畅心着哩，与庄家几个孩子整日在一起玩耍。我问唐平是县城好还是庄家村好，唐平直说庄家村好哩。”

袁通（笑嘻嘻地）：“你们都说日本飞机会来轰炸，我就坐在家里，等着看日本飞机下蛋。”

众人一听，纷纷笑了起来。

庄坤林：“旺松哥，我先回家看看，等会儿一起去你的粮库。”

庄坤林带着贾亮和李邱巴，刚出袁家大门，庄坤林忽然停下，侧耳细听起来。

贾亮：“怎么啦？”

庄坤林（大声喊），“天上有飞机的轰鸣声。”

贾亮和李邱巴赶紧抬头看天空。

李邱巴：“哪来什么飞机？除了刺眼的阳光，就是一抹抹淡淡的云彩。”

黄大树和袁旺松听到庄坤林的喊声，冲出了院门。

庄坤林：“听，赶快听。”

众人眼睛扫视着天空。

袁旺松：“天上有隐约的轰鸣声。”

李邱巴：“看到了，三架飞机远远地飞来，飞机在县城上空盘旋哪。”

贾亮：“飞机上贴着膏药旗呢。”

庄坤林：“终于来了。”

庄坤林沉着脸，眼睛瞪着天空。

“赶快躲起来吧。”李邱巴大声喊道，四处张望，寻找藏身之处。

“爹爹，锁好家门，快随我上山去。”旺松大声招呼袁通。

庄坤林：“大树哥，看来这是日本的侦察机，估计轰炸机随后会到，我们赶紧去附近山林躲一躲，你快去劝下兰儿爹一起走。”

黄大树赶紧冲入袁家，见旺松正在苦苦劝着袁通：“爹爹，快跟儿子一起上山躲一下，日本侦查机已经来了，马上要轰炸了。”

袁通大笑：“你年轻，与坤林几人先去粮库守着，那儿山大。爹爹这把年纪，哪儿都不去。”

“爹爹，儿子求你了！”旺松急得快要哭。

黄大树：“快走吧，一会儿轰炸机要来了。”

袁通：“我生在这儿，长在这儿，若能被飞机炸死在这儿，也算叶落归根了。放心吧，死不了的。”

庄坤林：“旺松哥，赶紧走。”

袁旺松：“爹爹，你自己注意安全，万一飞机来了，躲到墙根处，千万别上大街。儿子先去粮库看看，一会儿就回来。”

五匹快马向粮库方向的小山冈奋蹄而去。

【8. 县城　粮库　秋　日】

五匹快马越过古石桥，沿着木果河东岸前行。

街道上到处可见惊恐不安的居民。

马队经过废弃的医院，黄大树策马上前。

黄大树：“坤林，我看见医院大门开着，花匠拿块脸盆大的镜子站在院子里。”

李邱巴：“坤林哥，我也看见了，院子地上还摆着块坐椅大小的镜子哩。”

庄坤林（笑着）：“花匠疑神疑鬼的，细想也是，两个人住那么大的地方，晚上是挺吓人的。”

袁旺松的快马跃上粮库小山冈的便道，庄坤林等人策马紧随其后。

粮库大门口聚集几十号人，议论纷纷。

袁旺松牵着马走到大门旁，将马拴在树上。庄坤林等人下马，就近寻了两棵树，将马儿拴好。

“袁老板，日本飞机来了，从粮库上方飞过。”门卫紧张地报告。

“那开飞机的日本人，帽子、脸都看得清清楚楚，鼻子下留着一撮小胡子哩。”背着枪的县保安团兵丁大声说。

袁旺松：“上午运了多少粮？”

门卫：“往外拉了三十五车粮，一共运出不到四十吨粮食。今日卖粮来的也不多，就收了三马车，不到两吨的粮食。”

庄坤林站在山冈上，李邱巴、贾亮、黄大树围在身边。阳光刺眼，庄坤林手举眉前，扫视着县城的街道和建筑，赵县长的宅子、医院、木果河西岸的米行，尽收眼底。

李邱巴也学着庄坤林的样子，手举眉前远眺整个县城。

李邱巴：“坤林哥，咱们县城的城隍庙怎么不在城里啊？”

庄坤林：“我以前看过县志，咱们县城的城隍是白季康，白季康是大诗人白居易的堂叔。白季康死后，白居易给他写了墓志铭，因此白季康的知名度大增，朝廷和百姓们便让白季康当了城隍。当时城隍庙在县城内，但在明初重建县城城垣时，把城隍庙留在城外。”

李邱巴：“噢，原来是这样。小时候，娘常带我到城隍庙看戏，记得庙会期间演戏的戏台叫万年台，人从台下穿过，沿石级而上便到长廊，唱戏时如遇下雨天，可以边看戏边躲避风雨呢。”

黄大树：“那时候真是太平盛世，连毛贼都难遇到。”

庄坤林：“庙里有颗枝繁叶茂的银杏树，比庄家村的银杏树小一些，但树冠高大苍劲，树围要两人合抱哩。”

李邱巴：“庙门正对面的照壁一侧，还有一根大旗杆，旗杆顶部就有大海碗粗，有三丈多高哩。”

庄坤林：“贾亮，你看木果河西侧，拐弯处有个米行，米行不远处，藏着一个好姑娘呢。”

庄坤林笑着逗贾亮，手还学着弹棉花的样子，嘴里发出“嘣、嘣”的声音。

李邱巴（疑惑地）：“坤林哥，你这嘣嘣嘣的叫声，学着什么哪？”

庄坤林：“弹棉花啊，你这个傻瓜，连这都听不出啊？”

李邱巴（脱口而出）：“什么？弹棉花？那个女娃会弹棉花？”

庄坤林：“看起来是一对父女在弹棉花。”

庄坤林刚刚说完，只听天空中传来一阵阵轰鸣声。

粮库门卫（惊恐地）："飞机来了，快躲开啊。"

众人一哄而散，四处寻找地方躲避。庄坤林和黄大树等人也就近找了处灌木丛隐蔽起来，拨开树叶注视着天空。

远远出现了飞机的身影，越来越近，轰鸣声如雷贯耳，惊心动魄。

庄坤林从衣袋里摸出怀表，"轰炸机群来了，怀表的时针正指向下午两点。大家记住了。"

飞机越来越近，鸟群般掠过远方的群山，向县城上空飞来。

贾亮："九架飞机，从上海方向飞来。"

李邱巴："这边还有，三架、五架、十一架、十四架飞机，从东南方向飞来。"

李邱巴忘了哑巴女，紧张地数着飞机，声音颤抖着。

"下来了！下来了！飞机扔炸弹了！"黄大树紧张地叫。

众人盯着黑压压下坠的炸弹，紧接着，巨大的爆炸声开始持续不断地轰响，腾起的黑烟和光亮，让太阳失色。

黄大树："又来飞机了！又来飞机了！"

袁旺松紧张得脸色发白，猫腰钻到坤林这边，双腿在颤，嘴唇在抖，上牙磕着下牙，好不容易又蹦出一句："爹爹啊，娘啊，我娘还在状元楼哩。"

袁旺松蹲在地上呜咽起来。

庄坤林神色沉重，一边轻抚旺松的背安抚旺松，一边抬头观看日军飞机轰炸，"奇怪了，这些炸弹像长了眼，从东到西贯穿爆炸。"

"炸船了！"

黄大树一声惊叫，只见几架日本飞机向木果河俯冲下来，连续投了几颗炸弹，命中了正在行驶的一个船队，巨大的爆炸声伴随腾起几丈高的水柱，黑烟散去，远远看见满河碎片。

"狗日的！"贾亮握紧拳头，恨恨地朝树干砸去。

一架飞机从医院上空飞过，却不投弹。

庄坤林："大家快看，有人在用镜子反射着阳光。"

天空有光亮闪过，有规律地发出闪光，炫目的光亮刺向天空。

庄坤林赶紧推了推身边的袁旺松，"旺松哥，那年我们在医院边上，听到嘀嘀嗒嗒的声音，你还记得吗？”

袁旺松惊恐地点着头。

庄坤林：“贾亮，大树，上马，医院里有日本密探哪。”

贾亮和黄大树一个激灵，下意识掏出手枪。

“坤林，你说医院里有日本人？”贾亮紧握手枪，急切地问。

“看，医院有人用镜子照日本飞机哩。”庄坤林从灌木丛里站起身，手指医院方向大声喊。

众人顺着庄坤林手指的方向看去，只见镜子反射的光束，间隙性地射向空中。

“抓住他！”贾亮大吼，冲过去解下马绳。

庄坤林等人也迅速冲过去解开马绳。

李邱巴见树底下巴掌大的石块，捡了二块攥在手里。

庄坤林：“旺松哥，快去找你爹娘。”

贾亮一马当先，庄坤林、黄大树、李邱巴紧跟其后。

四人带着满腔怒火，向医院方向冲去。

【9. 县城　医院　秋　日】

马队成一字型，快速奔下山坡，在林立的民宅中缓慢穿行。

黄大树和贾亮跃马在前，庄坤林和李邱巴紧随其后。

马队一踏上木果河东岸老街，马速加快，马蹄敲打着青石板“哒哒”地响，风一样向医院冲去。

一架日机发现了马队，飞机大回旋后，机头正对着马队。

李邱巴：“坤林，我们被日本飞机盯住了，快逃！”

马队冲进医院，日机竟然摆动了下翅膀，从医院上空飞过。

花匠正在院子里，手拿玻璃镜子，引导着飞机。

见马队冲进院子，花匠抬腿就往厢房跑。

黄大树和贾亮从马背一跃而下，紧追上去。

花匠转身跑进厢房，急速关上木门。

黄大树和贾亮抬脚猛踹木门，木门纹丝不动。

厢房里传来铁锤砸击硬物的声响，“咣、咣、咣”的声音连续响着。

黄大树高喊："快过来，一起把门撞开。"

黄大树一回头，见庄坤林和李邱巴正与一男青年缠打。男青年身手敏捷，一拳将庄坤林打了个趔趄，又飞起一脚，将李邱巴踢翻在地。

黄大树大吼一声，飞身向前，冲黑衣男眉心一记直拳，黑衣男双手交叉，一下将黄大树胳膊叉高，直拳落空。黑衣男右腿上抬，膝盖结结实实猛撞黄大树腹部。

庄坤林忽地上前死死抱紧黑衣男的腰，黑衣男奋力扭动身体。

李邱巴突然掏出石块砸向黑衣男。

黄大树大吼一声，抬脚猛踹黑衣男，黑衣男突然紧咬牙齿，身体一软，摔倒在地，嘴角淌着血。

黄大树、庄坤林、李邱巴三人冲向厢房，一股烟透过门缝飘到门外，透过门缝还看到了火光。

"狗日的，在烧东西呢！"贾亮喊。

一股烟雾透过门窗缝飘来。

"呯、呯"，花匠从厢房内对着木门开枪，手枪子弹没有穿透木门。

庄坤林和贾亮迅速左右散开，时不时踹木门几脚。李邱巴悄悄地把黄大树拉到小窗边，黄大树闪身偷看了一眼，见花匠持枪蹲在桌案边，全神贯注地盯着木门。

黄大树举枪敲碎玻璃对花匠连打几枪，花匠应声倒地。

庄坤林四人奋力撞开木门，地面上一堆灰烬正散发着黑烟。

李邱巴："唉，太可惜了，花匠把收音机砸了。"

贾亮捡起花匠握着的手枪，"这是发报机，连电码都烧了。"

庄坤林在书桌翻找，见桌上有张县城地图，上面画了许多符号，便把地图揣进衣袋。

庄坤林："我们现在先待在院内，等飞机轰炸完后再出去。"

爆炸声不断地传来，渐渐地爆炸声消失，天空也不再有轰鸣声。

众人走出院子，天空烟云弥漫。

庄坤林掏出怀表看了一眼，"三点二十分，轰炸了近一个半小时。"

【10. 县城　下午　秋　日】

庄坤林一行骑马来到古石桥。

近旁废墟中死伤者无数，幸存者的哭喊声撕扯着庄坤林的心。

来往的幸存者脸上都透着恐惧后的麻木。

太阳被腾起的黑烟遮蔽，阳光无力地穿过黑烟投向燃烧的土地。

“浩劫啊！浩劫！”庄坤林突然对天怒吼，脖子上青筋暴起。

木果河呜咽着，从石桥下流过，水面上漂浮着船体的残片。

李邱巴：“坤林哥，莫悲伤了，我们去看看弹棉花的女娃吧？”

贾亮：“坤林，我们去看看弹棉花的姑娘吧。”

“上马！”庄坤林不由分想，一声喊叫，众人纷纷上马，向木果河西岸米行所在方向奔去。

木果河西岸，民房在燃烧，一人抱粗的大柳树被掀翻了几棵，树干仍在燃烧。

米行已不复存在，周边一片废墟，大火过后仍有余烬“噼啪”燃着。

李邱巴颤抖着下了马，跌坐在河边石块上，掩面而泣。

庄坤林三人骑在马背上，呆呆望着燃烧的房屋，眼里闪耀着复仇的烈焰。

贾亮：“坤林，日本人会不会进城？”

庄坤林：“贾亮，战事来临了，每个中国人都将面临血与火的洗礼。”

黄大树：“坤林，我们快去看看庄宅和袁宅怎样了？”

黄大树：“邱巴，别伤心了，上马吧，也不知道庄家村有没有遭到轰炸？”

李邱巴忽地惊醒，站起来大喊一声：“爹爹！娘！”

李邱巴翻身上马，随着庄坤林向县城庄宅奔去。

【11. 县城　庄宅和袁宅　秋　日】

黄大树用拳擂着袁宅大门。

袁通从屋内跑出，打开大门，惊恐不安。

袁通：“坤林，我看到一颗炸弹落地，在你家前面爆开了，你家围墙给轰倒了。”

庄坤林见袁通安好，终于松了口气，笑了笑，问：“你家宅子安好即可。

旺松哥可曾回来？”

袁通：“飞机停止轰炸后，旺松骑马回来，见我安在，忍不住大哭。现在，旺松去了状元楼。”

袁通哆嗦着招呼众人进院，佣人瘫坐在椅子上，两腿打颤，脸色惨白。

李邱巴：“伯父，你家宅子和围墙裂开了许多缝。”

李邱巴在袁家院子东张西望。

“万幸！万幸啊！”袁通老泪纵横，哽咽着说。

“爹爹，娘回来了。”袁旺松一进自家大门，兴奋地大喊。

袁大奶奶神情憔悴，袁旺松扶着她，无力地步入院子，惊恐停留在她的眼梢。

袁通：“你，你没伤着吧？”

袁通唏嘘着，不安地凝视袁大奶奶的眼睛。

袁大奶奶（哽咽着）：“这些长着邪恶翅膀的飞机，扔下多少炸弹啊。这些吃人的野兽。”

庄坤林掏出衣袋内的县城地图，走到院子里，“大家一起来看看，缴获的地图上都画了些什么。”

庄坤林将地图摊在院子的石板上，众人蹲下身子，围看了起来。

庄坤林：“大家看，凡是用笔圈起来的地方，都没有遭到轰炸，包括赵县长住宅那一带、袁宅，凡是打叉或者打勾的地方，基本上全挨炸了。”

庄坤林指点着地图，把图纸上的秘密告诉大家。

庄坤林：“咦？状元楼怎么没有挨炸？”

袁旺松（吃惊地）：“坤林，这地图哪来的？”

黄大树：“县城医院的花匠和他的所谓侄儿，其实是日本人的密探。”

“啊？”袁旺松、袁通及袁大奶奶吓了一大跳，惊得张大了嘴巴。

李邱巴：“我骑马进去时，那个黑衣男正拿着镜子对着飞机照哪。见我们进得院子，从二楼阳台往下一跳，冲着我和坤林就开打了。”

“镜子？”庄坤林恍然大悟。

庄坤林：“旺松哥，状元楼屋顶老虎窗两侧镶着镜子，在空中往下看时，折射着阳光，飞机上的日本人，一定事先知道，有镜子反射的地方，是不能轰炸的。”

贾亮："怪不得马队冲进医院时，飞机从头顶上飞过，并没有开枪扫射我们，多亏了镜子，救了我们的命。"

袁旺松："奇怪了，粮库那么显眼，飞机却没有扔炸弹。"

庄坤林："旺松哥，你再看看这地图，你那粮库，日本密探给画了圈圈哩。"

袁旺松和袁通急忙看地图，果然，在粮库所在的山冈，被画了一个大圆圈。

袁旺松："日本密探为什么要给粮库画圈哩？"

庄坤林（严肃地）："很明显，日本人惦着粮库里的粮食哩。旺松哥，你必须尽快把粮食散了，否则后患无穷。"

李邱巴："坤林哥，赶快回庄家村看看吧？"

黄大树："兰儿此刻肯定急坏了，我去给兰儿报个信，你们都活着。"

庄坤林将地图装入衣袋，转身向大门外走去。

【12. 庄家村　庄宅大门口　秋　日】

庄家大门口拥满了惊恐不安的村民，嘈杂声四起。

大奶奶和庄世伯也在大门外，和乡民们议论着。

庄坤林的马队奔驰而来，众人纷纷闪开道。

大奶奶："坤林，县城怎么样了？"

众乡民鸦雀无声，目光凝聚在庄坤林身上。

庄坤林（悲怆地）："乡亲们，县城毁了！几千间房屋被毁，很多人被炸得血肉横飞，美丽的县城已经不存在了。"

四周响起一阵唏嘘和哭泣声。

庄坤林："我们庄家县城的宅子，也被毁坏了，日本人终于来了。日本人即将侵占我们的县城，他们是野兽，吃人的野兽！"

庄坤林在马背上激动地扬起了手。

庄坤林："从现在开始，乡亲们要藏好自家的钱财，藏好自家的粮食，我们要组织起来，齐心协力，保卫家乡！"

庄坤林慷慨激昂，语气坚定而果断，乡亲们激动了起来。

庄坤林："前不久，国民政府蒋委员长号召全国人民，如果战端一开，那就地无分南北，年无分老幼，无论何人，皆有守土抗战之责任，皆应抱定牺牲一切之决心。共产党坚决响应国民政府蒋委员长的号召，和国民党携手共同抵抗日本人。新四军就在咱们溧水，今天，我，庄坤林，告诉乡亲们我，就是新四军韩湖区的区长。日本飞机炸毁了县城，炸死很多平民百姓，战争爆发了。坤林从今天起，将抱着必死的决心，带领有血性的父老乡亲们，与日本人战斗！”

乡亲们沸腾了，你一言、我一语，情绪高涨。

“坤林，我们跟着你，一起打日本！”

“我们跟着共产党，跟着新四军，一起打日本！”

“坤林，只要狗日的敢来，就打断他的狗腿！”

“乡亲们，各自回家去，莫害怕！”庄坤林挥手大声说着。

众人渐渐散开。

庄坤林 :“大树哥，邱巴，你们先回家，安顿好家人，明天把护村队拉出来，把武器发下去。”

“好！”黄大树和李邱巴应，策马向自家飞奔。

第二十八集

【1. 庄家村　庄宅　秋　日】

庄家人围聚在客厅。

锡儿："儿子，咱们家房屋全炸了？"

庄坤林："前院被炸了，后院还好。前院的房子七倒八歪，只剩下门楼完好。"

汤正益："今后怎么办哩？维根和慕兰又不能上学了，这日子简直没法过了。"

大奶奶："中国这么大，好多地方被日本人占了，学校恐怕也不得安生。过段日子等县城平静了，找些工匠把院子修整一下，炸坏的房子只能先搁在那里了。"

庄世伯愤愤地说："想不到日本人下手这么狠，连我们这个小县城都不放过，真是丧尽天良。"

庄坤林："爹爹，娘，知道咱家房子为什么没被全炸毁吗？"

大奶奶看看坤林，又看看一脸懵懂的庄世伯，对坤林说："娘不懂啊，炸弹扔偏了？"

坤林从口袋掏出缴获来的地图摊在桌上："娘，爹爹，你们都来看，这上面画圈的地方基本都没挨炸。这些地方打个勾和叉，几乎全炸平了。"

庄世伯惊讶地问："儿子，爹爹看不懂这上面画的什么，这个图哪来的？"

庄坤林："爹爹，县城那个医院虽然废弃多年，但花匠一直守着，他是日本人的密探，早把县城情况摸得一清二楚。日本飞机轰炸县城，就是按照地图标注轰炸的。”

“啊？”众人大吃一惊。

锡儿：“坤林，如果没有地图为证，亲娘还以为你说胡话呢。”

“该死的花匠，他逃跑了？”大奶奶恨恨地问。

“没有。花匠去了他该去的地方了。”庄坤林脸上透着自豪。

锡儿：“花匠去哪儿了？”

庄坤林：“亲娘，花匠得到了报应。”

贾亮听了庄坤林的话，自个儿哈哈笑了起来。

大奶奶似乎明白了，对锡儿说：“妹妹，一报还一报，你还不懂吗？”

“呵。”锡儿点着头，“花匠也被日本飞机炸死了，活该！”

庄坤林：“贾亮，明天护村队全部隐藏到刘家村去。未来几天让队员们全力往刘家村运粮，几十号人马不能饿着肚子跟日本人干。”

贾亮（发愁）：“坤林，山路崎岖，不太好运啊。”

庄坤林：“车拉肩挑也要运些粮食到刘家村，另外，在刘家村需建个临时粮仓，那是我们游击队的基地啊。”

大奶奶：“坤林，往后的日子怎么过啊？日本人占领了上海，丝绸厂也遭了殃，蚕不能养，酒坊的生意也要停了，到处都是日本人。”

庄坤林：“娘，往后只能靠种地了。从今天起，儿子在外时候多了，你和爹爹，坤林照应不到了，更加没法操心孩子们的事。坤林是七尺男儿，该报效国家了。”

庄坤林说完眼圈红了，屋内一片沉寂。汤正益眼泪无声往下流，庄世伯背过脸去悄悄地抹着眼泪，锡儿忍不住一把抱住庄坤林，哭着，求着。

锡儿：“坤林，别干新四军了，亲娘舍不得你呀。”

锡儿哭得伤心。贾亮扭过头不忍心看这场面。

庄坤林（激动地）：“爹爹，娘，亲娘，正益，你们都别害怕！如今，中国有太多热血男儿与日本兵面对面厮杀。你看贾亮，人家山东人，却在咱们家乡干新四军，还有兆明亮，连黄德胜都在和日本人斗！”

庄世伯起身走向庄坤林，突然紧紧地拥抱着庄坤林。

庄世伯：“儿子，国家有难，匹夫有责。如今国共合作，齐心协力，抵抗日本，爹爹支持你。与其坐以待毙，不如拼死一搏。只是坤林啊，你不会用枪，爹爹担心你的安危哪。”

庄坤林："爹爹，虽然儿子不会用枪，但儿子有头脑，有嘴巴，有笔，打击侵略者，既要用枪，也用笔和嘴巴，更要动脑。再说，兆明亮把贾亮留下，真有危险发生，贾亮的枪可厉害了。”

贾亮（激动地）："坤林，你尽管放心，有我活着，谁也伤不了你。”

贾亮下意识摸了摸腰间二十响的驳克枪。

大奶奶："贾亮，我家坤林能文不能武，危险时，还得靠你护着哪。”

贾亮："放心吧，兆明亮特地关照，区长的安危要我多担待哪。”

【2. 县城　秋　日】

大队日军兵临溧水城下。

高桥趾高气扬地从摩托车上下来。赵林率汤全等人持日本小国旗上前欢迎。

身后十几名保安团的士兵持枪看守着欢迎的人群。

数人手持中华民国维新政府的横幅站在残墙断垣旁。

残墙断垣上张贴着“中日亲善”和“共同建立共存共荣的新秩序”的标语。

几百名衣衫褴褛的幸存者持各式日本旗，面无表情地站在马路一侧。

赵林毕恭毕敬地向高桥鞠躬。高桥上前，端正地向赵林敬礼。

赵林（英语）："My name is ZhaoLin, county magistrate of the reform government of the Republic of China. Welcome your troops to LishuiCounty."

（我是中华民国维新政府的县长赵林，欢迎贵军进驻溧水县城。）

高桥一挥手，装满日军的卡车鸣着喇叭进入县城。

远处和近旁，房屋余烬仍然在冒着黑烟。

【3. 县城　日军大队部　秋　日】

日军大队部门前警备森严。

一日军军官引赵林和汤全进入日军大队部。

高桥热情地请赵林和汤全入座。

赵林（英语）：“Mr.Takahashi, could you please send your troops to help bury the bodies of the victims？”

（高桥先生，能否请贵军派出人员，帮助掩埋遇难者的尸体？）

高桥（英语）：“Mr.Zhao, you're welcome！It is the duty of our garrison to help your government do something.”

（赵县长，不用客气！帮助贵政府 做些事情，是我们驻军义不容辞的职责。）

赵林（英语）：“Thank you very much for Mr.Takahashi's kindness.”

（非常感谢高桥先生的仁慈。）

高桥：“赵县长，日本政府和贵政府奉行中日亲善，不必客气。”

高桥笑着，突然用熟练纯正的中国话对赵林说。

赵林一惊，“高桥大队长，没想到您的中国话这么纯正。”

高桥笑了笑，“赵县长，目前我们应该尽快恢复县城秩序，打造一个平安的县城环境，让居民重新回来。”

赵林：“高见，高桥先生，我代表维新政府，对贵军和高桥先生表示感谢。”

赵林起身对高桥拱了拱手。

【4.县城　废墟堆中　秋　日】

日军与县城保安团兵丁帮着幸存的居民一起抬尸。

一些日军的医官对废墟堆里死亡的平民尸体和牲畜喷洒着消毒水。

泊田（日语）：“高桥君，我们为什么要帮助他们埋葬尸体？还要帮他们消毒。”

高桥（日语）：“泊田君，我们的任务是驻守县城，如果不及时掩埋那些尸体，尸体将继续腐烂发臭，万一发生瘟疫，会直接影响大日本帝国士兵的生命安全。”

泊田（日语）：“下一步我们将怎么办？”

高桥（日语）：“按照预案，你和腾川君必须抓紧在县城主要交通口快速修筑军事掩体。我们不仅要守好县城，还要帮助维新政府重建县城的繁荣。”

一些居民在废墟堆中翻捡着东西。

哭声从四面八方隐隐传来。

【5. 县城　木果河西岸　大轰炸后　下午　秋　日】

弹棉郎的大马车停在马路边上，弹棉郎和哑巴女呆呆地望着眼前的废墟，远处废墟上闪现着寻找物品的人的身影。

弹棉郎："毁了，全毁了，瓦都碎了。"

弹棉郎突然走向废墟，搬动几根压在铁铲上烧焦的屋梁，拿出铁铲，盯着废墟，望了片刻，断然地走向不远处，用铁铲将地面上的乱砖瓦拨开，奋力挖了起来。一个棕色的瓦罐显露。弹棉郎将铁铲猛地扔下，激动地将棕色瓦罐捧在手上，两手颤抖，"丫头，有救了，有救了。"

弹棉郎踉跄地从瓦砾堆上走过，来到哑巴女身边，激动地对哑巴女说："钱还在，爹爹藏着的钱还在。过几日，咱们把房子重新建起来。"

哑巴女激动地望着爹爹"嗯嗯"地点着头，脸上露出了笑容。

【6. 县城　袁宅　春　日】

袁旺松："爹爹，县城越来越平静了，也没见日军大规模屠杀居民，这支部队，比南京的日军要文明多了。"

袁通摇着头："儿子，都一样，人长得一样，服装和枪都是一样，日子一长，狼尾巴便会露出来。"

袁旺松："爹爹，唐平和依冰现在没书可读，长期待在乡下也不是事哪。明天，儿子弄辆马车，把他们接回来吧？"

袁大奶奶："咱们状元楼从上个月开始，生意又渐渐好起来，也没见日本兵前来捣乱。旺松说得对，明天把孩子们接回读书，不能误了唐平和依冰的学业啊。"

袁通："县城的商铺也开始兴旺了，回城的人越来越多了，这么长久躲着，也不是办法。"

袁旺松："赵林现在是维新政府的县长了，和日军高桥大队长相处很熟，有这层关系，应该没什么顾虑了？"

袁大奶奶："多亏咱家赵林，把县城又弄活了。"

袁通："你那粮库现在怎样了？"

袁旺松："爹爹，汤全手下守着粮库，高桥也没派兵抢占，居民越来越多，库里的粮食越发紧张，就盼夏季收粮了。"

袁通："那家公平粮行怎样了？"

袁旺松："唉，爹爹，公平粮行被飞机炸毁，那个倔老头一家，估计全部遇难了。早知道有这一天，儿子就不该缠着那倔老头，弄得他不痛快。"

袁旺松叹着气，一脸羞愧。

袁通："自隋开皇十一年有了溧水县城，从未有过如此浩劫，造孽啊。"

袁通起身踱步，背起白居易《赋得古原草送别》，眼里闪着泪花。

离离原上草，一岁一枯荣。

野火烧不尽，春风吹又生。

袁旺松："爹爹，别伤感了。待明日唐平和依冰回来，咱这个家又热闹了。"

袁大奶奶："庄家的宅子被毁了些，不知庄家大奶奶会不会修缮？也不知道庄家维根和慕兰什么时候回城？旺松，你明天去庄家村，顺便看一看庄家大奶奶和坤林。"

袁旺松："哎，这些日子没见坤林，我心里也念着他。"

袁通："旺松，坤林也许不会再返县城，他是新四军的人，咱们家大树也是，坤林和大树，有种。"

袁通捋着山羊胡须，脸上不见了伤感，口气也激昂起来。

袁大奶奶："日本人要是知道坤林和大树是新四军，会不会去剿了他们？"

袁通（语气肯定）："一定会，新四军态度明朗，坚决响应国民政府蒋委员长号召，打日本不含糊。"

袁旺松："爹爹，有赵林做挡箭牌，大树和坤林要稍许安全些。"

"有屁用！"袁通突然口冒脏话，看了看袁大奶奶，"日本人是在利用维新政府，看在汪精卫、周佛海这些人亲日份上，才客气三分。一旦日本人打败蒋委员长，站稳脚跟，会像扔垃圾一样对待他们。"

袁旺松："爹爹，别操这心，日后的事情，变数大着哩。"

袁通："哎，那天大轰炸，坤林和咱家大树灭了日本人密探，这事可千万别对外人讲，也不能对赵林说啊。”

袁大奶奶：“不能说！这事要传到日本人耳里，还不灭了坤林全家和兰儿全家？绝对不能对赵林说。”

袁旺松（斩钉截铁地）：“不会的，爹娘放心。就是刀架在旺松脖子上，旺松也不会说。”

【7. 庄家村　庄宅　春　日】

庄家村传来大铜锣“咣，咣”声，隐约传来村民的呐喊，“乡亲们，把家中值钱的东西藏好啰！把粮食藏好啰！防止日本人下来抢粮啰！”

袁旺松的马车停在庄宅大门口。

袁旺松（喊）：“坤林在家吗？”

庄坤林：“在家哪，旺松哥，来接孩子们回城啦？”

庄坤林边回边笑着从客厅出来。

袁旺松（兴奋地）：“坤林，几个月过去了，现在县城安宁了，学校也复课了，许多人都返城啦。”

大奶奶听到旺松的喊声，连忙出门。

大奶奶（笑呵呵地）：“旺松，县城真的太平了？”

袁旺松（兴奋地）：“太平了，赵林现在是维新政府的县长啦，在赵林的提议下，日本大队长高桥早就把学校腾出，被炸掉的房屋，又建起许多，街道上店铺基本都开了。”

庄坤林（一愣）：“高桥？这名字好熟悉？”

大奶奶：“高桥？坤林，娘以前听你说过这个名字啊，莫不是你的同学？”

庄坤林：“娘，日本人叫高桥的很多。旺松哥，县城日本大队长真叫高桥？”

袁旺松：“对呀。”

庄坤林：“他长什么样？戴眼镜吗？个头到我耳边，日本长崎人，对吗？”

袁旺松：“他戴着眼镜，个头比你矮，但是不是长崎人，我不知道呀。”

袁旺松：“你们家维根、慕兰与雪花也可回城读书了。”

庄坤林：“哎，待会儿我与爹爹和娘商量一下吧。”

袁旺松 :“那我先回县城了。哎，坤林，夏收的事情，你要放在心上哩。”

袁旺松笑着说完，便坐上马车，往兰儿家而去。

大奶奶和庄坤林回到客厅。

大奶奶 :“坤林，旺松是不是想收购庄家的夏粮？”

庄坤林 :“娘，旺松就是这个意思。但我吃不准，他会不会把粮食卖给日本人。”

大奶奶 :“别揣测旺松，庄家的粮以前没卖，现在更不能卖给袁旺松。”

锡儿 :“姐姐，旺松在门口说的话，妹妹都听见了。明天，咱们也把孩子送到县城，不能耽误上学啊。”

大奶奶 :“坤林，你看行吗？”

庄世伯 :“我看不行。万一日本人学南京的样，也来个屠城，这不害了孩子们嘛？”

大奶奶 :“世伯，这些日本人赖在县城一百年，我们的孩子就一百年不读书啦？明天，我和锡儿一起把维根他们送回县城，顺便找工匠把围墙修好，这样安全些。”

【8. 县城　日军大队部　春　日】

日军大队部设立在一座老宅内。

老宅门前垒着沙包，日军戒备森严。

高桥与腾川、泊田等数位军官站在作战地图前。

高桥 :“腾川君，派一队士兵去医院，医院离山太近，万一中国军队偷袭，前面是山，后面是河，无险可守。”

腾川（日语）:“是。”

泊田 :“高桥君，多亏了这所医院，设备和仪器都是好的，从南京下来的伤兵中，有许多伤兵已经出院了。”

高桥满意地点着头。

腾川（嘲笑地）:“高桥君，县城这么轻松就被我们占领，中国军队跑得比兔子还快啊。”

泊田 :“是啊，要不了两年，我们将攻占整个中国。”

泊田骄傲地挥动手臂，满脸兴奋。

高桥受到感染，情绪高涨起来。激动地在屋子里来回走动。

高桥："看来，要不了一两年，我们就可凯旋，痛快地回家乡洗温泉澡，大口地吃什锦面。"

泊田（脸露温情）："高桥君，我儿子最喜欢吃枇杷果冻。"

腾川（调侃地）："高桥君，泊田是想家了吧？"

泊田："腾川君，难道你不想念女儿吗？"

泊田（笑着）："高桥君，你大女儿有十岁了吧？"

高桥满脸幸福地点着头："小女儿今年也八岁了，我随部队开拔到上海那年，她才五岁，梳着辫子，搂着我的脖子不肯放手。"

高桥说着，不由自主红了眼圈。

腾川和泊田见高桥动了思乡之情，勾起同感，竟望着高桥，傻傻笑了起来。

腾川："高桥君，天气很好，阳光不错，我们三人去河边走走？"

高桥："好。"

【9. 县城　木果河边　春　日】

高桥、腾川、泊田三人离开大队部，来到木果河边。

几个持枪的日本兵尾随着三人，沿途居民纷纷躲闪。

泊田："高桥君，你讨厌这些中国人吗？"

高桥："你讨厌吗？"

腾川："我不讨厌中国人。从小到大，在咱们家乡，中国人一直很友善。小时候我去海边游泳，游得肚子饿，中国人在海边烧烤，邀请我一起吃，那个烤猪排，真香啊，好像现在仍能闻到。"

泊田："是啊，小时候，我跟母亲去唐寺烧香，很多中国人磕头拜菩萨哩。我第一次给菩萨磕头，就在兴福寺。"

高桥："我也不讨厌中国人，你们也知道，我母亲就是中国人。"

泊田："高桥君，下一步我们怎么办？"

高桥："很简单。守住县城，控制周边，控制粮食来源，策应周边县市的兄弟部队，对于周边一切敢于反抗日本军队的武装势力，坚决消灭。"

腾川："县城里的老百姓，怎么处置？"

高桥："据军队上面消息，汪精卫先生正与我国秘密洽谈，要不了多久，中国将会出现两个核心，两个政府，中日亲善将会得到普遍认可，因此安抚是必要的。"

高桥（得意地）："过些日子，让维新政府赵县长出面，我要宴请县城有影响力的人士，把这些人拉拢在日本帝国周围，为我们神圣的战斗所用。"

腾川："春天的木果河美丽至极，和煦的春风吹拂岸边的垂柳，河坡上迎春花开得正艳，远山点着黛眉，河水泛着金波，明媚的阳光温暖地照耀远山近水。多美啊！"

泊田："是啊，这让我想起咱们家乡，现在正是樱花开放的季节，那纯白的、紫红的、粉红的樱花，任何花都无法与它相比。"

泊田神往地说，沉浸在对家乡的回忆中。

高桥心情愉悦，情不自禁轻轻唱起日本民谣《樱花歌》，腾川和泊田也轻声唱和：

樱花啊
阳春三月晴空下
一望无际樱花哟
花如云海似彩霞
芬芳无比美如画
快来吧
快来看樱花

河对岸一队巡逻的日本士兵经过，听到熟悉又亲切的家乡民谣，又见是三位长官在河边唱歌，立即停下脚步，齐刷刷敬起军礼。

【10. 县城　日军大队部　五月　日】

日军大队部正在召开会议，赵林和汤全在座。

高桥："江南的五月，水稻正是灌浆期，为保障大日本军队的军粮供应，必须集中控制粮食资源。赵县长，你有什么措施？"

赵林："高桥先生，保安团明天将会把召开联谊会的请柬送到全县各个种粮大户手中。对于即将到来的收割季节，袁旺松在贵军进入县城前已经签订了夏粮收购合同。夏粮是有保障的，未来只要盯着秋粮这一季。"

高桥："很好。"

日军报务员走入会场，将一份电报递给高桥。

高桥看了下电报，挥了挥手，报务员敬礼退出会场。

高桥："赵县长，医院有个看门的花匠，是我们大日本帝国优秀的特工，失踪了。我们高度怀疑，花匠的失踪与军统有关。"

赵林："高桥先生，据我了解，在贵军入城之前，本地区无军统和中统存在。"

汤全："高桥大队长，花匠可能被贵国空军给炸死了？"

高桥沉思了片刻，起身走了几步。

高桥："汤全，放出风声，有谁提供花匠的线索，重赏一千大洋。"

【11. 庄家村　庄宅　端午节当日　晨】

大奶奶和庄世伯愁眉难展地坐在太师椅上。

大奶奶伸手打开摊在桌上的请柬，"世伯，日本人请客，去还是不去？"

庄世伯："不能去。"

大奶奶："世伯，坤林说过没有，哪天回来？"

庄世伯："坤林没讲哪天同来，他现在神龙见首不见尾，跟兆明亮一样。"

大奶奶："世伯，日本人会不会设鸿门宴？"

庄世伯："肯定是鸿门宴！乡里乡亲都知道坤林是新四军区长，从大轰炸到现在，大半年过去，还不早传到日本人耳朵里了。"

大奶奶："世伯，我看日本人请客吃饭必须去，不去，好像怕他们哪。索性，高桥请吃饭的事，坤林不知道也好。我咬咬牙去趟这个浑水，活了六十多年，要杀要剐也不怕了。"

庄世伯："哎，要去的话，我和你一起，死在一起，也算到头了。"

大奶奶（激动地）："别讲瞎话，我柳月自从嫁到庄家，生是庄家人，死是庄家鬼，哪天我死了，你把我埋到庄家祖坟，我就心满意足了。"

庄世伯眼泪花花，低头不语，用手抹起了泪花。

大奶奶（故意地）："看你，跟小娃娃似的，一动就是眼泪巴巴，要不托人告诉一下坤林，让坤林拿个主意？"

庄世伯（无奈地）："上哪儿找坤林？不见得他就在刘家村。"

大奶奶起身笑呵呵地对庄世伯说："我去梳妆打扮一下，别让日本人小瞧中国老太太。"

过了会儿，大奶奶从屋里出来，换上了一身干净衣裳，戴上许久没戴的金耳环，左手腕套了个大金镯子。

大奶奶起身走向大门，庄世伯默默站起相送。

大奶奶忽然转身，紧紧抱住庄世伯，世伯也伸出双手拥抱大奶奶。

大奶奶："世伯，我的头发香不香？"

庄世伯（哽咽）："香，都是香樟的味道。"

大奶奶头也不回，出门往马车上一坐，平静地对车夫说："大师傅，起身吧。"

庄世伯扶着门框，一直看着缓缓向前的马车，直到消失在视野。

【12. 县城　袁宅　端午节当日　上午】

袁旺松："爹爹，日本人要求赵林和我垄断县城粮源。赵林说，从明天起，保安团将会增派兵丁，保卫粮库安全。"

袁通："儿子，赵林是将你推向日本人，你如果不从，日本人一怒，一定会灭了咱袁家。"

袁旺松："爹爹，儿子知道，如果和日本人做粮食生意，就是汉奸哪。往后日本人战败，国民政府绝不会饶了我。"

袁通："这个赵林，钻到钱眼里了。爹爹知道你为难，你别直接跟日本人打交道，一切让赵林出面。哪天日本人战败了，要算账，找赵林去算账，这个女婿不讨人喜欢哪。"

袁旺松："爹爹，高桥邀请你去参加联谊会哩。"

袁通："爹爹死也不去！儿啊，做个有骨气的中国人。爹爹手无缚鸡之力，反抗不得。可是爹爹是文化人，讲究的是骨气。日本人侵略中国，轰炸县城，又在南京屠城，这是血海深仇，爹爹报不了，心不甘啊。"

袁旺松："爹爹，赵林这个县长是汉奸给的官，只想着捞钱，把儿子害惨了，儿子该怎么办哩？"

袁通："谁也没想到发生这种事。你呀，走一步看一步。最好去找坤林，他是新四军区长，让他给你拿主意。"

袁旺松："哎，只有坤林了解我，我袁旺松怎么可能去当汉奸？早知道日本人真会打过来，我就不该做这粮食生意。"

袁通："这个联谊会有哪些人参加呢？"

袁旺松："县里种粮大户基本都邀请了，群力乡老三胖、汤池子村何老爷、老赵县长。哦，庄家也邀请了。"

袁通："这么说，庄家大奶奶也会来？"

袁旺松："爹爹，儿子估计庄家大奶奶不会来，日本人知道坤林是新四军的区长，大奶奶若是来了，十有八九回不了庄家村。"

袁通："我敢说庄家大奶奶一定会来！她那个人的脾气是不服输的。旺松，你找个机会问问庄家大奶奶，坤林啥时候回家？"

袁旺松："爹爹，我还是抓个空，往庄家村赶一趟，去找找坤林。"

袁通："傻儿子，坤林干新四军，会猫在家里吗？你找庄家大奶奶，让她知道你不愿和日本人做粮食生意，往后也可有个证明人哪。"

袁旺松："爹爹，儿子明白了。"

【13. 县城　状元楼　端午节当日　下午】

状元楼喜气洋洋，大红绸带缠绕在门柱上。门口一排拴马柱上，已经拴了十几匹马，数辆马车停在门口。

状元楼四周日本兵荷枪实弹布着岗，高处土丘上架着机关枪，县城的主要街道和交通口，有许多日本兵持枪巡逻。

大奶奶一下马车，便被县府和日军机关人员殷勤地请进状元楼。

大奶奶环顾四周，大厅内放着三桌酒席，在东面靠墙处，放着一张桌子和几张椅子，墙面上挂着"中日亲善"的醒目横幅，大厅四周，悬挂着几只大红灯笼。

人们一个个正襟危坐，大气不敢出一声，现场除了装饰有节日氛围，更多的是恐惧和不安。

大奶奶找了个空座坐下，坦然自若冲熟悉的人打招呼。大奶奶逐一与群力乡老三胖、汤池子村何老爷、老赵县长打着招呼。

一阵汽车喇叭声传来，人们纷纷起身，往门外观望。

高桥身穿笔挺的军服，挎着军刀，皮鞋瓦亮，戴着金丝边眼镜，微笑着和赵林等人步入状元楼。

高桥一进大门，便笑容可掬向众人鞠一躬。赵林紧随高桥身后，夹着棕色皮包，脸上堆满笑容。

腾川和泊田一身军服，腰插手枪，威风凛凛地走在赵林身后，进入大厅后径直走到桌前，在高桥身后一左一右站着。

赵林往桌前一站，向所有人鞠躬。

赵林："各位乡绅，各位宾客，今天是皇军进城后第一个端午节。高桥大队长率领皇军进城后，秋毫无犯，还帮助县府清理废墟，掩埋尸体，为防止瘟疫发生，高桥大队长专门安排军医对重要地方消毒。目前县城治安稳定，街市繁荣，民生有保障。我代表县政府和几十万家乡人民，对高桥先生的善举表示感谢。"

赵林说完带头鼓掌，一时，掌声七零八落响起。

赵林："下面，欢迎高桥先生讲话。"

台下，星星点点响起了掌声。

高桥微笑站起，彬彬有礼对众人深深鞠躬。

高桥："各位先生，各位女士，大日本皇军举办中日亲善联谊会，以此行动证明，大日本皇军是世界上最文明的军队。"

会场众人哗然，议论声一片。人们交头接耳地称赞高桥的中国话讲得标准流利。

高桥见众人惊叹自己中国话讲得好，一脸兴奋。

高桥："今天把各位请来，只讲一件事。从现在开始，所有的粮食，只能卖给袁旺松先生，绝不能卖给国军和新四军，只要各位与大日本皇军合作，你们的安全，由大日本皇军提供保障。"

高桥讲完，笑着对众人又鞠一躬，然后看看泊田，微笑落座。

泊田心领神会，走到桌子边，用日语大声嚷了起来。

赵林（上前翻译）："泊田先生刚刚讲，如果各位不与皇军合作，中国有句话，敬酒不吃吃罚酒。"

台下一阵骚动，众人的目光聚焦在袁旺松身上。

袁旺松坐立不安，极力保持着镇定。

【14. 县城　状元楼　端午节当日　黄昏】

宴会结束，众人纷纷起身与高桥道别。

大奶奶起身，高桥微笑地喊：“老太太，请留步。”

大奶奶转身笑问：“高桥先生，有事吗？”

高桥（彬彬有礼）：“呵呵，老太太先坐会儿，有事相商。”

高桥：“庄坤林先生可好？”

大奶奶：“庄坤林很忙，经常去外地谈生意。”

高桥：“呵，老太太，我和庄坤林曾是同学，心里面常常想起他。”

大奶奶：“谢谢。坤林与我说过，高桥先生曾是坤林的好同学。”

高桥：“老太太，中国有句话，打开天窗说亮话。我们知道，庄坤林现在是新四军的区长。”

高桥笑着，两眼注视大奶奶，密切关注大奶奶的反应。

大奶奶（不露声色地）：“我的儿子，从不会舞刀弄棒，不可能是新四军的区长。”

高桥（哈哈大笑）：“老太太，请放心，不管庄坤林是新四军的区长，还是国民政府的抗日派，请你捎句话给他，人各有志，不能勉强。只要庄坤林不与皇军为敌，我和他的友谊不会改变。”

大奶奶：“谢谢高桥先生，我该回去了。”

高桥起身，微笑着做出一个“请”的姿势。

高桥：“老太太，我非常希望庄坤林能与日本军队合作，如果他愿意，我将举荐他为县长。”

赵林一愣，皮包掉在地上，赵林尴尬地捡起皮包，慌乱地拍了几下灰尘。

大奶奶：“赵林哪，你这皮包可要夹牢一些啊？”

高桥：“老太太，我是真心举荐庄坤林，您一定要把我的话带给庄坤林啊。”

大奶奶：“谢谢！我会把高桥先生的话带给庄坤林。”

大奶奶说完，挺直腰板，从容地坐上马车，离开了状元楼。

赵林：“高桥先生，我认识庄坤林，我也有些了解庄坤林，恐怕庄坤林不会接受县长这个位置的。”

高桥："赵县长，我比你了解庄坤林，庄坤林不会取代你的。"

赵林："庄坤林如果愿意归顺南京政府，我甘愿让位。"

泊田（日语）："高桥君，庄坤林是新四军区长，我们有能力抓到他。"

高桥（日语）："泊田君，到目前为止，还没有发现庄坤林与我们大日本敌对的行动，我们要分化瓦解中国人的抵抗意识，用中国人治理中国人，是最理想的方式。"

泊田（严肃地，日语）："要是庄坤林执意与大日本皇军作对，高桥君，该如何办？"

高桥（凶狠地，日语）："一切敢于抵抗大日本皇军的中国人，必死无疑。"

泊田看高桥眼里闪现杀气，得意地笑了。赵林不由得打了个寒颤。

【15. 县城　山路上　夜幕降临】

大奶奶乘坐的马车行驶在蜿蜒的山路上。

忽然，马车停了，大奶奶感到奇怪，"大师傅，马车怎么不走了？"

马车夫："庄家大奶奶，前面有一后生骑着马，拦着道哩。"

大奶奶撩起帘子，见袁旺松骑着快马，拦在马车前。

袁旺松（焦急地）："大奶奶，旺松有事要与大奶奶商量。"

袁旺松翻身下马，来到大奶奶身边："大奶奶，坤林这些日子可曾回家？"

大奶奶："坤林已经几个月没回家了。"

袁旺松："今晚坤林会回家吗？"

大奶奶："不知道啊，他几个月不回家了，都念着坤林哪。"

袁旺松："大奶奶，坤林若回家，拜托大奶奶传个话，旺松不想，也不愿意按高桥的意思去征购粮食。"

大奶奶："怎么啦？与日本人做生意，可是挣大钱的机会呀？"

袁旺松："大奶奶，旺松如果把粮食征购了，日本人哪天缺粮，逼着旺松卖粮给他们，那就是汉奸哪。日本人要是拿枪来抢粮，旺松倒不怕，就怕日本人拿着现大洋来买粮，日后，旺松跳进黄河也洗不清了。"

大奶奶："你也怕日后国民政府与你秋后算账？"

袁旺松："怎不怕呢？旺松也是中国人，从小在这土地上长大，与日本人通商这事，万万做不得呀。"

大奶奶："投资都收回来了？"

袁旺松："本钱回来了，刚刚盈利啊。"

大奶奶呵呵笑着，"旺松，你回去拜拜菩萨，保佑你，哪天来场大火，把粮库烧个精光，日后你就安全啦。"

袁旺松："大奶奶哎，自己建的粮库，怎下得了手啊？"

大奶奶："好啦，大奶奶与你开玩笑，等我见到坤林，把你的担忧说与他听，说不准，坤林还真有办法帮你。"

袁旺松转身翻上快马，"大奶奶，告诉坤林，旺松绝对不干出卖良心的事。万一国民政府秋后算账，让坤林给我作证啊。"

赶车师傅挥动马鞭，大奶奶在马车上哈哈大笑。

【16. 县城　赵宅　端午节后　日】

赵宅门口，李兵丁探头探脑，犹豫不定，赵林从院内走出，李兵丁讪笑着迎了上去。

李兵丁（压低嗓音）："赵县长，我有重要消息报告你。"

赵林（微笑着）："什么消息？"

李兵丁："赵县长，发财了，这可是个天大的消息。"

赵林（一愣）："什么天大的消息？快告诉我。"

第二十九集

【1. 县城　赵宅　端午节后　日】

李兵丁："赵县长，发财了，这可是个天大的消息。"

赵林（一愣）："什么天大的消息？快告诉我。"

李兵丁神秘地贴着赵林的耳朵，"花匠是被庄坤林杀死的。"

赵林一惊，拉着李兵丁进入院内。

赵林："这个消息哪来的？"

李兵丁："赵县长，我娘去李家村看郎中，郎中的婆娘亲口说的。"

赵林："大轰炸那天，郎中的婆娘在乡下待着，怎么会知道这事？"

李兵丁："赵县长呀，那婆娘的儿子也参与了。那天我娘与她讲起大轰炸，那婆娘自豪地说，她儿子用石块把个日本密探鼻子砸出好多血，我寻思，日本人说的情报人员，恐怕就是鼻子被砸破的人。"

赵林："那也不能说明是庄坤林干的？"

李兵丁："赵县长，那人的儿子是庄坤林的跟班，只要派人把那婆娘的儿子抓起来，一问便知。"

赵林："你是不是想日本人那一千块赏钱？"

李兵丁："咋个不想哩？"

李兵丁点头如捣蒜。

赵林："你干嘛不直接报告日本人？"

李兵丁疑惑一会儿，"赵县长，报告了日本人，万一把庄坤林抓了，我又没领到赏钱，新四军到时找我算账，我吃不了兜着走啊。”

赵林（笑了）：“对啰，这事千万别再声张，抓不到庄坤林，日本人一怒，一刀砍了你脑袋，抓到庄坤林，新四军一枪打爆你的脑袋。偷来的钱烫手，告密的钱会送命，知道吗？”

李兵丁：“赵县长，整整一千块大洋哪？只要能拿到钱，赌上这条命，值！”

赵林：“你把这事向我报告，是想让我领你一起去报告日本人？”

李兵丁：“我报告日本人，日本人不会相信，弄得不好日本人还真把我‘咔嚓’，赵县长领着我一起去报告日本人，日本人肯定会相信。那赏钱日本人也肯定会给赵县长您哪。赵县长，我心也不贪，我俩五五分成，如何？”

赵林：“不是我骂你，你这个鬼东西，你以为日本人说话算数？你拉上我一起去向日本人告密，赏钱没拿到，反落了一身腥。告密的事被新四军知道，你就不怕大白日走路提心吊胆？还是保命要紧吧？”

李兵丁（心虚地）：“赵县长，就当我没告诉你，还是保命要紧哪。”

李兵丁说完，赶紧溜出了赵家大院。

赵林赶紧返身回到了客厅，见爹爹正坐在太师椅上悠闲地喝着大红袍，开心地往爹爹面前一站。

赵林：“爹爹，刚刚保安团李兵丁向儿子报告，说庄坤林带人杀了日本人的密探，被儿子吓唬了一通，灰头土脸地溜走了。”

老赵县长：“儿子，你成熟了。要知道，庄坤林以前只是乡绅，现在是新四军区长，有共产党撑腰。你呀，睁一眼，闭一眼，多一事不如少一事啊。”

赵林：“爹爹，你是怕日后共产党和国民政府得势，秋后算账？”

老赵县长（语重心长地）：“如今虽说日本人得势，占了江苏和大半个中国，但兔子尾巴长不了。凡事呀，给自己留个后路。噢，庄家的老祖宗庄周，在两千年以前说过的话，你能记得多少啊？”

赵林：“爹爹，庄周说过的话，有许多，儿子盼爹爹明示哪。”

老赵县长得意地起身，“遵循道德行事，时而为龙，时而为蛇，随时势而变化，时而上，时而下，以顺应自然为准则。庄周说得多精辟啊。”

赵林笑了，“儿子明白了，爹爹在教儿子如何做人哪。”

【2. 县城　日军司令部会议室　初夏　日】

会议室气氛紧张。

众日军军官，赵林、汤全围桌而坐。

高桥站在地图前，凝视地图。

高桥转身，走向会议桌，坐下。环视与会人员。

泊田站起，“高桥君，洪蓝镇离县城不太远，红枪会势力正在膨胀，我们决不可掉以轻心。明天我带一队士兵去洪蓝镇，把红枪会赶尽杀绝。”

赵林：“高桥先生，红枪会是中国特有的教门武装，溧高县的红枪会活动确实猖獗，应该扫荡。”

汤全：“赵县长说得对。用不着泊田队长带大日本皇军去扫荡，我们保安团对付红枪会绰绰有余。”

高桥摆了摆手，示意众人坐下。

高桥：“洪蓝镇地理位置重要，进，可以到县城，退，可以钻山林。红枪会占据了洪蓝镇，我倒不担心红枪会对大日本皇军造成威胁，这么重要的一个集镇，新四军怎么会不觊觎呢？”

汤全：“高桥司令，洪蓝镇的红枪会规模庞大，有上千号人马。我估计，新四军也不太敢招惹红枪会。”

高桥：“噢？讲来听听。”

汤全：“高桥司令，洪蓝镇的红枪会不是一个孤立的武装组织，他与山东、安徽和县的红枪会有密切来往，新四军若敢动洪蓝镇的红枪会，山东、安徽的红枪会不可能不知道。新四军若想在山东、安徽站稳脚跟，恐怕也不是件容易的事。”

赵林：“高桥先生，中国的红枪会组织，你可能不太清楚。红枪会主要宣传刀枪不入的思想，他们的封建意识极强，对自己的地盘看得特别紧，无论是哪一方面的力量抢占了他们的地盘，都将成为他们攻击的目标。”

泊田哈哈大笑，“赵县长，红枪会刀枪不入？高桥君，我明天就去扫荡洪蓝镇。”

高桥：“赵县长，红枪会与国民政府、南京政府、共产党都没有往来？”

赵林：“没有往来。”

高桥站起，脸上露出了笑容。

高桥："大日本皇军没有必要去招惹红枪会。我们的任务是驻守县城。红枪会？红枪会留在洪蓝镇，很好。这样，可以防止新四军占领洪蓝镇，对县城造成直接的威胁。"

泊田："高桥君，你的意思是任由红枪会发展？"

高桥点了点头，"我们要扶持红枪会，让红枪会帮我们看好洪蓝镇这块地盘，以防新四军趁虚而入。"

汤全："高桥司令，我们怎样才能扶持红枪会？"

高桥："汤全，明天保安团来领十支步枪，两百块银元，你带人亲自给红枪会送去，告诉红枪会，这是大日本皇军的一点心意。"

汤全："是！"

【3. 洪蓝镇　红枪会总会堂　初夏　日】

总会堂设在洪蓝镇一宗庙内。

十几匹快马和一辆马车停在宗庙门口。马车上装着十支步枪和几箱子弹。汤全从马上下来，威风凛凛地入门。

门口十几名红枪会会员手持大刀长矛分列两侧，汤全从中而入。

大堂。总堂主端坐太师椅上，两排太师椅上分坐着各分会堂堂主。

汤全进入大堂，拱手行礼。

汤全："总堂主，我是县城保安团团长汤全，特意登门看望总堂主。"

总堂主起身，示意汤全入座。

刘铁（总堂主）："承蒙汤团长器重，刘铁有礼了。"

刘铁还礼。

汤全："刘总堂主，汤全受县城日军高桥司令委托，给红枪会送礼来了。"

汤全说完，朝门外喊了声，"把见面礼抬进来！"

一些士兵抬着木箱入大堂，汤全打开木箱，十支步枪赫然呈现。

汤全一伸手，旁边士兵将钱袋子递给了汤全，汤全将钱袋子往木箱上一扔，传来银元碰撞的金属声。

汤全："这里有两百块银元，给红枪会众弟兄改善一下伙食吧。"

刘铁："汤团长，无功不受禄。你直接告诉我，别绕弯子，是不是想让我投靠日本人？"

汤全："不，不，不，日本人对红枪会不感兴趣。"

刘铁："日本人对红枪会不感兴趣，又为何给我送枪送钱？"

汤全："开门见山吧，日本人是要红枪会看住洪蓝镇这块地盘，别让新四军端了你们红枪会。"

刘铁："汤团长，红枪会不会和日本人有来往，也不会和新四军有来往。谁都别想打洪蓝镇这块地盘的主意。"

汤全："日本人哪看得上洪蓝镇这块小地盘？日本人要的是中国的大城市。可是，新四军对洪蓝镇这块地盘眼馋得很啊。"

刘铁："汤团长，红枪会绝不会把洪蓝镇这块地盘拱手让给新四军的。"

汤全："总堂主，日本人要的就是你这句话。"

【4. 洪蓝镇附近　田山涯村　夏　日】

村庄。几十间民舍依山而筑。

黄德胜背着驳壳枪，领着数人，从一间民舍出来，走向另一间民舍。民舍内七八名新四军战士正在架着竹床。

黄德胜："一班长。"

一班长转身立正，"到！"

黄德胜："今晚的执勤安排好了没有？"

一班长："报告排长，一切安排妥当。"

黄德胜："田山涯村离洪蓝镇很近，需加强戒备。"

一班长："是！请排长放心。"

【5. 洪蓝镇　红枪会总会堂　夏　日】

刘铁端坐在太师椅上，左右两排太师椅上，坐着各分会堂主。

左右两边的空地上盘腿坐着数十名红枪会骨干。

古戏台空场地上，耍棍棒的，打拳的，扔石锁的，人声鼎沸。

刘铁："新四军昨天已经进入了田山涯村，占领了红枪会的地盘，红枪会没有招惹新四军，新四军欺人太甚。红枪会的原则是什么？"

大师兄（站起）："总堂主，红枪会的原则不管是国军、新四军还是日军，只要不冒犯红枪会，不侵占红枪会地盘，红枪会就不去招惹对方。"

二师兄（站起）："总堂主，连日本人都敬红枪会三分，给俺们送钱送枪，新四军不厚道，像泥鳅一样，俺们一不留神，地盘就让新四军抢去了。"

刘铁："一山不容二虎。从明日起，各会堂轮流上阵，去田山涯村排队列阵，迷惑新四军，后面的事情我自有安排。"

众师兄（起立）："众徒悉听师傅号令。"

众骨干（起立）："徒儿们悉听堂主号令。"

【6. 某地营部　夏　日】

刘沸腾营正在召开排以上军官会议。

团宣传干事："目前，中国政局动荡，社会混乱，造成了部分地区红枪会迅猛发展，在山东、安徽和县与溧高地区，红枪会势力特别庞大。这个组织是民国初年军阀暴政的产物，也是各种教门武装的统称。红枪会的仪式主要有吸收会员与传授法术两种，宣传'刀枪不入'的思想，这些人一旦发起蛮劲，士气上来，锐不可挡。在山东地区已经发生红枪会袭击国军和我军的案例，对溧高地区的红枪会组织决不能掉以轻心。"

刘沸腾："我再次强调，对红枪会不招惹，不冒犯，需提防。全体听明白没有？"

"听明白了！"

几十名军官唰地起立齐声喝道。

【7. 田山涯村　山冈　夏　日】

山冈上，黄德胜率领大高个等数名新四军战士警惕地注视着山下。

山坡下，近百名红枪会会员持各种冷兵器摆兵列阵。

红枪会时而鼓声咚咚，喊声震天；时而高举刀枪，脚步震得尘土飞扬。

大高个架着机枪，枪口对着操练的红枪会，机枪上布满尘土，数名新四军战士握枪在手，严阵以待。

大高个拿着擦枪布拂拭机枪，一会儿机枪上又沾满灰尘。

大高个端起机枪，退出弹匣，给机枪穿上了枪衣，把弹匣放进了挎包内。

黄德胜："大高个，机枪怎么不架起来？"

大高个："排长，一天下来，机枪布满尘土，掉在枪身缝隙里，难擦干净。”

黄德胜（生气地）:“战场上用的枪，怕灰尘？万一红枪会翻脸，怎么办？”

大高个（振振有词）:“这么多天了，他们跟我们，井水不犯河水。”

黄德胜（更生气地）:“万一呢？”

大高个憨厚地笑了笑，抹了下额头上的汗水，笑而不语。

一战士（持长枪）:“排长，红枪会拥护共产党，不会偷袭我们新四军的。”

大高个（嬉笑着）:“就是嘛，红枪会要动手，早几天不就干上了？”

黄德胜（语气稍缓）:“万一呢？”

红枪会（呐喊声）:“东方来了救国救民的共产党，嘿——嘿嘿！”

黄德胜突然忍俊不禁，笑了起来，众战士哈哈大笑。

大高个（得意地）:“放心吧，排长，俺盯着紧哪，相隔几百米远，只要红枪会一挨近，俺一分钟内可以把枪衣卸下，弹匣压好，一梭子弹出去，把这些鬼东西全部放倒。”

黄德胜看了一眼大高个，往前走了两步，看了眼山下一二百名红枪会信徒，扭头面对大高个。

黄德胜 :“大高个，红枪会万一突然向山坡发起冲击，来得及阻击吗？”

大高个（不以为然地）:“排长，放心！红枪会只要向山冈冲击，俺估算从脱下枪衣插上弹夹也就点根烟的工夫，机枪突突突一扫，嘿嘿嘿。”

黄德胜（大声地）:“记住，红枪会只要挨近我们五十米距离，就要射击。”

【8.洪蓝镇　红枪会总会堂　夏　日】

红枪会首领刘铁端坐祠堂正中，众头目聚坐两侧。

刘铁不慌不忙，慢慢呷了口茶，用眼光扫视两侧。

刘铁 :“二师兄，今天是哪个会堂前去操练？”

二师兄（站起，恭敬地）:“今日由六师兄率众徒前往操练。”

二师兄人高马大，一看就是蛮劲十足的大汉。

刘铁（蛮声地）:“中午时分，各会堂向田山涯村前的山坡聚集，带好家伙，听我号令出击。红枪会的地盘决不能让新四军占领。”

“众徒悉听大师兄号令！”祠堂内一众师弟站起，齐声回令。

刘铁（一挥手）:“回去准备吧！”

刘铁猛喝一大口茶，忽地站起，将茶水喷向空中。

【9. 某地连部　夏　日】

连部会议室气氛紧张，十几名军官围桌而坐。

李德生："接营部紧急通知，前几日山东和安徽地区的红枪会，公开袭击了新四军和国民党军队，给我军和国军造成了重大损失。据可靠消息，县城日军给红枪会送去了大洋和步枪，红枪会很可能在近期会有所行动。日军的目的就是要利用红枪会赶走进入红枪会地盘内的我军。"

李德生："黄德胜。"

黄德胜（站起）："到！"

李德生："机枪排离洪蓝镇红枪会最近，切不可掉以轻心。你立刻回去增加警戒力量。"

黄德胜（立正）："是！"

黄德胜转身离开会议室，骑上战马，往洪蓝镇急奔。

【10. 田山涯村　山冈　夏　日】

山冈上，大高个率领警戒的二个新四军战上，正啃着馒头，乐滋滋地看着几百米远处列阵的红枪会。

山脚下尘土飞扬，几个方向涌来越来越多的红枪会信徒。信徒们排着长队，手持各种器械，边走边喊，前往山坡前集结。

一战士（担心地）："不对呀，大高个，今天怎么来了这么多红枪会的人呢？"

另一战士（忧虑地）："是啊，看这架势，有近千人马哪？"

大高个嚼着馒头，满不在乎地站起身，望着渐渐聚拢的红枪会队伍，"一群乌合之众，怕什么？"

另一个战士不由自主取下长枪，"喀嚓"一声把子弹压入枪膛。

"小心走火！"大高个冲战士吼了一声。

山坡下，红枪会信徒继续云集，一个个光着上半身，露出厚实的胸膛，胸口画着怪怪的神符，红缨枪和大刀片高举如林，纷乱的脚步声，震天的吆喝声，裹挟着尘土向山坡缓缓逼近。

刘铁盘腿端坐一块门板上，身穿黑绸长裤，脚蹬黑布鞋，头扎黄绸带，光着上身围着红兜肚，右眼紧闭，身边左右各放一把明晃晃的刀。门板由八名红枪会大师兄托举，走在队伍最前列，八名壮汉上身围着红肚兜，右手执大刀。

“班长，看样子是冲我们来的。”被大高个训斥的战士紧张地判断，大喊。

大高个被红枪会奇怪的装束和队形乐得哈哈直笑。

一战士（紧张地）：“班长，距离我们只有三百米左右了。”

大高个（满不在乎地）“慌什么？一群乌龟在慢吞吞移动。”

【11. 田山涯村　山冈　夏　日】

黄德胜骑马急速地跑上山冈，惊得张大了嘴巴。

黄德胜跳下马背，跑到大高个身边。猛拍了一掌大高个肩膀。

黄德胜：“快，快架机枪！”

红枪会已到半山腰，只见刘铁左右手持刀，两眼怒睁，忽地站在门板上。

刘铁（高喊）：“老天保佑，刀枪不入！”

众信徒：“刀枪不入。”

众信徒喊声如潮，惊天动地，往山冈死命冲来。

八名壮汉托举着刘铁，像野牛般冲上山冈。

黄德胜：“快开枪。”

黄德胜大声命令，迅速打开枪套，一把掏出驳壳枪。

大高个急忙脱下枪衣，架上机枪，从挎包掏出弹匣。

红枪会信徒死命地把红缨枪往山冈掷来。

一支红缨枪正好扎进黄德胜身边一名战士胸膛，伴随着一声惨叫，战士应声倒地。

大高个连忙蹲下身体，左手将弹匣插入机枪。

刘铁双手执刀，从门板一跃而下，刀光凌空一闪，大高个一声惨叫，左手四根手指，齐刷刷被剁下。

黄德胜冲红枪会信徒开枪射击。

刘铁左手冲黄德胜虚晃一刀，右手随身转动，大刀横空一扫，把黄德胜军帽和一撮头发扫落。

黄德胜头上血液涌出，脚底一个侧滑，摔倒在地。

刘铁挥刀猛扑上前，身后两个红枪会信徒持红缨枪欲刺黄德胜。

黄德胜举枪打出一梭子弹，刘铁和手持红缨枪的信徒前仰后俯，惨叫连连，跌倒在地。

黄德胜迅速爬起，快速换上弹匣，对四面八方蜂拥而来的红枪会信徒射击。

一战士边开枪边跑，被追上的红枪会信徒乱枪捅死。

五六名红枪会信徒三面围着大高个，大高个左臂托着机枪，左手鲜血直淌。

黄德胜冲着包围大高个的信徒“啪，啪”开枪，“大高个，快跑！”

黄德胜大叫，边对围歼大高个的人群开枪。

大高个怒睁双眼，左胳膊托着机枪，右手拉动枪栓，对扑来的红枪会信徒，“突突突”扫射开来。

机关枪吐着火光，子弹雨点般喷射，前方七八个光膀子大汉中弹倒地，后面人群见状，纷纷返身，向山下潮水般退去。

【12. 田山涯村　山冈　夏　日】

山冈后侧，几十名新四军战士手持武器冲上山冈。

机枪手平端机枪，向退却的红枪会信徒射击。

班长："排长，要不要追击？"

黄德胜坐在地上，向围拢过来的战士摆摆手，头上涌出的鲜血，几乎遮蔽了他的双眼。

黄德胜（焦急地）："快，看看大高个怎样了？"

大高个（哭嚷着）"排长，我的左手废了。"

山坡四周不断传来红枪会信徒的惨叫声和呻吟声。

黄德生站起，摇晃着走了几步，大声骂道："妈的，给我全部干了！"

一阵枪响，山冈上安静了许多。

【13. 某地营部　夏　日】

营部。刘沸腾身边围拢着许多军官。

刘沸腾脸色铁青，面对报务员："给团部发报，红枪会袭击田山涯村我营机枪排。"

报务员："是！"

报务员转身离开。

刘沸腾在营部怒气冲冲地来回走动。

【14. 某地团部　夏　日】

团部气氛紧张。

江团长将电报稿纸"啪"的一声拍在桌子上。

江团长："命令各营迅速合围洪蓝镇。"

报务员（立正）："是！"

报务员转身离开。

江团长（转身面对一军官）："命令团部骑兵连立即突袭洪蓝镇，限红枪会二十四小时全部缴械，否则杀他个寸草不留！"

军官："是！"

【15. 洪蓝镇　夏　日】

通往洪蓝镇各交通要道被新四军把持，机枪架在土丘高处。

新四军战士群情激奋，怒目注视着洪蓝镇。

四副担架上躺着两名牺牲的战士和受伤的黄德胜、大高个，担架从战士们身前经过。

上百匹战马在洪蓝镇奔驰，战士们挥舞战刀，威风凛凛地大声呐喊："缴枪不杀！"

【16. 洪蓝镇　夏　夜幕降临】

洪蓝镇古戏台。

戏台四周站着执枪的新四军战士，高处和屋顶上架着机关枪。

戏台空场地堆积着大量大刀、长矛、猎枪和步枪。

红枪会信徒陆续地从武器堆前经过，将手中的兵器扔向武器堆，垂头丧气地往各自家中而去。

红枪会六名分会堂堂主，被新四军五花大绑，看押在一空旷处。

几辆马车来到武器堆旁，十几名新四军战士往马车上装缴获的红枪会兵器。

突然，一阵枪声响起，众战士一愣，往空旷处观望。

【17. 洪蓝镇　夏　日】

刘沸腾和兆明亮等人站在马车不远处。

马车上躺着昏迷不醒的黄德胜。

大高个左手吊着绷带，坐在黄德胜身旁。

马车边几匹战马上坐着数位新四军战士。

刘沸腾：“兆明亮同志，部队上医护条件有限，伤员请地方上妥善安治。”

兆明亮：“请刘营长放心，我们立刻将伤员转移到庄家村秘密疗伤。”

【18. 庄家村　村口　夏　日】

庄世伯站在庄家村村口，两眼注视着通往县城的山路，焦急地盼望大奶奶平安回来，汗珠在额头上格外显眼。

马车远远地驶来，庄世伯兴奋地向马车挥舞着手，边大声呼喊，边向马车迎去。

庄世伯：“大奶奶，回来啦！”

大奶奶在马车里，“哎！”地应了声，两行热泪流了下来。

大奶奶掏出手帕擦去眼泪，清了清嗓子，一手撩开帘子。

大奶奶（大声地）：“世伯，这么热的天，难为你了。”

庄世伯（激动地）：“回来就好！回来就好！”

大奶奶：“师傅，停一下。”

马车停下，大奶奶走下车，紧紧拉着世伯的手。

大奶奶：“世伯，我俩手拉着手，回家去。”

庄世伯：“哎！”

庄世伯憨厚地应着，拉着大奶奶的手，肩并肩往家走。

庄世伯："日本人没把你怎么样吧？"

大奶奶："这个高桥，看上去还比较客气。"

庄世伯："黄鼠狼给鸡拜年，不怀好意。"

大奶奶："对啦，世伯，日本人是拉拢人心，目标是粮食。"

庄世伯："参加会议的都有谁呀？"

大奶奶："都是县里一些种地的乡绅，还有那个马屁精。"

庄世伯："赵县长的公子？"

大奶奶："除了赵林，还会有谁？"

庄世伯："看来，县城的日本人缺粮了？"

大奶奶："估计要不了多久，日本人就会缺粮。"

大奶奶："世伯，高桥知道坤林是新四军区长。"

庄世伯："啊？"

庄世伯大吃一惊，停下了脚步。

大奶奶："走啊，这么紧张干嘛？高桥说，只要坤林不与日本人为敌，高桥和坤林的友谊不会改变。"

庄世伯："咱们的儿子立场坚定，强盗进了家门，坤林会不反抗吗？"

大奶奶（轻蔑地）："高桥说，只要坤林愿意，他会举荐坤林当县长的。"

庄世伯（骄傲地）："做梦吧！咱家儿子不喜欢当官，更不会当汉奸。"

庄世伯和大奶奶手拉着手，刚步入家门，佣人和厨子激动地迎上前。

厨子："大奶奶，日本人没把你怎样吧？"

大奶奶（乐呵呵地）："放心，大奶奶有菩萨保佑，好着哩。"

大奶奶和庄世伯在客厅坐下，佣人殷勤地给大奶奶和庄世伯上茶。

佣人："大奶奶，喝杯菊花茶，压压惊吧。"

大奶奶："你们都下去准备晚饭吧，我和世伯商议些事情。"

佣人和厨子笑着，知趣地退了下去。

庄世伯："看来你还留着话要对我讲？"

大奶奶环顾四周，轻声说："世伯，日本人是想利用赵林和旺松，收购县里的粮食用作军粮哩。"

庄世伯"哦"一声，眼睛盯着大奶奶。

大奶奶："赵林犯晕了，可旺松不糊涂，他不愿为日本人购粮，怕日后遭到清算，求着见坤林拿主意哩。"

庄世伯："这个旺松，良心还在。赵林是财迷心窍，忘记自己是中国人了。"

大奶奶（叹了口气地）："咱家坤林，一走几个月，这心里啊，整日惦记他哩。"

庄世伯（连忙摆着手）："还是别回来好，万一日本人突然来庄家村，怎么办哩？"

大奶奶："坤林儿啊，你在哪里啊？"

大奶奶突然哽咽起来。

【19. 庄家村　庄宅客厅　夜　夏　雨】

天空响着闷雷，雨哗哗下着，雨点落在屋顶上，敲打着院子地面，发出噼里啪啦的声音。

大奶奶："世伯，这夜，静得怕人。"

庄世伯："唉，以前庄家多热闹，日本人来了，一切都变了。"

大奶奶："以前晚上出门，只需提防山上的狼。现在日本人来了，弄得天天提心吊胆。"

庄世伯："蚕养不了，酒厂不死不活，指望地里的庄稼，这天又下雨了。"

大奶奶："唉，稻子正是抽穗时，庄稼要减产了。"

庄世伯："庄家的粮食收上后，卖给旺松吗？"

大奶奶："以前没卖，现在更不能卖。"

庄世伯："日本人要记恨庄家了。"

大奶奶："记恨就记恨，粮食卖给谁，坤林说了算。"

庄世伯："你今天又累又惊，早些上床休息吧。"

大奶奶："世伯，进状元楼时，看着周围端枪的日本兵，还真有些害怕哩。"

大奶奶边说边向卧室走去。

庄世伯转身也向卧室走去。

"笃笃笃"，屋外传来了敲门声。

庄世伯和大奶奶停住脚步，紧张地互相看着。

庄世伯转身朝大奶奶扬了扬手，两人蹑手蹑脚，悄悄步出客厅，踮着脚尖来到大门边，侧耳倾听。

“笃、笃”，敲门声又响起来。

庄世伯（轻声地）：“谁啊？”

“我。”门外传来一个男人的声音。

大奶奶（惊喜地叫着）：“是坤林。”

【20. 庄家村 庄宅 夜 夏 雨】

庄世伯兴奋地打开大门，吃了一惊。

四名新四军战士正从马车上抬着一副担架，担架上黄德胜头上缠着纱布，纱布上渗着血。

庄坤林搀扶着大高个从马车上下来。

庄世伯赶紧闪身，让担架进入庄宅。

大奶奶（惊恐地）：“坤林，这是谁呀，怎么伤得这么重？”

庄坤林（压低嗓音）：“娘，回屋里说。”

大奶奶赶紧招呼担架进入院子，迅速推开厢房一侧房间，点亮油灯。战士们把伤者安放在床上，又搬来椅子，让大高个坐下。

屋外，一新四军军官：“庄区长，我们要立即归队，伤员交给地方上，我们也放心了。”

庄坤林：“放心吧，我们一定让伤员早日康复。”

庄坤林和贾亮将新四军战士送出大门，目送马车和战马离去。

大奶奶和庄世伯也进入房间，大奶奶摸了下伤者额头，惊呼：“不得了，烫手哪，世伯，快吊桶井水，给拿毛巾降温啊？”

庄世伯匆匆出门，打了桶井水。

大奶奶用湿毛巾，给伤者捂在额头。庄坤林入内。

大奶奶忽地站起：“坤林，这不是德胜吗？”

庄世伯（惊讶地）：“怎么受的伤啊？”

庄坤林：“爹、娘，现在没时间说这些，快去把半仙请来，再告诉一下德胜娘，记住，千万别声张。”

庄世伯：“哎，我这就去叫半仙，顺路告诉下秋生吧。”

庄世伯说完，便匆匆往房外走。

庄坤林："娘，先弄些吃的，大高个还没吃饭哩。"

大奶奶转身去厨房张罗。

大高个："庄区长，我渴。"

庄坤林："坚持一下，待会郎中来了，就有指望了。"

庄坤林转身去往客厅，端了杯水，回到房内，递给大高个，大高个一饮而尽。

大高个："庄区长，郎中来了，先给俺排长看伤。"

大奶奶进入房间，手上端着一碗面条，"坤林，娘做了鸡蛋面。"

大奶奶夹起一筷面条，吹着气，耐心地喂大高个吃。

大奶奶："儿子，看你胡子拉碴的，这些日子，在外遭罪了。"

庄坤林："娘，在外无非日晒雨淋多一些，可每日忙着，心里痛快。"

庄世伯领着气喘吁吁的半仙进入房间。

大奶奶放下手中的空碗，赶紧迎上去。

大奶奶："快，半仙，德胜受伤了。"

李半仙："德胜受伤了？"

李半仙一声不吭，伸手给黄德胜号脉，稍许，又摸了摸黄德胜的额头，忽地把手缩回来。

李半仙："高热，大奶奶，你备些纱布，找把剪刀，再弄些白酒过来。"

大奶奶（焦急地）"半仙，大奶奶家里没有纱布啊？"

李半仙："把蚊帐撕成条，放在锅里煮一煮。"

大奶奶"哎"，转身匆匆去了屋外。

黄秋生、丁大娟及兰儿匆匆跨入庄家大门。

兰儿（大声地）："德胜……"

庄坤林："嘘！别嚷。"

兰儿跑入房间，凑近黄德胜："德胜，德胜，你怎么啦？"

兰儿："半仙，德胜有救吗？"

李半仙："莫慌，丢不了命。"

黄秋生锁着眉，拿起剪刀，慢慢将黄德胜头上纱布剪开，一圈一圈缓缓地拆开纱布。

黄秋生吐了口气，将剪刀放在桌子上。

黄秋生："半仙，德胜头上挨了一刀，几乎削掉了巴掌大一块头皮，好在已经缝上了。"

李半仙伸长脖子，细细地查看伤口。

李半仙："黄秋生，伤口有些感染了，这是造成德胜高热的原因。"

黄德胜（虚弱地）："爷爷。"

黄秋生（俯下身子）："没事的，啊，个把月伤口就全好了。"

大奶奶端着洗脸盆进入房间，洗脸盆放着煮好的纱布。

李半仙从医箱里取出一个罐子，抓了一把粉末，洒在黄德胜头上。

黄秋生："半仙，这是刀口药？"

李半仙："刀口药。"

黄秋生从大奶奶的洗脸盆里取出纱布，熟练地替黄德胜包扎伤口。

李半仙解开大高个手上的纱布，将刀口药撒在大高个左手的伤口上。

黄秋生拿起纱布替大高个包扎好伤口。

李半仙："大奶奶，把白萝卜切片，葱白切段，煎成汤，一日三次，给他们喝下去，可以退热。"

【21. 庄家村　庄宅　夜　夏　雨】

大奶奶、庄世伯、庄坤林在客厅。

大奶奶："坤林，娘天天都盼着你回家呢。庄家要出大事啦。"

庄坤林转身，关切地询问："娘，别紧张，慢慢说给坤林听。"

庄世伯："坤林，日本人在县城开了联谊会，你娘受了一天的惊吓哪。"

庄坤林："娘，日本人没拿你怎样吧？"

大奶奶："坤林啊，看来日本人要缺粮啦。今天开会的基本上都是咱县里的种田大户，日本人只允许所有的种田大户把粮食卖给旺松，咱们庄家也不例外啊。娘正愁着呢。"

庄坤林上前，轻轻地搂抱着大奶奶，"娘，别怕，有儿子在，总会有办法的。"

庄世伯（愤愤地）："坤林，这事怪不得旺松，全是那个赵林，他贪财贪得连自己的祖宗姓什么都忘记了。"

庄坤林不语，在房间内走动着，回身对大奶奶说，"娘，儿子对县里的种田大户不怎么熟悉，都有哪些人哪？”

大奶奶：“儿子啊，在咱们县城，除了庄家，再大一点的人家，有群力乡老三胖家，汤池子村何老爷家，其他的都是不大不小的种粮户。”

庄坤林：“爹爹，娘，只要庄家、老三胖家、何老爷家的粮食不卖给旺松，赵林和日本人想收粮，这困难，山大了去。”

大奶奶：“坤林，这些个人，你都得要认识，庄家未来掌舵的还不是你嘛。等打败了日本人，什么也别干了，回来当家。”

庄坤林：“爹爹，娘，儿子在想，夏粮就要收获了，庄家的粮食往刘家村多运一些，另外给佃户们多留一些。现在日本人知道我，日本人没有绝对的把握，轻易不会来冒犯庄家村。至于老三胖和何老爷，儿子自有办法。”

大奶奶：“啥办法哪？讲给你爹爹和娘听。”

庄坤林：“爹爹，娘，你们都别问了，既然我作庄家的主，你们听我的就行了。”

庄世伯在一旁听了呵呵笑着，大奶奶呵呵笑着，“世伯啊，你儿子对我们都不讲啊。”

【22. 山区　山道　两周后　夏　日】

黄大树快马加鞭，焦急地奔驰在山道上。

【23. 庄家村　庄宅　夏　日】

黄大树匆匆地将马拴在圈马桩上。

黄大树几步跃上庄家门前的石阶。

兰儿：“大奶奶，这黑鱼抓都抓不住，劲儿大着哩。”

兰儿在八角井边呵呵笑着。

大奶奶（笑着）：“石臼湖里的鱼，抓上来都这样哩。”

黄大树：“德胜，德胜！”

黄大树风风火火闯入院子，见黄德胜和大高个正坐在竹椅上，看着兰儿杀鱼。

“爹！”黄德胜惊喜地喊了一声。

兰儿：“大树，你可来啦。”

黄大树："干娘，又辛苦您啦。"

大奶奶（笑着）："大树，德胜好着哩，你就放心吧。"

黄大树笑着，径直走到黄德胜面前，见儿子头上缠着纱布，轻轻地摸了摸黄德胜的头。

大高个左手缠着纱布，呵呵地笑着。

黄大树转身笑着拍拍大高个的肩膀，"唉，见你们无大碍，我这心就安了。"

兰儿："大树，德胜和大高个昨日就退了烧，多亏大奶奶细心照料。"

兰儿边说边弯腰抡着菜刀，把一条大黑鱼使劲剁成两段。

黄大树："跟红枪会干上了？"

大高个（愤愤地）："狗日的红枪会，使了阴招，让俺丢了四节手指。"

黄大树："砍你的人呢？"

大高个："让黄排长一梭子弹掀翻了。"

大高个感激地向黄德胜努了努嘴。

黄大树（欣喜地）："儿子，当上排长了？"

大高个："要不是黄排长替我挡了一刀，出枪快，俺的命就被那红枪会堂主取走了。"

黄德胜："爹爹，那红枪会大师兄叫刘铁，武功十分了得。"

黄大树："是刘铁砍了你一刀？"

黄大树怒睁双目，愤愤地问。

大奶奶："德胜，红枪会大师兄叫刘铁？"

大奶奶赶紧起身，朝黄德胜走来。

黄德胜："嗯，刘铁是个江湖术士，使得一手双刀，功夫好着哩。"

大奶奶愣住了，转身缓缓往客厅走去，边走边自言自语："唉，真是造孽啊！"

黄德胜（笑呵呵地）："爹爹，那刘铁先砍我一刀，幸亏我闪得快，出枪快，否则脑袋搬家了。"

黄大树（怒气冲冲）："便宜他了，要是遇上爹爹，非得和他比试刀法。"

兰儿："大树，大奶奶怎么啦？"

兰儿起身甩了甩手上的水，用围裙擦了擦手。

黄大树："干娘怎么啦？"

兰儿："你没见大奶奶唉声叹气，心事重重回客厅去啦？"

兰儿朝客厅努了努嘴，轻声说。

黄大树快步走入客厅。

黄大树："干娘，您哪儿不舒服？"

大奶奶转过头，眼睛注视着黄大树，欲言又止。

黄大树："干娘，心里有不痛快的事，说给大树听听吧。"

大奶奶："大树啊，这世界就这么大，稀罕事都让庄家碰上了。"

大奶奶摇着头，无可奈何地说。

黄大树用手挠了挠头，眼睛看着大奶奶，一脸疑惑。

大奶奶："那个红枪会头领，莫不是刘生的小儿子刘铁？听刘生讲过，那刘铁从小对江湖巫术入迷，离家出走后，一直没有音讯。"

黄大树："啊？"

大奶奶："世事难料，这下刘生好歹也知道刘铁下落了。"

黄大树："干娘，德胜没做亏心事，待我见了刘生，把事情的原委说给他听，相信他会原谅德胜的。"

大奶奶："算啦！往后谁也别在刘生面前说起此事，刘铁虽然愚恶，毕竟是他亲生儿子啊。"

黄大树："哎。干娘，怎不见我干爹？"

大奶奶："你干爹前天去了县城庄宅，旺松急着要见坤林，坤林让你干爹给旺松带了口信，说好今天下午在天生桥旁见面哩。"

黄大树："什么？坤林一个人去见旺松？"

大奶奶："是啊。"

黄大树："糟了，干娘，天生桥离县城不远，坤林又不喜欢使枪，万一遇到日本人和土匪，危险着哪。"

黄大树边说边往大门外跑。

兰儿（大声地）："大树，你去哪儿啊？"

黄大树："坤林有危险，我去救坤林。"

黄大树快速解开马绳，一跃而上，向天生桥方向疾奔。

第三十集

【1. 天生桥　胭脂河畔　夏　细雨】

胭脂河险峻幽深，气势雄伟，两岸怪石高悬，绝壁危岩。绝壁上生长各种杂树、野草，山冈岩石呈一片暗紫红。

天生桥横跨胭脂河，桥上杂草丛生。

天生桥四处野草萋萋，树木森森，一片荒凉。

天空下起蒙蒙细雨，山坡上的梅子树，结满黄澄澄的果子。

庄坤林一手牵马，一手摘个梅子嚼起来，酸酸的梅子让他不由地皱起眉头，赶紧吐了出来。

“咯咯咯……”一串银铃般的笑声从庄坤林身后传来。

庄坤林急忙转身，见身后不远处，一个女孩背着竹箩，竹箩里装着七八根树枝，拿着把小砍刀，正与脚边一条小狗嬉闹着。

庄坤林（笑着）：“丫头，家住这儿？”

女孩：“嗯，我家就在那边。”

女孩伸出沾着泥巴的左手，指着左前方。

左前方有几间茅屋，隐隐约约，掩映在树丛里，蒙蒙细雨，淋湿了女孩的头发。

女孩（稚气地）：“叔叔，去我家喝杯水，避避雨吧？”

庄坤林：“好啊。”

女孩走在前面，庄坤林牵着马随女孩而行。

一对夫妻正在门前菜地采摘番茄，马儿细碎的蹄声引起他们的注意。

女孩："爹爹，娘，有客人来了。"

女孩欢快地叫着，一进屋，便将竹箩取下，放在门口。

女孩父亲："大兄弟，莫非是来观光的？"

庄坤林："这荒山野岭、兵荒马乱的，难道还有人观光？"

女孩很懂事，倒了水，递给庄坤林。

女孩："叔叔，喝水吧。"

女孩笑着，将碗递给庄坤林。

庄坤林接过碗，一饮而尽。

庄坤林："你叫什么名字啊？"

女孩羞涩地低着头，把竹箩里的药材倒在地上。

女孩母亲（笑着）："我家小女叫梅子，今年刚刚十二岁。"

梅子父亲（一脸惊喜）"哟，梅子，在哪挖到的五指毛桃？"

梅子："爹爹，在河对岸挖的。"

梅子开心地对爹爹说，两只眼睛明亮又清澈。

庄坤林："五指毛桃？是什么宝贝啊？"

梅子："叔叔，这是宝贝，可以炖汤喝。娘，切好晒干了，我要带给外婆吃。"

梅子撒着娇，伸手拉着娘的手说。

梅子父亲（骄傲地）："大兄弟，我家小女从八岁始，就跟我挖草药，这五指毛桃我带她挖过一次，她就认识了，现在能认得十几种草药哩。"

梅子母亲（笑呵呵地）："梅子外婆住在洪蓝，秋后送她去外婆家，住到年后回来。"

庄坤林："老乡啊，刚刚你说常有人来观光？"

梅子父亲（眉飞色舞地）："近来，常有县城日本兵来看天生桥和胭脂河，听翻译官讲，就这么个风景，把日本兵看傻了眼，说在全世界，也找不到这种奇景哩。"

庄坤林："日本兵没侵犯你们和附近的村庄吧？"

梅子爹望望梅子娘，"还好。我头一次见到日本兵，心里特别害怕，他们要喝水，赶紧倒水给他们喝，好在日本兵也没难为我们。就在两天前，来了七八个日本兵，见番茄熟了，没打招呼，每人摘了些，边吃边走了。”

梅子爹说着，无奈地笑着。

远处传来快马的蹄声。

庄坤林出门见袁旺松骑着快马出现在梅子林下。

庄坤林与梅子父亲挥手告辞，骑上马迎着袁旺松而去。

袁旺松：“坤林。”

庄坤林：“旺松哥，怎么来晚啦？”

袁旺松和庄坤林翻身下马，站在梅子树下，亲热地交谈起来。

袁旺松：“我出城时没走大道，沿粮库后小道多绕了七八里山路，怕熟人看到我出城。”

庄坤林：“你那粮库的事情，我娘跟我说了。旺松哥，你现在别主动下乡收粮，赵林和日本人催你下乡收粮，你就说，庄坤林带的游击队十分猖狂，下乡去命都保不住，你把所有的风险往我身上推，你只要把县城各个米行的粮食备足即可。”

“哎。”袁旺松点着头。

庄坤林：“县里那些种粮大户，我会去做工作，劝说他们不要主动卖粮给你，他们的余粮，可以卖给新四军和国军。”

“哎。”旺松望着庄坤林，感激地点着头。

庄坤林：“旺松哥，你从现在开始，和日本人打太极拳，别看日本人现在日子好过，要不了多久，肯定挺不住的。”

庄坤林见袁旺松认真听着，边说边拍了拍他的肩。

袁旺松：“坤林，日后我若有三长两短，你要替我作证，我袁旺松没有主动和日本人做生意啊。”

庄坤林欣慰地点了点头。

袁旺松：“坤林，往后有急事，我上哪去找你？”

庄坤林：“到庄家村找我娘，我娘会转告我的。”

雨渐渐停了，天上的云朵缓缓移动，阳光透过云隙洒在山坡上，几只鸟儿忽地飞起，鸣叫着飞向天生桥对面的树林。

庄坤林：“旺松哥，你先走吧，我还要回庄家村哪。”

袁旺松：“坤林，你多注意自身安全，县城的日本人都惦记着你哪。”

袁旺松翻身上马往县城方向急奔。

庄坤林翻身上马，与袁旺松背道而驰。

【2. 天生桥山区　山道　夏　日】

马儿在山间小路奔跑，庄坤林骑在马背上，身子随着快马的跃动而起伏。

庄坤林跃马上了山坡，见黄大树骑着马，迎面奔来。

“呵——”，庄坤林一拉马绳，大喝一声，马儿停住。

庄坤林（笑着大声地）：“大树哥，是我娘告诉你的吗？”

黄大树：“坤林，这荒山野岭，天生桥与县城挨得近，你个书生，好大的胆哪。”

庄坤林：“放心吧，大树哥，这一带坤林熟悉。这是我的家乡，有这快马，遇到日本人，也抓不着我。”

黄大树：“快回庄家村去吧，别让干娘着急。”

庄坤林：“去刘家村吧，日本人天天都惦记我哪。”

庄坤林哈哈大笑，策马冲下了山坡。

黄大树赶紧勒转马头，箭一般地冲下去。

两匹快马，一前一后，消失在群山深处。

【3. 庄家村　庄宅　夏　上午　日】

黄德胜坐在庄家大宅的连廊处，用擦枪布擦拭着驳壳枪。

驳壳枪锃光瓦亮，黄德胜得意地扬了扬驳壳枪，将枪装入枪套。

庄慕兰在身边不远处羡慕地看着。

大高个从房间走出，将黄德胜的军用挎包递给黄德胜。黄德胜将军用挎包挎在身上，起身从挎包内掏出一支木头手枪。

黄德胜（笑着）：“慕兰妹妹，德胜哥花了两天时间给你削的木头手枪，送给你。”

庄慕兰激动地迎上前，接过木头手枪，左看右瞧，脸儿兴奋得通红。

庄慕兰：“谢谢德胜哥。”

大奶奶：“德胜，吃了中饭再走也不迟啊？”

黄德胜：“大奶奶，部队驻地离这不远，骑马回部队很快的。”

黄德胜和大高个往庄家大门走去，大奶奶、庄世伯和兰儿等人将黄德胜和大高个送出大门。

黄德胜和大高个翻身上马，兰儿突然呜呜地哭了。

黄德胜："娘，别哭了，我会自己保重的。"

黄德胜一狠心，猛地一夹马肚，马儿飞快地跑了起来。

大高个一抖马缰，紧追着黄德胜，马蹄声响起。

庄慕兰左手扶着门框，握枪的右手在空中挥舞着，朝黄德胜留恋地张望。

忽然，只听马儿一声嘶鸣，黄德胜掉转马头，扬起左手，冲着送行的人们挥动着手。

黄德胜掉转马头，两匹快马扬起一阵尘土。

【4. 县城　日军大队部　夏　日】

高桥盯着桌上铺开的军用地图，沉思着。

五六名日军军官和日军参谋人员围在高桥身边，目光齐聚在军用地图上。

高桥双手撑着桌子，头也不抬地突然开口。

高桥："洪蓝镇的红枪会真的被新四军消灭了？"

日军参谋："高桥君，汤全报告，新四军出动了几千人的部队合围了洪蓝镇。"

高桥抬头，目光盯着日军参谋，又扫了眼桌上的军事地图，转身在室内踱步。

高桥忽然转身，脸色铁青。

高桥："洪蓝镇的红枪会与战争各方保持中立，是大日本皇军防范中国军的缓冲地带，红枪会的存在有利于我军的安全。如不尽早消灭占据洪蓝镇的新四军，将对我军造成重大威胁。"

日军军官："高桥君，我们有足够的能力消灭这支新四军部队。"

高桥挥了挥手，示意众军官观看地图，一日军参谋将指挥棒递给高桥。

高桥："这是田山涯村，如果我军派出一支部队，沿中山地区前行，越过胭脂河，绕行傅家边，突袭并占领田山涯村，切断新四军的退路，新四军回不了山区，必然会边打边逃，往西南部逃窜。"

众日军纷纷点头。

高桥 :“西南部河网密布，地势平坦，从县城出发的步兵正好在这一带围堵新四军，大日本皇军的骑兵将在这地区猎杀新四军。”

日军参谋 :“高桥君，何时出击？”

高桥 :“新四军刚刚占据洪蓝镇，立足未稳。新四军对新占领的地盘必定高度戒备。中国的中秋节快到了，洪蓝镇会有中国人传统庙会和灯节，新四军此时警惕性低，是发动突袭的最佳时机。”

日军参谋们纷纷点头。

高桥颇为得意地围绕会议桌踱起了步。突然，高桥情不自禁地拍了下掌，哈哈哈地大笑起来。众日军向高桥投去疑惑的目光。

高桥（厉声）:“立刻通知泊田和腾川、骑兵队腾井，还有你们，来大队部参加军事会议。”

【5. 洪蓝镇　连部　夏　日】

黄德胜和大高个进入连部，见李德生，立正，敬礼。

黄德胜 :“报告连长，黄德胜和大高个伤愈归队，前来报到。”

李德生（回礼）:“黄排长，来得正好，来来来，坐下，一起谈谈如何布防吧。”

大高个见正在召开军事会议，转身欲离开。

李德生 :“大高个，剁了四节手指，还能使机枪吗？”

大高个 :“报告连长，俺失去了四节手指，照样能使机枪。”

李德生不信，上前抓起大高个的左手看了看，摇着头。

李德生 :“大高个，明天你去连部炊事班，别扛机枪了。”

大高个（焦急地）:“连长？”

大高个话没说完，李德生唬起了脸。

李德生 :“这是命令！机枪是连队的宝贝，必须保证机枪发挥出最大的作战效能。”

大高个（带着哭腔）:“连长，俺不去炊事班。”

大高个说完猛地转身向门外跑去，黄德胜见状连忙追出门外。追上大高个后，贴着大高个耳朵嘀咕了几句。

大高个不住地点头，黄德胜转身跑回连部。

李德生手指着门外，对众军官嚷着（山东话）：“那个二杆子，要不看他是山东老乡，刚痊愈归队，老子非关他禁闭。”

【6. 洪蓝镇　连部　夏　日】

李德生走到黄德胜身边，一把抓下黄德胜的军帽，低头查看黄德胜脑袋上的伤情。李德生拍了拍黄德胜的肩膀，满意地笑了起来。

李德生：“自从我连占领了洪蓝镇，驻县城的日军到现在都没有反应，这不是一个好兆头。日军一定在谋划军事行动，并在我军最疏忽的时机采取军事行动。黄排长，你的机枪排布防在洪蓝镇上，直面县城的日军，万一日军从正面扑向洪蓝镇，在机枪火力的掩护下，部队可以争取时间往山区撤退。”

黄德胜戴正军帽，眼睛瞪着李德生，不语。

李德生：“黄排长，哑巴了？”

黄德胜唬起了脸，还是不语。

李德生：“呵，给我装聋作哑起来啦？”

黄德胜突然站起，大声地开了口。

黄德胜：“连长，机枪排放在洪蓝镇上，阻挡不了日军的进攻。即使能拖住日军，掩护连队撤退，但机枪排最终会被日军消灭。”

李德生：“依你的看法，把机枪排布防在哪里？”

黄德胜：“机枪排布防在田山涯村一侧的山冈。”

李德生：“把机枪排放在小山冈？有谁见过把堤坝筑在河尾的？”

黄德胜：“连长，如果日军绕道迂回包抄，突然占领了山冈，后路被断，部队回不到山区，怎么办？”

李德生不由来气，训斥：“黄德胜，你是一朝被蛇咬，十年怕井绳。日军若搞大迂回，多走几十里山路，沿途那么多村庄，老百姓早就来报信了。”

黄德胜（大声回）：“连长，我是本地人，从县城偷偷绕道过来，避开村庄，有许多小路和山道可走，一旦日军从小路迂回包抄，我们撤退都找不准方向。”

李德生（唬起脸）：“黄德胜，你是地道本土人熟悉路况，日本人不是本土人，他们只会按照地图作战，从大路出发，汽车和摩托车，能开上山里的小路？”

黄德胜愣住了，尴尬地摸着耳朵。

李德生（得意地）：“黄德胜，怪不得连营长都叫你丘八，榆木脑袋，一根筋。”

李德生：“德胜啊，首先要表扬你革命警惕性高，能为部队安危着想。但是，你的意见经不住我推断，你能说服我吗？”

李德生得意地哈哈大笑，一对三角眼，笑成两条缝。

众军官七嘴八舌，交头接耳起来。

黄德胜：“找汉奸带路，怎么样？”

“哦？”李德生愣怔了，不安地来回走动着。

众军官纷纷点头。

李德生：“德胜，要是日军从洪蓝镇正面突袭，离开机枪排的火力，是挡不住日军进攻的。”

黄德胜：“连长，派一个骑兵班监视县城日军的动向，只要日军出城，立刻快马回来报告，实在不行边跑边开枪报警，听到枪声后，部队赶快组织抵抗或者撤退。”

李德生走到会议桌前，扫视了一眼与会军官。

李德生：“同意黄德胜意见的请举手。”

众军官“哗”地全部举起了手。

【7. 洪蓝镇　连部　夏　日】

李德生正要宣布散会，大高个扛着机枪闯入会议室。

大高个：“报告连长，奉黄排长命令，俺将机枪带来了。”

大高个将机枪往会议桌上一放，麻利地卸下枪衣，插进弹匣，拉动枪栓，一连串动作熟练流畅。

大高个突然端着机枪，枪口对着李德生，“连长，俺除了没扣动扳机，什么动作都做了。”

李德生慌乱地闪过身体（山东话），“大高个，想把老子打成马蜂窝啊？”

大高个和众军官哈哈大笑。

黄德胜（笑着）:“连长，大高个留在机枪班吧。”

李德生边笑边嚷着 :“中! 中! 中! ”

李德生忽地唬起脸，“还不把机枪给收了? 小心走火! ”

大高个 :“连长，那是空弹匣。”

会议室爆发出一串爽朗的笑声。

【8. 县城　日军营地　中秋节当日　凌晨　雾】

大队日军整装待发。

汤全骑着马率领保安团士兵来到日军营地。

高桥和一众日军军官聚在一起，看着汤全率保安团到来。

汤全下马径直走向高桥，立正，敬礼。

汤全 :“高桥大队长，汤全奉令率保安团前来受命。”

高桥 :“汤全，绕道去洪蓝镇，要经过哪些地方? ”

汤全 :“从县城出发，只要走大道，可以直达洪蓝地区。”

高桥 :“汤全，我问的是绕道行进，需要经过哪些地方? 多少时间才能到达? ”

汤全 :“高桥先生，从县城绕道到达洪蓝，需三个小时，大约三十多里山路，途经天生桥，绕行傅家边山区。”

高桥 :“天生桥? 地图上怎么没有这座桥梁? ”

汤全（谄媚地）:“高桥先生，天生桥不是地名，也不是桥梁，天生桥是胭脂河上一块天然巨石。”

高桥（恍然大悟）:“噢? ”

高桥一招手，示意腾川、泊田、腾井等几位日军军官围拢身边。

高桥（日语）:“泊田做为尖兵，指挥步兵迂回包抄田山涯村，待攻克田山涯村后，腾川指挥县城步兵向洪蓝镇拉网扫荡，腾井指挥骑兵猎杀新四军，听明白了没有? ”

众日军军官嚷（日语）:“听明白了! ”

高桥猛地一挥手，大声说 :“出发! ”

【9. 天生桥　中秋节当日　晨　雾】

丘陵山区大雾弥漫。

泊田和汤全率领的尖兵穿行在浓雾中。

高桥骑在马上，率领大队日军缓慢地穿行在山道。

队伍突然停下，泊田和汤全从前方浓雾中跑了过来。

泊田（日语）："报告，前方不远就是天生桥。胭脂河边雾气太浓，是否稍作休息，待浓雾渐散，再行过桥？"

汤全："报告高桥大队长，天生桥长十几丈，与水面落差几十米，桥上杂草丛生，雾天万一失足，跌入峡谷河中必定摔死，待雾渐渐散开，再过桥不迟。"

高桥翻身下马，看着天生桥方向，只见白茫茫一片。

高桥："汤全，过了天生桥，还有多少山路？"

汤全："过了天生桥，很快就可绕到洪蓝镇。"

高桥满意点头，日军士兵沿山路坐下，整个队伍无人说话，更听不到东西碰撞的声响，这是支训练有素的军队。

渐渐地，传来鸟儿叽叽喳喳的鸣叫声，雾渐渐淡去，一轮太阳忽地爬上山脊，天际出现了朝霞。

高桥："出发！"

高桥翻身上了战马。泊田和汤全赶紧跑步向前，领着开路的尖兵走在最前列。

突然，泊田和汤全率领的尖兵停住了脚步，蹲下身，在路边散开，尾随的大部队也迅速停下。

【10. 天生桥　中秋节当日　晨　日】

前方传来马的嘶鸣声，一壮汉从马厩牵出一匹马，拴在门前枣树上，又返身进屋，搬出两个装满货物的大竹篓，搁在马背上。壮汉返身锁好屋门，解下马牵着，往大路走来。

壮汉牵着马走到路边，从草丛中和大树边闪出几个日军，明晃晃的刺刀直抵壮汉的身体，壮汉吓得双腿不住哆嗦。

泊田上前，瞪大眼睛，一把抓住壮汉衣领，嘴里发出低沉的询问声。

高桥策马上前，微笑着安慰壮汉。

高桥："老乡，别害怕。我们是日本军队，是文明的军队，你家在这儿？"

壮汉（哆嗦着）："家就在这儿，我是老百姓，好人。"

高桥望着马背上的竹篓，里面装满了中药材。

高桥："你是好人，大好人。"

高桥伸出右手，竖起大拇指，夸赞壮汉。

"哎，哎。"壮汉不住点头，四周日军这才将刺刀移开，但仍警惕地注视壮汉。

"这都是中药，拿去卖吗？"高桥依旧笑着，脸色温和。

"洪蓝今天有庙会，我拿去卖掉换钱。"壮汉强装欢颜，却笑得比哭难看，两腿依旧颤抖。

高桥："我们也去洪蓝，结伴而行吧。你的药材，皇军全部收购了。"

高桥："汤全，给他两块大洋。"

汤全悻悻地上前，从衣袋内掏出两块大洋，极不情愿地递给壮汉。

壮汉不敢接，泊田抢过银元塞进壮汉衣袋。

【11. 田山涯村　中秋节当日　上午　日】

太阳爬上了山冈。

梅子穿着一新，坐在板凳上。

梅子娘喜笑颜开地用红色彩绸给梅子两条辫子上扎着蝴蝶结。

梅子："娘，记得把我挖的五指毛桃给外婆煲鸡汤喝啊？"

梅子外婆："我的乖宝宝，对外婆真好。外婆带你去挖红薯，外婆要挖些大的红薯，给我的乖宝宝做甜饼吃。"

梅子外婆转身去屋里拿了把锄头，梅子起身拎了只菜篮。

梅子外婆扛着锄头走在前面，梅子拎着竹篮一蹦一跳跟在后面。

梅子娘笑着，在门前目送女儿与母亲走向田野。

田埂边，零零星星开着野花，狗尾巴草在风中摇动，车前草结着果果，青菜、菠菜和黄瓜一畦又一畦，金黄的稻田正待开镰收割。

梅子蹦蹦跳跳来到红薯地，外婆抡起锄头，翻开泥土，一窝窝红薯露出，梅子欢笑着，帮外婆摘红薯。

红薯蒂连着红薯藤，梅子使力扯着，“嘎嘣、嘎嘣”地把藤扯断，两只小手沾满了泥巴。

外婆：“梅子，别弄脏了新衣服，去，到田埂上待着。”

梅子笑呵呵往田埂走去，外婆开心地笑着，抡起锄头挖红薯。

不远处有蝴蝶在飞，时而停在路边的野花上，时而飞到前面的草地上。

梅子呵呵笑着，追逐着蝴蝶。蝴蝶刚落下，梅子便追上，蝴蝶飞，梅子追，追追停停，梅子追出去百步远。

红薯地前方是大片杂树林，地上长满杂草灌木，蝴蝶扑动美丽的翅膀，飞进杂树林。

梅子追不上蝴蝶，目光伴随着蝴蝶飞翔。梅子见蝴蝶飞进树林不见了影儿，睁大了眼睛左顾右盼，努力寻找消失的蝴蝶。

梅子惊得张大嘴巴。她看见前方草丛中、树林里，猫腰躲藏着无数日本兵，穿着军装，戴着钢盔，枪上的刺刀折射着阳光。

梅子吓得转身就跑，边跑边大喊：“日本兵来啦，快跑！日本兵来啦！”

梅子跑得快，辫子在脑后甩动，红红的蝴蝶结，像蝴蝶扑闪美丽的翅膀。

草丛中，一日本兵突然半蹲着，举枪瞄准梅子。

壮汉从灌木丛中猛地站起，大叫：“别开枪，那是个孩子！”

壮汉猛地扑向举枪的日本兵，身旁的日本兵抡起枪托砸向壮汉后脑。

“呯！”，半蹲的日本兵向梅子开了枪。

（慢镜头）梅子张开双臂，满头是血，倒在田埂上。

几个日本兵快速冲向倒下的梅子。

梅子外婆拎起锄头要和日本兵拼命，脚未站稳，摔倒在红薯地里。

日本兵迅速冲向前，几把刺刀毫不犹豫地捅向梅子外婆倒下的身体。

泊田猛地站起，向山冈方向作了个前进的手势，日本兵三五成群，四下分开，猫腰快速向山冈冲击。

汤全猫着腰，朝保安团士兵挥手，嘴里吼着，“上，给我上！”

汤全几步蹿到壮汉身边，手伸向壮汉衣兜，摸出两块大洋。汤全蹲下身子，握着手枪，鬼鬼祟祟地朝山冈方向张望。

【12. 田山涯村　山冈　中秋节当日　上午　日】

山冈茅草棚中，黄德胜正和衣躺着，听见枪声，惊得黄德胜从床上一跃而起。

黄德胜（大喊）："日本人来啦，准备战斗！"

黄德胜掏出驳壳枪，朝天"呯、呯、呯"连发三枪，向四周报警。

几十名新四军战士纷纷跳入战壕，刹那响起一片拉动枪栓和压子弹的声音。

未等黄德胜发令，战士们手中的枪响了起来，日军四处散开，双方互相对射。

【13. 洪蓝镇　连部　中秋节当日　上午　日】

连长李德生正在连部场地上踩着高跷，听到枪声，惊得从高跷一跃而下。

李德生（惊叫）："司号员，快吹紧急集合号！"

一阵短促揪心的军号声，响彻镇子上空。

新四军战士们纷纷持着武器，跑步在场地前集结。

"继续吹！不停地吹！"李德生大声命令，脖子上青筋突现。

李德生："向田山涯村快速转移！"

新四军从镇子边缘向田山涯村方向快速奔跑。

炊事班几个战士扛着大布袋，落在队伍后面。

李德生："混蛋！什么时候了，还要这几袋大米？"

炊事班班长（气喘吁吁地扛着布袋，边跑边回）："连长，那是刚做的月饼，今天是中秋节啊。"

【14. 田山涯村　山冈　中秋节当日　上午　日】

日军机枪手对着山冈猛烈地射击。

日军摆开了五门迫击炮，相互间隔十米左右，日军炮长一声令下，炮弹呼啸而出，山冈上浓烟滚滚。

三五成群的日军在机枪和迫击炮掩护下，时而跳跃向前，时而卧倒在地，步兵群相互掩护，交叉前进，来势汹汹，势不可挡，很快逼近山脚下空旷地的边缘。此时，所有日军不约而同停止前进。

几发炮弹命中山冈上的休息棚，浓烟腾空而起，把棚子炸得四分五裂。一颗炮弹落在战壕里，一名机枪手连同机枪都被炸飞。

日军此时突然跃起，发疯般端着上了刺刀的步枪，嚎叫着快速冲向平坦地，刹那间到达平坦地的中央。

山冈上，新四军几十支步枪和三挺机枪怒吼起来，密集的子弹打得泥土直飞，五六个日本兵和保安团士兵中弹倒地，但丝毫阻挡不了日军的进攻，十几个日军已率先冲到山脚，找好隐蔽处，近距离向山冈射击。

后续掩护的日军机枪手也迅速端着机枪，向前冲击近百米，又快速架好机枪，新四军被密集的弹雨压在战壕内。

黄德胜骂骂咧咧，猫腰跑到机枪手身边，推开机枪手，操起机枪向山脚下躲藏的日军熟练地不断点射。冲到山脚边的日军，被黄德胜的机枪压制得不能动弹。

【15. 县城　日军营地　中秋节当日　上午　日】

日军营地里，十几辆汽车上站满全副武装的日军士兵，机关枪架在车顶。

腾井率领几十名骑兵斗志昂扬地牵着各自的战马，集中候令。

腾川焦虑地在营地里来回走动。

突然传来沉闷的炮声。

腾川："腾井君，这是我们的迫击炮声，泊田偷袭没有成功，否则不会动用迫击炮。"

腾井大喝一声："上马！"

众日军纷纷上马。

腾井拔出马刀，"腾川君，我率骑兵抄小路直扑洪蓝镇。骑兵队随我出发！"

腾井掉转马头，率领几十匹战马风驰电掣冲了出去。

腾川大步走向轰鸣着的汽车队，坐上三轮摩托车，浩浩荡荡杀向洪蓝镇。

【16. 洪蓝镇　通往县城的山道上　中秋节当日　上午　日】

新四军骑兵班在小树林旁监视着县城日军。

远处尘土飞扬，隐隐传来阵阵马蹄声，大队日军骑兵蜂拥奔来。

骑兵班长："上马！同志们，绝不要与日军骑兵交手，跟着我，往洪蓝镇撤退。"

骑兵班长举起步枪，往日军骑兵方向放了一枪，一勒马缰，马匹沿着山道快速奔跑，众战士骑马紧随其后。

日军骑兵见状紧追不舍。

腾川率领的日军步兵乘坐卡车和摩托车，沿大路奔向洪蓝镇。

两股骑兵你跑我追。前方就是洪蓝镇，新四军骑兵班长突然调转马头，沿小路跑向田山涯村对面的山上。

日军骑兵追到山脚下，藤井策马而立。

腾井："新四军骑兵是一群地老鼠，只敢上山，不敢与我们交手。"

日军骑兵哈哈大笑。

一位日军骑兵冲动地说："藤井君，我们冲上山去，砍了这些新四军。"

日军骑兵说完，跃马往山上冲。

腾井："回洪蓝镇！新四军骑兵已经占先，此时上山只是移动的靶子。"

腾井调转马头，直扑洪蓝镇区，大队日军骑兵紧紧相随。

【17. 田山涯村　山冈　中秋节当日　上午　日】

日军暂停了攻击。

一些日军士兵从马匹上搬运迫击炮炮弹。

大高个的机枪时不时对着山脚下隐蔽的日军点射。

黄德胜扭头四周环顾，只剩二十余名战士，四周散布着几十具新四军战士的尸体。

忽然，留守田山涯村的两个班，从山冈背后出现。

三班长端着机枪，跑到黄德胜身边，架起机枪，向山脚下的日军盲目扫射。

黄德胜："三班长，带着你的人，查看一下伤者，有气的赶快带走。"

三班长起身，恨恨地盯了眼山下，带着二十多名战士把负伤还活着的战士连背带扶，往山冈下撤退。

黄德胜："全体撤退！"

黄德胜大声命令，众战士快速爬出战壕，往山冈后面跑去。

大高个起身，被黄德胜按住。

黄德胜："把这几梭子弹一口气打完再走。"

黄德胜夺过机枪，向前方猛烈射击，尽可能拖延时间，让战士们撤退。

高桥手举望远镜望着山冈，嘴角露着微笑。

黄德胜："大高个，跑！"

黄德胜跃出战壕，大高个抱着机枪紧随身后，两人刚跑下半山腰，日军密集的炮弹便在山冈上爆炸开来。

黄德胜："狗日的，跟老子玩哩。"

黄德胜得意地骂着，与大高个一起，遁入连绵的群山。

【18. 田山涯村　山冈　中秋节当日　中午　日】

日军冲上山冈。

山冈上到处是被炮弹炸飞的表土，树木搭的棚子被炮弹炸废，腾着燃烧的黑烟，二十多具新四军战士的尸体大都被炸得血肉模糊，残肢断臂四下散落。

高桥手握指挥刀，铁青着脸登上山冈。

日军士兵在打扫战场，有的日军士兵对着重伤的新四军士兵补枪。

泊田匆匆地向高桥走来。

泊田（轻声地）："高桥君，有七名士兵为天皇尽忠，保安团有三人死亡，五人受伤。"

高桥阴沉着脸，手撑着指挥刀，咬牙切齿地下了命令。

高桥："泊田君，开枪打那红衣女孩的士兵，把他叫来！"

泊田："高桥君，那名士兵已为天皇效忠了。"

高桥沉默不语，黯然神伤。

【19. 刘家村　游击队营地　中秋节当日　夜】

马灯把刘生的老屋照得雪亮。

贾亮、黄大树和庄小春围在李邱巴的身边。

李邱巴正聚精会神地油印着传单。

庄坤林沉着脸，手执毛笔在桌子上书写着信。煤油灯在桌上闪烁着光亮。

庄坤林放下毛笔，心情沉重地起身，独自走向院落。

贾亮和黄大树见状，尾随庄坤林来到院落。

贾亮 :“区长，别难受了。”

庄坤林 :“梅子才十二岁，和慕兰同年。日军明知道那是个孩子，还要射杀了她。”

贾亮 :“区长，这深仇大恨早晚要报。”

庄坤林 :“贾亮，过几天让小夏、小秋带领几名队员，去洪蓝镇和四邻八乡的宗庙，把传单贴上去，让日军的暴行人人皆知。”

贾亮 :“哎，放心吧，区长。”

庄坤林 :“汤全可恶！若不是汤全带路，新四军怎么会阵亡那么多战士？找个熟悉县城的队员，把我写给汤全的警告信塞到汤全家的门缝里去。”

贾亮 :“这个汤全，早晚要除掉他。”

庄坤林往院中石磨上坐下，抬头呆呆地望着星空，久久不语。

黄大树 :“坤林，你在想什么？”

庄坤林 :“梅子的爹爹曾告诉过我，常有三五成群的日军借巡逻之际，到胭脂河畔看天生桥。日军此次偷袭洪蓝镇，也经过天生桥。我想在众多日军中，必然有人对胭脂河及天生桥产生兴趣。”

贾亮 :“坤林，你想在天生桥打埋伏？”

“正是，”庄坤林从磨盘上起身，“做为新四军韩湖区区长，我发誓要为死去的梅子报仇！”

黄大树 :“坤林，天生桥离县城不远，枪声一响，县城的日军必然会出动，很快会从四面八方赶到天生桥，到时候要跑都难。”

贾亮 :“打埋伏就要出其不意，只要挑选几名擅用长枪的队员瞄准目标，打了就跑。这中间，必须对天生桥一带的大小山路摸个一清二楚。”

庄坤林 :“这几日你们跟着我，骑着马去天生桥，摸清每条小路通往的方向，后面慢慢地商议吧。”

李邱巴 :“坤林哥，在天生桥打日本人，我有一个好主意，保证管用。”

黄大树 :“邱巴，别烦坤林，就你还能有什么好主意。”

庄坤林 :“大树哥，先听听邱巴怎么说。”

第三十一集

【1. 刘家村　游击队营地　中秋节后　凌晨】

李邱巴转身兴冲冲地拿过来几块一米多长，二尺宽的木板，上面钉满朝天钉，用绳子捆绑着。

黄大树瞪眼呵斥李邱巴："邱巴，你带这鬼东西干什么？"

李邱巴："把这些木板，藏在天生桥和桥下道路草丛里，我们撤退时候，日本兵肯定要追，把他们的脚戳烂了，看他们追？"

黄大树："到了天生桥，你给我把马看好了，别到时跑不掉了。"

庄坤林："大树哥，让邱巴带上吧，打日本兵不就像儿时打闹一样嘛，多一招比少一招好。"

贾亮："区长，天已经发白了，我们出发吧？"

庄坤林掏出怀表，指针指向了凌晨三点。

庄坤林："走！"

庄坤林一挥手，游击队们拿起武器，牵出了马匹。

黄大树翻身上马，十余匹战马往天生桥奔去。

【2. 县城　日军大队部　中秋节后　中午　日】

腾川脖子上挂着照相机，笑着进入大队部。

腾川："高桥君，中午我带上一个骑兵小队去天生桥一带巡逻。"

高桥望着腾川，咯咯地笑了起来。

高桥：“腾川君，你想借巡逻之机，去天生桥看美景？”

腾川憨厚地笑着，不语。

高桥：“这一带新四军已被肃清，无正规作战部队存在，但有新四军庄坤林的游击队，你必须高度警惕。是的，不定时派出士兵巡检，有利于我军驻守县城的安全。”

腾川（满不在乎）：“新四军的正规军我都不放在眼里，庄坤林的游击队就怕他不来。”

腾川一个立正，向高桥敬了个军礼。

腾川：“谢谢高桥君。我听泊田君讲，胭脂河雄壮险峻，天生桥全世界独一无二，心里痒痒，惊叹世界上居然有如此桥梁，无论如何要去看看，饱饱眼福，拍些照片带回日本炫耀。”

高桥：“腾川君，参与巡逻的日军必须有一定规模，带上机枪，记得把汤全带上。”

腾川：“是。”

【3. 天生桥　中秋节后　中午　日】

两名队员在树林后看着马匹，李邱巴在天生桥摆放着木钉板。

贾亮指挥三名游击队员携带长枪，埋伏在天生桥右侧土坡下，静静等待日军出现。

黄大树手持驳壳枪伴随庄坤林，另两名游击队战士持冲锋枪，跟在黄大树身边。

黄大树：“邱巴，别磨蹭了，快去小树林看好马。”

李邱巴：“哎。”

李邱巴拍了拍手上的土，两手搓揉着，悻悻地往小树林而去。

所有参战的游击队员凝神屏息，睁大眼睛，看着天生桥对岸的山路。

贾亮：“坤林，太阳临近头顶，对面山道连个人影都未出现，山野空空荡荡，除了胭脂河水拍击两岸峭壁的声音，还有天空和树林里的鸟叫声外，一片死寂。”

黄大树：“坤林，今天不会有收获了。”

黄大树拎着驳壳枪，换了个蹲身姿势。

庄坤林："等过了午饭时间，再等上两个小时，如果没有日军前来，我们就回刘家村。"

庄坤林眼睛一眨不眨盯着对面。

贾亮："马蹄声！"

贾亮兴奋地喊，埋伏的游击队员既兴奋，又紧张，各自蹲好战位，潜身盯着马蹄声方向。

日军的骑兵出现在众人视野。

"一匹，二匹，五匹，十匹……"黄大树点着日军数量，突然话音颤抖，紧张地说："坤林，日军来的是骑兵，数量不少啊，打还是不打？"

庄坤林猫着腰，见众多日军骑兵远远出现在山道，马队所到之处，扬起阵阵灰土。

庄坤林："贾亮，打还是不打？"

贾亮不语，紧张地看着日军骑兵。

贾亮（咬着牙）："打，用步枪射击，打完就跑，步枪打完后，冲锋枪乱扫，边扫边跑，天生桥窄，马队不可能蜂拥过桥。"

庄坤林："打吧！"

贾亮（山东话）："老子打过十几次日本兵，今天头一遭打一打日本骑兵。"

贾亮："都给我记住，步枪射击完后，随即后撤，跑快些。"

在汤全带领下，日军骑兵兴高采烈散开在胭脂河边，尽情欣赏这天生的美景。

腾川骑在马上，"汤全，在这看风景就像在我的家乡看大海。这天生桥太稀罕了。"

腾川翻身下马，举起相机不断地按动着快门，嘴里还不住赞叹。

几名日军缓缓策马向前，近距离观赏起来。

贾亮端着步枪，瞄准最前面的日军，扣动了扳机。

"叭"的一声，一名日军从马背摔下，惊得所有日军跳下马背，慌乱取下枪，寻找枪响之处。

"叭、叭、叭"，又是几声枪响，一名日军朝后仰面摔下马背。

贾亮一招手，开枪的游击队员迅速起身，往树林里跑去。

“叭—勾”，日军枪响。

腾川迅速指挥日军向游击队员撤退方向射击。

日军机枪手反应快，将机枪架在块石上，枪口喷射着火焰。

黄大树一声吆喝：“打！”

两名持冲锋枪的游击队员向对岸日军一阵乱射。

庄坤林：“打！打得好！”

黄大树一把拉着庄坤林，往小树林方向跑。

庄坤林扭头看了眼对岸，汤全骑在马上，居高临下，一眼认出了庄坤林。

汤全：“是新四军庄坤林，冲啊！”

汤全策马冲向天生桥。日军纷纷翻身上马，紧随其后冲锋。

汤全骑着马冲到天生桥前，马儿任凭怎么催促，硬是不敢过桥。

汤全扬起马鞭，扎扎实实给了马儿一皮鞭，马儿一声嘶鸣，快速通过天生桥，只见汤全一个前冲，跌倒在地。

【4. 天生桥　小树林　中秋节后　中午　日】

庄坤林、黄大树、李邱巴等游击队员快速地解开马绳，纷纷翻身上马。

贾亮率两名持冲锋枪的游击队员，警惕着天生桥方向。

贾亮：“走！”

贾亮和两名游击队员翻身上马。

马队往群山深处奔驰。

【5. 刘家村　刘生老屋　中秋节后　中午　日】

庄坤林将信递给庄小春。

庄坤林：“小春，你和小夏上午摸到县城去，把这警告信塞到汤全家门缝里。”

李邱巴从庄小夏手中一把夺过信，往衣袋里一揣。

李邱巴：“坤林哥，我熟悉县城，我去把警告信塞到汤全家的门缝里去，人去多了不好。”

贾亮：“邱巴，你用枪比不过小夏。哎，你莫不是还在惦记那个弹棉花的女孩吧？”

李邱巴涨红着脸，把头一昂，“贾亮，你才惦记着那个弹棉花的女孩子呢。汤全家就在木果河西岸，那地方路死，遇到急事，只能跳河。”

庄坤林：“贾亮，邱巴的话有道理，他水性好，遇到急事往河里一跳，或许还能捡回一条命哪。”

贾亮：“小夏，把那日本人的手枪给我。”

庄小夏从怀里掏出勃朗宁手枪递给贾亮，贾亮熟悉地拆开弹匣，取出子弹，又将子弹压入弹匣，装好后将手枪递给李邱巴。

贾亮：“邱巴，枪里还有两发子弹，遇到紧急情况你可以用一发子弹，还有一发子弹在万不得已的情况下你自己看着办吧。”

李邱巴接过手枪，手不停地颤抖着，将手枪装入怀里。

【6. 县城　汤全住宅附近的小巷子里　中秋节后　夜】

街上行人稀少，李邱巴在巷口左右探头望了一下，见远处有日军巡逻队，急忙缩身于巷子内，稍后又将头鬼鬼祟祟地探出巷口，见已无日军巡逻队，便迈着猫步，向汤全住宅走去。李邱巴快速地从衣袋里掏出警告信，哆嗦着将信往门的底缝里塞去。门缝很小，李邱巴单腿下跪，双手一点一点地把信封朝门缝内挤进去。

汤全住宅内，院子正中摆着张小圆桌，汤全正和两个兵丁围着圆桌啃吃着西瓜。

一兵丁无意往大门望了一眼，西瓜突然掉在地上，“汤团长，门外有动静。”

汤全边啃着西瓜，边悠悠地往门口走去，见地上有封信，便弯腰捡起，翻转信封，“警告信”三个字赫然呈现。汤全一惊，猛地打开宅门，李邱巴正在门外起身，两人相见均大吃一惊。李邱巴慌忙掏出手枪，冲着汤全开了一枪。汤全见状，猛地关上院门，随着“呯”的枪响，木门被子弹打穿。

汤全急速地往客厅跑去，两个兵丁抄起身边的步枪，随汤全到大门处。汤全猛地打开门，率兵丁冲出大门，远处李邱巴撒腿往木果河西岸弹棉工坊方向窜去。

汤全朝天放了两枪。

汤全：“追！”

汤全领着兵丁冲着李邱巴紧追不舍。此时，县城响起了急促的哨子声和喊叫声，日军从不远处尾随汤全往木果河西岸追去。

【7. 县城　工坊　夜　秋】

李邱巴急速地沿木果河西岸窜跑。

工坊的门开着，弹棉郎父女正在外屋小桌上吃晚饭。弹棉郎惬意地端着小酒盅喝了口酒，门外，李邱巴急速奔跑的脚步声引起了弹棉郎的注意。他扭头朝门外看了眼，只见一条黑影迅速地从工坊门前跑过，黑影还朝屋内瞥了一眼。

弹棉郎起身，刚走到门口，黑影猛地回头窜入屋内，哑巴女和弹棉郎与李邱巴打了个愣怔。

弹棉郎："是你这个冤家？"

弹棉郎顺手抄起身边一根扁担，照着李邱巴下身猛地打了过去。

李邱巴急忙闪开，挥舞着手枪："你们没死？日本兵在追我。"

李邱巴边说边挥舞着手中的枪。

只见哑巴女快速地将李邱巴一把拉住，往里屋跑去。弹棉郎手持扁担，跑出门外，见汤全领着兵丁正穷凶极恶地往这个方向而来。弹棉郎挥舞起扁担，跑向河滩，抡着扁担对茂密的芦苇左劈右砍，嘴里大声地骂着："抓强盗，抓强盗！"

汤全闻听，猛地挥动手枪，"快跑，在那边！"

弹棉郎抡起扁担，对着前面的芦苇横扫过去，弯腰捧起身边的一块石头，使劲地抛向木果河里。"扑通"一声，水花溅起。

汤全与日本兵正好赶到，弹棉郎大叫："强盗跳河啦，强盗跳河啦！"

汤全和众日军纷纷跳下河堤，冲着河面乱纷纷地开起了枪。

泊田领着几个日本兵站在岸上，微笑着望着弹棉郎，竖起了大拇指，"良民，你的，大大的良民。"

汤全和众兵丁乱纷纷地走上河岸，汤全手一挥，"快，去河对岸堵他！"

众兵丁和日军分开向河对岸包抄而去。

弹棉郎见日军走远，将扁担放入墙角，问："那个坏蛋呢？"

哑巴女嘴里叽囔着，手指了指里屋。

弹棉郎朝里屋喊："滚出来。"

李邱巴掀开堆在身上的破旧棉花被，持着手枪从里屋出来。

弹棉郎："快滚，日本兵刚走，一会儿还会来。"

哑巴女脸儿在灯光的辉映下显得激动而通红，胸脯起伏着，眼神亮亮地望着李邱巴。

李邱巴转身欲走，突然转身朝哑巴女"扑通"跪下，"哑巴，记住我的话，等打败了日本人，我要用大红花轿把你抬进李家。"

李邱巴猛地起身，弹棉郎一把揪住李邱巴的衣领，顺手一个耳光，"记住你今天说的话，还不快跑？"

李邱巴窜出门外，撒开腿死命地往前跑去。

屋内，哑巴女兴奋地哽咽着，扑向了弹棉郎，父女俩相拥而泣。

【8. 县城　工坊　几天后　秋　日】

大篷车停在工坊门前，弹棉郎往马车里搬运着物品，哑巴女在屋内收拾着东西。弹棉郎从屋外走回屋内，恋恋不舍地环顾着房屋内的一切。

哑巴女弯腰收拾着物品，起身朝着弹棉郎叽哩哇啦地连比带划不愿意离开。

弹棉郎："丫头，爹爹也没有办法啊，哪天日本人和汤全回过神来，知道是我们故意放走了李邱巴，绝不会饶了我们。"

哑巴女上前，叽哩哇啦地摆动着手。

弹棉郎："你以为不会？你没听到梅子被日本人枪杀？那个丫头只有十二岁啊。"

哑巴女愣愣地站着，稍后，无奈地点着头。

弹棉郎："爹爹和你回淮安时，我们亲耳听到别人讲，你娘就在常州和苏州一带讨生活。爹爹带着你先去常州，然后再去苏州，顺带着攒些钱。"

哑巴女突然叽哩哇啦，连比带划地表示不愿意去，可怜巴巴地求着弹棉郎。

弹棉郎："丫头，要想打败日本人，还早着呢。再说，李邱巴说的话你就信以为真？"

哑巴女使劲地点头，情绪异常激动。

弹棉郎上前轻轻地将哑巴女搂在胸前，沉默片刻，叹了口气，“丫头，这是性命攸关的事。到时候，日本人把我们父女俩抓去，那是要杀头的啊。”

哑巴女离开父亲的拥抱，两行眼泪流下，弹棉郎转身拉着哑巴女的手，将哑巴女送上马车，回身将屋门用铁锁锁上。

弹棉郎坐在马车上，手持赶马鞭，留恋地盯着挂在门上的铁锁，看了会儿，将赶马鞭轻轻扬起，马车向前。

【9. 县城　日军大队部　秋　日】

日军大队部。泊田、腾川、汤全垂头丧气地望着高桥。

高桥脸色铁青，盯着汤全，眼闪凶光。

高桥转身在大队部来回走动，沉思着。

高桥：“腾川君，你确信遇到新四军主力？”

腾川：“高桥君，我确信这是训练有素的新四军正规部队，他们计划周密，毫不恋战，可能是刚被我们赶跑的新四军，又回到这一地区。”

汤全：“高桥先生，这不是新四军正规部队，是新四军游击队。游击队员都是以前的老百姓，为首的就是庄坤林。”

汤全边说边用手摸着摔伤的脸，一副委屈的样子。

高桥：“庄坤林？他是个书生，不可能拿着武器，筹划这样漂亮的伏击战。”

汤全：“是庄坤林。我骑在马上看得一清二楚，当时我还大喊庄坤林的名字呢。”

高桥（唬着脸）：“腾川君，如果是庄坤林的游击队，区区人马，你竟然对付不了？”

腾川（上前一步）：“我不认识庄坤林，但根据对方武器射击情况判断，有先进的步枪，还有冲锋枪，只有新四军正规军才可能有冲锋枪。”

高桥一愣，转身注视汤全，问：“汤全，游击队怎么可能有冲锋枪？嗯？”

汤全一时语塞，用手挠了挠脑袋，“高桥先生，也可能是新四军调拨给游击队的武器。要不，就是庄坤林通过关系，暗中购买枪支。对了，高桥先生，庄坤林家有钱，非常有钱。”

汤全挺直腰板，振振有词地对高桥说。

高桥往座椅方向踱步，坐在椅子上，陷入了沉思中。

腾川和汤全往前走了几步，站在座椅一侧。

泊田（情绪激昂）："高桥君，已经十分清楚，庄坤林一意孤行，誓与大日本帝国为敌。"

腾川（悲痛地）："高桥君，阵亡的士兵是我们家乡人，此仇不报，无颜面对家乡的父老乡亲。"

汤全（愤恨地）："高桥先生，庄坤林以新四军韩湖区名义，给我发了恐吓信，扬言找机会杀掉我哩。"

高桥起身，拍了拍腾川的肩膀，"腾川君，在中国历史上，每当民族危亡时，中国的知识分子往往是中华民族振兴的中流砥柱。"

汤全见高桥陷入沉思，趁机火上浇油："高桥先生，我有一招，可让庄坤林乖乖自首，为大日本帝国所用。"

"嗯？请讲。"汤全的话显然引起了高桥的兴趣。

汤全："高桥先生，庄家三代单传，庄坤林只有一个儿子，那是他们庄家的根，就住在县城庄宅。只要把庄坤林的儿子和家人抓起来，逼庄坤林来县城见您，就可以……"

高桥（脸色陡变）："汤全，你是个中国人，中国有句话：'冤有头，债有主，一人做事一人当'，你难道不知道吗？"

"哦，哦，"汤全见高桥教训自己，支支吾吾说不出话。

高桥："两军交战，尚不斩来使。按照你们中国人江湖决斗的规矩，应该光明磊落，有拿亲属质押决斗的规矩吗？"

汤全："是，是。"

汤全点头哈腰满脸堆笑，一副奴才样。

高桥："汤全，伤情严重吗？"

高桥突然语气温和，询问汤全的伤势。

汤全："不严重，不严重，高桥先生。就是摔了个脸青鼻肿，身子骨好着哩，过几日就会痊愈。"

高桥："这几天，回去好好养伤吧。"

汤全知趣，连连称谢，转身出门。

高桥不语，在指挥部走来走去。

高桥（鄙夷地）：“泊田君，要不是中国人民还在抵抗，我真想一刀砍掉汤全的脑袋。”

泊田：“高桥君，我认为汤全说得有理，我看还是试一试。”

腾川：“是啊，高桥君，庄坤林必须为死去的日军士兵负责。”

高桥亲切地望了眼腾川，又看了眼泊田。

高桥：“这仇，必须要报。但是，要看准时机，不能盲动。我要光明正大地抓住庄坤林，让庄坤林心服口服去见阎王。”

【10. 县城　中午　秋　日】

汤全站在古石桥上，看着南来北往的行人发呆。

几个上桥的行人见汤全站在古石桥上，畏畏缩缩地从石桥一侧闪身而过。

汤全扫了一眼闪身而过的行人，低落的情绪开始上涨，略为肿胀的眼里又透出团长的尊严。

汤全双手叉腰，从古石桥一步步下去。

汤全转身沿大路遛达。

“汤团长！”李兵丁从身后走来，恭恭敬敬叫了声。

汤全见保安团李兵丁拎了两瓶酒，从后面冲自己而来。

汤全赶紧学着老赵县长的走路功架，把双手反搁身后，不紧不慢地走着，还故意走走停停，东张西望。

李兵丁：“汤团长。”

汤全略显傲慢，不经意地“嗯”了声。

汤全：“是小李子啊，怎么，买酒喝啊？”

李兵丁（吃惊地）：“哎哟，汤团长，您怎么鼻青脸肿啊？”

汤全（昂头）：“你知道庄家村的庄坤林吗？”

李兵丁：“听说过庄坤林，大户人家的公子，学问人，家中有钱哩。”

汤全（埋怨地）：“昨天腾川队长来了兴趣，让我带路，去看天生桥，他奶奶的，不就块大石头搁胭脂河上嘛，有什么看头？”

李兵丁：“汤团长，您和鬼子打架啦？”

李兵丁盯着汤全的脸，紧张地压低声音问。

汤全：“放屁！谁敢和鬼子打架？哎，小李子，别把鬼子挂嘴上，惹恼鬼子，鬼子一刀削下你脑袋。”

李兵丁：“哎，哎。”

李兵丁连连应着，心虚地四下张望有没有巡逻的日本兵。

李兵丁：“叫庄坤林打了？”

李兵丁提高嗓门，露出一副打抱不平的气势，拍着汤全的马屁。

汤全：“那书呆子会把式吗？我能一脚把他踹飞三个田埂。”

汤全眼里透着凶光，对李兵丁恶狠狠说。

李兵丁：“从天生桥不小心摔下去了？”

汤全（沉着脸）：“你个白痴！骑马在天生桥上，摔在胭脂河里，不被淹死，就是摔死，你这是咒老子哩？”

李兵丁（嬉皮笑脸地）：“那团长的脸上，怎么会受伤啊？”

汤全：“庄坤林带着游击队，在天生桥伏击腾川，还打死两个日军骑兵哩。”

李兵丁：“抓着庄坤林了？”

汤全瞪了眼李兵丁，睬都不睬地继续往前遛达。

李兵丁赶紧上前，贴着汤全耳朵，低声说了几句。

汤全忽地瞪大眼睛，又用手摸了摸酸痛的眼皮，满脸欣喜，一把挽着李兵丁的胳膊。

汤全：“走，好兄弟。去前面‘李字号’饭馆，我请客，咱们好好喝顿酒。”

汤全和李兵丁欢天喜地，两人得意洋洋地向“李字号”饭店走去。

【11. 县城　李字号饭店　下午　秋　日】

“李字号”饭店楼下客厅只有两张四方桌，摆了七八张长板凳，楼上只有一个小包厢，木制楼梯只能容得一人上楼。

李兵丁（大声地）：“老板娘，汤团长来啦。”

老板娘：“哎哟，汤团来啦？小店生辉啊。”

老板娘慌得赶紧从厨房出来，满脸堆笑，手上还沾着湿面粉。

老板娘赶紧跑到一张四方桌旁，搬开板凳，习惯地用手拭着板凳，板凳上反倒留下许多白粉。

汤全（微笑着）：“老板娘，楼上包厢可空着？”

老板娘："汤团，楼上有两位外地客人，正用餐哪。"

老板娘对汤全笑着，一脸歉意地看着汤全。

李兵丁："什么汤团馄饨的，是汤团长。"

汤全不吱声，喀吱喀吱走上楼梯，一入包厢，见两位外地大汉正在喝酒。汤全佯装一声咳嗽，挺着腰，手习惯地摸了摸枪套。

两位大汉一见，忙不迭起身赔笑，端起酒杯和两盘菜下楼，摆到空着的四方桌上。

汤全一屁股坐下，顺手摘下大盖帽，"呼"地一声扔桌上。

老板娘（笑嘻嘻）麻利地拿起帽子挂在墙上，"汤团长，给您炒些花生米，回锅肉，炒猪肝，大蒜烩羊肉，您看如何？"

汤全（点着头）："可以，可以，随便来几个菜。只是我喝酒时，别让人上楼搅了喝酒的兴致。"

老板娘："晓得，晓得。"

【12. 县城　李字号饭店包厢内　下午　秋　日】

李兵丁殷勤地拧开酒瓶，给汤全倒满，又给自己倒一杯。

李兵丁："汤团长，先敬您一杯。"

李兵丁一仰脖子喝干杯中酒。

汤全笑着，摆了摆手，端起酒杯，用嘴唇抿了抿。

李兵丁："汤团长，小李子连喝三杯以表敬意。"

李兵丁连着又喝了两杯。

汤全夹起一块回锅肉，塞入嘴中。

汤全（皱着眉）："哎哟，辣子放多了，辣嘴。"

李兵丁（小声地）："汤团长，日本人说话算不算数？"

汤全瞪了一眼李兵丁，"日本人说话算不算数，我怎么知道？"

李兵丁："这么说，一千块赏钱是日本人骗人的鬼话？"

汤全兴奋地起身，"小李子，你知道医院日本人被杀内情？"

李兵丁（焦急地）："如果报告日本人，能拿到一千块赏钱吗？"

汤全眼珠子一转，笑着喝了一大口酒，抹了下嘴巴，将脚踩在板凳上。

汤全："小李子，你去报告日本人，日本人信了你，也不会给你钱；日本人不信你，‘喀嚓’一刀……”

汤全做了个用刀砍脖子的动作，嘴角挂着冷笑，吓唬李兵丁。

李兵丁（一个愣怔）：“就是啦，赵县长也这么说。”

汤全：“什么？什么？这事儿赵县长也知道？”

汤全大喜，忽地站起，眼睛瞪着李兵丁。

李兵丁：“是啊，我曾告诉赵县长，赵林说万一日本人抓不到庄坤林，一怒之下，一定砍了我脑袋瓜。”

汤全：“喝酒，喝酒！”

汤全兴致勃勃倒了杯酒，不由自主地敬起李兵丁。

李兵丁：“汤团长，赵县长没有向日本人报告，这可是死罪啊？”

汤全：“绝对死罪！说不准赵县长跟新四军有勾当？这天大的好事怎么说来就来了呢？”

李兵丁：“汤团长，我们一起报告日本人，赏钱咱俩五五开。日本人抓了赵县长，这县长的宝座就是你的了，如何？”

李兵丁兴奋地说，嗓门大起来。

汤全：“嘘，小李子，你这鬼东西，生意做到我头上来啦？”

李兵丁嘻嘻地直笑。

汤全：“二八开。”

李兵丁：“五五开？”

汤全：“算了，我说小李子，今天喝酒，你也别告诉我了，知道了心烦。那赏钱，我根本没想要过；县长的宝座，我从没想要坐过。你向日本人直接报告，赏钱、宝座都归你吧？”

李兵丁怔住了，懊恼地抽了自己一个嘴巴，“我这张臭嘴，一不小心全吐了出来。汤团长，别生气，您大人大量，就按照二八分成吧。”

汤全：“小李子啊，算你聪明，我已经知道是庄坤林带人杀掉了医院里的两个日本人，至于杀人细节无关紧要。”

李兵丁又气得扇了自己一记嘴巴，汤全得意地哈哈大笑。

汤全：“先跟你说清楚，这是向日军报告后领的赏钱，二八分成。如果抓住庄坤林，日本人要给赏钱，就没你份啰。”

汤全唬着脸，眼睛瞪着李兵丁。

李兵丁:“哎，哎。两百块白花花的大洋，小李子这辈子都没见过。”

【13.县城　古石桥　夜幕降临　秋　日】

汤全得意洋洋地走上古石桥，眺望着赵县长府宅方向。

李兵丁鬼鬼祟祟地躲在古石桥栏杆旁，注视着汤全。

汤全转身发现李兵丁，一手叉腰一手指着李兵丁，开口大骂。

汤全:“小李子，你个狗日的，还监视我汤全哪?”

李兵丁嘿嘿地探身，迎汤全而上古石桥。

李兵丁(嬉皮笑脸地):“哪里哟，我这是暗中保护汤团长您哪，您万一有个闪失，这么多钱就打水漂了。”

汤全呵呵笑，指着赵县长府宅的方向，招呼着李兵丁。

汤全:“小李子，我比你还着急。这个事要办成，我就盖一个比赵县长的宅子还要大的宅子，门口那两个石狮子起码要比赵县长家门口的大一半。你呢，也盖个三间楼房。”

几个红衣绿裤的女人从古石桥上走过，一个女人回头冲汤全一笑。

汤全:“日，小李子，那个骚娘还朝我笑哩?老子要讨二房，也不会找徐娘半老的。”

李兵丁:“要讨就讨个十七八岁的黄花大姑娘，这样才配得上汤县长的身份。”

汤全:“小李子，别鬼头鬼脑地跟着老子了，老子这就去日军大队部。”

【14.县城　日军大队部　夜　秋　日】

日军大队部灯火通明。

高桥端坐会议桌顶端，面前摆着一份醒目的电报。会议桌两旁坐着十几名日军军官。

军官一:“高桥君，特工一定是被军统所杀。”

军官二:“高桥君，我们的特工也可能被自己飞机炸死了。”

军官三:“高桥君，特工也有可能被新四军所杀害。”

高桥:“都坐下，每一种推断都有可能，新四军杀害特工是最没有可能的。”

一日军军官匆匆步入会议室，“报告！保安团汤团长紧急求见大队长。”

高桥一愣：“哦？汤全中午刚走，现在又有要事报告？汤全葫芦里卖什么药？让他进来。”

汤全兴高采烈地跨入日军会议室，见高桥正襟危坐，两排军官脸色凝重，顿时心情紧张，不由得战战兢兢。

高桥：“汤全，何事报告？”

汤全：“报告高桥先生，是新四军区长庄坤林，杀害了日军的情报人员。”

高桥：“你确定？”

汤全：“是，我确定，就是庄坤林杀害了日军情报人员。”

高桥：“你的消息从何而来？”

汤全：“保安团一名兵丁向我报告，兵丁姓李，前阵子也向赵县长报告过。”

高桥：“赵县长怎么没向我报告？”

高桥一改往日温和的神色，厉声问。

汤全（大声地）：“我怀疑，赵县长和新四军有勾搭。”

“呯”的一声，高桥拍了桌子。

高桥猛地站起，把汤全吓一跳，顿时脸色如土，体似筛糠。

高桥：“汤全，你的良心太坏，赵县长为日本军队鞍前马后，尽忠尽责，提供保障，你居心不良。你们中国人，尽干窝里斗。”

汤全偷偷瞄一眼在座的日本军官，一个个盯着自己，怒目而视。

高桥挥挥手，示意汤全离开。

汤全倒退着离开会议室，像奴才见皇上。

高桥起身走向墙上挂着的军用地图，用手指敲着庄家村的位置。

泊田走向高桥。

泊田：“高桥君，明天我带一队士兵，直扑庄家村，生擒庄坤林。”

高桥转身：“给上海发报：现已查明，情报人员失踪，是新四军所为。目前，正在全力抓捕新四军区长庄坤林。”

报务员“啪”地一个立正，转身去了报务室。

高桥快步走向会议桌，“在县城周边，已无新四军正规部队和中国政府正规军队，但活跃着庄坤林率领的游击队，切不可大意。”

高桥："泊田，明天你去县政府，以日军驻县城司令部和县政府名义，拟定通缉庄坤林的布告，满城张贴，造成声势，震慑新四军游击队。"

泊田（立正，日语）："是。"

高桥脸色稍许缓和："一定要有庄坤林确切落脚点才能采取行动。记住：一定要活捉新四军区长庄坤林。"

所有日军军官齐刷刷站起，大声回应（日语）："是！"

【15. 县城　某地　上午　秋　日】

墙上贴着抓捕庄坤林的布告。

布告前簇拥着数十名路人驻足围观。人们窃窃私语，称赞新四军区长庄坤林。

汤全背着驳壳枪，李兵丁背着长枪紧随身后。

汤全来到布告前，众人一哄而散。

李兵丁："汤团长，日本人是在骗人哎？"

汤全："狗日的日本人，狗嘴里吐不出象牙。往后老子知道庄坤林下落，也不告诉这帮日本鬼。"

【16. 庄家村　山道　上午　秋　日】

庄家大门口。

大奶奶坐在马车上，马车夫轻轻挥动马鞭，马车缓缓启动。

庄世伯从门内匆匆跑出，拦住马车。

庄世伯："大奶奶，我还是跟你一起去。这县城啊，去一趟少一趟了。"

庄世伯跨上马车，把身子挨近大奶奶。

大奶奶不语，挥了挥手示意车夫继续赶路。

马车一路颠簸，大奶奶的手紧紧握着世伯的手，两人肩挨着肩，沉默地看着前方蜿蜒的山路。

路边的野花依然开着，太阳懒懒照着大地。除了偶尔的鸟鸣声，就是马车"咯吱、咯吱"的车轮声。

大奶奶："世伯啊，这条山路有几个坎，拐几道弯，上下几个坡，大奶奶闭着眼都知道。以往走这条路，马车上欢声笑语，路上行人络绎不绝。

日本人来了，世道变了，庄家酒厂生意不死不活，庄家村蚕业停止，以往安宁的生活被打破，连生命安全都得不到保障，路上行人也越来越稀少了。”

庄世伯深深地叹了口气，无奈地摇了摇头。

马车进入县城不远，大奶奶发现马路一侧围着一堆人。

大奶奶："停车。"

马车缓缓停在路边。大奶奶一声不吭，下了马车，径直往大树下走去。

围观的百姓，见一辆气派的马车停在路边，又见一白发老太从车上下来，不由地闪开道路。

大奶奶从容不迫地细细看了会布告，转身笑呵呵地走出人群。

大奶奶："哎哟，这庄坤林区长，才值二千块钱哩。"

大奶奶坐上马车。路人一阵哗然。

路人一："这不是庄家大奶奶吗？"

路人二："是啊，老太太气度非凡。"

路人三："对庄家来讲，两千块钱那是毛毛雨啊。"

路人四："拿这赏钱的人，短命哪。"

马车向前，人们听到大奶奶在马车内哈哈哈的笑声。

【17. 县城　庄宅　上午　秋　日】

马车停在县城庄宅门口。

大奶奶和庄世伯下得马车，车夫上去拍门，大门忽地打开。

陶玉如见大奶奶和庄世伯来了，一脸惊喜，赶紧闪身让大奶奶和庄世伯进门。

陶玉如快速出门，东张西望后返回，把大门拴了个结实。

陶玉如（惊讶地）："大奶奶，世伯啊，日本人到处抓坤林哪。你们怎么都来啦？"

第三十二集

【1. 县城　庄宅　黄昏　秋　日】

大奶奶："锡儿爹，这几日风声紧，把你们吓得不轻吧？"

众人走进客厅，庄世伯把手上拎包往桌子上一放，"咣啷"一声发出银元碰撞的声响。

陶玉如："大奶奶，你看到日本人抓坤林的布告了吗？"

锡儿和汤正益坐在椅子上，紧张不安地看着大奶奶。

大奶奶："刘生，明天太阳出来，你和锡儿把维根和慕兰先带到常州，在那儿住段时间。你让刘铜去南京联系一下学校，租个房，把慕兰和维根送南京读书。"

刘生吐了口气，连连点头。

刘生："大奶奶，我也是这么设想。一旦哪天日本人日子难受，把气撒在孩子们身上，庄家受不了这样的打击。"

大奶奶："正益下午跟我们一起回庄家村，今后庄家宅子就辛苦玉如和锡儿爹照看了。"

汤正益眼泪流下，哭了起来。锡儿的眼泪也哗哗流下。

刘生："别哭了，锡儿和正益赶紧回房，去给维根他们准备衣服。"

大奶奶："锡儿爹，什么都别带。带了东西，大包小包，惹人注意。世伯带了些钱，缺什么，到常州和南京再买。好在天气一天天凉了，用不着天天换衣裤了。"

锡儿起身（哽咽着）："姐姐，什么事都劳你操心，我和孩子去常州后，你和世伯要多保重身体。唉，我在外面也不放心姐姐和世伯啊。"

大奶奶："锡儿爹，明天早上你和锡儿装着送慕兰和维根上学，出了门直接去汽车站出门不要早，也不要迟，装得若无其事，上了汽车，就安全了。"

刘生："大奶奶，庄家几十年来多亏你撑着啊。"

大奶奶："世伯，我们现在就带正益回庄家村，马车停在大门口，惹人注意。"

【2. 县城　庄宅　黄昏　秋　日】

庄慕兰和庄维根你追我赶回到家，笑呵呵跑入院子。

庄慕兰："奶奶，我娘呢？"

锡儿把大门栓上，"慕兰啊，你娘回庄家村去，过两天就回来。"

庄维根噘着小嘴，对锡儿撒娇："奶奶，我想爷爷了，你带我去看爷爷，好吗？"

锡儿："哎，我的乖孙儿，过两天，奶奶带你去庄家村。"

陶玉如："慕兰、维根，来吃煎糍粑吧。"

庄维根欢呼着跑进了客厅。

庄慕兰心里隐隐不安，姗姗地走入客厅。

庄慕兰："奶奶，我爹爹怎么了？"

锡儿："你爹爹好着哩。"

庄慕兰："那我娘干嘛着急回庄家村？爷爷和大奶奶今天来过？我看到日本人贴的布告了。"

锡儿笑着，哄慕兰："你爹爹，日本人拿他没法。你爹爹身边有许多叔叔伯伯，他们都拿着枪保护你爹爹哩。"

陶玉如连忙将糍粑推到慕兰面前，笑眯眯看着慕兰。

陶玉如："乖宝宝，这是芝麻馅儿，我家慕兰最喜欢了，快吃吧。"

庄慕兰："太奶奶，我爹爹真没事吗？日本兵要抓爹爹哪。"

陶玉如眼圈红了，亲昵地伸出右手，摸摸慕兰的脸。

陶玉如："锡儿，你看我们家慕兰，越长越漂亮了。"

陶玉如说完，背过身面对刘生，偷偷抹了把眼泪。

刘生坐在椅子上叹着气，对着庄慕兰心疼地摇了摇头。

【3. 县城　庄宅　晨　秋　日】

刘生和锡儿搀着庄维根出了院门。

庄慕兰和庄雪花背着书包跟在后面。陶玉如伫立在门口。

袁家大门打开，袁唐平和袁依冰两人，背着书包欢快地从家里出来。

袁依冰："维根哥，等等我。"

袁依冰欢快地叫着朝庄维根跑来。

庄维根挣脱刘生和锡儿牵着的手，迎上前，伸手接过袁依冰递过来的书包。袁通和小桃红出现在自家门口。

见刘生和锡儿执意要送维根去学校，袁通和小桃红互看了一眼。

小桃红（轻声地）："袁老爷子，看来庄家要将慕兰、维根做个安排？"

袁通（大声地）："依冰，爷爷和奶奶今天兴致高，要送你去学校。"

袁通和小桃红上前拉住袁依冰的手，小桃红从庄维根手上拿过袁依冰的书包，袁通冲刘生使了个眼色。

袁依冰开心地冲庄维根扮个怪脸，和爷爷奶奶高高兴兴地往学校走去。

袁唐平和庄雪花说说笑笑地走出去很远。

庄维根嘟着嘴，刘生搀着庄维根慢慢地往前走。

锡儿拎着庄慕兰的书包，尾随在刘生后面。

【4. 县城　汽车站　上午　秋　日】

庄维根："奶奶，这不是往学校去的路啊？"

锡儿："维根，别吱声，跟着奶奶走啊。"

汽车远远地鸣着喇叭，往汽车站开来。

刘生（低声地）："维根啊，你知道日本人要抓你爹爹吗？"

庄维根紧张地点着头，眼睛望着庄慕兰。

庄慕兰："弟弟，日本人贴了许多布告，要抓我们的爹爹哩。"

庄慕兰："奶奶，我们去汽车站，莫非是要去见爹爹？"

锡儿："去常州，你爹爹在常州等我们呢。"

庄慕兰紧张地对庄维根说，“维根，我们快走，别让日本兵发现。”

刘生：“维根，我们走快些，想不想见你爹爹啊？”

庄维根：“想。”

众人加快了脚步。

汽车来到跟前，刘生拉着庄维根，锡儿拉着慕兰上了班车。

【5. 刘家村　游击队营地　黄昏　秋　日】

游击队营地一片欢腾。

李邱巴眉飞色舞地对游击队员们绘声绘色地讲着朝天钉板的故事。

李邱巴：“那板上钉满了铁钉，我把它藏在草丛里，汤全那个跟斗摔得不轻，那脸皮再厚估计也被钉子戳穿了。”

游击队员们又爆发出一阵笑声。

庄坤林：“邱巴，该准备晚饭了。”

李邱巴笑呵呵地跑向庄坤林。

李邱巴：“坤林哥，今天晚饭要不要备些酒庆祝一下？”

庄坤林：“邱巴，加两个菜，不喝酒。”

李邱巴：“坤林哥，打了胜仗得喝酒庆祝，梁山上的英雄好汉都是这么干的。”

庄坤林：“邱巴，现在还不是时候，等抗战胜利了，让我娘把酒窖里上好的酒拿出来，喝个一醉方休。你去准备晚饭吧。”

李邱巴有些失望，领着两个人去厨房张罗。

庄坤林招呼贾亮和黄大树，三人走进屋内围桌而坐。

庄坤林：“大树哥，贾亮，我们议一下，下一步该怎么做。”

贾亮：“区长，像这样的伏击战打得漂亮，往后，在县城周边还可多搞几次，可以骚扰日军。”

黄大树：“坤林，贾亮说得对，多搞几次，把日本人搞到神经紧张，不得安宁。”

庄坤林：“这次得手，多亏了出其不意。但要看到，日本人吃了没有想到的亏。往后啊，恐怕没这机会了。”

贾亮：“区长，我们骑上马，时不时沿周边转转，只要一有机会，放了枪就跑。”

黄大树："是啊，咱明里搞不过日本人，暗中可以放枪啊。"

黄大树手指着门外绵延的群山，“日本人是强龙，咱是地头蛇，日本人压不住咱们。”

庄坤林："往后这样的伏击战，不能再搞了。"

贾亮："区长，如果有伏击机会，为什么不能再搞几次？"

黄大树："是啊，坤林。"

庄坤林："我想，汤全认出了我，日本人已经知道是韩湖区游击队干的。不出我所料，几天后日本人会有动作。从现在起，所有人都不能再回家，日本人有耳目，一旦被围住，我们脱不了身。"

庄坤林的话引起黄大树和贾亮的同感，两人频频点头。

庄坤林："贾亮，你负责刘家村的警戒。从今晚开始，挑些人去前面第二座山拐弯处，在树林里找个地方，最好挖个藏身处，日夜看好进村的路。遇到成群结队的人，不要盘问和抵抗，看到他们过来，就朝天放枪报警，报完警你领着人就跑。"

庄坤林："大树哥，你和邱巴负责队伍管理，告诉所有人，不得擅自回家，给他们上些规矩，咱们是新四军游击队，不是牛屎山土匪。"

黄大树："哎。"

庄坤林："日军指挥官高桥曾与我和兆明亮同窗。此人作风正统，性格内向，处事沉稳，极有心机，一定要小心防范。"

黄大树（担忧地）："坤林，我担心，这个高桥会不会对庄家村实施报复？特别是对干爹和干娘实施报复？还有，慕兰和维根都在日本人眼皮底下，汤全又认出了你，会不会对孩子们下毒手啊？"

贾亮："是啊，我知道日军的凶残。"

庄坤林："依据我对高桥个人素质和道德的了解判断，只要高桥不调离县城，我相信，日军不会这么做。"

贾亮（着急地）："区长，我亲眼看到，战场上日本人对中国军队伤病员都杀，攻陷南京城后杀了那么多中国平民。今天，我们干掉两个日本士兵，日军会饶了我们？"

黄大树："对啊，县城大轰炸那天，我们都经历过了，县城及周边地区并没有中国军队在，日本人不分青红皂白，照样炸城，炸死那么多人呵。”

庄坤林：“嗯，小心无大错。在战争环境下，丧失理智的事情，高桥干得出来。”

李邱巴兴高采烈地跑进屋子，张口便喊：“哎哎，开饭啦。今天煮了一大锅野猪肉，那些鬼东西围着桌子等不及啦。”

【6. 县城　学校门口　下午　秋日】

一群学生欢天喜地地涌出校门，奔向各自的家长。

庄雪花站在学校门口，左顾右盼地寻找着庄慕兰和庄维根。

袁唐平走到庄雪花身边，庄雪花将书包递给袁唐平，袁唐平将书包挎在身上。

庄雪花：“唐平哥，你看见庄慕兰和庄维根了吗？”

袁唐平：“奇怪了，他们去了哪里？”

袁依冰：“哥，你看见维根了吗？”

袁唐平摇了摇头，往前走去。庄雪花紧紧地跟着袁唐平，不时回头左顾右盼。

袁依冰嘟囔着嘴，背着书包，尾随着袁唐平和庄雪花。

【7. 县城　庄宅　黄昏　秋　日】

庄雪花从袁唐平手中接过书包，伸出小拳头擂庄家大门。

陶玉如打开大门，庄雪花入院。

庄雪花（委屈地）：“太奶奶，庄慕兰和庄维根没去上课？”

陶玉如顺手关上大门，接过庄雪花的书包。

陶玉如：“雪花呀，慕兰和维根今后不读书啦。”

庄雪花：“弟弟为什么不读书啦？”

陶玉如叹口气，摸了下雪花的脸，拉着雪花的手朝客厅走。

陶玉如：“雪花啊，太奶奶今天烧了鱼，还煲了火腿冬瓜汤，我家雪花最喜欢吃鱼了。”

【8. 县城　袁宅　黄昏　秋　日】

袁唐平满心欢喜地坐在椅子上，吃起了点心。

婷婷："唐平，依冰呢？"

袁唐平："依冰一个人磨磨蹭蹭地在路上走。娘，庄慕兰和庄维根今天不见了。"

袁依冰慌慌张张地从大门外跑入院内，憋不住哭了起来。

婷婷："依冰，受了什么委屈啊，告诉娘，娘替你做主。"

袁依冰跑入客厅，将书包放在桌子上，边哭边嚷。

袁依冰："娘，庄维根不见了。"

婷婷（温柔地）："依冰，是不是没人给你背书包了？"

袁依冰抹着眼泪连连点头。

婷婷伸出手拍了下袁唐平屁股，"唐平，你怎么当哥哥的啊？看妹妹哭得伤心，还不赶紧哄一下啊？"

袁唐平起身笑着安慰袁依冰。

袁唐平："好啦！好啦！明天哥哥帮你背书包。"

袁依冰一听，转泣为笑，伸出小手指，做出拉钩手势。

袁依冰："哥，明天不许帮雪花背书包，背了就是小狗狗。"

袁唐平见娘瞪着眼睛看着自己，身不由己和妹妹勾了小手指。

袁依冰："娘，维根哥怎么不去读书？"

婷婷叹了口气，"依冰啊，维根不会再回县城念书了。有些事啊，你现在还不懂。"

袁依冰："娘，我懂了，同学们都在说，日本人要抓维根的爹爹呢。"

【9. 县城　保安团驻地　春　日】

保安团四周围着铁丝网，团部大门前堆起沙袋，士兵架着机关枪，站着岗哨。

不远处空地上，几百名保安团士兵着和平建国军军服持枪操练。

保安团营地竖起了旗杆，飘扬着和平建国军军旗和汪精卫政权的国旗。

汤全穿着崭新的黄色军服，腰间别着勃朗宁手枪，戴着军帽，看着保安团士兵操练。在他的身边跟随着李兵丁和几名保安团军官。

李兵丁背着驳壳枪，洋洋得意地跟随着汤全，左顾右盼。

李兵丁："汤团长，你穿着这身崭新的军服真正的威武啊。"

军官一："汤团长，咱这可是正统的政府，整个江苏、安徽、浙江都是南京汪精卫政权实际控制的天下啊。"

汤全："保安团现在是政府的正规军，我现在是政府军的团长，往后在高桥面前也能挺挺胸了。"

李兵丁："汤团长，建国军的军旗我能看懂，是在青天白日满地红的国旗中间用白色十字分割，但是那国旗看上去不伦不类，心里别扭。"

军官二："汤团长，我也看不懂国旗，怎么在原来国旗的顶部放了个三角小黄旗？小黄旗上写'和平反共建国'字样，我怎么看不懂？"

汤全："他娘的，你们问我，我也不懂。"

军官一："汤团长，我们必须要弄懂，万一士兵们问起来怎么回答？"

李兵丁："汤团长，你是武官，赵林是文官，他应该回答我们的困惑吧？"

汤全："嗯，我这就去县政府找这个狗日的县长问问。"

【10. 县城　县府　春　日】

赵林夹着黑色公文包，从县府出来，与汤全相遇。

李兵丁牵着汤全的马匹，远远地望着。

汤全："赵县长，问你个问题。为什么我们国旗上部有个小三角啊？去掉小三角，不就是重庆政府的国旗，看了多舒服啊？"

赵林："汤团长，你操这份心思干什么？"

赵林养得白白胖胖。对汤全的问话，赵林显得漫不经心，伸出白胖的手，习惯地扶扶金丝眼镜，冷冷地回。

汤全："嗯？赵县长，这就是你的不对了。我是堂堂政府军团长，你赵林虽然贵为县长，我是武官，你是文官，把这问题说清楚，这是你的职责嘛。"

赵林不睬汤全，迈开腿向汽车走去。

汤全一愣，习惯地脸上堆着笑脸，猛地抬手看了看簇新军服，又用右手摸了下腰间别着勃朗宁手枪，脸上顿时变得严肃。

汤全："赵县长，我是堂堂政府军团长，再也不是当初县城保安团团长。

赵县长，你别走。”

汤全急了，撒腿向赵林追去。

汤全（严肃地）：“赵县长，这是国旗，我是武官，看不懂国旗的意思，你做为文官，有必要向我解释一下嘛。我手下几百号当兵的，要问起来，我怎么回答呢？要不然，让几百号士兵开到县政府，烦请赵县长教育一番。”

赵林（特意整下中山装）：“汤团长，你知道在正式场合，汪兆铭先生穿什么衣服吗？”

汤全（一脸蛮横）：“汪兆铭是什么东西？本团长只听从汪主席，汪精卫的指令。”

赵林：“放肆！汤全，你连汪兆铭先生都不知道？信不信，我向上禀奏，立刻撤你这团长，这皮子穿上没几天，竟敢在本县长面前得瑟了？”

汤全昂着头，一脸不在乎，“赵县长，你说的汪兆铭是哪路神仙？看来汪兆铭是你的后台哩？”

赵林（鄙夷地）：“汪兆铭先生就是汪主席，又叫汪精卫，知道吗？”

“什么？”汤全非常吃惊，立即立正，“汪兆铭就是汪主席？”

赵林：“你刚才骂汪兆铭是什么东西？”

汤全：“不！不！赵县长啊，你知道，汤全是粗人，无知，无知啊。”

赵林：“汤全，这身中山装是汪主席最爱。汪主席自称，他是中山先生的学生，知道吗？”

汤全（谄媚地）：“赵县长啊，刚刚我说的话，你只当我放屁。汤全跟老县长那么多年，对你们赵家忠心得很哪。”

赵林：“我告诉你，汤全，掌权的现在都穿中山装。今后，见了穿这身衣服的，给我恭敬些，别再丢人现眼。”

赵林摆着县长架势，训斥着汤全。

“哎！哎！”汤全笑着，点头哈腰。

赵林（嘲笑着）：“汤团长啊，想听听这国旗来历吗？”

汤全：“想！想！我知道，只有请教赵县长，汤全才有长进。”

赵林：“汪主席认为他是孙中山正统学生，代表着国民党，坚持要用青天白日满地红的国旗。谁想到，日本人不同意，汪主席只能对日本人让步，为了区分重庆政府和南京政府，那个黄色小三角，是日本人加上去的。”

赵林说完，看着汤全，叹了口气。

汤全："他娘的，弄到大天亮，这国旗还是日本人定的。汪主席和南京政府还得听日本人的。"

赵林："不听日本人的，你能活下去？"

汤全："日。我原本以为，日后有南京政府存在，连高桥都要敬我们三分。弄到大天亮，到头来还是日本人傀儡。"

赵林看着汤全，脸上露出诡异般的笑，钻进刚调拨下来的黑色小车，轰地一声发动起来。

赵林摇下车窗，命令汤全："汤团长，山上的粮库给保卫好了，不许出错。"

"哎，哎。"汤全连连哈腰，笑着应。

汤全："赵县长啊，上面有没有给我拨辆汽车啊？"

赵林（调侃地）："汤团长，我有美国驾照，你没有啊。"

汤全："赵县长，这是中国，不需要啊。"

赵林徐徐摇上车窗，隔着车窗缝隙，又抛出一句话。

赵林："汤团长，等到哪天你穿上中山装，我的车，就让给你了。"

赵林话中带刺，说完一踩油门，朝高桥司令部方向开去，汽车排出的黑烟，熏了汤全一身。

汤全从黑烟里钻出，浑身汽油味，看着"吱溜"跑远的汽车，懊恨地跺脚。

汤全："赵林，你个鬼东西，总有一天，老子出人头地，把你赵家踩在脚下。"

【11. 县城　县府　春　日】

汤全气呼呼地用右脚掌在地上使劲搓扭，"踩死你个蚂蚁，老子踩死你个赵林。"

几个来县政府办事的商户见汤全生气，赶紧贴着墙边慌张地躲开。

李兵丁牵着马往汤全处走来。

李兵丁："汤团长莫恼，赵林不怕汤团长，老百姓可怕着哪。"

汤全："小李子，还是你会说话。"

汤全接过马缰绳，翻身上马。

汤全："小李子，回兵营。我要挑几个精干的士兵，满县城遛一圈。让所有人看看，我汤全的威风。"

两匹快马往兵营方向奔去。

【12. 县城　某地　春　日】

汤全骑着快马，六名背短枪的士兵跟在身后，七匹快马从军营奔出，马蹄声引得百姓驻足观望。

汤全的马队奔驰在县城的大道上，前面路口有日军岗哨，全副武装的日军士兵警惕地注视着汤全的马队。

汤全放缓马速，马队缓缓地走向日军岗哨，汤全正准备下马向日军敬礼，突然几个日军士兵向汤全敬起了军礼。

汤全赶忙回礼，身后六位士兵激动地向日军士兵回礼，李兵丁敬礼的手在颤抖。

汤全领着马队行至人迹稀少处，汤全脸兴奋得通红，对身后士兵大声说："你们都看见了，日本士兵向中国军人敬礼哪！往后，都给老子打起精神，别丢了中国军人的脸。"

李兵丁："汤团长威武，连日本人都敬重您哪。我们兄弟日后只听汤团长的。"

众士兵："对！我们听汤团长的。"

汤全此刻情绪兴奋，望着马背上的士兵，"弟兄们，我觉得本团长日后前程必定远大，老子手中掌握着县城的武装力量，枪杆子在手，能怕谁？"

汤全右手握马鞭，指着道路前方的赵府，对众士兵说："给我骑马冲过赵府门前，让马蹄声告诉赵家，汤全，才是县城最有实权的人。"

汤全往马背拍了一鞭，七匹快马从赵府门前冲过，一阵"哒哒哒"的蹄声撞入赵府。

过了赵府，汤全策马上了古石桥。静静的木果河在脚下流淌，两岸的垂柳绽着新绿。

李兵丁："汤团长，前面不远，就是庄坤林宅子了。"

汤全："想钱了？"

李兵丁（贪婪地）：“哪个不想钱？庄坤林值两千块哩。”

士兵一：“汤团长，去庄坤林家碰碰运气，说不准把庄坤林堵在家里，抓个大王八。”

李兵丁：“汤团长，庄坤林敢将恐吓信塞到您家门里，您也得去庄家露个面，至少表示，汤团长不怕庄坤林，来而不往非礼也。”

汤全：“走，去庄家大宅碰碰运气。”

汤全调转马头，率领六个士兵如狼似虎直扑庄家大宅。

【13. 县城　庄宅　春　日】

刘生坐在客厅，舒心喝着新采的春茶。

刘生：“玉如，庄家茶园的新茶味道不错。这里的茶叶不输给我们安徽老家的茶呢。”

陶玉如：“好喝你就多喝点。锡儿爹，你去常州，孙子孙女对你可亲热？”

刘生一脸笑意：“怎么不亲热，爷爷长、爷爷短的，再怎么长时间不见，也是骨肉至亲啊。”

陶玉如：“他们想不想奶奶啊？”

刘生：“想哪，都问我，奶奶怎么没来啊？”

陶玉如：“两个媳妇对庄家孩子好不好？”

刘生：“好着哪，两家人抢着拉吃饭哩，今天黄婉如买鸡，明天江文竹买鸭，谁都不肯输，较着劲哩。”

陶玉如（感慨地）：“两个媳妇也算明理，要不是以前庄家帮衬刘家，刘家也不会这么兴旺哩。”

刘生：“这次在常州，锡儿也蛮感动的。黄婉如和江文竹陪锡儿上街，给慕兰和维根又买吃的又买穿的，热心细致得很。”

陶玉如：“锡儿没给孙子孙女买些东西？”

刘生：“匆匆忙忙的，哪有心思买东西？锡儿给黄婉如和江文竹一人十块大洋。锡儿对两个嫂子讲，庄家现在遭难了，日后，庄家慕兰和维根还要请两个嫂子多多关心照顾哩。”

陶玉如：“那两个儿媳怎么回话的？”

刘生：“黄婉如和江文竹都表态，只要有她们吃的穿的，决不会亏待庄家慕兰和维根。”

“哎，哎。”陶玉如开心地笑着。

陶玉如：“刘银和刘铜生意怎样？”

刘生：“马马虎虎。不过，现在有了家底，也不怕了。”

陶玉如满意地起身，“锡儿爹，院子里花开了，满树都是花朵，难得清闲，我们去看看。”

刘生不忍扫陶玉如兴致，随他来到院子，只见桃花娇艳，清香四溢。山墙上爬着藤蔓，海棠花藏在绿叶丛中，半羞半媚。

陶玉如：“哎，又是一个春天来啦。”

刘生在院里转悠，就在这时，大门忽然猛烈响起来。

（擂门声）“咚！咚！”

陶玉如：“是雪花回来了，我去开门。”

刘生：“慢，雪花哪有这劲敲门？恶人来了。”

刘生边向大门走去，边高声问：“谁啊？”

门外传来粗野的喊声：“开门！汤团长来啦。”

刘生打开大门，四个饿狼般凶狠的士兵，杀气腾腾闯入院内，列于大门两侧。

门外拴马桩上拴着数匹快马，门口还有两个兵丁恶狠狠地持着短枪。

汤全晃悠悠踩着细步，旁若无人晃进门内，一声不吭，右手握着马鞭，轻轻敲打左手掌。

刘生笑着迎上去，“汤团长，哪阵风把你吹来啦？”

汤全二话不说，抬手刷地一马鞭，刘生脖子上，立刻现出一条深红色血痕。

汤全（阴笑着）：“庄坤林翅膀硬了，敢给老子下警告信。托你给你外孙带个口信，庄家欠我两千块钱哩。”

刘生（疑惑地）：“我家坤林什么时候欠你钱啦？”

汤全（凶狠地）：“庄坤林欠我一颗人头，这人头，值两千块钱。”

李兵丁：“你个老不死的，家里有钱拿点出来，汤团长正在气头上哩，要不是庄坤林恐吓团长，团长会跟庄家要钱吗？”

李兵丁恶狠狠帮着腔，顺手“啪”地给刘生一巴掌。

陶玉如见状，赶紧用身体挡住刘生，“汤团长，你大人大量，不要跟我家坤林计较。”

汤全笑了，“老婆子，我汤全以前对庄家多好？庄维根被山上的土匪绑票，我白天晚上为你们庄家跑上跑下的，可庄坤林不领情，要取我汤全的脑袋。既然庄家无情，莫怪我汤全无义啊。”

陶玉如连忙陪笑，“汤团长啊，我替坤林向你赔个不是。”

汤全：“好，好，这两个口袋正空着哩，拿些钱来，装满了，表些诚意。”

汤全哈哈大笑，拍了拍军服上两个空空口袋。

李兵丁：“老婆子，拿出诚意来，帮我们把口袋装满，我们立马就走。”

李兵丁和几个士兵也哈哈大笑，拍着口袋。

陶玉如：“家中没有钱啊，等庄家过阵子送钱来，再给你们，行不行？”

刘生咬着牙，冷冷看着汤全，嘴角一丝鲜血流了出来。

这时，庄雪花背着书包，正好放学回家。刚入院子，见几个恶狼般的人围住刘生和陶玉如。

庄雪花赶紧跑到刘生身后，吓得脸儿惨白。

李兵丁（淫笑着）：“哎哟，这是庄坤林女儿吧，小丫头长得白嫩嫩。”

兵丁一：“是啊，水灵灵的，开始长身体了。”

兵丁起哄，两个眼睛上下打量庄雪花。

汤全（阴笑着）：“这是庄慕兰吧？”

陶玉如：“不是她，庄慕兰回庄家村了，这是庄家大奶奶的养女。”

李兵丁：“哎哟，是庄坤林的野种啊，怪不得长得出众。”

李兵丁盯着庄雪花，走上前去，趁刘生不备，在庄雪花脸上拧了一把。

庄雪花疼得哇地哭出声，抱着刘生不放。陶玉如一声不吭，转身就往锡儿书房跑。

李兵丁伸出手，凑近身子，还想摸庄雪花的脸，只听“啪”的一声，脸上重重挨了刘生一巴掌。

恼羞成怒的李兵丁，摸着脸看了看汤全。

汤全笑着，用马鞭轻轻抽着自己左手。

一个兵丁上前，一把推开李兵丁，淫笑着调戏庄雪花。

兵丁：“小妹妹，别哭！这是个坏东西，哥哥唱个歌，哄哄你啊。”

兵丁说完，手舞足蹈又唱又跳。

“小妞小妞快快长，长大了好嫁官长，

穿皮鞋，咣咣响。在家里，花衣裳，

要出门，披大氅，要睡觉，三道岗，

绸缎被窝两人躺。”

众兵丁和汤全笑得前仰后俯。

李兵丁笑不起来，便握紧拳头照着刘生脑袋使劲擂了过去。

只听“砰”一声枪响，李兵丁“扑通”一声倒地，手捧右腿，嗷嗷地叫，血从腿上汩汩流了出来。

汤全和众兵丁见状，拔出腰间的枪，怒气冲冲寻找枪响处。

【14. 县城　日军大队部　春　日】

赵林将汽车停在日军指挥部院内，又从车内取出几包今年的春茶，往高桥办公室走去。

日军岗哨认得赵林，向他立正敬礼，赵林微笑点头回应。

高桥笑容可掬，将赵林迎进办公室。

勤务兵见状，给赵林沏了杯茶，又将高桥的水杯端来，放在高桥面前。

高桥和赵林面对面坐下，高桥亲切地笑着。

高桥 :“赵县长，你家父身体可安？”

赵林 :“好，好着哩。谢谢高桥先生关心。”

赵林笑着，将新茶放到高桥面前，“高桥先生，前日家父朋友给家父带来刚采的新茶，家父让我带些来，请您品尝中国的雨前茶。”

高桥 :“太客气了。替我谢谢你父亲。赵县长，你的粮库目前有多少存粮啊？”

高桥看着赵林，亲切地询问。

赵林笑着扶下眼镜 :“高桥先生，具体有多少存粮，只有我小舅子知道，不过，据我所知两个仓库接近满仓。”

高桥 :“粮食主要销往哪里？”

赵林 :“粮食主要销往上海，上海的采购商只要下单，我们这儿就发粮。这一切，都是袁旺松在管。”

高桥喝了口茶："粮库里的粮食，按照目前粮价，大概值多少钱啊？"

赵林："高桥先生，粮仓囤积的粮食，大概在四千块钱左右。"

高桥笑着，点着头，起身在办公室踱步。

过会儿，高桥朝门口喊（日语），"通知泊田取四千块钱，立刻送来。"

勤务兵："哈意。"

勤务兵轻轻合上门，脚步声由近而远。

赵林："高桥先生，取那么多钱，有急用？"

高桥："赵县长，你一会便会知道。"

高桥："赵县长，南京政府成立了，这对大日本帝国是个好消息。对日后治国，贵政府有哪些考虑啊？"

赵林："高桥先生，以鄙人所见，在政治上，南京政府与重庆政府有'正统'之争。这对中国日后的政治生态，将产生复杂影响。"

赵林："在与贵国合作方面，南京政权一定坚定不移，但合作过程中当然少不了分歧。"

赵林说完，看着高桥，高桥赞许地点着头。

赵林："在经济上，南京政府一定会采取各种措施，控制华中、华东地区经济金融命脉，扩充国力，为贵国军队提供经济支持。"

赵林话音刚落，高桥兴奋地站起来，奋力鼓掌。

高桥："赵县长，说得好。只有保持日本军队在中国的存在，才能确保南京政府的存在。中国有句谚语，叫'树倒猢狲散'，只有确保大日本帝国这棵大树不倒，南京政权才会不倒。"

高桥说完，哈哈大笑，冲赵林竖起了大拇指。

高桥："赵县长，中国有很多有头脑、有才华的人。你，庄坤林，都是中国人中的英杰。只可惜，庄坤林选择和大日本帝国对抗的道路。"

"呯"，隐约传来一声枪声。

高桥脸色一沉，"赵县长，你听到枪声了吗？"

赵林起身："枪声好像从庄坤林家方向传来。"

高桥："赵县长先安心喝茶，我去看一下即回。后面有要事相议。"

高桥立即出门，院子里传来摩托车的发动声。

嘈杂的声响过后，院子里又是一片静寂。

【15. 县城　庄宅　春　日】

陶玉如站在房门口，双手颤抖着，端着冒烟的猎枪，近距离用枪对着李兵丁脑袋，吓得李兵丁又喊又叫。

李兵丁："汤团长，千万别开枪，救救我啊。"

刘生护着庄雪花，退到房门口，将庄雪花一把推入房内，用身体挡着房门。庄雪花哭着，躲在刘生身后。

汤全怒气冲冲，大声吼着："疯婆子，信不信老子一枪崩你两个眼。"

汤全对陶玉如举着手枪，众士兵将房门围了个严实。

刘生突然大声喊："汤全，你信不信，我要报告高桥司令官，他会削了你脑袋。"

汤全哈哈大笑，"死老头子，老子把你抓到日军司令部，让你尝尝日本酷刑。"

陶玉如（大声地）："我家庄坤林和高桥司令是老同学、好朋友，你可知道？"

汤全："老婆子，你放臭屁。高桥满县城悬赏抓捕庄坤林，你不知道？"

汤全放肆地说，几个士兵一步步逼近屋门。

千钧一发之际，门口涌进十几个日本兵，领头的正是腾川。日军一进院子，便把汤全等人围住，几个日本兵冲到房门处，手持三八大盖，指着刘生和陶玉如。

陶玉如仍然端着猎枪，守护屋内的庄雪花，脸上毫无惧色，腿在发抖。

"怎么回事？"腾川用生硬的中国话，厉声问汤全。

汤全放下手枪，塞进腰间枪套，"这是庄坤林的外公、外婆，我们前来搜查庄坤林，这个疯婆子端着猎枪，打伤了我的士兵。"

李兵丁听汤全一说，趁势躺在地上喊叫起来。

腾川上前查看了李兵丁腿上的枪伤，又转身走向刘生，见刘生脖子上一道鲜红的鞭印，嘴角流着血，脸上五个手指印，清晰可见。又见刘生夫妇用身体护着瑟瑟发抖的庄雪花，顷刻明白了。

腾川："八格！"

腾川立马唬起脸，用日语朝汤全骂了声混蛋，上去左右开弓，狠狠抽了汤全两个耳光。

众日军见状，二话不说，挥起三八大盖，对几个兵丁一顿猛砸，院子里顷刻一片哀嚎。兵丁们被砸得头破血流，跪在地上不住地求饶。

几辆摩托车急驰而来，刹车声刺人耳膜。高桥从摩托车上下来，径直步入院内，门口汤全的两个士兵，已被日军下了枪，被刺刀顶着。

腾川见高桥进院，立正敬礼。

腾川（日语）：“高桥君，汤全带着他的士兵，调戏庄坤林的女儿。”

腾川说完，用手指了指堵在门口的刘生和陶玉如。

高桥快步走向刘生，朝刘生和陶玉如恭敬地鞠了个躬。

高桥：“老先生，让你们受惊了。请带信给庄坤林先生，高桥向庄先生问好。”

高桥说完，转身走到汤全面前，紧紧盯着汤全，眼睛愤怒地盯着汤全。

汤全感到一股杀气，浑身不住哆嗦。

高桥（日语）：“中国人的败类。”

高桥骂完，走出庄宅，生气地坐上了摩托车。

一阵摩托车的声响由近及远。

腾川（日语）：“都给我带走。”

两个日本兵架起中枪的李兵丁，任由李兵丁杀猪般嚎叫，朝大门外拖行。其余日军一哄而上，牵着马匹，押着汤全等人，出了庄家大院，往日军大队部而去。

陶玉如将猎枪扔在地上，一把抱着刘生，身子哆嗦着。

刘生转身，紧紧搂着陶玉如和庄雪花，长长地舒了口气。

【16. 县城　日军大队部　春　日】

赵林在日军大队部舒心地喝着茶，日军勤务兵殷勤地添着水。高桥匆匆地走入大队部，脚步声“嗵嗵”地作响。

赵林（起身）：“高桥先生，发生什么事儿了？”

高桥（沉着脸）：“汤全这个无耻的家伙，擅自闯入庄坤林家闹事，打了庄坤林外公，手下人还调戏庄坤林的女儿，简直是畜生。”

赵林：“开枪了？”

高桥：“庄坤林的外婆用家中的猎枪，打伤了汤全一个士兵，真是活该！老太太，了不起！”

赵林："太丢人了。"

赵林大声地说，脸上怒气显现。

高桥脸上恢复了笑容，“赵县长，你粮库的存粮，日本军队全部包销了。明天上午，从镇江会有汽车队过来拉粮。至于钱，不是问题。”

赵林："高桥先生，要不要通知袁旺松，让他组织劳力，明天搬粮？”

高桥不假思索，“赵县长，不用了，此事涉及军事秘密，我已有安排。一会儿汤全便到。”

泊田此时进了办公室，身后跟着五六名日军，提着三个大皮箱子。

泊田打开一个箱子，里面是白花花的银元。

高桥："赵县长，这是四千块钱，现在你就可以带走啦。明天上午八点，烦请赵县长来司令部，我们一起去粮库。”

泊田和众日军转身，陪同赵林将钱装上汽车。

高桥站在窗口目送赵林的汽车离开，得意地笑了。

【17. 县城　日军大队部　春　日】

腾川领着垂头丧气的汤全进入高桥大队部。

汤全抬头偷看了一眼高桥。

高桥（亲切地）："汤团长，一点小事，不必气恼。”

汤全（嗫嚅地）："高桥先生，我实在不知道庄坤林与您曾是同学。”

高桥笑了，走上前拍拍汤全肩膀。

高桥："汤全，你现在是南京政府军队的团长，要像一个中国军官的样子，你们中国有句话，明人不做暗事。”

汤全："请高桥先生放心，往后决不对庄坤林家属不礼貌。”

汤全听高桥说自己是中国军队军官，脸上一阵热辣，故作惭愧状。

“嗯。”高桥满意地点头，“明天上午八点，你挑选五十名身体强壮的士兵，到这儿集合，我们要搞一次演习。”

汤全："是。”

高桥："你回去吧。哦，把那个中枪的士兵送到我们医院里去医伤吧。”

“是！”汤全向高桥鞠了个躬。

高桥站在窗口，冷冷地看着汤全带着士兵，架着李兵丁，牵着马，悻悻地离开日军司令部。

【18. 县城　日军大队部　春　日】

“泊田。”高桥在屋内喊。

“高桥君，有何指令？”泊田进门，立正问。

高桥：“晚饭后，安排一队士兵，开进粮库，加强警戒。”

泊田：“是。”

泊田疑惑地望着高桥，“高桥君，粮库不是有汤全的士兵把守吗？莫非高桥君害怕汤全兵变？”

高桥：“泊田君，明天有重大行动。”

高桥走近泊田，低语起来。

泊田恍然大悟，不住点头。

第三十三集

【1. 县城　绥靖军营地　春　日】

五十名保安团士兵精神饱满排队集合。

太阳刚刚爬上山坡，木果河畔垂柳上飞来大群乌鸦，叽叽喳喳，一会儿成群结队从河边起飞，越过汤全军营飘扬的南京政府国旗，有的停在屋顶，有的停在四周树丛，领头一只乌鸦栖息在旗杆顶上，黑白相间的尾巴一翘，一坨鸟屎撒在飘扬的国旗上。

李兵丁："哎呀，不好，鸟屎撒在国旗上了，出门不吉利。"

汤全："娘的，你个乌鸦嘴，老子崩了它。"

汤全恨恨地掏出手枪拉动枪栓，对准乌鸦就要放枪。

乌鸦鬼精，没等汤全开枪，一声叫唤，扑腾着翅膀往山里飞去。群鸟尾随，黑压压一片，一会儿，在空中成了一个个小黑点。

士兵："飞了，乌鸦鬼精。"

众士兵哈哈大笑。

汤全："笑什么？狗日的，乌鸦拉屎没见过啊？"

汤全在马背上大声训斥。

汤全："兄弟们，都给老子精神点，这是换装后和日军的首次军演，别丢了绥靖军的脸，出发！"

【2. 县城　日军大队部门前空地上　春　日】

汤全率领五十名绥靖军，精神抖擞地走入日军大队部门前的空地。

李兵丁："汤团长，不好，有埋伏。"

汤全猛地止步，倒吸一口凉气。

李兵丁："高处架着机关枪，周围全都是日军，一个个吹胡子瞪眼，一丁点儿都没有军事演习的氛围。"

汤全："是不对，莫不是我们冒犯了庄家，高桥要跟我们算账？"

李兵丁两腿哆嗦着，扯着汤团长的衣服，"汤团长，栏杆还没放下，我们赶快跑吧？"

腾川大步流星地向汤全走来，汤全不由地向后退了两步。

腾川（厉声地）："汤团长，命令你的士兵，将武器全部就地集中，外面有汽车等候。"

汤全："高桥先生说，今天是联合军事演习啊？"

高桥从大队部出来，大声说："汤全，按腾川君命令办。"

汤全（大喊）："交枪。"

李兵丁将枪往地上一扔，撒腿就跑。两名日军像老鹰逮小鸡似的将李兵丁倒架着拖到场地中央，将李兵丁扔在地上。

众士兵纷纷将枪放入场地中央。

【3. 县城　去往粮库的山路上　春　日】

五十名绥靖军分坐两辆卡车，随着全副武装的日军车队，向县城外围开去。

汤全控制不住情绪，脸色惨白。

士兵一："团长，会不会上刑场？"

士兵二："汤团长，日军会不会为了昨天的事严惩我们？"

汤全推开士兵，走向车头，眺望着前方。

最前方是辆三轮摩托，摩托车上架着机关枪。

李兵丁："汤团长，前面道路林深草长，四周荒凉。日本人肯定挖了大坑，把我们往坑里一赶，机枪一扫，土一埋，完了，完了。"

汤全："都别慌，前方有三条道，摩托车沿大路直驶，那就是要去常州城；摩托车如果左拐，八成是去粮库；摩托车如果右拐，那里是旷野，凶多吉少。我们立马跳车，弟兄们四散逃命吧。”

紧靠车厢边缘的士兵，做好了跳车的准备。

汤全紧张地注视着开道的摩托车。

汤全："摩托车往左拐了，是去粮库。”

汤全说完哈哈笑了起来。

众士兵见团长笑了，悬着的心也都放下，有的士兵笑出了声。

【4. 县城　粮库　春　日】

车队停在粮库外侧空地上。

高桥走下汽车，向汤全走来。

高桥："汤团长，今天的演习科目，是抢运军粮，让你的士兵下车，全部集中到左侧空地。”

汤全："高桥先生，这演习搞得好，我都弄糊涂了。”

众士兵纷纷下车，集中到左侧空地，席地而坐。

太阳爬上了山冈，远处，隆隆的汽车声裹挟着尘土，日军大队汽车出现了。

赵林的汽车直接开进粮库，粮库已被泊田士兵控制，粮仓大门洞开，露出满仓存粮。

腾川（大声喝道）："汤团长，带领你的士兵，往汽车上搬粮。”

日军运输车队鱼贯而入粮库，汤全带着几十名士兵，往汽车上搬粮。

【5. 县城　袁宅　黄昏　春　日】

赵林开着汽车停在袁宅门口，按了两声喇叭。

袁旺松迎出门外。见赵林打开车门，往下搬出两只皮箱。

赵林："旺松，把这两只皮箱搬进屋去。”

袁旺松和赵林各提一只皮箱进了袁宅。

赵林顺手把院门关上。

袁旺松："姐夫，怎么这么沉哩？”

袁旺松将皮箱放在客厅地上，皮箱内发出的声响让袁旺松顷刻明白了。

袁旺松：“姐夫，都是钱哪？”

赵林：“粮库已经空了，我把粮食都卖了。这里面有三千块钱，都是你的。”

袁旺松（喜形于色）：“真的？”

赵林：“嗯，往后粮食不愁销，待夏粮上来，要加大力度，把散落在周边乡村的余粮，尽量收上来。”

袁旺松笑着，赶紧给赵林沏了杯茶。此时袁通从楼上下来，笑眯眯地望着赵林。

袁通：“赵林，好久不来了，家里可好？”

赵林（恭敬地）：“好着哩，爹爹在家打打太极拳、喝喝茶，有时空闲，带着我娘出门看风景。”

袁旺松（兴奋地）：“爹爹，我姐夫把粮库囤粮卖了，给送钱来了。”

袁通：“有多少纯利啊？”

袁旺松：“有三百块钱左右的利润。”

袁通：“赵林啊，你取个百把块钱，梅儿娘俩在美国，花钱的地方多着哪。”

袁旺松：“姐夫，你取二百块钱，我有些利润就行了。”

赵林：“不用，不用，我已经拿了些，这钱扣除粮款，利已经不多了。”

袁旺松：“哪里的大客商啊？”

赵林：“全部是军方采购，现钱交易。这种交易最赚钱了。”

袁旺松（紧张地）：“是绥靖军还是日军？”

赵林：“都一样，这个世道，混乱不堪，趁着能赚就赚一些，留着日后所用。”

袁旺松：“姐夫，做事须留后路。日后日本国战败了，重庆政府回来会秋后算账，到时候，命没了，钱也没用了。”

袁通：“赵林，趁现在兵荒马乱，还是回美国去。我给梅儿写封信，劝劝她，就那么点儿事，憋了这么长时间了。”

赵林叹了口气，“岳父，梅儿倔强，都怪我不好。我现在只想趁着世道混乱，多挣些钱，让她们母女俩日子过舒坦。”

袁旺松：“姐夫，对门庄家昨日出事了。”

袁通：“来了好多日军，把汤全抓走了。这个汤全，竟然对刘生下手，绥靖军的兵丁欲对庄雪花行不轨。刘生老俩口了不起，硬是用老命护着庄雪花哩。”

赵林（愤恨地）：“按理，我可以要求上面撤了汤全。但是，汤全毕竟知根知底，好控制。若是上面派个人替换汤全，控制不了，麻烦更大。好在高桥开明，修理了汤全。我琢磨，汤全此刻心情低落，躲在无人处骂娘哪。”

袁通：“他们汤家，怎么出了个坏脓包啊。”

袁通摇头，边说边往楼上走去。

袁旺松：“姐夫，你要提防汤全，别让他使坏。”

赵林：“我该走了，旺松，你和庄坤林关系亲密，哪天遇到庄坤林，提醒一下，别看高桥和他是同学，高桥城府深着哩，时刻都想着要抓他呢。”

袁旺松：“吃了饭再走吧，娘一会儿就回来。”

赵林：“不了，要吃饭，哪天都能来。”

赵林说完，转身走向院内，熟练地打开门，钻进汽车，一溜烟跑了。

【6. 县城　绥靖军团部　夜幕降临　春　日】

赵林走入绥靖军团部。

汤全坐在椅子上，两腿搁在桌子上，唉声叹气。

赵林：“汤团长，何必唉声叹气啊？”

汤团长：“哎哟，赵县长来啦。哟，哟，这腿，这腰，又酸又胀。”

汤全揉着腰，费劲站起，苦笑着。

赵林：“怎么啦？”

赵林明知故问，笑容灿烂。

汤全：“浑身骨头散架了。今天，最少扛了十袋大米，爬上爬下，不就是讨日本人开心嘛？”

赵林：“走，去状元楼，让我岳母弄几个菜，我俩喝几杯。”

汤全：“走不动啦。”

汤全擂着大腿，垂头丧气。

赵林：“坐我的车去吧。”

赵林说完，向汽车走去，汤全懒懒地跟在赵林身后。

【7. 县城　状元楼　夜　春　日】

状元楼包厢内。

汤全和赵林推杯换盏。

赵林："汤全，你最近有些事干得疯疯癫癫，不可理喻啊？"

汤全红着脸，埋头自顾自喝了一杯酒，抹下嘴，望着赵林。

汤全："怪只怪自己，高兴过了头，以为南京政府成立了，咱们这些人，有靠山了。唉，昏头了，昏头了呀。"

赵林："哎，你知道了就好。"

赵林："你知道你有多危险吗？"

赵林喝了口酒，开始收拾汤全。

汤全："什么危险？"

赵林："你呀，不掂掂自己几斤几两，跑到庄坤林家中撒野，那是你撒野的地方吗？"

汤全："谁让庄坤林给我发警告信？我心里有气啊。"

赵林："我是县长，又配合高桥发了通缉庄坤林的布告，他怎么没跑到我家，给我塞张警告信啊？"

汤全："我领了日本人，打了新四军，庄坤林记恨嘛。"

赵林："昨天高桥很愤怒，要不是我从中力劝，你现在能和我一起喝酒吗？"

汤全："怎么啦？"

赵林："高桥恨不得一枪崩了你。"

汤全："至于嘛？就为了那点鸡毛蒜皮的事？"

赵林："我问你，高桥对庄坤林的态度，你看出来了吗？"

汤全："哎，以前不知道，你也没告诉我，他们是同学，现在知道啦。"

赵林："你呀，还是没明白。"

赵林笑着，摇了摇头。

汤全木然地看着赵林，"我是没明白，你说来听听。"

赵林："你见过咬人的狗叫唤吗？"

汤全愣住了，看着赵林不语。

赵林："你把高桥的计划打乱了，知道吗？"

汤全："什么？难道高桥……"

汤全惊讶，站起身。

赵林笑着点点头，"坐下！坐下！"

汤全坐下。

赵林："高桥在放长线钓大鱼，他在等待时机抓捕庄坤林。汤全啊，要不是看你跟赵家那么些年，我还真不愿冒险保护你，替你说好话哩。"

汤全："赵县长，谢谢了。你和老县长一样，对汤全关怀有加啊。"

赵林："你在庄家一闹腾，庄坤林势必警惕，更记恨你。现在的庄坤林，背后的势力大着哪。哪天，你抓了庄坤林，新四军会饶了你？你这是找死啊。"

汤全："赵县长，县城周边已经没有新四军部队，听说新四军奔安徽去啦？"

赵林："卷土重来听说过吗？凭现在的庄坤林敢在天生桥伏击日军，他就不会来到县城要了你和我的脑袋？什么叫警告信？就是先给你讲道理，吓唬你，你不听，一条道走到黑，才给你动真的。你倒好，主动去惹庄坤林，还把高桥的计谋打乱，高桥恨死你了。你说你危险吗？"

汤全（惊慌地）："赵县长，现在怎么办？你得给汤全指条路啊？"

赵林："从现在起，做什么事，先问我。另外，我再托人带信给庄坤林，与你和好。高桥那边，我给你圆场。"

汤全："如果日本人让我去抓庄坤林，怎么办？"

赵林（调侃地）："你自己看着办，能推则推，能拖则拖。汤全啊，与人方便，就是与己方便。当然，除非你不想活了，那就痛快一场。"

汤全："哪个不想活呵。"

汤全悻悻笑着，端起酒杯，"赵县长，敬你一杯。往后，汤全一定听你的。"

赵林笑着起身，痛快地一饮而尽。

【8. 县城　汤宅　夜　春　日】

赵林开车，将汤全送回家中，汤全下车与赵林告别。

汤全目送赵林的车子驶远。

汤全愤愤地推开家门。

汤全步入院中，抬头望了望星空，狠狠地一跺脚。

汤全 :“娘的，老子是风箱里的耗子，两头受气。”

【9. 县城　庄宅与袁宅门口　初夏　日】

马车停在庄宅大门口。

大奶奶从容地坐上马车，陶玉如拎着两个大包裹往马车上放。

庄雪花坐在马车上紧紧地依偎着大奶奶。

袁唐平和袁依冰背着书包从自家走出，袁唐平见庄雪花要离开庄宅，急忙上前扒着马车。

袁唐平 :“雪花妹妹，你什么时候再来上学啊？”

庄雪花 :“唐平哥，我害怕那些坏人，你记着暑假来庄家村玩啊。”

庄雪花依依不舍地对唐平说，唐平眼圈红了，转身往自家石阶上一坐，双手捧着脸。

马车启动，庄雪花见袁唐平坐在石阶上，一副落寞的表情，哭了。

庄雪花 :“唐平哥，暑假到庄家村来看我啊。”

庄雪花边哭边喊，站在马车上向袁唐平不断挥手。

袁唐平（哽咽着）:“雪花妹妹，暑假我一定来庄家村看你。”

袁依冰背着书包出门，见袁唐平眼泪汪汪，又见庄雪花站在马车上远远地向袁唐平挥手，上前挽起袁唐平的胳膊。

袁依冰 :“哥，心里难受？维根也走了，没人帮我背书包，你帮我背吧。”

袁唐平默默取下妹妹的书包，与依冰一起往学校走去。

袁依冰 :“哥，维根哥去南京，走前不来看看我们，也不告诉我们一下他要去南京读书，我心里别扭。”

袁唐平 :“他们家出事儿了。”

袁依冰 :“哥，日本人为什么要抓坤林叔叔啊？”

袁唐平 :“坤林叔叔领着人打日本，结仇了呗。”

袁唐平 :“维根放暑假一定回庄家村，要不，我们谁也别去兰儿姑姑家。”

袁依冰 :“真的？维根哥暑假不回县城啊？”

袁唐平："嗯。县城有日本人，庄家村没有日本人啊。"

袁依冰："那我放暑假去庄家村，和维根哥一起玩。"

袁依冰笑了，迈开腿，开心地去学校。

【10. 何家村　何宅　夏　黄昏】

七八名游击队员骑马在何宅附近，庄坤林、贾亮从何家宅门出来，何老爷带着两个管事相送。

庄坤林和贾亮走下石阶，与何老爷告辞。

何老爷："坤林，回去告诉你家大奶奶，我们何家信得过庄家，粮食的事就这样办了，反正，粮食不会卖给日本人的。"

庄坤林："多谢何老爷。"

庄坤林说完，和贾亮翻身上马，率游击队往群力乡而去。

何老爷走出家门，望着绝尘而去的马队，无奈地摇了摇头。

一管事："老爷，就这样依了庄家？"

何老爷回身瞪了他一眼："庄家坤林说的在理，庄家大奶奶是个守信用的人。再说了，新四军得罪得起吗？"

一管事："老爷，庄坤林往群力乡方向而去，他们会不会去老三胖家？"

何老爷："你少管闲事，都乱成这样了，你还嫌不乱吗？"

【11. 群力乡　老三胖宅子　夏　夜】

一阵急速的马蹄声传入老三胖宅内，老三胖正坐在椅子上喝茶。一丫鬟在身后替老三胖轻轻地捶背。

老三胖："门外怎么会有马蹄声？"

老三胖忽地站起往门外看。

家仆将门打开，出门，旋即惊慌失措地冲老三胖叫，"老爷，是马队。"

老三胖："噢？来了多少人马？"

家仆："有一群人马呢。"

老三胖："你快去招呼家丁。"

家仆夺门而出。

庄坤林的马队来到宅前。庄坤林和贾亮下马，将马绳扔给两名队员，径直往何家大院内闯去。

老三胖："大兄弟，你是何人？晚上来我家有何事？"

庄坤林："找你家老爷。看来您就是三胖叔吧？"

庄坤林径直闯入客厅。

老三胖惊恐而又疑惑地问："你是何方的贵客？"

庄坤林："我是庄家的庄坤林，有要事与您商量呢。"

老三胖一愣，旋即脸上堆笑："哎哟，原来是庄家大奶奶的宝贝儿子，失迎了。请坐，请坐。"

庄坤林与贾亮落座，佣人上茶。

老三胖："坤林侄儿，何事匆匆找我相商？"

庄坤林："三胖叔，眼看着就要收割夏粮，听说三胖叔和袁家旺松签订了售粮合约？"

老三胖："有这回事，咋地啦？"

庄坤林："三胖叔，你知道旺松的粮食会卖给谁吗？"

老三胖："我只管我卖给谁，我不管旺松卖给谁。"

庄坤林："旺松的粮库早就被日本人盯上，你这粮不能卖给旺松。"

老三胖忽地站起："大侄儿，庄稼人种地卖粮，天经地义，历朝历代谁能管？我又没有把粮卖给日本人？你不让我卖给旺松，好，我把粮全部卖给你们庄家，行吗？"老三胖说完，哈哈大笑。

庄坤林起身，缓缓地走到老三胖跟前，亲切地说："三胖叔，我看这样，你把粮卖给新四军，或者卖给国军，怎么样？"

老三胖气呼呼地走了两步，"坤林侄儿，我上哪儿去找国军？把粮卖给新四军，新四军穷得叮当响，付得起粮钱吗？再说那么多粮，我怎么运给新四军？让日本人知道我把粮卖给新四军，那是要满门抄斩的。"

门外涌入七八名家丁，与庄坤林的人持枪对峙，推推搡搡。

家仆从门外进来，"老爷，家丁们都来了，您别怕！"

贾亮忽地从椅子上站起，冲着家仆说："这儿有你说话的份儿吗？"

贾亮走到庄坤林身边，刷地掏出驳壳枪，打开扳机，抬枪对着老三胖，厉声说道："老东西，新四军欠过你的钱吗？你再说一句，信不信我一枪打死你？"

老三胖急忙后退几步，“别别别，大兄弟，我这不和坤林侄儿论理吗？”

老三胖冲着家仆喊了声，“关照门外，别和庄家的人发生冲突，都把枪收了。”

庄坤林示意贾亮收枪，冲老三胖开口，“三胖叔，这样，你的粮别卖给旺松，你给佃户们多分些粮，多余的粮食你宁可喂牲口，也别卖给旺松。”

老三胖：“坤林侄儿啊，年年盼粮食丰收，三胖叔家上上下下几十口人，开销一大堆哪。”

庄坤林：“三胖叔，这样，你的损失先给记个账，待打败了日本人，你有多少粮损，我们庄家来赔偿，如何？”

老三胖：“大侄儿，不是我信不过庄家，这口说无凭的事，将来去哪儿说理？”

贾亮将枪指着老三胖：“你瞪大眼睛看看庄坤林，他可是新四军的区长，说话能不管用吗？”

老三胖一时无语，怏怏地转过身，在客厅里走动，许久，对庄坤林说：“大侄儿，当下看来也只能这样了。日本人惹不起，新四军我老三胖更惹不起。不过，袁家旺松那边你可得吱一声，不是三胖叔不讲信用，是你搅了这桩生意。”

庄坤林脸露笑容，贾亮收枪。

庄坤林：“三胖叔识理，不过坤林有言在先，若是三胖叔不明大理，别怪坤林不认三胖叔了。坤林告辞了。”

庄坤林率贾亮走出宅院，老三胖率家丁勉强送至门外，目送着庄坤林率着游击队员雄赳赳气昂昂地上马，向前方群山奔驰。

家丁：“老爷，庄坤林与其说上门与你商量，实质是来警告咱们呢。”

老三胖愤愤地转身，边往家中走去，边埋怨道：“这些人现在都狂着呢。粮食的事先拖着吧。”

家丁转身将宅门关闭。

【12. 县城　庄家村　茶园　夏　日】

茶园里，几个农夫正在忙着农活。

大奶奶搀着庄雪花的手比肩徜徉在茶园里。

茶园的空地，山花灿灿地开放，庄雪花俏皮地摆脱大奶奶挽着她胳膊的手，笑呵呵地奔山花而去。

庄雪花甜甜地看着山花，忍不住摘了一朵放在鼻子底下嗅着。

大奶奶呵呵笑，迎着山花而去，弯腰采摘了一朵蓝色的山花，插在庄雪花的头上。

大奶奶："真好看，雪花呀，待过一段日子，还是要去读书。"

庄雪花："干娘，我害怕那些坏人。"

大奶奶："雪花，干娘说的是过一段日子，你才回县城读书。那些个坏人啊，你坤林哥总有一天会收拾他们。"

庄雪花嘟囔着嘴："干娘，我想坤林哥哥了。"

大奶奶："哎，两三年了，干娘哪天都在想着你坤林哥哥。"

【13. 县城　庄家村山坡上　夏　日】

袁唐平和庄雪花在山坡上嬉戏打闹。

漫山遍野的山花，一棵野梨树上挂满了果子。

袁唐平爬上梨子树，摘下两个大的野梨，笑呵呵地爬下树。

袁唐平递给庄雪花一个梨，自己迫不及待地咬了一口梨子。

袁唐平："酸，酸得痛快。"

庄雪花望着袁唐平吃梨的样子，"咯咯咯"地笑着。

袁唐平："雪花妹妹，你还是回县城读书吧？"

庄雪花："唐平哥，我怕那些坏人。"

袁唐平挺了挺胸，使劲地攥紧着拳头，"雪花妹妹，我一辈子都会保护你。"

庄雪花瞪大了眼睛，"唐平哥，你说的话当真？"

袁唐平毫不犹豫地脱口而说，"我对天发誓，谁敢欺负雪花妹妹，我让雷公轰死他。"

庄雪花突然身体颤抖，猛地扑向袁唐平。

袁唐平木然呆立。

刹那间，庄雪花松开手，害羞地转过了身子哭了起来。

袁唐平："雪花妹妹，你怎么了？"

庄雪花："唐平哥，我是庄家捡来的孩子，就因为这个原因，庄慕兰常常欺负我。"

袁唐平："她敢？雪花妹妹，庄慕兰在南京读书，也不常回来了。"

袁唐平边说边主动拉着庄雪花的手，"雪花妹妹，刚刚我的心跳到了嗓子眼里。"

阳光下，庄雪花两只大眼睛里闪亮着光芒。

庄雪花："唐平哥，我也是，我听见两颗怦怦跳动的心。唐平哥，我俩看谁先跑到山顶。"

庄雪花突然撒开腿往山顶跑去。

袁唐平呵呵笑，故意放慢脚步追赶着庄雪花。

【14. 庄家村　庄宅门口　夏　日】

兰儿和袁唐平坐在马车上，马车停在庄家大院门口。

兰儿："依冰，回县城了，我知道你就在这儿。"

庄维根和袁依冰正在下着跳跳棋，庄维根眼看要输给袁依冰，听到门口兰儿的叫声，趁机把棋盘一掀，搅乱了棋局。

袁依冰："维根哥，你赖皮。"

庄维根呵呵笑着往大门口跑，袁依冰追逐着庄维根。

庄慕兰手拿木头手枪瞄着自家的屋檐，嘴里发出"呯呯"的开枪声。

大奶奶领着庄雪花走出院门，兰儿一把拖着袁依冰，把她拽上了马车。

袁依冰气恼地对庄维根喊，"维根哥，这把棋你输了，寒假时我们再比。"

兰儿下了马车，冲着马车夫说："大师傅，走吧，路上慢些。"

马车启动，袁唐平和庄雪花依依不舍地挥手告别。

庄维根突然紧追着马车，大喊："依冰妹妹，这棋是我输了，别生气啊？"

袁依冰在马车上呵呵笑着，冲庄维根挥手。

兰儿走向大奶奶，"大奶奶，丫头们要长开啦。想从前，我与大树朦朦胧胧互相喜欢的时候，只比雪花大一岁啊。"

"这不，大奶奶白发快满头啦，岁月就是一把刀啊。"大奶奶发着感慨。

"哎，大奶奶，我家唐平对你家雪花可是有好感哪！"

"噢？"大奶奶稍一愣，随后笑哈哈地说："我呀，早就看出苗头了，这青梅竹马的人啊，一起白头的还真不少哪。”

庄慕兰听到兰儿和大奶奶的对话，醋意满满，拿着木头手枪，对迎面而来的庄雪花，嘴里嘟囔“开枪啦，呼！”开完枪，庄慕兰笑着，得意地往家中跑去。

“大奶奶，慕兰长得真秀气，又聪明又文静，这个子比雪花都蹿得高啊。”兰儿夸赞庄慕兰。

“再过些年啊，孩子们一个个又都飞走啦。我就盼着，雪花长大了，寻个好人家，离我近些，到迈不开腿的时候，还指望雪花哩。”

兰儿笑着，忽然压低声音：“大奶奶，十几年过去，雪花知道自己身世吗？”

大奶奶笑着，左右看看，低声说：“雪花这么大了，不说，心里也有感觉啊。”

“雪花亲生父母可来寻过？”兰儿低声问。

“没有。”大奶奶摇着头，又叹口气，对兰儿说，“雪花呀，也算命好，遇到了我。有时候，我也寻思，雪花的亲生父母也有难处，否则把雪花送到庄家，这些年过去，也不会不来打探消息吧？”

大奶奶笑着，不住摇头，“我呀，对雪花亲生父母的做法想不通。”

兰儿：“看来，世上还真有狠心的父母哩。”

大奶奶：“兰儿，大奶奶心里总有一种感觉，雪花的爹爹我俩都应该认识。”

兰儿：“噢？大奶奶，快告诉我，雪花的亲爹是谁？”

大奶奶：“你跟我来，我给你看一件东西。”

兰儿：“什么东西？”

大奶奶：“稍后给你看了，你可别声张。这事大奶奶琢磨了许多年，好像有些眉目，但又吃不准，更不能问啊。”

兰儿：“大奶奶，快领我去看看，究竟是什么东西？”

第三十四集

【1. 庄家村　庄宅　夏　日】

兰儿随大奶奶走入房间，大奶奶打开一个老式的木箱，取出一个布袋，递给兰儿。

大奶奶："兰儿，这里面是个护身符，你琢磨一下。"

兰儿取出护身符，仔细端详了一会，突然大惊失色。

兰儿："大奶奶，我心里刚才咯噔了一下，好奇怪的感觉哦，这护身符哪来的？"

大奶奶："捡到雪花的那一天，护身符就搁在包裹雪花的破棉被里，是正益发现的。"

兰儿："大奶奶，这上面写着四个字，'邱儿平安'。咱这一带没听说过有邱儿这个人哪？可我心里怎么会有那种惊讶的感觉呢？"

大奶奶："只要找到邱儿，就能知道雪花的爹娘是谁了？"

兰儿忽然恍然大悟，"大奶奶，莫不是邱萍？"

大奶奶惊讶地张大了嘴，"哎呀呀，难道是邱萍在外面偷生了孩子？不对呀，邱萍和咱们常常见面，也没见她肚子鼓起来呀？"

兰儿："大奶奶，要不，我们把邱萍找来问一下她？"

大奶奶："使不得。这事要让邱萍知道，还不把庄家村给闹翻了？你把屎盆子往她身上扣，邱萍怎么受得了？使不得，使不得。"

兰儿："也是。细想想，邱萍根本不可能会在外面偷男人。"

大奶奶："邱萍是个正经的女人，这种事不能问她。"

兰儿："大奶奶，会不会是邱巴？"

大奶奶："哎呀呀，这些年怎么就没想到过邱巴？"

兰儿："大奶奶，我还想告诉你一件事，你看没看出来，慕兰喜欢着德胜呢。"

大奶奶："哦？慕兰喜欢德胜？这我倒没看出来，德胜喜欢慕兰，大奶奶倒看出来了。"

兰儿："不知道德胜儿现在在哪里？大奶奶，我想儿子了。"

兰儿哭了。大奶奶上前替兰儿擦起了眼泪。

【2. 行军途中　深秋　日】

崎岖的山道上，刘沸腾营往安徽转移。

新四军部队排成长长的行列，行走在山道上。

马匹驮着沉重的行李、弹药，被战士们牵引着向前。

黄德胜走在队列边上，大高个扛着机枪紧挨着他。

大高个："排长，好好的根据地不待，偏要往安徽去，我想不通。"

黄德胜："我也想不通，日军偷袭成功，但部队突出了日军包围。虽然丢了一些根据地，但实力犹在，根据地仍有希望失而复得。"

大高个："安徽那个地方哪有溧水好？这里的老百姓对咱新四军热情，粮草供应也没问题。"

黄德胜："就是啊，县城里有日本鬼子，咱在他鼻子底下，随时都可以搞他。"

黄德胜和大高个一路骂骂咧咧，引起连长李德生的关注。

李德生："黄德胜，闹什么情绪啊？"

李德生板着脸从后面紧走着赶了上来。

黄德胜："连长，以前上级要求我们扩大根据地，扩充队伍，现在倒好，现成的地盘不占，偏偏要向安徽挺进。新四军本来就在安徽有地盘、有势力，派那么多部队前往，我觉得没有意义。"

李德生（呵斥）："德胜，难怪营长都说你丘八。你呀，话讲得虽对，可是个死理。"

黄德胜（生气地）："既然讲得对，怎么就是个死理？"

李德生："你这话，摆在前些时候，讲得对，是活理，前阵子我党和新四军最高机关确实是这样做的。现在形势变了，与以往不同了。"

黄德胜："现在是国共合作，全面抗战，在哪打日本不都一样？"

李德生："德胜啊，最近国民政府催得紧，要求新四军到安徽集中后，于今年年底以前开到黄河以北，挺进河北，到那里再与日军正规部队作战。"

黄德胜："军部和延安同意了？"

李德生（自豪地）："不同意我们营会向安徽挺进吗？"

李德生忽然伸手扯了一下黄德胜的耳朵。

黄德胜："嘿嘿嘿。连长，你这么一说，德胜明白了，这是集中力量，与日本正规军对抗，哎呀，这样打仗就过瘾了。"

李德生："想通了？"

李德生撇着嘴，眼角却含着笑，问黄德胜。

黄德胜："呵呵。"

大高个："排长，这还差不多。"

黄德胜和大高个行军的脚步明显轻快了起来。部队风尘仆仆进入了安徽省泾县。

【3. 安徽　泾县营部　深秋　日】

营部临时会议室，挤了几十号军官。

会议室墙上临时挂了块木板，上面挂着军事地图。

营长刘沸腾与其他几个营部领导，神情凝重地坐在会议桌旁。

值训官望了眼刘沸腾，刘沸腾朝值训官点了点头。

值训官："排以上军官会议现在开始，一连长李德生！"

李德生（起立）："到！"

随着李德生话音，黄德胜和另外三个排长齐刷刷站立。

值训官："二连长邱大奎！"

邱大奎（起立）："到！"

二连四个排长齐刷刷站立。

值训官："三连长冯大彪！"

冯大彪（起立）：“到！”

三连四个排长齐刷刷站立。

值训官：“四连长李占山！”

李占山（起立）：“到！”

四连四个排长齐刷刷站立。

值训官合上点名簿，朝刘沸腾立正，敬礼。

值训官：“报告营长，点名完毕，人员齐全。”

刘沸腾朝值训官点了点头。

值训官（大吼）：“全体坐下！”

所有人齐刷刷坐下。

刘沸腾：“同志们，现在传达团部会议精神。我们营进驻此地，已有一周时间，根据国民政府军事委员会何应钦、白崇禧二位总长的电令，要求新四军于一个月内开赴黄河以北。目前，军部已安排工兵部队在青弋江上架设浮桥，不几日，浮桥就要架设完毕。团部认为，我军即将过江，北上抗日。因此，作出以下规定，主要精神如下：一、从现在开始，各部应保持集中候令，随时准备出发。二、各部应及时采购、储存三天以上的食品，分发给每位士兵，不得擅自食用。三、按照战时弹药基数，分发给士兵们。四、半个月内，禁止任何理由的外出活动。”

刘沸腾大声讲着，忽然脸色一沉，瞪着眼睛站起身，左右环视道：“全体听明白没有？”

刘沸腾话音刚落，几十名军官刷地起立，不约而同大声回：“听明白了！”

值训官（吼）：“散会！”

众军官纷纷出门，或步行，或骑马，往部队驻地奔去。

【4. 安徽　泾县机枪排驻地　深秋　夜】

黄德胜睡在草铺上，眼睛望着窗外天空的星星。

大高个侧身睡在地上的通铺上，机枪放在身边，右手搭在机枪枪身上，发出一阵阵鼾声。

地上的通铺睡了二十多个战士，一些战士翻来覆去，窃窃私语。

战士（一）：“都半个月了，部队还不开拔？”

战士（二）:“半个月和衣而睡，还不开拔，这军令变成狗屁令。”

战士（三）:“再不开拔，神经病都要出来了。”

战士（四）:“嘘，别让排长听见。”

黄德胜一骨碌爬起，唬着脸，悄悄走到几个战士身边，压低着声音骂。

黄德胜 :“狗日的，你们几个不睡，人家不要睡？”

通铺上的战士突然纷纷爬了起来，或坐或起身。

大高个（大声地）:“排长，你以为我打鼾真睡着啦？我这是气没地方出。”

战士（五）:“排长，粮袋里的锅巴都发霉了，还不准吃，部队又不开拔，这半个月没睡过一个安稳觉。”

战士（五）边说边生气地拎起粮袋晃了晃。

战士（一）:“排长，究竟咋回事？谁都整不明白。”

黄德胜（大吼）:“日，这狗日的工兵！一定是青弋江上的浮桥没架好，我明天去看看。现在我命令，全体睡觉！”

所有的战士歪歪斜斜地躺在通铺上。

【5. 青弋江畔　浮桥旁　深秋　日】

黄德胜策马站在青弋江畔。

青弋江江水又浅又缓，浮桥早已架好，稳稳地连接着两岸。

黄德胜下马，将马缰绳递给守桥战士，弯腰捡起几块石头，走上了浮桥。

黄德胜随手将石头一一抛入江中，测试江水深度。

江风吹来，两岸的杂草和稀疏的芦苇在风中摇晃。

江岸砂石滩上，明显有江水漫延留下的痕迹。

黄德胜在浮桥上用脚跺了几下，浮桥纹丝不动，结结实实。

守桥战士（大声地）:“同志，桥上不能停留！”

黄德胜（大声地）:“唉，现在不过江，待冬日春至，江水陡涨，这桥能保得住吗？”

黄德胜边说边往守桥战士走去，忽然黄德胜又弯腰察看桥面，江水与桥面的距离约有半尺，估摸着可以塞进一根圆木。

黄德胜 :“完了，再不过江，江水的波浪将淹没桥面，部队要涉水过江了。”

守桥战士 :“别担心，快要过江了，浮桥垮不了。”

黄德胜走到战士身边，接过马缰绳，心急如焚地翻身上马，两腿猛夹马肚，大喝一声“驾!”，马匹撒开四蹄往驻地奔去。

【6. 安徽　泾县机枪排驻地　深秋　日】

几名新四军战士拎着干粮袋，气呼呼地朝黄德胜走来。

战士们生气地打开干粮袋，将干粮袋里的云岭锅巴倒在路边的庄稼地里。

黄德胜唬着脸，生气地转过身。

战士（一）:“排长，都 11 月中旬了，还不渡江？”

战士（二）:“排长，这干粮霉得一塌糊涂，又不准吃，只能倒掉，多可惜啊。”

黄德胜转身狠狠地瞪了这几个战士一眼，又俯身捡起一块发霉的锅巴，放在鼻子底下嗅了嗅，一挥手将锅巴扔得老远。

黄德胜 :“这究竟是怎么回事？发布了命令，又不撤销命令？我去问连长。”

战士（三）:“排长，当心连长关你禁闭。”

众战士哈哈大笑。

【7. 安徽　泾县连部　深秋　日】

李德生坐在连部门口的椅子上晒太阳。

李德生无精打采地闭着眼睛，架着二郎腿。

黄德胜（大声地）:“连长，问你个问题？”

李德生懒洋洋地张开左眼，瞄了眼黄德胜，又闭上眼睛，惬意地晒着太阳。

黄德胜（生气地）:“连长，睡着啦？”

李德生缓缓扭过身子，睁开双眼，面无表情看着黄德胜。

李德生 :“来，来，坐在那石头上，一起晒晒太阳吧，阳光暖暖的，真舒服。”

黄德胜更来气了，右脚使劲地往地上一跺，一屁股坐在石头上，又一把抓下军帽当扇子扇着，气连长。

黄德胜："这天气多热啊，一点风都没有。连长，我真服了你，大热天晒什么太阳啊？"

李德生（不气）："丘八，午饭吃的什么啊？"

黄德胜："吃的鱼，青弋江上抓的大鱼。"

李德生："什么？"

李德生来精神了，放下了二郎腿，直起了腰。

黄德胜："嗯，几个战士借了老乡的渔网，抓了好多鱼。"

李德生："什么？没骗我吧？"

黄德胜："煮了一大锅，吃不完，留着晚上吃哩。"

黄德胜摆起了噱头。

李德生站起身，围着黄德胜转了几步，又用眼睛观察着黄德胜唬起的脸，哈哈地笑了起来。

黄德胜："笑什么笑？连长啊，你那笑脸比哭都难看。"

黄德胜开始出着心中的气。

李德生："你个丘八，怎么对连长说话？站起来！"

李德生忽然脸色一沉，大声喝道。

黄德胜站起身，戴好军帽，又习惯地整了下军衣，站直了身板，等着连长训斥。

李德生："丘八，你以为我不知道，你肚子里那几根肠子怎么盘在一起的？军人，以服从命令为天职，军事上的事，得由军部做决定。别说你找我没用，你就是找营长也不管个屁用。"

李德生唬着脸，训斥着黄德胜。

"连长，我有重大军事发现，特地向你报告。"

黄德胜忽然一个立正，边说边向李德生敬了个军礼。

李德生一愣，没想到黄德胜一本正经，神情严肃地向自己敬着军礼，连忙回敬了一个军礼。

李德生（语气平和）："黄德胜同志，请报告。"

黄德胜："连长，我去了趟青弋江。"

黄德胜赶紧将嘴贴近李德生的耳朵，将自己在青弋江发现的情况，以及自己的担忧，轻声地向李德生做了报告。

随着黄德胜的私语声，李德生的脸部表情紧张了起来

黄德胜（大声地）:“连长，目前我排战士无精打采，精神已经面临崩溃。”

李德生认真思索着，在空地上来回走动，还不时恶狠狠地用眼睛瞪着黄德胜。

黄德胜板着脸，笔直地站着，丝毫不管连长的反应。

“稍息！”李德生突然命令。

黄德胜赶紧放松身体，脸仍唬着。

李德生（担心地）:“丘八啊，营长的脾气你知道吗？”

黄德胜（故意地）:“不知道。”

李德生 :“这样，我冒个挨训的风险，你和我一起去营长那儿，你向营长报告，怎么样？”

黄德胜 :“报告就报告，大不了，我重新扛机枪。说实话，这机枪比驳克枪好使。”

李德生 :“丘八啊丘八，你把我和营长对你的提拔当成驴肝肺啦？”

李德生骂完，见黄德胜一脸倔强，突然笑了，“德胜，我和你一样，心里急呀。豁出去了，去营部吧。”

黄德胜笑了，和连长一起上马，马蹄声声，风风火火奔向了营部。

【8. 安徽　泾县营部　深秋　日】

营部。

刘沸腾正与几名军官和作战参谋，围着会议桌上的军事地图指指点点，小声议论着。

“报告！”李德生在会议室门前，立正大声报告。

刘沸腾和众军官抬头，见连长李德生站在门外。

“进来吧。”刘沸腾应了声，继续俯身专注地看地图。

李德生和黄德胜走进营部，不敢靠近桌子。

“李连长，有何事报告？”

刘沸腾摆着手，示意众军官坐下，抬起头问。

李德生推了下黄德胜，只见黄德胜上前一步，“啪”地一个立正，向众

军官行了个军礼。

黄德胜："报告营长，我发现了重大军事隐患，特地前来报告！"

众军官一脸惊悚，神情严肃地注视着黄德胜。

刘沸腾："噢？"

刘沸腾转过脸，两眼盯着黄德胜。

"说！"刘沸腾急促而简短地命令。

黄德胜（大声地）："今天上午，我去了青弋江，上了浮桥。目前浮桥牢固，可以渡江。"

"哄"的一声，众军官都笑了。

一军官："我还以为黄德胜发现了重大的敌情哩。"

"继续讲！"刘沸腾严肃地命令。

黄德胜（大声地）："我探测了青弋江水的深度，最深处大约在九米左右，现在渡江，部队还来得及。"

众军官不由自主又笑了起来。

"我们作为营级军官，对青弋江的情况，早有了解。"一军官边笑边说。

"继续讲！"刘沸腾依然命令道。

黄德胜望着众军官犹豫了起来。

刘沸腾："凭我对黄德胜的了解，黄德胜同志一定是有所发现，才会急匆匆拉着李德生同志前来报告。"

众军官见营长一脸认真，各自收敛笑容，认真听起来。

黄德胜："青弋江目前是枯水期，江水平缓，现在渡江，部队安全。如果再不渡江，后面是大水期，江水必定汹涌，会超出目前水位一米多高，到时浮桥必定会被冲垮，部队如何过江？"

黄德胜心急，一口气把心中担忧报告了出来。

营部作战参谋："你怎么知道以后江水会涨高一米多？"

黄德胜（大声地）："我注意到，江岸留有去年江水上涨的痕迹，比目前水位高最少一米。"

众军官一听，脸部愕然，个个表情严肃，目光齐聚在营长身上。

刘沸腾："坐下吧。"

刘沸腾指了指空座位，让李德生和黄德胜二人坐下，黄德胜大气不出，恭敬地坐着，双手放在双腿上。

刘沸腾重又站起，俯身趴在地图上细细地看，不时用手指在地图上划着线，眉头渐渐锁了起来，脸色也铁青一块。

刘沸腾："同志们，黄德胜同志报告的情况非常重要和及时，这体现了一个共产党员和革命军人的负责精神。目前我军所处地区非常不利，东南西北各个方向，不是日军就是国军，都是战斗力强悍的正规部队。如果及时、趁早渡过青弋江，我军还有余地。重庆军委会命令我军于下月底前渡江北上，而就在此时，国军部队调动频繁。我推断，下一步如果未按时渡江，估计会对我军实施合围，如果这样，后果严重哩。"

刘沸腾语重心长，众军官看得出，营长内心万分焦急。

营部会议室里，众军官鸦雀无声，空气仿佛凝固了。

"大家来看。"

刘沸腾顺手拎起一根小竹竿，指点地图，众人站起，顺着竹竿指向认真看着。

刘沸腾："我军目前的驻地在这儿，是云岭、萧村、北贡里、土塘等地区，也是皖南新四军各部驻地，向北经铜陵、繁昌之间渡过长江，至江北无为一带，这条路线基本是敌占区。"

刘沸腾抬头看着众军官，眼神已经告诉大家，这条路线明摆着是死路。

刘沸腾："如果由我军驻地向东开拔，由苏南北渡，须经泾县的马头镇，宣城县的杨柳铺、孙家埠、毕家桥、郎溪、梅清镇、南渡镇至箦桥、水西地区，然后进入苏南敌占区，从镇江附近渡江，这条路线所经之地，是敌顽的交错防区啊。"

刘沸腾语气沉重地说着，边说边摇着头，这也明摆着，是一条死路。

刘沸腾："如果我军从驻地向南开拔，经茂林、三溪、旌德，沿天目山附近的宁园、郎溪，绕道苏南的溧阳，还有望伺机北渡啊。"

刘沸腾说着，吐了口气，眼睛望着几名作战参谋，作战参谋们朝营长纷纷点头。

刘沸腾："同志们，我估计，军部最后选择的渡江计划，应该是向南。问题是，向南，为黄山、天目山、纯石山，那是山区，人迹稀少，粮食短缺，不利于大部队生存。而且，不论往哪方向，都面临严酷的战斗，向南的路，也是死路啊。”

众军官纷纷点头，表示赞同，一个个神情凝重，忧心忡忡。

刘沸腾：“三条死路中，向南还有一丝生机，最多，部队打散了，新四军还能在广德、宁园一带坚持战斗下去。”

刘沸腾脸上流露出刚毅、坚定的神态。

作战参谋（小声地）：“营长，我营要不要打个报告，向军部提醒一下？”

刘沸腾不语，起身在会议室徘徊。

军官（一）：“营长，连黄德胜排长都能看出来的问题，军部能不知道吗？”

军官（二）：“是啊，营长，军部和师部一大批作战参谋，个个都不是吃素的啊？”

刘沸腾：“同志们，我们都是下级军官，以执行命令为天职，不该问的，绝不能问。”

刘沸腾转身走向桌前，俯身又查看了一下地图，坚定地握拳敲了下桌子。

刘沸腾：“同志们，现在不渡青弋江，除了军事原因，这里面必定有政治考量，否则，目前火烧眉毛了，军部还能不渡青弋江？”

众军官纷纷朝刘沸腾点头。

李德生（焦急地）：“营长，要不要立刻向军部报告？”

刘沸腾（严肃地）：“报告？军首长的脾气你知道吗？报告了别招来杀头！李连长，管好你的连队，趁着空闲，让战士们吃好吃饱，回去吧。”

李德生和黄德胜迅速站起，立正后，转身向所有军官敬礼。

【9. 安徽　泾县营部外　深秋　日】

李德生和黄德胜翻身上马。

李德生心情大好，哈哈地笑了起来。

李德生：“德胜，没想到啊，营长还挺重视啊？长能耐了啊？”

黄德胜（讨好地）：“连长，强将手下无弱兵啊。”

李德生：“你个家伙，这话，我爱听。”

李德生和黄德胜骑在马上哈哈笑着。

两人一抖马缰，两匹快马并肩向驻地奔去。

【10. 安徽　云岭吊栋阁　冬　日】

李德生骑着马来到黄德胜排驻地。

李德生："德胜，你去过'江南千条腿'的吊栋阁吗？"

黄德胜："听说过，没去过。"

李德生："今天正好，你我都不当值，一起去看看。"

黄德胜："好啊。"

黄德胜牵出马匹，一跃而上马背，两匹快马向吊栋阁方向奔去。

李德生（笑着）："德胜，明天就是新年啦，你又大了一岁。"

黄德胜（笑着）："连长，新年到了，我心里特想爹娘，你想不想啊？"

李德生："想啊，我爹娘今年都过八十啦，好在几个兄弟守着家，让我放心一些。"

李德生："德胜啊，我记得你没有兄弟姐妹吧？"

黄德胜："家里就我一个，爷爷奶奶也往八十的坡上爬啦。"

李德生："哎哟，你是黄家独苗啊，还不赶快找个老婆，把黄家的根扎下去啊。"

黄德胜："不急。"

李德生："你不急，你爹娘急，爷爷和奶奶更急，黄家的香火要靠你传下去哪。哎，有没有看上的姑娘啊？"

黄德胜憨厚地抿嘴笑着，摇着头。

李德生（调侃地）："部队上姑娘多着哩，什么样的都有。哎，德胜，啥时候你请我喝顿酒，我去给你张罗一个？"

黄德胜（笑呵呵地）："连长，你想得美，等抗战胜利了，我回家乡找一个老家的姑娘，个个水灵灵的。"

李德生："哟，有目标啦？"

黄德胜："没有，反正丈母娘已经有了，只是还不认得啊。"

黄德胜自嘲，策着马跑到了前头。

李德生被逗笑了，一抖马缰，策马追逐着黄德胜。

【11. 安徽　云岭吊栋阁　冬　日】

李德生和黄德胜牵着马匹，行走在吊栋阁街道的石板路上。

街道旁，一长溜别致的民居临江而筑，绵延二三里，一眼望去，房屋一户挨一户，木柱凌空架在青弋江上，上千根长长的木柱，犹如上千条房屋的腿，河水就从木柱下潺潺流过。

黄德胜（兴奋地）：“连长，这样稀奇的房屋，我还真没见过。”

李德生（兴奋地）：“我也是啊，在山东老家我也没见过这样的房子。”

两人牵着马，边走边看。

李德生：“近看青瓦木屋，一家一户又似一盏盏挂在灯杆上的灯笼，怪不得又叫吊灯阁。”

马儿缓缓走在石板路上，发出清脆的“嗒、嗒”声，木板门面的店和作坊鳞次栉比，人们来来往往，穿梭于码头和街道。

黄德胜和李德生路过一家木梳店，黄德胜忽然停住脚步，只见柜台里摆了许多造型别致、做工精巧、多种材质的梳子，便上前细细端详起来。

“长官，一看你就是个孝子，给长辈们买些梳子吧，看看吧，这里有上等黄杨木、檀木、桃木、梨木、沉香木、枣木、竹子的，都是手工精心制作的啊。”

店主是位中年妇女，穿着打了补丁的蓝棉袄，热情地给黄德胜介绍。

黄德胜挑了两把黄杨木梳，上面有松树和桃花图案，色彩鲜艳不失庄重。

黄德胜：“老乡，这两把木梳多少钱啊？”

女店主：“长官，你真会挑啊，松树送给你奶奶，桃花送给你娘，三把木梳才半个大洋。”

店主拿出一把木梳，对黄德胜笑了起来。

店主：“长官，木梳上这个侍女，扶着门框，亭亭玉立，两眼含情脉脉。你买回去送给心上人多好啊。”

“就这样吧。”

黄德胜不善讨价还价，喜滋滋地将木梳装进口袋。

李德生：“哎哟，黄德胜，看来有心上人啦？”

黄德胜：“连长，随你讲吧。我负伤疗养时，待在庄家村大奶奶家，庄坤林区长的女儿，常给我端茶送汤，买一把，将来回庄家村时送给她。”

黄德胜说着，腼腆地朝李德生笑了笑，付完钱，黄德胜抓起找回的铜板，放进另一个衣袋。

黄德胜："连长，早些回去吧，这长脚屋子，大致相同。"

李德生："走，明天新年了，回去看看伙房，晚上得给战士们加个菜。"

黄德胜："连长，这风吹在脸上冰凉冰凉的。"

李德生："是啊，脸上虽然冰凉，可你那心里却是暖暖的，甜甜的啊。"

李德生开心地说着，两人翻身上马，往驻地飞一般奔去。

【12. 安徽　泾县连部　冬　日】

"叮铃铃"，一串电话铃声响起。

李德生一把接过电话，话筒里传来营长刘沸腾短促的声音。

刘沸腾："李德生同志吗？我是刘沸腾，军部已经确定，于近几日北转，告诉部队，按照上次会议精神，准备三天的食物。不得擅自外出，随时做好出发准备，力争我营第一个渡过青弋江，明白了吗？"

"明白了！请营长放心！"

李德生啪地一个立正，大声而又坚决地说。

李德生："通讯员，立即通知各排，按营长命令，部队近几日过江，我连务必第一个通过青弋江。各排立即采购三天的干粮，晚上睡觉前，把弹药按作战基数发放。另外，恐天气有变，各排自行准备雨具。听明白了吗？"

通讯员："听明白了！"

通讯员转身跑出门外。

【13. 安徽　泾县机枪排驻地　冬　元月四日　雨】

中午，天气陡变，天空乌云滚滚，紧接着下起了雨。

黄昏，雨渐大，雨点打得屋顶采光瓦"噼噼啪啪"直响。

黄德胜和大高个站在门口望着屋外，满山遍野被雨水笼罩着，萧索而又寒冷。

黄德胜："大高个，江水一定在涨！四周群山的雨水，浩浩荡荡地汇集，注入青弋江。"

大高个："一定会在今晚过江。"

黄德胜："过了今晚，浮桥难保不被冲垮，军部首长一定同样清楚这一点。大高个，你带上两人，一个班一个班地通知，晚上不许脱衣而睡，随时准备出发。”

【14. 安徽　机枪排驻地　凌晨　冬　元月五日　雨】

连部通讯员从雨中跌跌撞撞跑来，大声喊："黄排长，立即开往章家渡，马上过江。"

黄德胜（大喊）："全体集合！"

机枪排战士在雨中列队，黄德胜翻身上马，率领机枪排往章家渡而去。

【15. 安徽　章家渡　凌晨　冬　元月五日　雨】

拂晓，大雨哗哗下着。

守桥战士（焦急地大喊）："同志们，快过桥，这桥恐怕保不住啊。"

浮桥像一叶扁舟，在汹涌的江面上扭动长长的身躯，发出"咯吱、咯吱"的声音。

黄德胜："同志们，注意不要齐步走，一步步走稳，小心过桥。"

黄德胜牵着马，大声提醒着，走到队列前头。

大黑马体重，马步压着晃动的桥面，江水从桥面涌过。

越来越多的部队，陆续到达章家渡浮桥处。

刘沸腾率领着部队从浮桥上通过，后续部队紧紧跟上。

刘沸腾叉着腰站在江对岸，紧张地注视着从桥面上通过的兄弟部队。

江水低沉咆哮，激流滚滚，浮桥剧烈晃动，发出可怕的"咯吱"声。

突然，"轰"的一声，浮桥断裂。

许多战士跌入江中，随波逐流，在水中翻滚。

两岸传来一片惊叫声。岸上的士兵们忙着捞人。

黄德胜大喊一声："一班跟我来！"

黄德胜带着一个班的战士，冲入临近的村庄，挨家挨户地砸门。

一老汉惊慌失措地打开门，黄德胜和士兵冲进院落，见柴房里有一个大木盆，墙上挂着许多粗麻绳，黄德胜一挥手，战士们从墙上取下麻绳扔入大木盆。

黄德胜："抬走！"

四个战士抬着大木盆便往江边跑。

黄德胜从衣袋里掏出两块银元，塞给惊慌失措的老汉。

黄德胜领着剩余的士兵往江边跑去。

【16. 安徽　章家渡　青弋江畔　冬　元月五日　雨渐止】

青弋江两岸，军官们急得跺脚，两岸人声鼎沸。

江对岸传来愤怒的骂声："军部那些个饭桶，早一天过江也不会这样啊？"

黄德胜迅速脱掉棉衣裤，和两个战士一起，将大木盆放在江边。黄德胜翻身进入木盆，两位战士合力一推，木盆就像一片树叶，向江中飘去。好在有绳子拽着，否则木盆顷刻间就会被冲向下游。

木盆在江中打转，黄德胜慌张起来。忽然江对面跳下几个战士，不要命地划向木盆，在众人努力下，木盆到了江对岸。

两岸战士把粗麻绳各自拴牢，黄德胜将木盆留在江对岸，"扑通"一声跳下水，手拽着绳索，艰难地回到了对岸。

刘沸腾赶紧扶着黄德胜，众战士拿着毛巾快速地给黄德胜擦着身子。

黄德胜背对着青弋江，哆嗦地脱下身上的衣服。

战士们七手八脚将内衣裤帮黄德胜穿上。

刘沸腾："冷吗？"

刘沸腾关切地问。黄德胜铁青着脸，牙齿咯咯得响，几乎说不出话，只是麻木地笑着摇头，倔强地表示不冷。

黄德胜穿好棉衣棉裤，注视着青弋江。

战士们一个一个跳入水中，手拽绳索，艰难地摇晃着涉水过江。

【17. 安徽　章家渡　青弋江畔　冬　元月五日　夜】

农家屋舍和能够遮雨的地方，随处可见围着火堆烘烤衣服的士兵。

刘沸腾急得像热锅上的蚂蚁，在屋内走来转去。

刘沸腾："国军四十师已接近接防地点，接替原先驻防的地方部队，四十师接防完毕，我军再怎么强悍，也是网中之鱼。"

作战参谋："营长，军部也是无奈，命令原地修整两天。后续部队的战士们，许多人已经感冒发烧，都在忙着烤衣服哪。”

李德生：“营长，通过浮桥过江的部队才一千多人，后续部队的战士们军衣全部湿漉漉的，战士们连迈开腿、动动胳膊的力气都没有，不休整两天怎么办？”

刘沸腾：“现在能打的部队就我们营了。把地图打开！”

作战参谋快速地把地图铺开在桌子上，众军官随刘沸腾查看起了地图。

刘沸腾神情凝重地看着地图，表情严肃地对着众军官，用食指敲了敲地图。

刘沸腾：“这是高坛，是四十师主力必须经过的地方。李连长，你们连立刻出发，秘密抵达高坛。密切注视四十师动向。只要熬过今明两天，兄弟部队的战斗力就会恢复。”

李德生：“是！”

【18. 安徽　高坛山冈　冬　元月六日　日】

李德生连占据着山冈。

战士们蹲守在临时掩体里，警惕地注视着前方。

九挺机枪架列着，枪口对着山冈对面的树林，机枪手蹲在机枪旁。

黄德胜：“连长，敌人来了。”

在山冈对面的树林里，出现一群国军，正向山冈方向搜索前进。

李德生：“准备战斗！”

李德生低吼一声，机枪手立即趴下，弹匣嵌入的声音“咔嚓”响起。

只见对面大批国军迅速地散开，弯腰向山冈抵进。

“呯”，枪声响起，国军向山冈发起来冲击。

李德生（吼）：“打！”

双方展开了猛烈的枪击。

【19. 安徽　章家渡　营部　冬　元月七日　日】

一众军官焦急地围在四方桌前，刘沸腾如热锅上的蚂蚁，来回走动着。

报务员：“电报！”

刘沸腾猛地转身，“念！”

报务员："军部在茂林潘村祠堂内召开了纵队领导干部军事会议，部署以下行动：一纵队全部出求岭，二纵队四个营出丕岭，二个营出缚刀岭，三纵队出高岭，五团随二纵队行动。全体参战部队当日黄昏开始行动，七日拂晓占领各岭，正午会攻星潭。攻下星潭后，三路攻击四十师师部所在的三溪。"

刘沸腾迅速俯身查看地图。

刘沸腾："同志们，只有击溃国军四十师，攻占三溪，才能使铁桶般的包围圈出现些许缝隙，部队才有突围的一线生机。我命令全营即刻向高坛进发！"

【20. 安徽　高坛营部　冬　日】

山冈上，李德生连正全力阻击着进攻的国军。

刘沸腾带着部队从山冈脚下突然出现，对国军搜索部队发起攻击。

冲锋号吹响了，山野里吼声如雷，战士们猫着腰，向国军搜索部队冲去。

李德生见增援部队赶到，跃出战壕，大喊一声："冲啊！"

黄德胜端起机枪，边冲边向敌军扫射。两路新四军部队，对搜山的敌军发起了冲锋，国军开始溃退。

突然，一阵炮击声传来，炮弹阻挡了新四军攻击部队。

山冈方向，越来越多的国军部队出现，对方也吹响了冲锋号。

山野里吼声如雷，枪炮声和厮杀声混合在一起，惊心动魄。

国军的进攻迅速扩展，新四军被打得节节后退。越来越多的国军出现在山冈一侧。

刘沸腾（大喊）："停止攻击！占山防守！"

新四军迅速回撤至山冈，跳入战壕，被迫转入防守。

四周群山不断传来枪炮声。

国军分成两股，向山冈两侧的山峰穿行。

作战参谋："营长，敌军正对我部迂回包抄，必须立即撤退。"

刘沸腾从作战参谋手中接过望远镜，望远镜中出现大批国军，正沿着山冈树林向纵深穿插。

刘沸腾："敌军已经形成对我军的大合围，下来将要对有抵抗的部队逐个进行合围。立刻往东流山方向撤退，与兄弟部队合为一体。”

【21. 安徽　东流山　某山冈　冬　夜】

山冈飘着黑烟。

一些枯草和树木燃烧着。

一些战士掏出云岭锅巴或者炒米，塞进口中咀嚼着。

刘沸腾站在山冈上身边围绕着一批军官。

作战参谋 :“营长，几天下来，我营已损失五百多人，目前只有三百多人了。”

刘沸腾一阵昏眩，站立不稳。

黄德胜赶紧上前扶住。

刘沸腾 :“都坐下吧，明天是场恶战，临时研究一下战斗部署吧。”

刘沸腾席地而坐，众军官也坐在地上，一个个望着营长。

刘沸腾 :“同志们，我实话告诉大家，我军已经被敌人团团围住，明天一早，将会是一场空前的恶战，部队可能被打光。”

山冈上一片寂静。

黄德胜 :“营长，我们都明白部队处境，心里已经做好阵亡的准备。”

众军官话语纷纷。

军官（一）:“营长，我们不怕死！”

军官（二）:“营长，明天我们来个反冲锋，和敌人拼了！”

刘沸腾 :“同志们，目前据守阵地已经毫无意义，只是无谓的牺牲。军队各部已经被打乱，联络中断，补给和弹药也没有了。我认为，与其等待敌人白天进攻，不如将目前的部队拆成小股，趁着天色渐黑，分散突围。”

刘沸腾话语一出，众人黯然。

冯大彪 :“情况摆在这儿，打仗要有目的，与其明天恶守山头，不如趁夜突围。”

李德生 :“我同意营长的意见，据守阵地已毫无意义，只有突围才能有一线生机。”

邱大奎 :“我也同意营长意见，但是，向哪儿突围？突出去后在哪儿会合？”

黄德胜："营长，我支持突围，但是突出去在哪儿集中啊？"

刘沸腾摆了摆手，"同志们，我军目前面临绝境，突围也难料结果。但是，把目前三百多人分成十股，总有一股会冲出去。你们看，这茫茫群山，山山相连，敌人虽然重兵合围，但总有够不到的地方，只要我们坚决突围，突出去就是胜利！"

众军官鸦雀无声。

刘沸腾："按现存人员，归队。以排为单位，尚在的连级干部随意跟一个排，没有集合地点，突出去后可以展开游击战。"

刘沸腾站起身："听明白了吗？"

众军官起身，大声回："听明白了！"

【22. 安徽　东流山　某山冈　冬　夜】

刘沸腾部分成了十个小组，一个个小组向不同的方向出发。

战士们的身影消失在夜幕中。

黄德胜爬上一块巨石上，环顾模糊的群山，心里盘算着突围的方向。

李德生："大高个，我们留了几挺机枪？"

大高个："连长，留了两挺机枪。"

李德生："德胜，快行动吧。"

黄德胜："连长啊，你来看，有门道了。"

李德生："什么门道啊？"

黄德胜："连长，如果你是国军，你的攻击或搜索方向会是哪儿？"

李德生："你个丘八，都什么时候了，还问不着边的问题？其他突围小组都走光了，偌大的山头，就我们二十多号人了。"

黄德胜（得意地）："连长啊，如果我是山下的敌军指挥官，一定会这样，全力攻击有阻击的山头，拿下山头便展开搜索。守军撤退肯定会往深山退却，便收缩包围圈，撤退的守军也难逃厄运，对不对？"

"嗯，有些道理。"李德生点着头。

黄德胜："连长，你看左右都是山，咱们沿着两山间的山脚悄悄隐蔽起来，待大队敌军向山坡冲击时，我们贴着山脚，一个山、一个山地移动，情况好就绕山，情况不好就上山，怎么样？"

李德生："哎呦，德胜，这招管用，少跑路，兴许还能从网缝钻出去，行！就这样！"

黄德胜和李德生，赶紧带着突围小组向另一侧山移动。

战士们隐蔽在树林和草丛里，有的战士干脆睡在地上。

【23. 安徽　东流山　某山腰　冬　晨】

约一个营的国军成扇形展开，从三面围山，摆开了攻击阵形。

敌人喊话："新四军兄弟们，放下武器，参加国军，一齐打日本！"

黄德胜呵呵地笑着，"连长，大炮一响，就要冲锋了，这时敌人的注意力都在昨晚我们占领的山头，趁这个时间，一旦敌人冲上半山腰，是最紧张的时候，我们就快速溜去旁边的山，藏在山脚草丛里。"

"好。"李德生欣喜地答。

东流山各个方向，不约而同响起了枪炮声，炮弹在山上密集轰炸，一阵紧似一阵，碎石和尘土夹杂着硝烟，四散开来。

躲在四处的新四军战士凝神屏息，看着黄德胜的举动。

炮击停止，上百名国军喊叫着开始向昨晚的山冈冲击，还没到半山腰，又突然全都趴下对四处射击。

敌军架起了迫击炮，对山顶进行炮击。

敌军吹响了冲锋号，国军战士忽地跃起，死命地往山顶冲击。

黄德胜一挥手，率先跑下山坡，向侧面另一座山移动。众战士见状，尾随黄德胜向侧面山坡跑去。

【24. 安徽　某山　冬　日】

山脚大路上行驶着几辆卡车，车上有全副武装的国军。

黄德胜（轻声地）："连长，我有话说。"

李德生猫着腰，悄悄移动到黄德胜身边。

黄德胜："连长，你看，远处是大路了，大路应该通往县城。大路边上是群山，晚上我们悄悄穿过大路，到对面的大山中去，应该安全了。"

李德生："是啊，对面山更高，林也密，山山相连，确实是躲藏的好地方，如果再绕现在的山走，很可能前面无山，是敌占区了。"

李德生："好，现在先打个盹，两个眼皮不听话了。"

李德生往草丛里一躺，一会就睡着了。

树丛边，草丛里一些战士也倒下睡着。

【25. 安徽　某山　冬　夜】

黄德胜带着大高个和另一名战士潜伏在道路旁的树丛里。

李德生领着一群战士警惕地注视着四周。

黄德胜左顾右盼，突然率先穿过马路，窜入对面山上，往树丛里一躲，观察四周，见无动静，站起身朝对面挥挥手。

大高个扛着机枪，和另一名战士快速通过马路。

紧接着，李德生率后面的战士冲向马路，进入对面山中。

黄德胜："走！"

黄德胜将驳克枪提在手上，本能地挑树丛茂密的地方穿行。

【26. 马鞍山　某山　冬　夜】

黄德胜突然向后摆了摆手，停住了脚步。

众战士迅速停住了脚步，李德生上前。

黄德胜："连长，我们去那个深沟，等待明天黄昏再走，你看怎样？"

李德生："这沟又长又深，沟底植被茂密，白天藏身是个好地方。"

李德生与黄德胜并肩带着士兵向山沟鱼贯而行。

刚到山沟边沿，树林里传来拉枪栓的声音。

"口令！"低沉而有力的声音从山沟里传来。

李德生和黄德胜迅速散开，众士兵也拉动枪栓，眼看一场战斗不可避免。

李德生（低沉地）："东进！"

黄德胜（低吼）："回令！"

"东进！"山沟里传来的回令声。

李德生兴奋地起身，"自己人。"

黄德胜和李德生钻出树丛，见对方也钻出树丛。

在淡淡的月光下，双方都穿着新四军军服，一时，低沉的欢呼声在山沟里微微地传荡。

李德生（欣喜地）："营长！"

李德生眼尖，发现刘沸腾正领着几个士兵，从树丛中钻出来。

黄德胜快步跑向刘沸腾。

"丘八！"

刘沸腾兴奋地上前，左手抓住黄德胜的肩膀，右手"咚"地擂了一拳。

"营长！"

李德生走上前，紧紧握住刘沸腾的手，嗓子哽咽着。

刘沸腾："突出来多少人？"

"全体都在！"李德生激动地回，两眼泪光闪闪。

"好！好！"刘沸腾兴奋地说着，也是泪光闪闪。

黄德胜："营长，这是什么地方啊？"

刘沸腾："这是马鞍山境内，从这里往溧水，只有百公里了。"

李德生："营长，咋这么多人啊？"

刘沸腾："在转山途中，沿途收容了兄弟部队四十多人。两支队伍合在一起有百来号人了，还有三挺机枪。"

黄德胜："营长，我们有两挺机枪，加上你们的三挺机枪，一共有五挺机枪哪。"

刘沸腾："奇迹啊！这样，我们连夜出发，往苏南挺进。"

李德生有点迷糊："营长，不知道往哪个方向走啊？"

刘沸腾寻找天空隐约闪现的北斗星座，认真辨别了方向，然后指着东南方说："往那边走。"

刘沸腾低声喝令："全体集合！"

战士们迅速围拢在一起。

【27. 安徽境内　某地　冬　凌晨】

黄德胜手持驳克枪，领着五名机枪手踏着月光，向东南方向挺进。

部队行走在田野村道，前方出现了村庄，村庄灯火通明。

黄德胜："营长，有情况。"

刘沸腾注视着灯光，"让我回忆一下军事地图上的突围路线，一时无法断定这是哪一支国军部队。"

“打不打？”黄德胜低声请示。

刘沸腾挥了下手，把李德生招呼过来，指着灯光笑了起来。

刘沸腾：“李连长，从电线拉动的情况可以判断，这个规模，最小是团一级的指挥所，这说明，我们已经到了安全地带，再往前遇到的敌人，应该是汪精卫政权的绥靖军和少量的日军前沿部队。过了这一关，我们将通行无阻，一路高歌地进入苏南了。”

刘沸腾：“黄德胜，将全部机枪集中起来，对电线汇集最密集的房屋，给我痛快地打。记住，打完就走，绝不恋战。”

黄德胜：“是！”

部队绕过村庄继续前行。

黄德胜将五挺机枪集中起来，五名机枪手平端机枪，对着电线最密集的房屋，一口气打了五梭机枪子弹。

枪声刚停，只听到灯光亮处一片嘈杂，有人大声喊：“师部被打啦！师部被打啦！”

黄德胜和机枪手边走边大笑，痛快极了。

【28. 皖苏交界处　某地　冬　凌晨】

晨曦中，前方隐约出现两座炮楼，各自相距约一里远。

队伍迅速散开。

炮楼前的大道旁，孤零零地矗立着一座小木屋。

黄德胜：“连长，炮楼前的木棚，孤零零一间，又守着大道，一定是岗哨。我带三人悄悄从右侧绕过去，你带三人从左侧绕过去，记住，动作要猛。”

黄德胜和李德生各带三名战士，从左右两侧向木屋扑去。

木屋内传来呼噜声，还有两人在对话。

“新四军这下玩光了。”

“是啊，我们日后安稳了。”

黄德胜气不打一处来，几人迅速冲进木屋。

黄德胜驳壳枪顶着深睡的兵丁脑袋，其他人迅速扑向另两个兵丁。

这突然的变故，把三个绥靖军吓得直哆嗦。

"新四军爷爷，饶命。"

"老四，饶命，我们不想当汉奸，我们早就想投靠老四了。"

几个战士随即缴了三个绥靖军的枪弹，押着他们随部队越过日军封锁区。

【29. 苏南　溧水某地　冬　上午】

太阳从地平线缓缓露出了笑脸，远处农舍，已经有袅袅炊烟。

前方道路开阔又平坦。

"安全啦！"

刘沸腾按捺不住激动的心情，振臂欢呼了起来。

"哈哈！"

队伍欢笑了，战士们有的相互拥抱，有的原地转起了圈，兴奋之情难以言表。

"列队！"刘沸腾大声命令。

战士们排成两路纵队，兴奋地望着刘沸腾。

刘沸腾："同志们，我们历经困苦，突出了敌人的重重包围，即将进入溧水新四军根据地。我们要重振新四军，让全国人民知道，新四军没有被消灭！新四军又回来了！"

"新四军不倒！"

黄德胜激动不已，振臂高呼。

"新四军不倒！"

"新四军不倒！"

战士们欢呼雀跃，大声高呼，呼声震天动地。

刘沸腾："全体集合！"

众战士迅速排成两路纵队。

李德生突然大叫一声："不好，那三个俘虏不见了。黄德胜，俘虏跑哪去了？"

第三十五集

【1. 苏南　溧水某地　冬　上午】

黄德胜："大高个，三个俘虏哪去了？"

大高个："排长，在这哪。"

黄德胜朝大高个走去。不远处一棵大树底下蹲着三个俘虏。大高个和一名新四军战士持枪看守着。

黄德胜怒吼："大高个，用绳绑了。看这三人鬼头鬼脑的，别大意了。"

大高个："是。"

大高个一挥手，过来几名新四军战士，将这三名俘虏绑了个结实。三名俘虏中，金刚开口，"长官，绑得太紧了，胳膊疼，我们不会逃跑的。"

黄德胜："带走。"

【2. 苏南　某地牛棚　冬　日】

金刚、大银牙、刀疤脸被五花大绑关押在一间牛棚里。

牛棚的角落里堆了柴草，三人坐在柴草堆里。

太阳透过牛棚的屋顶窟窿斜斜地照射在牛棚内，蜘蛛网在阳光下格外醒目。

牛棚的大门口，两位背枪的新四军战士看守着。

大银牙："金刚，我们这下死定了。三顿没给我们吃东西了。"

刀疤脸："金刚，听你的屁话去守大道，这下完蛋了吧。"

金刚："你们跟着我吃香喝辣的时候，咋不放个屁？"

大银牙："天要黑了，说不准他们要动手了。"

刀疤脸："娘的，都怪你，金刚。"

金刚："怪我？我问你，守大道时，你睡了几个娘们？"

大银牙："刀疤脸，钱你拿得最多，我最倒霉了，拿钱最少，睡娘们最晚。金刚，你说是不是？现在埋怨有屁用，得想法跑啊？"

金刚："往哪跑？田野光秃秃的，跑不多远便会被抓回来。"

刀疤脸："金刚，你是头儿，我和大银牙听你的。"

金刚："你们什么都别说，等到新四军提审我们时，看我的眼色行事，一句话，给我忍着。"

刀疤脸和大银牙不住地点头。

【3. 苏南　某地牛棚　冬　黄昏】

牛棚门被打开。

一脸怒气的李德生手持驳壳枪闯入牛棚。

黄德胜和二排长率领五六名战士跟在身后。

李德生："拉出去！"

李德生一挥驳壳枪，战士们一拥而上，将金刚、大银牙和刀疤脸从柴草中提了出来。

金刚（点头哈腰）："长官息怒！我们兄弟三人，因生活所迫，无奈当了绥靖军。我们都有爹娘，谁都不想当日本人的走狗，只是日本人看得紧，我们无法逃脱啊。"

李德生（怒气冲冲）："看你满嘴谎话，油腔滑调，就是个兵痞。"

李德生挥舞着驳壳枪，一枪点在了金刚额头上，把头皮点出了血。

金刚："长官不知，我们兄弟三人，是吃了几年军饷，可也是混个日子。"

金刚一脸陪着笑，大银牙和刀疤脸也赶紧赔着笑。

大银牙（讪讪地）："长官，我们真是混个日子。我们兄弟三人，为人老实，从不干坏事的。"

李德生："带出去！"

李德生挥动着手枪，一旁的新四军战士，几人扭住一个，拉出屋外，将三人按在地上。

“长官饶命，我们可都是苦出生啊！”金刚嚎叫着。

大银牙：“长官，饶命！我爹爹七十多了，老人家太可怜啦！”

李德生又一挥枪，让战士们松开手。

李德生：“起来吧，几个兔崽子！新四军不杀俘虏，知道吗？”

金刚：“谢长官不杀之恩。”

金刚三人，忙不迭地谢着恩。

李德生：“给他们松绑。”

战士们上前给金刚、刀疤脸、大银牙松绑。

李德生：“滚吧！滚得越远越好。下次再看到你们穿这身黄皮子，直接把你们的脑袋开瓢。”

李德生又挥了挥手中的枪，冲三人吼。

大银牙和刀疤脸两人赶紧弯腰鞠躬，用手拉了拉金刚，脚底抹油般地转身就跑。

“回来！回来！”金刚大声地叫着。

大银牙和刀疤脸见金刚边叫边朝两人走来。

金刚：“没良心的东西！平时总说不干绥靖军了，只要有机会就投奔新四军。现在新四军不杀我们，新四军就在眼前，我是一心要参加新四军。问你们，愿不愿意参加新四军？”

金刚边骂，边上前扯他们的衣袖。

大银牙（恍然大悟）：“我要参加新四军，打日本。”

刀疤脸：“四老爷，只要你们愿意收，刀疤脸一心干新四军。”

金刚：“长官，我们兄弟三人，愿意参加新四军。长官不同意，我们就不起来。”

金刚赶紧转身，“扑通”一声，跪在李德生跟前，态度坚决地说。

黄德胜：“哟，还会演戏？当初投奔日本人也是这样跪下的？”

金刚：“没有，没有。长官，相信我们，我们是真心要参加新四军。”

黄德胜上前一脚将金刚踹倒在地，掏出驳壳枪，将驳壳枪抵在金刚的脑袋上，“信不信我一枪打死你？”

另几名新四军战士见状，拉动枪栓，将枪指着刀疤脸和大银牙。

金刚三人惊慌失措，连连求饶。

刀疤脸："长官饶命。"

大银牙："饶命啊，饶命，我们是真心参加新四军啊。"

李德生："黄排长，看来他们是真心要参加新四军。你们记住，只要你们洗心革面一心打日本，新四军欢迎你们加入。我实话告诉你们，在我们队伍里从俘虏转变为新四军的人，也不是少数。很多俘虏了解了新四军是抗日的革命队伍后，积极参加新四军，这些人作战勇敢，有的还成了新四军的骨干呐。"

金刚："长官，我们也要争取成为新四军的骨干。"

李德生："黄德胜！"

"有！"黄德胜一个立正。

李德生："这三人交给你们排了。"

黄德胜："报告连长，我排编额已满。"

二排长："黄排长，部队减员严重，你怎么编额满了？"

黄德胜瞟了一眼二排长，"你要给你。"

李德生："唔？"

李德生一乐，知道是黄德胜不要三人。

李德生（吼）："二排长！"

"有！"二排长一个立正，大声回。

李德生："带你们排去，给他们换上咱的衣服。记住，对他们思想上严格要求。"

二排长："是！"

二排长大声回，扭头瞪了黄德胜一眼。

黄德胜转过身，偷偷地笑了起来。

【4. 溧水　刘家村　冬　雪】

雪花纷纷扬扬地下着。

刘家村一原住户家门口放着杀猪的物件。

宽大的杀猪板凳上，几名游击队员帮着村民捆绑着一头大肥猪。

庄坤林站在刘生院子门外，远远地望着，焦虑地走来走去。

庄坤林转身望着远处的山道，自言自语："小春、小夏怎么还不回来呢。"

贾亮："区长，外面冷，回屋子吧？"

庄坤林忧郁地望了眼贾亮，抖了抖身上的雪，走进了屋子。

庄坤林："无耻！蒋委员长居然以去年十月新四军在苏北攻击韩德勤和陈泰运所率国军部队为借口，又以新四军拒不执行开到长江以北为由，将新四军围歼于皖南茂林地区。同室操戈，相煎何急呵？"

黄大树："坤林，德胜可能被打死了。"

黄大树坐在板凳上，嘴巴颤抖着，眼神呆呆地看着庄坤林。

贾亮："大树，别担心，兴许黄德胜突围出来了。"

庄坤林："国民政府居然撤销了新四军番号，宣称新四军为叛军，韩湖区游击队一向打着新四军旗号活动，看来，冬天真的来了。"

贾亮："大树，要不你回趟家吧，队伍上你的情况最特殊啊。"

黄大树："坤林啊，黄德胜的部队也一定被消灭了。我爹爹和娘，不会知道这个消息，我担心兰儿从报纸上看到新四军被消灭的消息，一定会告诉我爹和我娘，老人家受得了打击吗？"

庄坤林叹了口气，看着屋外飞舞的雪花，心乱如麻。

贾亮："区长，你我都是共产党员，黄大树也不是外人，新四军被消灭，我想，我们的延安不会没有反响的。"

庄坤林："是啊，这个兆明亮啊，这么长时间都没见他，怎么一点音讯都没呢？"

庄坤林："大树哥，今天晚上，你趁着大雪回家看看，带上枪，别告诉任何人。记着去我家，让我娘装两大桶三年以上的神仙酒，让队员们除夕夜乐一乐。"

庄坤林："贾亮，前山上的岗哨弄些干草铺在地上，你辛苦些，多把守着。特别注意咱们队伍里会不会有人潜回家，稍有不慎，让日本人知道我们的藏身处，那是灭顶之灾啊。这也是我不让他们回家的原因，怕漏风啊。"

贾亮："哎！"

贾亮："区长，万一有队员执意回去，劝阻不动，怎么办？"

庄坤林沉默一会，"万一劝阻不动，给我绑回来。绑不回来的，你看着办吧。"

贾亮："哎，我明白了。"

黄大树："坤林，你的意思是……"

贾亮："区长做得对，非常时期得用非常手段。"

庄坤林："另外，有关新四军在皖南被消灭的消息，目前就我们三人知道，决不能再让其他人知道，能瞒多久就瞒多久。"

庄坤林慎重关照黄大树和贾亮，贾亮和黄大树朝庄坤林点着头。

庄坤林："晚饭时，大树哥在队员中放个风声，说过几日去我家，弄些储藏多年的好酒，除夕夜喝个痛快。我再对邱巴说，弄个八大碗，先馋住他们。另外，贾亮啊，庄家的几个后生都是骨干，值勤的事，让他们都上些心，把我跟你讲的话，与他们悄悄透底，到时候，这几个后生别下不了手。"

黄大树和贾亮点着头，脸上露出刚毅的神态。

庄坤林走到门口，"你们看，瑞雪兆丰年，我心里有预感，这个时候，兆明亮会来找我们。"

黄大树和贾亮摇着头。

"区长，兆明亮真会来吗？"贾亮笑着问。

庄坤林笑了，轻声反问黄大树和贾亮："你们可知有一句成语？"

"什么成语？"两人一脸迷茫。

庄坤林："重振旗鼓！"

庄坤林说完，呵呵笑着。

贾亮："大树，看得出来，区长有信心了。"

【5. 溧水　刘家村　冬　雪】

庄坤林和贾亮、黄大树坐在桌子旁，贾亮拿着水壶给庄坤林的茶杯里添了些水。

门被推开，一阵风带着雪花飘向屋内。

庄小春、庄小夏进了屋子。庄坤林、贾亮、黄大树起身向前替他们拍打着身上的雪花。

庄小春："坤林哥，日本人满县城张贴布告，要抓你。"

庄小夏："汤全带着兵丁去县城庄家闹事，兵丁调戏庄雪花，汤全还打伤了你外公。”

庄小春："大奶奶让我转告你，不要担心慕兰和维根，他们被刘铜送到南京去读书了，大奶奶关照你千万不要回庄家村。”

庄小夏："坤林哥，雪花辍学了，回到了庄家村，你舅舅听说外公外婆被打，把他们接到常州去住了。”

贾亮："区长，这个汉奸汤全一定要除了他。”

黄大树："坤林，我带上两个人，潜伏到汤全家门口，见到汤全就打冷枪。”

庄坤林："家恨小于国仇，等打败了日本人，自然会跟汤全算总账。现在敌强我弱，千万不要冒险。”

正在此时，庄坤林见李邱巴捧了个小纸袋，从马厩往厨房里跑。

庄坤林："邱巴，过来。”

李邱巴："坤林哥，有事吩咐？”

庄坤林："手上捧着什么好吃的？”

李邱巴："巴豆粉，趁着下雨天，我用废弃的石槽把巴豆捣成粉，留着日后急用。”

庄坤林："哪来的巴豆？”

李邱巴（得意地）："九月份我上山挖葛根，想弄些葛根粉，上得一山坡，突然发现一大丛灌木，近前一看是毒鱼子，我们这儿不常见。不摘白不摘，我摘了小半桶，一直凉着，如今都干硬了，捣成粉，先留着。”

黄大树："毒鱼子是什么？”

李邱巴："哎，你连这个都不懂啊？毒鱼子就是巴豆的别名。巴豆捣成粉，可以治毒蛇咬伤、跌打损伤，山上蛇多啊。”

黄大树笑了："邱巴，你真是个歪才。”

庄坤林笑了，“邱巴，把巴豆粉藏好。另外，除夕那几天多弄些好菜，让队员们痛痛快快过大年。”

李邱巴："坤林哥放心，只要你安排，邱巴照办。”

【6. 溧水　刘家村　冬　雪　夜】

贾亮带着庄小春和另外两个队员，挑着干草，去前面山上换岗。

庄坤林和黄大树眺望着行走在山道上的游击队员们。

【7. 溧水　刘家村　冬　雪　夜】

庄坤林和黄大树在屋子里闲聊着。

黄大树："坤林，说起来，汤全和汤正益家沾着亲，你外公都那么大岁数了，汤全怎么下得了手啊？"

黄大树愤愤不平地对庄坤林说，将枪套内的驳壳枪取出，在衣袖上蹭了蹭，又重新放进了枪套。

庄坤林："利欲熏心啊。庄家有些钱财，敲些竹杠，我这颗人头，高桥标价两千块哪。"

黄大树："待日后有机会，一定要替你外公出了这口气。"

庄坤林："先给汤全记着这笔账。我给汤全发了警告信，这么长时间一直没动他，说不准他心里看不起我们游击队啊。大树哥，汤全在坤林眼中就是个小爬虫。我也思忖过，什么时候找机会打残他，但拖家带口打游击，干什么事都扯着心哩。"

黄大树："是啊。贾亮就没这个负担。哎，坤林，你讲的重振旗鼓是什么意思？我没有完全听懂。"

庄坤林："大树哥，这里面涉及到政治，新四军折了元气，但八路军还在，新四军取消了番号，但八路军番号还在，这最少说明了一个问题。"

"什么问题啊？"黄大树不解。

庄坤林："新四军和八路军都是共产党的部队，这说明，共产党和国民党还未决裂，还在共同抗战，你说对不对？"

黄大树："对呀。"

庄坤林："共产党好不容易有了新四军番号，全国人民都知道，共产党绝不会轻易认可取消番号，所以，要不了多久，新四军又会站起来。"

黄大树："是啊。"

黄大树激动了，"坤林，或许德胜真的跑出来了？"

庄坤林："皖南新四军被包围消灭，但一定有不少人会突围出来，江北新四军还有很大势力。我琢磨，凭德胜的意志和机灵，他一定会冲出来。"

黄大树："哎呀，坤林，借你吉言，我就不相信德胜会出意外。"

庄坤林："你回去后，别声张，家里张罗好了，回来前去看望一下我爹娘。别待太久，日本人知道你，汤全更知道你。记住了，大树哥，你现在和坤林一样处在危险中。"

庄坤林细心嘱咐黄大树，自己的眼圈不争气地红了。庄坤林转过身，用手抹了下眼睛。

黄大树（动情地）："坤林，别为我担心。我担心你哪，我和贾亮都会使枪，真遇到危险，至少能抓个垫背。要不，待我回来后，教你使枪，以便对付紧急情况。"

庄坤林："大树哥，只怪坤林多读了几年法律，让坤林讨厌使枪。法律尊重每个人的生命权，枪却是用来杀人的。"

黄大树（疑惑地）："坤林，如果面对一个杀人犯，你如何对待？"

庄坤林："唉，大树哥，凶犯已经杀了一个人，你再去杀凶犯，这样就死两个人，残忍啊。但为了保护更多人的生命权，必须严惩杀人犯，法不容情啊。"

黄大树糊涂了，"坤林啊，我弄不明白，就算坏人你也不轻言杀人，可先前你对贾亮说的话，大树可听懂了是啥意思啊。"

庄坤林："大树哥，当一条生命威胁到几十条生命，这是唯一选择，也是非常无奈的选择呀。"

黄大树点了点头，"坤林，你这话我听明白了。"

庄坤林："哎，不说这些，你晚上一个人走山路，多留些神。"

黄大树："知道。"

庄坤林和黄大树出了院门，黄大树解下马绳，翻身上马，奔驰在雪地里。

庄坤林凝视着黄大树远去的背影，目送黄大树骑马消失在雪地里。

【8. 溧水　刘家村　通往庄家村的山道　冬　雪　夜】

黄大树心急，紧催慢赶着马匹，骑行在被雪覆盖的山路上。

山路崎岖难行，天空飘着雪，马蹄敲打在碎石上，"哒哒"的蹄声在寂静的山中传出很远。

马匹翻过一个山头，身旁的山紧紧相挨。黄大树停住马，往对面山上游击队暗哨的地窝棚挥了挥手，对面山坡一个黑影闪现，朝黄大树挥了挥手。

黄大树策马向前山跑去，拐过一个弯，道路稍许平坦了些，路旁杂树密密匝匝，光秃秃的树干交叉虬结，在微微的雪光中黑黢黢一片。

黄大树骑马跃上了一个陡坡，陡坡前出现了山道的分叉。黄大树左手一勒马缰，马匹沿左边的山道快速地奔跑。

突然，黄大树勒住马，前方山的那边依稀传来纷乱的马蹄声。

一阵冷风裹着一团雪花从侧面吹来，黄大树不由打了个冷颤，右手打开枪套，将驳壳枪持在手中。

前方山谷里，马蹄声越来越清晰，应该是一群快马，随着马蹄声，远远看见一个个黑影向自己这边驰来。

黄大树（紧张地）："一匹、三匹，五匹……"

黄大树见黑影越来越多，赶紧勒转马头，往来的路上狂奔。

马匹前跑后追，互不喊话，黄大树跑得火急，后面追得更急，距离在渐渐缩短。

黄大树打开枪保险，奋力吼了声，双腿使劲夹着马肚，马儿箭般地往前窜着。

追兵的马蹄声越来越近，黄大树听到了拉动枪栓的声音。

黄大树赶紧伏在马背上，双腿击打马肚，打开了驳壳枪的保险，侧身举枪向后方瞄准。

"不要开枪！"

后面有人大叫，黄大树的心颤了一下，声音太熟悉了。

黄大树："德胜！是德胜吗？"

黄大树激动大喊，左手拽紧了马绳，马匹"咴"地一声嘶叫，骤然停下。

黄德胜："爹爹，我是德胜。"

黄德胜也听出了爹爹的声音。黄大树心中一阵狂喜，忽地调转马头，等他们近前，众骑兵呵呵地笑，黄德胜端坐在高头大马上，十分威风。

黄大树："德胜！是儿子啊！"

黄大树赶紧下马，父子紧紧搂抱在一起。

雪花依旧飘飞，马儿喘着粗气，"呼哧呼哧"吐出一团团热气。

"黄大树！"只听一声叫喊，让黄大树松开紧紧抱着的儿子。

黄大树："兆明亮。"

黄大树笑开了，冲上前去，握着兆明亮的手使劲晃着。

兆明亮（笑呵呵地）：“庄坤林在刘家村吗？”

黄大树：“在啊。坤林这些日子像丢了魂，盼着你哪。”

黄大树笑着，眼睛湿润润的，分不清是泪花还是雪花。

兆明亮：“大雪夜，何事匆匆啊？”

黄大树：“听说新四军被国军打了埋伏，坤林怕德胜娘受不住，让我回家去看看哪。”

黄德胜：“爹爹，新四军突围出来了。新四军还在，你看，新四军还在。”

黄德胜见爹爹如此挂念自己，指指身边的人对黄大树说。

黄大树激动地一个劲点头，不住地“嗯！嗯！”

黄大树：“走，去刘家村。”

黄大树翻身上马，领着众人翻过一座山，往前骑行不远，挥手让众人停下。

黄大树手握喇叭状，昂头“嗷呜……嗷呜……”学狼叫。

一会儿，对面山坡也传来狼的叫声。

贾亮从地窝棚钻出来，右手执枪，大声喊：“是黄大树吗？怎么又回来了？”

兆明亮（激动地喊）：“贾亮！贾亮！”

贾亮：“兆明亮？”

贾亮狂喜，几个哨兵钻出地窝棚，往对面挥舞着手。

贾亮：“小春，我领着部队进村，你带着他们放哨，记住，大雪天千万别大意了。”

庄小春：“哎！”

庄小春兴奋地答应。

贾亮冲下山坡，迎兆明亮奔去。

兆明亮迎着贾亮奔下山坡，两人紧紧拥抱。

兆明亮：“走，去见庄坤林。”

兆明亮和贾亮走上山坡，兆明亮翻身跃马。

贾亮和黄大树合骑一匹马，马队一溜儿排长队，往刘家村跑去。

【9. 溧水　刘家村　四合院内　冬　雪　凌晨】

兆明亮和庄坤林坐在桌子旁，两人兴奋地聊着。

桌上的油灯火苗忽闪忽闪，映照着兆明亮和庄坤林两张兴奋的脸庞。

兆明亮："坤林啊，各地共产党组织在重建新四军的号召下，纷纷将零星分散的游击队整编进新四军。"

庄坤林："好啊。在抗战最困难的时候，蒋委员长居然干出违背民心、令人切齿痛恨的举动，让新四军遭受了重创，历史将会记住这一切。"

兆明亮："黄德胜向刘沸腾报告了韩湖游击队的情况，刘沸腾迫切需要韩湖游击队补充进来，让部队尽快恢复战斗力。"

庄坤林："明亮，这是大事，容不得含糊。把队伍扩充到军队中，能集中力量打击敌人。虽然感情上不舍，但坤林是韩湖区长，游击队是党的武装，不是庄家的护村队。"

兆明亮（激动地）："坤林啊，来之前我还有些担心，游击队从建立到现在，庄家花费了大量钱财，你爹爹和大奶奶要是知道把游击队送去扩充新四军，会不会有想法哪？"

庄坤林："明亮，只要是打日本侵略者，我爹和我娘一定会支持并理解我。"

兆明亮（担心地）："坤林，队员们会不会有人不愿意加入新四军主力部队？"

庄坤林："莫担心，我自有办法。"

窗外，传来公鸡的啼叫声。

【10. 溧水　刘家村　冬　雪　上午】

屋内摆了几张大圆桌，桌上摆满了菜。

韩湖游击队员围坐在桌子旁，队员们从这一桌挪到另一桌，以茶代酒，热情洋溢，个个打开话匣子，大声说笑，大口吃肉，嬉嬉闹闹。

李邱巴率帮手抬着两大箩热气腾腾的白面馒头进了屋。

庄小春："坤林哥，肚子装不下啦，怎么还要吃啊？"

队员们笑得开心，有的摸着肚子，有的用手抹嘴上的油，个个心满意足，喜笑颜开，看着庄坤林。

庄坤林起身，笑着说："今天给大家提前过个年，邱巴今天辛苦了，大家鼓鼓掌。"

一片掌声响起，李邱巴呵呵笑了。

李邱巴："谢谢坤林哥的夸赞，给邱巴长脸了。"

李邱巴笑着，不住地对着众人合掌。

庄坤林："大家坐下，坤林有些话跟大家掏掏心窝。"

众人注视着庄坤林，人人脸上透着笑意。

庄坤林："韩湖游击队基本都是庄家、黄家、李家及县城周边村庄的，不管姓氏都是老乡至亲，大家说对不对？"

"对！"一阵喊声，众人情绪亢奋。

庄坤林（激昂地）："大家一定记得，日本飞机轰炸我们县城时的惨状，炸死了我们那么多父老乡亲，炸毁了几千间房屋，你们忘记了没有？"

"没忘记！"

"忘不了！狗日的日本飞机！"

"这是大仇，永远不会忘记！"

众人情绪沸腾起来。

庄坤林（更加激昂地）："大家一定记得，日本军队偷袭新四军时，开枪射杀了只有十二岁的梅子，用刺刀捅死梅子的外婆，还记得吗？"

"记得！"众人吼。

庄坤林："梅子的仇，韩湖游击队已经报了。可县城炸死那么多父老乡亲，他们的仇报了没有？"

众人不语，神色沉重，许多人对着庄坤林摇着头。

庄坤林："靠我们韩湖游击队，报不了这个大仇，怎么办？这个仇恨何时能报？靠谁去报？"

"靠新四军去报仇！"

"靠全国的军队去报仇！"

后生们按捺不住，有的干脆撸起了袖子。

庄坤林："大家见过木果河发大水，水高浪急，为什么？"

李邱巴忽然站起来，大声地说："坤林哥，平静的木果河发起大水来吓人哪！都是四面八方从山上汇下的水啊！"

庄坤林冲李邱巴竖了下大拇指。

庄坤林："我们韩湖游击队就像山上的一股细流。但是，如果各地的游击队都汇入新四军这条大河，我们的县城何愁拿不回来？对不对？"

"对！"

"参加新四军去！"

"对，和新四军合在一起，打县城去！"

众人的情绪像燃烧的干柴又被浇了桶油，高涨起来。

庄坤林："大家愿不愿意参加新四军主力部队啊？"

"愿意！"

"愿意！"

后生们年轻气盛，在庄坤林的鼓动下热血沸腾，个个脸儿涨得通红。

兆明亮笑了，笑得开心，兴奋地拍了下贾亮的肩膀，两人会意地笑了起来。

【11. 溧水　刘家村　中午　冬　日】

韩湖游击队分成四个小队，春、夏、秋、冬各站在小队的前面。

庄坤林："出发！"

黄德胜骑着马率领着韩湖游击队缓缓前行。

游击队员们雄赳赳气昂昂，随着黄德胜前行。

刘家村的村民们簇拥在路口，不住地向游击队员们挥手。

兆明亮和庄坤林紧紧地握手，依依不舍。

兆明亮用力拍了拍贾亮的肩膀，指着庄坤林。

兆明亮："贾亮，你是老共产党员，坤林的安危要挂在心上。"

贾亮："放心吧，县长，有我贾亮在，就有区长在。"

兆明亮："坤林，去年我们接到情报，日军从县城运走不少粮食，你知道吗？"

"不知道。"庄坤林摇着头。

兆明亮翻身上马，对庄坤林等人挥了挥手，策马去赶队伍。

庄坤林、贾亮、黄大树、李邱巴以及刘家村人，望着渐行渐远的队伍，不住地挥手。

突然，庄坤林蹲下身体，用手捂着脸，孩子般哭了起来。

贾亮："区长，你怎么哭了？"

庄坤林缓缓起身，抹了下眼泪，伸手指了指远去的游击队员们哽咽着。

庄坤林："他们这一走，有几人能活着回来？"

贾亮和黄大树眼圈红了。

李邱巴装着若无其事转过身，鼻子酸酸的，眼泪挂了下来。

【12．溧水　刘家村　冬　夜】

窗外，星星稀疏地散在天空，月光浅浅地照着田野。

庄坤林四人围坐油灯下，沉默不语。

李邱巴："坤林哥，四个人正好凑一桌麻将。"

李邱巴忍不住心酸地说着。

桌上，油灯的火苗跳跃着，忽闪忽闪。

贾亮："邱巴，把窗户关上。"

李邱巴默默将窗户合上。

庄坤林："我们这四个人，县城的日军和绥靖军都惦记着，千万不能存有侥幸，要保住脑袋才能打日本。这样吧，从现在起我们先猫在刘家村，睡觉时不要分开，四个人住这儿也很宽敞，晚上留一个人在院子里放哨，怎么样？"

"中！"贾亮用山东话表示赞成。

"行！"黄大树和李邱巴也表示认可。

庄坤林（神秘地）："我还有一个想法，准备试一试。"

黄大树："什么想法？"

庄坤林："牛屎山。"

黄大树："刘金？你准备说服刘金下山？"

庄坤林："我觉得可以一试，刘金是我大舅，牛屎山大当家手上有些人马，虽说岁数比大树哥大，但说不定身板硬朗，最起码我上趟牛屎山，有吃有喝不会有危险。"

黄大树和李邱巴点了点头。

贾亮摇着头，"区长，土匪们都逍遥惯了，下山了也起不了作用。"

庄坤林："贾亮，团结一切愿意抗战的力量是我们的原则，牛屎山的土匪手上有些刀枪，争取几个算几个。我们明天就上牛屎山。"

李邱巴："坤林，明天是大年初一，不能空手上山哪，得要准备些钱财去拜山头？"

庄坤林："用不着，刘金是我亲舅舅，外甥去舅舅家没得吃还能扒灶头哪。邱巴，你明天给刘家村每一家发五十斤大米，把刘家村原住民安抚好，得到他们的支持，我们的安全才会有保障。"

【13. 牛屎山　上山途中　冬　日】

四匹快马停留在山脚处。

牛屎山脚下的积雪已经消融，留下些残雪零落地点缀着山坡。

在远远的山峰上有一些似庙非庙的建筑，隐约可见大堆的石头旁，山路蜿蜒曲折地向山顶延伸。山上树木密密匝匝，光秃秃的树干交叉虬结。

黄大树："上山喽！"

黄大树一抖马缰，策马跃上山坡，众人紧随，马儿费力地往山上爬行。

山上到处是大堆的石头，高低错落，不方不圆，像是牛拉过的屎，堆积在山的各处。

四人沿着牛屎样的石堆绕行，盘旋登山。

贾亮（兴奋地）："区长，土匪聪明，选这么好的地方筑巢，到了夏秋季，满山绿荫，人躲在巨石后，比玩藏猫猫还要过瘾。"

庄坤林回头看了看贾亮，见他敞开山羊皮大衣，短枪插在腰带上，冲锋枪斜跨在山羊皮大衣内。

庄坤林："贾亮，上了山，千万别提土匪二字，要称他们为江湖好汉，绿林中人。"

黄大树朝贾亮瞪了下眼，大声说："贾亮，记住坤林的话，要称呼他们为英雄好汉。"

贾亮吐了下舌头，"嘿嘿"笑着。

贾亮："黄大树，你爹爹和这些土匪不一样，你爹爹是绿林好汉，真英雄。"

黄大树："屁话！在我面前今后别提土匪两个字。"

“不许动！”

只听一阵吆喝，乱石堆中忽然伸出十几杆长枪，枪口从四面八方指着庄坤林等人。

庄坤林骑在马上，笑着向四面八方拱着拳，大声说：“各位英雄好汉，我是县城庄家村的庄坤林，今日特意上山，拜见从未谋面的大舅舅刘金。”

众土匪相互看了看，依旧将枪口指着他们。

庄坤林四人一脸轻松，喜气洋洋，土匪们枪口稍许往下压了些。

孙猴子：“你是庄家村的庄坤林？我们不认识你。”

一个六十多岁的老头，长得瘦小精干，爬到石头堆上，大声对庄坤林说。

庄坤林哈哈大笑：“这位叔叔，烦你领个路，带我们上山，见了我舅舅刘金，你们自然认得我了。”

孙猴子将枪插入腰间，众土匪一见，也纷纷收起枪。

孙猴子：“今日大年初一，我也不扫你们的兴，不下你们的枪。但是，手给我放规矩些，别乱摸枪，是不是一家人，见了大当家，我们自然会清楚。”

孙猴子阴阳怪气说完，一挥手，两个土匪走到庄坤林前面，领着他们上山。众土匪端着枪走在后面，押着庄坤林一行往山寨而去。

【14. 牛屎山　议事厅　冬　日】

议事厅门外，站着几个执枪的大汉，个个杀气腾腾，身上透着使不完的劲道。

庄坤林等人被押进大厅，刘金唬着脸，摆着虎威，坐在椅子上。

刘金身旁站着六个荷枪的土匪，一个个膀大腰圆。

刘金：“来者何人？大年初一登上山头，给我们拜年来啦？怎么空着手，莫不是来戏弄牛屎山啊？”

众土匪齐刷刷端起枪，把庄坤林一行围了起来。

贾亮和黄大树早已将手插在腰间，怒目而视。

李邱巴将长枪提在手上，两腿微微哆嗦。

庄坤林忽然上前两步，对刘金“扑通”一声，双膝下跪，端端正正磕了个响头。惊得刘金从座椅上站起，众土匪惊得目瞪口呆。

“大舅，我是庄家村庄坤林，是你亲外甥，大年初一，特地上山给舅舅拜年。”庄坤林跪着，对刘金笑说。

刘金不由自主地往前紧走几步，一把将庄坤林搀起，细细地端详着庄坤林。

刘金：“你是坤林外甥？何事着急上牛屎山？莫非我爹我娘出事了？”

庄坤林起身，“舅舅，千言万语，容坤林慢慢说。”

刘金：“客人来啦，还不上茶？”

刘金话音刚落，一个土匪屁颠着提了个大铜壶，给庄坤林四人各倒一碗热气腾腾的红茶。

土匪：“喝茶，请喝茶。”

黄大树和贾亮、李邱巴，往桌子旁坐下，端着碗吹着气，慢慢呷起了茶。

刘金走到土匪跟前，对土匪耳语一番。

土匪转身走出了议事厅。刘金一边踱步，一边招呼庄坤林他们慢慢喝茶。

刘金往庄坤林身边坐下，激动地上下打量着庄坤林。

刘金：“坤林，你娘可好？”

庄坤林：“我娘带维根和慕兰去常州了。”

刘金：“我妹妹一个女人，带两个孩子去常州干嘛？”

庄坤林：“庄家遭难了，日本人满县城悬赏抓捕坤林，孩子们待在县城读书已经不安全了。再说常州还有另外两个舅舅投靠。”

土匪拿着一张布告递给刘金，刘金扫了一眼布告，激动地站起来，双手举着布告面对众土匪。

刘金：“弟兄们，像不像我外甥？”

“像，像。”众土匪纷纷嚷着。

刘金叹了口气，“坤林，山上的兄弟在县城踩点，看到抓你的布告，说你是老四那边的区长？”

庄坤林起身，“舅舅，自从日本人炸了县城，坤林就下定决心和日本人干到底。新四军抗日，坤林也抗日，国家山河破碎，是个中国人就该站起来反抗侵略！”

“好！”

“有种！”

众土匪纷纷称赞，有人冲庄坤林翘起大拇指。

刘金："我爹爹和娘可好？"

庄坤林（伤感地）："外公和外婆，也去常州两个舅舅家避难去了。"

刘金（着急地）："我爹爹和娘，遭什么难啦？"

庄坤林："在县城庄家，外公外婆原本待得舒坦。去年，县城绥靖军汤全团长，有天带兵丁闯到家中，不由分说把外公打伤了。"

刘金（大惊）："什么？这个兔崽子，竟敢打我爹爹？老人家八十出头还遭人打？哎呀呀，这个王八蛋！"

刘金气得暴跳如雷，脖子上青筋凸现。

庄坤林："坤林不孝，想报这仇，可眼前势单力薄。坤林咽不下这口气，想到舅舅山上有一干好兄弟，说不定山上的兄弟义气重，可以随坤林报这个仇！"

众土匪群情激奋，愤怒的脸上透着杀气。

孙猴子手一挥，让众土匪安静，大步流星走到刘金面前，慷慨激昂。

孙猴子："大当家，我们拜把子几十年了，老爷子挨打受辱，如同我们的爹爹挨打，儿子再不尽孝，恐怕日后没机会了！"

"是啊，弄死这个龟儿子！"

"下了汤全的手和脚！"

"杀了汤全！"

刘金大手一挥，一脚踩在板凳上。

众人凝神屏息，注视着刘金。

刘金："兄弟们，大家跟着我，短则三五年，长则几十年，江湖上讲的是义气。现在，日本人四处贴布告要抓我外甥，我当大舅的，决不能让外甥被日本人抓住，对不对啊？"

"对！对！"众土匪纷纷应和。

刘金："我落草为寇，无脸见爹娘。汤全这个狗东西真以为我刘家没人了？咱这牛屎山，向来人心齐，我不在时，由二当家把舵。我离开少则半年，多则一年，待我报了仇，外甥坤林安全了，再回牛屎山，和弟兄们同甘共苦。"

孙猴子："大当家的，我愿率兄弟们随你一起下山走一趟。"

"我愿下山！"

“我也去！”

众土匪纷纷应和。

刘金：“孙猴子，把陈年的山西杏花酒搬出来，这几日，痛痛快快过大年。”

“好。”众土匪一声喝彩，纷纷忙碌起来。

刘金兴奋地撸起袖子，露出刺青，那是青龙的尾巴，黄大树看得真切。

黄大树起身，“大当家的，其实咱们老相识啦。”

“我们认识？”刘金一愣，问黄大树。

“孙英雄，还想得起我吗？”黄大树笑着问孙猴子。

孙猴子盯着黄大树看，摇着头，“大兄弟，想不起来了。”

黄大树：“三十多年前，在茅山山路上，你和大当家的与一个马车夫交过手，这事记得吗？”

孙猴子：“哎呀呀，原来你是马车夫啊？功夫了得，真是有缘人，不打不相识啊。”

刘金：“你这个马车夫，倒是厉害，差点捏碎了我那两个鸡蛋，有缘啊！今晚上，咱们痛快喝个三大碗。”

【15. 牛屎山　数日后　冬　日】

庄坤林、贾亮、黄大树、李邱巴骑着马往山下而去。

刘金、孙猴子等七八个土匪骑在马背上。

二当家领着几十个土匪与刘金惜别。

刘金一挥手，快马奔跑了起来。

孙猴子等七八个土匪策马紧追其后。

二当家（大喊）：“大当家的，等一下！我有话要说。”

刘金等一众人马儿已经跑下半山坡，二当家冲着身边的土匪吼了声，“快，把马牵来！我要去追大当家的。”

第三十六集

【1. 牛屎山　数日后　冬　日】

二当家 :“快，把马牵来，我要去追大当家的。”

身边的土匪 :“二掌柜，追不上了。大当家的已经跑远了。”

一土匪 :“二掌柜，你有什么话要问大当家的？”

二当家 :“大当家的万一有个三长两短，咱山寨怎么办？那些财宝谁知道藏在什么地方？这些秘密都在大当家和孙猴子肚子里装着哪。”

身边的土匪 :“那我赶紧去牵马，追得上要追，追不上也要追。”

身边的土匪转身往马厩跑去，不多会儿，骑着马来到二当家身边。土匪下马将马缰绳递给二当家。

二当家心急如焚地上了马背，大吼一声 :“驾！”

马匹箭一般往山下冲去。

【2. 县城　日军大队部　春节前　日】

日军大队部门前空地。

泊田领着一些日军迎着赵林率领的劳军队伍而去。

在欢庆的唢呐声中，汤全吆喝着率领一些绥靖军士兵将大肥猪和羊从马车上抬下，众日军上前帮忙。

泊田热情地和赵林握手，将他带入大队部高桥办公室，高桥反身将门轻轻合上。

高桥："赵县长，感谢你对大日本皇军的关爱。"

赵林："高桥先生，贵军不远千里来到中国，帮助我们共建东亚共荣圈，我代表县城几十万人民向贵军表达一点慰问之情。"

高桥和赵林手拉着手坐在桌子旁，桌子上摆上了糖果，干果。

勤务兵殷勤地给赵林端上茶水。

高桥："赵县长，上峰给我发来了贺电，表彰了我们为驻南京大日本皇军提供了足够的军粮，赵县长功不可没。"

赵林："高桥先生，这是南京政府应尽的职责。新四军被重庆政府的国军消灭，从此后，在县城四周再也不用担心新四军的骚扰了。"

泊田领汤全进入大队部。

赵林："汤团长，慰问品卸完了吗？"

汤全："卸完了。"

泊田："高桥君，汤全刚刚给我出了个主意，春节是中国人的传统节日，庄坤林很有可能会回家和家人相聚，我们是否对庄家村搞一次突袭？"

高桥："嗯？"

高桥笑了，转身踱了几步，"泊田君，新四军大势已去，仅剩下残兵败将。我料定庄坤林如同惊弓之鸟，再无胆量干损害大日本帝国的事，还是让他多活几天吧。赵县长，你看呢？"

赵林："高桥先生明鉴，如果在春节期间突袭庄家村未果，反而会打草惊蛇。"

赵林说完，扭头望了一眼汤全，透过赵林眼镜的玻璃片，汤全看到了赵林的不满和鄙视。

高桥："泊田君，一定要获得庄坤林确切落脚处才能出击。"

泊田一个立正（日语）："是。"

【3. 溧水　某地营部　春节后　日】

会议桌前围着连一级军官，刘沸腾端坐在板凳上，一脸喜色。

刘沸腾："同志们，部队自从突围出来后，在苏南根据地得到了各地地下党组织的大力支持和帮助，无论是兵员还是武器装备都得到了扩充，各个连的兵员编制正趋向于满额。为了确保部队战斗力的生成，营部决定组建营部警卫班，将分散在各连的冲锋枪集中起来，交营部警卫班使用。这次开会就是要摸清家底，另外，要确保老战士们优先掌握好武器。”

刘沸腾说完，颇为得意地扫视了一众军官。

众军官不约而同地笑着望着一连长李德生。

李德生（起立）：“娘的，都望着我干啥？报告营长，庄坤林的韩湖游击队拥有九支冲锋枪、九支德国步枪、九支驳壳枪，冲锋枪和驳壳枪可以由营部调配，德国步枪必须要留在我连。”

李德生说完，向刘沸腾敬了个军礼，坐下后眼睛逐个地扫视了其他三位连长。刘沸腾明白李德生的意思，笑嘻嘻地开了口。

刘沸腾：“邱大奎？”

邱大奎（起立）：“报告营长，我连有三支冲锋枪。”

刘沸腾：“冯大彪？”

冯大彪（起立）：“报告营长，我连有两支卡宾枪。”

刘沸腾：“李占山？”

李占山（起立）：“报告营长，我连没有冲锋枪。”

刘沸腾：“都坐下吧。看来土财主是李德生啊？”

众连长嘿嘿地笑了起来。冯大彪羡慕地看了一眼李德生，冲着刘沸腾嚷了起来。

冯大彪（羡慕地）：“营长，韩湖游击队二十多个后生根本不像游击队员，他们都有军事训练的基础，那才是宝贝疙瘩呢。”

刘沸腾：“庄坤林身边有个人叫贾亮，他以前是个军事干部，负伤后留在地方上的。那些后生，被贾亮调教得有模有样。”

李德生（神情严肃）：“扯这些有什么用？我告诉你们，武器我可以服从命令，要想动我的人，除非撤了我这个连长。”

众军官哄堂大笑，刘沸腾望着李德生一副严肃的神情，也呵呵地笑了起来。刘沸腾左手轻轻地拍了下桌子，“这段时间，着重抓紧部队的军事训练和武器保养。”

众军官全体起立，“是！”

【4. 溧水　刘家村　春节后　黄昏】

庄坤林率领一众人马浩浩荡荡地来到了刘家村。

刘家村四周的山坡，杏花烂漫，如片片白云，白生生的花朵微微透出红晕。

刘金：“好地方啊。”

黄大树（笑着）：“刘大当家，我告诉你，为了庄家香火，当初我干娘就是被这杏花引到了这里，在你爹爹家中住了一宿。路上还遇上了狼，要不是刘锡开枪打伤了狼，干娘的命可就不保了。”

刘金（兴奋地）：“哎，这个世界还是小啊。坤林，前面那房子是不是我爹爹原先的房子？”

庄坤林：“舅舅，正是，现在房子空着，成了坤林的避难所。”

庄坤林说完哈哈笑起来，刘金和一众人也笑了起来。

刘金策马，按捺不住激动，向房子奔去。

庄坤林和众人呵呵笑着策马追了上去。

【5. 溧水　刘家村　春节后　黄昏】

十几匹快马拴在大门外的树上。

刘家村人带着好奇纷纷从自家出来，往刘生老宅围聚。

刘金（兴奋地拱着拳）：“众位乡亲，我是刘生的大儿子刘金，给父老乡亲拜个晚年了，感谢各位对我爹娘的照顾。”

众乡亲：“刘金啊，你爹爹人好，总惦记着我们哩。”

“刘金，问你爹娘好啊。”

“真是个孝子，还知道回刘家村哩。”

“坤林，带着兵马回来，是不是又要干日本鬼子了？”

庄坤林笑而不语，刘金不住地给众人拱着拳。

【6. 溧水　李德生连驻地　初春　日】

李德生火冒冒地来到黄德胜排驻地，通讯员紧张地跟随在李德生身后。

屋内，传来黄德胜的吼声。

黄德胜：“小春，快把枪交了，都像你这样，部队怎么管？”

庄小春："德胜哥，凭什么把我的好枪给别人用？"

黄德胜："小春，你现在是新四军主力部队的战士了，不再是游击队员了，你不执行命令，连长知道了非得关你黑屋。"

庄小春："关就关，你怕连长，我才不怕哩。"

李德生闻听火冒三丈，一脚把门踹开。

李德生："庄小春，你这个二杆子，叫庄坤林惯得不像话了？你只要说出个理由让我信服，我可以给你破个例。"

庄小春："真的？连长，别骗我，骗我你是王八。"

李德生："你个兔崽子，敢骂我王八？"

李德生话语出口，自己却笑了，"呵呵，德胜，这个二杆子还挺有个性。"

庄小春："连长，我这杆枪，跟着庄坤林在天生桥打过日本人埋伏。贾亮用这枪干掉了两个日本兵。这枪，开过荤，大吉大利，凭什么给别人？"

庄小春："德胜哥，亏你还是庄家周边的人，胳膊肘子往外拐。"

黄德胜（嘻嘻地）："连长，庄小春说的在理。再说了，庄小春在游击队里是个组长，和班长差不多，也算是个干部。"

李德生："怪不得，原来你们俩是在演双簧？"

黄德胜（讪笑地）："连长啊，庄小春也算是老游击队员了，和老战士差不多。再说，强收了也会伤了庄家村那批战士的心。"

李德生笑了，鼻孔里哼了一声，双手往身后一背，二话不说，转身出了门。

【7. 溧水　二排驻地　初春　日】

庄小夏坐在铺沿边，右手握着手枪，将手枪藏在左胳膊腋下，就是不肯交枪。

二排长不由分说地上前，使劲掰开庄小夏的胳膊，将手枪夺了过来。

庄小夏脸涨得通红，委屈的嘴巴发抖。

二排长从身旁战士手中接过一支汉阳造步枪，往庄小春身旁一放，得意地揣摩起从庄小夏手上夺过来的勃朗宁手枪。

二排长："真是一把好枪，营长都没这么好的手枪，你配使？哎，庄小夏，这枪从哪来的？"

庄小夏哆嗦着嘴巴站起身，恨恨地望着二排长。

庄小夏："排长，偏不告诉你！"

二排长笑了，睬都不睬庄小夏，提着手枪和另一战士出门。

庄小夏一屁股坐在床铺边，双手拄着汉阳造步枪，把头埋在胳膊中间，委屈地哭着。

金刚："哭啥？给你一支步枪，真枪实弹的，还不满足啊？"

大银牙："哎，小鬼，你看看我们哥仨，原来操的是中正式步枪，射程远着哩。现在呢，使的是大刀片子。"

刀疤脸走到庄小夏身边，"啪"地在庄小夏左肩击了一掌。

庄小夏："哎哟，疼死我了。"

庄小夏拄着步枪站起身，生气地对着刀疤脸说着。（脸上泪痕）

刀疤脸："小家伙，知足些吧，你要嫌这枪不好，这大刀片给你，你把枪给我使。"

刀疤脸说完，右手食指勾着大刀片的手柄，将大刀片在庄小夏眼前荡来晃去。

庄小夏："去去去！"

庄小夏伸手推开刀疤脸，破涕为笑。

【8. 溧水　二排驻地　凌晨　初春】

二排长全副武装，嘴里吹着紧急集合的哨子。

"哔——哔——"

哨子声一阵紧过一阵。

睡在通铺上的战士们乱成了一团糟，在晨光中摸索着自己的衣服，纷纷往身上套。

一些战士穿好了衣服，提着枪往空地上奔去。

金刚爬起坐在通铺上揉着眼睛，忽然反应过来，手忙脚乱地把衣服往身上套。

刀疤脸和大银牙已经穿好衣服，大银牙手上提着砍刀，径直往大门外跑去。

刀疤脸弯腰拔鞋，"金刚，快点，迟了挨骂。"

金刚："日，正当好睡，天天这样受不了！"

刀疤脸拔腿往大门外冲去，金刚提着砍刀紧随其后。

空地上，四个班的新四军战士正按照各自的编队排列着位置。

二排长 :“全体立正! 一班在前，二三四班随后，齐步——，跑! ”

战士们迈开腿，纷纷紧随着一班向对面山上跑去。

【9. 溧水　二排驻地　中午　日】

空地上放着几个大木桶，两个木桶里装满了煮熟的红薯，一个木桶里装满了煮熟的土豆、一个木桶里装满了煮熟的南瓜汤。

炊事班几个战士拿着大勺子给排队的战士们打着午餐。

金刚、大银牙、刀疤脸三个人端着碗蹲在一棵树底下吃着午餐。

大银牙(低声地):“金刚，这种日子比囚犯好不了多少。”

刀疤脸(低声地):“金刚，再这样下去，发个娘们给我，也干不动啊。”

金刚(鼓着嘴):“别吱声。”

大银牙 :“金刚，这种日子过得寒碜，难得吃大米饭，里面还有粗粮、稗子、稻壳，这样下去，营养不良、面黄肌瘦、短命啊。”

大银牙低着头喝了口汤，嘴里低声嘟囔着。

刀疤脸 :“金刚，才过了一个月，整日清汤寡水，菜里毫无肉腥，他娘的，每日还要像鬼一样地跑，这样不行啊? ”

刀疤脸压低着声音说完后，望了望不远处埋头吃饭的战士们。

金刚 :“耐住性子，再忍段时间，现在跑，大老远看得见，追得上。待中秋前后，地里的苞米成熟，一片一片的苞米地便于藏身。”

金刚大口地吃着土豆，轻声地对大银牙和刀疤脸说着。

金刚 :“当心，别吱声，吃得开心些，排长过来了。”

金刚故意低着头，用眼睛的余光扫视了刀疤脸和大银牙。

大银牙 :“汤好喝，对口味。”

刀疤脸 :“排长，你吃完了? ”

刀疤脸和大银牙、金刚三人起身，刀疤脸笑着问排长。

二排长 :“金刚啊，你们投了新四军，让我觉得亏欠你们了。新四军日子清苦，不像绥靖军顿顿有肉吃啊。”

金刚 :“排长啊，说实话，生活条件确实没有绥靖军好。不过，绥靖军是日本人的狗，新四军是抗日的队伍。穿上这身军服，心里快乐。”

二排长 :“好啊！金刚，才一个多月，你就有这样的觉悟，不错啊？”

二排长轻轻地拍了下金刚的肩膀，边笑边说着向其他地方巡看。

【10. 溧水　二排驻地　下午　日】

二排驻地的空地上，战士们三三两两地坐在地上，用擦枪布擦拭着武器。

金刚、刀疤脸、大银牙聚在一起，三人轮流磨着大砍刀。

金刚 :“刀疤脸，把大刀磨得又快又亮，见到鬼子，刀砍头落。”

金刚右手提着砍刀，冲着大银牙和刀疤脸挤了挤眼。

“吭哧，吭哧。”

刀疤脸使劲地磨着大砍刀，边磨边嘴里发出哼哼声。

二排长和一战士站在稍远处的大树旁，二排长不时地用眼瞟着金刚三人。

战士 :“排长，只要是保养武器，这三人总是围在一起，那磨刀的认真劲儿，总觉得哪儿不对劲？”

二排长不吭声，转过身正面对着金刚三人琢磨了起来。

金刚一时兴起，在空旷处舞起了大刀片，大砍刀劈下时，力沉千钧，刀刀带着愤恨。

金刚刚停，刀疤脸走到空旷处，挥刀左劈右砍，杀气十足。

二排长突然浑身一怔。

战士 :“排长，你脸上起鸡皮疙瘩了？”

二排长看了眼战士，伸手摸了摸自己的脸。

【11. 溧水　某地连部　下午　日】

连部，几位军官聚集在一起，二排长忧心忡忡的看着李德生。

李德生 :“金刚三人遵守军纪吗？”

二排长 :“遵守军纪。”

李德生 :“出操认真吗？”

二排长 :“出操认真。”

李德生 :“吃饭时表情如何？”

二排长 :“吃饭时狼吞虎咽，脸上挂着笑。”

李德生："二排长，金刚三人磨刀霍霍，吓着你啦？"

二排长："报告连长，就这三个鬼东西，还能吓着我？"

一军官："瞧，二排长嘴硬，话语中明显底气不足啊？"

旁边的军官们乐得笑了起来。

二排长："连长，虽说我不怕，可是那明晃晃带着锋利寒光的大刀片冷不丁一刀砍来，谁都害怕。"

李德生（严肃地）："战士嘛，爱护自己的武器，这是本能。要不然，哪天上了战场，提着没开口的大刀片，怎么和敌人厮杀？"

二排长："连长，我总觉得，金刚三人的表现有些反常。就算部队教育得好，把个大铁块扔进化铁炉，也得慢慢融化啊？"

李德生听完不语，扫视了一众军官，转身踱起步来。

李德生："日，这事还挺难办，找不到批评金刚三人的理由，总不能对着金刚说，别把大刀片磨得太锋利吧？"

李德生朝着众军官摊开两手嘟囔着。

二排长："连长，部队上的伙食差，连些老战士和骨干们也都有怨言。按说，这些老战士们的思想觉悟应该比金刚他们高吧？"

李德生："哎呀呀！说的对呀，金刚三人来部队不长，怎么突然思想觉悟比老战士们都高了呢？这里面有问题，可问题出在哪儿？我弄不清，你们弄得清吗？"

二排长和众军官摇着头。

李德生突然把手一扬，大声地说："二排长，你去悄悄地把黄德胜叫来。"

"是！"二排长一个立正，转身出门寻找黄德胜。

【12. 溧水　桃花村　下午　日】

正是三月，桃花旺旺地开着，树树桃花，花团锦簇，万紫千红。

黄德胜看着庄小春擦枪，枪已经擦得光亮，一尘不染，庄小春还对着擦枪布哈着气，把枪托反复地擦着。

黄德胜："好啦，小春，把枪收了吧。"

庄小春："德胜哥，谢谢你了，给我留下这支枪。"

黄德胜："要谢连长，连长心软嘴硬。哎，下次对连长说话，别没大没小啊。"

庄小春吐了下舌头，扮了个鬼脸。

二排长（轻声地）："黄排长，连长叫你去一趟。"

黄德胜："怎么了，今天说话变娘娘腔啦？"

二排长笑着，拉了下黄德胜，"走吧，别让连长等着。"

黄德胜习惯地扣上衣领，整了整军帽，随着二排长向连部走去。

【13. 溧水　某地连部　下午　日】

"报告！"黄德胜见了连长"啪"地立正，大声喊。

李德生："德胜啊，来，来，来，二排长反映了一个情况，我也觉得纳闷，你给拿拿主意。二排长，你把金刚三人的情况跟德胜说说。"

二排长："德胜，金刚那三人一下子变得积极上进，磨刀特别凶……"

黄德胜不容二排长把话说完，大声嚷了起来。

黄德胜："连长，那三个鬼东西，我当初就看不顺眼，满口谎言，油腔滑调，怎么一下子变得积极上进，中规中矩起来了？"

李德生："是啊，德胜，我也觉得奇怪？"

黄德胜："连长，是狼不是羊，是羊不是狼。就当金刚三人是披了羊皮的狼，得时刻戒备着。"

黄德胜一口气说着，又望望二排长，二排长不住地点着头。

李德生："怎么戒备？"

黄德胜："把三人分开。金刚放到一排，让庄小春长个心眼儿，盯紧了。大银牙和刀疤脸，暂时放在二排，把这二人也拆开，别放到一个班。"

李德生："好！这个主意好！又不打击金刚他们要求上进的积极性，又不让他们抱成团，干出损害部队的事情。这样，传连部的命令，调整人员，今天晚上，立刻宣布调动。"

李德生大声地说着，又站起，走来走去，似乎还不放心，又问二排长："你们还有其他主意吗？"

二排长："按连长决定办，我会安排人员，密切注意刀疤脸和大银牙的举动。"

李德生："德胜呢？"

黄德胜："二排长，你可以安排庄小夏，庄家的人，可以信赖。"

二排长望了望连长，连长点了点头。

黄德胜："另外，千万别安排金刚三人执勤放哨，尤其是夜间哨。"

李德生："对！这段时间别安排金刚三人放哨。"

李德生说完，朝二排长果断地挥了下手，示意可以走了。

黄德胜和二排长刷地立正，行了军礼之后，转身一起去了二排驻地。

【14. 溧水　某地二排驻地　傍晚　日】

金刚、大银牙和刀疤脸三人对突然的调离倍感吃惊，三人瞪着眼睛，望着二排长，不敢相信把他们三人分开。

二排长："金刚，咱们排没有枪支的战士较多。战斗力会受影响，连部决定将你调至一排，一旦有枪支空余，立马给你配发。"

金刚望了眼黄德胜，黄德胜体格健壮，一张大长脸，背着驳壳枪，在旁边一言不发，且注视着自己。

金刚身体一抖，心里突然对黄德胜产生了畏惧。

黄德胜："金刚，你怎么了？"

金刚（嬉皮笑脸）："黄排长，别这么瞪着我，金刚心里害怕。"

黄德胜："心里没鬼害怕什么？这是正常调动。"

金刚："黄排长，我突然想起那天我正在被窝里做着好梦，被你用枪顶着我的脑袋，差点做了枪下鬼哪。"

黄德胜："那都是过去的事情啦。我们现在都是同志，有什么害怕的。"

金刚："报告排长，我服从命令。"

金刚扛起自己的行李，提上大砍刀，装作不经意的样子看了看大银牙和刀疤脸，突然犹豫了片刻。

二排长："金刚，现在就随黄排长走。"

金刚心一狠，果断地走出了大门。

黄德胜摸了摸腰间的驳壳枪，转身出了大门。

大银牙和刀疤脸不由自主地走到门口，望着黄德胜和金刚往桃树村走去。

二排长（猛喝一声）："大银牙！"

"有！"大银牙吓了一跳，好在反应快，立马回了一声。

二排长（严厉地）："你现在就去二班。"

大银牙望着刀疤脸，刀疤脸装得不在乎，笑着说："大银牙，快走吧，哪张床铺不睡人哪？"

大银牙磨磨蹭蹭地收拾行李，跟着二排长往二班驻地走去。

刀疤脸走向门口，目注着大银牙无精打采地尾随着二排长往二班驻地而去。

刀疤脸突然大喊："大银牙，别担心！我俩还都吃着一个锅里煮出来的饭哪。"

【15. 溧水　刘家村　三月　上午　日】

山上的野花争相怒放，处处春光明媚。

刘金郁郁寡欢，坐在院子磨盘上抽着烟，一声不吭，似乎在想什么心事。

孙猴子过来，劝慰刘金。

孙猴子："大哥，别想不开。汤全这小子，总有一天搞定他。"

刘金吐了口烟，"原以为汤全和他的手下都是饭桶，去了县城才知道，那绥靖军宛如正规军，出操、训练、列队，气势大着哩，个个背着好枪。咱们只能远远地看着汤全，汤全身不离枪，别说在大街上难遇到，就是遇见了，也无法下手。大街上随处可见如狼似虎的日军，打死了汤全，咱们往哪儿跑？"

孙猴子："大哥，咱们去汤全爹爹家踩过点，埋伏多次都没见汤全回家。要拿汤全七八十岁的爹娘开刀，你外甥又坚决不同意，怎么办哩？"

刘金："兄弟，哥哥也想通了，明日与坤林吱一声，我们一起回牛屎山。"

刘金吐着烟，不紧不慢说着。

"哎。"孙猴子应一声。

刘金："我寻思，牛屎山，也该到咱们离开的时候了。回去了，与二当家议一下，把钱财分了。愿意留在山上的，让他们留，愿意回家的，让他们回家。跟坤林在一起一个多月，我也明白了许多道理。"

孙猴子听了，朝刘金不住点头。

刘金："走，一块去找坤林，与他说一声，明日一早，回牛屎山去。"

刘金和孙猴子往屋内走去。

屋内，庄坤林正与贾亮和黄大树说话。

刘金（笑着）："坤林，明天早上，舅舅带众兄弟回牛屎山。"

庄坤林（似乎早有预料）："舅舅，坤林明白，偌大的牛屎山不能一日无头领，不过，坤林有一事相求于舅舅，不知可否？"

刘金（朗朗地）："说，只要舅舅能够做到，再多些事舅舅也帮你。舅舅和外甥，打断骨头连着筋哪。"。

庄坤林："今年七月底前，坤林想办件大事，还盼舅舅和孙大叔来坤林处，有你们两个人就够了。"

刘金（爽快地）："好。到七月底，就是有天大的事，舅舅也带孙大叔一起过来。"

孙猴子笑着拍胸脯："放心，七月底，准来。"

【16. 溧水　某地营部　六月　日】

桃树村的桃林挂满了果子，地里的庄稼正长得茂盛。

村庄四周到处生长着茂密的苞谷，高高的秸秆伸展着又宽又长的绿叶，苞谷开始抽穗，也渐渐长成。

李德生领着黄德胜在桃林边欣赏着挂满果实的桃园。

李德生："德胜，几个月过去了，金刚的表现怎么样？"

黄德胜："连长，说实话，金刚表现不错。"

李德生："那三个人串不串门？"

黄德胜："不来往。"

李德生满意地点了点头。

李德生："德胜啊，这神经绷了有几个月了吧？警惕心要有，但毕竟那三人反正了，也不能天天怀疑他们，待庄稼收完了，给他们配枪。"

黄德胜："是。"

【17. 溧水　刘家村　六月　夜】

天上布满了星星，月亮淡淡地照着前方的山峰。

夜，很安静。空气中微微带着山花的芳香，马匹在院外偶尔发出些声响。

庄坤林、黄大树、贾亮和李邱巴四人坐在屋内。

李邱巴："坤林哥，刘金他们走了三个月了，就我们四个人也闹不出什么动静了。"

贾亮："区长，听说你和高桥是同学？"

庄坤林："唉。"

庄坤林轻叹了口气，端起杯子喝了口茶。

庄坤林："我与高桥是曾经的好同学。高桥就在县城，离我很近，若不是战争，我定当风风光光让高桥领略庄家人的好客，欣赏庄家村美丽的风景。如今，彼此不能相见，相见，势必你死我活。"

黄大树："坤林，若不是日本鬼子占据县城，我们怎么可能春节不回去看爹娘？"

李邱巴："是啊，坤林哥，我从来没有像现在这样想念我爹和我娘。"

贾亮："我们都不孝，但自古以来忠孝两难全。坤林啊，咱们离开庄家村时，你爹爹说，国家，有国才有家，国没了哪来的家？这话说得真好。"

庄坤林："是啊，正因为国破了，家也难以圆满了。青山处处埋忠骨，我们现在居无定所，四处漂泊，这一切都是为了抗战。"

贾亮："区长，韩湖游击队好久没打雷了？"

庄坤林："大家记得吗？送队伍参加新四军那天，兆明亮对我说的话？"

黄大树："兆明亮说了好多话，你指哪一句？"

庄坤林："兆明亮讲，去年夏收时日军从县城拉走好多粮食，这说明我们这里的粮仓是日本人供给补养的大本营，如何打掉这个大本营，这也是明亮给我们布置的战斗任务啊。"

李邱巴："坤林哥，不可能！不可能！就我们四个人，怎么可能打粮库？"

李邱巴头摇得像拨浪鼓，贾亮和黄大树也摇着头。

庄坤林："打蛇打七寸，这七寸在哪儿呢？在粮食上。他们吃饱喝足，我们国军和新四军饿着肚子打仗，这不公平啊！"

贾亮（吃惊地）：“真打粮库？”

庄坤林：“真打。到收粮季节，旺松的粮库满满的。我也曾想过，带上你们跑遍县里种地大户，但费神耗时，而且达不到预期。庄稼人种地卖粮，天经地义，你让他不卖给日本人，那咱就要花钱收购，钱在哪儿？收购后怎么运给新四军？这些问题，没法解决。”

黄大树：“是啊，庄户人家卖粮换钱，不给钱，谁卖你粮啊？”

庄坤林：“别说碰不得日军运粮车队，就是摸旺松的粮库，连靠近粮库大门都难。县城的绥靖军，人家认得我们，我们不认得他们。收粮季节，天天有四五个绥靖军守着粮库，加上两个看门的，几条大狼狗，就我们四个人，干不了。”

贾亮、黄大树、李邱巴三人听了沉默不语，李邱巴挠了挠头，眼珠子转动着。

庄坤林：“困难还不止这些，如果白天干，卖粮的车子川流不息，行人络绎不绝，收粮的，卖粮的，站岗的，那么多人，离县城又近，稍有动静，日军出动跑都来不及啊。”

李邱巴：“坤林哥，烧他的粮库。”

黄大树：“净出些馊主意！门都进不去，你怎么放火？”

庄坤林：“邱巴，火烧粮库我也考虑过，如果我们火烧粮库，人怎么进去？进去了怎么放火？放完火如何逃跑？大火未燃，浓烟先起，外面马上知道，从粮库大门到马路对面的树林有一里多地，日军一出动，汽车的四个轮子比咱们两条腿跑得快啊。”

李邱巴：“坤林哥，要不到时候让牛屎山的人马都下来帮忙？”

庄坤林：“邱巴的主意我也想过，行不通。几十号人马，还没挨到县城的边，早被日军发现，不要两个时辰便会被日军消灭得干干净净，粮库没烧成，白搭几十条命。”

贾亮：“区长，白天不行，咱们晚上干。悄悄摸到粮库大门，把岗哨摸了，把狼狗药了，进去直接放火，然后走人，速战速决。”

黄大树点点头，“坤林，贾亮的主意不错，只能这样干了。邱巴对偷鸡摸狗这套熟悉，那几条大狼狗让邱巴收拾了。”

李邱巴脸涨得通红，腮帮子一鼓一瘪，“黄大树，谁对偷鸡摸狗这套熟悉？不过，对付那几条大狼狗，我李邱巴有的是办法。”

李邱巴："坤林哥，邱巴做些肉包子，里面放上山纳，往粮库一扔，保证管用。”

李邱巴说完嘻嘻笑着，还看了黄大树一眼。

庄坤林："邱巴，这药狗的事，靠你没错。”

李邱巴兴奋得脸儿通红，摩拳擦掌，在屋子里四处转悠。

李邱巴："坤林哥，我恨不得立刻去药狗。”

黄大树和贾亮哈哈地大笑，李邱巴挠着头尴尬地笑着。

庄坤林："晚上干不可行，你诓他们开门，他们肯定不开，强闯进门，发生打斗，不是办法，你们都过来，只有这样干才行……”

庄坤林往桌子边一坐，提笔在纸上画了起来。

贾亮、黄大树、李邱巴围在庄坤林身旁，庄坤林边画边低声地说着。

“好！”贾亮一拍大腿，兴奋地站起身，“区长，这个方法太妙了！烧了粮库，兆明亮要是知道了，保不准高兴得连扒三大碗米饭哩。”

“好！好！”黄大树起身不住点头称赞。

第三十七集

【1. 溧水　粮库周边　七月　日】

江南的七月，一片丰收的景象。

田野里，随处可见金灿灿的稻谷，随风发出哗啦啦的笑声，沉甸甸的谷穗垂着头。

粮库对面的树林里，庄坤林、贾亮、黄大树、李邱巴躲在茂密的灌木丛中观察着粮库的动静。

李邱巴："坤林哥，你注意到没有，他们十点开门收粮，下午四点那大门就关上了。"

贾亮："区长，昨晚上大约八点日军的巡逻队是开着三轮摩托车过来的。前天晚上是马队，看来巡逻的日军不固定。"

黄大树："坤林，日军那电棒咋这么厉害？一射老远哪，跟白天一样。"

庄坤林："大树哥，按照这几天的蹲守情况，只有下午四点至八点这个时段是个空档，有利我们动手。"

黄大树："这个时段，天没黑透，大路上还有行人，难啊。"

李邱巴："大狼狗放出笼子的时间，是在大门关闭后一根烟时间。"

"狗笼在哪儿？"贾亮低声问李邱巴。

李邱巴："在东南墙角处，我见看门老头往那儿去后，狼狗才出笼叫唤。"

庄坤林："走吧，待长了背不住被人发现。"

庄坤林说完和众人一起往小树林深处穿越，又深一脚浅一脚钻出了小树林。

庄坤林："这一带的山路我们也都摸清了，日本人若是发现了我们，我们可以上山。"

贾亮和黄大树朝庄坤林点着头，四人沿着山路往刘家村鱼贯而行。突然李邱巴嚷了起来。

李邱巴："坤林哥，从刘家村到粮库得有二十多里路，如果发生意外，日军穷追不舍，在这山地里，几个人的脚力在一起，也不及日军一匹马。"

庄坤林："邱巴，动手那天还需备马。像天生桥打游击那样，将马匹藏在小树林后面，万一有闪失，在逃跑的速度上，我们得抢占先机。"

李邱巴："坤林哥，这次总不会让我看马吧？"

黄大树："邱巴，你不看马，难道让我看马？"

李邱巴："大树哥，你忘记啦，我的任务是药狗。"

庄坤林："邱巴说得对，你负责药狗，我负责看马。"

【2. 溧水　桃树村周边　七月　日】

烈日当空，村庄四周的树和田野里的庄稼纹丝不动。

小溪边，一些新四军战士光着膀子洗着军服。

溪水中，一些战士像水牛般戏水。

大银牙和刀疤脸端着洗脸盆来到溪水边。

金刚光着膀子在山溪里洗着澡，见刀疤脸和大银牙来到溪水边，张开双臂使劲地拍打着水面。

大银牙和刀疤脸向金刚走去，两人快速地脱下衣服，跳入水中。

庄小夏在不远处佯装洗澡，光着膀子时不时往金刚方向探望。

"今晚谁值哨？"金刚压低声音问着。

"庄小夏。"大银牙悄悄地说着，紧张地又望了望庄小夏。

庄小夏正兴奋地拨动着流淌的山溪水。

金刚："午夜时分，你们动身。记住，干了庄小夏后别冲动，到桃树村来，给我把放哨的摸掉。"

金刚低声说着，又用双手捧溪水往自己脸上泼。

"哨位在哪儿？"刀疤脸轻轻地问。

金刚："门口有棵大树，哨位紧贴大树。得手后，往我这儿移动。我借出恭把门打开后，把这些家伙统统砍了。"

金刚说完，用脸盆舀了半盆水从头冲下，然后哼着小曲儿向桃树村走去。

刀疤脸和大银牙见金刚走了，假装若无其事，两人干脆在溪水中游泳。

刀疤脸："庄小夏，溪水冰凉，太舒服了。"

刀疤脸边游泳边大声地对庄小夏说。

庄小夏："别泡太久了，这儿的山溪水和庄家村山上的山溪水一样凉，泡久了得关节炎哩。"

大银牙在水中转了个身，背朝着庄小夏，咬牙切齿地向刀疤脸游去。

大银牙："刀疤脸，他死到临头了。"

刀疤脸和大银牙冲着庄小夏哈哈大笑。

【3. 溧水　二排驻地　七月　夜】

月亮缓缓地在云里若隐若现，月光洒在四野。

静谧的山庄，悄无声息。

哨兵端着枪四处巡查。

哨兵（自言自语）："这夜真静，连庄户人家的狗都懒得伸长了耳朵，趴在狗窝里享受着睡眠。"

哨兵将枪背着，伸开双臂打了个哈欠，"都几点了，庄小夏怎么还不来换岗哩？"

"吱呀"一声，庄小夏背着枪轻声地出了门，哨兵欣喜地向庄小夏走来。

庄小夏和哨兵对立敬礼，哨兵向门内走去，庄小夏向哨位走去。

庄小夏警惕地背着枪，注视着四周。

微风徐徐地吹着。庄小夏时不时地拍打着胳膊，驱赶着蚊子。

庄小夏警惕地盯着远方，缓缓而又轻轻地移动着脚步。

驻地一片寂静。

"吱——"，一声轻轻的开门声引起了庄小夏的注意。庄小夏取下步枪，握在手上，蹲下身子，注视着响声处。

大银牙蹑手蹑脚，双手提着解开的裤子，迫不及待地窜出门，往营地大门口二十多米的地方，蹲下身子，出起恭来。

庄小夏哑然失笑。庄小夏猫着腰提着枪，悄悄地移近大银牙。

庄小夏轻声地问："大银牙，山溪水太凉吧，拉肚子了？"

大银牙不吱声，只是朝着庄小夏不住地点头。一条黑影悄悄地向庄小夏逼近。

庄小夏全神贯注地看着大银牙。

庄小夏："大银牙，你没出恭？"

刀疤脸抡起石块，从身后狠狠地砸在庄小夏后脑，迅速用左胳膊勒住了庄小夏的脖子。

大银牙光着下半身，一手提裤子，一手执尖刀，凶狠地向庄小夏扑来。

庄小夏肚子上被尖刀刺入。

庄小夏倒在了血泊中。

大银牙迅速穿上裤子，刀疤脸将庄小夏的枪弹取下。两人一溜小跑，朝着桃树村而去。

【4. 溧水　一排驻地　七月　夜】

临近桃树村，大银牙和刀疤脸蹲在苞米地旁，两人观察着大树边的动静。

孤零零的大树，树叶茂盛，又粗又大的树杆旁边似乎有个人影。

刀疤脸："大银牙，我俩一起动手，你左我右，谁先到谁先动手。记住了，下手要狠，一刀毙命。"

大银牙和刀疤脸二人像夜猫子般悄无声息地摸上去，未等哨兵觉察，大银牙窜上前，狠狠地将尖刀扎入哨兵的胸膛。

刀疤脸猛地从哨兵后面窜出，刀疤脸强有力的手臂一只勒颈脖子，一只手捂住哨兵的嘴巴，两人缓缓地将哨兵放倒在地上。

【5. 溧水　一排驻地　七月　夜】

庄小春睡在大铺的边上，听到轻微的声响，他张开了眼睛。

庄小春刚刚想动弹，只见金刚悄悄地从床上溜下，蹑手蹑脚，麻利地穿上鞋，鬼鬼祟祟，悄无声息地走到马灯处，一手提起马灯，又悄悄地走到了门口，轻轻地把门打开。

“不好！”庄小春心里一惊，右手捂嘴，神经紧张了起来。

金刚出了门口，庄小春扭头一看，月光和马灯昏暗的灯光下，大银牙和刀疤脸站在门口，三人用手势比划交流着。大银牙执尖刀，刀疤脸手持步枪。庄小春心惊肉跳，疾步滑向床边，一猫身，爬到了通铺下最里边，吓得凝神静气，不敢动弹。

金刚三人入得屋内，金刚将马灯递给大银牙，顺手将墙边的大砍刀片子提起，双手紧握。刀疤脸持枪对着床铺。三人中金刚执刀，刀疤脸持枪，大银牙提着灯，顺着床铺，一语不发，“喀！喀！喀！”地挥刀狂砍。

一个个脑袋在睡梦中滚落地下，大砍刀发出的声响似乎惊动了床铺上睡着的另外几人。

只见金刚迅猛快速地出刀，新四军一个班的战士，在金刚挥舞的大砍刀下，全部命丧黄泉。

整个屋子充满了血腥味，金刚三人，脸上、手上、衣服上沾满了鲜血，铺上死亡的战士，头和脖子沾筋带皮，“咕噜、咕噜”地往外冒着血沫。

“取枪！”金刚此时开口了，三人尽拣好枪挑。

金刚眼尖，一把取过庄小春的步枪，“这是把好枪，德国造。”

大银牙提着马灯照耀着依墙而摆的步枪，“拿中正式步枪。”

刀疤脸一手抓了一支步枪，顺手将其中的一杆步枪递给了大银牙。

金刚：“多取点子弹。”

金刚、大银牙和刀疤脸将子弹袋往肩上一挎，三人闪出屋外。

“金刚，往哪儿走？”刀疤脸轻轻地问。

金刚往四周看着，忽然发现，二三里路外的连部灯光亮着。金刚气不打一处来，咬着牙，恨恨地对刀疤脸和大银牙说：“他娘的，现在还在开会。那个连长和黄德胜肯定在，一不做二不休，端了他娘的新四军连部。”

“走。”

刀疤脸低吼了一声。三人扭曲着脸，将步枪子弹上膛。

大银牙将马灯往门口一扔，金刚右手持枪，左手握刀。三个人，成战斗队形向连部扑去。

【6. 溧水　一排驻地　七月　夜】

庄小春躲在床下吓得不敢出声，待确定金刚三人已走，爬出床底，借着屋外的月光一看，整个人傻了。

同睡一个床铺的好兄弟们，个个尸身分离，惨不忍睹。庄小春只觉得手上又湿又热，举起手一看，双手和衣服上，自己的腿上都是血。

庄小春悲恸万分，情急之下，往屋子墙边跑去，在一排枪支中摸到一支步枪，拉开枪栓，又从挂在墙上的子弹袋里快速取出子弹，压满弹仓，子弹上膛，顺手将子弹袋往肩上一挂，小心地向门外移动。

庄小春左右看了看确信无人，便向右一拐，见黑夜中，三条人影，身影闪闪，正向连部的哨位所在处移动。

连部的灯光亮着。

庄小春扯开嗓子大骂："狗崽子！老子豁出命，也不能让你们得逞！"

金刚三人猛地停了下来。

庄小春闪过身子，对着黑影"呯！呯！呯！"地开起了枪。

金刚："娘的，没检查一下，庄小春还活着。"

大银牙："金刚，我们暴露了。"

刀疤脸："快跑！"

金刚三人跑入苞米地。

连部放了双岗。枪声惊动了哨兵，两个哨兵见三个黑影窜入苞米地，快速开枪，一时，枪声大作。

【7. 溧水　连部　七月　夜】

连部正在开着紧急会议。

黄德胜和二排长等人正围着四方桌听李德生布置工作。

李德生："苏南根据地，地域狭长，敌我交锋，很难立足。我营接到新四军江北命令，放弃苏南根据地，三日内转移至苏北地区，和苏北新四军主力合并，转移的线路和时间你们都清楚了……"

这时，猛听到外面枪声大作。

黄德胜唰地出枪，一口气吹灭了油灯，顺着二楼的窗户"噌"地跳了下去。

众军官们纷纷掏枪，有人冲楼梯而下，有人如黄德胜般“噌”地跳下二楼。

黄德胜见哨兵正朝着苞米地开火，苞米地内发出一阵簌簌声，便拔枪朝声响处射击。

“叭、叭、叭”，随着开枪的人越来越多，众人开始搜索苞米地。

【8．溧水　连部驻地四周　七月　夜】

部队赶来了，包围了附近的苞米地。

营部也派来了骑兵，封锁了各条道路的路口。

几十名骑兵分成若干小队，巡逻在附近的山间田野道路上。

全副武装的新四军战士们紧张地在苞米地搜索。

李德生提着手枪气呼呼地领着几名战士把守在村道口。

黄德胜领着两名战士穿行在苞米地里。其他苞米地里闪现着其他搜索的新四军战士。

刘沸腾铁板着脸，双手叉腰，一语不发。身后站着几名持枪的新四军战士。

桃树村附近到处可见持枪搜索的新四军战士。

【9．溧水　桃树村　七月　晨】

太阳爬上了山坡，新四军战士们仍然在搜索中。

李德生和刘沸腾正在交谈着。庄小春浑身鲜血，手持步枪踉踉跄跄、悲悲戚戚地跑向刘沸腾。

庄小春：“营长，连长，金刚领着大银牙和刀疤脸，把全班的战士全都砍了。”

庄小春将枪往地上一扔，瘫坐在地上嚎啕大哭起来。

“啊！”刘沸腾和李德生大惊失色，迅速带着身边人员往一班驻地跑去。

黄德胜撒开腿冲在最前。

一站士上前搀扶起庄小春。

一班驻地室内四处散落着人头，通铺上躺着许多尸体，惨不忍睹。

黄德胜、刘沸腾、李德生和众战士们哭声一片。

刘沸腾哽咽着，“速向团部报告。”

“是！”

通讯员挥手抹了下脸上的泪，出门，翻身上马往营部奔去。

【10. 溧水　桃树村　桃园旁　上午　日】

桃园旁挖了一个大坑，坑内躺着九具新四军战士的遗体，遗体被白布覆盖着。

坑旁，上百名新四军战士持枪肃穆。

刘沸腾、李德生站在队列前。

黄德胜背着驳壳枪率领十余名手持工具的士兵站列在土坑四周。

李德生：“向死难的战士们默哀！”

众人默哀，队伍中发出来轻微的哭泣声。

李德生：“全体举枪！”

众战士举枪。

李德生：“放！”

战士们扣动了扳机，一阵枪声响起。

黄德胜抽出驳壳枪，往大腿上一蹭，朝天空连放三枪。

土坑周围的战士们抄起工具往坑里填土。

黄德胜突然双腿跪下，嚎啕大哭，边哭边嚷。

黄德胜：“我对不起你们啊，死了连口棺材都没有。”

刘沸腾和李德生快步走向土坑边，立正，敬礼。

众战士齐刷刷向土坑敬礼。

一匹快马奔来，通讯员从马背上一跃而下。

通讯员：“营长，军部电报。”

刘沸腾大吼一声：“念！”

通讯员：“军部命令，抓住金刚、大银牙和刀疤脸，不必审判，就地砍头！”

【11. 溧水　刘家村　刘生四合院内　夜】

贾亮和李邱巴拿着麻袋往墙角走去，墙角有一个土法烧制木炭的土包。

李邱巴（笑嘻嘻）：“贾亮，炭真的烧好啦？”

贾亮：“都焖了三天了，应该好了。”

李邱巴："贾亮，烧炭就这么简单啊？"

贾亮："会者不难，难者不会啊。"

贾亮洋洋得意地开始拆着土包，李邱巴围上去帮着忙。

木炭向雨伞般堆积在一起，李邱巴呵呵笑着，将长的木炭敲断往麻袋里装。

【12.溧水　桃树村附近　七月　凌晨】

金刚、大银牙、刀疤脸钻进苞米地，死命往前逃。刀疤脸杀劲正浓，边跑边对金刚说："金刚，后面追兵并不多，咱们边打边跑吧？"

金刚："打什么打？逃命要紧。记住，只打拦路的，不打后面追的，跟着我，死命地跑。"

金刚三人穿行在原野里。

大银牙："金刚，往哪跑？又不认得路。"

金刚："这一带周边地形我早已摸透，跟紧我，别掉队。"

金刚三人从一块苞米地钻入另一块苞米地，不断穿行。

金刚三人遇沟跃沟，遇坎跃坎，跌跌撞撞，累得大气直喘。

大银牙："金刚，歇会儿吧，实在跑不动了。"

大银牙满身大汗，粗气直喘，身子摇摇晃晃说。

金刚："不能歇！跑不死就得跑！"

金刚喘着粗气，低声又严厉地说。

三人继续往山的方向跑。突然，听到一阵马队声响，三人吓得赶紧趴在地上，一群快马从三人不远处驶过，急速的马蹄声，沿着不远处的大路消失。

金刚："跑啊。"

金刚一跃而起，一路带着大银牙和刀疤脸，遇沟越沟，遇水趟水，连细小的田埂都不走，专拣没路的地方跑。

金刚三人跌跌撞撞跑进连绵的大山，茂密的植物，掩盖了三人罪恶的身影。

大银牙："金刚，一直跑也不是办法，跑出去了，日后怎么办？"

金刚："投日本人，咱们杀了那么些新四军，又带枪投诚，日本人会重用咱们，在哪儿都是吃军饷啊。”

金刚恶狠狠地对大银牙说。

大银牙：“我们干嘛不去投国军？”

金刚：“你蠢！国军和新四军一样都打日本人。这事让国军知道了，照样砍我们的头。”

刀疤脸：“对，投日本人，说不准日本人会重用咱们哩。”

刀疤脸兴奋了，激动地说。

金刚三人，又继续在山中穿行。

大银牙：“金刚，走出头了。”

大银牙兴奋地对着金刚嚷。三人停住脚步，往山下眺望。

山下一马平川，庄稼郁郁葱葱地生长着，金灿灿的稻田，随风送来稻谷的香味。

山脚下，水塘像镜子，在晨曦中闪着光亮。

金刚：“下山，痛痛快快洗个澡，顺便把衣服上的血搓掉。”

金刚一声喊，三人脚底抹油，顺着山坡走势扑向水塘。

【13. 溧水　刘家村附近的山地　七月　晨　日】

金刚三人在河塘里痛快地洗澡，三人又将沾满鲜血的衣裤在水中搓洗，拧干后，三人爬上岸，将湿衣裤穿在身上，提着枪和砍刀继续往前走。

阳光强烈起来，左右两侧出现了村庄。

大银牙（兴奋地）“金刚，先去村庄弄些吃的吧？”

金刚脸一横，开口骂：“大银牙，你娘的，只晓得吃，避开村庄，还是从庄稼地里走。”

刀疤脸不耐烦，火冒地吼金刚：“金刚，大银牙说得对，先搞些吃的，跑出来这么远了，新四军能追上？追上了，老子也服了新四军了。”

金刚恶狠狠瞪了刀疤脸一眼，“刀疤脸，咱们跑得再快，也赶不上新四军马快，马跑得再快，也不及新四军电话和电报飞得快，新四军四面八方都有，让老子去送死啊？”

大银牙和刀疤脸互相看了一眼，立马泄了气，服服帖帖随着金刚尽拣苞米地走，一路蹑手蹑脚，走出了苞米地。

【14. 溧水　刘家村　晨】

天空露出了晨光，山脊背后出现了金色的光芒。

黄大树轻轻地打开门，走到院子里，他抱起一大堆草料走到屋外马厩，给马喂上草料。

黄大树走到空地上活动起身子，一时兴起，便打了段南拳，收手后感觉有些气喘。

“唉，老了！”黄大树自言自语感叹着。

黄大树抹下额头的汗，望着透蓝的天空，火球般的太阳正从山坡缓缓升起。

黄大树：“天上没有一片云，也没有风。天上的云，好像被太阳烧化了，消失得无影无踪，又是一个大热天啊。”

黄大树敞开衣服，露出古铜色的胸膛，往马厩走去，顺手解开一匹马的缰绳，牵出马，翻身上马，兴奋地往平坦的前方奔跑。风吹着马背上的黄大树，吹乱了他的头发。

黄大树：“这风吹得太惬意了。”

黄大树勒住马，看着安徽方向。马儿似乎不过瘾，马蹄不断交错刨着脚边的泥土。

黄大树发现，前方远处有三个背枪的新四军战士，紧挨着苞米地往这儿穿行。

黄大树：“奇怪了，这个鬼地方怎么会出现当兵的？”

黄大树赶紧催着马，跑到侧面高岗上，隐藏在茂密的树荫下，专注地观察起来。

往刘家村方向来的三个新四军战士，像侦察兵似地前行。

黄大树心中大喜，脱口而出：“是自己的部队来了。”

黄大树调转马头，刚想冲下山坡，但见这三人鬼头鬼脑，走走停停，还不时东张西望。

黄大树：“不对，后面怎么没有大部队？奇怪了？这三个新四军战士怎么会突然出现在此地？”

黄大树赶紧催着马，从山冈一侧冲下，往刘家村去。

【15. 刘家村　四合院　七月　上午　日】

庄坤林和贾亮、李邱巴正在喝稀粥。

黄大树风风火火闯了进来，大声说："坤林，前方四五里地来了三个新四军战士，正冲咱们这儿来哩。"

庄坤林："什么？"

庄坤林和贾亮一听，筷子拍在桌上，几乎同时站起。

"带枪吗？"贾亮急切地问。

黄大树："一人一杆枪。"

贾亮："长的短的？"

黄大树："三杆长枪。"

贾亮："后面有大部队吗？"

黄大树："只有三人。"

贾亮："快，取家伙！"

贾亮边喊边快速冲向里屋。黄大树和李邱巴一听，快速跑向屋内，持枪在手。

贾亮风一般冲进柴房，搬开柴火，取出冲锋枪，快速地上了弹匣。

"贾亮，万一是咱们的人，怎么办？"庄坤林焦急地问。

贾亮："不可能，如果是执行侦察任务，在咱们后方这一片并没有日军，如果去县城侦察日军，舍近求远，毫无道理。再说，侦察兵一般只带短枪，县城日军如此强大，三个新四军奈何不得。"

庄坤林略一沉思，"贾亮，我觉得还是先接触一下，探探虚实，那三人肯定没有吃饭，我和邱巴引他们进来，你们在外埋伏，见烟囱冒烟立刻冲进来。哦，还是埋伏在进县城的山坡要道上吧。"

贾亮："中。"

贾亮和黄大树翻身上马，快速往前面山坡埋伏。

庄坤林："邱巴，你把步枪上了子弹，藏到柴房去。"

庄坤林急切地对李邱巴说，李邱巴拉动枪栓，将子弹处于顶火状态，跑入柴房，将枪倚墙而摆，上面堆了些柴草。

"你的巴豆还在吗？"庄坤林急切地问。

"在，在炉灶的壁孔里。"李邱巴急切地回。

庄坤林："坐下，保持镇定，看我眼色行事。我说下面条，你就下药，我说烧饭，你就去柴房，直接取枪，给我往死里打。"

庄坤林说完，尽量保持镇定，与邱巴一起敞开院门，慢慢地喝着稀粥，静候来人。

【16. 溧水　刘家村某地　七月　上午　日】

金刚、大银牙、刀疤脸三人行走在刘家村路口，前方又出现了大山。

"金刚，又要爬山啦？"大银牙着急地问。

金刚不语，停下脚步，望着两侧的山，只见山连着山，连绵起伏，看不到尽头。

金刚："只有通过这个村庄，从山中间穿过去才能到县城。都给老子精神些，脸上堆些笑，别一副凶狠相。记住，我们可是新四军，一切看我的眼色行事。"

大银牙和刀疤脸，赶紧点着头，脸上堆起了笑。

"走！"

金刚一声喝，率先走在前头，大银牙和刀疤脸跟在身后，三个人一字排开，来到刘家村。

金刚三人穿着半干的新四军军服，进入刘家村，见刘生院子的院门大开，庄坤林和李邱巴坐在客厅里，桌上放着两只空碗。

"老乡，打扰了，请问这是什么村庄？"

金刚背着枪，右手执着大砍刀片，笑嘻嘻地问庄坤林。

大银牙和刀疤脸也是一脸堆笑，看着庄坤林和李邱巴。

"大兄弟，这是刘家村。"

庄坤林笑着，起身对金刚说。

"老乡啊，前面是什么地方啊？"

金刚用手指着前面的大山，笑着问。

庄坤林："翻过几个山头，前面就是县城了。"

金刚笑了，转身对大银牙和刀疤脸说："兄弟，前面就是县城了。"

金刚说完，得意地对大银牙和刀疤脸挤下眼。

金刚："老乡，我们是新四军，走了一天路，能否给些食物和水，我们兄弟三个都饿坏啦。”

庄坤林 :“进院子吧，先休息一下，待会儿给你们下些面条。”

金刚三人步入院中，左看右瞧，往大石磨子上一坐，也不进屋。

金刚 :“老乡啊，来来来，我问你，这一带可有新四军哩？”

庄坤林笑着向前走几步，李邱巴见状，也赶紧尾随着庄坤林。

庄坤林 :“这一带，哪来什么新四军啊，叫日本人赶跑啦。”

金刚 :“好！好！”

金刚哈哈大笑，大银牙和刀疤脸也哈哈大笑起来。

金刚取下枪，随手往石磨旁一靠。

庄坤林一怔，脱口而出 :“这是杆德国步枪。”

李邱巴一愣，赶紧上前查看步枪。

李邱巴 :“是德国步枪。”

金刚伸手拦住李邱巴，“你们怎么知道这是德国步枪？”

李邱巴回头望了眼庄坤林，庄坤林笑嘻嘻上前。

庄坤林 :“大兄弟，去年新四军在这吃过饭，我见过这枪。”

金刚 :“那你和新四军熟悉？”

庄坤林 :“不熟悉，他们只是在这借宿了一夜。大兄弟，你这刀够吓人的，上面都是血迹啊？”

金刚 :“是吗？”

金刚一惊，连忙提刀在手，阳光下，果然有许多血迹斑痕。

大银牙 :“金刚，先前顾得洗衣服，忘了擦刀了。”

大银牙说完得意地笑着。

金刚 :“呵，在前面赶路时，遇到日本军队，和狗日的日本人血战了一场。”

李邱巴 :“从这儿一直到安徽边界，哪来什么日本人？”

刀疤脸 :“老乡，问这么清楚有意思吗？”

庄坤林眼睛瞄着枪托 :“大兄弟，威武啊。枪柄上还刻了个圈？”

大银牙哈哈笑，“乡下人，那不叫圈，叫零。”

李邱巴猛然一惊，不由得望了眼庄坤林。

大银牙 :“赶紧给我们下面条吧，都饿死了。”

庄坤林 :“邱巴，给新四军大兄弟煮些面条，充充饥吧。”

李邱巴："哎。"

李邱巴假意欢笑，去厨房点燃柴火，塞入灶膛，火苗蹭蹭蹿起。

李邱巴又往灶膛内塞入柴火，浓浓的黑烟从烟囱升腾而起。

李邱巴有些慌乱，刚想往锅里加水，锅里的半锅米粥，却冒起了泡泡。

李邱巴心一横，从灶壁洞内掏出纸包，将巴豆粉悉数倒入，又将半瓶红糖倒入锅内，用铜勺搅拌了几下。

李邱巴盛上三大碗，来回奔忙着将粥端了放在院子石磨上。

李邱巴笑哈哈："新四军大兄弟，先喝碗热糖粥，我马上下面条给大兄弟吃。"

刀疤脸："别磨叽了，肚子饿得咕咕叫。"

刀疤脸率先端起粥碗，边吹气边沿着碗边喝粥。

金刚和大银牙也迫不及待地喝起了粥。

李邱巴上前将筷子逐一递给了金刚、大银牙和刀疤脸。

李邱巴："大兄弟，粥太烫，坐下来慢慢喝。"

金刚三人坐下，贪婪地喝起了粥。

忽然，大银牙放下碗，用手掐着脖子，紧接着，捧着肚子跑到墙根边，快速解开裤带，痛苦地蹲在地上。

金刚和刀疤脸忽然脸露痛苦表情，捧着肚子，扭曲着身子，一步一移地走向了墙根，和大银牙一样，解开裤子，蹲在地上，脸痛苦地抽动着。

金刚、大银牙和刀疤脸忽然反应过来，拼死向磨盘方向扑来。

庄坤林和李邱巴两人飞快地从磨盘边各取一支枪，枪口指着金刚三人。

一阵马蹄声疾速传来，金刚三人大惊，看着庄坤林和李邱巴。

四匹快马冲进院内，马未停稳，只见刘金和贾亮飞身下马，黄大树和孙猴子也随后下马，六支枪，齐刷刷对准了金刚三人。

刘金一脸杀气，裸露着两只胳膊，纹着两条青龙的手臂，让金刚看得真切。

金刚脸上扭曲着，嘴里哼着，对刘金说，"哎哟，兄弟，敢问你们是何人哪？"

"老子一不改姓，二不更名，牛屎山大当家，刘金。"

刘金黑洞洞的枪口离金刚两米多远。

“误会了，兄弟，原来是牛屎山大名鼎鼎的大当家啊，哎哟，肚子痛啊，我们是一家人啊。”

金刚立即拉起关系，两手哆嗦着扣着裤带。

“你不是新四军吗？”庄坤林厉声喝问。

金刚：“饶命啊，我们不是新四军啊。”

金刚三人跪地求饶，以为真的遇到了土匪。

庄坤林：“绑了他们。”

李邱巴和贾亮飞快地跑到柴房，找出几根绳子，将三人绑个结实。

庄坤林：“我问你，这枪，哪来的？”

庄坤林强压怒火，厉声喝问。

“好汉饶命，这枪，是从新四军手中抢来的。”大银牙悻悻说。

“如何抢的？”庄坤林又厉声喝问。

“用刀砍的。”刀疤脸抢着回答。

刀疤脸：“我真的不骗你们，你们又不是新四军，都是江湖上的好汉啊。”

“人死了没有？”庄坤林大惊。

“死了，死了，没留一个活口。”大银牙抢着回答。

庄坤林发疯般地冲上前，对着大银牙的身子，“咣”地一脚飞踹过去。

“啊。”大银牙叫着，在地上滚动。

庄坤林：“贾亮，大树，给我往死里打。开枪，打呀！”

庄坤林像疯了般，跺着脚，大喊大叫。

贾亮和黄大树一时反应慢，互相看了一眼，毫不犹豫地将枪口对准三人“呯！呯！呯！”

刘金和孙猴子一见，也对着金刚“呯！呯！呯！”地放起了枪。

一阵枪响后，庄坤林往石磨上一靠，“呜呜”哭了起来。

黄大树：“坤林，别哭了。三个假冒新四军的人，已被处决了。”

黄大树上去劝慰。

贾亮这时发现，庄坤林手上拿着的步枪，正是德式步枪，赶紧拿过来看看枪托，自己亲手刻上去的，编号为零的步枪，正是庄小春的。

“庄小春死了！”

贾亮一声惊呼，顿时鼻子一酸，眼泪流下。

黄大树一听，顿时明白。

黄大树："这三个十恶不赦的魔鬼，亲手用刀砍死了庄小春哪。"黄大树痛苦地背过身叹着气。

猛地，黄大树上前挥动手枪，对着三个魔鬼的脑袋"呯！呯！呯！"各补了一枪。

【17. 溧水　刘家村　四合院内　八月　日】

庄坤林、刘金等六人围聚在一起。

庄坤林："抗日这条路，我是一心走到底。刚才计划我都说了，你们还有主意吗？

刘金："坤林啊，光有木炭不行，还要准备些绳索，另外，再准备两桶煤油和一些引火绳，才能在日军巡逻前把大火烧透。"

孙猴子自告奋勇，对庄坤林说："大侄子，引火绳好办，包在孙大叔身上。"

"要多久才能做好？"庄坤林问孙猴子。

"明天就行。"孙猴子笑着，得意地看了看众人。

李邱巴好奇，问孙猴子："孙师傅，引火绳怎么做啊？"

孙猴子："明日需你帮忙，带个小桶，带把小铲子和扫把，去刘家村各家各户墙根处，把那些白花花的东西铲下装桶里。如果不够，去山上背阴的大石头处寻找，一找一大片哩，回来用水稀释了，倒入铁锅，将水烧干，铲下锅里那层东西就是土硝了。"

李邱巴："哦，就像熬盐一样啊。"

孙猴子："找些棉花，边搓细绳，边将硝放入其中，就是引火绳了。"

【18. 溧水　粮库　九月　下午　日】

庄坤林、贾亮、李邱巴躲在粮库对面的树林里观察着粮库，在三人身旁放着两桶煤油、两只鼓鼓囊囊的麻袋和一些绳索，肉包子装在竹篮里格外显眼。

庄坤林："邱巴，为了抗战只能对不起旺松哥了。"

李邱巴呵呵地笑。

刘金和孙猴子赶着装满稻谷的马车晃晃悠悠地来到粮库大门口，两个背抢的兵丁正关着粮库铁栅栏大门。

孙猴子："刘管家，来晚了，人家粮库关门了。"

刘金大声呵斥孙猴子，"让你检查下车轮毂，你说车胎气足，偏偏半道泄了气，真是吃干饭的。"

李兵丁："吵什么，吵什么啊？闹腾了一天刚刚静下来，听了都烦心。"

刘金一脸堆笑，"长官，半路上出了些意外，车胎泄了气，紧赶慢赶好不容易赶到，还是迟了一步，请长官开个恩，今晚将马车先寄在粮库内，明日，还有十几辆马车要来卖粮。"

李兵丁骂骂咧咧地："这个时间来送粮，懂不懂规矩啊？"

孙猴子赶紧取下马车上的大猪腿，从门隙外晃动着。

孙猴子："长官行个方便吧，这只咸猪腿，给兄弟们打牙祭。"

几个兵丁从屋内出来，一门卫老头也出来凑热闹。

门卫老头："李头儿，这只猪腿，二十五六斤哩。"

门卫老头："晚上剁了，给你们分了带回家去。"

李兵丁不耐烦地将手一挥，对刘金做了个点钱的动作。

刘金一脸堆笑，"长官，待明日送粮，保准给你这个数。"

刘金伸出了两根手指，代表两块银元。

李兵丁："行了！行了！"

李兵丁让门卫打开大门，马车进入院内。

李兵丁围着马车，转了一圈，见一只轮胎果然漏气，放下心来。

门卫拎过猪腿，与众兵丁进了屋子。

"走吧，走吧，记住明天的事儿啊。"李兵丁催促刘金离开。

刘金："好，这就走。"

刘金边说，边向马车走去，自己的上衣故意落在粮袋上。

刘金左手抓起衣服，往肩上一搭，右手快速伸进麻袋空隙，抽出驳壳枪，顶着李兵丁的脑袋。

孙猴子快速从粮袋底下取枪，蹿到李兵丁身边，一把夺过李兵丁的长枪，将李兵丁逼进屋内。

刘金："都不许动！谁不老实，老子崩了谁！"

刘金一脸杀气，两条青龙缠绕在手臂上，更让门卫和兵丁们吓得瑟瑟发抖。刘金的马车刚进院，庄坤林一挥手，黄大树和贾亮提着麻袋便快速冲了上去，李邱巴提着油桶和肉包子紧随其后。

庄坤林开心地往树林后跑去。

六匹马被拴在树上，庄坤林解下一匹马绳，翻身骑在马上，随时准备策应。

粮库内，众兵丁缩在墙角，枪仍旧背在身上。

李兵丁："大兄弟，有话好好说，犯不上动枪啊？"

李兵丁堆着笑，对刘金说，他用眼睛望了望自己的人，右手食指竖起了七字形。

缩在墙角的兵丁中有人明白了李兵丁的意思，悄悄地把枪往身前挪。

贾亮和黄大树手握短枪闯了进来。李邱巴一转身，将大铁门关上，见狼狗正趴在狗窝，吐着长长的舌头，盯着大门口看着。

李邱巴二话不说，往狗窝内扔进包子，大狼狗迫不及待，刚吃了大半，哼哼着，口吐白沫，斜躺在狗笼里，腿不停地踹着。

李邱巴一转身，跑到门卫房，把绳子递给刘金和孙猴子，又上前将众兵丁的枪取下，扔在墙根。

几个兵丁和门卫被刘金和孙猴子捆了个结实，全都挤在墙角处，坐在地上。

"粮库钥匙呢？"黄大树大声问门卫老头，并把枪口对准两人。

"别开枪！钥匙挂在墙上呢。"一门卫老头喊。

贾亮和刘金用枪逼着众兵丁，黄大树带着孙猴子和李邱巴打开粮仓，偌大的粮仓，已经一大半堆了粮食。

黄大树："快，搬木炭。"

黄大树和李邱巴一人抱起一个大麻袋，飞快跑进粮库。

整个粮仓，被黄大树布置了六个起火点，他们将木炭整齐地横竖分排、堆垒，在离木炭一尺远的地方，孙猴子放上引火绳，每根引火绳长一米多，在引火绳的末端粮袋上，又浇上了些煤油。

孙猴子和黄大树三人，开始点燃炭火，炭慢慢地燃烧着，下面的炭，又渐渐地引燃上层的木炭，周边的粮袋，开始冒着丝丝细烟。

黄大树："走！"

黄大树、李邱巴、孙猴子三人跑出粮库，黄大树将大门关上，将锁头锁上，带着钥匙，回到大门口。

李邱巴跑进门卫室，"得手了。"

贾亮和刘金迅速闪出屋内，顺手将门卫室的门从外面锁上。

黄大树领着五人冲向小树林。

【19. 溧水　粮库周围的群山中　九月　夜】

庄坤林等六人策马在回刘家村的山道上。

身后，粮库所在的山冈上大火腾起。

庄坤林等人骑在马背上哈哈大笑。

李邱巴："坤林哥，这把火烧得痛快，日本人该断粮了。"

黄大树："贾亮，坤林就是梁山泊的军师吴用啊，这个计谋要得好。"

贾亮哈哈大笑，不住地点头。

李邱巴："坤林哥，这把火放得神不知鬼不觉，日本人做梦也想不到是韩湖游击队干的。"

黄大树："牛屎山离溧水那么远的路，日本人只能气得干瞪眼。"

庄坤林突然勒住马，"不好，大树哥，那马车在粮库里哪。"

黄大树："马车？哎呀，疏忽了。"

庄坤林："日本人一定会查出是谁放的火。"

贾亮："区长，这话怎么讲？"

庄坤林："老马识途。一场更大的暴风雨即将来临。"

李邱巴："坤林哥，暴风雨在哪？"

庄坤林："日本人通过我们留在粮仓的马匹追寻下去，一定会知道是韩湖游击队干的。哎呀，县城日军不能完成向驻守南京的日军提供军粮，必定会四处抢粮。邱巴，你赶快回庄家村告诉我娘，庄家的粮库不能留了。"

李邱巴："哎！"

李邱巴调转马头急速离去。

【20. 庄家村　庄家粮库　夜】

庄家粮库四周围满了村民。粮库门窗洞开。一辆马车上放着几桶窖藏白酒。

庄大奶奶和庄世伯、锡儿、汤正益站立在马车旁。

老李头手持没有点亮的火把站在庄大奶奶身旁。村民们陆续往庄家粮库赶来。

老李头："大奶奶，我为庄家看了那么多年的粮库，我下不了手啊。"

老李头嚎啕大哭。

庄世伯边流泪边问大奶奶，"大奶奶，非要烧粮库吗？"

李邱巴激动地望着大奶奶。

大奶奶挺了挺胸，手指着庄家粮库对村民大声说道："乡亲们，庄家的粮库堆满了粮食，粮食是给人吃的，它可以喂牲口，但绝不能喂日本人。邱巴告诉我，坤林儿烧了县城的粮库，日本人缺粮了！日本人要饿肚子了！这些日本人连畜生都不如！庄家的粮食绝不能让日本人抢去当军粮！世伯心疼，老李头心疼，大奶奶也心疼啊！邱巴，乡亲们，我要用庄家的白酒来引燃庄家的粮库，大家伙给我把白酒往粮仓里泼！"

大奶奶话音刚落，李邱巴和众乡亲们手持葫芦瓢，纷纷上前将白酒往粮仓里泼去。

老李头掏出火柴，颤颤巍巍地划亮了火柴，点亮了火把。

大奶奶伸手接过火把，大步走向窗户，将火把奋力投向谷堆。

大火熊熊燃烧，火光映照下，大奶奶满脸泪水。

老李头激动地望着大奶奶嘴巴颤抖，"大奶奶，我对不起庄家，我有件事要告诉你呀。"

大奶奶："老李头别说了，大奶奶心里都明白着哪。"

第三十八集

【1. 甘肃　武威密林　夏　日】

云杉树林枝繁叶茂，鸟鸣声响亮悦耳。丁香树茂密的树枝上开满了蓬蓬簇簇的花朵，榆叶梅、百里香、野生枸杞等落叶灌木密密匝匝。野葡萄、绣球藤、山荞麦、啤酒花等藤本植物绿意盎然。

树丛深处，一群背枪的男人簇拥着金不换。

小三子（土匪）粗声地边说边朝金不换拱拳。

小三子："金大哥，自从山寨被官军剿灭，弟兄们各奔东西，仰仗大哥留给我们的钱财，一众弟兄都有了根脉。一晃那么些年过去了，弟兄们还是想念着马背上的日子，大哥，出山吧。"

另一土匪："大哥，老四在邻县犯事被抓了，老四挨不住打，都招供了，官府早晚要来抓你。弟兄们在九里沟已为大哥弄了安身之处，事不宜迟，大哥，尽早离开武威县城吧。"

小三子："金大哥，这么些年过去了，兄弟们都有了根脉，有了传承，没牵挂了。咱们都是马背上的命，如今兵荒马乱，日本人也来了。咱们一路向南，寻黄秋生索了财宝，报了仇，了了心愿，顺带着投靠军队，日后也能赚个好名声。"

另一土匪："金大哥，我已经探得黄秋生的下落，就在江南的溧水。"

金不换沉默不语，反背着双手，来回走动了几步，突然，小三子扑通跪下，众土匪齐刷刷跪下。

小三子："大哥，应了吧。"

众土匪齐呼："大哥，应了吧。"

金不换猛地将小三子拉起，朝小三子右肩重重地拍了一掌。

金不换："都给我起来。猫在家里的日子过腻了。现如今，日本人到了北平，在上海又登了滩。当年，杜大哥领着咱杀洋人，如今，我金不换将秉承杜大哥的遗愿，咱们兄弟出甘肃，穿陕西，经湖北，一路奔江南，找到黄秋生，夺得三块玉石回来。一路上见日本鬼子就一个字，杀！"

十几个大汉忽地站起吼："杀！"

金不换："众兄弟们安排好家事，下个月的十五，月亮正中时，相聚九里沟。"

【2. 庄家村　庄宅　大年初一　上午　日】

兰儿提着几大袋礼品兴冲冲地进了庄家大宅。大奶奶和庄世伯坐在客厅，桌子上摆上了瓜子、红枣、花生等年货。

兰儿："大奶奶，兰儿给你们拜年来了。"

大奶奶乐呵呵地起身迎向兰儿。

大奶奶："哟，兰儿，拜个年还带这么多礼品过来，大奶奶家什么都不缺呀。"

兰儿："大奶奶，这袋芝麻是我家公公种的，硬要我带给大奶奶尝尝，讨个好兆头呀。这两样呀，是给我爹爹拜年的礼品。哎，大奶奶，兰儿想用一下庄家的马车去县城。"

庄世伯乐呵呵地起身，"兰儿，我这就去安排，"

大奶奶乐呵呵地，"世伯，快去把马车夫叫来。"

庄世伯乐呵呵地点了点头出门。

大奶奶："兰儿，先坐会儿聊聊，马车夫还要过一阵才来。"

兰儿往椅子上一坐，院子里传来摔炮的声响，庄雪花和庄慕兰在院子里嬉笑着。

院子里传来庄慕兰的笑声："雪花，开枪啦，呯！"，只见庄慕兰挥舞着木头手枪，右手往青石板上砸了个摔炮。

大奶奶："兰儿，你家德胜送给慕兰的手枪，慕兰把它当宝贝疙瘩一样藏着，慕兰对你家德胜有好感啊。”

兰儿：“大奶奶，以前德胜送枪给慕兰时，我心里感觉到德胜儿喜欢慕兰，现在看来，慕兰心里也喜欢着我家德胜啊。”

庄世伯哈哈大笑，“两厢喜欢，这不是天大的好事？”

马车夫入客厅，“大奶奶，马车备好了。”

大奶奶：“是兰儿要用一下马车，你载着兰儿去趟县城吧。”

【3. 县城　袁宅　大年初一　中午　日】

袁通、袁大奶奶、小桃红、婷婷、袁唐平、袁依冰围着兰儿，桌子上摆着兰儿的礼品和糖果瓜子等，众人围桌而坐。

兰儿：“爹爹，娘，兰儿要赶回庄家村，晚上还要给公公婆婆做饭哩。”

袁大奶奶：“在家住一个晚上，来也匆匆，去也匆匆，心里只有黄家了。”

婷婷：“就是嘛，吃了晚饭住一晚上再走。”

袁唐平：“娘，我要跟姑妈去庄家村，我要去找雪花玩。”

婷婷：“不许去。”

袁唐平：“娘，暑假你又没让我去，过年了总该让我去吧？”

兰儿：“婷婷，让唐平和依冰随我一起去庄家村吧？”

袁依冰（嘟着嘴）：“娘，我要去看维根哥。”

婷婷：“一个都不许去。唐平，那个庄雪花是个野种，娘不许你和她来往。”

袁唐平：“不去就不去。”

袁唐平生气地背转身，一副气呼呼的模样。

兰儿：“爹，娘，我这就走了，庄家的马车夫在门口等着呢。”

袁通和袁大奶奶互看了一眼，摇了摇头。众人簇拥着兰儿出了袁家大门。

兰儿上了马车，马车夫挥动马鞭，众人相互挥手。

袁唐平突然从客厅起身，嬉皮笑脸地对着婷婷。

袁唐平：“娘，我去街上逛逛好吗？”

婷婷脸上立刻笑盈盈：“哎，我就知道，儿子最听娘的话了。”

袁唐平笑了，撒娇般地伸出手，做要钱的动作。

婷婷呵呵地笑了起来，从衣袋里掏出一把钱，塞入袁唐平的手中。

婷婷："街上好吃的多着呢，喜欢吃什么买什么。"

袁唐平笑呵呵地接过钱，撒开腿便往大街跑。

袁依冰见状，赶忙跑出袁宅，大喊："哥，等等我，我也要去。"

【4. 县城　大街　大年初一　下午　日】

袁唐平跳上马路边停着的一辆马车，朝马车夫扬了扬手中的钱，大喊："快，去庄家村。"

【5. 庄家村　山坡　大年初一　黄昏　日】

山坡上，草儿透青，树枝有了新芽。

袁唐平和庄雪花手牵着手，时而比肩漫游，时而嬉笑打闹。

庄雪花："唐平哥，我问你，暑假你为什么不来看我？"

庄雪花两眼盯着袁唐平的脸，关注着袁唐平的脸部表情。

袁唐平："我娘不让我和依冰来庄家村，今天我是骗我娘，偷偷来庄家村的。"

庄雪花："我知道你娘嫌弃我，嫌弃我是个拖油瓶。"

袁唐平："拖油瓶又怎么了？捡来的又怎么样？雪花，我就是喜欢你。"

袁唐平一把握着庄雪花的手，绅士般地闻了下庄雪花的手背，逗得庄雪花吃吃地笑着。

袁唐平将庄雪花拥入怀里，两人热烈地亲吻着。

天空飘来一片乌云，山坡显得阴暗了许多。

袁唐平："雪花妹妹，天要黑了，我该回去了。"

庄雪花猛地转身："坏了，唐平哥，你怎么回去啊？"

袁唐平满不在乎地："走回去。"

庄雪花心疼地："唐平哥，庄家村没有专门的马车去县城，眼看着天要黑了，万一遇到狼怎么办？要不我去跟干娘说一下，用庄家的马车送你回去？"

袁唐平晃动着脑袋："不能，这样就穿帮了。反正回去我娘会打我骂我，我不怕，我直接跑到奶奶的状元楼，有奶奶护着，量我娘不敢把我怎么样。"

【6. 庄家村　去县城的山路上　大年初一　夜】

袁唐平在漆黑的山路上往前行，时而奔跑，时而气喘吁吁，突然，袁唐平停住了脚步，传来一阵马蹄的奔跑声，远远地出现了一群快马。袁唐平急忙闪到路边的树丛里趴下。

庄坤林、黄大树、贾亮、刘金、李邱巴一群快马从袁唐平身边疾驰而去。

【7. 庄家村　附近的山路　大年初一　夜】

庄坤林一群马队在山路上疾驰，前方出现了庄家村的轮廓。庄坤林突然一勒马缰，马队停了下来。

庄坤林："两三年不回家了，今晚无月，晚上可能下雨，现在天已大黑，不如在庄家村住上一夜，待明日太阳出来，再去刘家村，如何？"

黄大树和李邱巴、刘金，几乎异口同声："好！好！"

庄坤林："贾亮，怎么样？"

贾亮："众人思家心切，我心中虽然隐隐不安，但不忍伤了大家的感情。"

刘金："贾亮，过年的味道正浓，大家伙晚上睡觉睁一只眼睛，料想日本人也不敢晚上搞偷袭。"

黄大树："就几个时辰，日本人不会来的。"

庄坤林一挥手，黄大树和李邱巴调转马头，向各自家中奔去。

庄坤林策马，与刘金和贾亮向庄家而去。

刘金激动之情难以言表，兴奋地摸了摸胸口的衣袋。

【8. 庄家大院　大年初一　夜】

庄坤林、贾亮、刘金从庄家马厩出来，庄坤林走在最前，贾亮和刘金紧随其后。

庄坤林伸出右手，用中指"笃笃笃"地敲着自家大门。

稍许，大门闪开，庄坤林闪身入门，贾亮、刘金紧随其后入门。

庄世伯一脸惊喜出门，左看右瞧，见四周无人，急忙将大门牢牢拴住。

【9. 庄家大院附近的芦苇荡　大年初一　夜】

两双手缓缓地拨开身前枯黄的芦苇杆，露出两张难以抑住激动的脸，紧紧地盯着庄家大院。

一人（压低声音，语音颤抖）：“哥，庄坤林终于回家了。”

另一人：“你在这儿守着，我去县城报告日本人。”

一人使劲地点头，另一人猫般地窜出芦苇荡，消失在夜幕中。

【10. 庄家大院内　大年初一　夜】

庄坤林激动地上前，紧紧抱着大奶奶，在大奶奶额头上猛地亲一口，又转身抱着锡儿，在锡儿的额头重重地亲了好久。

庄世伯看着庄坤林，乐呵呵笑着。

庄坤林返身拥抱庄世伯，父子俩紧紧抱着，谁都不想松手。

大奶奶：“坤林，这位大兄弟是谁啊？”

贾亮傻傻笑着，身边站着傻傻笑着的刘金。

锡儿身子一颤，上前一步，仔细端详，刘金双手抱住锡儿，激动地喊：“妹妹，我是大哥刘金啊。”

锡儿怔怔地看着刘金，突然“哇”地一声哭了起来。刘金呵呵笑，右手轻轻拍了拍锡儿的肩膀，眼泪在眼眶里打转。

汤正益站在房门口，双手急促地扣着外衣，愣愣地看着庄坤林。庄坤林赶紧上前，笑着端详着汤正益，用手拭着汤正益的泪水，泪水越拭越多。

大奶奶：“贾亮，到客厅坐坐吧。妹妹，你陪陪多年不见的大哥，好好地唠唠。”

贾亮随大奶奶往客厅走去。

庄世伯紧随大奶奶，突然停住了脚步，朝庄坤林望了望，大奶奶扯了下庄世伯，向庄坤林方向努了努嘴：“你看，儿子正与正益说话呢。”

【11. 庄家大院厢房　大年初一　夜】

煤油灯在桌子上闪耀着光亮，刘金身前的茶杯腾着热气，锡儿与刘金面对面坐着。

刘金：“妹妹，哥哥愧对爹娘，这辈子没有尽孝，庄家恩情，哥哥在山上早有耳闻。这些日子，哥哥跟着坤林，明白了许多道理。”

锡儿：“哥，妹妹就这么个宝贝儿子，整日担心他的安危，有哥哥在身边，妹妹心里踏实多了。”

刘金呵呵笑，从贴身衣袋取出个纸包，里面是数张银票。

刘金："妹妹啊，哥几十年闯荡江湖，积攒些钱，都放钱庄了，等跟坤林打完日本，老了成个家，也有人照顾我。这钱，拜托妹妹保管好，万一哥哥日后……"

锡儿："哥，大过年的，不许说晦气话。"

刘金："哥哥说的是万一，你把钱兑了，给爹爹和娘修个大坟，竖个大碑，记得把哥的名字刻上去。"

锡儿："哥，妹妹先替你藏着，待哪天哥哥需要，妹妹再给你。"

锡儿伸手，接过刘金的纸包，小心塞进衣袋。

【12. 庄家大院房内　大年初一　夜】

烛光跳动。庄坤林搂着汤正益，欲亲吻汤正益。

汤正益娇羞地说："坤林，这么长时间了，我都害羞了。"

庄坤林松开手："慕兰和维根、雪花呢？"

汤正益："他们早睡了，现在把他们背门外都不会醒呢。"

庄坤林蹑手蹑脚进入女儿房间，见女儿睡得香甜，枕头边还放着把木头手枪。庄坤林看着女儿笑，摸摸女儿的头发。又轻手轻脚来到儿子房间，儿子趴着，脑袋半露被子外，床上散落着跳跳棋子。庄坤林俯下身，轻轻吻了下儿子脑袋，退出房间。

庄坤林拉着汤正益的手，双双进入书房。

书柜上，庄坤林喜欢的书籍排得整整齐齐。红木大书桌，被汤正益拭得锃光瓦亮，透着红木特有的光泽。

庄坤林："正益，我几年不握毛笔，不知书法还行不？"

汤正益："我去给你准备纸笔。"

【13. 庄家村　黄家老屋　大年初一　夜】

黄大树牵着马，兴奋地敲着院门"咚咚咚"。

黄秋生兴奋地从床上起身："大娟，快开门，一定是大树回来了."

丁大娟："真是儿子回来了？"

丁大娟急忙跑向院外，把门打开。

黄大树："娘，我爹呢？"黄大树边问边将马拴在院子的树上。

丁大娟："儿子，你爹刚上床。"

黄大树径直进屋，见黄秋生正穿衣下床，"扑通"一声磕头，嘴里说："爹爹，儿子给您老人家拜年啦。"

"哎，哎。"黄秋生应着，兴奋得手发抖，衣扣扣了好半天。

"娘。"黄大树起身，上前紧紧抱着娘。

"儿啊，在外遭罪了吧？肚子饿了吧？娘去给你热饭去。"丁大娟声音颤抖，两眼闪泪光，转身要去厨房。

"娘，儿子肚子饱着哩，兰儿呢？"黄大树笑着问。

"兰儿给你岳父母拜年，在她娘家一天都没住，刚回家。"大娟笑着，盯着大树的脸，似乎看不够。

"快去，先去看看兰儿吧。大年夜晚上，她想你，哭得厉害哩。"黄秋生催促儿子。

丁大娟："哎，儿子刚进屋，让儿子在这儿过夜吧？"

"快去，儿子，先去看兰儿，明天起早来这儿吃饭，吃完饭再走啊。"黄秋生笑哈哈嘱咐黄大树。

黄大树："哎。爹、娘，儿子去了。"

黄大树说完，牵着马，心急地赶去自家。

黄大树扬手刚想敲门，门忽地打开。

兰儿披着棉衣，站在门内。

黄大树将马拴好，匆匆进屋，兰儿随后关上门，往屋内走去。黄大树一个转身，紧紧抱着兰儿，兰儿在大树怀里一声不吭，只是低低啜泣。

"回家了，不许走了！"

兰儿忽然叫起来，黄大树吓一跳，用手指指外面，笑对兰儿说："哎，哎，不走了，不走了。"

黄大树："兰儿啊，你知道皖南事变吗？"

兰儿："儿子怎么啦？快说啊。"

黄大树："德胜儿有出息，带着部队冲了出来。儿子还当排长了，管几十号人马哩。"

兰儿："我不管这些，只要儿子平安，其他都是假的。"

兰儿："唉，大树，你现在像个野人，又脏又臭，我去给你烧一大锅热水，好好泡个热水澡。"

黄大树："哎，好久没洗热水澡了。"

兰儿走入厨房，一边生火烧水，一边清洗洗澡盆。洗净了，将洗澡盆搬入客堂，又赶忙点燃炭盆。

兰儿："大树，一会儿工夫屋子里就温暖了。"

洗澡盆里热气腾腾，黄大树泡在热水里，久违的温馨洋溢在屋内。

像往常一样，兰儿笑着给黄大树擦背。

兰儿："真脏，都是泥巴，一条一条的，恶心死了。"

兰儿边笑边说，手指搓揉大树的背，心里说不出的高兴。

兰儿搓着黄大树的脖子，把大树脖子上红线扯断，红豆掉入木盆。

兰儿："红豆掉了。"

兰儿伸手便去盆底摸，不小心摸到大树的腿，大树痒痒憋不住直笑。

"兰儿，别摸了，痒痒的。红豆在水里，待洗完澡，倒掉些水，自然会寻到。"黄大树笑着说。

"哟，这么大方啊？这红豆可是姐姐送你的，那是姐姐当初的少女之心啊。"兰儿调侃大树。

大树身上散发着热气，脸儿红起来，讷讷地笑。

"兰儿，这辈子嫁给我，委屈你了。"黄大树忽然愧疚起来。

"什么委屈我了？下辈子，你可不许和梅儿骑马了。"兰儿调笑。

"嗯。"黄大树点头，"兰儿，这颗红豆，啥时梅儿回来，一定交还她。我不能占着妹妹，想着姐姐啊。"

"哟，大树，我可从来没有这样说啊。兰儿不是小心眼，梅儿是我亲姐姐啊。"兰儿甜甜地笑。

黄大树笑着，"兰儿，我想起当年与梅儿骑马的情景，说实话，梅儿真是个好姑娘。只可惜跟了赵林这个坏东西。"

"大树，我真心问你，是我好，还是姐姐好啊？"兰儿故意问。

"当然你好啦！你唱那赶马车的歌，这辈子我忘不了啊。"黄大树乐呵呵地说，眼里满是对兰儿的感激。

“快起来，擦干身子，把衣服换上，别着凉了。”兰儿娇嗔地命令。

兰儿：“你呀，又忘了那歌名。那叫《马车夫之歌》，你个马车夫呀！”

兰儿嗔怪着，心里满满的幸福。

【14. 庄家村　李邱巴家　大年初一　夜】

厨房里，邱萍破天荒亲自下厨，给李邱巴热饭菜。李半仙和李邱巴在客厅里坐着，桌上放着几盆菜肴和米饭。

李邱巴：“爹爹，这么久不见，您老人家更加瘦骨嶙峋了，下巴更尖了，白发像二月的雪。”

忍不住，李邱巴平起身主动拥抱了爹爹。

儿子突然的拥抱让半仙激动得哆嗦，不由得老泪纵横，嘴里念叨：“吃吧，多吃点，那个猪蹄，爹爹在汤里搁了人参。”

邱萍从厨房里出来，将手中的菜放在桌上，眼睛湿润，摸着邱巴的头，说：“儿子，黑了瘦了，跟坤林一起，遭罪了。”

邱萍说完，背转身，偷偷抹眼泪。

李邱巴转身：“娘，儿子好着哩，这些日子，最起码没饿着肚子。”邱巴笑着，眼里闪着泪花。

“哎，”邱萍应着，转过身亲切地看着儿子，笑着问：“儿子，这么长日子没回家，跟坤林一起都干了啥事儿啊？”

李半仙：“哎，深更半夜了，让儿子吃完饭再说吧。”

李邱巴：“这菜真香！娘，好久不回来，儿子心里有一股从来没有过的亲切感。”

李邱巴大口吃猪蹄，边吃边兴奋地跟爹爹和娘说话。

邱萍：“半仙，儿子跟娘心连着心哪。”

李邱巴：“爹，娘，我跟着坤林在天生桥伏击日军，送后生们参加新四军，杀了假冒的新四军，还火烧了县城的粮仓。”

李半仙和邱萍，听得目瞪口呆。

邱萍：“半仙，你听听，咱儿子说的话。我简直不敢相信，外面传说的那些事，邱巴竟然全都参与了。”

李邱巴：“爹爹、娘，自从跟了坤林哥，儿子明白了许多事理。日本人侵略中国，强占县城，有骨气、有血性的中国男儿都应拿起枪，保卫自己国家。”

李半仙："邱萍，儿子真的长大了，明事理了，爹爹支持你。"

邱萍："儿子，什么时候才能打败日本人啊？娘和爹爹的心事你也知道，娶妻生子，给李家开枝散叶，我们才安心哩。"

李邱巴叹了口气，说："娘，爹爹，儿子以前不懂事，干了荒唐的事，对不起哑巴女。"

李半仙："哎，知道错了就好。那事爹爹也有错，当时，爹爹只要坚持一下，说服你娘，那女娃也就做了我儿媳。"

李半仙说着，懊恼地叹口气。

邱萍："这件事也怪我啊，邱巴和那女娃，干柴烈火发生那事，明知女娃已怀李家孩子，我却一时昏了头，非要阻止他们。这些年，想起这事心里就不好受。"

李半仙瞪了邱萍一眼，责怪："现在不好受，又有什么用？当初，要不是你势利眼，到现在，咱李家的孩子，都一大堆了。"

李邱巴看了娘一眼，娘却低垂着头，眼圈红红的，像个泄气的皮球。

李邱巴笑着说："爹爹、娘，儿子已经找到哑巴女了。"

"真的？有他们父女的消息了？"李半仙从座椅上起身，眼睛亮亮地问李邱巴。

邱萍："儿子，快说，他们父女在哪？"

李邱巴："坤林让儿子给汤全送警告信，被汤全发现了，日本兵满县城抓儿子，还是哑巴女救了儿子呢。他们父女俩就在县城公平米行旁边，开着一家弹棉坊。"

李半仙："是吗？那这几日，我和你娘去县城找下。如果真是他们，爹爹和你娘就是跪着，也要把他们请回家。"

李半仙语气激动，说完，扭头看了看邱萍，邱萍不断点着头。

李邱巴："爹爹、娘，这十几年，儿子心里一直挂念哑巴女，咱们李家有根哩。等把日本人赶跑，儿子一定要用大红花轿把哑巴女抬回家，还要把李家的孩子找回来。"

【15. 县城　状元楼包厢门口　大年初一　夜】

袁大奶奶走入包厢，袁唐平狼狈地站在包厢门外。包厢内高桥、泊田、腾川等几位日本军官，与赵林和旺松正在喝酒嬉闹。袁大奶奶朝袁旺松招了下手，袁旺松移步包厢门口。

袁旺松："唐平，你去哪儿了？这么晚不回家啊？"

袁唐平："爹爹，我去庄家村找雪花玩呗！噢，我看见坤林叔叔回庄家村了。"

袁旺松急忙上前捂住儿子的嘴。高桥听得清楚，忽地站起，快步走向门口，笑嘻嘻地问袁唐平。

高桥："孩子，你看见庄坤林叔叔回家了？"

袁唐平紧张得冒汗，点点头，又摇摇头，可怜巴巴看着爹爹。

高桥："泊田君，腾川君，立刻随我去司令部，藤井君和你们几位留下，半小时后来大队部。"

高桥、泊田、腾川疾步离开状元楼。

泊田："高桥君，小孩子讲的话能信吗？"

高桥兴奋地："泊田君，中国有句成语，童言无忌。泊田君，记住：争取活捉庄坤林。"

众日军坐上摩托车驶离。

【16. 县城　日军司令部　大年初一　夜】

日军司令部房子前空地上。

汽车、摩托车灯光雪亮，几十匹战马涌动。大批日军和绥靖军集合着队伍，刺刀在灯光照耀下如同森林。汤全策马往高桥奔去，密探紧随汤全身后，气喘吁吁。

汤全跳下马，向高桥敬礼。

汤全："报告高桥司令，庄坤林回庄家村啦。"

高桥："知道了，你赶快做好出发准备。"

汤全："我的部队已经集结。"

一日军手持县城地图，高桥与众日军商讨。汤全凑近旁观。

高桥指点着地图："兵分三路，一路沿庄家村和李家村之间道路设防，一路沿后山绕到庄家粮库，切断庄坤林逃跑退路，一路由腾川直接指挥，包围庄家大宅。”

汤全：“高桥先生，应该在庄家宗祠后面布置一队人马，防止庄坤林从庄家宗祠旁边逃窜上山。”

高桥：“很好。”

汤全：“高桥先生，什么时候给赏钱？”

高桥脸色一沉，对汤全说：“汤团长，你记性不好。这个情报是我们日军首先得到的。”

泊田凶凶地蹬上摩托车，拔出指挥刀，大喝一声：“全体出发。”

日军队伍浩浩荡荡，向庄家村进发。

【17. 县城　前往庄家村的群山山道上　大年初一　夜】

金不换等十几个土匪策马在山路上疾驰，突然金不换勒住马绳，众土匪勒马。

金不换：“小三子，庄家村还有多远？”

小三子：“金大哥，翻过两个山头就到庄家村了。”

金不换：“没跑偏吗？”

小三子：“放心，众兄弟访得真切，跑不偏。”

金不换：“兄弟们听好了，那个黄秋生，手上有两把大镜面，咱们要打他个措手不及。记住，千万别把他打死，那三块宝贝石头还要从他嘴里给撬回来哪。”

众土匪：“知道！”

金不换一勒马绳，马队往群山奔去。

【18. 县城　前往庄家村的山道上　大年初一　夜】

天空响起了闷雷，紧接着下起了雨。日军队伍行驶在去往庄家村的山路上。

汤全领着众士兵走在队伍的最前面。

小李子骑着马，与汤全并肩。

小李子：“汤团长，日本人说话不算数啊。”

汤全："狗日的，得想个办法让日本人抓不到庄坤林。"

小李子："汤团长，为什么不让日本人抓到庄坤林？"

汤全："庄坤林就是块肉，让日本人抓到了庄坤林，我们以后还有什么指望拿赏钱？你真是个猪脑子。"

小李子嘻嘻笑着，"对呀，还是团长高明。"

队伍继续前行，远远地已望见庄家村的轮廓。整个日军队伍停住了脚步。

高桥与众日军下车，日军骑兵向外围运动，泊田率另一路日军往右侧运动，藤井率几十名日军悄悄地直扑庄家村。汤全持枪带着几十个兵丁尾随日军向庄家村扑去。

突然窜出一条大黑狗，往一日军腿上凶猛地咬了一口。

汤全举枪，对着大黑狗"呯"地开了一枪，大黑狗嚎叫着窜入黑夜里。汤全得意地对着枪口，吹了口气。

高桥气急败坏地朝汤全走来，冲汤全脸上猛地扇了记耳光。

【19. 庄家村　庄宅书房　大年初一　夜】

书房里灯火明亮，汤正益乖巧，像以往那样，笑着往砚台注入清水，拿起墨轻轻地、匀匀地磨。

庄坤林取出狼毫笔，在清水里泡开，甩了甩笔尖的水份，饱蘸墨汁，铺开宣纸，沉思片刻，挥笔写下杜甫《蜀相》。

丞相祠堂何处寻，锦官城外柏森森。
映阶碧草自春色，隔叶黄鹂空好音。
三顾频烦天下计，两朝开济老臣心。
出师未捷身先死，长使英雄泪满襟。

汤正益："坤林，几年没见你写毛笔字了，写得这么好看。"

庄坤林笑着，似乎意犹未尽，手提毛笔，凝神屏息，刚想挥毫，屋外传来枪声。庄坤林将毛笔一扔，转身往房外跑。

贾亮、刘金提着枪，三人跑往院门口，大奶奶、庄世伯、锡儿、汤正益惊恐不安地尾随其后。

贾亮侧耳一听，"脚步声从庄家左侧传来，那里通往村口。"

贾亮："刘金，你往右侧跑，吸引日军。我护着坤林，往庄家宗祠跑，从那儿上山。"

刘金猛地搬下门栓，把门打开，往右侧跑去，贾亮和庄坤林往庄家宗祠方向跑。

追来的日军立即兵分两路，七八人追刘金，另外几十人在腾川带领下追庄坤林。

刘金急了，见大部分日军追庄坤林，停下脚步，迎着日军"啪！啪！啪！"地点射，日军措手不及，几个日军被射中。

追庄坤林的日军见状，有五六名日军向刘金掉头冲来，边向刘金开枪。

刘金毫无畏惧，迎着枪和刺刀，向前迈了两步，便仰天倒地。

日军前后夹击，刘金身中数枪。疯狂的日军围上去，用刺刀发狂地刺刘金的身体。

贾亮和庄坤林向庄家祠堂方向死命奔跑，日军狂叫着，要活捉新四军区长庄坤林。

贾亮转身，冲锋枪响了，吐着火舌，子弹如雨，几个日军前俯后仰，摔在石板路上。

贾亮边扫射边护庄坤林奔跑，到庄家宗祠不远处银杏树旁，冲锋枪子弹打光了。

贾亮快速拔出驳壳枪，"啪！啪！"点射。

贾亮："区长，快跑啊！"

贾亮发狂般喊，庄坤林一转身，见庄家宗祠四周闪出十几个日军悄悄围了过来。

庄坤林："当心！贾亮！"

贾亮头也不回，身体向后仰倒，"嗵"的一声重重摔在地上，泥水溅了庄坤林一身。

"贾亮！贾亮啊——"，庄坤林声嘶力竭，蹲下身，一把抱住贾亮，拼命摇晃贾亮的肩膀。

十几米远，日军把庄坤林团团围住。

"庄坤林，投降吧！"腾川高叫，手枪对着庄坤林。

庄坤林被如林的刺刀围住，此时，日军突然闪开道，高桥垂手握枪，泊田持枪紧随高桥，高桥与庄坤林四目相视。

高桥："庄坤林，我是高桥，咱们早该叙叙旧了。归降吧！千万别做无谓的反抗！"

雨水顺着庄坤林的头发往下流，说不清楚雨水里含着他多少眼泪。

突然，腾川挥动左手，两侧虎狼般的日军蜂拥地扑向庄坤林，庄坤林猛地捡起贾亮手边的二十响驳壳枪，向四周扣动手枪扳机。

"啪！啪！啪！"枪声一连串发出，伴随庄坤林的胡乱扫射，后面日军对庄坤林开了枪。

"叭勾！叭勾！"两颗三八大盖的子弹，射中庄坤林的后胸。"扑通"一声，庄坤林重重摔倒在银杏树下。

庄坤林倒地一瞬间，腾川也摇晃着结实的身体，"嗵"的一声轰然倒下。

"腾川君！"，高桥和泊田在手电光下望着满脸鲜血的腾川，叫喊着围上去。

泊田突然蹿起，拔出军刀，疯了般冲到庄坤林身边，死命地一刀又一刀，砍下庄坤林的头颅。

庄坤林的鲜血大量喷出，血水和雨水混杂着，向银杏树根延伸的方向流淌着，渗透着……

【20. 庄家村　黄宅　大年初一　夜】

一阵枪声。

黄大树跳下床，胡乱穿好衣服，顾不得身后兰儿呼叫，抄上手枪，快速打开大门，又返身解开马绳，一步跃上快马，冲庄家村疾驰而去。

兰儿："大树，快回来，危险！"

黄大树："日本人来了，坤林危险，我要去救坤林。"

黄大树策马快速向庄家村跑去。

兰儿一屁股瘫坐在地上。

几十名日军骑兵，一窝蜂朝黄大树扑来。

"啪！啪！"黄大树开着枪，调转马头，向不远处山丘奔去。

日军骑兵兴奋地挥舞战刀，有的右手持枪，奋力追击黄大树，双方距离越来越近。冲在最前的日军，开始准备挥刀劈向黄大树。

“呯！呯！”黄大树的短枪响了两声，日军从战马上摔出七八米远。

“呯！”日军开枪了，黄大树摔下马背。

金不换率领的土匪骑着快马，由山上往庄家村奔驰。

金不换：“弟兄们，这是大镜面的枪声，一定是黄秋生，跟我冲啊！”

众土匪快马冲上山道，与日军骑兵相遇。两股骑兵面对面停住。

金不换一把摘下头上的帽子，往地上一甩，大吼一声：“小鬼子，给我上！”

金不换拔出双枪，“呯，呯”开枪。

双方枪响，马队与马队混淆一起，夜幕中响起一阵枪声和军刀的钢铁声。

渐渐地，枪声和军刀声消失。藤井骑在马上，浑身是血，右手执刀，十几名日军骑兵的快马在眼前晃动。

四周山坡上，横七竖八地躺着土匪和日军的尸体。金不换仰面朝天，倒在地上，右手仍紧握着驳壳枪，左手方向的驳壳枪掉落地上。

李邱巴骑着马，远远地望着厮杀的方向，突然，李邱巴咬牙切齿地举枪，慢慢地拉动了枪栓，冲着黑影里模糊的马队，开了一枪。旋即调转马头，往另一侧山上跑去。

日军一骑兵倒地，数名日军骑兵往枪响方向追去。

【21. 庄家村　大年初一　夜】

日军排着队，把庄坤林的头颅挑在领头日军刺刀上，集合返回县城。

密探目睹发生的一切，兴奋地站起来，向日军队伍又喊又叫奔来，一士兵出列，举枪稍作瞄准，“呯”地一枪，将密探打翻在河塘。

日军的车队和马队缓缓地向县城驰去。汤全领着一群被雨水淋湿的绥靖军，一路小跑着。

【22. 庄家村　庄宅　大年初三　日】

庄家大院四周围拢着众多乡邻，人群中闪动着新四军战士的身影，村口一群新四军战士架着机枪，密切注视着县城方向。

庄家大院内，整整齐齐停放着四口棺材，哭声一片，呼天号地。

刘沸腾和兆明亮等军人站立在院中，黄德胜跪在黄大树棺木前。

忽然，门口人群闪开，一位穿新四军军服的人，带着七八个背枪的战士进入庄家大院。

刘沸腾和兆明亮，站立敬礼！来者进入院内，脱帽，向四口棺木敬礼！

院内一片肃静，庄维根不哭，握着拳头，跪在爹爹棺材旁。兆明亮跨前一步，对来者说："旅长，这是庄坤林区长的儿子。"

来者几步上前，抱起庄维根，对众人高声说："日后革命胜利了，我们不会忘记烈士遗孤！"

来者说完，放下庄维根，向四口棺木恭敬地行了军礼，转身和七八位战士骑马而去。

"明亮啊，这位大官是谁啊？"大奶奶沙哑地问。

"江旅长。"兆明亮大声说。

兆明亮："大奶奶，要赶紧把烈士们安葬。"

大奶奶："明亮啊，坤林的头颅还挂在县城的旗杆上，不能安葬啊。"

兆明亮默默无语。

门口人群自动闪开，孙猴子骑着快马，抱着庄坤林的脑袋，边哭边叫："庄区长回来啦！坤林回家啦！我把坤林的脑袋夺回家啦！"

孙猴子翻下马，跌跌撞撞冲入庄家大院。

汤正益大哭："坤林回家了。"

庄慕兰："爹爹回来了。"

院内哭声一片。

锡儿捧着庄坤林头颅，亲吻着儿子的额头，哭喊着："坤林儿啊，你终于回家啦！"

大奶奶端来八角井的水，与锡儿一起，给庄坤林擦拭脸上的血迹。

兆明亮、刘沸腾等新四军战士转身，抹着眼泪。

【23. 庄家村　山冈　大年初三　日】

山冈上，已经挖了四个深坑，四口棺木摆放在深坑旁，一众新四军战士和乡亲在深坑前。人群中传来隐隐约约的啜泣声。

兆明亮："记住，坤林的坟不要起包，以免日军来挖坟。"

深坑边的众新四军战士默默地点头。兆明亮掏出两根香烟，递了一根给刘沸腾，刘沸腾擦亮了火柴，两人握烟的手颤抖着。

黄大树的棺椁被缓缓地放入深坑，黄德胜跪着大哭了一声："爹，走好！"

第一铲土落在棺木上，发出"通、通"的落土声，其余棺木被缓缓地放入深坑。

大奶奶、庄世伯、锡儿被众乡亲们搀扶着，泪流满面。汤正益边哭泣边挣扎着，欲扑向庄坤林的棺木。

兰儿突然冲出人群，扑通跪在黄德胜身边，撕心裂肺地哭喊着："停一下啊！"

兰儿对深坑颤抖着哭诉："大树，兰儿再给你唱那首《马车夫之歌》。"

深沉、浑厚、悲切的《马车夫之歌》响起。音乐声中，土，猛烈抛向坑内，把兰儿断断续续的歌声随同大树一同埋入深坑。

《马车夫之歌》的音乐声中，三个高大的坟墓矗立在庄坤林墓地附近。

庄慕兰哭泣着奔向坟墓，将手中几枝翠柏平摆在庄坤林的墓地上。

第三十九集

【1. 庄家村　庄宅客厅　春　日】

大奶奶和庄世伯坐在客厅。

庄世伯 :“大奶奶，锡儿又去山上了？”

大奶奶 :“她能去哪儿？村里人都知道，只要不下雨，锡儿就去山上看坤林，就算待在家里，锡儿也总是待在儿子的书房，每天把坤林的书整理一遍，把文房四宝摆得中规中矩，把红木书桌擦得光可鉴人。前几日，锡儿把坤林最后留下的墨宝托人裱了，用精致的相框挂在书房里哪。”

庄世伯 :“哎，锡儿这样下去早晚会出事情哪。”

大奶奶 :“我也担心着哪。世伯，正益在南京陪着慕兰、维根，正益要是在家，婆媳俩还能聊聊家常啊。”

庄世伯起身在客厅默默地走动，突然庄世伯身体晃了两下，大奶奶赶紧上前扶住庄世伯。将庄世伯搀到椅子上坐下。

大奶奶 :“世伯，头又晕了？”

庄世伯 :“哎，自从儿子走了，我这头时时发晕，总觉得天旋地晃。”

大奶奶 :“马上快到清明了，我关照佣人多准备些贡品，上山祭奠坤林、大树、贾亮和刘金，这样，心里也能好受些。”

庄世伯 :“嗯。”

【2. 庄家村　山坡上　坟地　春　日】

锡儿弯腰采着路边的野花，左手握了一把野花。

锡儿起身走向三座高高的土坟，往每座坟前摆放了一支野山花，然后捧着剩余的野山花走向不远处的一座平地，将山花全部摆在平地上。锡儿围着平地缓缓地走动着，抹着眼泪。

锡儿："坤林啊，亲娘和你说说心里话，你爹爹和娘当年修寿穴，亲娘怕，不让修。你跟亲娘说，待亲娘百年后，给亲娘修个又高又大的墓，竖个大大的青石碑。亲娘日后，指望不了你啦。"

锡儿坐在山坡上，呜呜哭起来。

锡儿："儿子啊，亲娘跟你说话，你也回回亲娘话啊？"

锡儿边说边哭，又到刘金坟前，边哭边数落坤林，"哥哥啊，是坤林拖累你啦。那么些后生待家里种地，坤林却要去打日本，赔了自己性命，还搭上哥哥的命啊。"

锡儿哭累了，又回儿子墓前，笑着说："坤林儿啊，日本人不会来刨你的坟啦，从明天起，亲娘给你天天添些土，跟大树他们一样，垒个土堆，安个坟帽。"

锡儿说完，哭着笑着走回家。

【3. 庄家村　坟地　清明节　日】

庄世伯和大奶奶、庄雪花、佣人来到坟地。

大奶奶搀扶着庄世伯，佣人挑着两大篮金银箔叠成的元宝、水果等，庄雪花提着两大袋纸钱来到坟堆旁，在坤林、大树、贾亮、刘金坟前烧香秉烛。锡儿左手握着把小锄头，右手提着一大篮泥土往坤林坟地垒坟包，坟包已垒到半人高。

兰儿、黄秋生、丁大娟从树林的小路走向坟地。

丁大娟："大奶奶哎，你这辈子没把大树当外人，清明上坟，都不落下大树儿哎。"

大娟说着流起泪。

大奶奶："妹子哎，不说这些，白发人送黑发人，心痛啊。"

兰儿："二奶奶，前些日子就该给坤林起个坟，怎么到今天还不给坤林起个坟头呢？”

锡儿不管不顾地用小铲子拍打着坟包周围的土。

庄世伯摇着头，叹着气，在一边不言不语。

大奶奶："妹妹不依我和世伯啊，她非要自己动手给坤林起坟头哩。”

大奶奶掏出手绢拭着泪。

兰儿："哎，二奶奶，你这是自己折磨自己啊。”

锡儿："兰儿，我没有折磨自己，二奶奶累些，心里痛快。”

锡儿用手背擦起了眼泪。

庄雪花和佣人开始烧纸。

黄秋生和庄世伯走到坟前，两人沉默不语。

黄秋生："世伯啊，兰儿想让我跟你说一下，她想把大树的坟迁回到黄家祖坟去，我想，你是不是也把坤林的坟迁回到自家祖坟去？”

庄世伯："秋生啊，万万使不得。贾亮和刘金，生与坤林、大树在一起，死了也不能分开，分开了会伤贾亮和刘金的心哪。九泉之下，他们会怪我们不厚道啊。”

黄秋生："哎！也是啊。迁走大树儿的坟，九泉底下，儿子也要怪我哩。”

黄秋生点着头，转身朝兰儿招手，“兰儿，你过来哪。”

兰儿红着眼，走到黄秋生跟前。

黄秋生："兰儿啊，世伯也这样讲，坤林他们四个人，生在一起打日本，死了葬一起，就是在地下也热闹，打麻将也是一桌啊。”

兰儿："爹爹，兰儿是担心，公公和婆婆要看大树，走不动路，爬不了山哩。”

兰儿用手抹着泪。

【4. 庄家村　坟地　秋　日】

秋风吹过山林，叶儿红了，叶儿黄了，又把树叶吹落，山坡草地上、岩石上铺上了厚厚的落叶。

锡儿用小铲轻轻拍打垒高的土，围着土堆慢慢转一圈，高高的土堆，已经超过黄大树、贾亮和刘金的坟堆。她心满意足坐在草地上，微笑着，汗珠在阳光下格外醒目。

锡儿起身（自言自语）：“还缺了个坟帽，山上的土稀松，不能用来做坟帽，得找块合适的石头。”

锡儿低头在山坡上寻找着石块，失望地抬起头：“哎，山坡上的石头，大的太大，小的太小，要么形状难看。”

锡儿将手中的铲子一扔，转身向侧面走去。

锡儿下到半山，溪流潺潺，几株夏鹃正开放，花朵鲜艳得张狂，吸引了锡儿的目光。花株旁边，有块圆圆的石头，脸盆大小，正好合适。

锡儿兴奋地弯下腰，费力将石头挪出小溪。她用力地搬呀，滚呀，终于将石头移动到坤林坟前。

锡儿精疲力竭，喘着粗气，将粘在脸上的头发拢起，将脸贴近泥土，笑着说：“坤林儿啊，亲娘知道，你一定心痛亲娘劳累，你虽然埋在土里，但亲娘能看见你的笑脸呢。”

锡儿说完，眼泪又无声流下。

锡儿用衣袖抹抹眼睛：“坤林儿，亲娘知道你壮志未酬，等把日本人赶出县城，亲娘一定会来告诉你，再把石头摆上去。”

锡儿心中像是完成件大事，转身沿着自己踩出的山路，满意地回去。

【5. 庄家村　庄宅　中秋　日】

大奶奶、庄世伯坐在客厅，默默喝茶，大奶奶静静地看着庄世伯。

做月饼的大师傅兴冲冲地进入客厅。

大师傅：“大奶奶，世伯，你们都在啊？”

大奶奶起身苦笑，“大师傅哎，怎么又来了？庄家的月亮缺得厉害，今年不再赏月吃月饼了。”

大师傅呵呵笑将手中的礼盒放在桌上。

大师傅：“大奶奶，看开些，庄家的根还在，慕兰和维根虽然不在家，雪花还在家啊，这些月饼是我送给庄家的。”

大奶奶：“那不行啊，大奶奶怎么能白要你的月饼呢？”

大师傅转身往门外急走，“大奶奶，看开些，庄家会好起来的。”大师傅疾步出门。

大奶奶：“雪花。”

庄雪花进门。

大奶奶："雪花，把这月饼拎到你的房里去"。

庄雪花开心地应了声"哎"，拎着月饼开心地出了客厅。

大奶奶："世伯，维根和慕兰在南京，正益会买给他们吃的。"

"哦。"庄世伯吱一声，继续喝茶。

大奶奶（心酸地）："世伯，锡儿又去山上了，昨天眉开眼笑地告诉我，她给儿子的墓堆好了，又高又大。"

庄世伯："唉，坤林亲娘呀，跨不过这道坎儿，这样下去会出事儿呀。"

大奶奶："刘家的人已经几年不来山上收板栗，再过不多时候，满山板栗树又要掉果了。"

庄世伯看着大奶奶，慢吞吞地说："刘家两个兄弟把控着刘生和陶玉如，我琢磨，那兄弟俩改换了营生，对庄家的板栗已经不屑一顾了。"

"也是，刘家有底子了，庄家败落了。现在的刘家连个书信都不来了。"大奶奶叹着气。

庄世伯："我都快九十了，走路迈不动腿，爬山更不行了。年轻时，我与你一起把掉在地上的板栗捡得多干净啊。"

庄世伯回忆往事，终于笑起来。

大奶奶（笑着）："庄家，不就是这么一点点抠出来的家底吗？"

大奶奶："世伯，维根还小，待过了中秋，我寻思，把酒坊关了，把那些贮藏的酒低价处理了，免得日后让维根来收拾。"

庄世伯："这样也好。日后守着土地，够吃够花就行。"

大奶奶："坤林虽然不在了，维根还在，庄家只要有根在，日后一定还会枝繁叶茂。"

世伯笑了，点着头。一会儿，有些激动地看着大奶奶："儿子虽然死了，但死得值。国家遭外族侵略，历朝历代都有人站出来拼命。"

大奶奶点着头，稍后，表情突然严厉起来。

大奶奶："世伯，我关照你，日后维根在家，不许你这样说话。我就希望维根日后别学他爹爹。儿子打小起，就想长大当棵高大的银杏树，结果招来灾祸。我们要让维根这辈子不招风惹雨，就像山上的歪脖子树，颐养天年，给庄家多留香火。"

大奶奶说完，眼圈红了。

庄世伯："是啊，庄家，再也经不起风浪了。"

门外，传来脚步声，人未到，大嗓门先进来。

大嘴："大奶奶，我和巧儿娘来看你了。"

大嘴和巧儿娘手上各拎一只小竹篮，上面盖着花布，进了门。

"是大嘴和巧儿娘啊？快，进屋坐坐。"大奶奶打着精神，笑着迎上去。

大嘴："大奶奶哎，我跟巧儿娘两家做了些饼，也拿不出手。我约了巧儿娘一起，送些饼给你们尝尝。"

大嘴笑着，乐呵呵地把竹篮往桌上一放。

没等大奶奶招呼，大嘴和巧儿娘在椅子上坐下。

大奶奶笑了，"看着你们这些老姐妹，大奶奶心里温暖。喝茶吧，姐姐去给你们倒。"

大嘴："不了。大奶奶，我和巧儿娘，就想让你和世伯心里乐呵乐呵。要不是当年你带姐妹们养蚕，哪有今天的好日子哩？"

大嘴直来直去跟大奶奶说话，巧儿娘在旁笑着不住点头。

巧儿娘："锡儿妹妹呢？又往山上跑啦？"

"唉。"大奶奶叹着气，点着头。

"唉，"大嘴也叹气，"到你这儿来的路上，我和巧儿娘看到黄秋生骑着马，往山上跑了。你说都这岁数了，眼里又长着膜，看东西模模糊糊，出了事怎么办哩？"

大奶奶："秋生这是挂念大树哩。秋生出去骑骑马，透透气，骑一回马，少一回了。"

大奶奶："巧儿娘，你看看世伯，前几年身板多硬朗，就这年把，说垮就垮，走路都走不动了。"

大嘴（笑着）："世伯，心里不要有负担，想开些。维根和慕兰都在读书，庄家的大树，根都在，倒不掉。"

巧儿娘（笑着）："大奶奶，大嘴说得对。庄家树大根深，日后必定更加兴旺。"

"哎哟，两位姐姐来啦？依两位姐姐吉言了。"锡儿笑着进客厅，手上都是干泥巴。

"二奶奶啊，又上山去啦？"大嘴笑着与锡儿打招呼。

锡儿："山上的花，开得好看，我去采了些，摆在坤林坟地。"

锡儿甜甜笑着，去厨房舀了水，打上香皂洗起手。

巧儿娘起身，对大嘴说："大嘴，该回去做晚饭了，一会儿，我那外孙要回家了。"

大嘴（笑着）："世伯、大奶奶，我们回去了。"

世伯与大奶奶起身送大嘴和巧儿娘。

大嘴扭头冲厨房嚷："二奶奶，空了来我家串门。"

锡儿："哎。"

锡儿用毛巾擦着手，脸上露出了笑容。

【6. 庄家村　黄家老宅　秋　日】

黄秋生从卧室门出来，见热腾腾的早饭摆桌上。

兰儿："爹爹，吃早饭吧。"

兰儿又端碗稀粥，用盘子装着馒头和鸡蛋，端进大娟房间。

"唉"，秋生心存感激，叹口气，坐下吃起了早饭。

黄秋生独自一人走到后院去马厩，扛了把钉耙往菜地走去。

视野里出现江南地区特有的埋在地里的大粪缸。

一群大头苍蝇"轰"地四散乱飞，一只苍蝇飞到房内嗡嗡叫，兰儿挥起手帕驱赶。

丁大娟（神秘地）："你爹爹去掏粪缸了。"

兰儿："爹爹掏粪缸干嘛？"

兰儿起身到门口，见黄秋生正用清水冲洗一个油纸包。

兰儿："爹爹，我来冲洗吧。"

"好了，好了。"黄秋生蹲在地上，解开油纸裹着的金条，把兰儿吓一跳。

兰儿："爹爹，怎么会……？"

黄秋生："兰儿，进屋说吧。"

兰儿随黄秋生入屋。

黄秋生："这儿根金条，你藏着吧，留给德胜将来娶媳妇用。"

黄秋生说完，顺手拿下一块洗脸巾，包好金条递给兰儿。

兰儿脸露惊讶："爹爹，你居然将金条藏在大粪缸里，要是叫人发现，那多危险啊。"

兰儿也不推辞，笑着接过金条。

兰儿："爹爹，兰儿找个稳妥的地方藏好，下午过来陪你们。"

兰儿说完，出门，往自家走去。

【7. 庄家村　黄家老宅　秋　中午】

树上传来知了的叫声。

黄秋生笑盈盈地对躺在床上的丁大娟说："大娟，我骑会儿马，外面跑跑，凉快凉快去。"

丁大娟："别跑太远，老胳膊老腿的，慢慢地遛，早去早回啊。"

黄秋生："哎。"

黄秋生说完便去了马厩，将马牵到院外，双手扶着马背，费力地翻了上去，又挺了挺腰板，喝斥着马，慢慢跑起来。

黄秋生骑马到路边，停下，眼睛盯着山路左看右寻。

黄秋生（自言自语）："大树倒下的地方，明明有一块赭红色山石，怎么寻不到了？"

黄秋生又调转马头，自言自语："哎，去看看当初教大树放枪的地方，看看大树射中的那棵野板栗树，弹头是否还留在树杆上。"

黄秋生习惯地一夹马肚，马匹久未跑动，撒开四蹄，欢快奔着。山上长满灌木与野草，不多时，翻过两座山，黄秋生见到那棵野板栗树，树上挂满板栗，树下也散落着板栗。

黄秋生很兴奋，下马。黄秋生将马牵到树边，紧紧盯着树干，细细寻找。终于，他看到了弹头。

黄秋生："树皮在慢慢生长，要不了两年，便会完全包裹弹头。"

黄秋生用手抠着弹头，抠着，抠着，停了下来，撑着野板栗树，嚎啕大哭起来。

黄秋生抹了把老泪，死命地砸了板栗树一拳，一跺脚，仰天大喊，"黄家根还在，等打败日本人，无论如何，让德胜赶快讨老婆。"

黄秋生哈哈大笑，拍了下马背，"伙计，赶快回家去，我要跟大娟说一声，看看哪家女儿与德胜般配，先把聘礼给下了。”

黄秋生上马，大声吆喝着，马儿跑得欢。

黄秋生：“嘿，老伙计，知道我的心情，还尽拣好路跑哪。”

马儿撒开四蹄从山顶往山坡奔驰。

黄秋生（笑着）：“慢些，慢些，山下就是家了。”

将到山脚下，马儿奋起一跃，一根树干横着，给秋生头部重重一击，黄秋生跌落马下，不省人事。

【8. 庄家村　黄家老宅　秋　黄昏】

兰儿走入黄家老宅客厅。

丁大娟躺在床上焦急喊着，“兰儿呀，你公公出门骑马，到现在没回来，会不会出事儿啦？”

兰儿：“啊？去了那么久还没回来？”

兰儿大惊失色，转身跑出家门，大声喊：“快来人啊！我公公不见啦！快帮我去找找啊！”

许多人纷纷往黄家老宅跑来。

【9. 庄家村　黄家老宅的田野山坡　夜】

火把和人影在四处晃动着。

月亮高悬。月光下，一群人抬着黄秋生往黄家而来。

【10. 庄家村　庄家客厅　秋　日】

大奶奶：“世伯，秋生今天入土，我去送送他。”

庄世伯从座椅上缓缓起身，“你搀着我，我们一起去送秋生。”

大奶奶：“坐马车去吧？”

庄世伯：“不坐马车。这是秋生最后一程路，我咬着牙也要走路去。”

大奶奶走到世伯身边，挽着世伯的胳膊，两人缓缓地出了庄家大门，往黄家老宅走去。

【11. 县城　街道　秋　日】

兰儿坐着马车往县城而去，一路上零星的鞭炮声响。

兰儿："车夫，今儿不是什么节日，怎么放鞭炮？"

马车夫："怪了，怎么那么多人都在往外面搬鞭炮？"

马车疾驶，进入县城。一片鞭炮的炸响。街道上，小巷里，一群群人敲锣打鼓，吆喝着，欢跳着。

"日本人投降啦！"

"小日本跑啦！"

兰儿兴奋地、声音颤抖："车夫，日本人投降啦。"

马车在袁宅大门停下，兰儿风风火火地跑进袁家大院，见爹爹和娘、小桃红等人正往大门涌来。

兰儿哽咽着："日本人投降了！爹爹、娘，可惜大树没等到这一天啊。"

兰儿猛地扑到袁大奶奶的身上，母女抱头痛哭，众人抹泪。

兰儿忽地松手，满脸泪水，"爹爹、娘，见你们都好，兰儿放心了。我要赶紧回去告诉庄家大奶奶和庄家二奶奶，一起去墓地把这好消息告诉坤林和大树。"

兰儿说完，不容爹爹和娘挽留，跳上马车。

马车夫奋力摔鞭，"啪！"

马儿撒蹄急奔。

【12. 庄家村　庄宅大门口　秋　中午】

庄家村四周不断响着鞭炮声，几个村民敲起大锣吆喝，"日本投降啦！日本投降啦！"

锣声激烈，喊声嘶哑，没多久，欢庆的鞭炮，炸响在庄家村各个角落。

"雪花，快跟厨子一起，把家里所有鞭炮，搬去大门口放。"大奶奶颤抖着大喊。

庄家大门口，鞭炮炸得震天响，盖过了庄家村任何一处鞭炮。

世伯忽儿笑，忽儿哭，和大奶奶一起，把没炸响的鞭炮，亲手重新点燃。

"呼——啪！"

庄家大院四周，硝烟缭绕，整个庄家村欢腾起来。

【13. 庄家村　庄宅大门口　秋　黄昏】

庄宅大门口，大奶奶、庄世伯、庄雪花、佣人及围观的村人放着鞭炮，地上散落着许多鞭炮的碎屑。

马车疾驶到庄宅门口。兰儿从马车上跳下，急切地大喊："大奶奶，二奶奶，我们赶快去山上，告诉坤林和大树，日本人投降啦。"

大奶奶环顾四周，大笑着说："兰儿，锡儿一定去坤林墓地了。"

"雪花，陪兰姨一起去山上报喜讯。"兰儿大声说，不由分说拉起雪花，夕阳下，笑呵呵地向山上跑去。

【14. 庄家村　山上坟地　秋　黄昏】

夕阳照耀着群山，树叶金黄。

锡儿气喘吁吁地往坟地跑去。

锡儿万分激动地挨个跑到大树、贾亮、刘金坟前，哭着笑着，向他们报告这激动人心的消息。

锡儿："坤林，大树，贾亮，哥哥，日本人投降啦！"

锡儿欢呼着跑到庄坤林坟前，大喊："儿子啊，你听得见亲娘的话吗？日本人投降啦！你没完成的大事已经实现啦！"

锡儿对天哈哈大笑，泪水却大颗大颗滴落，看着漫山遍野的鲜花："儿子，亲娘知道，你正对我笑着呢。"

锡儿看见坟堆边自己准备的石头，弯下腰，忽地将石头抱起，摆放在儿子坟顶。

锡儿看着坤林的坟墓，绕着坤林的坟墓笑着。

庄坤林的坟已经高高大大，再加上坟帽，显得庄重许多。

锡儿转着，只觉眼睛模糊。

锡儿："儿子，怎么有那么多金色的星星，围着亲娘跳舞呢？"

锡儿"呵呵"地笑着，身体晃悠着，摔下山沟。

【15. 庄家村　山上坟地　秋　黄昏】

兰儿和雪花，手拉手来到墓地。

庄雪花："兰姨，怎么不见我家二奶奶？"

兰儿脸色惊慌："雪花，快，找找你奶奶，看看她在哪儿？"

兰儿和雪花急忙跑到坟地四周，寻找着锡儿。

庄雪花突然惊叫："在这里。"

兰儿急忙蹿下山沟，"雪花，不好了，快去山下叫人。"

庄雪花边哭边跑，往山下而去。

兰儿不断呼唤着锡儿，"二奶奶，醒醒，醒醒呀！"

锡儿昏迷不醒，嘴角挂着笑，脸上都是尘土。

【16. 庄家村　庄宅　秋　夜】

夜色中，李半仙提着医箱与佣人一起急匆匆跨入庄宅，大奶奶、庄世伯、庄雪花迎上。

李半仙径直进入锡儿房间，给锡儿搭脉，众人尾随。

"怎么样？快救啊！"大奶奶手足无措，低声催促半仙。

李半仙："大奶奶，乐极生悲啊。急火攻心，也无药可治，只能先掐人中，碰碰运气了。"

李半仙掐着锡儿人中施救。

"世伯，世伯，锡儿恐怕不行了！"大奶奶呼世伯，世伯未应。大奶奶赶紧步入厨房，见庄世伯左手端着空脸盆，右手想拿洗脸巾，洗脸巾就在眼前，他挥舞着手，在空中乱抓乱摸，就是摸不到。

"不好！"大奶奶叫了声，又赶紧喊："半仙快来啊，世伯怎么啦？"半仙赶紧过来，见世伯笑着，手在空中乱舞。

众人赶紧将世伯送到房间，兰儿拿过世伯手中紧握的洗脸盆，赶紧打盆八角井的水，给锡儿擦脸。

大奶奶："半仙啊，救救世伯和锡儿吧。"

大奶奶"扑通"一声跪在李半仙面前，大哭了起来。

兰儿一把扶起大奶奶："半仙，快救人啊！"

李半仙沮丧地摇着头，"世伯这是喜悲过度，头脑血管破了，送到省城也徒劳了。"

屋内一片哭声。

【17. 庄家村　庄宅　秋　日】

庄宅大门外，众乡亲围聚，两副棺木抬出庄宅。

吹吹打打的哀乐声中，兰儿、大嘴、巧儿娘及一些乡亲们簇拥着大奶奶、汤正益。庄家一行人随棺木前行，庄慕兰、庄维根、庄雪花披麻戴孝，哭哭啼啼地尾随。

兰儿哭着："大奶奶，来不及请工匠给二奶奶竖碑啊。"

大奶奶哽咽着："兰儿啊，我已经把我的寿穴让给锡儿啦。"

大奶奶突然大哭："妹子啊，你跟姐姐有缘一场，你就安心睡吧。有你陪着世伯，姐姐也放心啊。"

乡亲们见大奶奶如此慷慨，哭得伤心，无不落泪。

【18. 庄家村　庄宅　秋　日】

马车停在庄宅门口，大奶奶、汤正益、庄慕兰、庄维根出庄宅。庄慕兰扶着汤正益上了马车，庄维根突然扑向大奶奶，埋头痛哭。

大奶奶抚摸着庄维根的头，"维根，别担心奶奶，你和慕兰学业为重。"

庄维根泪流满面，突然转身，面对汤正益，"娘，你别去南京陪我们了，你陪陪奶奶吧。"

庄维根说完，上前将汤正益搀下马车，庄慕兰和汤正益泪流满面。

大奶奶流泪："维根啊，别担心奶奶啊。"

庄维根抹了把泪水，坚定地说："娘，你留在家中陪奶奶，否则我就不去南京上学了。"

汤正益："不许瞎说！你要不去读书，娘百年后与你爹爹见面，你爹爹还不骂死我？"

汤正益满脸泪水，将庄维根推上马车，转身搀扶着大奶奶。

马车启动，大奶奶挥手疾呼："慕兰，一定要护好弟弟维根啊。"

马车向前，维根和慕兰大哭，大奶奶和汤正益眼泪珠子般落下。

【19. 南京　某地军警司令部　秋　日】

周特派员办公室，宽大的办公桌上摆放着一些案卷，周特派员正埋头看材料，一军警进屋。

军警："报告！特派员，门口有两个孩子哭闹着要见你。"

周特派员抬头，"哦？那就让他们进来吧。"

军警："是！"

军警出门，不多会儿，庄慕兰和庄维根进门。庄慕兰进门朝周特派员鞠一躬，眼泪汪汪。

庄慕兰："长官，我替我爹爹诉冤来了。"

庄慕兰将衣袋里的信递给周特派员，扭转身抱着庄维根，姐弟俩大哭。

周特派员惊讶地打开信件，看着看着，双手颤抖，忽地将信重重地拍在桌子上，转身在桌前走了几步，又返身拿起信件看了一眼，将信递给军警，咬牙切齿地说："抓！立刻抓！"

【20. 县城　赵宅　秋　日】

赵宅客厅。赵林、老赵县长、赵夫人围桌而坐。

赵夫人："赵林爹，你再去袁家，催催那家人，让他们天天给梅儿写信啊。"

赵县长："袁家的门槛都让我踏破啦。"

赵夫人："儿子，你再去发个电报，让梅儿赶紧把你的美国护照寄过来呀。"

赵林："娘，没那么快，我也没有把握梅儿会从美国赶回来救我。"

老赵县长："国民政府已经准备抓捕和惩治汉奸的审判法庭，儿子这次栽定了。"

赵林："爹爹、娘，明天上午，我坐班车先去常州，然后去上海躲一躲，寻机会逃到美国。"

赵林一脸愁苦，对爹爹和娘低声说。

"哎呀，急死人了。你倒是给儿子出个主意啊？"老赵夫人急得跺脚。

"唉，这种事，谁也保不了喽。儿子，都怪爹爹，当年官迷心窍，财迷心窍，早知今日，何必当初，煞费心机给你谋了个县长当当。"老赵县长后悔万分，带着哭腔说。

"一点法子都没有？再想想，官场上还有没有关系啊？就是把赵家搭进去，也得保住赵林啊。"老赵夫人呜呜哭起来。

“儿子，事不宜迟，今晚你就开着车，跑到常州后，把车扔了，买张火车票，先去上海躲起来，后面的事，靠你自己了。”老赵县长突然决断地说。

“有这么急吗？”老赵夫人吓了一跳。

“三十六计，走为上。儿子，快走！现在就走！”老赵县长催促赵林，两颗眼泪无声流下。

赵林上前抱着爹爹，又转身紧紧抱了抱娘，一把拎起箱子，转身走向大门。

大门开了，没等赵林出门，十几个荷枪实弹的宪兵涌入，团团围住赵林，不由分说直接架走。

“儿啊！”赵林娘歇斯底里呼叫，瘫软在门槛上。

赵林被押上车，见汤全戴着手铐已经蹲在车厢中，旁边站着七八名持枪军人。

警笛声中，两辆汽车扬尘而去。

【21. 苏州　狮子口监狱牢房　秋　日】

监狱三步一岗，五步一哨，围墙上电网拉得严严实实。

牢房内，汤全沮丧地看着赵林，心里怨恨。

汤全：“惨了，出不去了。”

汤全开始两腿发软，浑身打着哆嗦。赵林脸色发白，几近绝望。

“赵县长，我们是不是死定啦？”汤全压低声音恐惧地说。

“别叫我赵县长。”赵林有点恼怒。

“哎哟，现在怕啦？以往哪个忘了叫你县长，你还瞪眼哪。”汤全反唇相讥。

赵林往炕上一躺，闭起眼睛，扭过头去不理睬汤全。

汤全：“赵县长，你就是个狐狸精。我回家窝着的那天，你还给我吃定心丸，说你最多县长被撤，我最多降个职，当个副团长。我信了你的鬼话，压根儿就没想过逃跑。你他娘的，自己却想逃跑。”

汤全贼贼地盯着赵林。

汤全：“唉，临死有县长陪着，也不怕了。”

赵林慢慢回过头，悠笃笃对汤全说：“汤全，你死定了。我呀，没事儿。”

“凭什么我死你没事儿？告诉你，赵林，在法庭上，我会把你做过的事儿，一件件抖出来，老子减刑，你死刑。”汤全恶狠狠说。

赵林淡淡笑了笑：“汤全，我刚才回忆了我读过的法律书籍，我有美国护照，没事。”

汤全忽地站起，气呼呼地，“呸！谁证明你是美国人？证明不了，照样杀头！”

【22.县城　赵宅客厅　秋　日】

赵夫人坐在椅子上，不断地用手帕擦着眼泪。

赵夫人：“赵林爹，那个梅儿无心无肝，赵林不过犯了天下男人都会犯的错，就和儿子闹分居，把儿子气回国。”

老赵县长唉声叹气，端起桌上的茶杯喝了一口。

赵夫人：“也怪你，当初汪伪政权建立，就不该让赵林继续当县长。事到如今，你得想想办法救你儿子啊？”

老赵县长：“唉。全国抓了上万人，还在抓哩，正是风头上，找谁也没用啊！”

赵夫人：“有钱能使鬼推磨，哪朝哪代都一样啊。我陪着你，厚着脸皮再求老李头，说不准，他有门路救赵林哩。”

老赵县长叹着气：“他早就下来了，再给他送钱，没用！找他捞赵林，如同水里捞月亮，毫无希望啊。”

赵夫人：“没希望也要试一下，总不能看着儿子蹲大狱吧？说不准，老李头有办法，哎，老李头有个儿子，说不准出息了呢？”

“是呀，他那儿子叫李三保，学的法律，和庄家坤林大学同学，哎呀呀，怎么把他忘了呢？”老赵县长绝处逢生，激动地蹦起。

“赶快准备钱财，上南京啊。”老赵夫人见提醒了赵林爹，觉得儿子有救了。

老赵踱着步，坐下又站起，站起又坐下，对赵林娘说：“给我重新沏壶大红袍，提提精神，容我再想想，这事儿怎么办。”

赵林娘大气不敢出，怕扰了赵林爹想办法，小心翼翼去了厨房，重新泡了壶大红袍，轻轻放在桌子上，然后，坐下默默看着赵林爹。

墙上的钟，“滴答、滴答”地走，赵夫人的心像那钟摆，晃来荡去。

好一会儿，老赵慢慢开了口：“赵林娘啊，先别去南京。待我先打电话给李厅长，摸个底，问下李三保的情况，别将钱打了水漂。”老赵夫人刚想开口，见老赵对自己摆手，示意别说话。

费了好长时间，电话终于接通老李头家。话筒里，传来陌生的声音：“您好，哪里？”那头一个中年男人，操着地道南京话。

“您好，请问老领导李厅长在家吗？”老赵脸上堆着笑，小心翼翼问。

“我爹爹出门打麻将去了，您是哪里？”对方问。

“我是老赵县长啊。您是三保侄儿吧？”老赵热情地套近乎。

“是啊，您有什么事儿吗？我代为转告，行吗？”李三保明知故问，客气地说。

“大侄儿啊，我和赵林他娘想来南京，看望你爹爹和你哪！”老赵县长对着话筒，激动地说。

“好啊。不过，明天，我要去苏州法院审理案件，一大批汉奸等着宣判哩。”李三保故意说。

“那我到苏州来看你，行吗？”老赵县长很激动，找人找对了。

“欢迎啊。明天我住在苏州干将路，离狮子口监狱不远。你到苏州后，打我电话，你记下电话号码吧。”李三保说。

“哎，哎，快拿笔来。”老赵县长激动应着，伸手接过笔记下电话号码。

挂完电话，老赵县长兴奋得直搓手，“儿子有救了，李三保负责审判案件，而赵林又被关押在狮子口监狱，两头对上了。”

“儿子有救了？”赵夫人急切地问。

“有希望了，真有希望了。”老赵县长安慰赵林娘。

【23. 苏州　干将路　李三保住宅　秋　日】

老赵县长和赵夫人与李三保面对面坐着，一只装有银元的皮箱放在离李三保不远处，桌上两杯茶热气腾腾。李三保抽着烟，往烟缸里弹了下烟灰。

老赵县长的身前放着一本打开的《惩治汉奸条例》，旁边放着一本未打开的《处理汉奸案件条例》，格外显眼。

“难啊。”李三保将皮箱推回到老赵县长身旁，指着打开的《惩治汉奸条例》，对老赵县长说："赵林的行为，按条例规定，完全符合死刑与重刑的规定啊。"

"大侄儿啊，赵林就是卖了些粮食给日本军队……"老赵县长寻找理由为赵林开脱，话没说完，便被李三保打断。

"老县长啊，赵林不止这些，他配合日军悬赏抓捕庄坤林，这是死罪，免不了的。"李三保压着一肚子不耐烦，站起身，猛吸了一口烟。

"呜——"，老赵夫人嘤嘤哭起来，边哭边埋怨梅儿："赵林待在美国多好，我那儿媳不争气，与儿子分居。赵林赌气，放着美国不待，跑回国内当这县长。大侄儿，救救赵林吧。"

"慢！"，李三保突然眼睛一亮，将香烟往烟缸里揉灭，"我作为法官，除了公正执法，也不放过任何符合法定免罪的事实。"

李三保："你说赵林曾待在美国，这我知道。我问一下，赵林有没有加入美国国籍？"

"加入啦，赵林说过。"老赵县长急切地回。

"有美国护照和移民局的入籍相关证明文件吗？"李三保关心地问。

"都在美国家中放着哪。"赵夫人脱口而出。

李三保："就要宣判了。如果在宣判前有这些文件，我可以放赵林一条生路，如果宣判前没有提供这些证明文件，只能判死刑了。"

李三保说完，看了看老赵和老赵夫人，又瞟一眼放在老赵跟前的皮箱。

老赵县长猛地站起，激动得浑身哆嗦，把皮箱推到李三保跟前。

老赵县长连连作揖："拜托大侄儿了。"

【24. 苏州　法院大堂　秋　日】

大奶奶领着刘生、陶玉如、庄慕兰、庄维根、汤正益、庄雪花进入法庭，从袁家、赵家人所坐的椅子边经过。袁大奶奶起身欲与庄大奶奶打招呼，庄大奶奶视而不见，率庄家一干人入座。

兰儿见状，起身离开袁家坐席，径直走到庄家大奶奶身边，左手紧紧握着大奶奶的右手，仇恨地盯着被告席上的赵林和汤全。

法庭，庄严肃穆。一众法官端坐法椅，身穿法袍，显得崇高又威严。法庭内外，许多执枪军警头戴钢盔，精神饱满捍卫着法庭的尊严。

在黑压压一片的听众中，坐着一位端庄的妇女。她一会儿望着袁家坐席，一会儿望着庄大奶奶，一会儿望着审判席，显得心绪不宁。

李三保穿着法袍，戴着法徽，右手执法槌，“被告人汤全，协助日军杀害抗日将士庄坤林，依法判处十五年徒刑。被告人赵林，虽然罪大恶极，理当判处死刑，但赵林是美国公民，不受中国法律约束，准予释放。”

李三保猛敲了一下法槌。

许多媒体记者闪光灯立刻围住了赵林。

听众席上人们纷纷站起，一片喧哗。

汤全被带出法庭，经过庄维根身旁，庄维根突然起身，对着汤全的脸狠狠打了一拳，法警劝住。

【25. 苏州　法院外　秋　日】

庄家人在庄大奶奶率领下上车，袁通和袁大奶奶走到车旁。

梅儿欢快地往汽车奔来，“庄大奶奶，我是梅儿。”

大奶奶冷冷地望了眼梅儿，“你是梅儿？你救了一个汉奸。”

袁通：“庄大奶奶，对不住庄家了，一起去吃个饭吧？”

庄大奶奶望了眼袁通，扭头朝司机说了声：“师傅，开车吧。”

汽车鸣了声喇叭，起动。

袁通和袁大奶奶、梅儿等人尴尬地望着汽车驶远。

【26. 苏州　状元楼　秋　日】

状元楼包厢内，袁家、赵家围坐一桌就餐。梅儿与兰儿坐在一起，赵林不管不顾，只顾埋头大吃。

突然，赵林推推眼镜，站起身，对所有人鞠一躬，然后走向梅儿，扑通跪下：“梅儿，感谢你救我的命。在我关入大牢的每一天，我最记挂的人就是你和我们的女儿。中日这场战争，我卷入其中，对中国对家乡，我犯下大罪。我非常后悔曾经干过的事情。”

一片寂静，众人语塞。只见兰儿上前，对赵林狠狠一巴掌，赵林脸上留下一个清晰的掌印。

“赵林，你要为大树的死负责！”兰儿愤怒吼叫。

“什么？”梅儿大惊失色。

兰儿向梅儿边哭边诉：“姐姐啊，大树跟随庄家坤林打日本，赵林勾结日本鬼子悬赏抓捕庄家坤林，大树是为救坤林而死的啊……”

梅儿的脸，因痛苦扭曲，泪水漫过精致的妆容。

“大——树——哥——啊！”

梅儿肩膀剧烈抽搐，伏在桌上痛哭起来。

袁通和袁大奶奶，目睹这一切，陪着拭泪。

梅儿起身，面对赵林：“赵林，你给我和女儿寄的钱，梅儿以前没有花，现在更不会花，我知道那是带血的钱啊。你回美国吧，那钱留着，你自己后半生花，或者，给你儿子花。”

“啊？”众人惊呆。

老赵县长和赵夫人疾步走向梅儿，赵夫人将赵林拉起。

老赵县长：“梅儿，这是怎么回事啊？”

赵林惊呆地望着梅儿。

梅儿：“赵林，那个苏北女孩，没有回国打胎，生下了你的儿子，你知道吗？”

梅儿的脸显得愤怒，情绪激动。

“啊？这是真的吗？”老赵夫人急切地问，眼神发亮。

“是真的吗？赵家有根了？这根还伸到了美国。”老赵县长失声喊道，一脸惊喜。

梅儿点着头：“赵家的孙子很优秀，伯克利大学毕业，是个博士。”

赵林傻了，望了眼梅儿，又望了眼老赵县长和赵夫人，爹娘的脸上流露出灿烂的笑容。

梅儿嘲笑地对赵林说：“赵林，是个男人，要有担当。希望你不要一错再错，好好思过，重新做人吧。爹爹，娘，我们走吧。”

梅儿说完，转身出门，袁通和袁大奶奶一行人，纷纷离座，尾随梅儿出门。

梅儿突然返身，对赵林轻声说：“赵林，尽早回美国。共产党和国民党已在争江山，你要是落在共产党手里，谁也救不了你。”

梅儿说完，和兰儿一起搀着爹爹和娘上了汽车。

【27. 苏州　汽车行驶　中秋　日】

兰儿挨着梅儿，姐妹俩手握着手，稍会儿兰儿松开梅儿的手，从衣袋里拿出一个鸡心形状的红布囊，伤心地说："姐姐，还记得吗？你送大树的红豆，妹妹一直让大树戴在胸口。大树死的那天，线被妹妹扯断了，红豆落在洗澡盆水里，泡了好几天。"

兰儿说着，又哽咽起来。

梅儿接过红布囊，打开后取出红豆，放在左手心，细细地看着。眼泪无声落下。梅儿手心捧着红豆，看了又看，直到汽车快到婷婷家屋前，才把红豆装入红布囊，交给兰儿。

梅儿："妹妹，待清明那天，替姐在大树坟前烧些纸，再把红豆按在大树坟上的泥土里，大树会知道的。"

兰儿红着眼，小心接过红豆，珍藏衣袋里。

兰儿："姐姐，回溧水去，妹妹陪你去大树坟上，一起去看看大树吧。"

第四十集

【1. 庄家村　黄家老宅　秋　日】

一阵马蹄声由远及近，马蹄声传入黄家老宅。兰儿和大娟正坐在客厅，听见马蹄声，兰儿好奇地走向屋外。

黄德胜牵着马，英姿飒爽出现在门口。

黄德胜欣喜地大喊一声："娘！我回来了！"

兰儿欣喜地扑上去，紧紧地抱着黄德胜。丁大娟急急地从屋里出来，边走边呼："德胜，真是德胜吗？"

黄德胜赶紧松开兰儿，疾步上前，搀着丁大娟，"奶奶，是德胜，您孙子回来啦。"

兰儿呵呵笑，簇拥着黄德胜进入客厅。

兰儿显得手忙脚乱，给黄德胜泡了杯茶，"德胜，这次回来，多久才走啊？"

兰儿欣喜地上下打量儿子。

"娘，我从部队转业了，明天去县委组织部报到。从今往后，儿子不走了。"德胜开心地忍不住抱着娘转个圈圈。

兰儿"咯咯"笑，"快，坐下，肚子饿了吧？娘给你煮碗面条。"不由分说，兰儿去了厨房。

丁大娟上前，浑身满溢着开心，伸手摸蹭着黄德胜的脸，"孙儿，回来了，奶奶安心了，赶紧把婚姻大事办了。你爷爷在世时，老惦记这事哪。"

“奶奶，放心，孙儿这次回来，一定把婚给结了。”黄德胜呵呵笑着安慰奶奶，将奶奶搀扶到椅子上。

兰儿给黄德胜端来一大碗红汤面，盖着三个煎鸡蛋，翠绿的细葱花，散发着诱人香味。黄德胜挑起面条，吹着气，大口吃起来。

黄德胜："娘，你下的面条，好吃，又香。"

丁大娟与兰儿笑眯眯地看着黄德胜，恍惚在梦中一样。

黄德胜吃完面，起身打开随身军用挎包，小心取出一个油纸包。

黄德胜："奶奶，娘，这是我在安徽时挑的木梳，放包里几年了，还好，没折断。"

黄德胜小心翼翼打开油纸包，里面三把黄杨木梳。

“奶奶，这是给您的，上面有松树。娘，这是给您的，娘最喜欢桃花了。”黄德胜边说边笑，剩下那把，赶紧包起来。

兰儿："还藏着一把哩，给娘看看。"

兰儿过去掰开儿子的手，打开纸包细细端详木梳图案。

“怪不得呀，这仕女，多美啊。啧啧，扶着门框，左顾右盼，该不是在等我家德胜吧？”兰儿禁不住调笑儿子，把木梳递给丁大娟看。

“哟，这女子好看啊，腰细，腿长，十七八岁，倒像庄家慕兰呢。”大娟吃吃笑，伴随着一声声咳嗽。

“奶奶，您怎么咳嗽啦？”德胜收起笑容，赶忙过去给大娟捶背。

丁大娟："奶奶老了，原来腰疼，下不了床，你娘照顾得好，常帮奶奶揉腰，现在能动了，却又喘了，唉。"

黄德胜："娘，怎不找个郎中，给奶奶用些药？"

兰儿："咋不找呢，邱巴他爹给看了几次，配了药。半仙说，人老了，就会气喘。"

大娟呵呵地笑着，“没事，没事。奶奶身子不算硬朗，但还能撑些年。奶奶呀，要看着孙儿讨老婆，给黄家添香火哪。”

黄德胜："娘，庄家现在可好？大奶奶身体可好？"

兰儿："唉，庄家和黄家都是可怜人家。好端端的庄家，现在冷清得很哪。哦，慕兰从南京回来了，听大奶奶说，女师毕业了，正待在家里哪。"

黄德胜："娘，现在全国解放了，接下来国家要斗地主、资本家，分土地和财产，还要定成分。大奶奶家无论是按土地，还是按财产，都应该是地主成分呢。往后，想要看望大奶奶，不容易了。”

丁大娟一脸惊讶，“德胜，你说的成分，是什么东西啊？”

黄德胜：“奶奶，成分就是一个人的身份，在农村有土地财产的，就是地主。下一步，就要斗地主分田地了。”

丁大娟：“啥？把人家田和财产分掉？这不抢劫啦？”

黄德胜：“娘，奶奶，明天上午我去县城报到，趁现在有空，我去庄家看看大奶奶。”

黄德胜抓起木梳，小心用油纸包好，放入口袋。

兰儿：“哟，儿子，看来这把木梳是送给慕兰的？好啊，顺便看看慕兰，你送给慕兰的木头手枪，她常常拿着玩哪。”

丁大娟：“慕兰长得好看，到现在，还没听说有婆家哩。”说完，丁大娟与兰儿对下眼，两人吃吃地笑着。

【2. 庄家村　庄宅　秋　日】

黄德胜骑着马，一溜烟跑到庄家，翻身下马，将马拴树上。站在庄家大门，驻足不前。随即，黄德胜笑了笑。大门开着，黄德胜整了整军帽，拉了拉衣服，迈着军人特有的步伐，一边进门一边欢快地叫着：“大奶奶！大奶奶！”

庄慕兰在院子里，刚洗完头，垂着湿漉漉的长发，掐腰连衣裙恰到好处地勾勒出修长的身材，鹅蛋脸上眼眸流转。

一进院，黄德胜便与慕兰打了个照面，他稍一愣怔。

黄德胜：“是慕兰吗？几年不见，完全成为大姑娘了，全不见当年少女的青涩了。”

“德胜哥，你回来啦？”庄慕兰一扬头，惊喜地发现黄德胜正傻傻站着，愣愣地看自己。

“嗯，嗯，回来啦。”黄德胜笑着回。

“娘，奶奶，我德胜哥回来啦。”庄慕兰挥着手，兴奋地对屋内喊。

“德胜回来啦？”大奶奶从里屋急急走出，看得出，她行动有些不便。

“大奶奶，我回来了。”黄德胜紧走几步，扶着大奶奶。

“慕兰，站着干嘛？快给德胜泡茶。”大奶奶笑着嗔怪庄慕兰。

“我才不哩。”庄慕兰一撇嘴，“德胜哥，我那洗发水搬不动，你替我倒了吧？”

“哎”，黄德胜利索地跑去端起盆，把洗发水倒在八角井井坡下。

汤正益走出来，脸上露出久违的笑容，“慕兰，德胜好不容易回来，怎么让德胜伺候你呀？”

庄慕兰看着黄德胜，突然腼腆起来，笑着低下了头。

黄德胜：“婶，举手之劳嘛。”

庄慕兰：“德胜哥，你走过来的？”

“骑马，马在外面拴着呢。”黄德胜指指门外。

“有马呀？”庄慕兰兴奋起来，“德胜哥，带上我去骑马呀。”

“好啊。”黄德胜高兴地应。

大奶奶和汤正益，两双眼睛看着黄德胜。

黄德胜往门外走去，庄慕兰紧随其后，黄德胜解开马匹，将马牵到石阶旁。

庄慕兰：“德胜哥，你上去，再拉我一把。”

黄德胜翻身上马，一伸手，庄慕兰顺势爬上马背。

黄德胜笑问：“慕兰妹妹，去哪？”

庄慕兰：“去木果河边。”

黄德胜一声吆喝，快马在村道飞驰起来。

【3. 庄家村　木果河畔　秋　日】

黄德胜和庄慕兰站在木果河边。

庄慕兰：“德胜哥，你看秋天的木果河，那样安静。阳光照着河面波光闪动，两岸树木和芦苇仍很茂密。不远处还有群野鸭悠游。”

黄德胜：“是啊，那些野鸭好快活，有的扑楞扑楞翅膀，有的朝天撅着屁股哩。”

黄德胜和庄慕兰站在河边，不由得笑起来。

庄慕兰：“德胜哥，木果河好美，永远看不够呀。”

“嗯！嗯！”黄德胜深情看一眼庄慕兰，庄慕兰正好接着那缕目光，羞涩地笑着侧过了脸。

庄慕兰低头搅动着头发，“德胜哥，你回来给我兰姨带了什么礼物啊？”

黄德胜一听，赶紧掏出木梳。“慕兰妹妹，我给你买了把木梳，不知道你喜不喜欢？”

庄慕兰伸出手，拆开包装纸，“哟，好漂亮的木梳，这仕女图好雅致。我喜欢。”

庄慕兰将木梳装进衣袋，黄德胜乐呵呵地望着庄慕兰。

庄慕兰：“德胜哥，你爹爹和我爹爹，生在一起打日本，死了，也都埋在一个山冈。你和我，会在一起吗？”

庄慕兰不敢直视德胜的眼睛，低着头，依旧绞着头发。

黄德胜：“会，德胜哥今生今世，都和你在一起。”

庄慕兰：“不许骗人！”

庄慕兰猛地扭过脸，孩子气地叫到。庄慕兰伸出手指，要和黄德胜拉勾，黄德胜乐得呵呵直笑，赶忙伸手勾住慕兰的手指。

庄慕兰一跳老高，勾住黄德胜脖子，贴耳说：“德胜哥，慕兰要为黄家，生一大堆孩子。”

黄德胜伸出双手，刚想拥抱庄慕兰，庄慕兰闪开，呵呵笑着跑向河边。

只见庄慕兰弯腰，捡起块拳头大的石块，往河里“扑通”一扔，对黄德胜说：“德胜哥，一石激起千层浪，慕兰这辈子，就是要嫁你。”

【4. 溧水乡　政府　秋　日】

李邱巴的办公室围坐着数人。

一乡干部：“李乡长，庄家是大户，必须有人当地主，大奶奶八十多岁了，给她戴上地主帽子？我们感情上放不下。”

另一乡干部：“要不然让庄慕兰当地主？”

李邱巴摆摆手，“黄德胜区长正跟庄家的慕兰好着呢，这事万一成了，红军干部的老婆怎么能当地主？”

一乡干部：“要不让汤正益当地主？”

另一乡干部：“汤正益是坤林的老婆，让烈士的老婆当地主？亏你想得出来。”

另一乡干部：“那这个土改怎么搞？”

李邱巴："坤林的儿子刚刚十七岁，未满十八。唉，维根是坤林唯一的儿子。让烈士儿子当地主好像也说不过去？这样吧，区土改工作组正在庄家，我还是去请示一下黄德胜区长吧。"

【5.庄家村　庄宅　秋　日】

李邱巴骑着自行车，在庄家门前下车，一转身见马桩上绑着民兵队长杨小光。

杨小光哭丧着脸："李乡长，庄家总有几个鬼东西，天天围着地主女儿说说笑笑，我带民兵去管下，就被他们用枪顶着绑这儿了。"

李邱巴："混账，你知道那是谁吗？"

杨小光："不知道，但他们有枪哩。"

李邱巴："其他民兵去哪了？"

杨小光："跑了。那人黑着脸，把枪拍桌上，叫身边人把我绑了。"

李邱巴："那是黄德胜区长，区土改工作组都在，你敢冲区长吼？"

杨小光昂着头："区长就能绑人了吗？我可是响当当的贫农。"

李邱巴上前，替杨小光松绑，又喝了声"滚远点！"

杨小光："乡长，我不服气，我去县上告他一状。"

杨小光怒气冲冲离去。

【6.庄家村　庄宅客厅　秋　日】

李邱巴走进客厅，见黄德胜正喝茶，区上工作队几个同志围坐身边。

李邱巴："区长，那小子叫我松绑了，扬言去县上告你哩。"

黄德胜黑着脸，"告狗屁状！组织上管天、管地、管党员，还要管裤裆啊？"

工作队几个同志在一旁附和，"区长是老革命，老共产党员，党章上也没写，不许党员搞对象。"

"是啊。李乡长，把那个民兵队长，撤了。"

"哎，哎，找个理由，撤了这家伙。"李邱巴笑着应承。

庄慕兰起身，离开客厅。

李邱巴："黄区长，庄家必须要有个人定地主，你看定谁呢？"

黄德胜笑着："李乡长，把庄维根定地主。"

工作组人员："黄区长，庄维根可是庄坤林唯一的儿子，定了地主，就成了专政对象了。"

黄德胜："把庄维根定地主，不戴帽子，当人民内部矛盾处理，你们看呢？"

"行！行！"李邱巴说着，众人纷纷应和。

李邱巴："这分田地，分财产怎么进行？"

黄德胜："给大奶奶她们分两间屋子，这房子充公，金银钱财造单，收缴送县银行吧。"

李邱巴："好。山林和土地按人口均分，酒坊里的酒，按户分配到人。"

黄德胜："这么办，行吗？"

众人："好！就这么办！"

【7. 溧水　区政府区长办公室　秋　日】

黄德胜推开办公室门，见县长和书记在自己办公室喝茶。黄德胜略感意外，进门。

书记笑呵呵地，"德胜同志，听说你看上一个姑娘啦？"

黄德胜笑着，"怎么啦？有问题吗？"

县长："哎，德胜同志，组织上关心你嘛。说，是机关还是医院、学校的，只要你看中，组织上给包了。"

黄德胜："我已经有中意的对象啦，是庄家村庄坤林的女儿，庄慕兰。"

书记："德胜同志，你和庄慕兰结婚，要冒处分风险，知道吗？你还绑了民兵队长，这部队上的脾气，得改改啦。"

书记拉长了脸，猛地站起来。

黄德胜虎着脸："书记同志，县长同志，我黄德胜甘愿接受任何处分，不过，这喜酒你们得来喝。"

【8. 庄家村　放草料的空房　秋　黄昏】

昏暗的屋子里放着一张床，床前两条长板凳上搁了副黑棺材，上面摆满了锅碗瓢盆。

庄维根门外大喊，“娘！奶奶！我回来了。”

屋内灯火亮了，传来大奶奶兴奋的声音，“维根啊，哎哟，维根回来啦。”

满头白发的大奶奶，左手举油灯，步履艰难地挺着大肚子，把门打开，眯着眼睛，欢喜地上下打量庄维根。

庄维根赶紧上前，搀着奶奶，坐到床上。

“奶奶，这是谁给您老人家准备的寿材啊？”庄维根欣喜地问。

大奶奶：“奶奶没这个福气啊。是杨伢子，哦，现在当村支书了，把他爹爹的寿材，放到这儿来啦。”

“欺人太甚！”，庄维根愤恨地对棺材“啪”地一巴掌，把大奶奶吓一跳，油灯的火苗，晃了晃。

庄维根接过小油灯，将油灯放在棺材板上。忽然，庄维根带着哭腔：“奶奶，您天天就吃这些东西啊？”

棺材板上放着几只碗，一只碗里小半碗酱，厚厚一层霉，一只粥碗还没洗，另一只装着半碗盐巴。

大奶奶：“奶奶饿不死，维根，你怎么回来啦？”

庄维根抱着大奶奶哽咽，“奶奶，孙儿不上学了，孙儿要去当工人，挣了钱，把奶奶接过去，让奶奶吃饱肚子。”

大奶奶任由孙子拥抱，伸出枯枝般的手，帮庄维根擦眼泪。

大奶奶：“维根，不哭。现在庄家是赤贫如洗，就剩这身上遮羞的破衣服了。”

大奶奶说完，呵呵傻笑。

庄维根：“奶奶，我退学，我要去当工人。”

大奶奶：“不许瞎说！你不读完高中，奶奶死了，也不敢去见你爹爹啊。”

大奶奶生气了，扬手装出打他的样子。

庄维根：“奶奶，还有一个学期呢，连吃带住补交上学期的学费，要许多钱哪。”

庄维根和大奶奶并肩坐在床上，紧紧挨着大奶奶，伸出两手，把大奶奶粗糙的手放在自己掌心。

大奶奶：“维根，今晚和奶奶睡一起吧，明天，奶奶去想想办法。家里分到了一头老病牛和一架水车，奶奶老了，也用不了这些东西了。奶奶去看看能不能凑些钱，给你当学费。”

庄维根看着大奶奶，动情地吻了吻大奶奶额头，惹得大奶奶哈哈笑，忽然，大奶奶哭了，说：“你爹爹走的那天，也是吻着奶奶的额头，对奶奶可亲热了。”

大奶奶说完，抱着庄维根痛哭起来。

庄维根边流泪，边替大奶奶擦泪。

庄维根：“奶奶，我娘和雪花去哪了？”

大奶奶擦了擦眼泪，“你兰姨家心好，重情重义，把你娘和雪花接到她家住段时间，吃用开销都没开口跟庄家要钱哩。”

大奶奶：“哎哟，奶奶忘了，你没吃晚饭吧，奶奶去开火炉子，给我孙儿熬粥喝。”

大奶奶起身，要去煮粥。

庄维根：“奶奶，我在姐姐家吃过饭了，姐姐还偷偷给我塞了一块钱哪。”

【9. 庄家村　屋内　秋　深夜】

大奶奶睡在床的一侧。庄维根手握钢笔，伏在棺材板上。油灯闪烁着昏暗的光芒，纸上很清晰地看到信的开头，“尊敬的江书记伯伯”这几个字。

【10. 庄家　村屋内　秋　上午】

庄维根睡在床上。窗外阳光射进了屋内。庄维根爬起来坐在床上，揉了揉眼睛，打了个哈欠，左右看了看。

庄维根：“奶奶！”

庄维根扣着衣纽，“奇怪了，奶奶去哪儿了？”

庄维根将放在棺材板上的信，装在怀里，出门而去。

【11. 庄家村　庄家大院　秋　日】

庄家大院门口站着两个背枪的民兵，院内两名工作人员正在焚烧地契和书籍，烟熏火燎。

庄家客厅里，几名土改人员正忙着清点庄家的钱财，一个大篓里装满了金银玉器，有人提笔造着清单。

李邱巴在客厅里来回走动。

李邱巴突然向大篓走去，一件银饰在众多的器件中被他发现。李邱巴的脸显得十分惊讶。

院子外传来了喊声，“李乡长，那么多地契和书，人手不够啊，先来帮忙吧！”

李邱巴面对客厅的工作人员，“都先停一下手，先过去帮帮忙吧。”

众人外出，李邱巴迅速伸手将篓里的银饰放到自己的口袋中，返身关门，站在院内。

【12. 溧水　乡政府　秋　日】

李邱巴在办公室看着文件，外面传来激愤的声浪，随后，“砰！”李邱巴的办公室被人撞开，只见杨小光怒气冲冲闯入。

杨小光：“乡长，有人卖耕牛，卖水车，还杀了耕牛，是不是犯罪？”

“是啊！谁这么大胆，破坏农业生产资料，给我抓起来！”李邱巴一拍桌子。

“庄家的庄维根，把牛和水车卖了二十块钱哪。”杨小光兴奋地说。

李邱巴：“庄家为什么卖牛啊？”

杨小光：“庄维根要交学费，没钱了，就打牛的主意了。”

李邱巴：“谁杀的牛啊？”

杨小光：“村上的老光棍，那牛肉，正腌着呢，哦，灶上还炖着一大锅哩。”

李邱巴：“正是镇反关键时期，大事一堆呢。把庄维根先送乡里集中所，先押着吧。”

“哎！”杨小光欢快应着。窗外，传来呵斥声。

【13. 溧水　庄家村　庄宅附近　秋　夜】

夜晚，李邱巴推着自行车，来到庄家大宅门口。停车后，只见庄家柴房后面老光棍家灯火通明，杨小光和一群人的身影闪现。

李邱巴走向庄家柴房，推开门，屋里黑咕隆咚。李邱巴摸索着进入屋内，轻声叫着：“大奶奶，大奶奶，我是邱巴啊，我来看您啦。”

门板床铺发出吱吱声，大奶奶有气无力回，“哦，邱巴啊，大奶奶身体不舒服，油灯在棺材板上，劳你点下吧。”

李邱巴摸出火柴，“滋啦”一声，火光照亮屋子。

李邱巴：“大奶奶，您哪儿不舒服啊？”

“邱巴啊，大奶奶这肚子，又大又痛，年轻时盼着肚子大，现在这把年纪，肚子真大了，翻个身都痛得要命。”大奶奶哼哼着，对李邱巴苦笑。

李邱巴：“待邱巴回家，让我爹爹给你看看吧。”

李邱巴将油灯举手上，移到大奶奶身边，见大奶奶肚子凸起，暗暗一惊，脱口而出，“这可是恶病啊？”

大奶奶侧身，“邱巴，维根被抓了，你知道吗？这事不关维根，是大奶奶背着维根做的，庄家就这条根，维根命苦啊。”

李邱巴：“哎，大奶奶，别说了，邱巴知道。维根最多关上一阵，不会送到县上的，我不点头，乡里谁也不敢把维根怎样。”

大奶奶：“我家坤林，当初要你参加护村队，还是大奶奶帮你求的情，嘿嘿嘿。”

大奶奶笑了起来，费力地从床铺坐起来。

李邱巴：“哎，大奶奶对邱巴，不，大奶奶对庄家村的贡献，老人们都记得哩。”

大奶奶：“邱巴，你来一定有事想问大奶奶吧？”

李邱巴：“哎，什么都瞒不了大奶奶。”

李邱巴摸出长命锁，给大奶奶看，“大奶奶，这把锁怎么到了庄家？”

大奶奶接过锁，细细看着。

大奶奶：“一言难尽啊。当年，外面下着大雪，庄雪花放在竹篮里，被送到庄家大门口。我和世伯正准备上床，听到门外像猫叫声，打开门，竹篮里躺个女娃，身上盖着厚厚的棉包袱，这长命锁，就在包袱里藏着。大奶奶将长命锁放箱子里，时间一长啊，都忘了。”

大奶奶回忆当年的情景，脸上溢着笑靥。

李邱巴：“大奶奶，送孩子的人家，你知道吗？这长命锁，是我娘给邱巴戴上的，是邱巴的长命锁。”

大奶奶：“邱巴啊，长命锁上刻着‘邱儿平安’四个字，大奶奶琢磨了那么些年，邱萍和你的名字里都有‘邱’这个字，大奶奶琢磨着，你会不会就是雪花的亲爹爹？可这事又不能问邱萍，更不能问你，我这疑虑啊，只跟兰儿说过。”

李邱巴：“哎，邱巴当时年轻，犯了大错啊。”

大奶奶：“邱巴啊，别说下去了，原来你真是雪花的亲爹啊。”

大奶奶：“哎，邱巴，有一年，坤林跟我讲过，木果河畔有一家‘公平粮行’，旁边有家弹棉店。坤林讲，那个姑娘长得好看哩，说不定就是雪花的亲娘。”

李邱巴：“大奶奶，日本飞机大轰炸那天，我与坤林去过那里，房子被炸得稀烂。”

大奶奶：“哎，邱巴啊，说不准，那天他们父女外出了，没被炸死啊。”

李邱巴兴奋地直起了身，将煤油灯放到棺材板上。

李邱巴：“大奶奶，坤林哥让我上门给汤全送警告信，被汤全和日本人发现，差点要了邱巴的命。多亏了哑巴父女俩救了我，从那以后，我也去过县城，房子重新建了，但是，铁将军把门。哑巴父女俩失踪了。”

大奶奶：“依我看，邱巴啊，这父女俩一定是去外面避难了。”

李邱巴：“对啊。大奶奶，这周边包括邻县，只要有弹棉花的铺子，就是爬钉山，邱巴也要找回他们父女俩。”

大奶奶：“邱巴啊，你们父女哪天相认，你只要做一件事，雪花一定会原谅你，开口叫你爹爹。”

李邱巴：“什么事？大奶奶快讲，邱巴听着哩。”

“呵呵呵。”大奶奶甜甜笑了，“雪花和慕兰差不多大，袁通家的袁唐平和雪花情投意合，可怜唐平被抓入大牢。要是能救出唐平，雪花一定认你这个爹爹。”

李邱巴大惊失色，“什么？袁唐平被抓进大牢了？为什么啊？袁家的孙子怎么会跟雪花搞对象哩？”

大奶奶：“邱巴啊，慕兰从德胜那里得到了这个消息，赶过来告诉我的呀。日本人吃饭的时候，听到袁氏父子俩的对话，才得知坤林回庄家村的消息，然后日军连夜包围了庄家村。就为这事，袁旺松和袁唐平被五花大绑关进了大牢。”

李邱巴：“完了，要是袁唐平被枪毙，雪花肯定受不了。现在去救袁唐平，正处镇反高潮中，别说我是个乡长，就是县委书记也没这个胆啊。”

大奶奶：“邱巴啊，也不能看着唐平白白地被杀掉啊？”

李邱巴：“大奶奶，您放心，邱巴为了雪花，这一次，豁出去了。”

李邱巴：“大奶奶，正益和雪花去哪啦？”

大奶奶：“大娟和兰儿把正益和雪花接过去住段日子，大娟和兰儿，重情重义啊。”

李邱巴：“大奶奶，您多保重。邱巴抽空再来看您。”

李邱巴转身快步出了门。

【14. 溧水　乡政府　秋　日】

李邱巴左手果断地抓起电话，右手使劲地摇着电话机。稍会儿，李邱巴大声说：“我是李邱巴，接公安局长庄小春办公室。”

“哪位？”电话里传来庄小春的声音。

李邱巴：“我，李邱巴。”

庄小春：“李乡长啊，怎么今天说话声音不对啊？”

李邱巴：“我问你，你是不是韩湖游击队员？你是不是庄坤林区长的手下？你还认我李邱巴吗？”

庄小春：“李乡长，你今天怎么啦？火气蛮大啊？”

李邱巴：“袁旺松和袁唐平的案子，现在怎么样啦？”

庄小春：“正在办理审查哪。哎，李乡长，你怎么关心这个事情？”

李邱巴：“我向你反映，袁旺松和日本人有来往，卖过军粮，这是汉奸行为，对不对？”

庄小春：“对呀！事实清楚。”

李邱巴：“但是，我提醒你，袁旺松和袁唐平并没有向日本人出卖区长庄坤林。”

庄小春：“这是不可能的，汤全枪毙前，有书面交代材料，错不了的。”

李邱巴：“庄局长，你好好想想吧，汤全那个狗东西，临死都要咬人一口，咱们不能上敌人的当啊。”

庄小春：“李乡长，错不了。对待反革命份子，要决不手软，严厉镇压。”

李邱巴（大叫）："小春哪，你好好想想，坤林牺牲在 1943 年，那时候的袁唐平才多大呀？啊？"

话筒沉默了一会儿，"喀嚓"一声，被庄小春挂断了。

李邱巴气得把脚一跺，"喀嚓"，把电话机一扔。

李邱巴心里急，顾不了许多了，又拿起电话，摇通了黄德胜办公室的电话。

李邱巴："区长，我是李邱巴，我向你报告一个紧急事情。"

黄德胜："邱巴啊，我是德胜，什么事这么紧急啊？"

李邱巴："那个袁旺松父子二人，并没有向日本人告密庄坤林啊！"

黄德胜："噢？那你向县公安局报告啊？人是县公安局抓的，不是咱们区里抓的人哪。"

李邱巴："汤全那只疯狗，临死都要咬人一口。区长啊，你想想，庄坤林牺牲时，袁唐平才十四五岁，是个孩子啊。"

"我知道了。"电话里传来嘀嘀嘀的声响。

李邱巴气恼地将电话机狠狠地拍了一下。

【15. 溧水　区政府　秋　日】

黄德胜站在窗口抽着烟，一根接着一根，把办公室弄得烟雾缭绕。

黄德胜狠狠地将烟头摁在烟缸内，果断地抓起电话，大声地说："我是黄德胜，给我接庄小春。"

庄小春："是黄区长吗？请讲。"

黄德胜："庄局长，李邱巴刚刚给我打来电话，反映袁旺松和袁唐平的案件，我个人认为，李邱巴反映的问题，值得考虑。"

"黄区长啊，我知道了，我正在参加会议哩。"话筒里传来嘟嘟嘟的声音。

黄德胜撂下电话，取出烟，划了根火柴，猛吸了几口烟。

【16. 溧水　区政府　秋　日】

黄德胜的烟缸堆满了烟头。

门外，庄小春进入屋内。

庄小春："黄区长，对不起，刚刚开完重要会议。"

黄德胜："庄小春，你还认我这个老排长吗？"

庄小春："排长，庄小春向你报告。"

庄小春笑着，接过黄德胜递过来的烟，自己点了起来。

黄德胜："小春哪，我以一个共产党员的名义，提醒你，我们绝不放过一个敌人，但决不枉杀一个好人。"

黄德胜："那个袁唐平，李邱巴反映，1943 年庄坤林区长和我爹爹牺牲时，他还是个孩子。如果真是这样，这性质就变了。"

黄德胜边说，边用手指敲着桌子。

"镇压反革命，对真正的敌人，要打得准，打得狠！但是不能滥打。我们党不放过一个坏人，也不能冤打一个好人，你说对不对？"黄德胜语气平和地问庄小春。

"对，说得好。"庄小春还未回答，县委书记从门口进来了，替庄小春回答着。在县委书记的身后，还跟着县上的一班领导。

县委书记："德胜同志，县委、县府的主要领导，刚刚在庄局长的办公室，听取了近阶段镇压反革命的工作汇报，小春同志提到了这个案件，应该将这个案件的事实查清楚。"

黄德胜笑了。

县委书记："德胜同志，组织上调你去丹阳县。告诉你一个好消息，丹阳那边给你在县城安排了一个不错的住房，还带着一个偌大的院落哪。"

黄德胜："好啊，我服从组织调动。书记啊，庄慕兰的肚子正大着哪。"

书记、县长、庄小春等人哈哈大笑。

【17. 溧水　乡政府　冬　日】

李邱巴焦虑不安地在办公室内走动着，电话铃响起，李邱巴快步接过电话。

庄小春："我是庄小春，李乡长，你和德胜同志反映的问题，经公安局认真复核和调查，情况属实。这一点，在汤全的案卷里和汤全的交代材料中，已经对上了。关于袁旺松卖粮给日本人，主要操作人是伪县长赵林。因此，袁旺松案将以卖粮给日本人，予以起诉。关于袁唐平，在 1943 年，他还只有十四周岁，确实是个孩子。因此，今天下午三点，将释放袁唐平，不予逮捕。”

李邱巴：“好！好！实事求是，好啊！”

挂断电话，李邱巴兴奋地在办公室走来走去，一乡工作人员进来，“李乡长，今天还去赵家村检查工作吗？”

李邱巴：“今天不去了，我要去庄家村看看。”

李邱巴挥了挥手，乡工作人员退出。

李邱巴关上门，打开办公室抽屉，取出乡政府的公用纸，在空白处连盖了几张，放入手提包内。他拎着手提包，兴冲冲地出门，跨上自行车，扬长而去。

【18. 溧水　庄家村　庄家老宅　冬　日】

李邱巴径直骑着自行车，来到黄家院内。

庄雪花正和兰儿清扫院落里的树叶。

李邱巴：“兰儿，你婆婆呢？”

“邱巴来啦，今天什么风，把乡长吹来啦？”大娟起身站在屋内笑着问。

李邱巴不言语，拎着包进了屋子。兰儿和庄雪花紧跟着进屋。

兰儿：“邱巴，今天你怎么想起到黄家来啦？”

李邱巴：“兰儿啊，我们家雪花，转眼工夫，成了大姑娘啦？”

李邱巴对兰儿笑着说，满眼柔情，怜爱地望着庄雪花。

庄雪花羞涩地低着头，红着脸搓动着衣角。

兰儿：“邱巴，告诉你，雪花有中意的人啦。”

“哟，兰儿，哪家的后生，有福气被雪花相中？”大娟惊喜，笑问着。

兰儿不语，不安地望着庄雪花，庄雪花扭头跑进屋，呜呜地哭了起来。

李邱巴见庄雪花入屋，突然眼泪夺眶而出。

“你怎么哭啦？”兰儿红着眼，低声地问。

李邱巴摇摇头，抹掉眼泪，“不知怎么，雪花一哭，这心里忽然难受。”

“邱巴，袁家父子会被杀头吗？”丁大娟沮丧地问。

庄雪花在屋内哭得伤心，听丁大娟这么问，立马停住哭泣，竖起了耳朵，紧张不安。

李邱巴摇摇头，笑着，对雪花喊："雪花呀，听着，给我唱首歌，我带你去见唐平，好吗？"

庄雪花忽地从屋里窜出，满脸泪水，睁大眼睛。

庄雪花："我没听错吧？乡长，你能带我去见唐平？"

李邱巴不语，笑着两眼不离庄雪花，不住地点头。

庄雪花："你是乡里最大的官，没骗我吧？"

庄雪花眼里充满着希望，直愣愣地盯着李邱巴。

兰儿："雪花，快给李乡长唱首歌啊？"

"哎！"雪花欢快地应着，站直身体，手轻捻辫梢，唱了起来。

春季到来绿满窗，
大姑娘窗下绣鸳鸯，
忽然一阵无情棒，
打得鸳鸯各一方。

秋季到来荷花香，
大姑娘夜夜梦故乡，
醒来不见爹娘面，
只见窗前明月光。

李邱巴突然哽咽，失声大哭。

庄雪花一愣，双手捂脸，哽咽着转身回房，扑在床上，大哭。

兰儿和丁大娟眼泪汪汪，耳闻庄雪花的哭声，不知如何安慰。

兰儿："邱巴，原来你真是……？"

李邱巴朝兰儿摆了摆手，"雪花的歌，字字触着我的心。都怪我，都怪我这乡长，没当好啊。"

兰儿："邱巴啊，谁都会犯错，别往心里搁，知道错了，改了就好。"

李邱巴："哎，哎，改了就好。"

李邱巴揉了揉眼睛，对着屋里哭着的庄雪花，喊着，"雪花，去打扮得漂亮些，下午，我用自行车踏着你去县城，接唐平回家。"

"真的？"庄雪花从床上一弹而起，冲出房门。

"真的。庄小春刚给我打过电话，唐平那时候还是个孩子。下午三点，看守所将释放唐平。”邱巴呵呵地笑着。

“我弟呢？”兰儿急切地问。

李邱巴：“死不了，蹲几年大牢。”

“哎呀，邱巴，袁家和庄家该怎么谢你啊？”兰儿激动地拉着邱巴的手。

李邱巴：“谢什么呀，都是一家人啊。”

李邱巴说完，哈哈地大笑了起来。

【19. 溧水　黄家老宅　冬　日】

山路弯弯，一直通往县城。

庄雪花幸福地坐在自行车后面，李邱巴兴奋地踩着自行车，歪歪扭扭地向前驶去。

兰儿反身跑回院子，兴奋地说：“婆婆，兰儿打个车，先去给我爹我娘报个喜去。”

丁大娟：“要的。快去吧，别担心婆婆啊。”

大娟笑着，朝兰儿挥挥手。

兰儿一溜烟跑出院门。

【20. 溧水　去县城的山路上　冬　日】

空旷的山路上。

李邱巴踩着自行车：“雪花，你真的喜欢袁唐平吗？”

“喜欢着哩。”庄雪花坐在车后，羞涩地说。

李邱巴：“哎，喜欢就好。”

李邱巴奋力地踩着自行车，车胎在泥石路上发出吱吱的滚动声。

“雪花，你知道自己的身世吗？”李邱巴眼睛瞪着前方，不经意地问。

庄雪花：“我是捡来的，还是个大雪天。”

李邱巴：“你恨不恨你爹爹和娘啊？”

庄雪花：“恨！这么多年，他们也没来找过我。”

李邱巴：“哎，该恨！”

李邱巴：“雪花呀，如果你的亲爹像我一样，你还恨吗？”

庄雪花：“李乡长，我爹怎么会有你好啊？你是乡里最大的官，待人从不吹胡子瞪眼，和气着哩。”

李邱巴：“哎。”

李邱巴踩着自行车，车速加快，“这一使劲，身上开始热了。”

李邱巴：“雪花，说不定，你爹爹和娘不知道把你送给庄家呢？”

李邱巴额上开始出汗。

庄雪花：“不会吧，我那时还没有断奶哩，你想，我娘真心狠啊。”

自行车在山路骑行。

庄雪花：“李乡长，踩得动我吗？”

李邱巴笑着回：“踩得动。我这心里，为你高兴啊。”

庄雪花：“李乡长，累了歇一会吧？”

李邱巴：“到前面那个路口，稍稍歇会吧。”

李邱巴踩着自行车，车辆缓缓地向路口靠近。李邱巴停下自行车，用脚踮着路面，庄雪花从自行车后面下来，傻傻地看着李邱巴笑。

庄雪花：“李乡长，真难为你了。”

李邱巴将脚踏车支好，一把摘下帽子，一团热气腾起，又解开衣领，用帽子扇了几下。

李邱巴：“雪花，说不定你爹爹和娘，有难言之隐。或是年青时犯错，不得已，才将你送到庄家的呢。”

“我不知道。”庄雪花低声地说着，眼睛不敢看李邱巴。

“真像！”李邱巴突然故意说了一句。

“像谁啊？”庄雪花惊讶地抬起头。

李邱巴：“像你娘。”

李邱巴笑着，眼睛湿润了，赶紧佯装擦汗，摸了下眼睛。这个动作，被庄雪花看得一清二楚。

“你认识我娘啊？”庄雪花不安地问。

“认识，你娘长得好看，你太像你娘年青时的样子，眼睛、嘴巴、牙齿……”李邱巴说着，突然停下，庄雪花已经呜呜地在哭了。

“哎。”李邱巴叹了口气，眼睛不听话，流下了眼泪。

庄雪花啜泣着，李邱巴默不作声。过了会儿，庄雪花抬起头，对着李邱巴笑着、看着。

李邱巴忍不住，从包里取出长命锁："雪花，这是你奶奶，哦，庄家大奶奶让我给你的。"

李邱巴含着热泪，将银质长命锁拿了出来，递到庄雪花面前。

庄雪花接过长命锁，拿在手上反复看着，摸着，眼泪"吧嗒、吧嗒"地落下。

李邱巴："雪花，莫哭，待会见唐平，脸上化的妆都化开了，像个唱戏的五花脸。"

"哧——"，庄雪花被逗笑了，将长命锁往脖子上一挂，"走，去见唐平哥。"

李邱巴开心地骑着自行车，庄雪花甜蜜地坐在车后座。庄雪花突然伸出双手，紧紧地抱着李邱巴。

李邱巴奋力地骑着自行车，不多久，前方出现看守所高高的围墙。

李邱巴和庄雪花下车。

李邱巴："雪花，我就送到这儿，再过去，让人看到不好。你就在监狱大门口等唐平吧。"

庄雪花笑着，兴奋地向前跑了几步，突然，李邱巴喊着："雪花，停一下。"

庄雪花停下，见李邱巴从包里小心地拿出一张公文纸，又从衣袋中，掏出上个月的工资。

李邱巴："雪花，这是我上个月的工资，你拿着吧。"

庄雪花："这纸有什么用啊？"

李邱巴："雪花，无论去哪里工作、学习，都要乡里的证明。你和唐平带上它，日后管用。"

庄雪花将钱装入口袋，又将公文纸小心地折好，放在衣袋里。李邱巴挥了下手，"去吧，唐平不会欺负你的。"

李邱巴说完，哈哈大笑了起来。

庄雪花像雀儿般欢快地向前跑去。忽然，庄雪花停在远处，对李邱巴大声喊着，"爹爹，把我娘找回家！"

"哎！"，李邱巴嗓子哽咽着，奋力地对庄雪花挥着手。

【21. 溧水　县城监狱大门口　冬　日】

兰儿 :“雪花，快过来。”

兰儿带着婷婷，袁通和袁大奶奶相互搀着，袁依冰挽着爷爷的手臂，伫立在监狱大门口。

婷婷 :“雪花，快过来。”

庄雪花兴奋地跑向婷婷。

婷婷满脸堆笑，殷勤地走到雪花身旁，亲昵地摸了摸庄雪花的脸。

庄雪花 :“阿姨，唐平哥就要出来了。”

婷婷 :“你兰姨都告诉我了，雪花，这是命啊。”

看守所的大门开了，袁唐平衣衫不整，垂着头，从门内慢慢走出，袁通全家围了上去。

庄雪花躲在后面，静静地看着袁唐平。袁唐平四下张望，“雪花怎么没来？”

婷婷 :“雪花呀，快来！快来！”

庄雪花笑着飞跑过去，“唐平哥，我在这儿哩。”

袁唐平一脸漠然，呆呆地望着庄雪花。

庄雪花 :“唐平哥，回家喽。”

庄雪花心酸地一把挽着袁唐平的胳膊，拽着还在噩梦中的袁唐平，往前就走。

袁依冰挽着爷爷，“爷爷，维根哥还没出来呢。”

袁依冰边走边哭。

兰儿 :“依冰，维根也快出来了，过些日子，你去找他。”

“娘，我要去找维根哥。”袁依冰哭着对婷婷说。

“去吧，爷爷支持你。”袁通呵呵地笑着。

婷婷 :“依冰，明天你跟娘和唐平，雪花还有奶奶，一起去苏州。”

“不去！我要等维根哥，他去哪，我就去哪！”袁依冰哭着，停住了脚步。

婷婷笑了，哄着袁依冰 :“好罢，娘依着你。女儿长大了，总是别人家的人了。”

袁依冰见娘答应了，破涕为笑，挽着袁通的胳膊。街道上传来熟悉的歌曲，袁依冰情不自禁地轻轻哼了起来。

你为什么不回来，
我要等你回来。
还不回来春光不在，
还不回来热泪满腮。

【22. 溧水　庄家村柴房　冬　日】

大奶奶躺在床上，门外不时传来嗡嗡嗡的声响。大奶奶精神饱满地从床上爬起，自言自语，"今天人感觉舒服，这几天怎么会有嗡嗡嗡的声响哪？庄家村挺大的动静，得出门去看看。"

大奶奶拄着竹竿，打开房门，兴冲冲地往庄家大宅走去。走到石阶前，又觉得气喘，便拄着竹竿望了望庄家大门上贴的封条，封条已残缺破损，掉下一头的封条纸，被风吹得直响。

大奶奶："嘿嘿，封条也封不住大门啊。"

大奶奶笑了，自言自语地说，边说边往村口看。

"哎呀呀！村口怎么变啦？银杏树呢？银杏树咋不见啦？"大奶奶以为自己的眼睛花了。

大奶奶赶紧揉了揉眼睛，又回头望了望封条，"封条还在，白纸黑字，清清楚楚啊？"

大奶奶赶忙又朝银杏树方向看，"银杏树咋不见了？"

大奶奶心急如焚，使劲撑着竹竿，脚下也来劲了，竹竿头触着石板，通通地响。

大奶奶一步一移，渐渐地看清楚了，高大的银杏树不见了，地上留下一大片散落的银杏叶，在风中飘滚着。

三个巨大的树根，裸露在外。

大奶奶："银杏树砍了？庄家村变得头重脚轻了呀。"

"哪个杀千刀的啊，砍了银杏树！"大奶奶愤怒地叫着，拼命地将竹竿，敲打着地面，发出"通、通"的声音。

一个路过的村民，见大奶奶正破口大骂，便悄悄告诉大奶奶："大奶奶，是杨伢子，把三棵大树卖给上海木材厂了。马上，凡是庄家宗谱里的人家，每家分二十元钱哩。"

大奶奶：“这个杨伢子啊，昏头啦！这些大树，是庄家村的精气神，长了千儿百把年了，怎么下得了狠手啊？”

大奶奶骂着，气得浑身发抖，拿着竹竿，不住地触着地面。

大奶奶站着骂累了，便坐在树根上，不停地骂着杨小光。

老人们、孩子们、后生们，人越围越多，惊动了村支书。杨小光带着几个民兵，背着枪，赶了过来。

杨小光：“你个地主婆，敢骂共产党的书记？”

“杨伢子，哪个允许你砍的树？你说！”大奶奶喘着气，质问着。

“你给我放老实点，信不信我马上绑了你？”杨小光威胁着大奶奶。

大奶奶突然笑了，站起身，亲切地对杨小光说，“杨伢子，你过来，大奶奶告诉你，我还有钱藏着哩。”

杨小光一愣，望了望身边几个背枪的民兵，上前几步，还未停稳，大奶奶抡起竹竿，照着杨小光“啪！”的一竹竿，结结实实地打在他的头上，把竹竿打裂了。

大奶奶柱着竹竿，大口地喘着粗气，嘴里大骂，“大奶奶这一竹竿，让你长点记性！这千百年的大树，让你这么个没脑子的东西，说砍就砍了？”

杨小光捂着头，愤怒地对民兵说：“把这个地主婆，给我绑了。”

民兵们背着枪，互相看着，没人上前。

杨小光一把夺过民兵的枪，对着大奶奶，吼着：“死老太婆，信不信我一枪打死你？”

“哈！哈！哈！”大奶奶大笑，身子抖动着，用手拍着胸口，对杨小光说：“杨伢子，你要有种，学学日本鬼子，一枪就打中了坤林的胸口。大奶奶要是躲躲身，就不是庄坤林的娘。”

围观的人群骚动了，许多村民开始骂开了。

“你怎么不害臊？拿枪对着八十多岁的老太太？”

“树卖了多少钱？为什么一家一户只有二十块钱？”

“你要是私吞钱，看我们怎么扒你的祖坟。”

杨小光收了枪，支支吾吾，骂骂咧咧地挤出人群，悻悻地走了。

大奶奶不解气，冲着杨小光的背影，“呸！”地朝他啐了一口。

过了一会儿，大奶奶撑着开花的竹竿，一步一步地往庄家柴房走去，边走边心酸地说着："树根还在，再过几百年，还会长出来。"

大奶奶推开柴房门，见床面前摆着杨小光给自己爹爹准备的棺材，气不打一处来，也不知道哪来的力气，"吭"的一声，棺材盖被掀翻到地上。

"哗啦啦！"，一片瓷碗、锅盆和油灯落地破碎的声响。大奶奶似乎仍未解气，拄着竹竿，坐在铺板边沿直喘气。

忽然，大奶奶将竹竿扔掉，将床上的棉被铺在棺材里，又将枕头放入，然后，捡起掉在地上的脸盆，打了盆清水，把脸和手洗净，又用木梳沾着水，慢慢地梳着稀疏的头发。大奶奶不断地、细致地梳着头，外面天黑透了，大奶奶缓缓起身，关上房门后，望着黑暗而又凌乱不堪的屋子，笑着，慢慢爬进了棺材内，安详地躺了下来。

大奶奶嘴里断断续续地念叨着："维根啊，你快来陪奶奶，奶奶有话要对你说啊。"

大奶奶说着，念叨着，渐渐地闭上了眼睛。

【23. 乡政府　冬　日】

李邱巴率乡政府众领导站在乡政府大门口，等待省县领导检查镇反工作，门卫拿着一封信跑向李邱巴。

门卫："乡长，奇怪了，省政府的信怎么会寄给庄维根啊？"

李邱巴接过信，反复看了看，众乡干部围拢李邱巴身边。

一乡干部："李乡长，庄维根正关押着呢。"

李邱巴朝他看了眼，随手将信放入衣袋。

门卫："乡长，领导们来了。"

李乡长等乡干部走出乡政府大门，两辆吉普车开进乡政府，众干部尾随迎上。县委书记等领导下车。

李邱巴："书记，领导们先进去喝杯茶暖暖身子。"

县委书记："李乡长，没时间，看看你们乡的在押犯吧。"

【24. 乡拘押所山坡　冬　日】

押拘所是个破败的学校，几间房子，两个民兵背着枪站岗。

庄维根坐在门口晒着太阳，见一群人进了围墙，李邱巴跟随后面。

来人中，有人指着庄维根问着李邱巴，“他怎么在晒太阳？哪个村的？”

书记、县长等一众人紧张地看着李邱巴。

李邱巴笑着说：“庄家村的。”

“庄家村？”问者若有所思，走到庄维根面前，仔细看了会，转头问庄小春：“小春，你认识他吗？”

庄小春紧张地看了看李邱巴。

“庄坤林的儿子，叫庄维根。”李邱巴紧张了，赶紧回答。

“什么？”问者一惊。

“什么，坤林的儿子？犯了什么事？”庄小春赶紧问李邱巴。

“没钱读书，他奶奶卖了一头老病牛，结果买牛的回去就把牛杀了。”李邱巴轻描淡写地说着。

“日，屁大的事，关了多久啦？”问者问。

“快半年了。”李邱巴实话实说。

只见问者面对书记、县长看了他们一眼，对庄维根说，“孩子，回家去吧。好好读书啊！”

“快，回家吧，好好读书啊！”书记、县长松了口气，对庄维根笑着说。

庄维根站起来，谢字也没说，拔腿就往家中走。

李邱巴：“庄维根，有你一封信哩。”

李邱巴从拎包里拿出一封信，故意在书记、县长面前显示了一下。

庄维根接过信，对众人鞠了个躬，迈开急步，奔向家中。

问者看着走远的庄维根，对书记、县长说：“这孩子是烈士的后代啊。”

书记、县长和庄小春不住地点着头。众人往拘押所室内的几个房间巡看着。

李邱巴悄悄问庄小春：“小春，那位领导是谁啊？”

庄小春笑了笑，对李邱巴说：“刘沸腾，省公安厅的领导。”

【25. 庄家柴房　冬　日】

庄维根一路小跑，见自家柴房门口围了许多人，还纷纷说着话，往柴房内指指点点。

“不好！”，庄维根脱口而出，“大奶奶出事了？”

庄维根赶紧跑过去，见屋内被人挂了盏马灯，黑暗的屋子照得雪亮。

“奶奶！奶奶你怎么了？”庄维根大喊着，几步窜到棺材前，见兰儿、大娟等人正在啜泣着。

“奶奶，我是维根啊！醒醒啊，奶奶！”庄维根控制不住，坐在地上嚎啕大哭了起来。

屋内一片哭声，屋外的乡亲们，也纷纷哭了起来。

柴房外，杨小光率三个民兵赶了过来。围聚门外的乡亲让开道，杨小光和民兵进入柴房。

杨小光见大奶奶正睡在自己爹爹的寿材内，急得又跳又吼：“这是我爹爹的寿材啊！给你个老婆子糟蹋了，哎呀呀！”

“快！快给我把这地主婆搬出来！”杨小光对着民兵喊。

“队长，这棺材没用了，被死人睡过的棺材，晦气八辈子儿孙哪！”一民兵大声地对杨小光说。

“是啊！死人躺着，再去搬，我们也晦气啊！”又有一民兵对着杨小光说。

“只能给你爹爹重新打一口棺材了。”另一民兵也开口了。

“打？打个屁！这是上好的柏木，上哪儿去找这么好的料啊？哎呀，气死我了！”杨小光大声说着，急得团团转。

杨小光喘着气，凶凶地问：“庄维根，这件事情怎么了？”

庄维根站起身，招呼着，“乡亲们，都进来，挤一挤，维根有话对大家说。”

庄维根：“这两间柴房，是当年斗庄家时，大家分给我家的，对不对？”

众人纷纷点头应和。

庄维根：“村上最破的房子，分给了大奶奶的。大奶奶在世前，这口棺材，村支书就特地为我奶奶备好了，我要感谢村支书，对老人家有爱心啊。”

庄维根说完，对还没反应过来的杨小光，鞠了一躬。

杨小光：“庄维根，你放狗屁！这是我爹爹的寿材，放在你们家的。”

杨小光明白过来后，愤怒地骂着庄维根。

庄维根：“大家评评理，书记家那么多房子，自己爹爹的寿材，放得好好的，棺材不长脚，不会跑到我家来吧？书记，是这理吗？”

杨小光："大家评评理，大奶奶不怕鬼，棺材放我家，娃娃们怕，才搬到庄家柴房里临时放一放的。"

庄维根："书记，你想想看，大奶奶临去世时，脑子肯定糊涂了，把棺材当成了床，自己爬进去的，我还没有找你算账，你还闹上我家来了，大奶奶死了，你不让她安息，我就跟你拼命了！"

庄维根说完，猛地脱下外衣，活脱脱一副拼命的样子。众人见状，上前劝着，气氛才慢慢缓和下来。

杨小光："好吧，就这样，算我吃亏。这人，埋在哪里，要村上定哩。"

庄维根："还是埋在庄家的祖坟吧。"

杨小光："肯定不能进庄家祖坟，共产党的天下，一个人不能有两个老婆，埋在庄家的祖坟里，除非把二奶奶的坟，迁一个出来。"

庄维根："依书记的意思，埋在哪里？"

杨小光："大奶奶生前信观音菩萨，就在观音庙周围，给大奶奶安个身，好不好？出殡那天，不许吹吹打打，不许烧纸。"

杨小光转身招呼几个民兵出门，边走边轻声地说："帮我一个忙吧，你们几个，明天带上镐把和锹，到观音庙背后，有个阴山角落，挖个坑，让这地主婆在阴间永远都晒不到太阳。事成后，我请你们喝酒。"

突然，杨小光的爹爹，边骂边嚎叫着从后面追了过来，手上拿着扫把，杨小光一看，拔腿就跑。杨小光的爹爹将扫把猛地砸向杨小光，坐在地上嚷："你个不孝子，我让你别把寿材抬过去，你偏要抬，那是我的寿材啊。"

【26. 庄家柴房　冬　夜】

油灯跳动着火苗。庄维根在屋子里翻找，发现一个装米的破麻袋，便将麻袋拆开，系在腰上，跪在大奶奶灵前，默默地流着眼泪。

【27. 庄家村　三天后　出殡　冬】

十几个庄家的后生轻松地抬着棺木，向观音庙方向而行。

庄维根不哭，腰上仍系着破麻袋，默默地随着棺木前行。兰儿、大嘴、巧儿娘等一众乡亲尾随，沿途围观的众多乡亲纷纷加入送葬的行列。

杨小光陪着李邱巴，站在庄家大宅门口，送殡队伍途经庄宅，李邱巴从口袋里掏出信件，走向庄维根，往他口袋里一塞，沉默地走开。

天上，响着闷雷，云层低垂，眼看着就要下雨。后生们抬着棺木，加快了脚步，沿途纷纷有围观的村民加入送殡队伍。

【28. 观音庙　阴山背后　出殡　冬】

几个民兵正在观音庙阴山背后，轮流挖土、刨土。

一民兵："这怎么挖？山冈上尽是大石头，一镐下去，震得胳膊发麻，石头纹丝不动。"

几个民兵将工具扔在一旁。

一民兵："我们就站在山上，看热闹呗。"

天空凌乱地滴了点雨，上山的道又窄又拐，累得后生们直喘粗气。

一个后生被石头一绊，脚一滑，棺木被搁在了地上。

后生："过来，就在这挖坑。"

后生们纷纷朝着山顶的民兵们，大声喊着。民兵们带着工具从山上下来，到棺木停留的边上挖坑，很快，一个土坑就挖成了。

棺木被缓缓放入坑中，后生们与民兵们，赶紧往坑里填土。不一会儿，一个坟包出现了。

庄维根跪着，对后生们磕着头，谢着恩。

后生们在挖土，大嘴拉着巧儿娘，从坟头往观音庙走着，点着步数，突然，大嘴嚷着，"哎呀，大奶奶今年八十四岁，正好从坟头到观音庙八十四步哎。"

巧儿娘："我再来量一下。"

巧儿娘和大嘴又从观音庙走到大奶奶坟头，巧儿娘大叫起来："兰儿，正好八十四步，大奶奶神了，神了哎。"

声音传到黑压压的人群中，信菩萨的人们，纷纷双手合十了起来。

雨，开始下了，人们四散而去。

兰儿和大嘴、巧儿娘等安慰了庄维根几句，也走了。

庄维根头发开始湿了，眼泪和雨水，已经交融一起。

庄维根跪着不起，流着泪，忽然，一把雨伞在自己头顶撑开，带着花边的白色雨伞，像洁白的莲花。

袁依冰："维根哥，起来吧。"

庄维根默默地起身，望着袁依冰悲伤的脸，说："依冰，我送你回家吧。"

庄维根撑着伞，袁依冰挽着庄维根的胳膊，两人一步一步往山下走去。

【29. 庄家村　庄宅　大门石阶上　冬】

李邱巴站在庄家石阶上，身边站着杨小光和几位村干部，众人目送着排成长队伍的送葬人群，尾随着大奶奶的灵柩，缓缓向前。

眼前，四周的群山，树林挨着树林，一眼望不到尽头。

李邱巴伸手指着连绵起伏的群山，"杨伢子，你们看，这家乡的山上，树连着树，密密麻麻，看不到尽头。世上的人啊，就像这一棵棵树木，树木的根，扎在泥土、岩石缝里，根与根，相互缠绕，谁能分得清，哪个根是哪棵树的呀？"

杨小光和众人顺着李邱巴的指向凝望着连绵起伏的群山和树林，默默不语，只是点着头，若有所思起来。

【30. 县城　袁宅　客厅　冬】

袁依冰挽着庄维根的胳膊，两人进入了袁家。袁通和袁大奶奶缓缓上前，将庄维根引入客厅。

袁依冰："维根哥，我去给你煮面条。"袁依冰兴奋地跑往厨房。

袁通："维根，我们老了，不能送你家大奶奶最后一程，别怪我们啊。"

袁通和袁大奶奶抹了抹眼睛。

庄维根点着头，发现还系着破麻袋，便解开，抽了根麻线，装入口袋。

庄维根脱口而说："糟了！"

袁大奶奶急忙问："维根，什么糟了？"

庄维根从衣袋里掏出两封信，"哎，信封居然是干的。"

袁依冰笑着，端上面条，放在庄维根面前。

袁依冰："维根哥，吃吧。我第一次下厨房，不会做。"

庄维根将信封递给袁依冰，"你替我看一下，我不敢打开。"

袁依冰看了信，脸儿兴奋得通红，高兴地把信给袁通和袁大奶奶看。

袁通看着，手颤抖着，对袁大奶奶说："奇迹，下着雨，这么重要的信还未淋湿，这是庄家大奶奶惦记着维根哩。”

袁大奶奶兴奋地点着头，望着维根，又望着脸儿通红的依冰，呵呵地笑着。

“维根，信上说，让你去南京省委招待所，去了那儿，打电话给江伯伯的秘书，江伯伯是谁啊？”袁依冰笑着，兴奋地问着。

“那可是了不起的抗日英雄啊！当年他是新四军的旅长啊！”袁通兴奋地对袁依冰说。

“李乡长的信，写的什么啊？”庄维根吃着热腾腾的面条，问袁依冰。

袁依冰打开信封，里面装了二十块钱，还有两张盖着乡政府公章的空白信笺。

袁通：“维根，把这信笺藏好，关键时，还得靠它哩。唉，真难为了邱巴，邱巴该担当多大的风险啊？”

袁通心里明白，笑着提醒着维根。

“爷爷、奶奶，我要去当工人，踏踏实实赚钱，不让依冰受苦。”庄维根笑着，坚定地说。

“哎！哎！”袁通和袁大奶奶，开心地应着。

袁通：“维根啊，依冰为了你，执意不去苏州，真是个痴心女。”袁通笑着，对维根说，又转身离开，去了书房，过了会，手中拿着一个长纸筒。

袁通：“依冰，这是爷爷最钟爱的画，送给你了。往后，看到这画，你会想起爷爷和奶奶的。”

袁通说着，眼泪流淌。

袁大奶奶掏出手帕，替袁通擦了擦眼泪。

【31. 县城　袁宅　冬　日】

阳光照耀着县城，天空出现了朝霞。

袁通和袁大奶奶将庄维根和袁依冰送出家门。袁依冰挽着庄维根的胳膊，左手拿着长纸筒，庄维根右手提着一只旅行袋。

袁大奶奶望着幸福无比的依冰，挽着维根的胳膊，往汽车站走去。

袁大奶奶：“看依冰和维根多般配啊！”

庄维根和袁依冰，走上古老的石桥，走向汽车站。

汽车，鸣着喇叭，远远地开来。

袁依冰（兴奋地）：“维根哥，汽车来了。”

去往南京的汽车行驶在蜿蜒的公路上，阳光洒进车厢，温暖而又亲切。

袁依冰依偎在庄维根身边，留恋地望着车窗外家乡的山水。

庄维根：“依冰，舍不得离开家乡吧？”

袁依冰：“维根哥，心里舍不得。可是，我只想跟你在一起。”

“维根哥，快看，那东边天空的朝霞，多美呵！”袁依冰低声而又激动地说。

庄维根抬眼望去，一抹绚烂在天边的赤霞，把山上的树林染得殷红。

庄维根：“依冰，未来的路，无论阳光普照，还是暴风骤雨，我们都要像山上的树木那样，把根扎牢在土壤中，哪怕仅有一点阳光，也要顽强地生存下去。”

主题歌《根》响起。

袁依冰激动地点着头。

庄维根紧紧地抓住袁依冰的手，久久地不愿松开。

汽车盘旋在蜿蜒的山路上。

（剧终）